U0141770

桂冠世界文學名著
總策劃／吳潛誠
17

左拉

娜娜

鍾　文・譯　彭小妍・導讀

左拉(Emile Zola, 1840～1902)

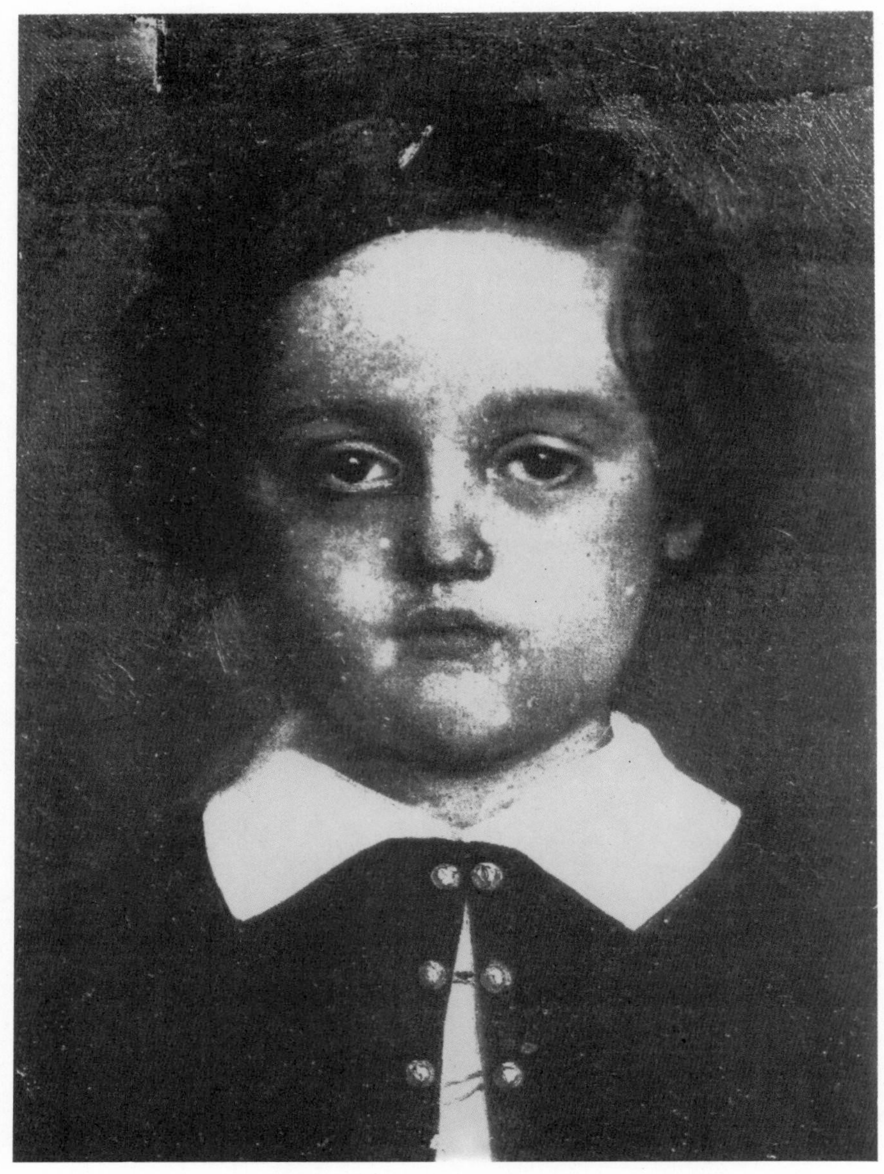

五歲時的左拉。

二十五歲時的左拉。

馬奈(Manet)所畫之左拉像。(藏羅浮宮)

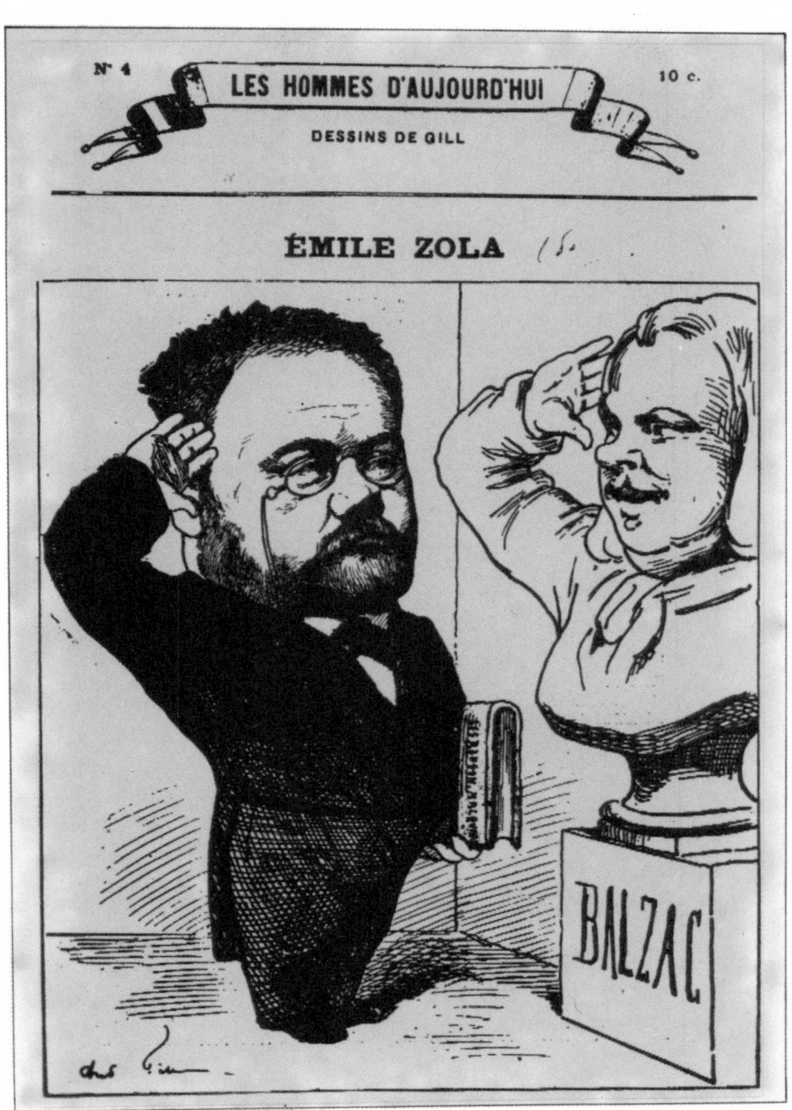

一八七八年《今日人》(*Les Hommes d'Aujord'hui*)所刊之左拉漫畫。

左拉風采。

觀覽寰球文學的七彩光譜

——《桂冠世界文學名著》彙編緣起

吳潛誠

早在一八二七年，大文豪歌德便在一次談話中，提到「世界文學」(Weltliteratur) 一詞，並宣稱全球五大洲的文學融會成一體的時代已經來臨。他說：

> 我喜歡觀摩外國作品，也奉勸大家都這樣做。當今之世，談國家文學已經沒多大意義；世界文學紀元肇生的時代已經來臨了。現在，人人都應盡其本分，促其早日兌現。

歌德接著又強調：文學是世界性的普遍現象，而不是區域性的活動。因此，喜愛文學的人不宜劃地自限，侷促於單一的語言領域或孤立的地理環境中，譬如說，德國人不可只閱讀德國文學，英國人不應只欣賞英文作品；相反的，人人都應該從可以取得的最優秀作品中挑選材料，作爲自己的文學教育；而天下最優秀的作品自然未必全出自自己同胞之手。歌德心目中的世界文學不啻就是全球文學傑作的總匯，衆所公認的經典作家之代表作的文庫。

那麼，什麼是經典作家？或者，什麼是經典名著的認定標準呢？法國批評家聖•佩甫（Charles-Augustin Sainte-Beuve, 1804～1869）在〈什麼是經典〉一文中所作的界說可以代表傳統看法：

真正的經典作者豐富了人類心靈，擴充了心靈的寶藏，令心靈更往前邁進一步，發現了一些無可置疑的道德真理，或者在那似乎已經被徹底探測瞭解了的人心中再度掌握住某些永恒的熱情；他的思想、觀察、發現，無論以何種形式出現，必然開濶寬廣、精緻、通達、明斷而優美；他訴諸屬於全世界的個人獨特風格，對所有的人類說話，那種風格不依賴新詞彙而自然清爽，歷久彌新，與時並進。

諸如以上所引的頌辭，推崇經典作品「放諸四海而皆準，百世以俟聖人而不惑」，具有普遍而永恒的價值，在國內外都有悠久的歷史；但在後結構批評興起以後，卻受到強烈的質疑。概略而言，解構批評、新馬克思學派、女性主義批評、少數族裔論述、後殖民觀點等當前流行的批評理論，基本上都否認天下有任何客觀而且永恒不變的眞理或美學價值；傳統的典範標準和文學評鑑尺度也是一種文化產物，無非是特定的人群（例如強勢文化中的男性白人的精英份子），在特定的情境下，遵照特定的意識形態，爲了服效特定的目的，依據特定的判準所建構形成的；這些標準和尺度無可避免地必然漠視、壓抑其他文本——尤其是屬於女性、少數族群、被壓迫人民、低下階層的作品。因此，我們必須重新檢討傳統下的美學標準以及形成我們的評鑑和美感反應的那些基本假設和「偏見」。

沒錯，文學作品的確不會純粹因爲其內在價值而自動變成經典，而是批評者（包括閱讀大衆）和權力建制（諸如學術機構）使然。譬如說，現今被奉爲英國小說大家的喬治·艾略特（1819～80），直到一九三〇年代仍很少被人提起；美國小說家梅爾維爾（1819～91）的作品曾經被忽略長達一甲子之久；浪漫詩人雪萊（1792～1822）在新批評當令的年代，評價一落千丈；布雷克（1757～1827）因爲大批評家傅萊的研究與推崇，在一九四〇年代末期才躋入大詩人行列……

這是否意味著文學的品味和評鑑尺度永遠在更迭變動，毫無客觀準則可言呢？馬克思曾經頗感納悶：產生古希臘藝術的社會環境早已消逝很久了，爲什麼古希臘藝術的魅力仍歷久不衰？當代馬克思批評家伊格頓（Terry Eagleton）曾經嘗試爲此提供答案，他反問：「既然歷史尚未終結，我們怎麼知道古希臘藝術會永遠保有魅力呢？」

我們不妨假設伊格頓的質疑會有兌現的可能，那就是說，歷史的巨輪繼續往前推動，社會發生了劇烈改變，有一天，古希臘悲劇和莎士比亞終於顯得乖謬離奇，變成一堆無關緊要的思想和感覺方式，與方今習見的牆壁塗鴉沒啥分別。不過，我們是否更應該正視古希臘悲劇已經流傳了兩千年，在不同的畛域和不同的時代，一直受到歡迎的事實？

不僅古希臘悲劇，西洋文學史上還有不少作家，諸如但丁、喬叟、塞萬提斯、莎士比亞、密爾頓、莫里哀、歌德等等，長久以來一直廣受喜愛，這多少可以說明人類的品味有某種程度的共通性和持續性吧？再說，曾經長期被奉爲經典的作品，必已滲入廣大讀者的意識中，甚至轉化成集體潛意識，對於一國的文學和文化發展產生相當大的影響，欲深入瞭解該國之文學和文化，則不能不尋本溯源，探究其經典著作。例如，《詩經》對於漢民族的文學和文化的影響幾乎難以估計，不提《大學》、《中庸》、《論語》、《孟子》之類的儒家經典曾大量援引「詩云」以闡釋倫理道德；連我們今天所習見的橫匾題詞，甚至四字一句的「中華民國國歌」歌詞，（意欲傳達肅穆聯想）都可和《詩經》牽上關係。

退一步來說，儘管典範不可能純粹是世上現有的最佳作品之精選，而且有其不可避免的附帶弊端，但卻不失爲文學教育上有用的觀念。簡而言之，典律觀念肯定某些作品比其他作品更有價值，更值得仔細研讀，使一般讀者在面對從古到今所累積的有如恒河沙數的文學淤積物時，不致於茫茫然，不知如何篩選。早在十八世紀，法國大文豪伏爾泰（1694~1778）便曾提出警告：「浩瀚的書籍，正在使我們變得愚昧無知」，英國哲學家湯瑪斯・霍布斯（Thomas Hobbes, 1588~1679）也曾經詼諧地挖苦道：「如果我像他們讀那麼多書，我就會像他們那麼無知了。」喜歡閱讀而不重抉擇的讀者能不警惕乎？

那麼，什麼才是有價值的值得推薦的文學傑作？或者，名著必須符合什麼標準呢？文學的評鑑標準自來衆說紛云，因爲文學作品種類繁多，無法以一成不變的規範加以概括，有些作品甚至以打破傳統規範而傳世。我們勉強或可分成題材內容和表達技巧（形式）兩方面，嘗試提出幾則評鑑標準，以供參考：

西方文論自古以來一直視文學爲生命的摹仿或批評，推崇如實再現人生眞相的作品。當代批評則質疑再現（representation）論，認爲所謂的人生經驗其實也是語言建構下的產物，寫實主義充其量只可當做文學俗套的一端。然而，無論如何，以語文作爲表達媒體的文學藝術，其內涵必定多少與人生經驗有所關聯（不可能，也不必要像音樂或美術那樣追求純粹美感）。我們姑且假設人生的眞相是一束光譜，光譜的一端是純粹紀錄事實的紅外線，另一端則是純粹幻想的紫外線，當中紅、橙、黃、綠、藍、靛、紫等深淺不同的顏色代表寫實成分濃淡不同的文學作品。白色光呈現在各顏色之中，但各顏色只是白光的片斷而已。人生眞相或眞理就像普通光線一樣，尋常到處都有，但卻非肉眼所能看見。文學家透過虛構形式的三稜鏡，將光切斷，並析解成各種顏色，好讓讀者得以具體感受到光的存在。那就是說，無論使用什麼文學體式或表現手法，自然主義也好，象徵主義、表現主義、後現代主義也好，史詩也好，悲劇、喜劇、寓言、浪漫傳奇、科幻小說也好，愈能讓讀者感受到生命存在的基本脈動，便是愈有價值的上乘作品，而在刻劃或呈現方面，其深廣度、強烈度或繁複程度又有卓著表現者，殆可稱爲偉大文學。

舉例說，《哈姆雷特》一劇涉及人世不義、家庭倫理（夫妻、兄弟、母子關係）的悖逆、以及王位篡奪所導致的社會不安，多種因素互相牽動，同時兼具有道德、心理、政治方面的涵意，故宜列爲偉大著作。托爾斯泰的《戰爭與和平》以巨大的篇幅，刻劃諸多個性殊異的角色，躬逢拿破崙時代戰爭的轉變和短暫的和平，呈現了人生的基本韻律：少年與青年時期的愛情、追求個人幸福和功名方面的失足與失望、時代危機、以及歷經歲月熬鍊所獲致的樸實無華的幸福和心靈上的平靜，這部鴻篇鉅作當然也該列爲名著。

合乎上述標準的虛構作品，在閱讀之際，也許會讓人暫時逃離現實人生；但讀畢之後，必會使人更有智慧去看待不得不面對的人生。那也就是說，嚴肅的文學傑作必須具備教育啓發功能，擴大讀者的想像和見識空間，使他們感覺更敏銳、領受更深刻、思辨更清晰……但這並不意味著文學作品必須提供黑白分明的眞理教條；相反的，經得起時間考驗的佳構，往往以反諷的語調，揭示生命中的矛盾，告訴讀者：所謂的眞理或價值其實大多是局部的、不完美的，有賴其他眞理或價值的修正補充。例如，但丁的《神曲》表面上的確在肯定信仰，但細心的讀者不難發現它骨子裡隱含有反諷成分。

具備教誨功能的文學作品，對於社會文化必會產生深刻持久的效應，乃至於有助於形塑整個國族的集體意識，或徵顯所謂的「時代精神」，這一類作品理當歸入傳世的名著之林。例如，沙弗克力斯的《伊底帕斯王》、西班牙史詩《熙德之歌》便是。

評鑑文學作品當然不宜孤立地看題材／內容／意涵，而須一併考慮其表達技巧／形式／風格，唯有達到一定的美學效果，才有資格稱爲傑作。此外，在文學發展史上佔有承先啓後之功，不論是開啓文學運動或風潮，刷新文學體式，別出機杼，另闢蹊徑，手法戛戛獨造，技巧出神入化，形式完美無缺者，亦在特別考慮之列。例如法國象徵主義詩人馬拉美的詩篇，寫實主義的典範屠格涅夫的《獵人日記》、福婁拜爾的《包法利夫人》，心理分析小說的巨構《卡拉馬助夫的兄弟們》、把意識流敍述技巧發揮得淋漓盡致的《燈塔行》，首創魔幻寫實的波赫斯之代表作皆屬此類。

《桂冠世界文學名著》基本上是依據上述的評選標準來採擷世界文學花園中的精華（不包括中文著作），但也不敢宣稱已經網羅了寰球文苑的奇葩異草，因爲這套書所概括的範疇，時間方面上下緜延數千年，空間上橫貫全球五大洲，筆者自知學識有所不逮，雖曾廣泛參酌西方名家所編纂的書目，也設法徵詢各方意見，但亦難免因爲個人的偏見和品味，而有遺珠之憾；另一方面，由於必須配合出版作業上的考慮，先期推出的卷册，一仍既往，依舊偏重歐、美、俄、日的古典和現代作品，希望將來陸續補充第三世界的代表作和當代的精品，以符合世界文學名著的全銜。

匯編這套以推廣文學暨文化教育爲宗旨的叢書，原則上自當愼重其事，講求品質；但同時也得衡量現實的條件：諸如譯介的人才和人力、社會讀書風氣、讀者的期待與反應等等，這也就是說，一套名著的出版，不純粹只是理念的產物，同時也是當前國內文化水平具體而微的表徵。一味好高騖遠，恐怕亦無濟於事。

這套重新編選的《桂冠世界文學名著》還有一個特色，那就是每本名著皆附有一篇五千字左右的導讀，撰述者儘可能邀請對該書素有研究的學者擔任；他們依據長期研究心得所寫的評析文字，相信必能幫助讀者增加對各名著的瞭解，同時增添整套叢書的內容和光彩。謹在此感謝這些共襄盛舉的學界朋輩和先進，以及無數熱心提供意見和幫助的朋友。最後，還請方家和讀者不吝指教，共同促進世界文學的閱讀與欣賞。

是娜娜腐蝕了法國社會嗎？

彭小妍

是娜娜腐蝕了拿破崙三世時代的法國社會，還是左拉蓄意以她作爲一個象徵，顯示出「國之將亡，必有妖孽」？如果說娜娜是小說中的「妖孽」，左拉卻把她描寫得人見人愛，無論王侯公卿、販夫走卒，都不由自主地追逐她。以她爲核心，法國社會各階級（包括貴族、中產階級、下層階級）「結合」成一個整體，暴露出整個社會的病源：肉慾的享樂、揮金如土、道德的敗壞等等。簡而言之，娜娜是傳統的傾國傾城「妖婦」（la femme fatale）的化身。她的存在，對一個健康的社會應該是無大害的；但對一個病態的社會而言，卻是一個表面化了的膿瘡，一刺破就透露出這個社會的無可救藥。

娜娜在小說中第一次出場，作者就點明了她的象徵意義。她在雜耍劇院的一齣歌劇當中表演女主角愛神，雖然天生一副破鑼嗓子，但她的裸體卻俘虜了全場觀眾：「愛神出現了，全場上上下下爲之騷動。娜娜光著身子從容不迫走向舞臺。她對於自己肉體的魔力，有絕對信心。她披著一塊細紗，然而，她的圓肩，她那高聳的乳房和粉紅色的奶頭，她誘惑地扭來扭去的大屁股，非常肉感，和她整個肉體，從那透明的薄紗裡看得清清楚楚。這是愛神剛從水中冒出來，頭上沒有戴面紗……這個令人發呆的女孩子，忽然間，出現爲一個女人，有一切女人的愚昧荒庸向著全世界顯示她那神祕的肉慾。娜娜依然在微笑，不過，她現在的微笑是會令男人毀滅的微笑……從她身上，鼓舞起來的情慾，就和衝動的野獸身上所發出來的一樣，這種情慾的熱力在散佈，散佈到全戲院……她的性感，足以把這一群人整個毀滅，而她自己卻毫髮無損。」（30～32頁）娜娜代表的，就是毀滅男人世界的肉慾化身；肉慾（Eros）本是自然世界的一部份，男子趨之若鶩，爲它傾家蕩產、身敗名裂，它又何罪之有？

劇中愛神和戰神通姦，火神「誇張地做出一副當場捉姦的丈夫暴怒的面貌」。合唱隊則是由一群「王八」組成的，他們先是要求衆神處罰使他們戴綠帽子的妻子，後來又改變了主意，請衆神不要理會他們的請求，「因爲自從他們的女人們好好地晚上留在家裡之後，反而使他們受不了：受不了，所以男人們情願太太們去偷人，自己倒可以自由快樂些。這就是這齣戲的主題。」（33頁）其實這就是整部小說的主題了。故事中幾乎每個高貴的夫人都有情夫，相對的，每個已婚男子也都有情婦；這已經變成了社會的風尚，夫婦雙方都各自睜一隻眼閉一隻眼，只要表面上不撕破臉就行了。娜娜第一次出現、造成轟動的一齣戲，等於是把巴黎社會的內幕赤裸裸地搬到舞臺上了。戲院老板包得拿夫堅稱這個劇院是他的「妓院」；實際上左拉的意思可能是整個巴黎社會就是一個高級妓院吧。

小說中的娜娜是一個天眞無邪的小女人，她出自本能，懂得運用姿色來養活自己。有意思的是，左拉特別描寫她的母性，十天半月的總會想起她十六歲時生的兒子小路易；娜娜周旋於衆多男子之間，壓榨他們的金錢，就爲了籌三百法郎，向一個遠村的看護領回小路易，以便就近交給她的姑母照顧，可以隨時探望他。她自己已經三個月沒有錢付房租了，好不容易剩下五十法郎在身上，有人上門來爲貧民募款，她心軟，也只好充好人，把身邊僅有的錢都捐了出去。劇院第一晚風靡全場的演出後，幾乎全巴黎的登徒子都蜂湧到她的住所，想一親芳澤，她的女傭蘇愛想盡辦法，把他們塞到不同的房間。房間不夠，最後只好兩三個人擠一間，任他們爭風吃醋也沒法子了。

故事中置身事內，卻又能保持客觀冷靜態度的男人，是身爲記者的花車利；他可說是小說中的一個觀察者（observer）。是他發現了娜娜和穆法伯爵夫人的相通之處的。一個是人盡可夫的妓女，一個是世家貴婦，怎麼會有相像的地方呢？左拉又用象徵的手法表達他的理念：花車利第一次到穆法伯爵夫人的家，發現「伯爵夫人的左頰上，靠近嘴唇的地方，有一顆黑痣，就不覺爲之驚訝。娜娜恰巧也有同樣的這麼一顆痣。這眞奇怪。細毛從痣上曲捲著伸起來；只是娜娜那顆痣上的毛是金黃色的，而伯爵夫人的毛卻是黑色的。這個女人是沒有享受過任何男人的擁抱的。」（73頁）花車利的初步判斷，似乎吻合敍事者倒述的說法：穆法伯爵夫人從小父母離異，十七歲時奉父命嫁給死氣沈沈的伯爵，她現在已經三十四歲了。她的一生，彷彿埋葬在那「陰沈得像在修道院」的貴族之家了。但是花車利卻懷疑巴黎上流社會不可能有一個貞節的女人；他問黑多：「告訴我，伯爵夫人有沒有情夫？」（71頁）在他的觀察中，她不可能是個安於家室的：「單單看她豐厚的嘴唇，就說明她是性慾很強的女人。」她的座椅鋪的是紅絲絨，和整個官邸的暮氣極不相稱。花車利的推論，是否會證實呢？這是小說裡一段懸疑的插曲，結局有出人意表的發展。

花車利在故事中扮演多重的身份，他身爲記者，先以「觀察家」的身份出現。他在費洛報上寫了一篇〈金蠅〉，形容娜娜「像糞坑裡長出來的鮮花一樣的華麗。她是乞丐和流浪漢們最後的產物，總算給他們報了仇，出了一口氣。她到了上層，腐爛了貴族。她變成大自然的一種盲目的力量，一種毀滅的力量，她不知不覺把巴黎腐化解體，把全巴黎夾在她兩條雪白的大腿中間。」最後，花車利把娜娜比成一個閃著金光的蒼蠅，「從糞坑裡飛了出來，去吮吸路旁遺棄的腐屍的毒血，然後嗡嗡著，舞弄著，像一顆寶石似的閃耀著，就從窗口飛進去，在裡邊飛著，只要隨便在裡邊男人們的身上偶然碰到，就會把他們毒死。」（233頁）這篇似是而非的報導，點出了全書主要的象徵：娜娜是腐蝕法國的金蠅。

而花車利自己又有什麼資格，以旁觀者的身份振振有辭地稱娜娜爲腐蝕法國社會的「金蠅」呢？娜娜故意以美色誘惑篤信天主教、道貌岸然的穆法伯爵，到手後又棄之如敝屣；花車利呢，把端莊的穆法伯爵夫人勾引到手，使得穆法一家成爲巴黎的笑柄。「觀察者」畢竟沒有置身事外的道行，索性同流合污，也淌它一趟混水。這樣還不夠，他乾脆寫了一個劇本，把整個醜聞搬到舞臺上演，臺上和臺下的淫亂，如出一轍；戲和人生，何隔之有？劇院安排娜娜演個蕩婦，她這回卻執意要演「高貴婦人的角色」(315頁)。爲了演這個角色，她又對穆法伯爵假以辭色，逼他把公爵夫人的角色搶到手。臺上戲雖然演砸了，娜娜這回使出渾身解術，卻又把穆法伯爵玩弄於股掌間。他變賣了所有的產業供她揮霍，她的服飾、妝配、住宅的豪華裝潢，變成了巴黎上等社會貴婦競相模仿的對象。但任性、反覆無常的娜娜還是隨性之所至，背著伯爵和一幫男人上床，甚至公然豢養了一個女情人莎丹在家裡。在娜娜的勢力達到高峰時，她環視自己的「皇宮」，突然清楚地知道自己做爲一個女性的「偉大的力量」：「她欲主宰一切享受的念頭,和渴望佔有一切以便摧毀一切的慾望，又忽然加強。她如今特別感覺出她的性別有偉大的力量，以前從來沒有感覺得這麼深刻過。」(367頁)

娜娜的放縱和對肉慾的追逐像病毒一樣，在巴黎肆無忌憚地散播著，連一向恪守婦道的穆法伯爵夫人也變成不折不扣的蕩婦。花車利甭了她，做了女戲子露絲的另一個「丈夫」後，伯爵夫人飢不擇食地瘋狂追逐男人，她從前死氣沈沈的府邸，也裝潢得富麗堂皇，變成娜娜式的用金錢堆砌起來的宮殿。兩個女人第一次正式照面，是伯爵夫人女兒的結婚舞會，娜娜硬把老相好達格奈推銷給伯爵做女婿。樂隊演奏的是歌劇《金髮愛神》的華爾滋曲，左拉又賦予這段音樂象徵性的意義：「而這裡呢，使一個古老的門第，連同積蓄下來的財富，都忽然燃燒成爲餘燼的，卻是華爾滋調子在敲著喪鐘，而，雖然看不見，娜娜卻把她柔軟的四肢，伸在跳舞者們的頭上，把敗壞的種子送進他們的階級裡去，用她呼出的酵母，和這音樂調子，浸透這空間。」(442頁)《金髮愛神》的華爾滋曲代表娜娜腐蝕力量的無孔不入，而且是替法國的貴族階級敲起了「喪鐘」。

娜娜在故事中的「工作」，就是帶來「毀滅與死亡」。不僅是穆法一家的衰落，爲她而敗亡的男人不知多少。泛多夫爲了供應她無盡的需索，把僅剩的一點錢在賽馬上孤注一擲，不幸賭輸，在馬廄裡自焚，連馬匹一起燒死；士丹拿爲她破產，晚年潦倒；年少的喬治發現她和自己的哥哥菲力浦上床，求婚失敗後自殺身亡；菲力浦爲了她，甘犯侵呑公款之罪，鋃鐺下獄。左拉對娜娜的描寫，卻似乎是恐怖和嬌寵雜陳：「古代的怪物，是用人骨蓋滿它們可怕的領域的；她卻脚站在人頭骷髏上……可是她這個執行屠殺的女人，卻像個極美的禽獸一樣，對這種屠殺，自己毫不覺得，她是一個良心徹底慈善的娼妓，對於自己的使命，竟毫無所知。她依然肥胖，她的身體極其壯旺。」(492頁) 娜娜的榮寵和「壯旺」畢竟只是一時的現象；一旦她毀滅法國社會的「使命」達成，她也不免敗亡的命運。

娜娜的死很突然。她厭倦巴黎後，變賣了一切財產，就失了蹤影。有人說她征服了土耳其的王公大臣，有人說在開羅看見她，有人說她去了俄國，「作了一個王子的情婦」。最後的確實消息是她回到巴黎，在看望因出天花而死的孩子時，染上了惡疾，在一家旅館裡快病死了。她的老朋友都去看她，她死時的慘狀，令每個人怵目驚心，女人都嚇得往外跑：「只有娜娜丟在裡邊，仰面浸沐在蠟燭射下來的光亮中。小膿泡侵蝕了整個面孔，密得一個濃泡挨近一個濃泡。這些濃泡已經變了顏色，陷下去，變成了爛泥似的灰色。在那面目已無法辨認的爛漿上，左眼早已完全陷入發泡的毒汁裡去；另外一隻還在半睜著，看上去很像一個敗壞了的黑色窟窿。鼻子還在化著膿……愛神正腐爛。」(511頁)

娜娜的屍體腐蝕之時，旅館窗外聽見出征的士兵在呼叫：「打到柏林去！打到柏林去！打到柏林去！」原來整個故事的背景是拿破崙三世的部隊和普魯士俾斯麥作戰的前夕。娜娜的潰爛，象徵拿破崙三世王朝內部的腐敗，外患的趁虛而入，不可謂是意外。左拉的「自然主義派」寫作方式，等於把法國社會放在手術臺上解剖，把腐蝕了整個社會的膿瘡原原本本的分析、呈現給讀者看，讓讀者自己去作判斷。一個國家的敗亡，眞的可以完全歸罪於一個小女子嗎？

1

晚上九點鐘，雜耍戲院裏面還是空空的。在二樓的包廂和靠近樂隊的前座有幾個人在那裏等着，在煤氣大吊燈的微弱光線下，在石榴紅絲絨墊子的空座位當中，簡直就消失了。舞臺前粉紅色的帳幕籠罩在一片暗影中；舞臺後面一點聲音也沒有。臺上脚燈還沒有亮，樂隊的座位也是空的。只有上面靠近屋頂四樓的兩廊座位裏，不斷傳來大叫大笑和談話聲，那裏坐滿了男人和女人，他們都戴工人帽子，頭頂上緊貼着圓形的屋頂，這屋頂上畫着裸體的女人和兒童飛翔在天空，這幅天空的圖畫，在瓦斯燈光下，變成了綠色。招待員不時領着一位先生和一位太太，到了他們的座位，男的穿着晚禮服，女的坐在他旁邊，纖弱而懶散地偎傍着他，眼睛向劇場裏四處張望。兩位年輕人出現在靠近樂隊前排的座位上；他們一直站在那裏，到處張望。

「我不是告訴你，黑多？」其中年紀較大的一個，一個高個子，留着黑色八字鬍，大聲說，「我們來得太早了！你本來該讓我把雪茄抽完了再來的。」

一個招待員正走過。

「啊，花車利先生，」她很親切地說，「還有半個鐘頭才開始呢！」

「那爲什麼他們廣告上說九點開演呢？」黑多問，他那瘦長的臉上顯示非常不耐。「就在今天早晨，在戲裏擔任角色的克莉西還跟我說他們準九點開演呢。」

他們兩個沉默了一會，抬頭向上看，觀察樓上那些昏暗的包廂。包廂裏都是綠壁紙，所以更顯得模糊不清。再往下看，二樓上包廂下面，池座裏的小包廂都是黑黑的。在二樓的包廂裏，只有一位肥壯的婦人，身子靠在她面前絲絨的欄杆上。舞台兩旁高聳着的半圓壁柱之間，是台口包廂，廂欄上懸垂着長穗子的扇形綵飾，這裏每個包廂也都是空的。劇場的面貌，和一片柔綠的氣氛所烘托出來的黃白色建築花飾，只能隱約地看到，就彷彿中間所懸着的那一盞大水晶瓦斯燈的火焰，所發出的朦朧光線，把整個戲院像籠罩在霧裏一樣。

「你爲露西買到台口包廂的票沒有？」黑多問。

「買到了，」他的同伴回答，「不過這張票我眞費了不少功夫才買到啊，用不着操心，露西不會早到的！」

他抑制住呵欠；停了一會兒，然後說，

「你運氣眞好，你不是沒有看過初演嗎？今天這齣『金髮愛神』一定會成爲今年轟動一時的大事。六個月以來，人們已經談着這齣戲了。裏邊有多麼好的音樂，我們進去，孩子！這個包得拿夫，眞懂得生意經，把這齣戲一直留到現在開博覽會的時候才上演。」

黑多虔誠地聽着。後來他大膽地問，

「那位新明星，就是要扮愛神的那個娜娜，你認識她嗎？」

「我的老天！你也問起她來了，」花車利舞着雙手，大聲說。「今天一大早，我遇見的熟人有二十個以上，這也問娜娜，那也問娜娜！難道巴黎所有的風流女人，我每個都認識麼？娜娜是包得拿夫要的花樣！她一定漂亮！」

他發完牢騷後才稍爲鎭定自已平靜下來。不過那劇場裏面的空虛，那吊燈所發出來的昏沉的光亮，和那個地方雖然充滿了低語與開門關門的聲音，喚起敎堂一般的感覺——這一切，都刺激着他的神經。

「受不了！」他大聲說，「我得出去。我們也許在樓下遇到包得拿夫。他會把一切詳情講給我們聽的。」

在樓下進門口的大廳，地下舖着大理石；售票處就在那裏；觀衆開始來了。從敞開的三道門口望出去，晴和的四月天夜晚，看到大馬路上擾攘擁擠的人羣和車輛。馬車不停衝到戲院門口，車門打開又用力關上；人們開始三三兩兩走進來，在售票處停下來，然後再走上大廳盡頭處的樓梯，上樓的時候，女人們左右擺動慢慢地走去。大廳四周的赤裸而灰白的牆壁上，只有一點點第一帝國時代式的裝飾，看來彷彿是玩具的廟堂裏的柱子。黃色的廣告，在四面牆上，高高的展貼得耀眼，上邊用黑色大字母寫着「娜娜」的名字。一些似乎膠着在入口處的男人，都在讀着這些廣告；其餘的人隨處站着，專心在談話，這樣就把戲院的入口全給堵住；這個時候，在售票處的裏面，坐着一個塊頭很大的男子，生來一副寬大的臉，臉上刮得乾乾淨淨，正對那些急於要買到票的人們，發着粗暴的回答。

「那便是包得拿夫，」花車利下樓梯時說。

那位經理先生看見他大聲叫道，「你這人眞夠朋友！這就是你給我發表短評的法子嗎？我今天早晨把那份費加洛打開一看——連一個字也不見！」

「你先聽我說，」花車利同答。「我當然先得認識你的娜娜，然後才能夠寫她呀。何況，我並沒有答應過你什麼。」

然後，爲了結束這場爭論，他就向他介紹他的表弟，黑多這位青年，是到巴黎來唸書的。經理的眼睛向他瞄一下，就已經把這位青年打量仔細。而黑多却很激動地在審視他。這個就是包得拿夫，這位專門公開展覽女人爲業的人，他對待她們像獄卒對待犯人一樣，他腦子裏不停在想賺錢的花樣，是一個憤世嫉俗的人，高聲談話，隨意吐痰，喜歡拍自己大腿的人，他像阿兵哥一般頭腦簡單，黑多却切望給他好印象。

「你的戲院——」他用悅耳的聲調開口說。

包得拿夫靜靜地打斷了他的話，冷淡地說，

「你管它叫作我的妓院好了！」

花車利聽了，贊同地大笑起來，黑多却大吃一驚，他原先想說的恭維話就哽在咽喉，說不出來了，面上還强做很欣賞這開玩笑話的樣子。經理這時早已經衝過去和一個戲劇批評家去握手了，那個人的評論有很大的影響力。等他轉身走同來，黑多的心情已經恢復平靜。他怕露出過於驚惶無措的樣子，會叫人家把他看成鄉巴佬。

「我聽說，」他開口，積極地急想找出一點話來說說，「聽說娜娜有美妙的嗓子。」

「她！」經理把兩肩一聳，叫了出來，「那跟開水龍頭的聲音沒有兩樣！」

這位青年趕快補充說，

「而且聽說她還是一個優秀的演員！」

「她嗎！笨得要死，她到了臺上，連手脚都不懂得往那裏放。」

黑多臉上微微一紅。他不知所措，張口結舌地說，

「我是無論如何也不肯錯過今天晚上這個初演。我知道你的戲院——」

「叫它妓院，」包得拿夫又挿嘴，像一個具有成見的人那樣無情的頑固。

這個時候，花車利正以極端平靜的心情，注視着進來的那些婦女們。他看見他的表弟這樣茫然地掉在霧中，笑也不好，氣也不好，就趕快給他解圍。

「使包得拿夫高興，你順着他的意思叫好了。他要你叫他的戲院什麼，你就叫什麼吧。而你呢，我親愛的朋友，你用不着騙我們，要是你的娜娜眞的旣不會唱又不會演，那你今晚不是要垮臺了嗎？正是我料到的。」

「垮臺！垮臺！」經理喊了出來，臉色氣得發紫。「一個女人，難道就必須能唱能演才行嗎？喂，我的朋友，你也太笨了，娜娜有別的長處啊；媽的！她的長處可以補償她一切缺點，這我早就聞到了；這些長處，她多的是，不然的話，那我的鼻子可眞是個白癡的鼻子了。你等一會兒看，她只要一出臺，觀衆們都會一面看她一面流口水。」

他說話的時候，擧起兩隻粗大的手，雙手因激動而在發抖；接着，他放低聲音，自己對自己說，

「錯不了，她前途無量。呵！媽的，她會爬得很高，她的皮膚——呵，多麼白嫩的皮膚！」然後，爲了回答花車利的問題，他詳詳細細地說明。他的措辭，都十分粗野，使黑多聽了很震驚。原來他早就和娜娜關係很密切，本來早就急於把她擺脫，弄到舞臺上去。剛好，就在這個時候，他正缺少一個扮愛神的演員。他是從來不讓一個女人貼住他太久的，所以寧願叫觀衆們一同欣賞欣賞她的長處。可是，這一來使他遭到很大的困擾，他的大牌女演員露絲米儂演技精湛，又是一個受人崇拜的歌手，想到娜娜未來會是她的勁敵，就整天以拆他的臺來威脅他。至於在海報和廣告上的排名她們更互不相讓，鬧得多麼兇！結果還是他決定把兩個女演員的名字，用同樣大小的字體印出來這才算了事。她們最好不要太令他爲難，只要他那兩個小女人——他是這樣稱呼她們的——克莉西或是西門不聽他的話去做，他就給她們吃排頭。要是他不公平對待她們，他永遠也不會有好日子過，他很能控制她們，他知道她們的價値，這些賤貨。

「啊！」他自己打斷自己的話，揚起聲音說，「米儂和士丹拿來了。他們永遠在一起。你們知道，士丹拿對露絲有一點厭倦了，所以露絲的丈夫才寸步不離地跟着他，生怕他偸偸溜跑了。」

從戲院飛檐上照下來的一列瓦斯燈的光亮，使門前的路面明亮起來。兩株翠綠的小樹，被燈光一射，清清楚楚地突現出來；在這樣活躍的照明下，一條柱子，也閃着光芒，所以老遠的人就可以看得見柱子上所貼的廣告上的字句，清楚得和白天一樣，而遠處大馬路上一片漆黑中，稀稀

落落地點綴着幾點燈火，顯示出那永遠在流動的人羣。有許多人並不馬上就走進戲院的大門，先站在外邊，在那一列瓦斯燈光下，一邊吸着雪茄，一邊在閒談。燈光使他們的臉蒼白，又把他們那縮短了的黑影，投射在柏油的路面上。米儂，一個高大强壯的男人，生着一個走江湖戲班裏的大力士的方形頭顱，他正在人羣中擠過來，拖着那位銀行家士丹拿——身材矮小，大腹便便，圓圓的臉，斑白的鬍子。

「怎麼樣，」包得拿夫對銀行家說，「你昨天在我的辦公室裏遇到的就是她。」

「啊！昨天遇到的就是她嗎？」士丹拿叫了出來。「我也猜到是她的。她進去的時候我正走出來，所以幾乎連她的一點影子也沒有抓着。」

米儂垂下眼睛在聽，神經質地旋轉他小手指上的一個大鑽石戒指。他知道他們是在談娜娜。後來包得拿夫把他的新明星描寫一番使得銀行家的眼睛亮起來，他就決定要干涉。

「親愛的朋友，夠了，她是不值一看，觀衆不久就會把她趕出去的。士丹拿，我的孩子，你知道我的太太正在她的化粧室裏等着你呢。」

他想把他帶走。但是士丹拿不肯離開包得拿夫。售票處人羣更加擁擠，嘈雜聲愈來愈大，娜娜的名字不時有人在叫，那兩個字音叫得極其生動，像唱歌一樣的悅耳。站在廣告面前發呆的男人們，大聲把這個名字讀出來；其他走過的人，也疑惑地把那個名字讀一遍；而女人們呢，都帶着訝異的神情，把它一遍又一遍地輕輕念着，一面在微笑一面又有些不安。沒有一個人認得娜娜。娜娜是從那裏掉下來的呢？人們都在私語，不少笑話和故事在流傳。這個名字本身就溫柔；它那特有的順口，使每一個人說起來都好像叫老朋友那樣親切。人們重覆地念着它，使得他們的心情也開朗起來，一種好奇的狂熱，支配着他們。巴黎人的好奇心，非常强烈，使他們像瘋子一般都想看一看娜娜。有一個女人被人擠破了衣服；有一個男人丢了帽子。

「啊，你們問我的問題太多了！」包得拿夫大聲說，這時有一二十人正拿各種問題把他包圍住。「你們一會兒就會看見她的，我走了；他們還有事找我呢。」

他一看見已經把觀衆的情緒煽動，心裏暗暗高興，一溜煙就不見了。米儂聳了聳肩，提醒士丹拿，說露絲正在等着他，要把她在第一幕裏所穿的衣服，先給他看看。

「喂！露西來了，」黑多對花車利說。

那確是露西·史都華，一個其貌不揚的矮小婦人，年紀大約有四十歲，長長的頸，清瘦又眉蹙嘴歪的面孔，一張厚嘴唇，可是，雖然如此，她那活潑和優雅的體態却很討人喜歡。她由卡洛蓮和她的母親陪同，卡洛蓮是冷若冰霜的美人。她母親是一個擧止非常高貴的人物，不過看起來好像是用草紮的。

「你跟我們坐在一起，我已經給你留下座位了。」她對花車利說。

「那我什麼也看不到了！」他回答。「我有一張樓下前排的票子；我情願坐在那裏。」

露西馬上要發火。難道他不敢在別人面前陪着她坐嗎？可是，她抑制住自己，換了一個話題，

「你以前爲什麼沒有告訴過我你認識娜娜呢？」

「娜娜！這個人我從來沒有看見過呢。」

「眞的嗎？有人說你同她睡過。」

在他們前面的米儂，把手指放在唇上，作手勢，叫他們住口。露西問他爲什麼，他就用手指着一個正走過去的年輕人，低聲說，

「娜娜的情人。」

每一個人都向他看，他無疑是一個漂亮的男人。花車利認識他；他名叫達格奈。這個年輕人曾經爲了女人，花掉了三十萬法郎。爲了弄錢，現在他玩股票，好給女人們送花或者請她們吃飯。露西認爲他的眼睛很漂亮。

「啊，白蘭來了！」她叫道。「就是她告訴我說你同娜娜睡過。」

白蘭是一個肥壯的金髮女郎，她漂亮的面孔，愈來愈胖。她由一個瘦弱而衣着很講究，神態非常高雅的男人，陪同進來。

「這是范多夫伯爵，」花車利輕輕對黑多說。

伯爵和這位新聞記者握手的時候，白蘭和露西在那裏談論。一個穿着藍色寬大裙子，另一個是淺紅色，兩人站在那裏，那兩條寬大的裙子，擋住了別人的去路；她們的談話裏，不時提到娜娜的名字，旁邊的人都注意在聽。伯爵帶着白蘭進去了。娜娜的名字，到處有人在大聲念着，它的回聲在那大廳裏震盪得更大聲。爲什麼還不開始演？男人們掏出錶來看；遲到的人們，不等車子停穩，就先跳了下來；一大羣人從人行道往裏面擠；外邊過路人，在瓦斯燈照耀下的路面空地上，都探頭往裏邊窺視一下才走過去。街上有一個野孩子，吹着口哨走過來，叉着脚站在門口的

一張廣告前邊，像喝醉的聲調喊着，「喔喲！我的娜娜！」說完，就邁起脚步，拖着他那雙破靴子，又搖搖擺擺地向前走去。大家看見他這個樣子，發出一陣哄然的大笑。連那些衣着講究的紳士們，也都一遍又一遍地說着，「娜娜，喔喲，娜娜！」人們都在擁擠着，票房那邊發生了爭執，這些觀衆都傳染遍了愚蠢可笑的發狂，和獸性的興奮，他們呼喚着娜娜，要求着娜娜的叫喊也就越來越高了。

在這一片鬧聲中忽然預告開幕的鐘聲響了。他們互相傳告說要開演了，聲音達到大馬路上；於是一陣擁擠，大家都搶着先擠進去，弄得戲院的職員不知所措。米儂不安地抓住士丹拿，他一直都沒有去看露絲的戲裝。第一聲叮噹的時候，黑多就在人羣中分開一條去路，拉着花車利，生怕錯過了前奏曲。觀衆們焦急的樣子，惹惱了露西。多麼粗魯的人羣，怎麼能這樣推擠婦女們呢！她帶着卡洛蓮和她的母親，留在那一羣人後面，現在進門來的那個大廳可空了，而門口外邊，依然聽得見大馬路上連續不斷的轔轔車聲。

「好像他們這些戲，齣齣都可笑似的！」露西在爬上樓梯的中間，說了又說。

花車利和黑多站在他們的位子前面向四處張望。這個時候，全戲院都亮起來。那盞大吊燈的水晶玻璃照得通明，這些光線，從屋頂反射下來像下黃金雨一般。座位上的紫紅絲絨，被燈光一射，都成了湖水的色調。場子內金彩的裝飾一經照亮，那些柔綠的花紋，和天花板上粗糙的圖畫的顏色和緩得它對照起來，便覺得多了。臺口的脚燈也亮了，把前幕照得很亮，那顏色富麗堂皇，像童話中的一座宮殿，那深紅色的大帳幕，和上端與頂畫之間的泥飾，已經顯出許多裂縫的粗陋臺框口，成了一個强烈的對照。這裏邊早已溫暖起來了。樂隊已坐下來，正在調音笛子的清脆聲音，號角窒息的嗚咽，小提琴像夜鶯般歌唱，這些，都給全場人聲喧囂蓋住了。觀衆們都閒談着，擁擠着，尋找他們的坐位；兩邊走廊上的匆忙擁塞，現在猛烈得使每個入口，都要費很大力氣才能通過，彼此遠遠打招呼，衣服互相摩擦，女人的裙子和頭飾，間雜着男人們的黑色禮服，一排一排的座位，終於慢慢坐滿了。有一個包廂裏，一隻赤裸的女人肩頭，閃耀雪白的皮膚。其餘的婦女們，安閒地坐着，懶洋洋地搧着扇子，望着人羣往前移動。在前座有一羣花花公子，穿着長背心，上衣鈕釦孔中揷着栀子花，站在那裏，用戴着手套的手，拿着他們的望遠鏡，到處看這裏那裏，不時可以看到一些女士們漂亮的服飾，美麗的面孔和光芒四射的珠寶。

那兩位表兄弟在尋找他們所熟識的面孔。米儂和士丹拿在包廂裏，並排坐着，手臂靠在蒙紫紅絲絨面的欄杆上。白蘭好像是獨坐在一個台口包廂內。黑多在仔細觀察達格奈。他就坐在他前邊兩排的位子上。緊挨着他的，是一個年輕人，大約只有十七歲，剛上大學，正大大地睜着美麗的眼睛，顯出很快樂的樣子。花車利看見他，微微的笑了一笑。

「樓上那個女人是誰？」黑多忽然問，「就是旁邊坐着一個藍衣少女的那個女人。」

他所指的是一個肥大的婦人，衣服綳得非常緊；這個女人的頭髮，從前是金黃色的，而現在變成灰白，她却把它染黃了；她的臉，用胭脂塗得通紅，再被如雨絲一樣垂下的嬰孩般的小髮鬈一蓋，幾乎連臉也看不到了。

「那是嘉嘉，」花車利簡單回答。這個名字似乎沒有告訴他表弟什麼，他就又補充說，

「你從沒有聽說過嘉嘉？她是當年路易•菲力時代的大美人。現在，她無論到那兒都把她的女兒拉在身邊。」

黑多對年輕少女沒有興趣。很奇怪的，嘉嘉却打動了他；他不停地在看她。他覺得她依然很好看，只是嘴裏不敢這樣說出來。

這時，樂隊指揮把指揮棒舉起，樂隊就開始奏起序曲來。人們仍然繼續走進來，紛亂和嘈雜之聲，有加無已。在這種場合裏朋友們遇到了只是大家作一個會心的微笑，那些老戲迷却從容得很到處打招呼，全巴黎都在這裏了。文藝界的，金融界的，新聞記者，玩家，作家，玩股票的，交際花，比良家婦女多，總之，這是奇異的一羣人，包括各式各樣。花車利，因爲他表弟問，就把專門留給報館和俱樂部的幾個包廂，指給他看。然後，把那些戲劇批評家告訴他——其中有一個人生得枯瘦，嘴唇生得薄而凶險，而，頂特別的是，另外一個肥大的人，臉上和藹可親，正靠在他的同伴一位樸素年輕的小姐的肩上，用溫柔而慈愛的眼神看着她。

他看見黑多向着對面包廂裏坐的幾個人鞠躬的時候，他就把話停住。他顯得驚訝。

「什麼！」他驚問，「你認識穆法•波維利伯爵？」

「是的，很久以前就認識了，」黑多回答。「他在我們家附近，有一片產業。我常常到他們家去。伯爵和他的太太是跟他的岳父那位蘇亞侯爵住在一起。」

他表兄的詫異，使他心裏高興，由於虛榮心使他談得更津津有味。侯爵是政府評議員；伯爵最近被委派爲皇后的侍臣。這時花車利拿起望遠鏡，向着伯爵夫人望去，那是一位豐滿的黑髮婦人，有美麗潔白的皮膚，和一對漂亮的黑眼睛。

「請你在休息的時候給我介紹介紹好嗎，」他說。「我曾經見過伯爵，不過，我很想參加他們家裏每星期二的招待會。」

從上面樓座裏有人大聲叫「噓」！序曲已經開始了，還有人們在入場。後到的人使得整排觀衆不得不全體站起來讓他過去，包廂的門砰然關上，走廊上傳來大聲爭吵。許多閒談的聲音，一點也不停息，這一片聲音，宛如日暮時的麻雀在聒噪。一切都在混亂中；全劇場裏，到處都雜錯着穿來動去的人頭和胳膊，這些人有的舒舒服服坐着。有些站在那裏，想在開幕前向四下裏作最後一次的張望。「坐下坐下！」的呼喊，從後邊昏黑的深處，叫出來。人人都急切地期待開幕，大家總算馬上會看到全巴黎談論了一星期的著名的娜娜了！

談話的聲音，慢慢減少，只是偶然來一下大大的。在這個逐漸消逝的談話聲中，樂隊正奏着愉快的圓舞曲，這輕快的節奏暗示着一些滑稽戲裏的小丑調子，把觀衆們都逗笑了。坐在最後面僱來的那一幫拍手的人，就拚命鼓掌。幕慢慢升起來了。

「喂！」黑多還在談話，大聲說，「有一位紳士陪着露西。」

他正望着他右手邊的那個臺口二樓包廂。前邊坐著卡洛蓮和露西；後邊還可以望見卡洛蓮的母親那高貴的容貌，和一個高個子淡顏色頭髮青年的側臉，衣着講究。

「看！」黑多堅持着說，「那裏坐着一位紳士。」

花車利慢慢拿起望遠鏡來向他所指那包廂望去。可是，他一看，馬上就把頭又轉回來。

「那是拉波得，」他用毫不在意的聲調說，好像這位紳士的在場，是很自然，而且無關緊要的事。

在他們後面的觀衆大聲叫「噓」！他們只好停止談話。現在觀衆都靜坐着，把身子挺得筆直地注視着臺上，那一大片人頭，從池座一直往上排到最高處的後廊。這一齣「金髮愛神」的第一幕劇情，是古希臘神話裏的故事，佈景是用紙板畫成的奧林匹克山，兩邊檔片上畫着浮雲，臺左擺着朱彼得的寶座。最先出場的是彩虹神和替朱彼得拿酒壺的僕人，由一羣天上的侍從們圍繞着，在給衆神會議預備座位，大家唱着一個合唱。那些事先僱好了的鼓掌人，又突然鼓起掌來；可是觀衆們並沒有反應。可是黑多却給克莉西鼓掌了，她是包得拿夫的一羣小女人之一，扮演彩虹神，穿着淺藍色衣服，腰上纏着一條七色彩虹的大帶子。

「你知道，她是把內衣脫掉才穿上那戲裝的，」他對花車利大聲說，「我們今天早晨試穿過，內衣會從腋下和背後露出來。」

扮演月神的露絲米儂上場時，觀衆席間起了一陣輕微的騷動。她雖然又瘦又黑，旣沒有那個角色所需要的美貌與身材，又是屬於巴黎特有的街頭流浪兒那種醜陋而又可愛的一型，可是，她看來却顯得迷人，並且彷彿惟有這樣才正足以給她所扮演的角色來一個諷刺。她一上場，就唱起滿是無聊詞句的歌，無聊到使人聽了要睡覺。唱詞全在埋怨戰神，因爲戰神爲了陪伴愛神而拋棄她。她唱來羞答答的，却加添了不少黃色的話，使觀衆都興奮起來。她的丈夫和士丹拿坐在那裏，大聲笑出來。到那位最紅的男演員普里牙，扮演戰神，穿着將軍的制服，頭上插滿了羽毛，佩一把長到他肩膀的長劍一上場，全場發出狂吼和鼓掌。他對月神已膩了：她要求太多。月神發誓要監視他，要報仇。他們這一段二重唱，由普里牙可笑地發出阿爾卑斯山獵人們的呼叫聲結束。他具有青年演員的自負，他在臺上昂首濶步踱來踱去，眼珠子骨碌地轉來轉去，引起所有包廂裏面的女人，都發出尖銳的笑聲。

後面幾場戲有一點沉悶，觀衆又冷了下去。那位老演員波克，扮呆癡的朱彼得，頭上壓着很重的一頂大王冠；他和他的太太為了廚子的薪水爭吵起來，只引起觀衆微笑。海神，地獄之神，司才藝的女神，和其他的衆神，列隊上場，幾乎把什麼都破壞了。大家有點不耐煩了，臺下發出一片不安而逐漸高起的低語聲；觀衆對表演不再感興趣，就都在場子裏東張西望。露西和拉波得談得大笑；范多夫伯爵從白蘭的背後，伸出頸子來，花車利用眼角去瞄穆法夫婦：穆法伯爵露出很嚴肅的神氣，好像他未曾了解戲中那些淫邪的隱語似的；那位伯爵夫人却在出神地微笑，她似乎在幻夢之中。但是，忽然之間，那羣僱來叫好的人們的掌聲極有規律地發出，宛如一分隊士兵開了一排槍。大家都轉過頭來向臺上望。這總應該是娜娜了吧？這個娜娜，可眞叫人等得急死了。

出場的是一羣凡人，善良守法的公民們都是受騙的丈夫，由拿酒壺的僕人和彩虹神領着，來見朱彼得，控告愛神，說她把他們良善的太太們撥燃得過份熱情而去偷人。他們用簡單和傷心的調子所唱的合唱，時時在中間停住，插進一些完全是啞劇的招供，這使觀衆覺得大大的開心。全場只在流傳一句話：「王八大合唱！王八大合唱！」歌唱者的臉部化妝得非常滑稽，令人一看便知他們都是王八，特別是其中一個胖子臉圓得像月亮，他是火肯，他怒氣沖沖來找他太太，這時王八合唱隊又唱起來，請求王八之神幫他找回他那離家三天的妻子。火肯是由芳丹扮演的，他是一個有才氣的喜劇演員，有創造力。他裝扮一個鄉下的鐵匠，戴有火紅的假髮，赤着兩臂，臂上都刺繪着無數箭穿的紅心。在臺上搖搖擺擺走來走去，時時做出令人大笑的鬼臉。臺下有一個女人大聲叫出來：

「呵！他可眞醜！」所有觀衆都大笑鼓起掌來。

下面接着的一場，似乎冗長了一點。這一整場都是朱彼得召集衆神會議，商討受騙的丈夫們的訴狀，這個會好像總也開不完。演了這麼久，還不見娜娜！難道他們想把娜娜留到閉幕的時候才上場？這麼長久的一段時間的期待，結果把觀衆等得厭倦了。他們談話的聲音又起來了。

「愈來愈糟，」米儂高興地向士丹拿說，「這一下可要慘敗，不信你等着瞧。」

就在這個時候，台後邊的雲裂開，愛神出現了。娜娜，作爲一個十八歲的少女，她長得非常高大，也太胖了一點，她穿着女神的白長袍，金黃的頭髮披散在兩肩上，她從容不迫地走到台口，向着觀衆作微微一笑，就唱起她那偉大的歌，

「當愛神在黃昏裏漫步，」

從第二句唱詞起，全場的人們，就都奇怪地你望我我望你。這是不是包得拿夫在開玩笑，抑或是他的大賭注？從來沒有聽見過這樣荒腔走板的唱法。她的經理沒有說錯，她的歌喉像打開的水龍頭；她在台上連怎樣站和怎樣動作都不懂！她把兩隻手臂伸向前，她把身子扭來扭去，既不

莊重又不雅觀，已經有人在開汽水。這時，池座裏忽然傳出一聲，像一個正換毛的雄鷄，很自信地叫，

「她眞迷人！」

全場的人都在看說這話的人是誰。這是剛上大學的那位年輕人，他坐在那裏，兩隻漂亮的眼睛睜得大大的，那孩子般的面孔，燒得火熱。他見人人都轉過頭來望他，爲了剛才無意中大聲說出來那句話，他感到羞恥，臉就更紅了。坐在他旁邊的達格奈，微笑着看他；觀衆們都在大笑，沒有再想到喝倒彩了；戴着白手套的那些年輕紳士們，被娜娜渾身的曲線迷住，用力在鼓掌。

「這就是她，」他們大聲叫，「好極了！」

這時候，娜娜看見全場都笑了，她自己也大笑起來，更提高了場內的愉快氣氛。無論如何這漂亮的女孩子確實很有趣，她笑的時候面上就顯出一個小小的酒渦，她站在那裏等着，一點也不感到侷促，相反的她完全和觀衆打成一片，感到像在自己家裡一樣自由自在，好像她在眨動眼睛說她自己表演的可能不値半文錢，可是，這並沒有什麼關係，她却有比那更好的長處。她向樂隊指揮做了一個手勢，表示說，「接着奏下去，老伙計！」她就開始唱第二句！

「午夜的時候，金髮愛神走過去——」

依然是那種嘶啞的聲音，只是，這個聲音現在搔到觀衆們的癢處，不時得到他們的讚許。娜娜依然發着她的微笑，這微笑在她的櫻桃小嘴和一對淺藍的大眼睛上。到了她唱到某一段有點露骨的詞句時，她那粉紅色的鼻孔一開一合，面也通紅了。她的身子仍然不停扭動。她除了這樣就

不會其他了。觀衆也不再認爲難看了；相反地，觀衆們都擧起望遠鏡來看她，她唱完了的時候，已是聲嘶力竭，她知道不能再唱下去，她一點也不慌張，她把屁股一翹，在她那迷你袍子下面露出她那豐滿雪白的屁股，接着她又伸出雙臂向前彎腰，那對奶子完全顯露出來。這時全場大力鼓掌叫好，她馬上轉過身來向台後走去，顯示她的頸子和頸子上垂着的紅金色頭髮，像某些動物的茸毛。於是，掌聲變得更狂熱了。

這一幕的結尾，並不怎樣令人興奮。火肯想打他太太一個嘴巴。衆神擧行會議，議決到塵世去考察一番，然後再決定如何滿足王八丈夫們的請求。月神偸聽到愛神和戰神偸偸在談情話，就發誓在他們旅行塵世期間，永遠監視着他們。另外還有一場戲，是一個十二歲小女孩所扮演的小愛神，無論人家問他什麼話，他都用手指頭抹着鼻子，發着委委屈屈的聲調回答說，「是，媽媽！不，媽媽！」最後，朱彼得擺出生氣的主人的威嚴，把小愛神關在一間黑暗屋子裏，叫她把「愛」的動詞變化背二十遍。結尾，是一個大合唱，合唱隊和樂隊，演得奏得都十分精彩。只是，幕一下來，偏來鼓掌的人，努力想引着大家叫再來一次，可是，全場的人們已經站起來，都向着出口走去了。

觀衆們擁擠着，走出去時他們有些也在交換意見。到處只聽見傳遍了一句話——「這簡直是胡搞。」一個批評家說這戲大大加以削減。畢竟，這齣戲並沒有什麼重要，娜娜才是人們的主要話題。花車利和黑多最早離開他們的座位，在走廊上遇見了士丹拿和米儂。在這樣一個瓦斯燈照亮了的夾道裏，像是煤礦下的走廊，令人感到窒息。他們在劇場右邊的樓梯下站了一會兒，那裏有樓梯欄杆的最末一道小轉彎，保護着他們，可以不受擁擠。頂樓上的觀衆們，正不停地踐踏着沉重的靴子，走下樓梯來穿晚禮服的男士們不停地走過；這時，一個女招待員拚命遮護着一把椅子，因爲她在椅子上堆起許多男女外衣和頭巾，怕羣衆往前衝的時候給擠落了。

「我見過她，」士丹拿一看見花車利便大聲說，「我一定在什麼地方見過她——我想，大概是在卡仙奴俱樂部，她喝得爛醉給關了。」

新聞記者說，「我也不十分記得是在哪裏了；不過我也跟你一樣，一定遇到過她。」

他把聲音放低，笑着說，

「我敢說是在老特貢那裡。」

「當然，是在這麼一個髒地方。」米儂似乎激怒了，大聲說。「觀衆對台上偶然才頭一次出現的這麼一個娼妓，就這樣的歡迎，這才叫人噁心呢。將來舞台上恐怕就沒有正經女人了。是的，我要禁止露絲再演下去。」

花車利禁不住微笑起來。這時，樓上那些穿着沉重鞋子的人羣仍不斷地下來，有一個戴工人帽子的短小男人，慢吞吞地說，

「啊，我的天！她好豐滿，你可以吃掉她！」

在門廊裏有兩個青年，頭髮很精緻地鬈起，衣着非常時髦漂亮，白色的領子在前面稍爲翻下來，正在那裏爭吵。其中一個人，不說別的話，重複着說，「卑鄙，卑鄙！」可是沒有說出理由；另外一個祇囘答說，「出色，出色！」他也不作解釋。

黑多很喜歡她，他進一步發表意見說，如果她把喉嚨訓練一下，那就更好了。士丹拿本來沒有聽他們說話，聽見了這一句話，彷彿驚醒了過來。他以爲，無論怎樣，都得等着往下看再說。也許在下幾幕裏什麼都失敗。觀衆們雖然不挑剔，不過，還沒有到被感動的程度。米儂發誓說沒有人會坐下來看完它；在花車利和黑多離開他們向大廳走去的時候，他就挽起士丹拿的胳臂，緊緊倚在他的肩上，在他的耳邊細語，

「老朋友，去看看我太太第二幕的服裝吧，那簡直壞極了。」

樓上休息室裏，懸着三盞玻璃燈，燃着通亮的火光。那兩個表兄弟站在門外猶疑了一下才進去，因爲，從那大開着的玻璃門望出去，一眼就可以看到，一片人頭的波濤，分成兩道主潮，保持着一個永不間斷的對流活動。他們走進去。裏邊坐着的有五六堆人，在高聲談話，有人在比手劃脚地爭論，各不相讓。其餘的人，在來回走着，轉身的時候，脚後跟在打蠟的地板上，發出尖銳的聲響。左右，在那些雜色的假大理石柱之間，婦女們坐在蒙紅絲絨的長椅上，帶着疲乏的神色，好像室內的暖氣使她們癱軟了似的，在看着羣衆走過。她們背後牆上的長鏡子裏，映出她們的髮髻。休息室的那一頭，有一個大腹便便的男人，站在酒巴間前面，喝着一杯菓子露。

花車利走到洋台上去呼吸新鮮空氣。黑多本來正在研究柱子中間和鏡子間隔着懸起的女演員照片，後來也跟着他走出去。劇院前面的一排瓦斯燈火已經熄了，洋台上又黑又冷，似乎是一個人也沒有，除了在洋台的極右端，有一個年輕人獨自在石欄杆上。他吸着香菸，花車利認出來那是達格奈。他們熱烈地握手。

「你在這裏幹什麽，老朋友？」新聞記者問，「你怎麽把自己藏在黑暗的角落裏——你，你這個從來在初演之夜絕不離開座位的人！」

「你看我是爲了要抽菸哪，」達格奈回答。

於是，花車利，爲了叫他爲難，就問，

「你對這位新明星有什麽意見？我聽見大家對她的批評可都有點不大好。」

「啊！」達格奈咕嚕道，「那些人她不會跟他們有任何關係！」

他對於娜娜才能的批評，全都包括在這一句話裏面了。黑多往前俯身去看下邊的大馬路。對面的一家旅館和一家俱樂部的窗子，燈火通亮，底下的人行道上，馬得里咖啡館門前的桌子都坐滿了顧客。時間雖然已經不早了，羣衆還依然擁擠着，人們只能慢慢往前走；從朱佛拉街裏出來的人，都得等上五六分鐘，才能穿過馬路到對面去，可見往來車輛之多。

「多麽有生氣！多麽熱鬧！」黑多反覆地說，巴黎還在使他驚訝。

鈴聲一響休息室很快便空了。人們都匆忙走過通道。幕早已拉起，還有一羣一羣的人湧進場來，弄得早已坐好了的觀衆，厭煩地站起來讓他們過去。人人都坐好了，面上很有生氣和一副全神貫注的樣子。黑多第一眼便望向嘉嘉那邊，他一看，爲之愕然，剛剛才坐在西包廂裏的那個淡頭髮高大男人，現在正坐在嘉嘉旁邊。

「那個男人的名字叫什麽？」他問。

花車利並沒有馬上看見他所指的人。

「呵！是的，是拉波得，」最後他才說，還是那副漠不關心的樣子。

第二幕的佈景令人出乎意外的驚奇。那是在郊區一個叫「黑球」的地方舉行的星期二懺悔跳舞會，化裝跳舞的人們穿着怪誕的服裝，唱着一首輕快調子的歌，合唱隊用脚後跟踢踏着來作伴奏。歌詞和動作都恰到好處，一點也不過火，觀衆們都很喜歡得要求再來一次。本來是要到塵世進行調查工作的衆神，彩虹神說她很熟識塵世地方由她帶路，竟把大家帶到這個集會裏來。他們爲了避免人家看出眞面目，都已經改了裝扮。朱彼得扮成一個達戈比王，把短褲翻過來穿，頭上戴着一頂錫製的大王冠。日神扮作朗毛地方的馬車夫，司才藝的女神扮諾曼地方的奶媽。戰神穿着一件荒謬的瑞士海軍上將制服，他一上台全場就爆發出哄堂的大笑。可是，這愉快的笑等到海神一出台就變成惡意的了，因爲他穿着一件工人服裝，頭上戴着一頂高高的工人帽子；太陽穴上貼着二撮披垂到肩頸的捲髮；脚上趿着一雙拖鞋。他油腔滑調地喊道，

「一個英俊的男人就是要被女人們來愛！」

台下發出許多「喲！唉！」的聲音，女人們也把扇子往臉上稍爲擧高一些。露西坐在她的台口包廂裏，笑得前仰後合了，弄得卡洛蓮不得不求她靜下來。

從這個時候起，這齣戲算是平安度過危險期了——不但如此，還有大大成功的希望。這個衆神大化裝跳舞的場面，這個把奧林帕斯山聖地拖進了泥漿裏，這種對宗教和詩歌的嘲弄，大家都認爲很幽默。褻瀆神聖之狂熱，支配所有這初演晚上的觀衆：史詩的傳說，被踐踏在脚下，古代的影像全被摧殘。朱彼得的頭長得很美。戰神也非常成功。皇室的尊嚴掃地，軍隊更是開玩笑。

朱比得忽然愛上了一個小小的洗衣服的女孩子，就開始卽興跳起一個瘋狂的康康舞；扮演那個洗衣女郎的西門高高踢起玉腿，一直碰到她主人的鼻子，叫着，「我的肥爸爸！」對他戲謔到這麼一個程度，引得台下爆出一陣大笑來。他們跳舞的時候，日神請司才藝的女神飲一杯熱酒，這個時候，海神被七八個女人圍繞着，由她們餵着他吃蛋糕。觀衆們在抓住些微的暗示，無意黃色的詞句却被發現非常淫猥，那些最無傷大雅的話被台下觀衆一叫，那完全不同的意義便露了出來，觀衆們好久沒有看到像這樣淫穢的戲。這使他們很過癮，他們完全陶醉在裡面。

火神這時穿另一套服裝上場，全身一直連手套都是黃色，戴着一隻單邊眼鏡，在追求着愛神。最後愛神上場時扮一個漁婦，頭上紮着手巾，高聳的兩個奶子上面罩着兩塊大的金黃裝飾。娜娜，那麼白，那麼豐滿，於必須大屁股和說個不停的才能的角色，她演來非常自然，所以她馬上就征服了全場。露絲．米儂被人遺忘了，儘管她扮成一個甜蜜的嬰兒，戴着柳絲織成的小帽子，穿着一件細洋紗的短裙，用甜蜜美妙的喉嚨，嘆吐着月神的怨氣。然而，另外那位高大小姐，雙手叉着腰，像隻母鷄似的發着咯咯的聲音，却充滿着活力，全身散發着女人的魔力，觀衆就被這個給迷醉了。從第二幕起，一直演到完結，無論她怎樣，都是好的了。她儘可以演做得很拙笨，她儘可以把幾個音聲唱走了調子，她儘可以忘掉台詞——這都不要緊：只要她身子向着觀衆微笑，都可以引起高聲的喝彩和鼓掌。每次她表演特有的扭屁股動作時，池座裏就會如火如荼，這一股熱情的狂焰，就從池座往上飛昇，從二樓一層一層地飛昇，一直飛昇到畫着神像的屋頂。當她領導着跳舞時，也是一個勝利的成功。她跳的時候很從容：雙手叉在腰上，那種神氣簡直是要把眞的愛神都可以拋在路旁溝壑之中。音樂，似乎也是專爲配合她那低啞的喉嚨的——那嘶吼的管樂，如號角的喘息，小笛子的震顫等，都足以令人聯想到聖·克魯廣場上趕集的音樂。

又有兩段歌被台下歡呼得重唱一遍。開幕時那圓舞曲，又奏起了。衆神們在台上隨着這輕快的調子旋轉着。假扮農婦的朱彼得太太，抓到他和洗衣女郎調情，打了他幾下屁股。月神，出其不意地撞見愛神正和戰神在訂幽會，連忙把他們幽會的時間去告訴了火神，火神就大喊：「我有我的計劃！」以下的情節似乎就不大明朗了。這一場塵世間的訪問，用一個結尾的加羅普舞曲來結束。舞曲之後，朱彼得滿頭大汗，王冠也丢了，喘着氣說，塵世間的小女人們，個個都可愛，過錯全在男人。

幕落了，這時，在狂熱的鼓掌聲中，有人大叫，

「全體演員出來，全體演員出來！」

於是幕又拉起來了，演員們手拉着手走到台前。娜娜和露絲在當中，向四面鞠躬行禮。觀衆再鼓掌，僱來喝彩的人歡呼。觀衆們慢慢站起來走出去。

「我去問候穆法伯爵夫人，」黑多說。

「很好；你可給我介紹，」花車利回答，「之後我們可以到外面去。」

但是要走到樓上第一排包廂那裏去，不是易事，過道裏，非常擁擠。在這一堆一堆的人羣中，要想向前進，就必須自由運用你的手臂肘。一位肥大的批評家，身靠在牆上，站在一個瓦斯燈火下面，發表他對這齣戲的意見，面前圍了一圈聚精會神地聽着的人。走過去的人，小聲告訴他

朋友這人是誰。有人說，他剛才由開場到落幕都在大笑：然而，現在他又很嚴肅起來了，又談起什麼高尚的趣味和道德來了。不但如此，這位薄嘴皮的批評家，很受歡迎，可是他的評論却像發酸的牛奶，喝過後總不是味道。

花車利走過每個包廂，都從門的小圓窗子望進去，范多夫伯爵看到他想問他一些問題。伯爵知道了這兩位表兄弟要去向穆法夫婦致敬，就指給他們說那是第七號包廂，他自己剛從那裏出來。然後，在新聞記者的耳邊，細聲說，

「我說，老朋友，這位娜娜——毫無疑問就是我們一天晚上在普雲斯街角上看見的那個野鷄？」

「你說的一點也不錯！」花車利大聲說。「我確信我是在那裡見過她！」

黑多把他的表兄介紹給穆法·波維利伯爵，伯爵的態度非常冷淡。不過，伯爵夫人一聽見花車利的名字，就抬頭向他看，稱讚他在費加洛報上所發表的文章。她的身子仍然倚在面前紅絲絨的欄杆扶手上，很優雅的肩部動作把身子轉過來一半。他們談了一會，後來話題轉到世界博覽會去了。

「那一定是非常好看的，」伯爵說，他那四四方方平平板板的臉上，保持着相當的嚴肅。

「我今天去看過大校場了，從那裏囘來，心裏覺得那眞了不起。」

「聽說不能如期開幕，」黑多說。「不知那裏出了問題。」

伯爵用嚴厲的聲音，打斷了他的話，

「一定會如期開幕的。這是皇上的命令。」

花車利與高采烈地敍述他有一天跑到那裡去找一段文章的題材，在那正在建築中的水族館迷失了，伯爵夫人微笑；她不時地往樓下張望，把那戴着長白手套的手臂舉起，慢慢地搧着扇子。戲院裏的座位幾乎全空了。那留下來的幾位紳士打開晚報看，女人們在接待朋友，如像就在她們自己家裏似的。那一盞大水晶吊燈底下，都是很有教養的低聲談話；這時，大吊燈的光輝，也被閉幕後人們混亂的移動所翻騰起的灰塵掩暗了。在門口有些男人在那裏徘徊，細看那些留在位子上的女人。他們站在那裏動也不動，往前伸出頸子去望，露出襯衫裏邊的那個大白胸口。

「下星期二，我們等你來，」伯爵夫人對黑多說，她也邀請花車利，他就鞠了一躬謝她。

對於這一齣戲，大家就沒有提起一個字；娜娜的名字更一次也沒有提過。伯爵的態度那麼冰冷，那麼莊嚴了，弄得人家以爲他是在參加立法會議呢。他趁機解釋爲什麼他們會來看這初演，說他的岳父喜歡戲劇。那個包廂的門一直開着，他的岳父，蘇亞侯爵，剛才爲了給這兩位客人讓座位出去的，現在他高大的身子，筆直站在門口。他的臉，蒼白又鬆軟，被寬大的帽子邊沿遮住。他的眼睛，在滑溜溜地隨着走過的女人轉動。

伯爵夫人約請了他們之後，花車利覺得要是再接着去談那齣戲就有一點不識相了，於是告辭出來。黑多是後一個離開包廂的。他一出來就注意到那位生着漂亮頭髮的拉波得，正舒適地坐在范多夫伯爵的包廂裏，親密地和白蘭閒談着。

「我說，」他一趕上了他的表兄就說：「拉波得，什麼女人都認識，他現在跟白蘭在一起。」

「當然，他都認識，」花車利冷冷地回答，「年輕人，這有什麼值得大驚小怪的。」

過道上也不像先前那樣擁擠了，花車利剛要下樓梯，露西就在遠遠叫他。她站在她包廂的門口。包廂裏邊悶死了，她說，她跟卡洛蓮和她母親，三個人在那裡嚼着烤杏仁，把通道都堵住了。一個專管開包廂門的女人，像個媽媽似的，跟她們談話。露西向新聞記者大發牢騷。他是好人，他匆匆忙忙趕去看別的女人，可是他甚至不能到她們這裏來，來問她們要不要喝點什麼！隨後，她又變了話題，

「我想娜娜成功了。」

她想留他在她的包廂裏看最後一幕，可是他逃了，只答應散場後跟她們見面。在戲院門前，花車利和黑多點着了香菸。一部份到外面來呼吸新鮮空氣的觀衆，堵住了行人路，大馬路已慢慢靜下來。

這時米儂把士丹拿拉到雜耍咖啡館去了。他眼看着娜娜勝利了，就熱烈地談着她，眼角一直望着那個銀行家。他很清楚；他曾經有兩次幫着他欺騙露絲，這些愛情遊戲過去後，又把他拉回到她的身邊滿懷歉意，對她重新忠實起來。咖啡館裏，大理石面的桌子圍繞着過多顧客。有些人站在那裏極匆忙地喝了就走。那幾面大鏡子，把這個人頭擁擠的世界，交相反映得多到無限，把這間狹小的屋子，和裏面的三盞懸燈，假皮面的座位，鋪着紅地毯的螺旋樓梯，增大了不少。士丹拿進去坐在第一道沙龍裏，這個小單間，有一面整個開敞到大街上，時令雖然未到，可是它的

門窗都已經卸下去了。花車利和黑多走過，銀行家叫住他們，

「來和我們一起喝杯啤酒吧？」他說。

一個念頭一直在他心裏打轉，他想把一個花球抛給娜娜。最後，他把這間咖啡館的茶房叫過來，對他很熟識地叫他的名字奧古司。米儂在一旁留心聽着，眼睛瞪着他看，竟把他看得失去鎮定，於是就呑呑吐吐地說，

「去買兩個花球，奧古司，送給那兩個女招待員。每個人送她一個！在適當的時候送去，懂不懂！」

沙龍的另一頭，坐着一個女孩子，大約十八歲的樣子。她把兩肩靠在身後的鏡框上，倚在那裏，一動也不動，對着面前已經喝空了的玻璃杯發呆，好像早已被長久而無結果的等候所痲痺了似的。她那美麗的黃頭髮的天然曲鬈下，一副處女的面孔，生着一對柔潤的眼睛，她穿着一件淺綠色的綢衫，戴着一頂圓帽，夜間寒冷的空氣，使她的臉色顯着很蒼白。

「喂，莎丹在這裏，」花車利的眼睛一看到她就說。

黑多問他。噢，她是無關重要的人物，一個街上的妓女。她嘴巴時常是髒話連篇，逗她胡說一陣來開心。新聞記者於是揚高了聲音，

「你在那裏幹什麼，莎丹？」

「我在浪費生命，」莎丹從容不迫的回答，一動也不動。

這四個男人都樂了，大笑起來。米儂說不必忙；總得要二十分鐘，才可以把第三幕的景子搭

好。可是那兩位表兄弟已經把啤酒喝完，想囘到戲院裏去；他們覺得有些寒意，留下米儂來陪着士丹拿；他把手臂肘放在桌面上，直望着他說，

「就這樣講好了，我們到她家去，我給你介紹。你知道，這件事只能你我兩個人知道——我的太太可不需要叫她曉得。」

花車利和黑多，囘到他們的座位上，看到第二排的包廂裏，坐着一個漂亮而打扮得又很嫺雅的女人，她由一個樣子很莊嚴的男人陪件。黑多認得他是內政部一個主管，他在穆法家裏見過他。而花車利說他想那個女人的名字叫羅拔夫人，是一位有名的婦人，她有愛人，但從來不會多過一個，而且都是有身份很體面的男人。

他們轉過身來，達格奈正向着他們微笑。如今娜娜既然獲得了成功，他就不再藏藏掩掩的了；他在全戲院走了一轉，剛剛囘來到處聽到觀衆們在談娜娜心裏很高興。他的旁邊，是那個大學生，他沒有離開座位，娜娜，他要的正是這樣一個女人！他心裏這麼一想，臉上就漲得通紅，把手套機械地從手上脫下來又戴上去。戴上去又脫下來。過了一會，因爲他的鄰座談到了娜娜，他就大着膽子問，

「對不起，先生，演戲的這位小姐——你認識她嗎？」

「是的，一點點，」達格奈有一點訝異和遲疑地說。

「那麼你知道她的住址嗎？」

這樣的問題，來得這樣的唐突，他想給他一個耳光。

「不知道，」他冷淡地說。

說完他就把身子背轉過去。這位年輕人，知道自己失禮，臉漲得比以前更紅了，更感到非常羞恥。

開場的三聲鈴聲響了，在擁擠着同到原座上去的人羣中，女招待抱着許多男女外衣，非常忙碌地跑來跑去，爲的是把客人們的物件交還清楚。僱來鼓掌的人們，給佈景拍手。這一幕的佈景，是愛那山上的一個岩洞，裏面本來是一個已經挖空了的銀礦，上下和兩壁都像新鑄出的銀幣那樣閃着光輝。背景處是火神的鑄爐，熊熊燃着，像日落的景致。月神和這位火神商量好了一個良好的安排，火神假稱出門去旅行，好叫愛神和戰神趁機幽會。於是，火神走了，留下月神一個人，愛神出現了。全場上上下下爲之騷動。娜娜光着身子從容不迫走向舞台。她對於自己肉體的魔力，有絕對信心。她披着一塊細紗，然而，她的圓肩，她那高聳的乳房和粉紅色的奶頭，她誘惑地扭來扭去的大屁股，非常肉感，和她整個肉體，從那透明的薄紗裏看得清清楚楚。這是愛神剛剛從水中冒出來，頭上沒有戴面紗。娜娜擧起兩隻手臂時，她腋下金黃色的腋毛，在脚燈的照耀下，台下觀衆們看得清清楚楚。台下沒有掌聲。沒有一個人再笑。男人們往前傾着身子看，一個個露出鄭重其事的面孔，鼻孔收縮，嘴巴緊閉，週身都感到舒暢，一陣輕柔的風，帶着一種威脅，吹遍了全院。這個令人發呆的女孩子，忽然間，出現爲一個女人，有一切女人的愚昧荒唐向着全世界顯示她那神秘的肉慾。娜娜依然在微笑，不過，她現在的微笑是會令男人毀滅的微笑。

「我的老天！」花車利向黑多說。

這時戰神戴着羽毛的軍盔，匆匆忙忙來到幽會的地點，結果被這裏的兩個女神包圍起來。底下接着是普里牙演得非常精緻的一段，戰神一方面享受月神的嬌寵，她打算先不把他交到火神的手裏，想作最後一次努力，盡力打動他的感情；另一方面，又受着愛神的哄媚，愛神在情敵面前，就更加興奮。於是戰神在這兩方面溫柔的快活中，一臉幸福的表情。最後，一段三部大合唱結束了這場戲。正在這個時候，一個女招待員出現在露西的包廂，把兩束極大的白丁香花球，抛到舞台上。台下一片鼓掌聲，娜娜和露絲·米儂屈膝行禮致謝，普里牙把花球拾起來。池座裏有些觀衆轉過身來向士丹拿和米儂的包廂微笑望去。銀行家滿臉血紅，下巴有點痙攣的抽動，好像他的喉嚨有東西堵住了似的。

以下接着演的戲，使全場起了大風暴。月神在暴怒中走出去，緊接着，愛神坐在綠草鋪成的床上，叫戰神到她身邊去。從來沒有人在台上演過這麼一場大膽熱情的戲。娜娜用手臂勾住普里牙的頸子，慢慢把他拉到她身邊來。這時，扮演火神的芳丹一臉憤怒姿態，誇張地做出一副當場捉姦的丈夫暴怒的面貌，出現於岩洞後。他拿着一張鐵絲編成的著名的法網。他像一個漁夫，靈巧地一旋繞，就把愛神和戰神一齊捉在網內，那兩人還是剛才那副調情的姿態。

讚嘆之聲哄動起來，有些人拍手，所有望遠鏡都向愛神望，娜娜把觀衆一步一步地俘擄了，而到了現在，所有觀衆都被她征服了。

從她身上，鼓舞起來的情慾，就和衝動的野獸身上所發出來的一樣，這種情慾的熱力在散佈，散佈到全戲院。到了這個時候，隨便她做出一點點輕微的動作，都可以引發起情慾的火焰：她只要擧起一只小指，就可以令觀衆全身震動。男人們個個都彎下腰去，周身在顫動，彷彿有一個看不見的小提琴的弓子，從他筋肉上拉過去，男人們的肩上，覺得有捉摸不到的，溫暖而飄忽的呼息，不知從什麼女人嘴裏呼出來的氣息。花車利看看身邊的那個學生，已經被熱情衝動得身子離開座位，站起了一半來。好奇心支使着他去望范多夫伯爵，伯爵的臉色極端灰白，嘴唇緊閉，肥胖的士丹拿，臉漲得發紫，拉波得正在那裏帶着十分驚訝的神色，像一個騎師在欣賞一匹完美的母馬。達格奈，他的兩耳通紅，快活得全身在震動。他回頭往後望，穆法夫婦包廂裏的情形。伯爵夫人，臉色蒼白而嚴肅；伯爵在她的身後坐得筆直，張着嘴，臉上斑斑點點的漲着紅色；而緊挨着他的旁邊，坐在黑影裏的那位蘇亞侯爵，那一對滴溜溜的眼睛，變得像貓一樣，閃着燐光，煥發着金火花。場內熱到令人窒息，出着汗的頭上，連頭髮都感到有點沉重。這三個小時以後，大家的呼吸，把劇場裏的空氣弄得混濁，帶着一股人的體臭。瓦斯燈搖曳的光輝之下，半空中飛騰着灰塵的迷霧，這迷霧在大水晶吊燈下，一動也不動，全場在疲倦與興奮交錯之中，撩起的午夜情慾在內心深處低語，觀衆們左搖右擺，想要入睡。娜娜，在這些睏倦的觀衆面前，在這戲將結尾時疲憊與神經緊張交襲下擠在一起的一千五百人面前，她那大理石一樣潔白的肉體，戰勝一切；她的性感，足以把這一羣人整個毀滅，而她自己却毫髮無損。

戲演到快完了。所有奧林帕斯山上的神，受了火神的召喚，都出來站在這一對愛人的前面哭驚叫起來。朱彼得說，「我的孩子，你叫我們來看這個，我認爲你非常愚蠢。」那一羣王八合唱隊又由彩虹神領着出來，請求衆神之王不必理會他們的請求，因爲自從他們的女人們好好地晚上留在家裏之後，反而使他們受不了：受不了，所以男人們情願太太們去偷人，自己倒可以自由快樂些。這就是這齣戲的主題。於是，愛神自由了，她和火神協議分居。戰神和月神也重新和好。而朱彼得自己呢，爲了家庭的和平，把他那個小洗衣女郎送到另外一個恆星上去了。最後，他們把小愛神從後邊窟窿裏釋放出來，他在那裏邊並沒有練習愛這個字的動詞變化，只用紙摺動物來玩。王八合唱隊跑到愛神面前，唱一首謝恩的讚美詩，愛神站在那裏微笑，對她那主宰一切的裸體，感到非常得意。就在這個讚頌的歌聲之中，閉了幕。

觀衆早已經站起來，幕一閉就都向着出口走去。大家把幾個劇作者的名字也提起了，同時，在掌聲雷動之中，又把幕叫開了兩次，才結束。「娜娜！娜娜！」的喊叫之聲，瘋狂地在四處迴響着。隨後，戲院裡空了也暗了：脚燈已關掉，屋子中間的大吊燈，也減低了火頭，長條的帆布，從各包廂上垂落，把鍍金裝飾都包起來。整個戲院，剛才還那麼充滿了熱氣與喧囂，現在竟突然變了死一般的靜寂。一股發霉的塵土的氣味，散發出來。穆法伯爵夫人站在她那個臺口包廂的前面，周身緊緊地裹在皮衣裏面，望着黑暗的四周，等着那羣人走完。

各通道裏，大家都向着女招待員們擠去，此刻她們正守着成堆的雜亂欲墜的戶外衣服，簡直不知怎麼辦才好。花車利和黑多趕快跑出去，去看看人羣走出劇院的情景。在一進門的大廳裏，男人們排着隊，從那雙路樓梯上又慢慢走下來兩行魚貫不斷的人羣。士丹拿，被米儂拖曳着，隨着第一批人出了戲院。范多夫伯爵，手臂上挽着白蘭走出去。嘉嘉和她的女兒，好像不知道怎麼辦才好，於是拉波得趕快走上前去，給她們找到一輛車子；她們上車之後，他很殷勤地給她們關車門。沒有一個人看見達格奈離去。至於那個新鮮大學生，要到舞臺後門那裏去等娜娜，向着巴諾拉馬走去。到了那裏，他發現後門緊閉着。莎丹正在人行道的邊沿上，往前邊慢慢走，就用她的裙子，掃了他一下。可是，他在失望的心情下，不理她，眼睛裡滿是渴望的淚水，消逝在人羣之中。觀衆裏有一些人正點起雪茄，往四下裏散開，嘴裏哼着，

「當神在黃昏裏茫然地徘徊。」

莎丹又走回萬象咖啡館的前邊來了，那個茶房歐古斯請她吃客人們吃賸下來的糖果。後來，終於有一個肥短的男人，滿臉露着情慾衝動的樣子，把她帶走，走向逐漸靜寂下來的大馬路，消失在黑暗中。

仍然不斷有人從樓梯上走下來。黑多在那裏等待克莉西；花車利答應了露西，在大門口接她和卡洛蓮和她的母親。她們來了；她們佔據着進門大廳的一個角落，在穆法夫婦帶着冰冷的臉色走過她們面前時，她們在高聲大笑。包得拿夫在這個時候推開了一個小門，探出頭來窺望，花車利正式答應給他寫篇文章，他滿頭是汗，臉上發着紅光，這戲的成功使他沉醉。

「你這齣戲可以連演兩百個晚上，」黑多向他客氣地說。「全巴黎都要看這齣戲。」

哪知道包得拿夫聽了很不高興，把下巴往上一抬，指著那些穿過大廳出去的觀衆——嘴唇枯渴，眼紅如焚，心裏還燃燒着想要享受娜娜的情慾——他猛烈地大叫，

「我告訴過你，要你叫『我的妓院』，你這個蠢材！」

2

第二天早晨十點鐘，娜娜還在睡着。她住在奥斯曼大馬路新建的一座大樓裏的二樓。這房的主人，分租給單身的女人，好把油漆吹乾。最初是一個從莫斯科來巴黎過冬的商人，替她預付了六個月的房租，把她安排在那裏。她一個人住這間大屋子，裏面的傢具也從來沒有置備齊全。幾張奢麗得庸俗的金漆小桌和椅子，擺在屋子裏，和舊傢具店買來的那些古董：桃花木的圓桌，與冒充意大利銅器的鋅質蠟臺等等成了一個生硬的對照。這一切景象都很明顯地說明這一位娼婦被第一個眞心愛她的人拋得太早了，所以才落到一些下流的情人們的手中；她開頭一步走錯以致後來無處通融金錢，並且到處受被人驅逐的威脅。

娜娜正趴着臉睡，兩隻赤裸的胳臂，緊抱着一個枕頭，把疲倦變得蒼白的臉孔，埋在枕頭裏。只有臥房和梳妝室，是叫一個鄰近的傢具店給正正經經配備整齊了的。從窗帘射進來的一道光線，照見了淡玫瑰色的傢具，垂着的帷幔，和有椅套的椅子。娜娜，忽然一驚醒來，發現身邊空空的，露出很驚訝的樣子。她看一看放在她枕旁的另外一個枕頭，那個枕頭的皺褶印子中間，還留着一個人頭壓扁了的痕跡。她就伸出一隻手去摸索，摸索到床頭的電鈴，按了一下。

「他走了嗎？」她問那個走進來的女僕。

「是的，小姐，保羅先生走了，走了還不到十分鐘。因為小姐太疲倦了，他不願意驚醒。可是他吩咐我告訴小姐，他明天要來的。」

蘇愛，就是這位女僕，說話的時候，把外邊的百葉窗打開。一片日光，像水流一樣湧了進來。蘇愛很黑，生就一張像狗一樣的臉，臉上蒼白，還佈滿了細長的傷紋；鼻子扁平，厚嘴唇；兩隻黑眼睛永不停止地轉動着。

「明天，明天，」娜娜說了又說，她這個時候還沒有完全醒過來。「明天是該他來的日子嗎？」

「是的，小姐，保羅先生是每星期三來的。」

「我現在想起來了，」這位年輕的女人坐起來叫道。「所有的日子都更改了。我本來想今天早晨告訴他的。他要是星期三來，一定會碰上那個黑人！那可就有好看了！」

「小姐事前也沒有提醒我一聲；我怎會知道，」蘇愛喃喃地說。「以後小姐要是再更改日期的話，請你最好告訴我一聲，好叫我心裏也有個數。這麼說，那個老吝嗇鬼星期二不來了？」

她們兩個人彼此之間，總習慣這樣嚴肅地用綽號如「老吝嗇鬼」和「黑人」，來稱呼兩個付錢的客人；其中一個是從聖・丹尼斯近郊來的一個喜歡節省的商人；另外一個冒充伯爵的華倫西人，付錢的日期永遠不固定，身上有特殊的體臭。達格奈請娜娜把他的日期排在那個老吝嗇鬼的第二天，因為那個生意人早晨八點鐘必須到店裡，所以這位少年就在蘇愛的厨房裏等着，等他一走，馬上就來佔據他那個體溫猶在的空位，一直睡到十點鐘，然後再起來，去辦他的事。娜娜和他，認為這是一個很好的安排。

「不要緊，」娜娜說，「今天下午我寫封信給他。萬一他沒有接到我的信，明天早晨你可擋住他，不要讓他進來。」

在這個同時，蘇愛輕輕地在房間裡走來走去。她談到昨天的大成功。小姐表現出多麼大的一個天才，唱得又多麼好！現在可不必為將來擔心了！

娜娜雙臂埋進枕頭，點點頭作為回答。她的睡衣滑下來了，她的頭髮鬆散在肩上。

「毫無疑問，」她略略沉思一下，低聲說，「可是，要度過目前這段時期，可又怎麼辦呢？我今天就要遇到各種各樣的痲煩。今早房東送來了沒有？」

這主僕倆開始商量如何找錢。娜娜欠了三季的房租；房東說要來沒收傢具了。此外還有一大堆別的債主，出租馬車的，做針線的女工，裁縫，賣煤炭的，還有許許多多別的，都是每天必來，坐在前室過道的長椅子上不走，特別是那個賣煤炭的，這個人簡直可怕——他就在樓梯上大叫。然而，使娜娜感到最痛苦的，還是她的小路易，這是她在十六歲那年所生的一個男孩子，現在放在蘭布利附近的一個村子裏，託給一個看護照管着。那個女人要三百法郎，不然就不答應她把路易領回來。她自從上次去看了孩子之後，心裏一直就泛濫着母愛的狂熱，一想到自己不能達到心願，感到非常絕望。她想把兒子接出來交給她的姑母，萊拉太太；她的姑母住在巴底內列，她什麼時候想看他都可以。

娜娜的侍女示意說，她應當把一切都坦白地告訴那個「老吝嗇鬼」。

「我已經把什麼都告訴他了，」娜娜叫出來。「他回答我說，他的債務太多；他給我的錢，無法多過每月一千法郎。而『黑人』呢，恰巧在目前正窮得要命；我想他是賭輸了。至於那個可憐的米米，他自己都還急需到處借錢；股票一跌便把他清理得乾乾淨淨——他現在連買花帶給我的錢都沒有了。」

她這是指達格奈。她醒來以後，就什麼隱秘也不瞞着蘇愛；而蘇愛對這些心腹話也聽慣了，她同情地聽她說，既然小姐肯把她的事情講給她聽，她自然也就大膽把自己的意見說出來了。而且，她很喜歡小姐，她離開了白朗太太，到這裏來服侍她的，而，天曉得，白朗太太還想盡辦法要叫她回去！她名氣很好，她是不愁沒有事做的，可是她寧願留在小姐這裏，縱然是處在這種不寬裕的情形之下，也都願意，因爲她相信小姐將來是前途無限。她最後把她的忠告說出來，一個人在年輕的時候，往往做出糊塗的事。可是現在應該一切小心，男人們是只爲尋尋開心的；小姐只要說一句好話，把債主們平靜平靜，把馬上等着用的錢找到手就好了。

「這些也沒有法子幫我弄到三百法郎，」她重複地說，一面用手指梳她的頭髮。「而且今天要弄到！連一個能夠給你三百法郎的人都不認識，眞夠蠢。」

她在想各種辦法。她的姑母萊拉太太那天早晨來，想把她送到朗布利去接小路易的。她這種突發的念頭不能如願，連她心中，對昨晚成功的愉快也都給破壞了。想一想所有向她歡呼的那些男人，竟沒有一個人給她送十五個金路易來！她接着又想，一個人可不能那麼隨便接受人家的錢的！天啊！她是多麼不幸！她想到她的孩子，他那對藍眼睛眞像小天使，他已經可以含含糊糊發出「媽媽」的聲音，聲音又那麼有趣讓你笑個半天！

就在這個時候，外間門口的電鈴響了，顫動得又快又急促。蘇愛出去看了回來，低聲說，

「是一個女人。」

這個女人，她看見過二十次了，只是她裝做從來不認識她，並且裝做完全不知道她跟處在經濟困難中的女人們之間的交易。

「她告訴我，說她的名字叫——特里窮太太。」

「老特里窮那裏來的人，」娜娜叫起來。「眞是的。我完全把她給忘了。我要見她。」

蘇愛領進來一個高大的老婦，頭上垂着曲捲的頭髮，神氣像是一個時常出入律師辦公室的伯爵夫人。當一位男紳士來拜訪時，她說完了話，就像蛇一樣，毫無聲息地退出去。其實她很可以留下來。可是這個特里窮太太，連坐都沒有坐下，只交換了簡短的幾句話。

「今天那裏有一個人要找你。你願意嗎？」

「好，多少錢？」

「二十路易。」

「二十路易。」

「什麼時候？」

「三點。那麼就這麼定了？」

「好。」

特里窮太太，就談到天氣上去。天氣乾燥，最適宜散步。她還要去找四五個人。她把一本小記事簿翻開來看了看，就告辭走了。

娜娜一個人時，她感到心上的石頭已放下。輕微的一個寒顫透過她的背，她慢慢把溫暖的被拉上來蓋，她那種懶洋洋的動作，活像是一隻容易感覺到寒冷的猫。她眼睛慢慢閉上，一想着明天給小路易穿得漂漂亮亮的，臉上不覺露出笑容來，她不久便睡着了，夢見昨晚如雷的掌聲，使她恢復了疲勞。

到了十點鐘，蘇愛把萊拉太太帶進來的時候，娜娜還在睡覺。可是她一聽見有聲音便醒了，馬上叫出來，

「是你呀。你今天要到朗布利去。」

「我就是爲這個來的，」姑母說。「十二點二十分有一班火車。我還趕得上來搭這班車走。」

「不行，我要到下午才有錢，」這年輕女人回答，她伸了個懶腰，兩隻乳房聳起來。「你先在這裏吃過中飯，我們再看情形。」

蘇愛拿過來一件梳妝的短外衣。

「理髮師來了，」她低聲說。

可是娜娜不想到梳妝室去，她自己就向外面喊，

「進來，佛蘭西斯。」

一個穿着很講究的男人，推門進來，鞠了一躬。就在那個時候，娜娜從床上下來，她那赤裸的兩條大腿整個露出。可是她一點也不慌忙，把手伸出來，意思是叫蘇愛把梳妝短外衣的袖子給她穿上。佛蘭西斯，他並不把身子轉過去，表情嚴肅從容地站在那裏等着。

「也許小姐還沒有看報吧。費加洛報上有一段批評得很好的文章。」

「他把那一份報帶來了。」萊拉太太把眼鏡戴上，站在窗前，把那段文章高聲讀出來。她的個子高大像個大兵，每讀到一個恭維的修飾詞，她就再把身子挺直到最高度，而她的鼻孔就縮緊了。

萊拉太太宣稱，說男人的小腿上都有魔鬼；這句隱語是什麼意思，只有她自己懂得，佛蘭西斯把娜娜的頭髮梳好，紮好。他鞠躬說，

「我還要找晚報看。我照舊還是五點鐘再來吧？」

「給我帶一瓶頭油來，再到包阿西店舖裏給我買一磅烤杏仁。」正在他已經出了門而隨手把門關上的時候，娜娜又隔着會客室向他這樣叫道。

於是，又只賸下這兩個女人了，這才想起剛才見面的時候，忘記擁抱了，她們互相親吻，那一篇短文令她們興奮。娜娜，一直到現在還是半睡的狀態中，於是全心又被她昨晚的勝利之狂熱所俘住了。露絲·米儂看了報紙，今天一上午那才準過得快活呢！她的姑母從來不看戲，因爲她會引起强烈的情感會傷害腸胃；娜娜就把昨天晚上的情形，描寫一遍給她聽，她自己這樣一敍述，自己就更沉醉起來，好像全巴黎都被掌聲震塌了一樣。後來，她忽然把話停住，大笑着問，是

否有人會想像得到她從前是經常在一滴金街上附近蕩來蕩去的呢？萊拉太太搖搖頭。不，這是誰也料想不到的！她就接着攀談起來，談話的時候，擺出一副嚴肅的面孔，把娜娜叫作「女兒」。自從她的母親追隨她父親與外婆於地下之後，難道實際上她不就是她的第二個母親嗎？娜娜的心裏大大受了感動，幾乎要流淚。可是，萊拉太太勸她說，過去的已經過去了——多少骯髒的都過去了，最好是不要每天都把它攪起來。有很久沒有看見，這是因爲家裏的人都說她如果常跟她在一起她也會變壞了，她相信娜娜一向生活得很規矩，而現在看見她處在這麼好的地步上，又看見她對兒子具有這麼慈愛的感情，在這個世界裏，依然還是只有美德與苦幹這兩樣，是比什麼都有價值。

「這個孩子的爸爸是誰？」她忽然問，她的眼裏閃出一種銳利的好奇心。

娜娜被這出其不意的一問給問怔了，遲疑了一會兒。

「一位紳士，」她回答。

「啊！」姑母繼續說。「人家都說你是跟那個常常打你的泥水匠生的。眞的，等那一天你可得把一切都告訴我；你知道我不會亂說出去的。我會把他看做一個王子的兒子照料他的。」

她本來是做紙花的，現在她不再做花，生活全靠着自己的一點積蓄，是一個小錢一個小錢積起來的，到現在，居然可以一年收進六百法郞的利息了。娜娜答應給她租幾間小小的漂亮房子，另外再每月送她一百法郞。她姑母聽到高興得不得了就樂得忘形，於是用尖銳的聲音跟她的姪女說，要把握時機抓住男人，把他們榨乾。說完，她們又擁抱起來，然而，正在快活的娜娜，把話頭又轉到小路易時，似乎想起過去的回憶，一臉悲傷的神色。

「眞討厭我三點鐘非出去不可，」她喃喃地說。「這實在無聊！」

就在這個時候，蘇愛進來說飯好了。她們走進餐室，那裏早已有一位老太太坐在桌前。她帽子也沒有脫下來，穿着一件暗色的衣服，顏色昏暗。娜娜看見她在那裏，似乎並不驚訝。她只問她爲什麼不到臥室裏去。

「我聽見裏邊有人說話的聲音，」那個老太婆回答。「我以爲你有客人。」

馬阿太太，是一個擧止很合禮儀的可尊敬的婦人。她是娜娜的老朋友和伴侶，陪她到處去。最初，萊拉太太的在場，似乎使她有一點坐立不安。後來，她知道這陌生人是娜娜的姑母，她就愉快地望她看。這個時候，娜娜說她餓得和狼一樣，於是就匆匆地拿起小紅蘿蔔，不要麵包大嚼起來。萊拉太太拘禮起來；她拒絕喫小紅蘿蔔，說那能引起痰來的。過一會兒，蘇愛把炸猪排送上來，娜娜立刻把肉切了喫，而且吮着骨髓，喫得很得意。她一次又一次地用眼角去望她老友的那頂帽子。

「這是我給你的那頂新帽子嗎？」結果她還是把話說出來了。

「是的，我把它改過了，」馬阿太太含含糊糊地說，因爲她的嘴裏滿滿的。

那頂帽子眞刺目。帽子前邊插着長長的一撮翎毛。馬阿太太有一種狂熱，凡是她的帽子都要重新改做過；只有她自己曉得什麼樣子才適合她，只要一分鐘她可以把一頂標致的帽子，弄得不像樣。當初娜娜爲了跟她一起上街時不給她丟臉，所以才送給她這頂帽子，如今一看她改成這個樣子，簡直就想發脾氣。

「至少你現在可以不戴！」她喊。

「不，謝謝你們，」老太婆回答。「這不礙我的事：我戴着帽子也一樣吃得很舒服。」

炸猪排之後，是一道菜花，和賸下來的冷鷄。可是，每一道上來時，娜娜臉上就不高興，猶疑一下，用鼻子聞一聞，就把盤子往外一推，不吃了。她只藏着果醬，把中飯吃完。

飯後點心吃了很長的時間。蘇愛在送上咖啡之前，並沒有撤換檯布。這幾位婦人只把盤子推開來喝咖啡。她們談論昨天晚上的勝利。娜娜自己捲香菸，斜靠在椅背上抽。因爲蘇愛倚在碗櫥上，敍述自己的身世。她說她是一個接生婆的女兒，接生婆後來遇上麻煩。最初，她在一個牙醫那裡，後來又在一個保險公司的經紀人那裡，這兩種工作她都不喜歡，她說出了她曾經做過的許多「太太」的侍女，話裏有一點自傲的意思。蘇愛提到這些女人，說如果沒有她，她們可攪得一團糟。比如，有一天，白朗正和奧達夫在一起，老頭子進來了。蘇愛怎麼辦呢？她走過會客室時，假裝暈倒；那個老頭跑過來扶她起來，飛跑到厨房裏去給她找一杯冷水，於是奧達夫先生就在這個當兒溜走了。

「啊，眞了不起！」娜娜一直以一種拜服的心情聽着，感到親切的興趣，聽完就這樣說。

「我也遭遇過很多不幸，」萊拉太太說。她把椅子靠到馬阿太太的身旁，也把她私生活一些事情講給她們聽。這兩位太太都把糖塊往咖啡裏浸一浸，然後送到嘴上去吮。只是馬阿太太只愛聽別人的秘密，關於自己的事情，一點也不肯吐露。人們都說她的經濟來源是很神秘的，她住的那間房間，就從來不許別人進去。

忽然間，娜娜激怒起來。

「姑母，不要拿着那些刀子玩，你知道那會使我頭昏！」

原來萊拉太太無心地，在面前的桌子上，把兩把刀子交叉着擺起來。雖然這年輕女人，說自己從不迷信。如鹽瓶子翻倒了，她一點也不怕，在星期五也不會有什麼事情發生；可是刀子交叉起來却非同小可，它從來都很靈，毫無問題，她不久一定會遇到不快意的事情。她打了一個呵欠，接着，帶着惱人的臉色說，

「已經兩點鐘了。我得出去一趟。多麼討厭的事情！」

那兩位老太太彼此互望了一眼。三個女人一齊搖搖頭，什麼話也沒有說。眞的，外出並不是時時都很有趣的。娜娜又把身子往背後斜靠下去，點起一支香菸，其餘的人坐在那裏，小心謹愼的把她們的嘴巴閉起來，一臉哲學家的神情。

「我們玩一同牌，好等你同來，」馬阿太太在短短一陣沉默之後說，「這位太太會玩牌嗎？」

萊拉太太自然是會玩的，而且她比誰都精。蘇愛已經走出去了，就用不着打擾她了——就在一個桌子角上玩，那就很好了。她們把桌布往那些髒盤子上一蓋，往後邊推。馬阿太太到碗櫥的抽屜裏去拿牌，還沒有等她走同來坐下玩，娜娜就說，如果她能替她寫一封信，她便是大好人。寫信是叫娜娜頭痛的事；而且，她對單字的拼法，也沒有什麼把握，何況她的老朋友一向寫信都寫得很好。她跑進臥房拿出一些紙來。十五個生丁的不整潔的墨水瓶，旁邊有一支生銹的筆

。這封信是寫給達格奈的。馬阿太太用她那美麗的肥手，寫上「我親愛的小情人，」底下就告訴他明天不要來，因爲「那不行」，趕緊又加上「她每天無論在那裡，心裏時時刻刻都在想念他。」

「我是用『一千個吻』來結尾的，」她低聲說。

萊拉太太對她所寫的每一句，都點頭，表示贊同。她的眼裏發着火花；她喜歡參加到別人戀愛的當中去。不，其實她心裏有一種禁不住的慾望，想把自己的話，在信裏加進幾句，像個鴿子似地咕咕着，提議這樣寫——

「一千個吻，吻在你美麗的眼睛上。」

「對了：『一千個吻，吻在你美麗的眼睛上！』」娜娜反覆着說。那兩個老太婆的臉上，顯示假正經的表情。

娜娜把蘇愛叫進來，叫她把這封信送下去交給聽差。蘇愛剛剛在和一個劇院的信差談話，那個信差是舞臺經理叫他來的，本來早上就應該叫他來了。娜娜就叫蘇愛把這個人帶進來，叫他甦回劇院，順便把這封信送給達格奈。然後她又問了他一些問題。啊，是啊，包得拿夫先生很高興；一個星期的票子都預售出去了；小姐可能料不到，從今天早晨起，有多少人問您的住址。那個人走了之後，娜娜說她出去至多半個鐘頭。如果有人來找，叫蘇愛招呼他們等着。她正說話的時候，門鈴響了。那是一個債主，就是租給她馬車的那個人，他坐在前室的長椅上不走，那個人恰巧今天一直到夜間都空閒無事，他們用不着爲他受困擾。

「我得振作起來！」娜娜說完，又伸一次懶腰。「我應該去了！」然而她一動也沒有動，只在看她姑母的牌；她姑母剛剛叫了「一百個愛斯」。她一手托着下頷，看得非常有興趣，忽然聽到鐘打了三下，就猛然一驚。

「媽的！」她粗魯地喊出來。

正在算着她的十的分數，馬阿太太用柔和的聲音向她說，

「孩子，你最好把你的事快快辦了。」

「快些辦了，」萊拉太太一面洗牌一面說，「如果你在四點鐘以前帶錢回來，我可以搭四點半的火車。」

「不會太久，」她低聲說。

十分鐘以後，蘇愛幫着她穿上一件長衫，戴上帽子。她打扮得是否好看，那倒也無關緊要。正當她要下樓時，電鈴又響了。這一次，是那個賣煤的。好極了，那他可以給租馬車的人做個伴了！由廚房那邊繞過去，從佣人用的樓梯下去。她是常常從那邊出去的，只要把寬裙子拉起來不讓它拖地便得了。

「一個人只要是一個好母親，就什麼事都可以原諒她的，」馬阿太太在只賸下她和萊拉太太時像法官似的說。

「八十個王，」萊拉太太回答，在她，玩牌比什麼都有趣。

於是兩個人都沉湎於牌局中。

那張桌子上的東西還是没有撤去。滿屋子是中飯的味道和香菸的氣味，這兩個婦人又把糖塊浸在咖啡，送到嘴裏去吮。她們一邊玩着牌，一邊吃着糖。有二十分鐘之久，門鈴三次響了。蘇愛衝進來說，

「要是門鈴再響。你們不能再呆在這裏了。如果有許多人的話，我可得把這些房間都派上用場。現在，請你們走吧，你們走吧！」

馬阿太太還要玩完這一局；可是蘇愛的樣子好像馬上就要來拿牌，因此她就決定把那些牌移到別處去，而無論如何不把它們的位置弄亂。這時，萊拉太太把白蘭地酒瓶，玻璃杯和糖都拿走了。然後她們兩個人到厨房裏，把東西放在幾塊抹碗布和滿盛着水的洗碗盆中間空出的桌子上，又坐下來玩那一局牌。

「我們剛才說的是三百四十。現在輪到你了。」

「我出心。」

蘇愛回來時，發現她們又全神貫注在牌上。經過一度沉默之後，在萊拉太太洗牌的時候，馬阿太太問剛才叫門的是誰。

「啊，不是什麼人，」那個女僕毫不經心地回答，「一個小孩子！我本來想把他打發走的，可是這個孩子太漂亮了，面上毛都没有，一對藍眼睛，女孩子的身裁！結果我還是叫他等。他手裏拿着極大的一束花，始終不肯放下。像這樣一個吃奶的孩子，應該還在學校裏念書！」

萊拉太太走過去拿了一杯熱水，倒進白蘭地裡，剛才吃的那些糖，叫她口渴起來了。蘇愛嘴

裹也咕嚕着，意思是她也眞想喝點什麼。她說她的嘴苦得跟膽汁一樣。

「那麼你把他放在那兒?」馬阿太太繼續說。

「在屋子那一頭的那個小房裹。那裡什麼傢具都沒有，只有我們小姐的一只大鐵箱，和一張桌子。是我一向招待年輕小伙子的地方。」

她在滲了水的酒裹，正放進許多糖去的時候，電鈴又響了，這些人都眞該死！這些人就不能讓她安安靜靜地喝一點東西嗎?雖然如此，她不得不跑去開門。她馬上就回來了，她看見馬阿太太盤問的眼光。

「是個送花籃的。」她說。

那兩位太太聽見她說她拿花籃進來時所看見外面那兩個債主的表情，就在兩局紙牌之間大笑起來。小姐回來的時候，會在梳妝臺上看見這些花籃。不過，這般人花這麼多錢，多麼可惜，再拿去花店也換不到一個法郎，多少錢就這麼浪費了呀!

馬阿太太說，「如果我每天能得到全巴黎男人花在爲女人買花的那些錢，我就很滿足了。」

「你倒不難打發，」萊拉太太咕嚕。「我只要他們打電報的錢我也夠了。六十個王后，親愛的。」

四點差十分。蘇愛奇怪——她不懂小姐怎麼去這麼久。通常，她在下午出去的話，她總是很快便完事回來。馬阿太太稱說，一個人不是時常都能隨心所欲，人生充滿着障礙。萊拉太太說，最好的辦法，只有等待。倘若她的姪女回來晚了，她一定是被絆住了，也沒有辦法埋怨，坐在厨房裏蠻舒服的。這時萊拉太太手上已沒有紅心，就把一張方塊抽打出去。

電鈴又響了，蘇愛這一次回來，與奮得滿臉發紅。

「孩子們，這回是那個胖子士丹拿！」她探頭進來低聲說。「我把他放在小會客室裏了。」馬阿太太於是就向萊拉太太談起這位銀行家，她對這個階級的人全然無知。他準備不理露絲·米儂了嗎？蘇愛搖搖頭；她知道的事情可多。可是，這時，她又得去開門了。

「這可麻煩了！」她回來時咕嚕着。「那個黑人來了！我告訴他，說我們小姐出去了，他就自己跑進臥房去了。我們原來要他晚上來的。」

四點過一刻，娜娜還沒有回來。她在做什麼？她可眞糊塗！又有兩個花籃送來，蘇愛這時也不知如何是好，就去看看還有咖啡沒有，那兩位太太也很想喝咖啡，好提一提精神。她們坐在椅子上，一直用單調的動作在不住地用手抽牌出牌，所以快要睡着了。四點半鐘響了。一定是出了什麼事了。她們談論起來。

忽然馬阿太太，忘其所以，用一個震動的高聲，宣佈說，

「我已經有五百分了！王牌，大順！」

「小聲點！」蘇愛生着氣說。「你叫這些紳士們聽見了算什麼呢？」

接着就沉靜下去，那兩個老婦人喃喃地耳語着，正在牌上爭吵，一陣急促脚步的聲音，從佣人用的樓梯傳過來。這到底是娜娜了。他們聽見她喘得透不過氣來。她走進來，臉色通紅。裙子拖曳在樓梯上，裙子浸在一些汚水裏，那是從樓上流到樓梯口的水，那裏的厨子是個懶骨頭

。

「你囘來了！這還算運氣！」萊拉太太說着把嘴唇一閉，她還在對馬阿太太的「五百分」生氣呢。「你這麼叫人久等，自己倒是很得意的。」

「小姐眞傻！」蘇愛加上一句。

娜娜已經情緒不好，這些抱怨的話，就更激怒了她。她受了一肚子委屈囘來，大家就是這樣歡迎她嗎？

「你們別管我的事好不好？」她叫起來。

「小聲點，那邊有客人，」蘇愛說。

於是，這位年輕女人把聲量放低，喘不出氣地，結結巴巴地說，

「你們以爲我這一陣子快活嗎？我倒想看看你們處在我的地位是如何！我氣得都要炸了；氣得我想要打誰一拳。囘家來連一輛車子都叫不到！幸而離這裏不遠，我就跑囘來了。」

「錢拿到了嗎？」姑母問。

「問得好！」娜娜囘答。

她坐在緊靠着爐子的一張椅子上，跑了這麼多的路，兩條腿實在支持不住了；她一邊不停地在喘氣，一邊從胸衣裏掏出一個信封來，裏面有四張一百法郎的鈔票。她用手指，把信封撕開，看看裏邊的東西，鈔票從裂縫露出來。圍在她四周的三個女人，定睛望着這個信封，她戴着手套的小手裏一個皺摺而骯髒的封套。

已經太晚了，萊拉太太到明天才能到朗布利去了，娜娜就吩咐她一些重要事情。

「有客人在等着，」蘇愛告訴她好幾次了。

可是娜娜又生起氣來。客人們可以等，等她把事情辦完了，她自然會去見他們。在她的姑母伸出手來拿錢的時候，

「你不能全拿去，」她說。「給保姆三百個法郎，五十個法郎給你作路費和零用，一共三百五十個法郎。我留下五十個法郎。」

現在的大困難是怎樣去換成零錢。家裏連一個法郎都沒有。馬阿太太坐在旁邊，以漠不關心的態度聽她們，一問也不問，因爲她的身上，一向不會多過六個銅板準備坐公共馬車的。蘇愛走出去，說到她的箱子裏找找看，她拿回來一疊五法郎的小鈔，一共是一百法郎。她們在桌角把錢點清，萊拉太太答應明天把小路易領回來，就立刻告辭了。

「你說是有客人在那邊等着嗎？」娜娜接着說，可是仍舊坐在椅子上休息。

「是的，三個人。」

於是蘇愛頭一個提起了銀行家。娜娜臉上不高興。這個人，他以爲昨天晚上向她拋了一個花球，她就得忍受他？

「而且，我今天受夠了。」她說。「我不要見任何客人。去告訴他說不要等我。」

「小姐要把這件事仔細想一想才好；小姐是應該見士丹拿先生的。」蘇愛一動也不動，只低聲而嚴肅地說。她眼看着她的女主人又要做出糊塗事，心裏有一點不高興。接著她又提到那個華

倫西亞，他現在一定在臥房等得不耐煩了。娜娜聽了大怒，比以前更固執了。她誰也不見，爲什麼她要應酬這些像螞蝗般的人。

「都給我趕出去！我要跟馬阿太太玩一回五百分。我喜歡玩牌。」

鈴聲打斷了她的話。這太過份了，有沒有完的，她不准蘇愛去開門，可是蘇愛沒有聽她，早已出了廚房；等她回來時，帶來兩張名片，命令似地說，

「我告訴他們說小姐是要接見客人的。這兩位先生正在會客室裏等着呢。」

娜娜氣得跳起來，可是，名片上印着的蘇亞侯爵和穆法伯爵的名字，又把她的氣平和了下去。她停了一會兒沒有說話在考慮。

「他們是誰？」她問。「你認得他們嗎！」

「那個老的我認識，」蘇愛回答。

她的女主人眼睛直望着她，她於是又簡單地回答說，

「我以前在什麼地方見過他。」

這句話似乎決定了這位少婦的主意。她不情願地離開了廚房，離開了這間避難所，因爲在這裏可以閒談，可以在殘火上暖着的咖啡壺冒出來的氣味中，隨便而自在。她把馬阿太太留在屋子裏。這位太太正忙着給自己用牌算命。她一直沒有把帽子拿下來，可是，現在爲了舒服一點，就把帽帶解開，往後一拋就披在肩上。

蘇愛跑到梳妝室裏幫娜娜化粧，娜娜心裏討厭這些人來打攪她，一邊穿着衣服，一邊嘴裏不

停地咒駡着男人們，作爲報復。這些粗話使她的女僕感到難過，因爲她看見，她的女主人還未能如她所預期那樣從她早年的環境掙脫出來。她請求她安靜下來。

「啊呸！」娜娜這樣粗魯地回答，「他們都是豬，他們就是喜歡這調調。」

雖然如此，她依舊把自己打扮成公主的樣子，她剛剛轉身要進會客室，蘇愛擋住她，自己出去把侯爵和穆法伯爵領進梳妝室來。這樣比較好。

「先生們，很抱歉，叫你們等了很久，」這位年輕女人很有禮貌地說。

那兩位紳士鞠躬，坐下。一條挑花的細紗遮陽窗帘，把這小房間的光線遮暗了。這是全樓最雅致的一個房間，懸掛的帷幔，都是淺色的料子，擺着一座嵌碎石木框的梳妝臺，一把靠椅，幾張安樂椅，都用藍緞子椅套。梳妝臺上放着許多花籃，有玫瑰，有丁香，有水仙。鮮花的香味，又强烈又刺鼻；屋子裏充滿了洗臉水的蒸發味道，一種乾在杯底的香粉末的味道。娜娜捲曲在椅子裏正在穿上浴衣，她的皮膚還沒有擦乾，微笑着，一看見有人進來，彷彿很吃驚。

「小姐，請你原諒我們這樣堅持着非見你不可，」穆法伯爵莊重地說。「我們是爲請願來的。這位先生和我，都是本區慈善會的會員。」

蘇亞侯爵連忙加上一句，

「我們一知道這房子裏住着一位偉大演員，就決定親自來拜訪，爲本區貧戶求助，天才從來沒有一個不是具有慈悲心的。」

娜娜假裝謙虛。她只點着頭，表示同意，來回答他們，心裏一邊做着迅速的考慮。這一定是那個老頭子把另外那一個帶來的：他那一對眼睛多麼壞。就是另外那個人，也不能信任，他太陽穴的血管，漲起得多麼特別。他很可以自己一個人來？她想，一定是門房把她的名字告訴了他們，他們相約而來，每個人心裏又各有各的目的。

「先生們，你們自然有權利，」她表示高興地說。

可是電鈴又響了。又是一個訪客，蘇愛永遠要去開門！她接着說，

「一個人若是能夠施捨，那就太好了。」

其實她是被他們恭維得高興了。

「啊，小姐，」侯爵又說，「你要是知道！就只我們這一區裏，就有三千以上的貧民，這還是最富的一區。你想像得到——小孩子們沒有東西吃，女人們生病，一切必需的東西都沒有，眼看着就要凍死！……」

「這些可憐的人們！」娜娜心裏很受感動地說。

她的惻隱心使她美麗的眼睛充滿淚水。她衝動地把身子向前彎，她的頸子從敞開的浴衣露出來，而她膝蓋彎起來，也把裙子下大腿屁股的輪廓顯示出來。侯爵的像死屍的雙頰上，現出一道血色的緋紅。穆法伯爵本來正要說話，也把眼睛垂下去。那間小房間的空氣太熱了，像溫室花房一般。玫瑰花都凋謝了，杯底飄起醉人的乾粉香味。

「一遇到這些情形，一個人要希望自己很有錢了，」娜娜說。「我們各人都盡着各人的力量做吧。相信我，先生們，如果我早知道……」

她的心軟得差一點說出糊塗話來。可是她沒有把這一句話說完。因爲想不起剛才在換衣服的時候，把那五十個法郎放到什麼地方去了。但她終於想起來了，錢一定是在梳妝臺的角上，一個翻過來放着的瓶子底下。她站起來的時候，門鈴又響了很長的一段時間。又來了！有沒有完的？伯爵和侯爵也都站起來，侯爵的耳朶似乎聳起來，伸着向門外聽：這毫無疑問地是他很熟悉這種叫門的鈴聲。穆法注視着他；他們同時垂下眼睛向地下看，無疑他們是互相有所顧忌，很快他們又恢復平靜。一個看起來傲慢强壯，另一個把往前駝的肩膀，往後聳去，叫薄薄的一層白頭髮的下端，直垂在肩上。

「眞的，」娜娜把那十個大銀幣拿過來，笑了出來，說，「我要把這點錢交給你們，先生們，這是捐給窮人的。」

她嘴巴上那個迷人的小酒窩，顯露出來了。她擺出最得意的姿勢，做出可愛的表情，她雙手滿是五法郎的銀幣，伸出去遞給那兩個人，這彷彿是對他們說，「你們，誰來拿好？」這兩個人裏，伯爵比較活動，他伸手去拿，可是最底下的那個他沒有拿到，他再伸手去取，他一觸到她那柔軟的皮膚就好像觸電一般一陣戰慄通過他全身。她覺得很有趣不停地大笑。

「先生們，」她接着說。「下一次我希望能多施捨一點。」

這兩位紳士可沒有再停留下去的藉口了，就鞠躬走向門口。他們正要出去的時候，電鈴又響了。侯爵忍不住微笑，而伯爵的樣子變得嚴肅了。娜娜把他們留住幾秒鐘，好使蘇愛有時間找一個角落去安置這新來的人。她不願意大家在她的家裏碰頭。只是，這一次，樓上整個地方都滿了！等到她看見會客室裏還是空空的，她覺得很奇怪，心裏想，蘇愛是不是把這些人都塞進壁櫥裏去了。

「再見了，先生們，」她站在門口說。

她用笑臉和媚眼歡送他們。穆法伯爵鞠躬。他雖然社會經驗很多，可是還是覺得受不了感到頭昏。他需要新鮮空氣，他被梳妝室裏的花香，和女人味道窒息了。他背後的那位蘇亞侯爵，知道伯爵看不到他，就向娜娜眨眼，他整個面孔收縮，舌頭頂着嘴唇。

那年輕女人回來時，蘇愛正在那裏拿着一些信和名片等她。她叫了出來，大笑得比什麼時候都大聲，

「他們是一對豬！他們把我的五十個法郎拿走了！」

她並沒有懊惱。想到居然也有男人向他拿錢。她現在連一個銅板也沒有了。可是她一看見那些名片和那些信，脾氣馬上又來了。她一看那些信，都是昨天給她鼓掌，今天跟着就來求愛的。至於這些來訪的客人們呢，叫他們見鬼去。

蘇愛把他們往各處亂塞，她極注意到這一層樓有一個最大的優點，這裏每一間屋子都能通到走廊上。白朗太太家可就不是這樣，她那裏，什麼人都非經過會客室不可。白朗太太，爲這個可眞遇到過不少的痲煩！

「你把他們都給我打發走，」娜娜接着說，固執自己的主意。「先把那個『黑人』打發走。」

「我早已叫他滾蛋了。」蘇愛說。「他到這裏來，只告訴說他今天晚上不能來。」

娜娜聽見這樣，感到非常愉快，樂得拍起手來。他不來了，多麼好！那她可以自由了！她發出鬆了一口氣的嘆息，好像從最可憎的苦刑中釋放出來似的。她第一個念頭就想到了達格奈。可憐的小鴨，她剛剛寫信去叫他等到星期四再來！快，叫馬阿太太再寫封信去。蘇愛說，馬阿太太像往常一樣，神不知鬼不覺早走了。娜娜正想叫人去找他，後來猶疑起來。她很疲倦。要是今晚好好睡一晚，那多麼舒服啊！這樣念頭使她什麼也不做。她難得有機會這樣舒服一下。

「我今晚從戲院一回來就上床去睡，」她貪婪地低聲說，「明天不到正午可別叫醒我。」

然後又把聲音提高了，

「那麼，去呀！把那些人都給我用掃把掃出去！」

蘇愛不動。她絕沒有想要向小姐公開勸告，只是，她很巧妙地使小姐能利用她豐富的經驗。

「士丹拿先生也一樣趕走嗎？」她簡單地問。

「當然！」娜娜回答。「頭一個先趕他。」

蘇愛依然在等，好給小姐時間考慮。難道從敵手露絲・米儂的手裏，把這麼一個富翁搶過來，就不覺得驕傲嗎？這人在哪個戲院裏都是有名人物哩。

「親愛的，現在就去，」娜娜又說，心裏完全明白這是怎麼一種情勢了，「去告訴他，說他叫我討厭。」

可是，她忽然改變了主意。說不定明天她就得用他。眨了一兩下眼睛，笑笑，她叫出來，

「如果我要釣上他，最好現在把他趕出去。」

蘇愛似乎深深受了打擊。她以欽佩的眼光望着女主人，沒有說什麼便走出去把士丹拿打發出門。

娜娜等了幾分鐘，好叫蘇愛去肅清這個地方，她把頭探進會客室去，那裏是空的。再看餐室裏也是空的。於是心情比較安定下來，心裏以爲不會撞到人，就把小屋子的門打開，看見裏邊有一個年輕男人。他正坐在大鐵箱上，手裏拿着一大束花，放在膝蓋上，神色非常鎮靜。

「我的天哪！」她喊出來。「還有一個在這裏！」

這位年輕男人，一看見她就跳下箱子，臉上漲紅得像芙蓉花。他拿着那束花，不知怎麼辦才好，從左手遞到右手，又從右手遞到左手，他的神情，顯示熱情沸騰到了極點。他的青春，他的不知所措，和他拿着鮮花掙扎着所做出來的樣子，都使娜娜的心感動，她忽然大笑叫道，

「你是來找打屁股的是不是，孩子？」

「是的，」那個小孩子用一個低沉而懇求的調子回答。

這一回答，使她更覺有趣。他說，他十七歲。他的名字叫喬治・胡貢。他昨天晚上在戲院看了她的表演，現在來看她。

「這些花是送給我的嗎？」

「是的。」

「那麼就交給我吧，寶貝！」

但是，在她從他手裏去接花的時候，他就一撲捉住了她的手，貪婪地撫摸着。她只好打他，他才放開。她罵他的時候，自己的臉反而紅起來。接着她把他送走，告訴他以後可以再來找她。他蹣跚着走出去；連門都幾乎找不到。

娜娜回到她的梳妝室裏，佛蘭西斯同時也到了，來給她梳頭，今天晚上好到戲院去。這之前她從來不把衣服穿起來，她坐在鏡子前邊，在理髮師巧妙的手底下，垂下頭去，一聲不響地默想。蘇愛進來說，

「有一個人，他不肯走。」

「那就叫他留在那裏好了，」她靜靜地回答。

「要是那樣，這個走了那個又來了。」

「叫他們等好了。等到他們肚子裏覺得餓不過，自然就會走的。」

她改變了主意，喜歡叫人白白空等一場。忽然她的心裏起了一個有趣的念頭，她離開佛蘭西斯，跑過去把門閂起來。現在隨便他們吧，在那邊擠得多滿都好，他們隨便來多少人也都好：他們總還不敢在墻上挖個洞吧。蘇愛可以從通厨房的小門出入。電鈴響得比以前更頻了。每隔五分鐘，就來一次，規律得像似裝配得很準的一架機器。娜娜就數着這些鈴聲，來作消遣。可是，她忽然想起一件事情來。

「喂，我的烤杏仁呢？」

佛蘭西斯也把烤杏仁給忘記了。不過他馬上從外衣的一個口袋裏，掏出一個紙袋子來，用男

人贈送禮物給女人那樣的姿勢，交給了她。雖然如此，等到他結賬的時候，無論哪一次，他也還是照舊把烤杏仁這一筆帳，開進帳單去。娜娜把紙袋放在兩膝中間，去吃她的杏仁。她的頭，不時隨着理髮師的手轉動。

「見鬼！」她在沉默了一陣之後，咕嚕起來，「一來就是一大堆！」

電鈴又很快地連續響了三次。有些鈴聲是緩和的，有些鈴聲是大膽的，在粗魯的一按之下就大響起來；又有些鈴聲是匆忙的，把滿屋子都振動。據蘇愛說，這一次是一個大的聲音，響得足以把四鄰都震驚了。這原來是一羣男人，在一個緊接着一個地用力按那個象牙鈕。那個小丑，包得拿夫，似乎把她的住址告訴所有昨晚來看戲的觀衆。

「說的是，佛蘭西斯，你身上有一百個法郎嗎？」娜娜說。

他往後一退，小心地端詳她的頭，然後安詳地說，

「一百法郎，那得看情形！」

「你知道，如果你要擔保……」她接着說。

沒有說完這句話，她就用手，指着鄰室。佛蘭西斯就借給她一百個法郎。蘇愛在每次短暫的休息中，都要進來給小姐準備好一切洗澡用具，這個時候，理髮師還在做最後的整理。可是那個電鈴一直不斷地打攪着小姐的女僕，她只好把穿了一半的胸衣，和剛穿上一隻襪子的脚放下。現在她也六神無主了。她把每個角落都派了用場，把來訪的男人們，到處都塞得滿滿的了，後來就迫不得已，只好把三四個人放在一處了，這種辦法，本來是違反她的原則的，如果他們互相你吃

我我吃你，那倒可以省出更多的地方來了！娜娜躲在她所小心閂好了的門後，開始笑這一羣人，說她可以聽得見他們喘氣的聲音。他們在那裏，樣子一定是好看得很，舌頭像一羣大狗一樣伸出來。昨天的成功還在餘波蕩漾，這一堆人已經跟踪上來了。

「但願他們可別打破什麼東西，」她低聲說。

她開始感覺到一種不安，因爲她幻想着，她覺得這些人的熱烘烘的呼息，都從門縫鑽進來了。但是蘇愛把拉波得帶進來，這位少婦發出一聲放心的叫聲。他急於來告訴她，他替她在法院料理的一件案子的情形。她沒有聽這個，只說，

「我要你跟我一起去。我們一同去吃晚飯，然後你再送我到雜耍戲院。我到九點半才上臺呢。」

拉波得，在最適當的時候來到，他這個人，從來不向小姐們要求什麼。他是小姐們的唯一朋友，他喜歡替她們做點小事情，進來的時候，他已經把前面的債主們替她打發走了。說實話，這些人也並不一定要拿錢。相反地，他們這樣固執地等在那裏，無非是要向小姐道賀，因爲看她昨天那麼成功，以後繼續替她服務的日子還長呢！

「我們走吧，」娜娜說，她現在已經穿好了衣服。

但是，就在這個時候，蘇愛又進來了，喊道：

「我可再不肯去開門了。樓梯上站一大羣人。」

樓梯擠得滿滿的！佛蘭西斯，一向冷靜，就一邊收拾着梳子，一邊大笑起來。娜娜本來已經

挽起拉波得的手臂，趕快把他拉進厨房。她倒底可擺脫了那些男人了，現在她跟他單獨在一起，可以到任何地方去，也不怕他會做出任何愚蠢的舉動了。

「你再把我送囘家，」她在走下樓梯的時候對拉波得說。「那樣，我就可以平安了。你没有想到吧，老朋友，我今天想好好睡一晚。」

3

大家爲了避免莎彬伯爵夫人的母親相混，容易和一年前去世的伯爵的母親相混，就稱她爲穆法伯爵夫人，已經成爲習慣了。她每逢星期二，就在自己家，那座落在米羅眉斯尼勒街，和邦傑夫爾街轉角的房子裏，招待客人。那是四四方方的一座大樓房，穆法一家在這裏住了已一百多年了。房子的正面對着大街，又高，又黑，那些大百葉窗差不多永遠關閉着，陰沉得像修道院。房子的後邊，在那個陰濕的花園的一端，那些樹長得高過屋頂，它的枝幹向着陽光伸展開。

在這一次的星期二，晚上已經到十點鐘的光景了，客廳裏的人，還不夠一打。伯爵夫人因爲只請了些最熟的朋友，所以不把小客廳，和飯廳打開。這樣叫客人們都覺得隨便一點，可以圍着爐火談天。客廳又高又大，有四扇大窗子，望出去是花園，在多雨的四月末，這麼一個晚上，屋裏縱然有大塊的木柴在爐架上燃燒着，花園裏依然傳來一種濕冷的感覺。陽光從來沒有往下射進到這間屋子裏來過；白天只透進微微一點發綠的光線，而一到夜晚，桌燈和吊燈都點起來之後，那就是一間莊重老客廳的樣子了。裏邊擺着體積很大的第一帝國時代式樣的桃花木傢具，帷幔和椅套都是黃絲絨的，上邊印着圖案。一進到這間屋子裏來，就會覺得是置身於往日的禮儀和過去時代那種冰冷的尊嚴和帶宗教味的空氣中。

壁爐一旁放着一把四方的臂椅，硬直的椅背和椅墊，伯爵的母親，當年就是坐在這張椅子上死的。穆法伯爵夫人，正對着這把臂椅，坐在一張又厚又舒服的深椅裏，椅子上面舖的紅色絲料子，軟得像是綿絨。這是全室裏唯一的一件傢具。在古色古香凜然氣派中間，插進來這麼異樣的一件東西，這是伯爵夫人的愛好得如願以償。

「那麼說，我們不久就可以看見波斯的國王了，」年輕的夫人說。

她們正談到不久要來巴黎參觀博覽會的那些各國大人物。幾個太太圍着爐火坐成半圓形，其中若娃太太正在告訴她們波斯王宮的情形，因爲她的哥哥是個外交家，最近剛在近東完成了一項任務歸來。

「親愛的，你是不是不舒服？」尙沙太太，一個煉鐵廠廠主的妻子，看見伯爵夫人有一點發抖，臉上發白，就來問她。

「啊，不，一點也不，」伯爵夫人微笑着回答。「我覺得有一點冷。這間客廳要生好半天火才能暖和起來。」

她抬起頭看那四壁，和天花板。她的女兒，愛絲黛，是個瘦長而沒有什麼好看的女孩子，十六歲，她坐在一張大脚櫈上，就站起默默地走過來，把爐火中已經滾到旁邊去的木柴放回去。可是撒賽太太，穆法太太一個修道院裏的朋友，比她小五歲的，就喊起來，

「哎喲，我倒喜歡有你這樣大一間客廳呢！無論怎樣說，你倒底還能招待些客人呢。現在的

新房子都把房間蓋成了小箱子那麼大，我要是處在你的地位——」

她滔滔地說下去，還作手勢來解釋，說要是她，她就要怎樣換那些窗帘帷幔，怎樣換那些座位——什麼都要換過。然後，她要開一個大跳舞會，要使全巴黎的人都以被邀請參加爲榮。她的丈夫，是法官，就在她的後邊，表情嚴肅，聽她說。據說她公開地欺騙她的丈夫，不過，人家都原諒她，依然到處接待她，因爲，據說，「她神經有問題。」

「啊，蕾妮！」穆法伯爵夫人臉上露了一下笑容，只咕嚕了這麼一句，聳聳肩，她心裏要說的都在這動作裏表達了。

既然在這裏已經住了十七年了，現在當然不會更改這間客廳的裝潢，而且，這又正是她的婆婆生前所喜歡的樣子，隨後，她又把談話回到剛才的題目上去，

「人家向我說，」她說，「說我們還可以看普魯士王和俄國皇帝呢。」

「是呀，那會有很盛大的宴會呢，」若娃太太說。

銀行家士丹拿，由蕾娥妮·撒賽介紹到這個圈子裏來才不久，這個時候正坐在兩窗之間的一張沙發上談天。他正向一位官員發問題，想從這個人的嘴裏套出證劵交易的趨勢。穆法伯爵，站在他們兩人面前，一句話也不說，只聽着他們談話，他這樣靜聽時候的表情顯得更陰沉。

四五個青年人，在靠近門邊的地方另外形成了一組，圍着范多夫伯爵，聽着他用很低的聲音給他們講一個故事，這毫無疑義，是色情的故事，因爲大家聽了都按住笑出聲。當中一個矮胖子，他是內部的一個主管，坐在一張圈椅裏，睜着眼睛在那裏打盹。可是，等到那一羣青年表示對

這些故事不相信，范多夫就把聲音提高了。

「你也太過挑剔了，福卡蒙；你要是這樣，會把你的人生樂趣都破壞了。」

他大笑着走回到女人這邊來。他本是一個名門的後裔，有溫雅的禮貌，機智的談吐，爲了無法滿足生活與奢慾，把全部財產花得精光。他養了許多馬，他的馬房是巴黎最著名的，因此耗費一筆令人難以相信的大數字；他在皇家俱樂部每月所賭輸的錢加起來也很可觀；而同時，他養一大堆情婦，她們每年要把他在皮卡爾地方所有的產業，吃去一些田地或草原。

「你說別人挑剔！你自己爲什麼一件事也不相信呢，」蕾娥妮說，給他空出一些地方，好叫他坐在她的身邊。「那是你自己把自己的樂趣全破壞了的。」

「對，」他回答。「我希望別人從我的經驗，能得到益處。」

可是大家叫他不要再說話，因爲他正要說維諾先生的醜聞。這時，女人們有些走動，就露出來一位身材很小的六十歲的老頭子，臉上露出狡猾的笑容，一排壞牙，他坐在一張安樂椅上，舒服自在好像在自己家裏一樣，靜聽着每一個人的談話，自己却一句也不開口。他做了一個輕微的手勢，表示他沒有受誹謗。范多夫把他那尊嚴的外表露出來，莊重地補充說，

「維諾先生知道，我相信我應該相信的。」

他這種虔敬的舉動，就連蕾娥妮也感到滿意。屋子那一端的那些青年，不再大笑了，這一個保守的地方沒有什麼可尋開心的。冷風吹過他們身上，在接着的一片靜默之中，士丹拿打鼾都聽到。那政府官員謹愼的答話，使得他大失所望。穆法伯爵夫人呆望着爐火，就重新把談話引起。

「去年我在巴登見過普魯士王。以他的年紀，他還算是充滿着生命力的呢。」

「俾斯麥伯爵要陪着他同來，」若娃夫人說。「你認識俾斯麥伯爵嗎？很多年前，我在我哥哥家裏，和他同吃過中飯，那是很久的事情了，那時，他是普魯士駐巴黎的代表。我就不明白他這樣一個人，居然成功了那麼多大事。」

「爲什麼？」尙沙夫人問。

「我怎麼說呢！他這個人一點也不討我喜歡，他的外表又粗野，又沒有禮貌。此外，我覺得，他很笨。」

因此全室都談起俾斯麥伯爵來，關於他的各種意見，彼此都紛歧，相距很遠。范多夫認識他，說他在喝酒和賭錢的功夫上，實在偉大。等到大家正討論到最高潮的時候，門開了，黑多走進來。花車利跟在他身後，進來就走到伯爵夫人的面前，鞠着躬，

「夫人，」他說，「我沒有把你仁慈的邀請忘記。」

她微笑，說了一句非常簡短的話。這位新聞記者，在和伯爵握手之後，站了一會。他只認識士丹拿，因此像離開水中的魚找不到同伴，幸而范多夫轉過身來，看見他就走過來和他握手。於是，花車利在遇到熟人的歡喜心情下，把他拉過一旁低聲對他說，

「明天。你去嗎？」

「當然去。」

「半夜，在她家裏。」

「我知道，我知道。我和白蘭一起去。」

他想逃脫回到那邊女人堆裏去，好替俾斯麥辯護。可是花車利留住他。

「你怎樣也猜想不到，她今天託我來請誰。」

說着，他就把頭微微一點，指着穆法伯爵；伯爵正在那邊和士丹拿與那位政府官員，討論着國家預算。

「不可能，」范多夫說，他雖有點迷惑，却感到非常有趣。

「我人格擔保，她還要我發誓，非要把他帶去不可。所以我今天一定要到這裏來。」

兩個人小聲地在笑，范多夫就匆匆忙忙加入到女人的圈子裏去了，一邊喊着，

「我說恰恰相反，俾斯麥先生是個非常機智的人。比如說吧，有一天晚上，我也在座，他就說過一個非常滑稽的故事……」

黑多這時候聽到他們兩人的談話，就用眼睛望着花車利，希望他會給他一些解釋。他們談的是誰呢，明天半夜裏他們要幹什麼呢？他跟着他表兄。他的表兄找到位子坐下去。對於穆法夫人，他特別感到興趣。時常有人在他面前提到她的名字，他知道她是十七歲結婚的，現在大約三十四歲，並且知道她自從結婚以來，一直就陪伴她的丈夫和婆婆，過着一種修道院式的生活。在社交場合裏，有人說她冷酷得像一個虔敬的修女，同時也有人可憐她，她當年在沒有住進古老的房子以前，那一種愉快歡樂的笑聲，和那一對大眼睛裏所閃着的灼熱的眼神。花車利用眼睛望着她，他在懷疑。他有一個朋友，是一個船長，最近死在墨西哥，在他最後一次動身出國的前一晚，

吃飯的時候，對他透露了一個秘密。不過，他已記不清楚他朋友告訴他的話了；那一天晚上，他們一起吃了一頓很精美的晚飯，他如今一看見這位伯爵夫人，穿着黑衣服，臉上帶着安詳的笑容，坐在這個老時代的客廳裏，放在她身後的一盞燈，把她的側臉，照清楚，單單看她豐厚的嘴唇，就說明她是性慾很强的女人。

「他們老是談俾斯麥幹什麼？」黑多抱怨着說，他在社交場合老是裝作很無聊的樣子。「這裏什麼都是慢吞吞的。這都是你的好主意，一定要到這裏來！」

花車利突然問他。

「告訴我，伯爵夫人有沒有情夫？」

「呵，不，我親愛的朋友，」他張口結舌地說；完全忘記他當時的姿態。「你以爲我們是在什麼地方啦？」

說完，他才發現自己生氣的樣子，有失紳士的風度，於是把身子往沙發背上一靠，加上說，「我說不會的！不過我也不大知道。那邊有一個年輕人，福卡蒙，無論在什麼地方，什麼場合，都可以遇到他。更奇怪的事情人們都見過，要是伯爵夫人有情夫的話她也很隱秘，因爲從來沒有人見過也沒有人談過。」

雖然花車利沒有再問，黑多把自己所知道的有關穆法家庭間的事，完全告訴了他。他很小聲說，旁邊那一羣女人，依然坐在爐火前，繼續大聲地談話；要是有人看見他們兩個人打着白領帶，戴白手套，坐在那裏放低聲音談話，一定以爲他們是在選擇字句，在討論一個嚴重的事情。那位死去的老穆法夫人，黑多很熟識的。這位老太太令人難以忍受，她和牧師們攪得一塲糊塗。至於穆法，他是一位將軍的兒子；拿坡崙一世封他爲伯爵，因此從十二月以後，他就更得寵了。他的態度上並沒有什麼愉快的樣子；人們都認爲他誠實値得尊敬，他對於在朝廷裏所擔任的職務很重視。這都是他母親老穆法夫人所給他的一種珍貴敎育，諸如每天要懺悔和一切青年所應當懂得的重要的事情。他對宗敎的信仰非常强烈，每一發作起來，就猛烈得有如發熱病。最後，黑多就在他表哥的耳邊說了幾句。

「這不可能吧！」他的表哥說。

「人家都說這是眞的！一直到他結婚的時候，他還是那個樣子呢！」

花車利瞪眼去看伯爵，伯爵的臉上，兩邊蓄着頰鬢，而中間沒有鬍子，看起來更嚴肅，他正在忙於把數目引述給士丹拿，他不大相信那些數字。

「眞的，他長得倒是那種人的相！」花車利低聲說。「倒是他給他太太漂亮的禮物！可憐的小東西，她一定非常討厭他！我敢打賭，這些她是一點也不知道的。」

正在這個時候，穆法伯爵夫人對他說話。可是他正對關于穆法伯爵的事情深感興趣，所以沒有聽見。她於是又把問話重說了一遍。

「花車利先生，你不是發表過關于俾斯麥先生的文章？你和他談過話吧？」

他馬上站起來，走近那些女人的圈子，表現得從容的態度，回答說，

「夫人，我坦白告訴你吧，我是參考許多德國出版的傳記寫成的。我從來就沒有見過俾斯麥

先生。」

他就停留在伯爵夫人的身旁，而在他和她談話的時候，心裏還在想關于她情夫的事。她的容貌比她的歲數年輕，誰都會猜她至多只有二十八歲，因爲特別是她那充滿了長睫毛的黑藍影子的一對眼睛，裏面還保持着青春的光亮。她是從小在雙親離異的家庭中長大的，跟舒阿爾侯爵住一個月，再去和侯爵夫人住一個月。她很年輕就結了婚，這毫無疑問地是受她父親催迫的，因爲她母親死後，留她在家裏，會給他添很多麻煩。侯爵是個很可怕的人，縱然他有虔誠的宗教信仰，可是外邊依然風傳着他的許多奇怪的故事！花車利問，今天晚上有沒有榮幸可以會到侯爵。沒有問題，她的父親一定會來，只是來得要很晚，他正忙着那麼多的工作！這位新聞記者知道這位老紳士每晚都是在什麼地方消磨的，可是臉上照舊裝出嚴肅的神氣。但是，他發覺伯爵夫人的左頰上，靠近嘴唇的地方，有一顆黑痣，就不覺爲之驚訝。娜娜恰巧也有同樣的這麼一顆痣。這眞奇怪。細毛從痣上曲捲着伸起來；只是娜娜那顆痣上的毛是金黃色的，而伯爵夫人的毛却是黑色。這個女人是沒有享受過任何男人的擁抱的。

「我心裏一直就想認識奧古士塔王后，」她說。「據說她這個人好極了，虔誠極了。你以爲她會陪着普魯士王一起來嗎？」

「她是不會來的，夫人，」他回答。

她沒有愛人，這簡直是再明顯也沒有的一件事。只要看她坐在那裏，旁邊小脚櫈上，坐着她那個極不惹人注視而又極拘束的女兒就什麼都清楚了。她那墳墓一樣陰森森的客廳，散佈着一種教堂味道，這已夠說明她是被一隻鐵手控制，過着嚴格的生活，在那陰濕的住宅裏她沒有獨立的自己，那裏令人感到，處處都是穆法，他統治和控制一切。可是，他忽然發現，在那一羣女人背後的圈椅裏，正坐着那個露着黑牙齒，溫和地微笑的臺歐菲爾·維諾。他是一個退休的律師，從前以辦理教堂案件出名。他現在已退休，有一筆財產，過着神秘的生活，到處有人招待，對他極其尊敬，甚至有一點怕他，覺得他背後有一種魔力，然而，他的態度很謙遜。他是瑪德蘭教堂的長老，此外還擔任巴黎第九區區公所副所長的職務，據說，他這不過是怕自己閒得無事可做。伯爵夫人不是受很好的保護嗎？在這一區裏，她還能做出什麼事嗎？

「你說得對，這地方實在夠無聊，」花車利好容易從女人堆裏逃了出來，對他的表弟說。「我們一會就走！」

那邊的士丹拿自穆法伯爵和那位政府官員走開後，怒氣冲冲地走了過來。他滿頭大汗，低聲抱怨，

「他們要把情報留給他們自己，那隨他們去。我會找到肯說的人。」

然後他把新聞記者推到一個角落裏，很得意地說，

「明天，我會來，好朋友！」

「啊！」花車利含糊地說，心裏有一點驚異。

「你不知道。我費了多少麻煩才在她家裏找她。何況，米儂又到處跟着我。」

「可是米儂夫婦明天也去呀。」

「是的，這她告訴我了。不過，我去拜訪她，她接見了我，而且還請了我。戲院散場後準午夜來到。」

銀行家看起來很高興。他眨一眨眼，又把這一句話裏的每一個字都特別强調，

「你有什麼結果？」

「你是什麼意思？」法車利說，假裝不懂他這句話的意思。「她是爲要謝謝我寫的那篇文章，所以才來拜訪我的。」

「是的，是的，你們這行的人眞有福氣。你們無論做點什麼，都能得到人家的報答。明天，是誰請客？」

新聞記者把兩隻胳臂微微向外伸張開，意思是說，還沒有人知道。這時范多夫大聲叫士丹拿，因爲他認識俾斯麥先生。若娃夫人幾乎深信不疑，最後說：

「他給了我一個不愉快的印象；我覺得他的臉，顯示一種邪惡，我願意相信他很機智，這說明他何以能這麼成功。」

「沒有疑問，他是德國法蘭克福的猶太人。」銀行家勉强笑着說。

這個時候，黑多終於提起勇氣來盤問他的表兄。他緊跟着他，在他耳邊小聲說：「明天晚上在一個女人家裏吃晚飯嗎？是誰？」

花車利向他作手勢，說不要給人聽見，而且在這裏不能失禮。客廳的門打開，一位老太太走進來，後邊跟着一位少年，新聞記者一看，就認識是那個大學生，就是在「金髮愛神」初演之夜

喊出那著名的而且到現在人家還沒有忘記的一句「這眞漂亮啊」！這位太太的來到，引得全室的人一陣騷動，伯爵夫人馬上站起來，過去迎接她，把她兩隻手握在自己手裏，稱她「親愛的胡貢夫人」。黑多看着他表兄表示不解，他爲了炫耀便向他解釋說胡貢夫人是一個公證人的寡婦，退居在萊．豐得，那是她娘家的一片田園，座落在奧利昂附近，她在巴黎城裏，紅衣主敎路也有一幢房子，到巴黎來住幾個星期，爲了安頓她那個正讀法科「一年級」的最小兒子。當年她是蘇亞侯爵夫人的密友，伯爵夫人降生的時候，她也在場幫忙，在伯爵夫人結婚以前，常常到她家裏去住，現在她們兩人還是很親密。

「我把喬治帶了來看你，」胡貢夫人對穆法夫人說。「我相信你會發現他長大了。」

那個少年，從容地向着伯爵夫人鞠了一躬。他那清朗的眼睛，和滿頭的曲髮圈，叫人看起來，覺得是女孩子穿着男孩子的衣服。這叫她想起兩年以前，在萊．豐得，他們兩個人還一起玩過一場打毛毽子的事。

「非力浦有沒有在巴黎呢？」穆法伯爵問。

「沒有！」那位老太太回答。「他一直就住在布爾日的軍營裏沒有回來。」

她已經坐下來正開始以極大的自傲神氣，談起她這個大兒子，她這個兒子又高又大，自從那一次突然想起要從軍，到現在已經升到陸軍中尉的階級了。所有女太太們圍着她成了一個圈子，表示尊敬的同情，談話內容也變得更客氣更高雅了。花車利一看那位尊貴的胡貢夫人，看見她那慈母一般的臉上，在許多寬辮髻的白髮下，閃着多麼和藹的一片笑容，心裏就在想：自己剛才怎麼竟會懷疑起伯爵夫人來呢，那卽或是只有一會兒吧，也都是夠糊塗的。

然而，伯爵夫人所坐的那張紅絲絨椅套的大椅子，又引起他的注意了。那實在刺眼而且在那間客廳裏格格不入。毫無疑問的，一定不是伯爵本人把這傢具放到這個地方來的。這也是一種嘗試，一種享受的開端。想到這裏，他又想起那一天晚上在一家飯館裏，他的朋友所告訴他的那一段秘密。這正是他一直想找人把他介紹到穆法家的聚會中來的原因；這實在是由於一種意識上的好奇心，他的朋友已經在墨西哥去世，那麼，又有誰可以告訴他眞相究竟是怎麼一回事呢？一切都等他去看個究竟，也許什麼事情都沒有，這想法困擾他，也吸引他，使他本性的邪惡都喚醒。那一張大椅子，看起來是翻動過，那靠背的彎度，使他感到興趣。

「我們可以走了吧！」黑多問的時候，心想只要一出門，他就要把大家要去一起吃晚飯的那個女人是誰打聽出來。

「等一會，」花車利回答。

他不再忙着走了，他藉口他是受人之託來邀請客人的，可是，這工作並不容易。女人們正談論一位少女要做修女，非常感動，這三天以來，全巴黎都在讚歎。是福瑞男爵夫人的長女，在不可抗拒的召喚下，就進了卡爾莫利特修道院。尙羅夫人是福瑞家庭的一門遠房表姊妹，所以知道得很清楚，她說男爵夫人很傷心，結果在第二天就沒有起床。

「我的位子很好，可以看得很清楚。」蕾娥妮說。「我覺得很有趣。」

胡貢夫人可憐那母親。在這麼一個情形下失去一個女兒，多麼慘！

「人家都指責我過於信仰宗教，」她用安詳坦白的態度說，「我雖然信仰宗教，可是，孩子們要是固執地去走這條路，我倒覺得他們太殘忍了。」

「是的，這件事眞可怕，」伯爵夫人低聲說，說着身上就打了一個寒戰，好像感覺很冷似的，於是重新把身子蜷縮在火前她那把大椅的深處。

接着，女太太們就討論這個問題。她們小聲討論，只有偶然的笑聲打斷她們的話。壁爐臺上的兩盞燈，從上邊罩着玫瑰色挑花的燈罩下，射出一道微弱的光線，射到她們的身上；其餘三盞燈都相隔很遠，因此這一間大客廳陰暗得很。

士丹拿有一點厭煩了。他向花車利講些關于那位小撒賽夫人的故事，他叫她蕾娥妮，說她是個蕩婦，他在女人們所坐的臂椅後，把說話的聲音降低。花車利聽了這句話就去看撒賽，她穿着淡藍緞子的寬大服裝，坐在臂椅中，身子很特別地斜靠在椅子的一個角上。她很瘦，有點像男孩。他一看，就覺得在這樣一個地方居然看到她這麼一個人，很有點奇怪。連卡洛琳·艾蓋的家裏，客人們的舉止，都比這裏的這些人端正些。卡洛琳的母親，把家裏的一切，治理得井井有條。這裏倒是一篇文章的絕好題材。這巴黎的社會，是多麼奇怪的一個世界！最拘謹的圈子裏，也會有些不三不四的人。很顯然地，那只露着壞牙微笑而不說話的台歐非爾·維諾一定是去世的伯爵夫人所遺留下來的賓客。所以，上了年紀的婦人，如尙羅夫人，杜·雍古娃夫人，和坐在墻邊一動也不動的四五個老紳士，一定也都是的了。穆法伯爵所請到家裏來的客人，都是一些高級官吏，那些人個個具有當代廷臣們所必具的無可疵議的儀表，一看就和一般人物有別。那位主管就是其中的一個，他依然孤獨地坐在屋子當中，嘴巴剃得光光的，眼神茫然，衣服緊束得使他幾乎不敢動。差不多所有那些青年人，和一些有顯著貴族儀容的人們，都是蘇亞侯爵帶到這個聚會裏來的客人，這是因為他和國會搭上關係後，就成為國家諮議會的會員。除此之外，只有蕾娥妮和士丹拿兩個人，和胡貢夫人那種高年與和藹的沉着。這個時候，花車利在想他那篇文章的腹稿，他把這一羣客人叫「穆法黨」。

「有一次，」士丹拿小聲說，「蕾娥妮把她那個唱男高音的歌手，叫到蒙竇邦去。她住在包爾戈堡，離蒙竇邦有兩里路。她每天坐着馬車，到蒙竇邦他所住的那家金獅旅館裏去看他。馬車在外邊等着，而蕾娥妮在裏邊一呆就是好幾個鐘頭，門外邊聚攏來一大堆人，圍着看那兩匹馬。」

大家的談話停頓下來，有兩位年輕人也停了下來，只聽見穆法伯爵在地板上踱來踱去的脚步聲。那幾盞燈也似乎暗下去了；爐火也要熄了；在那些椅子上，四十年以來就常常來坐的那些朋友們的身上，籠罩模糊的陰影。這些被邀請來的客人們，在談話暫時停頓中，忽然間感覺到伯爵的母親，彷彿依然擺着她滿副冰冷的嚴肅面孔。

現在穆法伯爵夫人開口了。

「不過，這件事情的內容終於傳了出來。那年輕人好像是死了，大家這才明白這個可憐的女孩子，為什麼決定要做修女。據說是她的父親說什麼也不答應他們結婚的。」

「外邊還風傳着很多別的話呢，」蕾娥妮輕率地叫出來。

她大笑起來，不肯再說下去。穆法夫人也被她這樣快樂的情緒所感染，把小手帕放在嘴上。在這一間空曠的大廳裏，她們的笑聲聽起來就像是玻璃打碎的聲音，這使花車利感到很刺耳。於是太太們都發表了意見。杜·若娃夫人保持着異議；尙特羅夫人說她確知他們原來計劃要結婚，不過，沒有進一步去實現。連男人們也都大膽地發表了他們的意見。有一陣，大家的意見紛歧。這個小圈子裏的各派人物，不論是拿破崙派，還是正統派，也不論是那些僅僅是現實的或懷疑的個人，談話裏互相衝撞。愛絲黛叫人在爐火裏添加木柴；僕人把燈又挑亮；這時，這間房子就彷彿又從昏睡之中醒來了。花車利微笑着，他感到很輕鬆。

「小姐們要是不嫁給表哥，就要去嫁給上帝了。」范多夫咬着牙齒說。

這個話題使他覺得無聊，就到那邊去找花車利了。

「我的朋友，你看見過一個被愛的尼姑嗎？」

他並不等待回答，因爲他對這已經不願意多談了，於是低聲說：

「告訴我，明天我們有多少人到那裏去？有米儂夫婦，有士丹拿，你自己，和我，此外還有誰？」

「我想還有卡洛琳，西蒙，毫無問題地，還有嘉嘉。哪個能知道確實還有誰呢？這種場合，你雖然只請二十位，可是實際上到的人數總要三十。」

范多夫正望着那些女人們，突然把話題轉到另一件事上去，

「你看杜·若娃那個女人，十五年前左右，一定是很好看的。可憐那個愛絲黛，愈長愈瘦長

了。倒在床上，倒像一根木頭。」

可是他把自己的話題又打住，重新提到明天吃晚飯的事。

「這些把戲所以這麼令人厭倦，因爲永遠是那一些女人。人們是需要新鮮花樣的。總得新女人來才行。喂，我有一個好主意了！我就去求這個矮胖子，請他把那天晚上帶到雜耍戲院看戲的那女人找來。」

他所指的，就是正坐在屋子當中睡熟了的那位主管。花車利遠遠地看他們兩人在交涉。范多夫已經走到那個矮胖子身邊坐下，那個人的樣子，依然是很沉着的。有一陣子，他們兩個人都似乎很有風度，當着大家的面前，在討論一個問題：「什麼事會令一個少女願意作修女？」伯爵走回說，

「這不可能了。他說她是貞潔的女人，她一定會拒絕；然而我可以打賭，我在羅爾飯店看過她一次。」

「喂，什麼，你居然跑到羅爾飯店去！」花車利一邊嬉笑着低聲說。「你就拿你的名譽到這一類的地方去冒險嗎！我覺得，這種地方，只有我們這些窮鬼，才……」

「啊，親愛的孩子，一個人應當什麼都看看。」

他們接着嘲弄起來，閃着發光的眼睛，交換了一些關於殉道者之路這家旅館裏飯菜的意見；那是胖皮黛爾開的，專門招待一些落難中的女人，每名只收三個法郎的飯錢。那是一個髒陷阱，住在那裏的少女們，都吻羅爾的嘴！穆法伯爵夫人偶然聽到他們談話中的一兩個字，轉過身來，

他們連忙走開。喬治·胡貢一直站在他們身後，聽他們談話，聽得滿臉通紅。這個小孩子，十分害羞，又十分狂喜。從他母親把他留在這客廳，他就走到撒賽夫人的身旁，唯有她能引起他興趣，可是雖然如此，娜娜還是比她强得多！

「昨天晚上，」胡貢夫人說，「喬治把我帶去看戲了。是的，我們到雜耍戲院去了，我確實有十年沒有進過那個地方去了。這個孩子迷上那個戲裏的音樂。而我呢，我可一點也不覺得有趣；可是他快活極了！如今的年月人們把離奇古怪的戲都弄上臺去。而且，那音樂我也不喜歡。」

「什麼，你不喜歡音樂，夫人？」杜·若娃夫人叫出來，把眼睛抬起來望着天。「每個人都不喜歡音樂，這是可能的事嗎？」

這種驚訝的呼叫是普遍的。胡貢夫人一點也不懂得這齣戲裏的任何一個隱語諷刺，於是就沒有在雜耍戲院的表演上，提到一個字。那些女人個個都看過這齣戲，可是嘴上一句話也不提它，於是去談音樂，討論一些作曲的大師們。杜·若娃夫人，只喜歡韋伯的音樂，尙羅夫人偏愛意大利的音樂。那些女人的聲音，在爐火之前，那麼柔軟而微弱，像是一種宗教的集會，大家圍在那裡低聲唱讚美歌。

「那麼，我們等着瞧吧，」范多夫把花車利拉到客廳當中來，低聲說，「我們明天要找一個新鮮女人來。我們去問問士丹拿。」

「呵，要是士丹拿能夠抓住一個女人的話，」新聞記者說，「這個女人一定是全巴黎都沒有人要的。」

然而，范多夫還是用眼睛往四下裏尋找。

「等一會兒，」他接着說，「有一天我碰見福卡蒙帶着一個迷人的金髮女人，我去叫他把她帶來。」

他走過去招呼福卡蒙。他們迅速地交換了幾句話。似乎有因難，他們兩個人，慢慢地小心地邁過女人們拖在地上的衣尾，走過去找另外一個年輕人。他們和那個年輕人斜立在窗口旁邊，繼續交談。花車利一個人，聽見杜・若娃夫人說，她聽見演奏韋伯的曲子，眼前就看見湖水，森林，和浸在露水中的草地。有一隻手，拍他的肩，在他身後說，

「你不夠意思。」

「什麼？」轉過身來，一看是黑多，他就問。

「什麼意思？明天的那頓晚餐。你本來很容易叫我也被邀請的呀。」

花車利剛剛要回答，范多夫就走回來了，告訴他，

「看起來那不是福卡蒙的女人了，是站在那邊的那個人的情婦。她不能來。運氣多麼壞！不過，管它呢，我强迫福卡蒙去辦一件差事，要他想法子，把露薏絲從皇家劇院裏弄出來。」

「那不會是眞的吧，范多夫先生，」尙羅夫人提高聲音問，「說是上星期天華格納的音樂叫人喝了倒彩了？」

「啊，是可怕，夫人，」他走過去，保持他一向週到的禮貌回答。

因爲她們沒有留住他，他便走開，接着在新聞記者的耳邊，小聲說，

「我還要找個人。這些青年人一定認識一些小女人的。」

說完，他滿面笑容去跟幾位男人談話。他混進不同的人羣，這裡說幾句，那裡說幾句，要不然就眨眨眼，或做個手勢走開了。他那個樣子，像從容地向人傳達口令。消息於是傳開了，約會也談好了。太太們對於音樂的那種富於情感的高談闊論，恰巧把這邊的聲音都給遮蓋住了。

「算了，不要談你的德國佬了，」尙維夫人說。「歌唱才是愉快，歌唱才是光明。你聽見過巴第在歌劇『塞爾維葉的理髮匠』裏的演出嗎？」

「她唱得好極了！」蕾娥妮低聲說，她自己只能在鋼琴上胡彈幾隻歌劇中的散調。

這時穆法伯爵夫人按鈴叫人把茶點拿來。每逢星期二，要是客人少的話，茶點就擺到客廳裏來。伯爵夫人一邊指揮着一個僕人清理一張圓桌，一邊用眼睛望着范多夫伯爵。她的臉上，依然掛着微微露出一點白牙的空洞笑容；等到伯爵走過身邊，她就問他，

「你在偸偸計劃什麼？范多夫先生？」

「夫人？」他從容地回答，「什麼也沒有。」

「我看見你那麼忙。你可以幫我做點事情！」

她把一本照相簿交到他手裏，請他去放在鋼琴上。可是他依舊想出法子來，通知花車利，說他們明天可以把妲妲·妮妮找來，她是本季裏公認爲曲線最美的女孩子，還有瑪麗，剛剛在富麗劇院初次登過臺。這時黑多寸步不離他的左右，希望也被邀請在內。結果，他只好鼓着勇氣自薦

，范多夫馬上就答應他；只是，他要他把柯拉絲一同帶去，黑多在某些點上，假裝遲疑，他於是用這樣的話來使他閉嘴，

「我已經請了你，你還不夠嗎！」

然而，黑多仍然極想知道那個女主人的名字。不過伯爵夫人把范多夫又叫過去了，問他英國人怎樣煮茶。他的馬曾在英國參加賽馬，他是常到英國去的。據他說，只有俄國人會烹茶，於是他就把他們煮茶的方法，說給伯爵夫人聽。可是他在說話的時候，心裏却想着一連串的事情，忽然他問。

「侯爵呢？他今天不來嗎？」

「啊，你今天一定會見得到他的！我父親答應要來。」伯爵夫人回答。「可是我也開始有一點不安。一定是公事把他絆住了。」

范多夫臉上謹愼地笑了一笑。他懷疑蘇亞侯爵的公事究竟是屬於那一類的。他想起侯爵帶到鄉下去的那個漂亮女人。明天也許可以一同帶去參加晚宴。

這時，花車利認爲時機到了，把邀請的話告訴穆法伯爵。事實上那個晚會也快要散了。

「你居然當眞起來？」范多夫問，他以爲這是開玩笑。

「我如果不執行我這個使命，她會把我的眼睛都挖出來的。是她的怪念頭，她，你知道。」

「那麽，我幫忙你，我的孩子。」

鐘打了十一點。伯爵夫人，和她女兒，把茶都斟好，這裏都是熟朋友，於是就把杯子和一盤

一盤的點心，輪流傳過去，不拘什麼禮節了。就連太太們，也仍舊坐在火前的椅上，沒有起身，坐在那裏一口一口地啜茶，細咬着用手指尖拿着的點心。談話從音樂移到商人們身上去了。坡阿西葉是承辦糖果商人裡最好的一個，包辦冰的，只有嘉賽琳。然而尙羅夫人覺得什麼都是拉丹維好。疲倦的感覺使話說得越來越遲緩了。士丹拿努力想從那官員那裡套出一些證券行情，把議員絆在長沙發的一個角上。維諾先生呢，他的牙齒一定是叫糖果給弄壞的，嘴裏發出微細的咀嚼聲，聽起來好像一隻老鼠。這時候，那位主管把鼻子都放進了茶杯，那杯裏的東西，似乎總也喝不盡的樣子。至於伯爵夫人呢，她慢慢地走過客人面前，站一兩秒鐘，用一種詢問的神情望着他們，然後微微一笑，就走過去了。那一爐火，把她滿臉照得通紅，她的樣子，看起來好像是她女兒的姊姊似的；她的女兒，在她的旁邊，就顯得那麼瘦和笨拙。她走近花車利的時候，花車利正在那裏和她的丈夫與范多夫閒談；她發現他們一看見她走近就忽然把話停住：她沒有停下來依然向前走，把那杯茶遞給喬治·胡貢。

「是一位小姐，她很想請你賞光去吃晚飯，」新聞記者愉悅地向着穆法伯爵說。

伯爵在這一整晚，臉上都帶着那個灰黯的神色，聽了似乎極其驚訝。這是一位什麼小姐呢？

「是娜娜！」范多夫就把名字說了出來。

伯爵比以前更嚴肅了。他的眼皮動也不動。有如頭痛症所造成的一種不舒適的臉色，在他臉上停留了一些時候。

「可是我並不認識這位小姐呀，」他低聲說。

「你又來了，你到她家去拜訪過她。」范多夫說。

「什麼話？我會到她家去過？哦，對了，有一天，是代表慈善會去的。我已經把這件事忘了。不過，不管那個，我不認識她，我不能接受她的邀請。」

他擺出一副嚴肅的面孔，爲使他們明白，這個玩笑在他看來並不高雅。像他這樣一個有地位的人，絕不會坐到像那樣女人的桌上去的。范多夫抗議這只是招待女演員們的晚宴，我們對天才應該原諒一切的。花車利於是擧例說：那時，蘇格蘭王子，他還是一位皇后的兒子呢，都還曾坐在通俗戲院裏當過歌女的女人旁邊呢。伯爵不再往下聽，只一味拒絕，他不顧失禮，竟然生起氣。

喬治和黑多正站在他們的前邊喝着茶，因此聽到兩三句他們的談話。

「老天爺，原來是在娜娜家裏，」黑多低聲說，「我早就應當猜想到的！」

喬治什麼也沒有說，可是他的面通紅。他美麗的頭髮搔得散亂，他的藍眼睛閃耀得如同兩枝小蠟燭，這幾天以來他一直是混在邪惡的世界裡，使他感到非常刺激，他夢想要遇到的人物他都遇到了。

「眞糟，我不知道她的地址，」黑多說。

「她住在歐斯曼大街，在拉爾卡德路和柏斯基葉路的地方，第三層樓上，」喬治一口氣背了出來。

黑多聽了，十分詫異地望着他，他的臉漲得很紅，這使他感到驕傲，又不知所措，他於是又加上一句，

「明天我也去。她今天早晨邀請了我的。」

客廳裏起了一個大大的波動，范多夫和花車利不能再勉强伯爵了。蘇亞侯爵這時剛剛來到，每個人都急於向他打招呼。他很費力地慢慢向前走，兩條腿似乎拖不動了，他就站在屋子當中，臉色蒼白，眼睛半睜半閉着，好像剛剛從黑暗中走出來，被燈火的光亮照得什麼也看不見似的。

「我幾乎不敢再希望你今天晚上會來了，父親，」伯爵夫人說。「你要是不來，我一直擔心到明天。」

他看着她，一句話也沒有回答，彷彿什麼也沒有聽懂。他那剃得光滑的面孔，配上隻大鼻子，嘴唇往下垂。胡貢夫人看見他那麼沮喪，很可憐地對他說。

「你工作得太辛苦了。你應該休息休息。像我們這種歲數的人，應該把工作交給他們年輕人去辦了。」

「工作！啊，是的，一點也不錯，工作！」他最後結結巴巴地說。「永遠都有很多的工作！」

他開始振作起精神來，挺直了彎駝下去的身子，又像他往常的習慣一樣，伸出手去理他那幾根灰頭髮，他頭上只有很少幾根曲髮，飄垂在他的耳後。

「你工作些什麼，做到現在這麼晚？」杜．若娃夫人問。「我還以爲你是到財政部的晚會去了。」

但是伯爵夫人插進來說，

「我的父親是在研究一個計劃實施的法規問題。」

「是的，一個計劃實施的法規，」他說，「一點也不錯，一個草擬中的法律。我把自己關在屋子裏，就是爲了這個緣故。這是有關工廠裏工作的一個法律，我要大家確實遵行星期天休息。這件事，政府不肯用强力去執行，這眞是個恥辱。禮拜堂愈來愈少人去了，照着這個樣子，我們簡直是到毀滅的路子上去了。」

范多夫和花車利交換了眼色。他們兩個人恰巧都站在侯爵的背後，就從他的身後懷疑地仔細觀察他。等一會兒，范多夫找着一個機會，把他拉到一邊，向他提起他常常帶到鄉下去的那位漂亮的小姐，這老傢伙假裝出極爲驚異的樣子。也許有人看見他和黛凱爾男爵夫人在一起了，他是有時到維洛夫萊，去他家住一兩天的。范多夫的唯一報復手段，是一個突然的問話：

「告訴我，你今天到哪裏遊蕩去了？你的手臂上還沾着蜘蛛網和墻上的泥灰呢。」

「我的手臂？」他含含糊糊地說，微微有一點驚慌了。「是的，一點也不錯，眞是的。一兩個汚點。這一定是我從辦公室出來下樓梯的時候，弄上了這麼一點的。」

有幾個人告辭了。將近午夜。兩個僕人叮叮噹噹地收拾着空杯子和點心盤子。女人們仍然在爐火前圍坐下來，不過，她們這個圈子縮小了，在這種聚會結尾前所必有的懶洋洋的空氣裏，比以前更無顧忌地閒談着。這間大客廳好像睡着了似的，陰影投射在墻上。這個時候，花車利想要告辭。可是他一看穆法伯爵夫人，又把這個意念打消。她剛才送客人，忙了半天，如今正坐下去休息，她坐在她那原來的座位上，沉默着，眼睛瞪着一塊慢慢燒成了灰燼的木柴，臉色顯得十分白，於是他又懷疑起來。爐火的灼亮把她唇角上那顆黑痣上的黑毛，照得發白。這正是娜娜的痣，簡直連顏色也一樣了。他禁不住就在范多夫的耳邊，偷偷說了幾句關於這件事情的話。哎呀，眞的別人以前就沒有注意到這一點。於是這兩個男人就繼續着比較娜娜與伯爵夫人。他們發現她們的下頷和嘴部，都隱約有相似之處，只是眼睛一點也不一樣。還有娜娜的臉上，是一副和氣的神色，而伯爵夫人呢，可就很難說得確實了——很可以說她像一隻猫，蜷縮着四掌和爪指在睡着，可是，只要有一個幾乎看不見的神經上的顫動，便可以把牠的爪指馬上伸出去。

「無論怎樣，她們都是漂亮的女人。」花車利說。

范多夫望着她，想看透她。

「還不是這樣，」他說。「我敢打賭她的屁股很小，不值一提。」

他把話停住，因爲花車利拉他的手臂，告訴他愛絲黛正緊靠着他們，坐在脚櫈上。他們一直沒有注意到她，談話的聲音放得很大，她一定把他們的話都聽去了。而她坐在那裏，依然殭直地動也不動，連她那因爲長得太快而顯得細瘦頸子上的頭髮，也一根都沒有動。他們於是往後退了三四步。范多夫發誓說伯爵夫人是個很規矩的女人。就在這個時候，爐邊的聲音起來了，杜·若娃夫人說，

「我倒很願意姑且承認你們的話，俾斯麥也許是一個機智的人。不過，如果你們還要進一步說他是天才……」

那一羣女人又繞回她們最初所談的題目上去了。

「眞是見鬼！還在談俾斯麥先生！」花車利低聲說。「這一次我可要逃走了。」

「等一會兒，」范多夫說，「我們必須聽到伯爵決然的『不』才行。」

穆法伯爵向着他的岳父，和一個很莊嚴的紳士，正在那裏談話。范多夫把他拉到旁邊，又重新把那個邀請提出來，爲了加强效果，又告訴他說，連他自己都要去參加這次晚餐的。一個男人什麼地方不可以去；至多不過引起人好奇心的地方，都不會有人疑心，你在那裏做什麼壞事的。伯爵聽着這些議論，垂着眼皮往地下看，臉上一點表情也沒有。范多夫覺得他有些遲疑了。可是，蘇亞侯爵，臉上露着一副探詢的神色，走了過來。等到他們把邀請的事全告訴他，而且花車利也順便約了他，他就偸偸地望着他的女婿。這時，是一片尷尬的沉默。可是，這兩人互相壯着膽子，又逼起伯爵來，要不是穆法伯爵，看見維諾先生的目光盯在他的身上，他們一定會得到答應的結果。那個小老頭不再笑了；他的臉色，和死屍一樣；他的眼睛，光亮而銳利，像是純鋼。

「不行，」伯爵回話的調子，十分堅決，所以他們再想往下堅持，也是不可能的了。

於是侯爵也就拒絕了，他的表情，甚而比伯爵還要嚴厲。他談到道德問題。貴族階級應當給別人立下一個好榜樣。花車利微微一笑，現在該是他到報館去上班的時候了，立刻就告別了。

「午夜，娜娜家裡見！」

黑多也退出了。士丹拿已經向伯爵夫人鞠了躬。別人也跟着他們走了；他們走出去到前室取外衣的時候，大家嘴上都只傳着同樣這麼一句話——「午夜，娜娜家。」喬治不能丢下母親一個人先走，就站在門口，把娜娜準確的住址告訴大家。「三樓，左手邊的那一個門。」可是花車利在出去之前，又看了最後一眼。范多夫又回到女人堆裏去了，正在和撒賽大笑；穆法伯爵和蘇亞侯爵也加入了談話；那位好胡貢夫人已經睜着眼睛睡着了。維諾先生，依舊在微笑着，坐在那裏，在女人們的大裙子當中，簡直看不到他了。在這間空大而嚴肅的客廳裏，鐘慢慢地打了十二下。

「什麼——你是什麼意思？」杜・若娃夫人接着說。「你想像着俾斯麥先生要對我們作戰來打我們嗎！你這話簡直叫人不能忍受！」

眞的，大家也在笑這位尚特羅夫人，她剛剛反覆着說完這樣的論斷，這是她聽見阿爾薩斯省的人們說的，她的丈夫在那裏有一座鑄造廠。

「好在我們有皇帝，」穆法伯爵用他那嚴肅的官方態度說。

這是花車利所聽到的最後一句話。他向着穆法伯爵夫人望去，就把門關上。她正在那裏從容地和那位政府主管談話，似乎對這個矮胖子的談話很感興趣。毫無疑問地，花車利是弄錯了。這裏連一點「小小的漏洞」也沒有。這眞可惜。

「你不下來嗎！」黑多在進門的大廳裏往上向着他叫。

他們表兄兩個人，走出去，到了人行道上，在他們分手的時候，彼此又反覆說着，

「明天見，娜娜家。」

4

從早上起，蘇愛就把這整一層樓，都交給了一個從柏洛邦飯店來的人負責佈置；他是柏洛邦飯店派來的，帶着一班助手和茶房。柏洛邦什麼都供應，從晚餐、盤子、碟子、玻璃杯、檯布、鮮花，一直到椅子，一概包辦。娜娜的碗櫥裏，連一打飯巾也湊不夠，因爲，她自從開始了新的生活以來，還沒有來得及把一套日用必需的設備，購備齊全；同時，她又不屑於到飯館子裏去請客，於是就決定叫飯店派人到家裏來做。她覺得這樣比較像樣。她想今晚這晚宴是慶祝她作爲一個演員演出的成功，大家也會在吃飯時談論她。她的餐室太小了，就把餐桌擺在會客室裏，一張張桌子上放了二十五份刀叉，這似乎有一點擠了。

「一切都預備妥當了嗎？」她在半夜回來的時候問。

「啊，我不知道。」蘇愛粗魯地回答，她已夠煩惱了。「感謝上帝，什麼都不關我的事。廚房弄得亂七八糟！我和他們吵也沒有用。而且，那兩個人又來了。我剛剛把他們趕了出去！」

她是指她女主人的那兩個追求者，就是那個商人和那個華倫西亞人。娜娜爲了前途有了把握，而且，如她自己所說的，也爲了急於要過新生活，早已經決心和這兩個人斷絕了。

「他們簡直是螞蝗！」她咕嚕着。「如果他們再來，就嚇唬他們，說要找警察去。」

說完，她把達格奈和喬治叫進來。這兩個人正停留在前室，在那裏掛他們的外衣。他們兩個都是她在巴諾拉馬橫衖裏，舞台後門遇到的，就帶在一起坐着馬車回來了。這裏旣然一個客人也還沒到，她就叫他們進到梳妝室裏去，在那裏，好叫蘇愛幫她化妝。她匆匆忙忙地，也沒有更換衣裳，只把頭髮梳好，在髮髻上和胸前都揷了幾朶白玫瑰花。這一間小屋子裏，零亂地堆滿了會客室的傢具，那是工人們不得已才推進來的，所以屋子裏塡滿了東西，圓桌子啊，沙發啊，臂椅啊，大多數都是四脚朝天。等她化好妝，不巧，她的衣服掛在一把椅子的脚輪上，往下一撕，撕了一道裂縫。這使她暴怒得叫罵起來；這樣的事情，怎麼偏偏都叫她遇上了呢！她氣沖沖地把衣服脫下去。這是一件很簡單的絲綢料子，又薄又軟，所以穿上去像一件長襯衫似地，緊抱着她的身子。可是，她一脫下來，馬上又穿上去，因爲她再也找不出一件更合她胃口的衣服了。於是，她眼裏掛着淚珠說，她這樣活像是一個拾爛布的女人了。達格奈和喬治只好用扣針去給她補那個裂口，蘇愛又重新給她整理頭髮。三個人都圍着她手忙脚亂，特別是那個孩子，他跪在地板上，兩隻手全伸到她的裙子裏去了。最後，達格奈向她保證說，她因爲潦草了許多唱詞，又省略了許多對話，「金髮的愛神」第三幕的時間因此縮短了，所以，現在至遲也不過十二點一刻，這樣，她才又鎭靜下來。

「這齣戲縱然删去這麼多，可是給那一羣混人看，都還是太好了，」她說。「你們沒有看見嗎？今天晚上又是成千成萬的人。蘇愛，我的孩子，你在這裏等一等。不要去睡，我說不定會有用得着你的地方。哎呀，到這個時候他們可也該來了。咦，他們來了！」

她跑了出去，把喬治丢下。他還跪在原來的地方，上衣的下擺掃在地面上。達格奈瞪着眼睛看他，把他看得滿臉漲紅。雖然如此，他們彼此之間，都感覺對方的眼光是溫和的。他們站在那面大穿衣鏡前，重新把自己的領帶打好，輪流替對方刷一刷衣背；他們和娜娜接觸得太近了，所以都弄上一身的白粉。

「人家會以爲這是白糖末呢，」喬治低聲說，吃吃地笑得像一個貪嘴的小孩子。

一個當晚臨時僱用的僕人，把客人們都招待到小會客室裏。那是一個狹窄的小地方，裏面只留了四把椅子好騰出空地方來塞擠客人們。從旁邊的大會客室裏，傳來移動盤子與銀器的聲音；一道清楚而輝煌的光線，從門縫底下照進來。娜娜一進到這小會客室裏，就發現克莉西，已經坐在一張椅中了。她是黑多帶來的。

「哎喲，你是頭一個！」娜娜如今已經是成功的人物了，所以也就改用你你我我的稱呼，和她說話了。

「啊，這都怪他，」克莉西回答。「他無論到什麼地方去，總是怕趕不上時候。如果我完全聽了他的話，那我可就連換了胭脂和假髮，都來不及了呢。」

這位青年是今天第一次會到娜娜的，於是鞠了一躬，向她說了些恭維的話，又談到他的表兄；他用過份的禮貌，來掩飾他內心的興奮。可是，娜娜既不聽他的話，也不去認他的臉，只和他一握完了手，就飄然走到露絲·米儂的面前去了，對她立刻擺出一副最高貴的禮貌來。

「啊！你多麼賞光，我親愛的夫人，我是多麼急切地等着你來的呀！」

「我應當對你說，該是我感到榮幸。」露絲說，表現出同樣的客氣。

「請坐下。你需要什麼東西嗎？」

「不，謝謝！啊，對了，我把扇子忘在我的皮外衣裏邊了。士丹拿，你去找找去，在右手的那一個口袋裏。」

士丹拿和米儂是跟在露絲後邊進來的。這位銀行家轉身出去，帶着那把扇子又同來了。在這個功夫，米儂像兄妹似地擁抱娜娜，也强迫着露絲這樣做。眞的，在戲劇世界中，難道他們不是屬於一家的嗎？接着，他向士丹拿眨眼，彷彿鼓勵士丹拿也去抱抱娜娜，可是，士丹拿被露絲那了然一切的眼睛一瞪，瞪得很狼狽的，於是只好光吻了吻娜娜的手。

正在這個時候，范多夫伯爵，帶着白蘭，雙方交換了深深的一鞠躬，娜娜以最大的禮貌，把白蘭領到一張椅上。同時，范多夫大笑着告訴他們，說花車利正在樓梯脚底下，跟人家吵架呢，因爲門房不准露西的馬車從大門口拉進來。他們聽見露西正在前室裏駡門房是一個下流的髒貨。可是等到僕人把門一打開，她一走進來，却是面帶笑容，儀表優雅；自己宣佈了自己的名字，把娜娜的兩隻手都拉過去，告訴她說，她從最初遇見她的那一天起，就喜歡上了她，而且還認爲她的天才是了不起的。這個初次扮演主角而一鳴驚人的娜娜，於是謝了謝她，心裏着實快活得昏亂起來。然而，自從花車利一到的時候起，她就顯得有點心思似的，等到她一得着機會走近他的身邊，卽刻就用很低的聲音問他，

「他來嗎?」

「不,他不願意來!」

他雖然已經預先編好了一套說法,想把伯爵的拒絕解釋得婉轉一點,可是,猛然被她這樣出其不意地一問,就突然這麼答出來了。

一看那少婦的臉突然蒼白了,他這才感覺到自己的愚蠢,於是想法子去改他的話。

「他是不能來;他今天晚上要帶着伯爵夫人到內政部的一個大跳舞會去。」

「好了,」娜娜低語着,她疑心他根本沒有替她邀請,「我總要報答報答你的,我的孩子。」

「說什麼!」花車利聽了她這種威脅的話!心裏不高興,說,「這種差使,我本來就不高興做的。那你叫拉波得去辦好了。」

他們兩個人都生了氣。這時米儂把士丹拿,推到娜娜的面前;花車利好像在替一位朋友做天大的事,低聲向她說,

「他愛你愛到快要發瘋了,你知道,他只是怕我的太太。你可以保護他是嗎?」

娜娜假裝沒有聽懂這句話的樣子,只在微笑,望望露絲,再望望這位丈夫,又望望銀行家,最後,才向銀行家說,

「士丹拿先生,等一會兒吃飯的時候,請你挨着我坐。」

說完這句話,就聽見從前室裏傳來女人一片大笑和耳語,又突然一齊說話的聲音,這聲音,

表示她們心情非常愉快，好像從修道院剛放學出來的一羣女學生們。跟着，拉波得來到，身後帶了五位小姐，恰如露西形容的，那就是他的學校裏的學生。這裏面有嘉嘉，堂皇地穿着一件藍絲絨的長衫，尺寸似乎窄了一點，還有卡洛蓮，像平日一樣，穿着一件滾邊的黑絲絨袍，上邊鑲着尚狄依特產的桃花花邊。萊雅，第三個進來，打扮得和她往日一樣的可怕；她的後邊，是那位胖胖的姐姐．妮妮，一個脾氣溫和的漂亮姑娘，兩隻奶子大得像一個保姆，人們一看見她的兩乳，就禁不住大笑；最後一個，是小瑪麗，一個十五歲的女孩子，和大街上流鶯一樣的瘦小而不正經。然而，因爲她最近剛剛在戲院裏登了台，所以也正在走向成功的大道。拉波得是把這一整隊人都裝在一輛馬車裏帶來的，她們在進門之前，還在大笑方才擠在車上的情形，和把瑪麗雅放在腿上的那個樣子。但是，一進了屋子，她們就閉上了嘴，在和大家握手，相互交換敬禮的時候，一個個都很有禮貌。嘉嘉甚而做出一個幼稚的動作，只有姐姐．妮妮聽人說娜娜用六個絕對裸體的黑人，來伺候晚餐，所以現在急於想看看他們。拉包爾代特把她叫做笨鵝，請她不要說話。

「包得拿夫呢？」

「我非常難過，」娜娜說，「他不能來參加我們今天晚上這個聚會。」

「是呀，」露絲．米儂說，「他的脚挫進舞台面上的一個活板門裏去了，如果你聽見他脚綁起來以後，躺在一張椅子上，是怎樣的駡法，你就知道他傷得有多重。」

大家對包得拿夫不能來，都表示非常失望。晚餐席上要是有包得拿夫在座，會談笑風生吃得非常開心。大家看沒有辦法把他拖來，就開始談到別的事情上了。正在這時，忽然聽到一個粗暴的聲音。

「什麼，我說，什麼？你們就這樣給我寫好了訃聞了嗎？」

這一聲大叫，使所有的頭都掉轉過來，一看，那正是包得拿夫。他高大的身軀，通紅的面孔，拖着一條殭硬的腿，站在門口，倚在西門的肩上。西門目前正是他的情婦。這小孩子受過很好的教育，能彈琴，能講英語。她生着金黃頭髮，人是嬌小而俏麗，身體纖弱，包得拿夫的重量，把她壓得要彎下去了。然而，她還是微笑着順從他。他在門口站了一會兒，來打量這一羣人。

「什麼？你們說什麼，只要看我是多麼喜歡你們，要是我不能來我會感到無聊死了，」接着他打斷自己的話大叫一聲，「他媽的！」

原來西門往前走得太快了一步，他受傷的脚碰到了地面上。他大罵她，她依然微笑，就像怕挨打的一隻動物那個樣子，於是把一個金髮女人所有的力量，一齊用了出來挾住了他。大家在歡呼之中，都擁過來幫她扶。娜娜和露絲推過一把椅來，包得拿夫坐了下去。這時，其他的女人們，又把另外一張椅子，放在他受傷的脚下。隨後，所有到場的女演員們，都過來吻他，他還在不住地喘息着抱怨。

「眞不好意思！還好，幸而我的腸胃並沒有壞，不信你們等一會兒看看。」

這個時候，別的客人又到了。這房間裏，擠得都轉動不得了。隔壁大會客室裏，碟子與銀器相撞的聲音停止了，現在却聽見有人在吵嘴，其中有飯館經理的聲音，在怒氣冲冲地抱怨。娜娜以為再沒有什麼客人來了，可是，奇怪，為什麼還不把晚飯開上來呢，她可有一點忍不住了，就打發喬治過去看看那邊是怎麼一回事，這時，大大出乎她的意外地，又有好多男男女女的客人來了。她一個也不認識他們。這，她可有一點慌了，就問包得拿夫，米儂，和拉波得，這都是誰。他們也不比她多認識一個；可是，等到她轉向拉波得去問，他似乎忽然想起來了。這就是他昨天在穆法家裏強邀了來的那一羣少年。娜娜謝謝他。這眞妙，眞妙！這麼多人不請自來，只是，他們都擠得動彈不得，她求拉波得去吩咐多添七個位子。他剛走出了這間屋子，僕人又領進三個生客來。這一次，這件事可有點滑稽了；人們已經擠得水洩不通了，還有人來。娜娜開始生氣了，她於是用最傲慢的態度去接待，可是，接着又來了兩個人，她禁不住大笑了起來；這實在太可笑了。無論如何，人既然來了，總得擠進去！全體客人，除了嘉嘉，露絲和佔着兩把椅的包得拿夫以外，都站着。屋子裏一片嗡嗡之聲，大家低聲談着，有人禁不住打着呵欠。

「我的孩子，」包得拿夫問，「我們也該入席了吧，到齊了吧？」

「全到齊了，」她大笑着回答。

她往四下裏看了看，臉色忽然緊張起來，好像沒有找到某一個人而奇怪。毫無問題地，必是有一個沒有提起的客人，還沒有到。一兩分鐘以後，客人們就注意到，他們中間多了一位高大的紳士，生來一副好看的面孔，一把美麗的白髯。最令人驚異的，是沒有人看見他是什麼時候進來的，說實話，他一定是從那一直關着的通臥房的門溜進這間小會客室裏來的。沉默籠罩了全室；打破這沉默的，只有耳語之聲。范多夫一定認識他是誰，因為他們兩人交換了一次心心相印的握手；可是，等到女人們去問他那是誰，他又只用微笑來回答。卡洛蓮低聲打賭說，這是一位英國的爵士，他明天就要回倫敦去結婚。她認識他——因爲她把他弄到手。這種說法，在到場的女人們中間傳開了，只有瑪麗持着異議，她說，她認識他是德國的大使。她可以找證明，因爲他常常和她的一個朋友過夜。男人們中間，對於他的揣測，只有幾句簡單的話。說這是一位有錢人，也許今天晚上這一晚餐是他請客！看起來蠻像的。在經理把大會客室的門一打開時，大家已經把這個白鬍子紳士給忘了。

「晚餐已經預備好了，夫人。」

娜娜挽着士丹拿的胳臂，沒有理會老紳士那方面的動作；老紳士只好在孤獨的情狀之下，一個人走在她的後面。這樣，行列既然沒有事先好好安排妥當，男人和女人們，就零亂着進去了，這種不拘禮的情形，正是針對着此處缺乏儀式的一個諷刺。這間屋子裏的傢具完全清理出去了，只放着一張長桌，從這一頭伸到屋子那一頭，都還不夠長，桌子上的碟子，擺得一個緊挨着一個的。桌上有四隻燭台，每隻上插着十枝蠟燭，照亮全桌，其中有一隻是鍍銀的，非常華麗，左右鑲着花葉。無論什麼東西都是飯店的派頭；磁器上的裝飾，只有一道金線，沒有一般家庭姓名的花字，銀器已經用得磨壞了，而且因爲不斷地洗滌，都生了銹斑，玻璃器也是你在任何一間賤貨商店裏都可以湊齊的一套奇怪的東西。

這種景象，給人一個暗示，覺得這是一個暴發戶新近蓋了一座房子，還沒有佈置好，就請客人來賀新居吃喜酒，可是什麼應用的東西都不齊全。屋子中間也沒有吊燈，而燭台呢！上邊所插着的那些細蠟燭幾乎沒有好好地燃着，只射出一片灰黃色的光亮，照着碟子，和規則地間隔着擺着的裝水果、點心，和果子醬的高脚盤子。

「你們請隨便坐，」娜娜說。「你們知道，這樣更有趣一點。」

她站在桌子一邊。那位沒有人認識的老紳士，自動地坐在她的右手，她就叫士丹拿坐在她的左手。有些客人已經坐下來了，這個時候，從小會客室裏傳來咒駡的聲音。那是包得拿夫。大家把他忘了。他費盡了全副力量要從那兩張椅子上站起來，所以就馬上咆哮起來，呼叫和大家一齊溜走了的露西那個野猫。女人們連忙走過來扶他起來，於是，包得拿夫就由卡洛蓮，妲妲·妮妮和瑪麗扶着，不，簡直是抬着進來。

「坐在中間，面對着娜娜！」有人這樣喊。「叫包得拿夫坐在中間！他得做我們的主席！」

於是那幾個女人就把他扶到餐桌中間的椅子上。可是他需要第二把椅子來放腿，兩個女孩子把他的腿抬起來，小心翼翼地給他伸出去。這不要緊，他可以斜着身子吃的。

「眞是他媽的，」他抱怨着。「好擠，甜心，你得好好照顧你爸爸！」

他的右邊是露絲·米儂，左邊是露西；她們答應好好照料他。現在每個人都安頓好了。范多夫伯爵坐在露西與柯拉絲中間；花車利在露絲·米儂與卡洛蓮中間。隔着桌子的那一邊，黑多不顧對面柯拉絲的招呼，衝過去就坐在嘉嘉的旁邊；永遠不放鬆士丹拿一步的米儂，現在叫一個白蘭把他們隔起來，他的左手是妲妲·妮妮，再左是拉波得，而最後，在長桌的兩端，是一組一組的青年男女們，在不規則地擁擠着，其中有西蒙，萊雅，和瑪麗，達格奈和喬治，也都坐在這個地方，他們兩人相處得比什麼時候都親熱，同時，都微笑着把眼睛瞪在娜娜的身上。

然而，還有兩個人站着，大家對他們就開起玩笑來。男人們伸出膝蓋來讓他們坐。柯拉絲擠得連手臂都無法移動，就告訴范多夫說，她可要等着餵了。包得拿夫那兩把椅子佔了不少地方！於是大家作了最後一次努力，終於叫每個人都坐下了，但是，恰如米儂所形容的，他們狼狽得活像是一隻大木桶裏所裝的青魚了。

「蘆筍濃湯，代斯里尼亞清湯，」茶房拿着許多盆湯，在客人們身後低聲說。

包得拿夫高聲推薦濃湯，這時，外邊起了一片喊聲，接着就傳來反抗和憤怒的吵叫聲。門一下子開了，馬上進來三位遲到的客人，是一位女人，和兩個男人。娜娜看看，是不是認識他們。女的是露薏絲，可是那兩個男人，她却從來沒有看見過。

「我親愛的，這位先生是，」范多夫說，「我的一位朋友，他是一位海軍軍官，名叫福卡蒙先生。是我請他來的。」

福卡蒙鞠躬，神色很從容地補充了一句，

「我又擅自帶來了一位朋友。」

「啊，那很好，很好！」娜娜說。「請坐。讓我們來看看，你——柯拉絲——你靠過來一點。你們那裏坐得太鬆散了。對了，這就好了——人只要心裏情願，就沒有不成的事。」

他們比以前擠得更緊了，給福卡蒙和露薏絲騰出一狹條桌面來，可是那一位朋友，只好離開他的碟子老遠地坐下，吃飯時也只有從鄰人肩上伸長胳臂去夾菜了。茶房們把湯盆撤去，又傳遞來一道炸吉林小兎加香菌，和 Niokys洒臭奶酪末。包得拿夫說，他曾經一度想把普魯里葉爾，豐丹，和老包斯克都帶了來，這話激動了全桌面上的人。娜娜聽了，把臉色一沉，乾乾地說，要是那樣，她一定會給他們一個很滿意的接待的。如果她想請同事的話，她難道不會自己去請嗎？不，不，她絕不請三流的演員的。老包斯克永遠是一吃就吃個酩酊大醉；普魯里葉爾太喜歡吐痰；而豐丹呢，他那種扯着嗓子談話和那種愚蠢的擧動，在社交上實在叫人受不了。你們知道，三流的演員，只要處在像如今坐在她眼前的這類紳士們中間，就永遠覺得不知所措的。

「是的，是的，這倒是眞的，」米儂說。

這些紳士們圍着桌子坐着，他們的晚禮服非常講究，他們的談吐擧止也很得體和自然，都因爲疲乏而更顯得高雅起來。那位老紳士，擧止之斟酌，笑容之微妙，看來恰似在主持一個外交會議；范多夫，以他對待左近女人們那一套禮貌，也像是在參加穆法伯爵夫人的一個招待會。就在那一天的早晨，娜娜還在告訴她的姑母說呢，她說，提起男人們來，可就沒有法子再挑剔了——所有的男人，不是生來門第高尙，就是富有錢財，事實上，確是如此。至於女人呢，她們的行爲，也眞可讚美。有些女人，如白蘭、萊雅，和露薏絲，她們是穿着露胸的長衫進來的。不過嘉嘉的衣服也許露得太多了一點，像她這樣的年紀，本來根本不露胸就最好的，所以一露就更顯得露得太多了。現在大家總算是最後坐定了，笑聲和輕微的玩笑，開始衰落下去。喬治得到一個印象，覺得他去參加奧爾列昂鄉下人的宴會，都還比這裏開心得多，這裏的晚宴，幾乎沒有什麼談話。男人們因爲彼此不大認識，只互相望望，女人們也十分沉默地坐着。使喬治特別詫異的，就是這一點。他覺得每一個人都應該立刻互相擁抱起來，可是他們偏偏都裝起高貴的市民來了。

第三道菜上來了，是萊茵河鯉魚，和英國式的鹿脊肉。這時，白蘭大聲說，

「露西，我的親愛的，前天我遇見你的奧利葉了。他長得那麼高了啊！」

「哎喲，是呀！他十八歲了。」露西回答。「這可叫我再也不能覺着自己年輕了。他昨天回學校去了。」

她每次一提起他的兒子奧利葉來，總是得意的，那是一個海軍學校的學生。接着，大家就談起這位少年了，女人們，都變得很慈愛了。娜娜描述了一番她自己的極大的快樂。她自己的孩子，那個小路易，她說，現在住在她的姑母家裏，她每天早晨十一點把他帶來看她。他一來，她就必然把他抱上床去，讓他在床上和她的獅子狗律律玩半天。要是看見他們兩個都蒙在床單底下的那種樣子，準會叫你笑死。小路易如今變得多麼乖巧，是誰也想不到的。

「啊！昨天我整整玩了一整天！」露絲輪到她說話的份了。「你們想一想，我到他們的寄宿學校裏去接查理和亨利；說明晚上帶他們到戲院去，他們就跳了起來，拍着他們的小手：『我們要看媽媽演戲了！我們要看媽媽演戲了！』啊，那簡直像是那麼一回事！」

米儂慈祥地微笑了，他的眼睛被慈愛所潤濕。

「等到看戲的時候，」他接起來說，「他們才多可笑啊！他們的擧動，活像是大人，拿眼睛盯着露絲，問我爲什麼媽媽把大腿光得那個樣子。」

全桌的人聽了都大笑，米儂的臉上，也因爲做父親的驕傲得到了恭維而發出光輝。他寵愛他

的兒子，他一生只有一個目的，就是，如何用一個忠誠老管家那種理家的方法，把露絲從劇院和別處得到的收入，好好地經營，叫財產逐漸增加起來。他娶她的時候，正在她從前唱戲的戲院裏充當第一提琴手，他們那時倒是彼此熱烈地戀愛着。可是現在呢，他們却已經變成了好朋友了，兩個人中間，互相得到一個諒解：她用盡她的天才與美貌，去工作；他把小提琴的位置放棄，來幫着她在戲劇圈子裏打天下。誰在任何地方也找不到比這個更溫暖更和諧的家庭了！

「你那個老大幾歲了？」范多夫問。

「亨利九歲，」米儂回答，「長了那麼高的個子，可不像這麼小的歲數的！」

接着他就戲弄起士丹拿來，因爲士丹拿不喜歡小孩子；他大着膽子告訴他說，如果他做了父親，他的錢就不致這樣到處亂花。他一邊談着，一邊隔着白蘭的肩上，去望銀行家的臉色，看看這話對娜娜的事是否發生效果。可是，露絲和花車利正談着話，這件事使他感到不快。難道露絲就做這種傻事，竟和這個人去浪費時間嗎？在這種情形之下，說實話，他這個人可能妨礙全局。他只好用指上戴着鑽石的漂亮得出色的手，指劃着去吃鹿肉了。

別的座位上，關於孩子們的談話，仍舊在繼續着。黑多因爲緊靠着嘉嘉坐，就感到不安，直問她上次在雜耍戲院看見過和她在一起的那位女兒的消息。麗麗很好，只是她還是那麼一個頑皮的小孩子呢！他一聽見麗麗剛滿十九歲，就覺得很訝異。在他的眼裏，嘉嘉的樣子，因此更顯得迷人了；等到他努力想探聽出她爲什麼不把麗麗帶來，

「啊！不，不，絕對不能！」她就冷冷地回答。「不到三個月以後，她就要離開寄宿學校。

我那個時候本想把她馬上就嫁出去，可是她太愛我了，我只好把她領回家去！這違背我的本意！」

在她談到如何安置她的女兒的時候，她的藍眼皮，和黑睫毛一眨一眨地一轉一轉地動。她說，當初自己正是在妙齡的時候，沒有積蓄一筆錢，而如今依然要靠着侍奉男人們，給他們開心，特別是叫一些年輕得她都可以做他們祖母的男人們開心來維持生活呢？這實在是因爲她覺得婚姻，要比光積蓄一筆錢重要得多。說完，她就倚在黑多的身上，她那赤裸的肩膀，幾乎把他壓扁，他的臉漲得緋紅。

「你知道，」她低聲說，「如果她走錯了路，那可不是我的過錯。不過，一個人在年輕的時候，都是多麼奇怪啊！」

圍着桌子一陣大大的忙亂，茶房們匆匆走來走去。第三道菜以後，副菜上來了，副菜是將軍式冷鷄，酸蒜汁比目魚，史特拉斯堡式牛肝泥片。領班侍者才把尙貝爾丹和列歐維爾兩種酒拿上來。在撤換碟盤的紛亂中，一陣比一陣更驚詫的喬治，問達格奈說，在場的女人，是否個個都有小孩子，被問的人覺得很有趣，詳細同答他。露西的父親，是一個英國血統的男人，在巴黎北火車站當上車輪油的工人；她三十九歲，一副馬臉，雖然如此，人却很可愛，而且，她雖然有肺病，可是不會因此死去。事實上，她是在座裏最聰明的女人，曾經有三個王子和一個公爵被她俘擄。卡洛蓮·艾蓋，生在波爾多，是早年因羞辱而死去的一個書記的女兒，她很幸運有一個精明的母親，個性很強，最初常常駡她，可是經過一年的考慮之後，她不再駡了。可是這位二十五歲的小姐，大家公認爲她是一個最漂亮而最令人得不到什麼的女人。她的身價，從來沒有變動過。母親辦事很有條理，負責管賬，把收入和支出都極準確地登記下來。她管理全家，住在女兒臥室更上兩層的一間小小的房子裏，而且，還把那間房子，佈置成爲一個簡便縫紉的工作室。至於白蘭呢，是從阿米安附近一個村子裏出來的，她的眞名姓叫作若克琳·邦杜，人生得曲線玲瓏，可是性情既愚蠢又不忠實，她自稱爲一個將軍的孫女，從來不承認自己過了三十二歲。俄國人對她很感興趣，因爲她很豐滿。然後，達格奈又對其他的女人，加上一兩句很短的評語。柯拉絲，是一位太太在聖·歐班·敍爾·梅爾拿她當使女養大的，可是，那位太太的丈夫，把她帶到完全另外一條路上去了。還有西蒙·卡碧洛施，是近郊聖安東區一個傢具商的女兒，她進過一個寄宿學校，本想將來當保姆的。最後，還有瑪麗·德、露絲·維娥蘭、萊雅·德·奧爾恩，都是巴黎馬路邊上的女人階級中的人物，至於妲妲·妮妮呢，她從前一直到二十歲都還在尙比湼牧牛呢，那就更不必提了。

喬治聽他說完一個，就回頭去看看他說的那人。達格奈在他耳邊這樣粗俗地所低語着的粗糙的敍述，把他弄得頭暈而心神錯亂起來，同時，茶房在他身後又不斷地重複着恭敬的調子，

「將軍式冷鷄，酸蒜汁比目魚。」

「孩子，」達格奈想把自己一點有益處的經驗告訴他，「不要吃任何魚：晚上吃魚是沒有什麼好處的。只喝一點列歐維爾酒好了：這酒是少作怪的。」

從那幾支燭台上，從那些傳遞着的碟子上，從那正室息着三十八個人的整個桌面上，浮起一

片令人窒息的熱氣。茶房們愈來愈手脚粗魯，不小心，就在地毯上跑起來，於是把地毯滴了許多油點。然而，晚餐在靜寂中進行。女人們不大喜歡肉食，賸下一半不吃。只有妲妲・妮妮，把每盤菜都吃光。在那種夜已深沉的時候，飢餓只是一個神經上的命令，僅是一個愛强烈刺激的胃口所需要的滿足。

娜娜旁邊的那一位老紳士，無論送什麼菜上來，他都拒絕；只要了一盤湯，現在就對着那個空盤子，沉默地注視。有些抑制了幾聲呵欠，有些人無意中眼皮已經合上了，個個臉色也都憔悴而發白。范多夫認爲菜上得眞慢；而且這一類的晚餐應當必須有趣味，客人也應有所選擇。如果他們都是行爲端正的社會高尙人士，那更無聊了。要不是包得拿夫一直還在喊叫着，大家恐怕早就睡着了。包得拿夫，這個橫蠻老傢伙，那條腿伸直在椅子上，正由着他的鄰座的露西和露絲兩個人來伺候他，好像他是一個蘇丹似的。她們只管照料他，自己反而沒有吃什麼，她們幫忙他，餵他，照料他的酒杯和盤子，然而，這依舊還免不了招他的抱怨。

「誰來給我切肉呢？我自己可不能切，桌子離我足有幾里遠。」

每隔幾秒鐘，西蒙就站起來一次，走到他身後，找一個合適的位置，給他切肉，切麵包。所有的女人們，對他的吃東西都關心，大家都餵他。他嘴裏塞得都喘不出氣來了，可是茶房又被叫了來。露絲和露西給他換盤子，西蒙過來給他擦乾淨嘴唇，她的動作使他覺得很美，到了這個時候，他這才算賞恩表示了一點滿意。

他說，「這就對了，女人們天生來就是應當服侍男人的。」

大家開始淸醒，談話也就普遍地活躍起來。菜又上來了，是烤牛里脊加香菌，冷盤是烤去骨珠鷄帶凍子。娜娜看見客人們這樣的無精打采，心裏很煩惱，就大聲說，

「你們知道，蘇格蘭王子已經訂了一個包厢，等他一到巴黎來參觀博覽會，就要來看『金髮愛神』。」

「我很希望所有的王子都來看看這齣戲，」包得拿夫滿嘴嚼着東西說。

「大家還等着下星期天波斯王到呢，」露西說。

於是露絲・米儂就談到波斯王的鑽石。他穿着一件滿綴着寶石的長袍：這眞是一個奇觀，一堆閃火光的星星，這件東西代表幾百萬。那些臉色蒼白眼光裏閃着貪婪的女人們，就都往前伸長了頸子，連帶着把其他不久也要到的帝王的名字，也都提起來了。她們個個都夢想着帝王們會逢場作戲一番，夢想他們會一夜就發一筆大財。

「我說，親愛的，」卡洛蓮問范多夫，一邊問着，身子一邊往前傾，「俄國皇帝有多大年紀？」

「他已到了沒有歲數的年齡，」伯爵回答，說着大笑起來。「他那個東西是不成了的，我可以預先通知你。」

娜娜假裝他這一句話冒犯了她。談話也就變得粗魯起來，座中起了一片抗議聲。但是白蘭這時把意大利王的一切告訴她們，她有一次在米蘭遇見他。他並不好看，可是他照樣能使女人們垂青。花車利向她說，維克多爾・愛瑪弩愛爾王是不來看博覽會的，她就有一點生氣。露絲和萊雅

，就偏偏喜歡奧國皇帝。忽然間，小瑪麗說，

「普魯士王多麼像一根棍子！我去年在巴登的時候，遇見他跟俾斯麥伯爵在一起。」

「哎喲，俾斯麥！」西蒙插嘴。「我從前認識他，我眞的見過他。他是一個可愛的男人。」

「我昨天就是這樣說，」范多夫叫道，「可是沒有一個人相信我的話。」

就像在穆法伯爵夫人家裏一樣，這裏也接着就談有關俾斯麥的一切。范多夫重複他同樣那幾句話；這時像在穆法的會客室裏一樣，唯一不同者，只是女人們不一樣而已。於是，正如昨晚一般，女人們又把話題轉到音樂上去了。說完音樂，福卡蒙把全巴黎還在談論着的少女進修道院的事，提了幾句，娜娜很感到興趣，就堅持着要他把這位福日瑞小姐的事詳細說明。這個可憐的孩子，她是怎樣把自己活活埋葬，雖然這是她自願的。喬治呢，這些事情，他已經是第二次聽到了，聽他們再來談論就覺得生厭，於是向達格奈打聽娜娜的私生活。在他們交談的時候，大家的談話又回到俾斯麥的身上去。妲妲傾身向着拉波得小聲問，這個俾斯麥到底是誰，因爲她從來沒有聽說過這個人。於是拉波得就冷冷淡淡地告訴了她一些怪誕的故事。這個俾斯麥，他說，習慣吃生肉，他只要在他所住的洞口附近遇見一個女人，就必然把她一背就背進洞裏去。就因爲這樣，所以他雖然才四十歲，可是已經有了三十二個孩子了。

「四十歲就已經有三十二個孩子了！」妲妲．妮妮叫了起來，聽呆了，可是也信以爲眞。「他的樣子，一定比他的歲數要顯得衰老得多了。」

大家忍不住爆發出一陣開心的大笑，她這才漸漸明白，原來是被人戲弄了。

「你們這些糊塗東西！我怎麼會知道你們是不是開玩笑呢？」

嘉嘉在這個同時，她的話頭正談到博覽會上邊去。她像其他的女人一樣，很高興地在準備大大的撈一筆。這是一個絕好的機會，無論是外省的人，還是外國人，都要往巴黎湧來的！要是往遠處看，也許在博覽會閉幕以後，倘若生意興隆的話，說不定她還可以把她早就在如維西看上眼的一所小房子買到手呢。

「有什麼辦法呢？」她對黑多說。「一個人總不能心裏想什麼就有什麼呀！一個人只要依舊還有人眞的愛着她就好了！」

嘉嘉變得溫柔起來，因爲她感到這位少年的膝蓋，正磨擦她的膝蓋。他滿臉通紅，她向他望一眼去打量他。一個分量不很重的小紳士，沒有疑問的；但是，她如今是一個不難取悅的女人了。於是，黑多得到了她的住址。

「你就看看那邊，」范多夫低聲向柯拉絲說。「我覺得嘉嘉正在搶走你的黑多呢。」

「這對於我倒是一個很好的解脫，」這位女演員回答。「這個男人是個混蛋，我已經把他趕下樓去三次了。你知道，年輕的髒男孩子，追逐老太婆，頂叫我噁心得想吐呢。」

她的話中斷了，用一個小小的手勢，去指白蘭。白蘭從晚餐一開始，到現在，一直都保持着靠在椅背上很不舒服地坐着，她這個姿勢是要把她雪白的肩膀，露給隔着三個座位的那個樣子很高貴的老紳士去看。

「你也一樣要被人家拋棄了呢，」她接着說。

范多夫狡猾地一笑，聳聳肩，表示他並不在乎。當然，他絕不會擋白蘭的財去。使他比較感覺興趣的，倒是士丹拿。這位銀行家是攪女人聞名的。他這個可怕的德國猶太人，日夜都在想賺錢的路子。一愛上一個女人，他就馬上變成糊塗蟲。而他還要所有的女人！凡是出現於舞臺上的女人，他個個都要，無論多少錢他都出。他這種狂慾，使他破產過兩次。那些風流的女人們，正如范多夫所說，把他的錢袋挖空，正是替大家報仇。目前，他因爲在朗德的鹽廠裏，經營得有了極大的收穫，所以在交易所裏也非常有勢力，因此這六個星期以來，米儂夫婦，也從這座鹽廠裏得到很不小的一點肥肉。可是人們開始在打賭說，米儂夫婦的肥肉，是不會吃到底的了，因爲娜娜已經張開了她的血盆大口要好好咬一口。這一次，士丹拿又掉到陷阱裏去了，可是，這一次，掉得深得連坐在娜娜旁邊吃飯的胃口都沒有了。他的嘴唇垂下去了？臉上都斑斑地透着雜色。只求她講出一個價錢來好了。可是，娜娜不慌不忙，繼續逗弄他，向着他的耳朶裏，吹她風流的笑聲，看着他沉重的臉上，一陣一陣不斷地起着輕微的痙攣，她在拿他開心。只要先把穆法那個傻子弄得待她像約瑟待波底發爾的太太那樣，然後再來彌補這個人，也還一點都不遲呢。

「列歐維爾酒呢，還是尙貝爾丹酒？」正在士丹拿輕輕向娜娜說話的時候，恰巧一個茶房走過來。把頸子一伸就伸在他們兩個人的中間低着聲音問。

「唉？什麼？」他張口結舌地問，頭都昏了。「隨便你吧——我無所謂。」

范多夫擰了露西一下，她這個人，只要有機會放開了手，舌頭就頂刻毒，心計也頂狠辣的。那一天晚上，米儂把她氣壞了。

「他倒是願意作新郎的主婚人的，你知道，」她對伯爵說。「他希望再把從前對小庸基業所幹的把戲，重新演一遍。你還記得嗎：庸基業是露絲的情人，可是喜歡上了羅爾。好了，米儂就把羅爾給庸基業撈到了手，然後，好像是叫太太饒了一次小小的過錯的丈夫似的，再手挽着手，把他又拉回到露絲的懷裏。可是這一次，這種辦法可要失敗了。娜娜可不會把到手的男人放開的。」

「米儂以這樣嚴肅的神氣看着他的太太，這是犯的什麼毛病？」范多夫問。

他往前靠，看見露絲對花車利在賣弄風情，他大笑說，

「你在吃醋嗎？」

「吃醋！」露西重複說。「天哪，如果露絲要列昂，我情願把他放棄——他值得什麼！換句話說，他也不過只值一星期一束花，而且還不一定每個星期準有呢！你看看這個地方，我親愛的孩子，這些戲院裏的下流女人們，全是一個模子造成的。哼，露絲讀了列昂寫關於娜娜的那篇文章，氣得大哭；我知道她哭了。所以她現在也得想法子弄一篇，你明白了嗎？而且她一定會弄到的。至於我呢，我馬上就要把列昂趕下樓去，你不信等着看好了！」

她忽然停止，對站在她身後端着兩個酒瓶的茶房，說了一句「列歐維爾」，然後又低聲說，

「我不會吵鬧的，那不是我的作風。可是她到底是個不講道理的下流女人。如果我處在她丈夫的地位上，我一定要好好欺騙她一場！哼！我想她也未必覺得很快活吧。她不了解我的花車利；他也是髒紳士之一，他也是弄上一個女人厭一個女人，藉着這個往社會上爬的。嘿，他們眞是

一羣好人！」

范多夫想法平息她的怒氣。可是，那邊的包得拿夫，因爲露絲和露西都撇下他不管了，又暴怒叫起來，她們要把爸爸餓死渴死了。這一鬧，氣氛就轉變。然而，晚餐還是毫無生氣地在進行；現在沒有人再吃東西了，等到意大利式薄餅和玆巴多式菠蘿端上來，大家都只胡亂切一切就算了。不過，上湯的時候所吃下去的香檳酒，到了這個時候，開始一點一點地把客人們都弄到有點醉意了。結果，他們也不大講究禮貌了。女人們也開始把手臂斜靠在紛亂的桌面上，而男人們呢，爲了呼吸得更自由些，就把椅子往後一推；不久，那些黑上衣就和淺顏色的女人內衣混在一堆，只鬆出女人們赤裸的肩膊，斜向着桌子，閃着絲綢一樣的光亮。太熱了，桌子上的燭光，越來越黃，女人向前一彎腰，她那頻頸背後的皮膚，在金黃的毛髮下，閃出黃光來，把高髻照得通亮。在一閃而過的笑謔中，大家都比手劃脚，問一些沒有人能回答的問題，或者，從屋子這一端，向老遠的另一端去招呼人。但是，最高的聲音，還是茶房；他們以爲是在自己飯店的走廊上了；他們彼此推擠着，上冰和水菓的時候，嘴裏還伴着從喉嚨吼出來的喊叫。

「我的孩子們，」包得拿夫說，「我們明天還要演戲的呀。要小心，香檳可別喝得太多！」

福卡蒙說，「這個世界上什麼酒，我可都喝過。有些酒眞是猛得很可以馬上致人死命。可是我喝了一點也沒有怎樣？我試過，無論怎麼就是喝不醉。」

他的臉色很白，人很沉靜，很平心靜氣地靠在椅背上不停地在喝酒。

「總之，」露薏絲・維娥蘭低聲說。「喝夠了，不要再喝。如果我照顧你這一晚，那才滑稽呢。」

這是她神氣的地方。露西的雙頰，也一片肺病的緋紅。米儂帶着潮潤的眼，變得柔媚了。妲妲·妮妮，一想到自己吃得過多，大大爲之一驚，就對自己的愚蠢，大笑起來。其餘的女人，如白蘭，卡洛蓮，西蒙，瑪麗，互相告訴每人的私事——和一個車夫吵嘴，打算出去野餐，和數不盡的被偷走或者又搶回的愛人複雜的舊事等等。這時，靠近喬治的一個靑年，懷着一個渴望，想去吻一吻萊雅，却被她淸脆地打了一個耳光，生氣大叫，「你，放開我！」喬治這時也醉了，而且娜娜的樣子，把他撩得心癢癢的，正在那裏猶疑，是否應該把早已計劃的事實行出來。他要從桌子底下爬過去，像小狗似地蹲在娜娜的大腿底下。不會有人看見他，他可以安靜地停留在那裏。可是，一看見達格奈因萊雅的急切要求而叫那個少年安份坐着，喬治馬上覺得不安，就好像那個叱責就是向着他說的似的感到無聊而毫無人生樂趣！然而，達格奈叫喬治喝一杯水同時問他，三杯香檳就能把他灌倒，那麼如果他單獨和一個女人在一起的時候，他又該怎麼辦呢。

「喂，在哈瓦那地方，」福卡蒙又說，「土人用一種野莓子提酒精；你喝下去簡直以爲是吞了火！好了，有一天晚上，我喝了一斤多，可是，一點也沒有怎樣。還有一次，比這一回更厲害，我們那時正駐在柯洛芒代爾海岸，有些野人給了我們一些不知道是什麼酒，是辣椒和硫酸的混合物；可是，那也一點也沒有什麼。我無論如何就是喝不醉。」

這一陣，黑多的臉，一直對着他，他的自吹自擂使他很不愉快。他開始冷嘲熱諷起來，發出難入耳的戲言。黑多本來已經很輕鬆，嘉嘉的身上靠過去。有人把他的手帕拿去，他非要把手帕找同來不可，就問左右的鄰座，又彎下腰去，往椅子底下和客人們的脚下看。嘉嘉在使他安靜下來。

「眞討厭，」他就低聲說，「我的姓名字頭都繡在角上呢。這會妨礙我的。」

「我說，黑多，多黑先生！」福卡蒙喊着，覺得把這位年輕人的姓倒過來叫，非常有趣。

可是黑多動怒了，吃吃地罵他的祖宗。他拿起一個水瓶來，想往福卡蒙的頭上拋去，范多夫伯爵不得不從中攔住，向他證明福卡蒙一向就愛開玩笑。大家都大笑起來。這位憤怒的青年，只好算了，又坐下去。這時，他的表兄，也高聲叫他好好地叫飯，他就只好像小孩子那樣服從地去吃東西了。嘉嘉已經把他又領同到她那肥大的身邊；只是，他還不時地向客人們投射一兩眼狡猾而焦急的目光，因爲他還沒有停止找他的手帕。

福卡蒙開玩笑的興致還沒有消，就又去攻擊遠在桌子那一端的拉波得。露薏絲・維娥蘭拚命叫他住嘴，因爲，她說，「他每一次像這個樣子叫別人不愉快，結果總是我倒楣。」他又發現了一個聰明的笑話，那就是，把拉波得稱做「夫人」，這話一定是使他開心極了，不然他怎麼會不斷重複着說；拉波得沉默地聳了聳肩，同樣安安穩穩地囘答說，

「請閉上你的嘴，我的朋友，你這是放屁。」

但是，福卡蒙非但不住嘴，甚而吐出侮辱的話來了，連鄰座也都莫名其妙他爲什麼。他就不再去囘答他，而轉過身來，請求范多夫伯爵，

「叫你的朋友閉嘴，先生。我要發脾氣了。」

福卡蒙和人家決鬪過兩次，因此到處對他都極客氣，任何社會的圈子，也都約他加入。可是現在大家都起而反對他了。他的玩笑，使大家認爲他很聰明，覺得開心，所以這倒不是今晚何以大煞風景的原因，范多夫的容貌，顯然地沉下來了，堅持着要他把拉波得的性別恢復過來。其餘的男人——米儂，士丹拿，和包得拿夫——這時也都喊着要干涉，一齊把他的聲音給壓倒了。只有那位坐在娜娜旁邊被人遺忘了的那個老紳士依然保持着他莊重的擧止，他疲倦地微笑着，用蒼白的眼睛，望他四周的騷動。

「我們就坐在這裏喝咖啡怎麼樣，我的寶寶？」包得拿夫說。「在這裏大家都很舒服。」

娜娜沒有卽刻回答。從晚餐一開始，她心裏就似乎很不舒服。這些客人，向茶房們喊叫，他們大聲地談話，再加上他們就像在一家飯店裏那種隨便的樣子，使她煩躁。她忘了自己是女主人，只專心忙着去應酬高大的士丹拿，弄得他神魂顚倒。她聽着他的提議一句話不說，只連連用搖頭和肉感的金髮婦人所特有的誘惑性大笑，來拒絕這些建議。她所喝下去的香檳酒，在她的臉上泛起一片玫瑰色的紅潤；她的嘴唇也濕了，她的眼裏發着火花；銀行家每次說話，她都轉過頭來，引得她的雙肩，和胸口不停起伏。他望着她耳邊附近一塊白皮膚，使得他發瘋。娜娜偶然想起了她的地位，於是，這才想起她的客人們來，就努力作出儘量高與的樣子來招待客人。晚餐快完的時候，她已醉了。她心裏忽然湧上來一個激怒的念頭。她想這些女人們，坐在她的飯桌上，居然這樣不守規矩：露西向福卡蒙眨眼，慫恿他攻擊拉波得；而露絲，卡洛蓮，及其他女人，也都各盡其全力想把男人們都鼓動起來。現在，室內嘈雜聲音之大，使你連自己說話都聽不到，在娜娜家吃飯，任憑你怎樣隨便都可以的。那很好！等着看看吧！她醉是醉了，然而，她就是醉了，在這一羣女人當中，也依然還是最美麗最有大家風度的一個女人。

「叫他們把咖啡拿到這裏，寶寶，」包得拿夫又說。「我要在這裏喝。」

但是，娜娜聽了士丹拿和那位老紳士小聲說了些話之後，粗暴地跳了起來。

「對極了：這給我一個敎訓，叫我以後只請一羣髒東西來好了。」

說完她就手指飯廳的門，用最高的聲音說，

「如果你們需要咖啡，請到那邊。」

大家都離開了桌子，擁向飯廳去，沒有理會娜娜憤怒的發作。不久，會客室裏就空了，只賸下包得拿夫一個人，他自己扶着墻，小小心心地往前走，一邊走着一邊駡着那兩個可惡的女人，她們一餵飽了自己的肚子，就把爸爸拋下不管了。他身後的茶房們，由經理高聲命令着，已經在忙着收盤子了，他們來往地奔衝，彼此擠撞，使桌上的一切，一轉眼的功夫全都偸走，恰如演啞劇的道具，在舞臺主任的哨子一響之後，就都撤換乾淨一樣。紳士們和夫人們，喝完咖啡之後，是馬上就要到客廳裏來坐的。

「咦，這裏倒沒有那麼熱，」嘉嘉一進了飯廳，就微微打了一個冷戰。

這間屋子的窗子，一直沒有關。兩盞燈照亮了桌子，桌上擺着咖啡和酒類。沒有椅子，客人們都站着喝咖啡，茶房們在鄰室裏所造成的喧囂，聲音越來越大了。娜娜也不見了，可是，沒有人因爲她失踪而焦急。沒有她，他們照樣過得非常好，各人照料着各人自己，到碗橱的抽屜裏去找小茶匙。大家形成了幾小堆；在吃飯時坐得分散開的人們，現在又都聚在一起了，有的互相注視着，有的交換一個會心的微笑，有的說幾句能夠把最近的事情概括起來的簡單的話。

「不該找一天來請花車利先生和我們一同吃中飯嗎，奧古士丁？」露絲·米儂說。

米儂正在玩他的錶練，拿嚴厲的眼神看了新聞記者一兩秒鐘。露絲眞是發瘋了。他既然是一個善於經理錢財的人，就應當阻止她這種浪費的行爲。不過，爲了報答一篇文章，也好，可以吧，可是這件事一過，以後可萬萬再也不行的。然而，他既然知道他自己的太太本來就是沒有頭腦，而且，他對太太偶然所做的糊塗事，一向照例像慈父似的，很和藹地回答說，

「當然，請明天到舍下來吧，花車利先生。」

露西·司徒阿爾，在和士丹拿與白蘭談話的時候，聽見了米儂所發出的這個邀請，就提高了聲音，對銀行家說，

「大家都得了瘋病了。其中有一個人，甚而想要偸我的狗。你說說，親愛的孩子，如果你把她丟了，難道還要怪我嗎？」

露絲轉過身來。她的臉色很蒼白，一邊啜着咖啡，一邊目不轉睛地瞪着士丹拿。於是，她把自己因爲感到要被他拋棄而集中來的怒氣，都從這兩隻眼中火似地冒了出來。她比米儂看得更清楚；他要想把對付庸基業的狡計再耍一次那才是糊塗呢——那個圈套，再用可就不靈了。好了，對他那只好活該了！她非抓住花車利不可！她從晚餐開始以後，就已經愛上他了，如果米儂不高興，那他早晚會得到更大的敎訓的！

「你不是想打架吧？」范多夫走到露西這邊來說。

「不，那你可不必怕！只是，她得少開口，不然我可要掀她的底牌！」

然後又命令式地向花車利示意說，

「我家裏還有你的拖鞋呢，我的小男人。明天我派人給你送去。」

他本來想說幾句諷刺的笑話，可是，她却像是一個王后似地，馬上站起來走了。柯拉絲手撐着墻，在那裏安安靜靜地喝着一杯俄國烈酒，看見這個情形，就聳了一聳肩。這才是男人們的一個快活的差使呢！兩個女人同時在她們所愛的男人面前，她們的第一個念頭，就是要把另外的那個女人先趕走，現在看起來，這話難道不是眞的嗎？這是不爭的事實！至於她自己，假如她做得出的話，她也會爲了黑多把嘉嘉的眼睛挖出來的！可是，哎！她瞧不起他。於是，在走過她身邊時，她只對他這麼說，

「聽着，你太喜歡她們了，你對成熟的女人不滿足，你只要發霉的女人！」

黑多的神情很煩惱不安，看着柯拉絲向他開玩笑，就對她有一點懷疑起來。

「不要說謊，」他喃喃地說。「你把我的手帕拿了去。還給我吧！」

「眞無聊！」她叫起來。「我拿你的手帕做什麼？」

「做什麼？」他懷疑地說，「那你可以拿去送給我的親戚們看，說我們的關係是如何密切，」

在這個時候，福卡蒙一直不斷地冷笑着去瞪那個混在女人們中間喝咖啡的拉波得。不時說幾不時說幾句閒話。」

句閒話，「他是一個賣馬商人的兒子；也有人說他是一位伯爵夫人的私生子。沒有一個小錢的進款，然而，口袋裏永遠有五百個法郎！一切風流浪婦們的跑街！一個鄉下佬，以前從來沒有接觸過這種女人的！」他說了又說，越說越氣。「我沒有辦法！我一定得打他一個耳光。」

他一口喝乾了一杯薩爾特略玆酒。這種酒，對他是一點效力都沒有的；他咬大拇指的指甲，咬得嘎嘎響。可是，忽然間，正在他走近拉波得的時候，他的臉色變成死灰一樣的白了。就在碗櫥的前邊，跌倒在地上，醉成了一堆爛泥。他醉到半死了。露絲在他旁邊。她預言結果不會好，果然是沒有說錯的；現在，她只得以整個晚上來照料他。嘉嘉安慰她。她用一種有經驗的眼光，來看這位軍官後，說，這沒有什麼要緊，又說他照着這個樣子還要睡到十二至十五個小時。只是福卡蒙因此被人抬出去了。

「喂，娜娜到哪裏去了？」范多夫問。

是啊，她離開了飯桌之後，就不見了。大家忽然想起她來了，於是每個人都找她。士丹拿爲了她不安了幾秒鐘，就問那位老紳士的去向，因爲他也同時不見了。但是伯爵向他保證——是他剛剛親自送他出門回家的。他確是一個外國人，名字用不着說出來。只說他很闊，極願付這一筆晚餐費，這就夠了！接着，在娜娜又一度被人遺忘了的時候，范多夫看見達格奈打開一扇門，往外探出頭來望，向他招呼。他走進臥房去，看見這家的女主人，嘴唇發白，坐在那裏，一動也不動。達格奈和喬治站在旁邊，帶着驚慌的神色，瞪着眼睛看她。

「你怎麼了？」他有一點驚訝地問。

她既不回答，也不回過頭來。他又把問話重複了一遍。

她終於叫了出來，「我不要人家把我當作儍瓜！」

於是就把心裏的話都爆了出來。她不是儍瓜——她什麼都看得很清楚。他們在吃晚飯的時候，他們對她說了些難聽的話，來表示並不把她放在眼裏！這是一羣下流人，連給她擦皮鞋都不配！我早就應該把他們全趕出去！她哭起來。

「我的孩子，你醉了，」范多夫溫柔地說。「你應當理智一點。」

不，她要坐在這房裏，不出去。

「我醉了！可是我要人們尊敬我！」

一刻鐘以來，達格奈和喬治已經一直在徒然地求她回到會客室裏去了。然而，她固執，隨便她的客人高興；她太瞧不起他們了，絕不肯回去呆在他們中間的。

不，她不要回去，他們即或把她撕成粉碎，她也不要離開這房間！

「我本該早就想到，」她又說。

「這都是露絲那個娼婦的陰謀！我今晚要請的貴婦人就是露絲把她攔住叫她不要來的。」

她所指的是洛貝爾夫人。范多夫向她說洛貝爾夫人是自動不要來的。他聽着，他以嚴肅的態度辯論，因爲他太習慣於這一類相似的局面，深知道在這種情形之下，應該如何去對待女人們。但，在他想握住她的手，把她從椅子上拉起來，好拉到會客室去時，她的憤怒使她把手掙脫！沒有人能叫她相信阻止穆法伯爵不來的不是花車利！這個花車利簡直是一條道地的蛇，是一種毒蛇，欺負女人，把女人的幸福全摧毀了的。因爲她明明知道——伯爵已經瘋了似地對她傾倒了！她本來可以得到他的！

「哼，我的親愛的，絕不會！」范多夫叫出來，忘其所以地大聲笑了。

「爲什麼不？」她問，頭腦稍爲清醒了一點了。

「因爲伯爵是徹底在掌握之中的，他只要用他的手指尖觸你一下，第二天就得去懺悔，就得全部招供出來。現在，聽我一點好好的忠告，可不要把另外的那一個男人放過去！」

她默默無語，沉思了一會兒。然後，站起來，走過去，把眼睛洗洗。等他們想把她帶到餐室去，她仍舊狂怒地叫着「不！」范多夫再也不去勉强她了，就微笑着離開了她的臥室。他走了之後，她立刻把整個身子，投進了達格奈的懷抱裏叫出來說，

「啊，我的親親，世界上只有你。我愛你！我那麼愛你！啊，如果我們能永遠生活，那就太好了。女人們是多麼不幸啊！」

說完，她就看到喬治。喬治看着他們接吻，臉上漲得通紅。她過去也去吻他。親親不會對一個孩子吃醋！她要保羅和喬治兩個人永遠相處得很好，因爲，三個人要永遠像現在這樣下去，心裏又知道彼此都相愛的，但是，一個非常奇怪的聲響，打攪了他們；有一個人在屋子裏打鼾。於是他們就去搜尋，結果，看見是包得拿夫，他一定是喝完咖啡就舒舒服服地自己在這裏的。他睡在兩把椅子上，頭斜靠在床沿上，那一隻腿，往前邊伸出去。他的嘴張着，他的鼻子隨着鼾聲一下一下地動。娜娜覺得這太滑稽了，就不由自主地狂笑起來。她離開了這間房子，達格奈和喬治

跟在後面，穿過了會客室，走到小餐室裏，她一路上，越走就越覺得開心。

「啊，我的親愛的，你簡直想不到！」她叫着，幾乎投到露絲的懷裏去。「來，去看看。」所有的女人們只得跟着她去。她溫存地拉着她們的手，叫她們跟隨着她，不管願意不願意，都要陪着她一同這樣天眞地開心大笑，於是，那些女人們，看見她這樣的快活，也相信一定有什麼開心的事，就也都莫名其妙地笑起來。這一隊人走過去了，圍在包得拿夫伸着四肢的四周，屏息地站了一兩秒鐘，就又回來。一回來，馬上大笑起來了，其中有一個人叫大家小聲一點，笑聲剛一減低，就又聽見遠處包得拿夫的鼾聲。

將近四點鐘了。餐室裏剛剛擺好了一張牌桌，范多夫和拉波得已經坐下去。他們身後是露西與卡洛蓮，站在那裏，而白蘭一直在打瞌睡，很不滿意於這樣白白地糟蹋一夜，不斷地，每隔五分鐘就必然問范多夫一次，是不是要回去了。會客室裏，大家有跳舞的企圖。達格奈坐在娜娜稱爲「衣櫃」的鋼琴前邊。她用不着另外去請「敲打」的人了，因爲凡是大家所需要的那些華爾玆和波爾卡舞曲，她的親親全都會彈。可是大家提不起勁來跳舞，女人們都懶懶地坐在沙發椅上，儘管閒談。忽然間，外邊傳來一片聲音。十一個少年的一隊男人到了，在前室裏大笑着，擁進了會客室裏來。他們剛剛從內務部跳舞會出來，都還穿着晚禮服，掛着各種不同的也不曉得是什麼勳章。娜娜討厭這樣喧嚣的進門，就叫仍留在厨房中的茶房們，把他們這些人都趕出去。她說，這些人她以前連一個也沒有看見過。花車利，拉波得，達格奈，和其他的男人們，都走上前去，要求這些客人們對女主人要有禮貌。然而他們互相大聲叫駡，什麼粗話都出口，眼看着就要互相

動起拳頭來了。其中有一個小小個子的男人，生得一頭淺黃頭髮，樣子病態，向娜娜說，

「娜娜，有一天晚上，在彼得飯店的那個大紅廳裏，你見過我們！請想一想，是你自己請我們來的。」

那天晚上，在彼得飯店裏？她可一點也不記得了。再說，是哪一天晚上呀？

那個淺黃頭髮的小個子男人，於是把日子說了出來，是星期三，她這才淸淸楚楚地想起來，確是禮拜三，在彼得飯店裏吃晚飯；可是她誰也沒有請呀。

「然而，也許你眞的請了他們的，我的孩子，」拉波得開始有些懷疑了，就向她這樣低聲說。「也許你那個時候有一點醉了。」

於是娜娜大笑起來。那太可能了，這她實在說不定是的。旣然如此，而且這些先生們旣然來了，那只好讓他們進來吧。有幾個新來的客人，在會客室裏遇到了熟朋友，於是在大家互相握手之下完滿收場。那個淡髮病態的小小男人，是法蘭西最大族之一的後代。而且，這十一個人宣稱，他們後邊還接着有人要來，事實上，這也是眞的，門是每隔一會就開一次，戴白手套的，和穿軍裝的男人，不斷地到來。後來還接着有人不斷地從內務部大跳舞會往這邊來。花車利嘲笑地問部長是否也會來，娜娜就回答，說部長所要去的地方和要拜訪的人並沒有好到那裏去。娜娜心裏很煩悶，她滿心只在希望看見穆法伯爵走進來，到所有這些人的中間來。他可能改變主意，她在和露絲談話的時候，眼睛就一直望着門口。

五點鐘響了。跳舞也停了，只有玩牌的人，還在繼續下去。拉波得把座位讓給了別人，女人

們都回到會客室裏來了。大家都感覺昏昏欲睡，所以情調很沉悶，燈也因爲燈心燒焦了，變成紅色，只射出一道微弱的光。女人們的心情到那種空洞地悲哀的時辰了，所以她們要把自己的歷史互相傾吐。白蘭談起她的祖父，那位將軍；柯拉絲也謅出一個浪漫的故事，說她從前常常到她伯父家裏去獵熊，一位伯爵，就在那裏把她姦污了。這兩個女人，眼睛各自望着別處，不斷地聳聳肩，心裏却各自奇怪對方何以能說出這樣的謊話來！至於露西呢，她承認她的身世，承認她父親是巴黎火車站的運輸工人，並且說他每逢星期天總要給她一塊蘋果餅吃。

「啊！我要把這件事情告訴你們！」小瑪麗突然叫着。「我的對面，住着一位先生，是俄國人，他非常有錢，好了，昨天有人送給我一籃子水菓——喂，滿滿的一籃子！大桃子，這麼大的葡萄，在這個時候，居然買到這些東西，簡直是出奇了！我把它退回去，可是，說實話，我一想到那些水菓，心裏就有一點捨不得！」

女人們彼此望望，都沒有說話。小瑪麗，像她這麼小的年紀，居然就厚臉皮！況且，只要想一想，這一類的事情，怎麼會偏就落在像她這樣下流的女人身上呢！她們中間，對她，是很輕視的。對於露西，就特別嫉妬，因爲她們一想到她一個人就抓住三個王子，就嫉妒到不得了。自從露西每天早晨到巴黎布裹涅樹林中騎馬，好像中了瘋病似地，人人早上都去騎馬了。

天快亮了，娜娜已經失掉一切希望了，眼睛不再向門口望去。露絲拒絕唱「拖鞋歌」，蜷曲着坐在一個沙發上，低聲和花車利談天，等着從范多夫手裏贏了一千個法郎的米儂。一個面貌很莊嚴的胖紳士，掛着勳章，用阿爾薩斯省的土音，唱了一首「亞伯拉罕的犧牲」，然而，沒有一個人懂得他唱什麼，也就沒有人喝彩，沒有人知道再有什麼樂趣，來結束這一個晚上。在這個時候，拉波得想起了一個主意，在黑多耳邊，說某某幾個女人有嫌疑。於是，黑多又去徘徊在每一個女人的面前，看看她是否把他的手帕藏在胸口。不久，因爲碗櫥上還有幾瓶香檳，年輕人們就又去喝酒了。他們彼此呼喊着，彼此激動着；可是，愚蠢得令人失望的一種可怕的酗酒，結果個個都愚蠢地醉倒了。那個有漂亮頭髮的小男人，就是那個姓了法國最大族之一姓的那個人，也智窮力盡了，覺得弄不出一點什麼眞正滑稽的東西來玩玩，想出了一個精彩的主意來：他抓起一個香檳酒瓶來，把酒倒在鋼琴裏。同伴就大笑起來。

「喂，他爲什麼把香檳倒在鋼琴裏去？」妲妲·妮妮問，她望着那年輕人，極其驚詫。

「哎，我的孩子，你不懂他爲什麼那麼幹嗎？」拉波得鄭重其事地回答。「沒有比香檳酒對鋼琴更有好處的了。這可以叫鋼琴的調子好聽。」

「哦！」妲妲·妮妮深信不疑地說。

其餘的人，對她大笑，她生氣了。她怎麼會知道呢？大家總是跟她開玩笑。

無疑地，這一夜晚的聚會，是一個大失敗。這一通宵，恐怕要在一個無聊沉悶情況下結束的。瑪麗和萊雅，在一個角落裏，正在短兵相接地吵嘴，前者指責後者不該和錢財不富裕的男人們結交。她們在交朋友上，確是有一點過於廣泛地濫用情感了，她們主要的障礙物，就是沒有有錢人那一副漂亮的外表。面貌不美的露西，叫她們兩人住嘴。據她看，好看又有什麼用：好身段才是男人們所需要的呢。沙發上，坐着一位外交武官，把手伸過去抱住西蒙的腰，想要吻她的頸子；可是，西蒙因爲心情不佳，在他每次試着想吻她時，都把他推開，而且，一邊叫「不要打擾我」，一邊用扇子往他臉上打。像這一類的舉動別的女人是不會讓男人這樣放肆的。你們把她們當作什麼女人？嘉嘉在這個時候，又抓住了黑多，幾乎已經把他抱到她的膝上；而柯拉絲已經夾在兩個先生中間走了，一邊走着一邊笑，笑得好像被人搔癢似的。鋼琴的周圍，那一羣年輕人繼續他們的遊戲，每個人都想把手中的酒瓶向鋼琴裏倒去，你推我我推你向前擠去。這個辦法，簡單而有趣。

「來吧，孩子，喝一杯！媽的，它眞是一個口渴鋼琴！再來一瓶！你可一滴也不能賸下。」

娜娜是背着身子的，所以一點也沒有看見他們。她現在誇張地向後一靠，就靠在坐在她旁邊的士丹拿的身上。這都是爲了那個穆法，誰叫他連送上門去的愛情都不要呢。她穿着軟綢子長衫，顏色之淺，和褶紋之多，正和襯衣一樣，她就低着眼皮坐在那裏，頰上灰白。她就以這樣一個冷漠的表情，把自己貢獻給了士丹拿。她的髮上和頷下的玫瑰花，都已凋謝。士丹拿剛把手伸進她的裙子裏去，馬上就抽了回來，因爲他的手恰巧觸到喬治別在她的裙子上的一顆針上。刺得流了幾滴血，有一滴滴在娜娜的衣服上，把衣服也沾染了。

「現在，一切都完了，」娜娜嚴重地說。

天已經亮了，悲哀的黎明的光輝從窗口射進來。客人們開始各走各路。這是不舒服的告別。卡洛蓮因爲討厭白白犧牲了這麼大好的一夜，就說，你不要看下面幾幕精彩的把戲，現在該走了。露絲板起面孔，好似她的尊嚴被侵犯了。這些女人們，永遠是這個樣子：她們不懂得如何應對，所以一到社交場中，就犯了許多令人噁心討厭的行爲！米儂已經把范多夫的錢刮得乾乾淨淨，他們夫婦就走了。他們也不去打攪士丹拿，只向花車利又重新邀請了一次，請他明天去吃飯。露西拒絕這位新聞記者送她回家，趕他去送他的「遊行戲班裏的女戲子」去。露絲一聽見這個話，立刻轉回身來，駡她「髒母豬」，但是，米儂在女人們吵嘴的時候，一向像是一位父親似的，他的經驗太多了，所以永遠把自己放在一個高過她們的超然地位上，這個時候，他早已把太太推出門外去了，並且告訴她說算了。露西孤孤單單的樣子，在他們後邊，一個人像王后般走下樓。這以後，嘉嘉還得帶走黑多，他病了，抽泣得像個小孩子，直在叫柯拉絲，其實柯拉絲早就跟她那兩位紳士走了。西蒙也不見了。事實上，屋子裏沒有什麼人了，只賸下妲妲・妮妮，萊雅，和瑪麗，這幾個人都是拉波得自動答應照料着送回去的。

「啊，我是一點也不想睡的！」娜娜說。「總得想點什麼事做做才好。」

她隔着窗外的玻璃，往外望着天。天上一片蒼藍，煤煙般的墨雲，急飛而過。這正是早晨六點鐘。橫過街道去，在歐斯曼大街的那一邊，仍在沉睡中的房舍之閃亮的屋頂，在黎明的天空中，很清楚地露出；而沿着尙無人跡的路面上，有一隊清道夫，拖着木鞋，嘎嘎地響着走過去。當她看見巴黎這樣不潔地醒來時，她的心頭，柔情的少女感覺，嚮往鄉村生活與田園景色那種純潔。

「啊，我告訴你，」她走回到士丹拿的身邊來說。「請你把我帶到布婁湼林中去，我們到那裏吃牛奶。」

她像孩子那樣的高興，拍着手。不等銀行家回答——他自然是肯去的，雖然他對這個提議並不感興趣，他倒想做點別的——她就跑過去把皮披肩一把披在肩上。在會客室裏，除了那一羣年輕人以外，現在就沒有別的什麼人了。這些人，到了這個時候，已經把杯子裏的每一滴酒都倒進鋼琴裏去了，正談着要走，忽然有一個人勝利地跑來。他手裏拿着最後賸下的一瓶酒，那是他從廚房裏找到的。

「等一會，等一會！」他喊。「這裏有一瓶薩特略玆，這可以給它提一提神！我的年輕朋友們，我們走吧。我們眞是糊塗蛋。」

娜娜到了梳粧室裏，不得不把椅子上睏着了的蘇愛叫醒。瓦斯燈還在點着，蘇愛一邊幫着她的女主人穿皮外衣，戴帽子，自己一邊在打着寒戰。

「好了，什麼都過去了，照你所說的，」娜娜向女僕你你我我地說，心中忽然湧上一股過份知心的情感來，而一想到自己終於決定了取捨，也爲之大大地輕鬆了一下。「你的話很對；這位銀行家，和另一位是一樣好。」

女僕心裏很煩，因爲她還沒有睡醒。她咕嚕了幾句話，意思是說太太從第一晚早就應該有所決定的。然後，她隨着她進到臥房去，問她對「那兩個」怎麼辦。她的意思是指還在打着呼嚕的包得拿夫和喬治；原來喬治溜了進來，把頭埋在枕頭裏，就在床上睡着了，現在呼息得輕鬆而正常，恰如一個小天使。娜娜回答說，叫她讓他們接着睡下去。可是一看見達格奈進來，她的心又軟了。他一直躲在廚房裏等她，很可憐的。

「得了，我的親親，要理智一點，」她說，就把他抱住，吻他。「什麼也不會變的；我永遠寵愛的，只有我的親親！我向你發誓，此後我也會有比現在還更快活的日子。明天來，明天我們再安排時間。現在快點回去吧，好好地親親我，吻我，緊緊地抱我。啊，再抱緊一點！」

她掙脫了達格奈，又去找士丹拿了，又滿心想到喝新鮮牛奶的事了，覺得很快活。客廳裏，只賸下范多夫和那個唱「亞伯拉罕的犧牲」的「佩勳章的」人了。這兩個人都還在玩牌，外面已經太陽高照了；白蘭脚放在沙發上，想睡一下。

「啊，白蘭，你還在陪着他們呢！」娜娜叫了出來。「我們去喝新鮮牛奶去，親愛的。一定要去，我們回來的時候，準保你的范多夫還在這裏就是了。」

白蘭懶懶地起來。這時，那位銀行家就不得不也帶着那個淫婦同去，心裏就煩惱起來，把紅光的滿面，都煩得發白了。她無疑地是招他討厭的。可是，這兩個女人，都已經攪起他的手臂來了，而且在反覆地申說着，

「我們要他們當着我們面前，給我們擠牛奶，你知道。」

5

雜耍戲院的「金髮愛神」正演到第三十四場。第一幕剛剛演完。西蒙穿着洗衣女郎的服裝，在化粧室裏，正站在一個鏡子的前面。桌子兩邊，各有一道角門，斜開着開在通到服裝室去的甬道的盡頭。她獨自一個人，在仔細看她的臉，用手指上下磨擦眼皮，目的是給她的化裝作最後一道潤飾。鏡子兩邊的瓦斯燈火，放出溫暖的光亮，在照着她。

「你知不知道，他來到了嗎？」普魯里葉爾穿着瑞士海軍的服裝，佩着一把劍，穿着巨大的馬靴，頂着一大撮羽毛，走進來問。

「你問的是誰？」西蒙問，沒有理會是他，只管向着鏡子笑，爲要看看自己的嘴唇是什麼樣子。

「王子。」

「我不知道；我剛剛下來。啊，他今天晚上當然會來的！而且他每天晚上都會來。」

普魯里葉爾已經走到鏡桌對面的壁爐附近去了，那裏激燃着一堆焦煤，還有另外兩個瓦斯燈，也照得通亮。他抬起眼來，看看左右的掛鐘和風雨表。那上邊裝飾着獅身女首像，鍍着金，完全是第一帝國時代的式樣。然後，他就把四肢伸開，坐在一把有扶手環子的寬大椅子上，椅子上的綠絲絨，已經被四代伶人坐舊了，所以一處一處的發了黃色。他在椅子上坐着，四肢不動，眼睛空空洞洞地睜開，那種疲倦而又忍耐的神氣，完全是演員們在輪到登臺以前在久等中所訓練成的一種特有的態度。

老包斯克也剛剛出現。他一條腿拖着一條腿地走進來，咳嗽着。他周身裹着一件舊而大的車夫外套，有一部份已經從肩上破下來，連裏邊達戈貝爾王的金繡的外衣服裝都露出了。他把他的王冠放在鋼琴上，站在那裏，快快地跺了一會兒脚。他的手有一點發顫，這是酗酒的初步徵兆，雖然如此，看起來，他依然是一個正常道地的老頭子，長長的一把白髯，把他這個酒徒的通紅的面孔，襯成一副着實可敬的容貌。然後，在沉默之中，在一陣急雨掃到那朝着庭院開的大窗的玻璃上的時候，他厭惡地搖了搖身子，

「多麼壞的天氣！」他抱怨。

西蒙和普魯里葉爾沒有動。四五張圖畫——一張是風景，一張是演員維爾奈的遺像——在瓦斯燈光之下掛着，都發黃了，還有雜要戲院當年紅演員之一的波基業的半身石像，瞪着空空洞洞的眼睛，靜止在像座上。但，正在這個時候，外邊突然傳來人聲。那是豐丹。他穿好了服裝，預備演第二幕。他扮的是一個紈袴公子，他的打扮，渾身一直連手套都完全是黃色的。

「你們知不知道！」他比手劃脚地喊着，「今天是我的守護神日！」

「什麼？」西蒙好像被他那寬鼻子和滑稽的大嘴所引動了，就微笑着站起來向他問道。「那

麼你的守護神是希臘智神阿基拉斯了?」

「對!我就要派人去告訴勃龍太太，第二幕一完，就送香檳酒上來。」

遠處鈴聲響了一陣。那一長聲，逐漸輕了下去，接着又響起來，等到鈴聲停了，就有一個人在樓梯上下叫着，叫聲一直沿着那幾條甬道消逝而去。「第二幕序曲開始!第二幕序曲開始!」聲音漸近了，一個臉色灰白的矮小男人，走過化妝室的每個門口，都扯高了他那尖銳的喉嚨叫，「第二幕序曲開始!」

「媽的，要喝香檳!」普魯里葉爾說，他似乎沒有聽見外邊的叫聲，「你倒不錯，一切很順利!」

「如果我是你，我就到咖啡館裏去叫香檳，」老包斯克說。他正坐在一張蒙綠絲絨的長椅子上，頭倚靠着牆。

但是西蒙說，一個人也應當替勃龍太太想一想，她只賺那麼一點點的小費怎麼夠。她的手，眼睛望着豐丹，幾乎把他吞下去；而他那長得像羊一樣的面孔上，眼睛，鼻子，和嘴，都不住地在抽動。

「看這個豐丹!」她低聲說。「就沒有一個像他這個樣子的，沒有一個像他這個樣子的!」

化妝室的那兩道門，是向外開的，通到後邊的走廊上。沿着一道被高處一盞瓦斯燈照得通亮的黃色的牆，走過去一串移動得很快的影子——穿着服裝的男人們，和披着肩巾的幾乎裸體的女人們，總而言之，第二幕裏的全體角色都來了，他們就要出臺，在「黑球」的大跳舞裏，去表演化裝跳舞。當這些人慢慢走下那通到臺上去的五層木階時，連走廊的盡頭，都聽得見這些脚步的移動聲。胖柯拉絲也正走過去，西蒙在後邊叫她，她說馬上就同來。果然，她差不多是不到一分鐘就同來了，穿着一件扮演彩虹神的寬飄帶薄緊腰短衣，在打着寒戰。

「上帝祝福我，」她說。「一點也不暖，我把我的皮衣忘在化妝室裏了！」

於是她站在壁爐的前邊，伸出那暖紅的玫瑰色緊襪，去烤她的腿。一邊烤着，一邊又說，

「王子來了。」

「噢！」其餘的人喊出來，表示很大的好奇心。

「是的，我跑下去，想看一看他。他坐在右手第一層臺口包廂裏，仍舊是他星期四所坐的那一個包廂。這是他這一個星期裏第三次來了吧，唉？這是爲娜娜呀；嘿，她眞幸運！我敢打賭，他還會再來的。」

西蒙張開嘴唇要說話，但是她的話被化妝室附近一聲大叫掩蓋下去了。催場人在甬道裏又扯着尖銳的喉嚨在呼喊，「開幕鈴聲已經響了！」

「來了三次！」西蒙等到又能說話的時候說。「這可眞叫人興奮。你知道，他不願意到她的家裏去；他是把她帶到他的地方去。他還得付錢似的！」

「當然！一個人要享受女人的感情就得付錢，」普魯里葉爾很正經地說。他站起來，又像在臺上受包廂裏所寵愛的美男子贊賞那個樣子，走到鏡子前邊，作最後的一照。

「幕已拉起來了！幕已拉起來了！」催場人不停地一遍又一遍叫着，他的聲音，在他穿過各

層樓各道走廊時，逐漸消逝到遠處去。

豐丹曉得王子與娜娜初次會面的詳情，聽了他們的話，就告訴她們。她們就擠在他的身邊聽，每逢他彎下腰來，在她們耳邊低語些詳細的情形，她們就大笑。老包斯克動也沒有動，這一類的事情，他一點也不感興趣。他正撫弄着盤在長椅子上的一隻龜背紋的大花猫，神經質的國王之溫情，把那隻猫抱在懷中；那隻猫把背一弓，然後，向着他身旁，盤臥下去了。包斯克依然嚴肅着，凝神着。

「都是一樣，不過，我若是你的話，我一定到飯店去喝香檳去，那邊舒服多了，」他等豐丹把敍述說完了，忽然對他說。

「開幕了！」催場人用破裂而拉長了的調子叫。「開幕了！開幕了！」叫了一陣。在叫聲還未停止的當中，聽見有一片匆忙的脚步聲音。從甬道上忽然打開的那道門口，突然傳來音樂聲與遠處觀衆談話的聲音，隨後，這道門又關上了，你可以聽得見它沉重地砰然一響。

一片靜寂氣氛，瀰漫了全化妝室，好像這個地方，離開羣衆正在鼓掌的戲院，有幾百里地遠似的。西蒙和柯拉絲，仍然在談着娜娜。她這個姑娘，是從來不慌不忙的！你看，昨天她又遲到了！可是，她們的話突然停了；因爲一個高大的女人，在門口伸進頭來看，一看是認錯了門，就走到甬道的另一頭去了。那就是莎丹。她戴着一頂帽子，垂着一條小面紗；裝做一位太太來拜訪人的樣子。

「一個漂亮的下流東西！」普魯里葉爾說，他一年以前，在「雜耍咖啡館」裏遇見過她。西蒙聽見這個，就告訴他們，說娜娜如何把莎丹認作是她的老同學，如何十分歡喜她，現在又如何去求包得拿夫准她初次登一登臺。

「怎麼好法！」豐丹和現在剛進門來的米儂與花車利握手。

老包斯克把手指頭伸給他們；那兩個女人過去吻米儂。

「今天晚上的觀衆如何？」花車利問。

「啊，好極了！」普魯里葉爾回答。「你等一會兒就看見他們開心到嘴巴都合不攏！」

「我說，親愛的，」米儂說，「現在該你們出場吧！」

她們在第四場才出場，但是，老包斯克本能地站起身來，像一個老兵一樣，知道到自己出場的時候了，就在這個時候，催場人把門打開。

「包斯克先生！」他叫，「西蒙小姐！」

西蒙把一件滾皮邊的披衣，往肩後一披，就走出去了。包斯克一點也不慌忙，走過去拿起王冠來，敲了它一下，壓在眉上。然後，他拖着他的長袍，搖搖擺擺地走出去，好像有人打擾了他似地，口裏抱怨着，臉上也不高興的樣子。

「你最近這兩篇文章，很令人可感的，」豐丹對花車利說。「只是你爲什麼說演員都是自負的呢？」

「是呀，我的親愛的，你爲什麼說那種話呢？」米儂喊起來，他用大手掌向着新聞記者的肩上一拍，用得力量之大，幾乎把他拍倒了。

普魯里葉爾和柯拉絲都忍不住大笑出來。從好久以來，大家覺得他們在後臺所鬧的笑話，很夠叫人開心的了。米儂因爲他的太太反覆無常，弄得心神狂亂，而且，一想到這個花車利，除了給他的家庭帶來一點令人胡亂揣測的醜名聲以外，對他什麼好處都沒有，心裏就非常煩惱；於是，他就想出一個報復的主意來，想用友誼的表示，來弄昏這個新聞記者。因此，每天晚上，他一在後臺遇見了他，就必然假裝親近，盡着全力往他肩上亂拍，就彷彿親熱的狂焰，使他忘其所以的樣子；花車利比起他這樣高大的一個人來，自然顯得十分脆弱而瘦小的，可是爲了不和露絲的丈夫口角，他勉強露出笑臉，忍受這樣的拍擊。

「啊，哈！我的浪子，你侮辱了豐丹了，」米儂又說，「注意！一——二——打中他的胸口正當中！」

他用手掌向着這位年輕人一打，就打到他的胸前，用得力量之猛，使這位新聞記者的臉都失去血色，有好半天說不出話來。柯拉絲急忙向站在化妝室門限上的露絲・米儂身旁的別人眨眼。露絲親眼看見了這一場情景，就一直走到新聞記者的面前來，好像沒有理會她的丈夫就在旁邊一樣，赤着臂，穿着兒童的服裝，蹺起脚尖來，把自己的前額送上去，像兒童般地努起嘴來，去向他溫存。

「晚安，寶寶，」花車利說，親熱地吻她。

他就這樣得到了補償。然而，米儂似乎並沒有在乎這一吻，因爲什麼人都可以在戲院裏吻他的太太的，這沒有什麼稀奇。可是他笑了，只輕輕地瞟了新聞記者一眼。露絲的這個勇氣，將來自然是要他來付代價的。

在甬道上，那扇關得緊緊的門，開了，又關了，一陣掌聲一直送到化妝室裏來。西蒙下了場，走過來。

「啊！包斯克伯伯剛剛得了彩！」她叫着。「王子笑得腰都彎了，跟着其餘的人也都鼓起掌來，好像王子是得了錢來喝彩似的。喂，臺口包廂裏，坐在旁邊的那個高大的男人，你認識嗎？眞是一個漂亮的男人哪，看他有多麼嚴肅，多麼好看的一副頰鬚！」

「那就是穆法伯爵！」花車利回答，「我認識那位王子，是他前天在皇后飯店裏，約好了伯爵今天一同吃晚飯的。他以後一直會聽從他的話來的！」

「噢，原來那就是穆法伯爵！我們認識他的夫人，嗯，奧古士丁，是吧？」露絲說完，向着米儂問，「你是認識蘇亞侯爵的，我不是還到過那裏去唱歌的嗎？是的，他那個時候也在家裏呢。我看見他坐在包廂的後排呢。這個老東西……」

普魯里葉爾剛剛把大翎毛戴上，轉過身來，叫她，

「喂，露絲！現在該去了！」

她沒有等一句話說完，就跟在他後邊跑走了。這個時候，勃龍太太，就是劇院的那個女門房，抱着一把花，走過門口。西蒙高高興興地問這是不是送給她的，這個女門房並不回答，只用下巴向着甬道盡頭娜娜的梳妝室那邊指了一指。噢，那個娜娜呀！大家簡直用花把她埋起來了！然

後，勃龍太太走回來的時候，順手遞給柯拉絲一封信。她一看，就把悶在心裏的詛咒都發洩了出來。又是黑多那個乞丐！她再聽說這位紳士還在門房裏等着呢，就尖聲叫起來，

「告訴他說，演完第二幕，我就下去。我要在他的臉上打一巴掌。」

豐丹衝上來，喊着，

「勃龍太太，你聽着。我要你在開幕的時候，送上六瓶香檳酒來。」

但是，催場人又出現了。他跑得喘不過氣來，用一個歌唱似的調子，招呼着，

「大家都出場！該你出場了，豐丹先生。趕快，趕快！」

「是，是，我就來，巴里由伯伯，」豐丹慌忙地說。

他又跑過去，追上了勃龍太太，接着說，

「你聽到了嗎？六瓶香檳，閉幕的時候。送到化妝室來，今天是我的守護神日，我會付錢的！」

西蒙和柯拉絲拖着長裙子，窸窸窣窣地響着走了。每個人都消逝到遠處去了。當那扇通道的門，又照着往常一樣發着空洞的聲音，砰的一聲關上時，室內只聽見一陣急雨，打在如今又一度沉寂下來的化妝室的窗上。巴里由是一個短小而面色蒼白的老人，在這劇院裏做了三十年的聽差了。他在這個時候，熟不拘禮地走到米儂的面前，打開鼻煙盒子來請他。這邊貢獻過去一撮鼻煙，那邊接收這一撮，就能給他一個片刻安息的感覺，把剛才在樓上樓下和沿着梳妝室甬道那樣不斷飛走的辛苦，就全忘記了。他當然還得去招呼娜娜的，他是這樣稱呼她的；不過，她是這麼一

個人，永遠要隨心所欲去做，一點顧忌都沒有。那麼，如果她想要誤場的話，那就得由着她誤場，誰也攔不住她！但是，他忽然把話停住了，極其驚訝地低聲說，

「喂，我怎麼也想不到，她居然準備好了，她眞來了！她一定是知道王子來看戲了。」

娜娜果然出現在走廊裏了。她穿着下等女人的衣服，胳臂上和臉上都塗得白白的，眼皮下畫一對粉紅點子。她沒有進到這間化妝室裏來，只向米儂和花車利點點頭。

「好嗎？你們都好？」

她伸出手來和米儂握了一握，就堂皇地走開了，後邊跟着她的梳妝人，那個人緊緊地跟着她，彎着腰，在給她整理裙子上的褶紋。化妝人的後邊，結束這一小隊的，是莎丹，她努力裝成十分像個太太的樣子，其實她心裏已經煩得要死了。

「士丹拿呢？」米儂突然問。

「士丹拿先生到羅阿瑞去了，」巴里由正預備往舞臺景後走，聽見了就這麼說。「我想他到那些地方去，是爲了買一所鄉下房產的。」

「啊，對了，我知道，這是爲娜娜買別墅。」

米儂的臉色忽然變得嚴肅起來。嘿，這個士丹拿！從前他答應過露絲一座漂亮的房子！好哇，現在跟任何人生氣都沒有用處。不會另打主意嗎？另外有的是可以弄上手的局勢呢。米儂在壁爐與鏡桌之間，踱來踱去，陷在沉思之中，然而他依然沒有被環境所挫折。現在，化妝室裏，除了花車利以外，就沒有別的人了。那位新聞記者疲乏了，把身子往一張大臂椅坐下來。他坐在那

裏，半閉着眼睛，安靜極了。另外的那一個，每次踱過他身旁，就往下看他一眼。當他們只單單賸下兩個人的時候，米儂是無論如何不屑於打他的。這樣打他，既然沒有別人看見這個把戲，又有什麼用？他自己扮演一個挑戰的丈夫來給自己看，這樣滑稽的場面，他自己也實在太不感到興趣。花車利也落得藉着這個短短中止期間，把兩隻脚懶懶地向火伸出去，翻開眼皮，從風雨表一直閒望到時辰鐘。米儂在踱步之間，停在波基業的半身像前，呆立在那裏，瞪着它看，可又不像是看它，然後，又轉過身去，走到窗前，窗外正大大地張開着天井的昏黑的深淵。雨停了，現在，屋子裏，只有一片寂靜，焦煤的熱，和瓦斯燈的火，使這間屋子熱得更加悶人。舞臺佈景的後邊，沒有一點聲音傳來。樓梯上和各甬道裏，都是一片靜寂。

後臺那邊，一直繼續到閉幕的那種靜寂的窒息感覺，開始侵入了這間空空的化妝室，說實話，這個地方，毫無聲息，確是似乎昏昏欲睡了，只聽見臺上全體演員唱到某一段歌的大結尾時，都揚起震耳的狂吼，一經傳到這裏來，已經成爲一點微弱而糢糊的聲音了。

「哼！這些牛！」包得拿夫忽然扯起他的粗啞的喉嚨喊起來。

他剛剛上來，就大叫起來，抱怨那兩個合唱的女孩子。她們因爲互相開玩笑，幾乎跌倒在臺面上。他一眼看見米儂和花車利，馬上就招呼他們，他要告訴他們一些事情，說王子剛剛表示過，要想在下一次閉幕的時候，到娜娜的梳妝室裏來給她道賀。他領着他們向佈景後邊走去時，舞臺監督正經過。

「你把斐爾昂德和瑪利亞那兩個女妖精，給我處罰一下！」包得拿夫大聲叫喊。

然後，他又靜了下來，又努力維持「嚴峻的父親」那種尊嚴的神氣來，掏出小口袋裏的手帕來擦他的臉，補充了一句，

「我現在要去援殿下。」

幕在一連串的掌聲中落下了。隨着，大家毫無秩序地穿過那不再被脚燈照亮的半昏半明的舞臺，往後退下。演員們，後補演員們，合唱員們，都趕快各自回到他們的化妝室去；佈景人員迅速地把景換了。然而，西蒙與柯拉絲，還在耳語地談着那個「題目」。在演戲的時候，她們趁着沒有臺詞的空閒，已經在臺上解決好了一個小小的問題了。柯拉絲把那個問題的各方面好好考慮一下之後，覺得她還是不見黑多的好，認爲他絕不會放棄嘉嘉的；所以，要求西蒙替她去向他解釋，說一個女人不應該被人糾纏到這個地步！結果，西蒙答應去當這個差使。

於是西蒙還穿着戲裏邊洗衣女郎的服裝，只在肩上披了一件皮衣，就沿着那條曲狹而油漬的樓梯跑下去，順着旁邊一面潮濕的牆，走到門房。這個門房，座落在演員的樓梯口與通經理室的樓梯口之間，左右用玻璃夾壁隔着，裏面閃着兩個瓦斯火頭，所以從外邊看起來，活像是一個透明的大燈籠。

裏面有一個鴿子窩格的架子，裏面裝着信件和新聞紙，桌上擺着各種花球，花球就緊放在一堆無人過問的髒盤子與女門房正忙於修補的一對女人胸圍的旁邊，還沒有交給受花的人。在這不整潔又沒有人好好打掃的儲藏室一般的門房裏，坐着四個戴白手套的社交場中的時髦男子。他們坐在四張陳舊的草底的椅子上，每次勃龍太太從樓上劇場裏一下來，他們的頭就必然一齊猛轉到

她的方向去，因爲，在這種時機，她是同話的傳達者。眞的，她現在確是遞給一位少年一個紙條；他急忙走到門廊下的瓦斯光底下，打開去看，他在那裏一讀完那幾句古曲的句子，臉上就略微有一點發白——別的人也是多麼時常跑到那同一個地方去讀信的！——「今晚不可能，親愛的！我已經被人訂下了！」黑多也坐在這四張椅子中，火爐和桌子之間。他似乎有意要在這裏過一夜的樣子，然而他坐得不十分舒服。事實是這樣：他在不住地把他的長腿彎抬起來，好努力躲開圍着他在狂野地跳躍的一羣小黑猫，而那個母猫，又瞪着黃眼睛，猝然豎立起來，向他瞪着眼望。

「啊，是你，西蒙小姐！要我給你做點什麼事嗎？」女門房問。

西蒙請她把黑多給她請出來。但是勃龍太太不能立刻就去叫。因爲，在樓梯上，她擺了一個尺度很寬的櫃臺，開了一個小小的酒櫃，那是候補演員們在閉幕時來喝酒的地方。當時，那裏剛剛有五六個大漢，還穿着「黑球」的化粧跳舞者的服裝，正渴得要命，而且極其忙迫，弄得她本來就有點忙得發昏了。櫃臺裏邊裝着一個瓦斯燈頭，所以可以看得見裏邊有一個錫面的小桌子，幾個架子，架子上裝飾着半空的瓶子。無論什麼時候，只要這個小櫃臺一開，就送出一陣强烈的酒精香氣，和門房裏殘餚的陳腐味道，連同桌子上鮮花撲鼻的香味，都摻攪在一起了。

「現在，好了，」女門房在招呼完了候補演員們之後，接着說，「你要的是那邊那個黑頭髮的小後生嗎？」

「不，不；別胡說！」西蒙說。「是爐子旁邊的那個瘦長的。你的猫正在嗅着他的褲腿的那一個！」

一聽完，她就把黑多領到門廊上來，而別的先生們，只好在這窒息的房裏癡癡地等。那邊的一些候補演員們，正沿着樓梯在喝酒，都說粗俗的消遣語和醉話。樓上，劇場裏，佈景工人一直在換景，包得拿夫大聲叫喊，可是一些也沒有用。他們這樣做，好像是好叫王子一進來，自然會有一塊景，打到他的頭上。

「拉上去！拉上去！」工頭喊。

終於，臺後邊的帆布，吊得是地方了，臺上也完全空出來。一直盯住花車利的米儂就抓住了這個機會，又要開始毆打。他把他往自己的長胳臂裏一挾，大聲說，

「哎呀，小心！那根桅杆差一點把你壓死！」

他把他拖着走，又拚命搖他，然後再按他坐下去。花車利一看見那些佈景工人對着他們開心大笑，臉都氣得變白了。他的嘴唇直在發顫，他準備大大發作起來，可是，米儂假裝脾氣很好的樣子，往他肩上一拍，這一拍，他所用來表示友誼的猛力，幾乎把他拍個粉碎。

「我珍重你的健康，我眞的！」他不停地重複着說。「哎！如果你遭遇到什麼不幸，那我可就慘了！」

但，就在這個時候，大家忽然小聲說：「王子來了！王子來了！」每個人都轉過身去看，看着那扇通到前臺去的小門。最初，除了包得拿夫的圓背肥頸，在一串阿諛的逢迎中叩下去又弓上來以外，什麼也看不見。隨後，王子才出現。他的個子很高，很強壯，下髯的顏色很淡，皮膚是玫瑰色，完全是風流而健壯人物的高貴派頭，他四肢發達，穿上大禮服更是英俊。他的身後是穆

法伯爵，和蘇亞侯爵。但，因爲戲院裏這個角落特別昏黑，所以這一羣人，都移動在陰影中，看不清楚了。

包得拿夫，爲了對一個將來會登上王座的一位王后的兒子，說話要說得恰當，就裝出一副老百姓的腔調來，用發顫的聲音，表現着一種造做的情緒，不斷地重複着，

「如果殿下恩准隨着我，請殿下向這邊來吧！——殿下請小心一點！」

王子不慌不忙。相反地，他覺得很有趣，不斷地停下脚步，來看佈景工人們演習。一個燈槽子剛剛繫了下來，這一排瓦斯燈，都用鐵絲網罩着，懸起來時，就射出很寬的一道光亮，把舞臺照明。穆法以前從來沒有到過戲院的後臺，他比別人更感到驚奇。他有一種不安的感覺，這種感覺是恐懼又加上空洞的嫌惡。他仰頭看頂上的高處，上邊還有很多的燈槽子，裏面的瓦斯燈火都燃得很小，閃耀得如同一羣小藍星所組成的銀河，此外，上邊又雜陳着許多鐵棍，各種大小尺寸的接線，還有一塊大帆布，用來做浮雲，展在空中。

「降下來！」工頭出人不意地叫。

連王子都去提醒伯爵當心，因爲帆布在下降了。他們正在佈第三幕的佈景，那是愛特那山的一個岩洞。有的人忙着在臺板的凹穴上去揷桅杆，有的人去把斜立在後臺牆上的木架子搬過來，用結實的繩子，把它們和已經裝好位置的桅杆綁在一起。舞臺後方，爲了求得火神的灼熱的鑄爐能發射出光輝的效果，就有一個管石灰光的人，在那個地方裝了一個燈座。他在那盞燈的紅玻璃罩子裏邊，點着各種不同的煤氣龍頭。這，當場雖然覺得是一片紛亂，可是，這一幕戲裏的每一

點最小的節目，也都事先佈置妥當了。不，在這一切忙亂中，那個吹哨子的還得走幾個圈子來查看，查看的時候，還要時時停下來一下，好休息休息他的腿。

「殿下眞叫我受寵若驚！」包得拿夫說，依然鞠躬鞠得很低。「戲院雖然不大，可是凡是我們所能做的，都盡力做到了。現在，如果殿下肯隨着我……」

穆法伯爵已經向着通化妝室的甬道走去了。舞台後邊，那個相當陡的下坡，使他很不舒服地吃了一驚，而且，他的焦急有一大部份是因爲覺得下坡的木板直在他的脚下顫動。從地面上開着的一個凹穴望下去，可以看見「地下室」的瓦斯在點着，人的聲音與空氣的流動都從地下昇上來，就像從空谷裏傳來的一樣。而且往往這昏黑的深處一望下去，就可以把地下的全部生活，一眼看穿。但，在伯爵正走回到舞台上來的時候，一個小小的意外，使他停止了脚步。兩個女人，穿着第三幕的服裝，趴在大幕的幕孔那裏談天。其中有一個往前探着身子，用手指把幕孔扒大了，爲的是往台下看得多一些，她正在向幕外的場子裏尋找着熟人。

「我看見他了，」她扯高了嗓門說。「嘿，多麼一副怪相！」

包得拿夫一看見這個，又嚇壞了，他氣得沒有踢她們一脚，實在是太過份了。然而，王子笑了，覺得她的話很有意思很興奮。他溫暖地瞪着這個女人，而她呢，她才一點也不管他是不是殿下呢，毫不臉紅，只在大笑。包得拿夫勸王子隨他走開。穆法開始出汗了，他把帽子脫下來。最使他感覺不舒服的，是這個地方的那種窒息，稠密，而且過熱的空氣，再加上一種强烈得擾人的味道；這是後台所特有的味道，又是瓦斯的臭氣，又是景上的膠水味，又是旣髒且黑的牆壁與角落的味道，又是那些清潔得大有問題的合唱女郎們身上的味道，這一切，都混在一起了。甬道裏的空氣，更加悶了，使人覺得是在呼吸有毒的空氣。只有偶然從各梳妝室裏發出來的肥皂的香味，和洗臉水的酸香，把這空氣調劑了一下。伯爵走過去的時候，抬起眼皮，看了樓梯一眼，因爲射到他的背上與肩上來的銳利的光流與溫暖，很使他驚訝。在他的頭頂之上，很高處，傳來敞口水瓶與洗臉盆的聲音，又有笑聲，彼此呼喚聲，還有不斷地開門關門之中，傳來一股女人的香味——是油與酒精的麝香味，摻雜着頭髮上所發出來的劇烈的人類自然味道。他不停脚步。不，他反而加快了步子。他幾乎是在跑了，他的皮膚，因爲和這個完全陌生的世界這樣如火地接觸了片刻，感到非常刺激。

「戲院的樣子眞奇怪，是不是？」侯爵說，臉上所透出的表情，就像一個人又同到了自己的熟識環境後，心情又重新鎮定下來的那種高興的樣子。

包得拿夫結果來到甬道盡頭的娜娜梳妝室門前。他不慌不忙地把門鈕一轉，又卑恭起來，

「如果殿下肯賞光進去……」

他們聽見裏邊有一個受驚的女人叫了一聲，就看見娜娜完全赤裸着上身，一溜煙就跑到布幔後邊去了；她的梳妝人本來正給她擦着身子，這樣一來，只好手捧着毛巾，呆呆地站在他們面前。

「啊，這個樣子進來，多麼胡鬧！」娜娜從她藏躲的地方向外喊。「不要進來；你們看，你們是不是不該進來！」

包得拿夫對她這樣突然逃走，似乎不大高興。

「你就回到你原來的位子來好了，我的親愛的。這沒有關係，」他說。「這是王子殿下。來，來，不要孩子氣。」

可是她還是不肯出來——因爲她還在受驚呢，不過，她已經開始大笑了——於是，他就用一個要發怒的父親似的調子，加上說，

「老天，這些紳士們看見過女人都是什麼樣子的了。他們吃不了你。」

「那我可不敢說一定，」王子機智地說。

這句話招得大家都大笑，爲的是逢迎他。

「這眞是一句機智的話——完全是一句巴黎人所說的話，」包得拿夫說。

娜娜不再回答，可是，那個幕子開始動了。無疑地，她是下了決心的了。穆法伯爵，滿頭大汗。他在歐斯曼大街初次去拜訪娜娜時，所經驗到的那種暈眩的感覺，現在又再度在壓迫他了。他發覺脚下的地毯在發軟；梳妝枱與穿衣鏡旁所燃着的瓦斯燈，也似乎圍着他的太陽穴在射出發哨聲的火焰。有一會，他生怕在如今又遇到的這些女性香味之下，再加上低屋頂下的熱度，他會暈倒過去，於是就坐下去，坐在兩扇窗子之間的一個坐榻的軟墊子上。但是，才一坐下，立刻又站起來。又走回到梳妝枱那邊，用空洞洞的眼睛，向空中瞪着；他其實是在回想到曾經在他臥房裏凋謝的一把月下香，那些花臨萎的時候，幾乎沒有把他薰死。月下香一到枯得發棕色，就會發出和人體一樣的味道來。

「快一點！」包得拿夫把頭探進去細聲說。

然而，王子愉快而和藹地聽着蘇亞侯爵的談話；侯爵從梳妝枱上拿起一盒白底子油，正解釋着如何往臉上去塗油彩。莎丹坐在一個牆角上，用她那副處女似的臉，仔細觀察着這幾位紳士們。那個梳妝人名字叫朱利太太，已經把愛神的緊身長衫都預備好了。朱利太太是個沒有歲數的人。她生來一身羊皮紙色的皮膚，和永遠不變的容貌，這是一般老處女們所特有的容貌，因為誰也沒有看見過她們年輕時候是什麼樣子。她處在這梳妝室裏的熱灼空氣裏，處在全巴黎最有名的大腿與乳房羣中，可真的算得起是起了皺紋了。她穿着一件經久不換的褪了色的黑衣，在她那平扁而無性感的胸部，正在心口的地方，插滿了一叢別針，多得簡直像是一個小樹林。

「先生們，請你們原諒，」娜娜說，把布幔往旁邊一拉，「你們忽然走進來，叫我嚇了一跳。」

大家都轉過身來。她還是沒有穿衣服，實際上，只把一對麻紗的小奶罩扣上了，可是奶子還露出一半來。這些先生們使她驚慌的時候，她正在匆匆穿上漁婦的戲裝。她的短褲後邊開了一個口，露出襯衣的一角。她站在那裏，赤着胳膊，赤着肩，赤着胸，充分地顯出她這豐滿的金髮女子的可愛的青春來，可是，她仍然用一隻手拉着布幔，好像在提防着只要再有一點微微的挑逗，馬上就要再把布幔拉起來似的。

「眞的，你們突然進來，嚇了我一跳！我從來不敢……」她吞吞吐吐地，假裝心頭昏亂的樣子，玫瑰色的漲紅，昇到她的頸子與肩上去，難以為情的微笑，在她的嘴唇上。

「啊，廢話，」包得拿夫叫，「你現在漂亮極了！」

可是她仍然想假裝猶疑，天眞，與處女腼腆的把戲，好像有什麼人在搔癢她似地，接着說，

「殿下賞給我的光榮太大了。我求殿下原諒我這樣不恭敬的接待吧！……」

「打擾的是我，」王子說，「可是夫人我是沒有法子把想來慶祝你的渴望壓下去的。」

聽完了這句話，她要走到梳妝枱那邊去，很安詳地，從這些紳士們的中間穿過去。大家給她讓開了路。

她有一個極其顯眼的臀部，她那條短褲充滿得像氣球圓圓地凸出來。她並且還有一對隆起的乳房。她臉上發着她那嬌小的笑容，忽然間，她似乎認出了穆法伯爵來了，就像老朋友似地，和他握手。她又申斥他不來赴她的晚宴。殿下居然肯拿這件事來戲弄穆法，弄得穆法張口結舌。他一想到自己發燒似的手裏握着一隻新嫩而馨香的小手，心裏就爲之蕩漾了一陣。伯爵剛剛在王子那裏吃過晚飯，吃得好極了，王子確是一個食家豪飲者。他們兩個人，都有一點醉了，可是他們的舉止，都還很規矩。穆法爲了要掩飾內心的動蕩，只好去談室內的熱度。

「老天，這裏怎麼這樣熱！」他說。「你怎麼能在這樣的溫度裏過下去呢，小姐？」

談話本來就要順着這個題目繼續下去了，可是，梳妝室門外，忽然傳來嘈雜的人聲。包得拿夫把門上的小鐵格子探望孔拉開。豐丹帶着普魯里葉爾和包斯克來到門外，三個人的胳膊下都挾着酒瓶，手裡都拿着酒杯。豐丹開始拍門，他買香檳請大家喝。娜娜看了王子一眼，意思是看他願不願意接受。當然可以的！殿下不願意妨礙任何人的事的！那，他太願意了，可是，豐丹沒有

等到裏邊同答，就已經進來了，

「我是規規矩矩的請客。」

他完全沒有看見王子在場，可是，他忽然看見了。他馬上把話停住，做出一副嚴肅得滑稽的神氣，大聲說，

「達戈貝爾王站在走廊裏，渴望祝飲皇家殿下的康健。」

王子以微笑同答了之後，大家對豐丹這種急智，都認爲聰明可愛。可是，梳妝室太小了，不能把所有的人都容得下，那，只好大家擠一擠了，莎丹與朱利太太往後退去，緊貼着盡頭的布幔站着，男人們緊緊地圍聚在半裸體的娜娜的四周。那三個男演員，仍然穿着第二幕的服裝，普魯里葉爾把瑞士海軍大將的翎帽脫下來，因爲帽子上的羽毛會打到天花板。包斯克穿着紫袍子，戴着銀王冠，用醉醺醺的老腿，支持着整個身子，來向王子致賀，宛如一個君王在接待一位鄰國的王子。杯子全斟滿了，大家開始碰杯。

「我喝這一杯來祝賀殿下！」老包斯克堂皇地說。

「祝軍人們！」普魯里葉爾加上說。

「祝愛神！」豐丹喊。

王子和藹地伸出他的杯子，安詳地等着，鞠躬三次，然後低聲說，

「小姐！海軍大將！陛下！」

說完，他把杯子一口喝乾。穆法伯爵與蘇亞侯爵也學他的樣子做了一遍。現在可再沒有玩笑

了——大家都在宮裏了。實際生活延長到戲劇生活裏去了，一種莊嚴的滑稽戲，在瓦斯燈的火熱的光焰下演起來了。娜娜也完全忘了她還只穿着一條短褲，並且內襯衣也還有一個角露在外邊，而居然變成了一個高貴的夫人，成了一個愛情的王后，正要把自己最隱密的深閨打開，來迎接國家的顯要。她在每一句話裏，都用上「皇上殿下」這幾個字，而且懷着最深的信念在鞠躬。他把那兩個化裝跳舞者，一個看成君王，一個看做君王的侍衞大臣。這一位眞王子，這位皇座的繼承人，居然在一羣化裝的假神仙當中，在一些襤褸的男演員和可以出錢買她們美貌的女表演者的中間，能夠處之泰然，這種離奇的矛盾，竟沒有一個人會覺得好笑。包得拿夫看見這個情景之如此富於戲劇性，心裏簡直高興極了，他開始在幻想，假如王子殿下肯在「金髮愛神」第二幕裏，照着這個樣子上台一次，那，他的收入可就一定增加得不得了。

「我說，把我們的小女人們都叫了來好嗎？」他叫着，現在他對王子一變而擺出熟人的態度了。

娜娜不願意聽從他的話。可是，雖然如此，她自動退讓了。豐丹的滑稽很引起她注意。她用身子擦着他，用眼睛望着他，就像一個懷孕的婦人想到些不快意的食品那個樣子。她忽然用極熟悉的稱呼說，

「來呀，再斟滿了，你這個大傻瓜！」

豐丹又把杯子倒滿了酒，大家喝，又把剛才的慶祝儀式，重新來了一遍。

「祝賀殿下！」

「祝賀軍人們！」

「祝賀愛神！」

賀完，娜娜做了一個手勢，大家就安靜了。她擧起杯子來，叫，

「不，不！要祝豐丹！今天是豐丹的日子；祝賀豐丹！祝賀豐丹！」

於是大家第三次碰杯，用盡一切光榮的賀詞，來給豐丹祝飲。王子已經理會這個女演員差不多用眼睛把這個男演員吞下去了，就用「豐丹先生，我爲你的成功喝這杯」來向他致敬。

但，在這個同時，王子殿下大禮服的衣尾，正掃到梳妝枱的大理石面上。這個地方，說實話，簡直像一間寢室，或者一個浴室，因爲裏面充滿了熱水和海綿的蒸氣，還有香水的强烈的香味，摻雜在香檳酒的醉人的煙氣裏。娜娜擠在王子與穆法伯爵的中間。他們兩個人不得不把手都抬起來，以免隨便有一點小動作就會摸到她的屁股或奶子。朱利太太站在旁邊，依然像以前那樣板着面孔，冷冰冰地等候着。莎丹眼看着一位王子，兩位穿黑禮服的紳士，夾在化裝起來的演員圈子裏，追逐一個裸體的女人，這使她那罪惡的靈魂深處，爲之十分驚訝，她想，原來上流人物並沒有想像中那樣的了不起。

可是，巴里由伯伯搖着鈴鐺，沿着甬道走近了。他站在梳妝室的門口，一看見那三個男演員還穿着第二幕的服裝沒有換，就吃了一驚。

「先生們，先生們，」他結結巴巴地說，「快點。吸菸室的鈴已經響過了。」

「叫觀衆等着好了，」包得拿夫平心靜氣地說。

然而，因爲酒瓶子現在已經空了，演員們就又交換了一次敬禮，上樓去換服裝去了。包斯克把剛才浸了香檳的下髯取了下來，在他那可敬的化裝之下，他本人那個醉鬼的樣子，於是忽然又顯出來了。他的臉色是沉湎於酒類的老伶人們那種憔悴得發紫的顏色。他走在樓梯的脚下，用微醉的聲音，對豐丹說，

「我讓他吃了一驚，是不是？」

他這是暗指王子。

娜娜的梳妝室裏，現在人都走了，只賸下王子殿下，伯爵，和侯爵了。包得拿夫已經跟着巴里由退出去。他囑付巴里由，在沒有通知之前，可不許敲開幕的錘子。

「你們可以原諒我嗎？先生們？」娜娜問着，又開始去化裝她的兩臂和面部了，這兩個地方，現在要特別當心，因爲她在第三幕裏是要裸體出台的。

王子坐在床上，正坐在蘇亞侯爵的旁邊。只有穆法伯爵一個人站着。在那種悶人的熱氣裏，他們所喝的兩杯香檳酒，就更增加了醉人的力量。莎丹看見這幾位紳士和她的女朋友這樣關在室內密談，認爲自己藏在幔布後邊去，是識相一點的。她坐在幔布後面的一個大鐵箱子上等着，這樣被迫得一動也不能動，心裏十分不耐煩。朱利太太一會兒過來了，一會兒又走了，非但不跟她說一句話，連一眼也不望她。

「你唱的那些歌，都精彩極了，」王子說。

他們就在這上邊談話，可是他們的句子都很短，又常常停頓下來。娜娜也實在不能句句都回

答。她用手掌把路膊和臉部都揉完了冷霜之後，就用一個毛巾角去上油彩。只有一秒鐘的功夫，她就不對着鏡子照了，微笑着，偷偷看王子一眼。

「殿下的話太寵愛我了，」她低聲說，手裏並沒有把油彩放下。

她那化裝的手續是很複雜的，蘇亞侯爵以虔誠的欣賞表情，在逐步盯着她看。他說話了。「那個銅樂隊難道不可以給你伴奏得輕一點嗎？」他說。「把你的聲音都壓下去了，這是一個不可饒恕的罪惡。」

這時，娜娜沒有轉過身去。她挑起白底子油彩來，輕輕地把它塗抹。所有她的注意力全集中在這個動作上邊去了。她隔着老遠地彎下腰去向着鏡子照，身子離得太遠了，弄得她那短褲的白而圓的輪廓，和露出來的那一小塊襯衣，顯得異常地膨大。但是，她急於要證明自己欣賞這位老頭子的恭維的話，就用屁股做出一個小小的搖擺動作來。

接着是一陣沉默。朱利太太理會到她的短褲褲腿上，撕破了一個裂縫。她就從自己胸前取下別針來，跪在地上，用了一兩秒鐘的樣子，匆匆忙忙地在娜娜的大腿旁工作。而這位少婦，似乎並沒有理會她在面前縫補，就往臉上加無鉛的白粉，竭力使白粉一點也不落在她雙頰的上部。王子說，如果她到倫敦去演唱，全英國一定都願意去給她鼓掌的，她就和氣地笑了一笑，把身子轉過來一會兒。這個時候，她的左頰白得非常，因爲上邊堆了一層又一層的白粉，還沒有揉開。然後，她忽然嚴肅起來；因爲已經輪到該上胭脂的步驟了。於是她把臉又湊近了鏡子，用一隻手指在一個小瓶子裏浸一浸，開始在眼底下加紅顏色，把這紅色輕輕地塗揉到太陽穴那邊去。紳士們都保持着一個敬意的靜默。

其實，穆法伯爵一直還沒有開過口呢。他正在回想着自己青春時代有多麼强壯，他在兒童時代所住的那間房子，感覺是十分冰冷的，後來，等到他十六歲的時候，每天晚上要向母親說晚安，然後給她一個吻，也總是把那個擁抱的冰一樣的感覺一直帶到夢中去。有一天，他經過一扇半掩着的門口，看見裏邊有一個女僕正在洗澡；這是他從春情發動期一直到結婚時代，這中間所僅有的一個打擾他安靜心境的回憶。嗣後，他發現他的太太嚴格地恪守着夫婦之道，可是他自己對於這種夫婦之道，却感到一種宗敎性的厭惡。他從小到長大成人，又一直活到現在都老了，就一直都在忽略了肉體的慾望，一直都在遵守法律和道德敎條的生活。現在，忽然，他來到這個女演員的梳妝室裏來了，來到這個一絲不掛的賣淫婦的面前來了。他連他自己的太太，都從來沒有看見過穿着短褲子，而現在呢，在這個罐子和臉盆亂得一塌糊塗的地方，在這個强烈而又甜蜜的香水味道當中，他居然親眼看到一個女人梳妝時的詳細秘密了。他的整個身心都騷動了起來；他眞怕，怕剛才娜娜從布幔後邊出現時所壓到他心上去的那個力量，怕它那無所不透而又看不見的勢力。他於是把童年間所歡喜聽的那些被魔鬼迷祟的宗敎故事，一一回想起來。他是相信有魔鬼的，而且，在他如今這個混亂的心情之下，他認爲娜娜就是那個魔鬼的化身；看她那媚笑，看她那兩乳，看她那嘴唇，他應當堅强和知道如何自衞。

「好了，那麼，就這樣定了，」王子說完了，十分舒服地坐在臥榻上。「你明年就到倫敦來，我們一定招待你，殷勤得使你永遠不想再回到法國來。我的親愛的伯爵，你們對待你們自己的這些漂亮小姐們，重視得都不夠份量。我們可要把她們一齊都接走了！」

「他不會想念她們，」蘇亞侯爵在這情形之下把他的假面具掀開，說了這樣一句話。「伯爵本身就是個美德。」

娜娜一聽見提到伯爵的美德，就向着穆法用一種特別的眼光望着他，弄得他很煩惱。他感覺到自己這種反應很詫異，自己怎麼在這個下流女人的面前，難道自己是個美德這個念頭，都會使自己侷促不安嗎？我本應該打她。然而，娜娜剛剛把一把粉刷掉在地上，才一彎下腰去拾，他已經衝上前來。他們兩個人的呼吸，在這一刹那之間，交流在一起了，而愛神所鬆垂下來的美髮，又正掉在他的手中。於是，他在懺悔之中，又感到一種愉快，這正是一個虔篤的天主教徒，在起了一個怕犯罪而進地獄的一念之中所感到的愉快。

在這個時候，聽見了門外巴里由的聲音。

「我可以打開幕鈴了吧，太太？觀衆可等得不耐煩了。」

「什麼事情都得等到恰當的時間啊？」娜娜不慌不忙地回答。

她拿一隻油彩筆浸進一個眉彩瓶子裏去，然後把鼻子尖緊緊對着鏡子，左眼閉上，就把眉筆在閉着的眼毛中間，輕巧地劃了過去。穆法站在她的身後看着。他在鏡子裏看見了她的反影，還有她那胖胖的圓肩，和被一朶玫瑰花影遮住了一半的雙乳。無論他怎樣努力，再也沒有方法可以把自己的目光移開，總是要去看她那有了酒渦就更顯得風流，現出性感就更顯得瘦俏的面孔。而那閉上了的一隻眼睛，使得這張面孔更加誘惑了。當她又閉上右眼，用筆去劃的時候，他的心裏已經明白他是屬於她的了。

「現在觀衆都蹀起脚來了，太太，」催場人又叫了起來。「他們弄到結果，會把座位都搗爛了的。我可以打開幕鈴了吧?」

「呵，媽的!」娜娜不耐煩地說。「去打吧，我不在乎!我沒有準備好，怎麼辦!那只好讓他們等着我了!」

她又鎭定了下來，轉身向着紳士們笑着，加上一句說：

「眞的，我們的談話，可只賸下一分鐘的功夫了。」

她的臉和手臂現在都化裝完結，只用手指在嘴唇上塗上大大的兩塊深紅。穆法伯爵覺得這比以前更加苦惱了。他看見脂粉與油彩所造成的這種乖張得變了形的臉，爲之銷魂，滿心都充滿了一個慾望，想去佔有，想去享受一下這種彩飾過的迷媚。因此，那張太紅的嘴，和那張太白的臉，還有那四周用黑圈圈起來的誇張了的眼睛，都能燃起慾火，也能置人於死地。同時，娜娜走到幔後邊去了一會，脫了短褲，換上愛神的戲裝。然後，她毫無顧忌地走了出來，把小乳罩解下去，伸出手臂，向着朱利太太，叫她給她套進那件短袖的薄衫去。

「快一點；觀衆生氣了!」她低聲說。

王子半閉着眼睛，用一副鑑賞家的神氣，在打量她兩個乳房的曲線。而蘇亞侯爵，也不知不覺地在搖起頭來。穆法爲了不再去看她，眼睛瞪着地毯。最後，這位愛神，肩上只披了一層薄紗，就預備走上舞台去了。朱利太太用空洞而無所關心的眼光，和一種有如一個老年的木偶的表情，依然不住地圍着她轉。她從自己胸前那個取之不竭的針墊上，拔下別針來，把愛神的短衫別好，但是，她那隻萎皺了的手，在這豐滿的裸肉之迷人處所到處摸弄的時候，她却一點感覺也沒有；就彷彿她的性別與她是毫不相干似的。

「好了！」這位小姐說，向着鏡子把自己的樣子最後望了一望。

包得拿夫又回來了。他這回眞的着急了，說第三幕已經開幕了。

「很好哇！我不是來了嗎？」娜娜回答。「多麼大驚小怪的！往常總是我等別人的。」

紳士們離開了梳妝室，可是他們並沒有說告別的話，王子想在第三幕上演的時候，站在佈景後邊看。室內只賸下娜娜自己了，她驚訝起來，向四面各處看。

「她會跑到哪裏去了呢？」她問。

她是在找莎丹。等她又把她找到，問她爲什麼坐在布幔後的大鐵箱上，莎丹安安靜靜地回答，

「當然咯，我不願意在這些男人在屋子裏的時候，妨礙你的事！」

她又說她現在可要走了。娜娜把她一把拉回來。她是多麼糊塗的一個女孩子！現在包得拿夫已經答應聘用她了！等散了場後便可以辦手續！莎丹猶疑。她覺得這是個奇怪的地方！話雖如此，她還是留下了。

在王子走下那一道小木頭樓梯的時候，就聽見舞台另一邊傳來奇怪的咒罵聲，和踐踏着毆打的脚步聲。那些等着接場的演員們，都被這一場嚴重的意外插曲所驚擾了。原來不久以前，米儂

又重新向花車利開起玩笑來，又藉着撫慰來打他了。他發明了一種小把戲，那就是在花車利的鼻子前面把手指弄響。據他說，這是爲了給他趕蒼蠅。這種把戲，自然叫所有的演員們看着都覺得很有趣。

但是，米儂佔便宜佔得忽然得意忘形起來，覺得他的玩笑非常有趣，他就進一步採取了一個過份的步驟，向着新聞記者的臉上，打了猛烈的一拳。這一次，他做得可太過份了；在這麼許多旁觀者的面前，花車利不可能用笑臉一擊。於是，這兩個人就停止了這場把戲，馬上認眞起來，臉上都露出憎恨的臉色，互相扼着咽喉，扭在地上，在舞台上，滾過來又滾過去。

「包得拿夫！包得拿夫先生！」舞台監督非常驚擾地跑過來說。

包得拿夫趕緊跟着舞台監督過來。他一看地板上那兩個人是花車利和米儂，就擺出一種不高興的神氣。眞是的，他們選得眞是個好時候，偏偏在王子殿下正在佈景的那一邊，而坐滿了場子的觀衆也都可以從台下聽見的時候！使事情更糟的是，露絲·米儂喘着氣跑到了，現在正是她該出場的時候。事實上，台上的火神，正說到要她接詞上場的地方了，但是，露絲站在那裏，一動也不動，儘管發呆地望着她的丈夫和她的愛人在脚下打滾，在互相勒着頸子，踢着，揪着頭髮，把黑禮服都弄了一身的白灰塵。她看着這個樣子，嚇傻了。他們正攔在她出場的去路。甚而，在兩個人爭鬭的中間，花車利的帽子正要滾到舞台前面觀衆可以看到的地方上去，露絲還是站着不動，呆望着這兩個男人。

包得拿夫大叫，「不要看他們，出去，這沒有你的事！喂，你連接場都誤了！」

露絲被包得拿夫一推，就跨過那兩個仆伏着的身體，在脚燈閃耀中，來到觀衆和閃耀的脚燈的面前。她絲毫也還沒有明白他們究竟爲了什麽滾在地板上打起來。她從頭到脚，都在發顫，耳朶裏發着一片嗡嗡的聲音，她走到樂隊指揮面前，把月神那個甜蜜而多情的微笑掛在嘴上，開始唱她二重奏的開頭詞句，她唱得很富於情感，觀衆給了她一個眞正的哄堂喝彩。

那兩個男人滾到脚燈前面附近，幸而音樂把他們打鬪的聲音給遮住了。

「媽的！」包得拿夫無望地大叫，這時，他把他們分開了，「你們爲什麽不在自己家裏去打架？你們知道得跟我自己一樣的清楚，我是不喜歡這一類的事情的。你，米儂，請你聽我的話，呆在提示員的這一邊，你，花車利，只要你離開對着提示員的那一邊，我就把你趕出去。你們聽明白了沒有，喂？——一個人在提示員這一邊，一個人在對着提示員的那一邊，不然我就禁止露絲帶你進來。」

當他回到王子面前時，王子問是怎麽一回事。

「啊，沒有什麽。」他靜靜地小聲說。

娜娜站在那裏，裹着皮衣，跟這些紳士們談着，一邊留神等着她上台的接場白。穆法伯爵正走過來，想在兩片佈景之間，向台上窺看，舞台監督向他做了一個手勢，他明白那是要他輕輕地走路的。舞台的兩翼，幾個人在那裏了，有的小聲談話，有的踩着脚尖走過去了。管理瓦斯燈的人，站在配置得複雜的活栓前邊，嚴守着他的職務；一個救火夫倚在邊光槽子上，正伸着頸子往前舞台望，想看一看戲的進行；司幕的人，坐在高高的一個座位上，臉上一副冷漠的表情，在那裏緊緊守望着，一響就要他在繩子上去拉動的鈴聲。在這種密不通風的空氣中，在這脚步的踐踏與耳語聲中，聽起台上演員們的喉聲都覺得奇怪，死沉，而不和諧得驚人了。再離台遠一點，在那樂隊的混亂聲音之上，可以聽見觀衆的呼吸聲。滿場的大笑，在後台，雖然看不見觀衆，可是，就連在全場完全靜默的時候，也都可以感覺得出他們的存在。

「一定有什麼門打開了，」娜娜尖聲說，說完就把她的皮外衣的寬褶子，又拉緊了一點。「請你去看一看，巴里由。一定有人剛剛開了一扇窗子。這個地方眞可以活活把我凍死！」

巴里由發誓說窗子是他親自關上的，不過，他又說，可能有個窗子的玻璃破了。演員一向是怕對流的冷空氣，經常地從那瓦斯燈下極暖的地區吹了過來了——正如豐丹說，可能染上肺炎。

「你也想想看，你們也穿上短衣服試試，」娜娜有點不高興了，於是接着這樣說。

「噓，不要說話。」包得拿夫低聲說。

露絲在台上把她那二重奏裏的一句，唱得表情十足，使得戲院裏爆發出一個全場的鼓掌來。娜娜一聽見這個，就一句話也不說了，臉色嚴肅起來。這時，伯爵正想走下一條甬道去，巴里由把他阻止住，說他走到那裏去會叫前台看見了的。果然，他站在那裏，斜着一看，就看到了佈景的後面，原來那些佈景都是用很厚的一層層的舊廣告紙糊結實的。他又望到了舞台上的一角，看見了那銀鑛似的愛特那岩穴，和背景中放着的火神鑄爐。從高處降低下來的懸燈槽，照着一個發火花的東西，這東西上刷一大塊一大塊的顏色，看來絕像一根灼紅的鐵條。邊光燈前加上了紅藍色的玻璃，左放右放地射出光來，使鑄爐裏射出猛烈火焰的景象；在背景的很遠處，台面上放着許多長條的瓦斯燈槽，把一面黑石頭的牆，射得極其顯著地突現出來。靠着他緊近處，那位扮天后的老杜魯阿爾太太，坐在一個緩斜的眞木坂上，在一堆有如節日之夜放在草地上許多中國燈籠的光線中，昏昏欲睡地，等待着她的出場。

忽然一陣騷動。因爲，西蒙正在聽着柯拉絲告訴她一個故事的時候，大叫起來，

「喂！特里貢院子裏又派人來了！」

確是特里貢的老闆娘來了，她依然披着以前那樣蒼老的鬈髮，依然是以前那麼一個訟訴的貴婦的樣子。

她看見娜娜，就一直走到她的面前。

「不行，」娜娜在交換了幾句短促的句子之後說，「現在可不行。」

那位老太太的臉色沉了下來。這個時候，普魯里葉爾正走過來，就和她握握手，那兩個合唱女郎也站在旁邊，臉上透着深深敬佩的神色瞪着眼睛看她。她遲疑了一會兒。然後，就用手指招呼西蒙過來，大家簡單地談了兩句。

「好吧，」西蒙最後說。「半點鐘以後。」

她正上樓要回到她的化裝室去，勃龍太太恰巧來分送各人的信件，就順手交給了她一封。包得拿夫狂怒地申斥女門房不該把特里貢院子的人放進來。這個女人！而且，別的日子不來，偏偏在今天晚上來！勃龍太太在這戲院裏服務了三十年了，回答得十分酸刻。她說，她怎麼會知道呢？這裏邊哪一位小姐沒有跟特里貢有生意來往的，經理先生以前也不知道碰見過她多少次了，從

來就沒有說過一次話。在包得拿夫低聲發出咒駡的時候，特里貢老闆娘正一聲不響地站在旁邊，用她那一眼就可以估得出一個男人的眼睛，正盯着王子。一個笑容把她整個黃臉都閃得生輝。她馬上就慢騰騰地從那些對她深深敬服的小女人中間，踱了出去。

「喂，馬上來?」她又轉回身來向西蒙問了一次。

西蒙的樣子很沮喪。那封信是一個少年送給她的，她原是約好了他今天晚上相會的。她潦潦草草寫了一張字條交給勃龍太太，字條裏的話是這樣的，——「今晚不可能了，親愛的——我已經跟別人約好了。」可是她還在擔心——怕那個少年很可能不顧一切地等着她。她既然在第三幕裏沒有戲，心裏就想，不如自己立刻就出去見他一下，因此就求柯拉絲先去看看那個人還在不在那裏。柯拉絲是等到最後才出場的，所以就下樓去了，而西蒙也趁着這個時候，跑上去到她們共同的梳妝室裏去一會兒。

樓下，有一個候補演員，是被派扮作地獄之神的，穿着一件寬大的紅袍，上邊菱形地繡着火焰。他正孤孤單單地站在勃龍的酒櫃前，一個人在喝酒。這位女門房所經營的這個小買賣，一定生意很興旺的，不信看那個像地窖似的一個窟窿，都叫殘酒和洗滌水給裝滿了。柯拉絲下樓來的時候，她那虹神的長衫的後裙，拖曳在油漬的樓階上，她就把衣服撩起來;但是，在樓梯轉彎的地方，她小心地停住了脚步，向前伸出頭去往門房裏窺望。她當然能很快地就把一切情形都探出頭緒來的!就請想一想吧!黑多那個傻瓜還坐在那裏呢，還坐在桌子與火爐之間的那一把舊椅子上!他剛才在西蒙面前假裝溜跑了，等到西蒙才一上去，他又回來了。因爲這個關係，門房裏照舊是四位先生，和剛才一樣，戴着手套，高雅地，耐性地坐在那裏。他們都在等着，彼此嚴肅地你望着我，我望着你。勃龍太太剛剛把最後一把花都分送完了，所以桌子上只賸下一些髒盤子了。有一單朶落下來的玫瑰花，凋萎在地板上，附近就是那隻黑猫，還在盤蜷着睡在那裏，小猫們就在那位紳士的腿間玩耍。柯拉絲當時就很想把黑多趕出去。這個混蛋，本來不喜歡動物的，他的脚縮起來，因爲大猫在他腿旁，他不願意碰到牠。

「牠會抓你的，小心！」那個扮地獄之神的，很愛開玩笑，在走上樓梯的時候，用手背擦着嘴說。

此後，柯拉絲不想再責問黑多。她看着勃龍太太把信遞給西蒙的那個少年。他走出來，在門廊的瓦斯燈下把它讀完。「今晚不可能了，親愛的——我已經和別人約好了。」看完，他宛如一個毫無疑問地習於公式生活的人似地，就一聲不響地走了。無論如何，他總算是懂得應該如何行動的！可是別人就不是這個樣子，他們却固執地坐在那裏，也不管屋子裏這一股不愉快的味道，就在那熱力足以把你烤焦的輝煌的大燈底下，坐在勃龍太太那些傾斜的草底椅子上，就是不走。這裏一定曾經留過多少男人！柯拉絲厭惡地又上了樓去，穿過佈景後面，輕捷地爬上通到她梳妝室去的三道樓梯，去回話給西蒙。

王子在舞台的旁邊，站着和娜娜談話。他一直在她身傍；他站在那裏用半睜半閉的眼睛，望着她。娜娜看他，只笑着點頭，「是。」忽然穆法伯爵衝動起來，離開正向他解釋轆與鼓的作用的包得拿夫，跑過來打斷王子和娜娜的談話。娜娜抬起頭，望着他微笑。可是，她同時去聽，因為她正在等着出場。

「第三幕是最短的一幕，我相信，」伯爵的來臨，使王子窘擾，只好另找個題目說。

她不回答，她整個的面部表情都變了，她忽然專心於她的正經事上去了。她的肩部迅速地一動，就叫皮衣從身上溜了下去，站在她身後的朱利太太，一把把衣服接住。然後，她用兩手理了理頭髮，似乎要把它弄得再結實一點，理完就整個裸體走上舞台去。

「噓！噓！」包得拿夫小聲叫。

伯爵和王子都出其不意地嚇了一跳。前台是一片死沉的寂靜，接着是羣衆一聲深深的嘆息，連最遠處的私語也都聽得見。每天晚上，愛神只要像神像一般裸體地一上場，台下就必然有這同樣的效果。於是穆法就起了一個非要看看不可的渴望；他就把眼睛放在窺探孔上。看見脚燈所造成的發紅的弧形光的上邊與外邊，全場裏昏花得好像充滿了赤紅的蒸氣，那一排又一排灰白的面孔，站在台上的娜娜，從後台望過去，更顯得特別潔白而高大，全給遮住看不見了。他是從後邊看她的——所以特別注意到她那大屁股，和她伸張開兩臂。在舞台的台面上，在和她的脚下同一個水平線上，露出了提示員的頭來——一個老人的頭上，露着一個謙遜而鄭重的面孔，那個頭正立在舞台口的邊上，看起來好像是從身子分開。她唱起歌來，唱到某些地方，她的全身搖擺起來，她在一陣狂風暴雨的喝彩當中，把最後一個音符唱完，彎身鞠躬，薄紗就在她的四肢上飄起來，在她腰彎得很低又再突然向後一站直時，頭髮就掃到她的腰上。伯爵看見她這個彎腰的姿態，看見了那個大屁股，又看見她往台後走回，走到他所窺視的那個窺望孔近處來了，就連忙站直了，臉色發白。舞台已經看不見了，他現在所看見的，只是佈景的反面，到處露着方向紊亂地糊着的舊廣告紙。奧林匹士山裏的全體神仙，都來到那一長條瓦斯燈頭下，坐在貞木坡上打盹的德魯阿爾太太身邊來了。他們都等着上台參加閉幕以前的那一場。包斯克和豐丹都坐在地板上，把膝蓋彎起來，觸到自己的下巴；普魯里葉爾把身子一伸，沒有出台就先打起呵欠，個個都疲乏了；他們的眼都發紅了，大家都渴想同家去睡覺。

就在這個時侯，那被包得拿夫禁止越過提示員這一邊來而一直沒有變動的花車利，走過來經住了伯爵，來爲自己撐臉面，要帶伯爵去看看那些梳妝室。一種逐漸增加的懶慵感覺，使穆法伯爵沒有主見，他四面張望想找尋已經不見了的蘇亞侯爵，他本來是站在那裏聽着娜娜唱歌的，如今一離開，心裏就感到如釋重負和不安的心情。

花車利已走在他的前面，先上了樓梯。樓梯是從一樓通到二樓的，兩端一道木板的低門。這是人們可以從不大名譽的住宅中所能見到的一種樓梯。穆法伯爵在充當慈善會會員，去巡查曾見過很多這樣的樓梯。沒有油漆，而且傾斜破壞了：旁邊牆上是黃色，每一級梯階，都被不停的脚步之經過所磨壞了，鐵欄杆也在許多人手的摩擦下，已經變得光滑了。每一道樓梯頂端，在地板水平上，都有一個窗口，很像一個通氣孔，瓦斯燈光，把左右骯髒的區域，淡淡地照明；這同時還放散出熱氣，這種熱氣，順着狹窄的樓梯上升。

伯爵走到樓梯脚底下，又感覺一種熱氣吹到他的頸上。熱氣從上邊梳妝室裏飄出來的女人的香味，他越往高處上去，那香粉的麝香味道，和洗臉水的酸味，就越烘得他發熱，使得他六神無主。第三層樓上，有兩道走廊，往後邊通過去，突然分叉開，顯出一列門戶來，門都漆着黃色，上邊有着白色的大數目碼子，樣子很像旅館，地上的花磚，已經有好多都不見了。伯爵一直向前走過去，在一道半掩着的門縫裏向房間裏望了一眼，看見裏邊非常骯髒，彷彿是城裏貧民區的理髮店。屋子裏擺着兩把椅子，一面鏡子，和一張只有一個抽屜的小桌，桌子被頭刷和梳子上的油垢，弄得烏黑。一個滿頭大汗的高大男人，兩肩上冒着熱氣，正在那裏換布單。隔壁，相同的一間屋子裏，有一個女人，正在戴手套，準備出來。她像剛剛洗完澡的樣子，頭髮全是濕的，所以火燙的髮圈全平了。花車利叫伯爵，可是伯爵一直往上走。他聽見右邊的走廊上，發出一句狂怒的「媽的！」原來瑪蒂爾德這個小淫婦剛剛把洗臉盆打破，盆裏的肥皂水，就流出來，流到樓梯口上。一間梳妝室的門，砰的一聲關上。女孩子，在那裏很開心，互相把自己身上的胎記，找給對方看。另一個，是個很年輕的姑娘，還是小孩子；她把裙子拉到膝蓋上，來縫補短褲上的一個破縫；管理服裝的人，一看見有兩個男人來了，就把幔子拉過來，這只是爲了表示禮貌而已。戲一演完就緊接着所必有的那種慌忙紛亂情形，大家把白油紅脂完全洗去，在白粉飛騰得如霧的當中，個個把日常的衣服，重新換上。從那一列砰砰地又開又關的門口，一股體臭又一陣送過來，味道愈來愈濃厚。穆法整個陶醉其中，因爲合唱女郎們的化裝室在三樓，又有多多少少肥皂和薄荷香水的瓶子，極其雜沓地亂擺着。這一間屋子，很像是郊外不名譽的房子裏的一間公共用室。伯爵走過去的時候，聽見一扇關閉着的門後，傳出洗濯聲和洗臉盆的聲音。等他走到最上一層樓去時，好奇心支使他，從門孔向裏面張望。那間屋子裏沒有一個人，只有瓦斯燈光之下在許多拖在地上的一堆裙子中間，孤孤單單的擺着一個便盆。這間屋子帶給他最後的印象。在這四層樓上，他簡直窒息了。所有的味道，所有一股一股的熱氣，都聚集在四樓。黃色的天花板，活像是烤過了的樣子；燃着一盞燈。他在欄杆上倚了一會兒，覺得很涼快，摸上去很像是摸在女人的肉體上。他閉上眼睛，吸了一口長氣，就陶醉在那個地方的性感的空氣中。這種他從前是一直沒有經驗過的，可是，現在整個迎着他的臉上襲了來。

「請到這裏來，」不久以前不見了的花車利在喊他。「有人找你。」

走廊的盡頭，是柯拉絲和西蒙的公共梳妝室。那是屋頂下一間狹長的屋子，天花板上開着窗口，牆是斜下來的。白天，光線只從牆的高處所開着的兩扇窗口射進來；不過在夜間，到了那麼晚的時分，瓦斯燈就把梳妝室照耀得光亮了。四壁是用紙糊的，紙上的花樣，是玫瑰花纒繞在綠格子上。兩塊木板緊靠着，上邊蒙着一塊漆布，這就當做梳妝桌子用。板子被水汚漬得都黑了，板子底下，雜亂地堆着撞凹了的鉡水壺，穢水桶，和黃色的粗瓦缸。屋子裏羅列着一堆一堆的意想不到的東西，諸如殘破的，汚垢的，陳舊的破臉盆，沒有齒的梳子，和各式各樣這一類的不整潔的小物件，那兩個女人，在匆忙與不經心的心情下，儘管叫這些東西在四處散亂。她們在這純粹屬於暫時性質的環境中，只求在一起脫了衣服洗洗臉，所以對於這種景象，就絕不關心了。

「請到這裏來，」花車利用男人在他們墮落的姊妹們的地方所採用的那種和氣而熟習的口吻，又說了一遍，「柯拉絲想要吻你。」

穆法終於進了那間屋子。可是，叫他大大吃了一驚的，是他發現蘇亞侯爵正舒舒服服地坐在那兩個梳妝桌之間的一張椅子上。侯爵是才退回來坐到這個位子上來不久的。他把兩隻脚伸開，因爲有一隻桶漏了，白色的液體流得滿地。他顯然是很自在的樣子，就像一個通曉什麼角落才舒適的人，跑到這間梳妝室裏來，縱然這個地方也許從前做過洗澡間，可是一安坐在這兩個毫無顧忌的女性堆裏，這個骯髒的小地方，也馬上會覺得很自然又很令人興奮了。

「你跟那個老頭子去嗎？」西蒙向柯拉絲耳語着。

「不！」柯拉絲高聲回答。

梳妝婆是一個很醜而對人極其熟悉的少女，她正幫着西蒙穿外衣，聽見這句話，就大笑起來。三個人你望我，我望你，嘴裏又含含糊糊說了些短促的話，弄得她們更加開心起來。

「來，柯拉絲，來吻這位先生，」花車利說。「你知道他付得起錢。」

又轉過頭來對伯爵說，

「她是很好的，你不信！她就來吻你！」可是柯拉絲叫男人們弄厭了。她激烈的說話駡他們這一羣野獸，去談樓底下門房裏等着的那一羣髒東西。況且，她急着下樓去——要是儘和大家胡纏，那可就要叫她誤了最後一場戲的。隨後，因爲花車利堵住了門口，她才不得已在穆法的頸鬢上，一邊吻了一下。

「無論如何，這可不是爲你吻的！這是爲那個花車利擋住了我。」

她就出去，弄得伯爵當着他岳丈面前十分難以爲情。他的臉通紅。這是他在娜娜的梳妝室裏，在豪華的布幔和鏡子之中所沒有經驗到的。同時，西蒙也邁着大步走了，侯爵匆匆忙忙地跟在西蒙的後面，不住地在她耳邊細聲說，她却只管搖頭，作爲拒絕的表示。花車利大笑着跟在他們兩個人的後面。因此，這間屋子裏，只賸下伯爵和那個正在洗乾淨臉盆的梳妝婆了。他自然也就跟着走出那間屋子，可是他的腿軟得差不多走不動了。他往前一路走去的時候，又把半裸體的女人們撞得一驚，使許多扇門砰地關上。但是在這每一層都有散亂無序的女孩子羣的四層樓上，他什麼都沒有看清楚，他所能看清楚的，只有一隻龜背紋的大花猫，正穿過那空氣被麝香薰毒得像火爐一樣熱的地方，背擦着欄杆，尾巴往上翹得非常豎直，跑到樓上去。

「是的，當然！」一個女人粗聲說。「我以爲他們今天晚上要把我留在舞台上呢！他們喝了那麼多次彩，實在荒唐！」

戲散了，幕剛剛落下。樓梯上可眞是一片混亂雜沓——四面牆都回響着呼喊的聲音，每個人都粗魯地忙着去穿衣服好回家。穆法伯爵走下來，走到最後兩級樓梯時，看見娜娜和王子正沿着甬道慢慢地走了過去。那位少婦停住了脚步，臉上掛着笑容，把聲音降低了說，

「那麼，好了——等一會兒見吧！」

王子回到舞台上，包得拿夫在那裏等他。只賸下穆法伯爵自己一個和娜娜在一起了，他就情不自禁地起了怒與慾的衝動。他跑過去，跑到她的後面，在她剛剛要進梳妝室的時候，就在她的頸子上，在她兩肩之間垂得很低的小金髮圈的當中，用口吻了一下。就彷彿是他回答別人剛才在樓上所給他的那一吻似的。娜娜大怒——舉起手來，剛要打，可是，一看是伯爵，就不覺噗嗤微笑了。

「啊，你嚇了我一跳！」她只簡單地說了這麼一句話。

她這發窘而又柔順的一笑，眞是可愛，完全表現了她對這一吻本來早已絕望了，而幸而又收到了的心情。又是，她當晚和次日白天，對他都無能爲力。情形既然如此，那只好等待機會吧。不，即或她能以爲力，她也還是想叫自己多被人渴望一些時候的。她的眼神把這些心思都露出來了。最後，她接着說，

「我是一個地主了，你知道嗎？我買了一座鄉下別墅，在奧爾列昂附近，那正是你自己也常常去的地方。寶寶告訴我說你常去的，我指的是小喬治·胡貢。你認識他嗎？到那個地方去看我吧。」

伯爵是個怕羞的男人，一想到方才這樣粗魯連自己都嚇了一跳——對於自己剛才所做的事，覺得很恥辱，於是拘禮地鞠了一躬，並且答應她，將來要去好好利用她這個約請。然後，就像一個做着夢的人似地走開了。

他又陪着王子走了，正經過吸菸室的前邊，就聽見莎丹尖聲叫出來，

「啊，你這個髒東西不要打擾我！」

原來蘇亞侯爵正撲在莎丹的身上。這個女孩子，把這些體面的社會人物，着實斷然地看夠了！娜娜當然是已經把她介紹給包得拿夫了，可是要她必須少說話，免得會有拙劣的語句從她的口中說出來，這叫她可實在覺得太苦了。她現在正急於想重新得到她的自由，特別是她在後台又碰見了一個舊情人，這叫她更急於想走開了。這個舊情人，就是那個扮演地獄之神的候補演員，他

本是一個製造點心的廚子，曾經招待過她整一星期的愛與鞭打。她在等着他；侯爵以爲她是這劇院裏的女人之一了，所以向他說了很多話，使她非常生氣！弄得她終於不得不擺出一副極其高貴的神色，率爾地說出一句，

「我的丈夫就來了！你不信看吧。」

這時，那些倦容滿面的藝員們，穿着大衣，一個接着一個地走出去。一堆一堆的男女，都從那小彎樓梯上走下來，舊的帽子和掛在牆上舊了的肩巾，他們的臉上都沒有人色，舞台上的燈都熄了，王子還在聽包得拿夫向他講故事。他是在等候娜娜，結果她來了，舞台上也就黑了，救火員手裏提着燈籠，作最後的巡視，包得拿夫爲了避免使殿下東奔西跑去繞那條巴諾拉瑪橫衖，就叫人打開了戲院通道，從後台門房這裏可以一直通到戲院的正門。女人們都沿着這條狹巷子，雜亂地賽跑，她們從這裏走出去，就可以逃過了在別的通道口等着她們的那些男人們，所以心裏覺得十分快活。她們都往前擁擠着，用手臂肘着，又不斷地向身後投射着恐懼的眼光，只有等到走出去，才算能夠自由地呼吸。另一方面，豐丹，包斯克，和普魯里葉爾，却邁着閒散的步子走了，一邊嘲笑着雜耍戲院走廊下那些踱來踱去的認眞而又得花錢的追求者們的神氣；其實，在這個時候，他們那些小親愛的，早已帶着心上眞愛的男人，沿着大街逃走了。但是，柯拉絲是特別狡黠的，她提防着黑多，實際上，他也確是還坐在門房裏等着呢。他在那些固執着非等到不可的先生們中間，坐在勃龍太太的椅子上，隨着大家伸長了身子往前望。就在他這樣望的時候，她緊貼在一個女伴的身邊，低着臉走過去。那幾位先生，被這狹窄樓梯脚下旋轉着的一陣裙子的旋渦，

迷得眼睛直眨。他們等了這麼久所得的結果，只有眼看着她們，一個個飛走了，那一窩黑猫，在靠近它們母親肚皮的地方做了窩，都睡在油布上了；母猫把爪子伸開，擺出一個享福的樣子；那邊那個龜背紋的肥大花猫，坐在桌子的另一端，尾巴伸出來垂在身後，用黃眼睛望着那些女人們走過。

「請殿下從這裏過來，」包得拿夫走到樓梯底下，指着那條通道說。

有些女孩，還在沿着那條通道擠過去。王子隨着娜娜走，穆法和侯爵都跟在後面。

這一條狹長的通道，在戲院和隔壁房子中間，是長長的通道，頂上罩着一個斜玻璃頂子。天空的光亮從上面透進來，裏面很潮濕，行人的脚步在那鋪着花磚的地面上，空洞的聲音好像走在隧道中。裏邊堆滿了常在頂樓上才看到的那一類的廢物。有一條木匠用的長櫈，是門房的丈夫有時把一些佈景放在那裏，此外還有一堆木栅欄，是每晚放在戲院的各門口，來作管理入場人流之用的。娜娜走過一個水龍頭旁邊，不得不把衣服撩起來，因爲那個龍頭沒有關緊，水就流出來，把脚下的花磚都給淹没了。到了戲院的正門口，大家就互相鞠躬，說再會。等到包得拿夫只賸下自己一個人的時候，就聳了聳肩，這顯然是一種哲學意味的卑視，把他對於王子的看法，就都包括無遺了。露絲·米儂就把花車利，同她的丈夫帶了來，她要他們再做朋友。

賸下穆法一個人站在人行道上。殿下靜靜地把娜娜送進了他的馬車，而侯爵早已溜走，去追莎丹和她的候補演員去了。穆法跟在這一對的後面，心裏懷着一個渺茫的希望，或者他們會同情他。他頭腦發燒，決定步行回家。他內心的矛盾已經完全停止了。過去這四十年來的觀念和信仰，都在這一個新生命的洪流中淹沒了。他沿着大馬路走，馬車轔轔的聲音，震着他的耳鼓，這些聲音，都像是娜娜的名字：瓦斯燈也照出她的赤裸的，柔軟的手臂，和雪白的雙肩，在他的眼前跳舞。他覺得他自己是絕對屬於她的了：他只要能在當夜佔有她一小時，就寧願放棄一切，賣掉一切。青春，人類早年所具有的一種性慾發動力，終於在他現在的內心裏攪動起來，天主教徒的聖潔的心中，和中世紀傳統的尊嚴觀念中，燃燒起來了。

6

穆法伯爵帶着他的太太和女兒，昨天晚上就到了豐黛特。這是只和她兒子喬治住在這裏的胡貢夫人，請他們全家來住一個禮拜的。這一所十八世紀末葉所造下來的房子，高聳在一片廣大園牆當中。花園裏完全不施點綴，只有成蔭的樹木，和池沼，由外邊奔流來的山泉供給水源。這座花園正位於奧爾列昂通巴黎的公路的邊旁，它那一片綠色，和極其葱茂的樹木，打破了一望無垠的平板鄉景的。

十一點鐘，第二道中飯的鈴聲，把全樓的人都召集來；胡貢夫人，臉上掛着慈母一般的和藹的微笑，在穆法夫人的臉上，每一邊重重地吻了一下，一邊吻着一邊說，

「你知道，這搖鈴是我住在鄉下的習慣。啊，看見你到這裏，使我覺得自己都小了二十歲。你在那間從前睡過的房子裏，睡得可舒服嗎？」

於是，沒有等到對方回答，她就又轉身向愛絲黛爾說：

「還有這個小東西，她也睡得好好嗎？吻我一下，我的孩子。」

他們都坐在那空曠的飯廳裏；從那飯廳的窗子可以望到外邊的花園。可是他們只佔了那張長

桌子的一端，坐得相當緊，爲圖親近一點。穆法夫人興致很高，就一直談着她心中所攪起的兒童時代的各種回憶——她回憶起了從前在豐黛特這個地方所住過的幾個月的情景；回憶起在這裏所做過的長路程散步；回憶起如何在某一夏夜跌進一個小池子裏去；又回憶起在一個碗櫥的頂上發現了一本騎士戀愛的舊小說，於是在那個冬天，坐在葡萄枯枝所燃起的火前，讀它。喬治有幾個月沒有看見伯爵夫人了，一看見她，心裏就覺得她近來一定有了點什麼古怪的事情。她的臉色似乎有些變了，再從另一方面看，她的樣子和愛絲黛爾那根木棍子，相形之下，顯得比以前更加不好看，更像是個啞吧，更覺得拙笨了。

大家談來談去，就閒談到簡單的菜肴，如牛排和煮蛋之類的題目上，胡貢夫人於是就和一般好主婦一樣，抱怨了一頓。她說賣肉的近來變得叫人無法忍受了。她迫不得已，就無論什麼都要到奧爾列昂市上去買，可是所買來的東西從來就沒合過她的心意。如果客人們覺得沒有什麼可吃的東西，那可是他們自己的過錯了：因爲他們來得時候太晚了，到了這一季，是買不到什麼好東西的。

「你們太傻了。」她說。「我從六月就請你們來，可是，如今已經過了九月中了。你們看，外面的風景都不好看了。」

她說時用一個動作指着窗外綠草叢上的樹木，樹葉確是在開始發黃了。被浮雲掩住，遠處也都隱藏在一片蔚藍的朦朧中，一片悲哀的平靜。

「啊，我這幾天都在盼望着有客人來，」她接着說。「有客人來，我們就高興得多了。最先說要來的是喬治邀請的兩位先生——花車利先生和達格奈先生：你們認得他們吧，此外是范多夫伯爵。從五年以前，他就說要來看我一次，可是總沒有來過。這一次，他準要來了吧！」

「啊，好極了！」伯爵夫人笑着說，「只要我們能夠抓到范多夫先生就好了！他的約會可太多了。」

「菲力浦呢？」穆法問。「他請假回來，可是他回到家來的時候你們可能已經離去了。」

咖啡送上來了。巴黎成了談話的題目，士丹拿的名字也提到了，胡貢夫人一聽見這個名字，就輕輕地叫起來。

「讓我想想看，」她說，「士丹拿先生，就是那天晚上，我在你們家裏遇見過的那個矮胖的人吧。他是位銀行家，是不是？嘿，這個人眞是可憎！喂，他就在離這裏不到一里地的地方，給一個女戲子買了一棟別墅，就在庶河的那一邊，往居米葉去的路上。這整個村子都起了反感，我的朋友，你們知不知道？」

「我一點也不知道，」穆法回答。「啊，那麼說，原來士丹拿就在這附近買了一幢別墅？」

喬治在聽到他母親談論這個題目時眼睛向着咖啡杯裏望；可是，伯爵的答話使他大大驚異，就抬起眼皮來望他，拿眼瞪着他。他怎麼會說謊說得這樣流利呢？坐在他旁邊的伯爵，注意到這位少年的反應，也向他懷疑地望了一眼。胡貢夫人接着說了下去，那棟別墅的地名叫迷鳥臺。要想到那裏去，就得沿着庶河的堤岸，一直走到居米葉，從那裏過橋；要想抄近路的話，你就得涉水去，把兩隻脚全弄濕，而且有跌進水裏去的危險。

「那個女戲子叫什麼名字？」伯爵夫人問。

「啊，這個我可記不得了，」老太太咕嚕着。「喬治，那天早晨那個花匠跟我們提這件事的時候，你不是也在嗎？」

喬治假裝去想的樣子。穆法等着，手裏拿着一把茶匙，在兩個指頭中間旋轉着。然後，伯爵夫人向她的丈夫說：

「是不是士丹拿弄上的歌女，那個娜娜嗎？」

「娜娜，對了，就是這個名字，這是一個可怕的女人！」胡貢夫人叫起來，她越說就越氣憤。「聽說她就要到迷鳥臺來呢。我從花匠的嘴裏，把這件事情都聽到了。那個花匠不是說，他們等着她今天晚上到嗎，喬治？」

伯爵因爲心裏驚慌，因而身子輕輕震動了一下，可是喬治連忙爽利地回答說，

「啊，母親，那個花匠自己什麼都沒有弄清楚呢，他只是順口胡說的。他說了以後車夫也說了一套，和他的就正好相反。他說，在後天以前，迷鳥臺那邊是不會有人到的。」

他用盡全力在臉上裝出一副坦然的表情來，同時，也還狡猾地留心伯爵，看看他的話對他發生什麼效果。伯爵又旋轉起那把茶匙來了，彷彿又安心了似的。伯爵夫人似乎對這些談話完全不感到一點興趣：她的眼睛像在做夢一般地望着花園遠處的藍天上。她的嘴角忽然露出一個微笑的影子，她似乎正在那裏回想一個忽然出現在心中的隱秘念頭。愛絲黛爾僵直地坐在椅子上，關於娜娜的一切，她都聽見了，可是她那蒼白的處女面孔上，並沒有露出一點情緒的痕跡。

「哎喲！哎喲！我可沒有權利生人家的氣，」胡貢夫人沉默了一會兒之後，又恢復了她舊有的好脾氣，這樣低聲說完，又加上一句，「隨便什麼人都有活下去的權利。如果我們在路上遇到所說的這位小姐，我們只要不向她鞠躬——這就算了！」

他們從桌邊站起來的時候，她又一度柔和地指責伯爵夫人，說她今年不該這麼遲才來。但是伯爵夫人給自己辯護，把延期的錯處，都推在她丈夫的肩上。有兩次了，都是已經把大鐵箱鎖好，就要動身了，可是，在啓程的前夕，他爲了有緊急的公事，臨時撤銷了旅行的計劃。然而，等到大家認爲這一次旅行一定是擱淺了，他又忽然決定要動身了。老太太聽了這句話，就告訴他們說，喬治也有兩次是這個樣子，說是要回來，結果都沒有來，可是最後，等她心裏以爲他不來了，他突然又在前天晚上在迷鳥臺出現了。他們大家走下來，走到花園裏，那兩個男人，走在女人們的兩邊，只靜聽她們的談話。

「總歸是一樣，」胡貢夫人說着就去吻她兒子的黃髮鬈，「喬治能夠回來，把自己埋在鄉下，來陪着母親。他沒有把我忘記，所以是一個好喬治。」

下午，她很不安。喬治自從離開飯桌，說他覺得頭很沉重，似乎是猛烈的頭痛。大約快到了四點鐘的樣子，他就說要上樓去睡了：這是最好的治療頭痛的方法。一覺睡到明天早晨，他就會恢復的。他的母親堅持要送他去上床，但是，她剛一邁出他的臥房，他就去把門鎖起來說，避免有人進來打擾他，然後他說：「晚安，親愛的母親！」他答應她好好睡一覺。可是他上床去，臉色泛紅，眼睛發亮，一聲不響地把衣服穿上。然後坐在椅子上等着。在晚飯鈴響的時候，他仔細聽見穆法伯爵正往飯廳那裏走去，十分鐘以後，等到他準知道不會被人看見，就從窗口一溜到地面上，出了花園。一出來，懷著一顆興奮的心，跑過了田壠，向着庶河那邊走去。夜已降臨，天上開始下着毛毛細雨。

那正是娜娜要來迷鳥臺的當晚。這座鄉下別墅是士丹拿從五月就給她買好了的，她心中一直渴望着來住，她甚至想房子想得流淚；但是，她每次說要來，包得拿夫就連最短的假期都不答應她，把她的假期一直拖到九月，理由是，在博覽會未閉幕之前，他不願意用一個沒有把握的人來替她，就連替一晚也不行。快到八月底的時候，他又說這得展期到十月才可以。娜娜這可生氣了，說她在九月中旬是非到迷鳥臺不可的。不但如此，爲了想把包得拿夫挑怒了，她甚至當着他面邀請了客人。有一天下午，已經迷上了她的穆法，用顫動的情緒，向她求歡，她技巧地拒絕了，隨後又答應，但是不能在巴黎；她也就給他指定在九月中旬。於是，到了九月十二日，她滿心已經都裝滿了動身的渴望了，她想一個人走，只帶着蘇愛作她唯一的伴侶。她怕包得拿夫聽到了她要走的消息，會想辦法把她留下來。她想出一個可以使他無可奈何的辦法，心裏很覺得高興，她就送給他一張醫生證明書。她腦子裏一想到自己第一個先到迷鳥臺，在那裏住上一兩天都還沒有一個人知道一點消息，實在多麼快樂，馬上就叫蘇愛去收拾行李，雇馬車，可是一到車子裏，她忽然感到了一陣極端的痛悔，又去吻她，請她原諒。她們進了火車站的茶點室，她才想起把行程寫封信去通知士丹拿。她請他到後天去看她，如果他願意一見她就覺得她十分漂亮而新鮮的話。接着，她忽然又有另外一個念頭來，就另外寫了一封信，請她的姑母立刻把小路易送去。鄉下對小孩多麼好啊！他們可以一塊兒在樹蔭下乘凉，那多麼快樂！她坐在巴黎往奧爾列昂鐵路的火車車廂裏，一路上只談小路易；她的眼裏充滿了熱淚；她那慈母的天性，意想不到地發作了；她的話裏，把鮮花，小鳥，和他的小孩，都一起談了。

迷鳥臺離火車站還有三里以上，娜娜爲了僱一輛馬車，整整等了一個鐘頭，才找到一輛很寬大而破舊的四輪馬車，一路上發着嘎嘎的響聲，慢慢往前走。她馬上就把車夫給弄迷糊了。車夫是一個沉默寡言的小老頭子，她用很多問題，把他問得發昏。他常常到迷鳥臺這邊來嗎？那麼，迷鳥臺就在這座小山的背後了？那個地方該有很多樹的吧？喂，那座房子，從老遠就可以望得見嗎？那個小老頭子連連不斷地回答她。娜娜在馬車裏邊，因爲快活得不安，幾乎跳起舞來；而蘇愛因爲如此匆匆地離開了巴黎，心裏很不高興，悻悻地僵坐在她的旁邊。那匹馬忽然停住，兩個女人以爲是到達目的地了。她把頭探出窗子來問，

「是不是那裏？」

車夫把鞭子一抽，把馬趕動，馬就很辛苦地往一座小山上爬。娜娜狂喜地看那浮雲堆積着的蒼天底下一片無垠的原野。

「啊，看，蘇愛！這一片草地！是麥田嗎？天啊，這多麼美麗啊！」

「一看就知道小姐沒有在鄉下住過。」這是那位女僕的回答。「鄉下的事我知道得不少，那都是在牙醫家裏工作的時候學的。他在布日瓦爾有一座房子。今晚，這裏也這麼冷和潮濕。」

她們正經過一道樹林裏的蔭下，娜娜像個小狗似的，用鼻子去聞樹葉的香味。忽然間，她在

公路的轉角處，望見有一座房子，埋在叢樹之中，露出一個角來。也許就是那裏！她於是問，車夫搖搖頭，「不。」他把馬鞭伸出一指，含糊地說，「就在那裏。」

她站起來，向前望去。

「在什麼地方？在什麼地方？」她臉色蒼白，叫着，可是，什麼也沒有看見。

終於，她望見了一道牆的角。她高興到又唱又叫又跳。

「我看見了！我看見了，蘇愛！你從那邊望去，房頂有一座洋臺，是用花磚裝飾的，這房子好大呀！多麼喜歡！你要看一看。」

馬車這個時候停在鐵門前面。旁門開了，一個瘦而高大的花匠走出來，把帽子拿在手裏。娜娜保持起她的尊嚴，因爲車夫似乎正在偷偷笑呢。她想馬上就跑，勉强聽那多話的花匠。他請求小姐原諒這裏到處亂糟糟，因爲就在今天早晨他才收到信。她走到花園的盡頭，停了一會兒，把這座房子整個看了一下。那是一幢大建築物，意大利的式樣，旁邊襯着一座較小的建築。這是在意大利拿波里城住了兩年的一位英國富翁所建的，後來他又不喜歡了。

「我帶小姐把這整個房子周圍看一看吧，」花匠說。

可是她走在他的前邊很遠去了，告訴他，她自己在房子裏到處看。她情願這樣，她說。她走進去，到每間屋子裏去看，也不把帽子脫下來。蘇愛，她大聲說出她的意見。數個月沒有人住過的空房子，塡滿了呼喊和大笑聲。一進門，是一間大客廳，有一點潮濕，不過這沒有什麼關係。進去是一間會客室，這間會客室可眞華麗，窗子開向草地。只是那些紅椅套可太難看了，她要統統換過。餐廳，如果你在巴黎有一間像這麼大的餐廳你就可以請許多客人了。她上樓上，就想起來還沒有去看看廚房呢。她又走下來，去看廚房，就叫喊不停。蘇愛喜歡這裏邊的洗碗盆和寬大的爐竈，她看完又走上樓去，她的臥室特別使她着迷。這是奧爾列昂市的一個裝飾店佈置的，傢具全是路易十六的式樣，精緻的玫瑰色棉布套。像這樣的房子，人一定睡得很舒服，此外，還有四五間客房，再往上，就是漂亮的閣樓了，存放大鐵箱和普通箱子，是極端方便的。蘇愛的臉色很難看，跟在小姐後，向每一間屋子裏冷冷地望一眼。她看見娜娜爬上那壁直的頂樓樓梯不見了，就說，「謝謝吧，我才一點也不想去跌斷了我的腿呢。」但是，一個人聲從遠處送到她的耳邊來；實際上，這聲音就像是從煙囱裏吹下來的。

「蘇愛，蘇愛，你在那裏？你簡直想不到！這裏活像仙境！」

蘇愛咕嚕着爬上去。她看見小姐正在屋頂上，倚着一道磚砌的欄杆，望着下面伸張開去的山谷。天邊寬廣，被一堆灰色的烟霧遮住，一陣猛烈的狂風，把天空的細雨，都吹了下來。娜娜不得不用兩隻手扶住帽子，免得被風颳走，裙子飄展在她的身後，像一面旗子似的，拍拍地響着。

「我要知道這樣就不上來了！」蘇愛說着，趕快把頭又縮進去。「小姐會被風吹走。多討厭的天氣！」

小姐沒有聽見她說什麼。她俯身在欄杆上，正在望下邊的地面。大約有七八畝的樣子，四周都有圍牆。那菜園把她迷住。她忽然走下去，經過女僕身邊大叫起來，

「好多白菜！多麼大的白菜！還有萵苣，洋葱，什麼都有！快來！」

雨現在下得更大了，她撐開了白綢子的遮陽傘，就跑到花園的走道上去。

「小姐會生病的。」蘇愛大叫，靜靜地停留在屋內。

娜娜什麼都看。她每看見一樣新東西，就驚叫。

「蘇愛，這裏還有菠菜呢！你來，看這些百合菜！它們這個樣子眞好笑。那個是什麼？我不認識。來，蘇愛，也許你知道。」

女僕動也不動。小姐一定是眞的快瘋了。你看，現在雨更大，那一把白綢子小陽傘已經叫雨水澆濕了。而且，那也遮不住雨，她的裙子全都濕透了。娜娜，在每一株菓子樹前，都要停一下，在每一道蔬菜的菜圃上，都要彎下去。她隨後又跑過水井，再跑過去抬起一個木罩子來看看底下是什麼東西，隨後，又對着一個大的南瓜，沉思得出了神。她想要把花園裏每一條小路都走一遍，要把她當年做女工時拖着破鞋走在巴黎人行道上所早就夢想的一些東西，馬上都看一遍。雨更加猛烈了，但是她只覺得夜晚了，現在可再也看不清楚了，要是她有懷疑，就用手指頭去摸那些東西，在黃昏之中，她忽然間望見了草莓，她的童年好像又回來了。

「草莓！草莓！這裏有一些，我摸得出來！拿一個盤子來，蘇愛，來，摘草莓。」

娜娜傘也不要了，就蹲在泥濘之中。她用濕遍了的手，在葉子中間，去採那種菓子。但是，蘇愛並沒有去取盤子。這位少婦採完，站起來的時候，嚇了一跳。她彷彿看見離她很近的地方，有一個影子，閃過來。

「什麼動物！」她叫起來。

她顯然嚇住了。那是個男人，她認識他。

「我的天哪，原來是貝貝！你跑到這裏幹什麼，貝貝？」

「喂，我就是要來——沒有別的意思！」喬治回答。

她沒有了主意。

「你是聽那個花匠說我今天來的吧？啊，你這個可憐的孩子！你看，全身都濕了！」

「是我不想繞遠走居米葉那麼遠的橋，就跳到池塘裏去。」

娜娜把她的草莓全忘了。她渾身發顫，很憐惜他。這個親愛而又可憐的喬治，怎麼會掉進水裏去了呢！她把他拉着向房子這邊走，說去給他升爐火來取暖。

「你知道，」他在黑影裏把她止住，低聲對她說，「我到這裏之後，藏了半天，因為我怕再像在巴黎的時候那樣，沒有約好我就來看你，又要罵我了。」

她沒有回答，只大聲笑了出來，在他的前額上吻了一下。一直到今天，她總是把他當作一個淘氣的頑童看待的，從來也沒有把他求愛的話認眞地記在心裏，只把他看成是個毫無重要的小男人似的，給自己開開心罷了。為了把他安頓在這座房子裏，她們可眞小題大做了一番。她堅持，要把火生在她的臥房裏，認為臥房是他最感舒服的地方。蘇愛對於喬治這樣突然來到並不覺得驚異，各式各樣不同的幽會方式，她是早就看慣了的了；可是那個花匠就不同了，他把木柴搬上樓來，一看這裏來了這麼一位渾身滴水的先生，沒有給他開門。然而，女主人說沒有事了，就把他打發開。

一盞燈把屋子照耀起來，木柴上發着大火焰，在燃燒着。

「衣服是不會乾的，穿着它你要着涼的，」娜娜看見喬治開始發抖了，就這樣說。

可是她沒有另外一條褲子！她剛想把花匠叫同來，就忽然想出一個好主意來。蘇愛在梳妝室裏把大鐵箱子打開，給她女主人拿出來一套替換的內衣，有一件襯衫，和一些短裙，還有一件梳妝衣。

「啊！這簡直太好了！」這位少婦叫了出來。「喬治可以把這些都穿上去。你不會生我的氣吧，喂？等你的衣服烘乾了，再把它換上，一換上就趕快給我同去，越快越好，別叫你媽媽駡你。快點吧！我到梳妝室裏去換衣服呢。」

十分鐘以後，她換上睡衣出來，狂喜得直在拍手。

「啊，他簡直像女人，好可愛！」

他只隨便穿上了一件長睡衣，裏邊穿上一條繡花的襯褲，和一件沿着花邊的麻葛長梳妝衣。手臂露在外面。

「他原來和我一樣瘦長！」娜娜說着用手臂去抱住他的腰。「蘇愛，你到這裏來，看一看這衣服他穿着多合適。這簡直像是爲他做的——處處合身，胸部太大了，比他大得太多了，可憐的喬治！」

「那當然有很大差別，」喬治微笑着說。

三個人對於這個問題都非常開心。娜娜去把他所穿的梳妝衣，所有鈕釦完全扣起來，使他看起來規矩些。然後，她把他當做洋娃娃似的，推着他打轉，向他身上輕輕地拍打，又把他所穿的裙子鼓起來，隨後，她又問他舒服嗎？暖和嗎？是的，他一切都很好，再沒有比一個女人的睡衣更暖和的；如果可能的話，他要時常穿這衣服。他穿着這身衣服，感覺那料子，就好像娜娜的肉體一樣。

這時，蘇愛已經把濕透的衣服，拿到樓下去，放在柴火前烘乾，儘可能快點把它烘乾。喬治安坐在一把安樂椅中，向她說老實話了。

「今天晚上你們還要吃飯吧？我餓得要命，我還沒有吃晚飯呢。」

娜娜一聽就生了氣。空着肚皮，從媽媽身邊走開，爲了什麼？就爲了要掉進池塘裏去嗎？他們當然要吃東西的！只能有什麼吃什麼。湊成了一頓從未聽說過的最奇怪的晚飯。蘇愛跑到樓下花匠的房裏去，知道他煮了一鍋白菜湯，準備萬一在路上或者經過奧爾列昂市都沒有用晚飯的話，可以吃的。小姐在信上也眞的忘記通知他，叫他備點吃的。幸而，地窖裏有各式各樣的酒。因此，他們就先喝白菜湯，接着是一片火腿。然後，娜娜往她的手提袋裏去摸，又摸出不少食物來，那是她怕有不時之需，早就塞進去的。裏面有鵝肝，一袋子甜食，和幾個橙。於是他們就像兩個伙伴似的，大吃起來。他們的胃口好得很。她這樣覺得又愛、又親。飯後水果，他們不想再麻煩蘇愛了，就兩個人輪流用一把匙羹，把從碗櫥頂上找到的一罐果子醬，統統給吃光了。

「啊，我親愛的，」娜娜說着把桌子推開去，「二十年以來，我都沒有吃過這麼好的一頓晚飯！」

然而，天色已經晚了，她想把這個孩子送回去，免得惹麻煩。他說他可以再留下去，他的衣服也還沒有完全烘乾，蘇愛說至少還得再等上一個小時；而她呢，一路旅途的跋涉，也睏得要睡了，他們就把她先送到床上去睡。這一座寂靜的大房子裏面，只賸下他們兩個人了。一個靜寂愉快的夜晚。柴火慢慢熄去，蘇愛在上樓以前就把床鋪好。那大房間內，空氣悶熱。娜娜受不了，走去把窗子打開。她輕叫起來。

「多麼美麗！親愛的來看。」

喬治走過來，好像窗口不夠寬，容不下兩個人似的，他用手去抱住娜娜的腰，把頭放在她的肩上。天氣突然轉變；一片清爽的晴空，照耀着鄉間。山谷之中，籠罩着一片主宰一切的寂靜。山谷向遠處寬廣的平原展開，平原的遠處，樹木朦朧像湖上許多昏黑的小島一般。娜娜覺得自己又是孩子了。這樣的月夜，她從前一定是夢想過的，只是在那個時候她已經記不起來了。自從她下了火車，樣樣東西，廣濶的田野，房子，園內的蔬菜使她覺得自己已經離開巴黎有二十年了。昨天的都市生活，在今天想起來，就感到很遙遠，這時，喬治在她的頸上吻着，這更使她不安。她用遲疑的手，把他從自己身上推開，就好像向媽媽表示親熱的小兒，使得媽媽討厭似的。她又向他說，他應該回家了。他沒有說不。到時他自然會走的！

但是一隻小鳥唱起來了，接着又停止。這是一隻知更雀，在窗下一叢老樹上。

「等一會，」喬治說，「這燈光嚇了牠的，我去把燈熄了。」

等他走回，又把手抱着娜娜的腰來，他補充，

「一會兒我們再點起來。」

於是，在她靜聽知更雀在囀叫的時候，娜娜記得，那個孩子就緊貼她的肉體，是呀，這一切，只是在小說裏看到的！她情願用她的心來換這樣一個月亮，一隻知更雀，一個愛她的小孩子。天啊！這一切，在她看來，都多麼良善，多麼可愛，她幾乎要哭出來了！毫無問題地，她是天生下來就要過貞潔生活的。於是，她又把喬治推開，可是他這時反而更加大膽了。

「不要打擾我；我不喜歡。這對於你這種年紀有害處的。我要做你的媽媽。」

她感到羞恥。她臉紅了，可是沒有人見她這個樣子。他們的後面是黑暗的房間，在他們的面前的，是靜寂的田野。她以前從來沒有感到這樣羞恥。一點又一點地，她覺得對他的抵抗力消失了，無論她怎樣努力去抵抗，依然是沒有用。他那個男扮女裝的樣子，那件女襯衣，和那件梳妝衣，都招得她又大笑起來，笑得就如同有一個女朋友在逗她似的。

「啊，這是不對的，這是不對的！」她最後掙扎了半天，結結巴巴地說。

她在這可愛的月夜裏，像一個處女似的，一下就投到這不是個小孩子的懷裏去了。

第二天早晨，豐黛特那邊，在搖了中飯鈴的時候，那一間飯廳可不再顯得太大了。花車利和達格奈一道坐着一輛馬車趕來，他們來過了之後，又到了一個，那就是范多夫伯爵，他是搭下一班的火車來的。喬治最末一個從樓上下來。他的臉色有一點灰白，兩隻眼睛也陷進去了，但是在回答別人慰問的時候，他說他的病好得多了，只是，病勢來得很猛，所以現在還有一點點。胡貢夫人，臉上掛着焦慮的笑容，望着他的面，又伸過手去想替他理一理他今早粗心沒有梳好的頭髮，可是他把身子往後一縮，彷彿被母親的撫摸很窘似的。吃飯的時候，她取笑地指責范多夫，說她過去盼望他五年了。

「好，現在你可回來了！你怎麼能來的呢？」

范多夫也同樣地拿她的話來取笑。他告訴她說，他昨天在俱樂部輸了很多錢，所以到鄉下來，休息休息。

「眞的，只要你能在這個鄉下地方給我一個介紹有錢的女繼承人就好了！這附近一定有不少可愛的女人。」

這位老太太向達格奈和花車利致同樣的謝意，因爲他們接受他兒子的邀請而來。隨後，使她大大喜出望外的，是她看見蘇亞侯爵也到來了。第三輛馬車把他送來的。

「你們都約好的吧！」她叫了出來。「我這五年來，都沒有把你們約齊，可是現在你們居然不約而同地都在一天裏到了。啊，自然我這不是埋怨你們。」

又多安排了一個座位。范多夫恰巧坐在莎彬伯爵夫人的右手邊，她的活潑和愉快，使他想起從前看見她在米羅眉斯尼勒街那間嚴肅的客廳裏那個頹喪而懶洋洋的樣子，和如今對照起來，爲之一驚。另一方面，坐在愛絲黛爾左邊的達格奈，彷彿因爲挨着那個沉默無言的高個子女孩子坐得太近了，感到有點氣惱。她的手臂，瘦得露着骨頭，使他覺得很不舒服。穆法和蘇亞交換了一個狡黠的眼色；范多夫還在接着開玩笑，說他不久就要結婚了。

「說到女太太們，」胡貢夫人最後說，「我這裏來了一位新鄰居，你們大概認識的。」

於是她就把娜娜的名字說出來。范多夫裝出一副驚異的表情。

「噢？那可奇了！原來娜娜的別墅就靠近這裏！」

花車利和達格奈也信口做了一個同樣的表示，而侯爵正吃着一塊鷄心脯肉，並沒有露出懂得他們的話的意思的樣子。這些男人們，沒有一個露出笑容來。

「眞的，」那位老太太接着說，「我所提到的這個人，恰如我早就說了的，昨天晚上已經到了迷鳥臺了。這是我今天早晨從花匠那裏得來的消息。」

這些紳士，一聽見這個話，可眞正驚訝起來。他們都抬起頭來看。喂？什麼？娜娜已經來了嗎？可是他們都以爲她明天才會到的，個個心中都以爲比她早到的呢！只有喬治一個人，在望着他的玻璃杯。從午飯開始以來，他一直都似乎在睜着眼睛睡覺，唇上掛着空洞洞的微笑。

「你的頭還疼嗎，我的喬喬？」她的母親問他，她在這一頓飯中間，就一直望着他。

他驚了一下，嘴裏說他現在很好了，臉上漲得通紅，面上像跳舞太多的女孩子一樣疲乏。

「你的頸子怎麼了？」胡貢夫人又發着一個大驚的調子說。「怎麼全都紅了？」

他窘了，張口結舌地說不出話來。他不曉得呀——他的頸子什麼也沒有啊。於是，他把襯衫的領子往上一拉，

「啊，是了，有個什麼蟲子在那裏叮了我一口！」

蘇亞侯爵向着他頸子上那塊小小紅印看了一下。穆法也望着喬治。客人們午飯吃完了，就商量各種出去徒步遊覽的計劃。花車利對於莎彬伯爵夫人的大笑，越來越感到它的影響力，在他把

一盤水果傳給她時，手觸到她的手，她就望了他一會，使他又想起一天晚上在狂醉的飯後所聽來的那個秘密來了。在他的眼裏，她就更不是原來那個樣子的女人了。她的身上，比從前更顯示一點東西，她在雙肩上鬆鬆地穿着一件灰色薄綢衫，使她優雅的身段更迷人，更添上了一點風流的情調。

他們都從飯桌站起來。達格奈把花車利留在大家的後邊，把關於愛絲黛爾的機智話，還沒有說完的一句，告訴他：「這是要塞在男人手裏去的一把掃箒！」然而，等到新聞記者告訴他說她有多少嫁妝，他的臉色就嚴肅起來了：那是四十萬法郎。

「她的母親很不錯？」

花車利問。「她會使奇蹟實現！但是……親愛的朋友！」

「那我們沒有試過怎麼會知道呢？」

那一天，外邊的雨還是很大，所以不可能出門了。喬治當場就匆匆忙忙地溜開了，把自己的臥房又緊緊鎖起來。這些紳士們雖然個個心裏明白何以會都聚在這裡的眞原因，可是嘴上都避免去解釋。這一陣子范多夫賭錢很不順利，他倒眞的想到鄉下來洗手休息一些時候，在這附近住着一位女朋友倒可以使他不感到寂寞和孤單，花車利趁着露絲這幾天正在極端忙碌，就來利用她所准他的幾天假日，來和娜娜討論，如果鄉下的空氣能使他們兩個人彼此情投的話，就再給她寫一篇文章。達格奈，自從士丹拿出現以來，他有點生氣，如今也想來重溫舊好，或者，如果有機會的話，至少可以得到一些甜頭。至於蘇亞侯爵呢，他是正在等時機。但是，在所有這些忙於追求這位頰上永遠塗着臙脂的愛神的紳士們當中，穆法是最熱烈的一個人，同時也是最痛苦的一個人，他心中同時有淫慾，恐懼，和怒火的感覺。她已經正式答應他，娜娜正在這裏等着他。可是，她爲什麼又比原訂的日子早了兩天動身呢？

他決心在吃完晚飯之後，當晚就親自到迷鳥臺去一趟。

晚上，在伯爵離開花園的同時，喬治也跟着飛跑了出來。他連忙跑在他的前邊，沿着通居米葉的公路走去，渡過了庶河，衝到娜娜的面前，跑得喘不出氣來，狂怒着，眼裏流着淚。啊，是了，他明白了！那個老頭子，原來是她約會好了的！娜娜被他嫉妒的流露對事情的轉變感到不安，她於是手臂抱着他，盡她最大的能力來撫慰他。他完全誤會了；她沒有。如果那個紳士來找她，那可不是她的錯呀。喬喬這樣大驚小怪，這是多麼傻！她發誓說，她除了喬喬以外，是誰也不愛的。她說着又去吻他，把他的眼淚擦乾。

「好了，你要聽着！你將來會明白這都是爲你好的，」她對他說。「士丹拿已經來到了，他現在樓上了。你知道，我愛他，我是不能把他推出門外去的。」

「是的，我知道，我不在乎他，」那個男孩子小聲說。

「那麼就好了，我已經把他放在通道盡頭的那個房間去。我說我生病，不舒服。他正在那裏開他的行李箱子呢。既然沒有人看見你來，你就趕快跑上去，藏在我的房裏去等我。」

喬治撲在她的身上，用兩隻胳臂抱住她的頸子。結果原來究竟是眞的啊！她到底還是有一點愛他的啊！那麼，等一會兒，他們兩個人就可以還像昨天晚上一樣，把燈吹熄了，呆在黑地裏，一直呆到天亮了！隨後，前門的鈴響了，他就靜悄悄地溜開。走上了樓去，一進臥房，馬上把鞋脫掉，免得弄出一點聲音來，一直就走到一個帷幔的後邊，蹲在那裏等候着。

開門進來的是穆法伯爵。娜娜被剛才的熱情所激動，還沒有平靜下來，她本想實踐答應過他的事，而且，他是一個現實的人要馬上兌現。可是，誰又預先料得到昨天的事情呢？昨天她的旅行，又看見她一直還沒有來看的房子，而且那個掉到水裏去的小愛人來到，這一切，在她看來，都是多麼甜蜜啊，如果能夠繼續着這樣活下去，那多麼快樂呀！因此，這位紳士可就活該了！這三個月以來，她都一直由着他追在身邊死纏，她一直裝做正經的樣子，她想把他的情慾再煽高一點。如果他不喜歡這樣，那麼他可以走開！她寧願早一點把什麼都拋開，可不願對喬治不忠實。

伯爵已經很有禮貌地坐在那裏了，樣子就像一個鄉下鄰居來訪似的。只是他的手在微微發顫。娜娜用巧妙的手法，挑起他的慾念，終於使這位嚴肅的皇宮內廷的大臣，每晚在高貴的沙龍作客，現在竟每天夜裏用牙咬他的長枕頭，暗自啜泣，決心要停止這種苦痛。他在薄暮的沉寂中，沿着公路走來的時候，已經默想好了如何行動，他打算用强。所以他一見了娜娜的面，剛說完幾句話，就雙手去把娜娜抱在懷裏。

「不，不，」她只這樣說，並沒有生氣；不，她對他微笑。

他又把她捉住，牙關咬得緊緊的。隨後，在她掙扎着要擺脫開的時候，他野蠻而暴躁地告訴她，他是應邀來的。娜娜聽了，雖然不知如何是好，只有對他微笑。她拉起他的雙手來，親熱地說來緩和她的拒絕。

「親愛的，我現在沒有辦法：士丹拿在樓上呢。」但是他已瘋狂了。還沒有看見過像這樣情形的一個男人。她有一點害怕了，用手去蓋住他的嘴，制止他的喊叫。然後，用低低的聲音求他鎮靜一點，放開了她。士丹拿正下樓來，他進來就聽見娜娜說，

「至於我，我喜歡鄉下。」

她正坐在安樂椅上，舒舒服服的伸開四肢；她轉過來，停止說話，接着又說，

「這位是穆法伯爵，親愛的。他路過這裏，看見有燈光，就順便進來歡迎我們。」

兩個男人握了手。穆法，站在那裏，沒有說話。士丹拿也提不起興致。接着他們就談起巴黎來：生意如今正處於停滯狀態中，交易所呢，不得了。過了有一刻鐘穆法就告辭了。娜娜把他送到大門時，他想約她明天晚上再來。士丹拿幾乎是一直就上樓去睡了，他一邊上着樓，一邊抱怨着，這個女人怎麼那麼壯，能抵抗各種疾病呢。這兩個老頭子到底都給打發開了！娜娜就去跟喬治一起，他仍然在布幔後面忍耐地藏着。屋子裏很黑。他把她拉在地板上，她坐在他身旁，接着兩個人就一齊滾在地上，停住一下，他們的脚每次撞到一件傢具上，就接吻，大笑。很遠處，在居米葉公路上，穆法伯爵慢慢走回家去，把帽子拿在手裏，使前額在晚上清涼空氣裏涼快涼快。

這以後幾天裏，娜娜發現了人生確是可愛的。她在那個孩子的懷抱裏，又一度覺得自己是一個十五歲的一個女孩子，在這孩子愛撫之下，愛情的花朵又復活了。她雖經歷過許多男人的撫摸

，他們都令她厭倦憎惡。她發覺她時常臉紅，體驗活躍得使她周身顫動。她要大聲笑，大聲喊。她從來沒有經驗過這種處女覺醒的感覺，加上她所感到羞恥的情慾。鄉居使她滿心充滿了溫柔的思想。當年她還幼小，她想住在有山羊的草原上，她看見一隻山羊，在城堡外的綠草坡上，繫在一條繩子端上在咩咩地叫。現在，這一片屬於她的土地，使得她心花怒放，她舊日所夢想的她都得到了。她又有少女的幼稚心情所感到的那種新奇的感覺，而到晚上，這整日的露天景色把她迷惑，這些綠葉的香味已經令她陶醉了，她上樓，在幔布後面找到了喬治，她就幻覺着自己是學校裏的女學生，正在享受着放假日逃出校外的快樂。她覺得她這是在和一個表弟戀愛，打算和他結婚。一個少女頭一次從貞潔的路上溜出去時所必有的性感上的恐懼，所以，她只要聽見一點點小聲音，就會發抖，而且直在害怕父母會萬一聽見了她。

娜娜在這些日子裏，，完全掉進一個傷感的少女所常常沉溺的幻想之中。她會對着月亮看，一看就看上幾個小時。有一夜，全樓都睡着了，她堅持和喬治下樓到花園裏去。他們的手臂，都彼此抱着對方的腰，在樹下慢慢走來走去，躺在草地上，露水把他們全身都弄濕了。還有一次，在臥室裏，一陣長久默然無語，跟着她就俯在那孩子的頸上，啜泣起來，說她要死了。她會時常低吟勒拉太太所寫的一首歌，歌裏，充滿了鮮花與小鳥。這首歌能把她感動得流淚，她把喬治緊緊抱在她熱情的懷抱中，逼着他發誓說他永遠愛她。總之，她傻到了極點，這是她自己也承認的，他們兩個又變成好快活的好朋友了，坐起來，並坐在床沿上抽菸，把赤裸的大腿垂下去搖着，用脚後跟踢着床邊的木頭。

但是，眞正打動了這個年輕女人的心的，是小路易的到臨。她的慈母愛像發瘋一樣的猛烈。她要把她的孩子帶到外邊陽光之下，看看他到處跑來跑去；把他打扮得像一個王子，和他一齊在草地上打滾。她馬上堅持要他睡在自己的近處，就在她的一間臥房裏，和朱利太太一起。朱利太太，大大受了鄉下的影響，每天總是，馬上就打起鼾來。小路易一點也沒有影響喬治的愛情遊戲。相反地，娜娜說她現在有了兩個孩子，她是以同樣的母愛來對待他們。晚上，她總是有十次以上把喬治丟下，跑過去看看小路易睡得是否香甜。等她同來的時候，她又再以同樣的母愛來撫摸喬喬，演媽媽的角色，而他也放蕩地享樂着，任由她撫弄在懷裏，像催孩子入眠似地，搖來搖去。這一切都多麼快活，娜娜又迷戀在這種生活之中，她建議，以後永遠不再離開鄉下了。把所有其他的人們都打發走，只留下他，和她的兒子在一起過活。他們做起各種空中樓閣，到天亮，旁邊屋子裏，朱利太太因爲整天採野花，她的鼾聲，可以把一屋的人都吵醒。

這種生活，繼續了將近一個禮拜。穆法伯爵天天在黃昏的時候來，也天天帶着一副落魄的面容和一對火燒的手同去。有一天晚上她甚至沒有見他，因爲士丹拿已經有事不得不同巴黎去。僕人告訴他說小姐不舒服。娜娜一天甚似一天地覺得連欺騙喬治的念頭都是可厭的。他是那麼天眞的一個孩子，對她又那樣信賴，她對他不忠實，她便是最下流的女人。要是這樣做，她自己也會覺得噁心的！蘇愛從旁協助她們的事，可是她却看不慣這樣，她認爲小姐是身不由己。

有一批客人忽然出其不意地來到。這些人，確是她邀請來的，不過她認爲他們一個也不會來。因此，在這個晴和的下午，忽然看見一輛滿載的公共馬車，停到迷鳥臺的大門外，她就大大地吃了一驚，而且覺得很煩惱。

「我們來了！」米儂叫着，他頭一個從車子上下來，然後把他的兩個兒子，亨利和查理都抱了下來。

拉波得也出現在車子上，他幫助幾個女人下車——露西·司徒阿爾，卡洛琳·艾蓋，姐姐·妮妮，瑪麗雅·白龍德。娜娜以爲沒有了，可是黑多也從車上跳下來，用手把嘉嘉和她的女兒阿美利扶下來。這樣一來，人數一共是十一個了。要來安頓這些人，確是一件麻煩的事情。迷鳥臺空着的房間原來只有五間，其中還有一間已被勃拉太太和小路易佔了。於是她把最大的一間，供給嘉嘉和黑多落脚，決定在旁邊梳妝室放一張行軍床，叫阿美利睡。米儂和他的孩子佔第三間，拉波得佔第四間。這樣，只賸下一間屋子了，於是放進四張床去，把它變成了公共寢室，讓露西，卡洛琳，姐姐和瑪麗雅去住。至於士丹拿呢，叫他睡在會客室裏的坐榻上吧。一小時以後每個人都算安頓妥當了。已經盛怒了的娜娜，一想到自己居然大規模地扮演起女主人的角色來，不由得就高興了。女人們都向她恭賀這座迷鳥臺。「這是一塊驚人的產業，親愛的！」可是她們也給她帶來了一陣巴黎的空氣，大家聚在一起，大笑着，叫喚着，做着誇張的小動作，在談天，她們把近來的瑣碎閒事，一樣一樣都告訴了她。包得拿夫怎麼樣了？他對於她這次的惡作劇，說了些什麼？啊，沒有說什麼太多的話！只咆哮了一陣，說要叫警察把她抓回來，可是晚上只是另外派了一個人去替她演戲，別的什麼動靜都沒有。這個候補的人，是小維娥蘭，她扮演金髮愛神的時候，也還很成功呢。這個消息倒使娜娜看得有一點嚴重起來了。

現在才是下午四點，有人提議，去散步。

「啊，你們不知道呢，」娜娜說：「你們到的時候，我剛要出去掘馬鈴薯。」

大家一聽，都不換衣服，就都要去掘馬鈴薯。這一堆人可眞不少。花匠和他兩個孩子，早就在田地那一盡頭。女人們跪下去，用戴着戒指的手指頭去瞎摸，每掘到一個不管大小就大叫。她們感到非常有趣！但是，你看妲妲・妮妮，她眞是得心應手，她年輕時掘過很多馬鈴薯，她的經驗並沒有使別人得到好處，反而笑他們那種笨手笨脚的樣子。男人們却不大熱心幹，米儂是有體面的人，只是想藉這個機會，給兒子完成教育。他正對孩子們講巴爾芒基葉移植馬鈴薯到法國的故事！

那天的晚飯，大家都瘋狂地吃。客人們胃口很好。娜娜和男侍吵了一架便不知走到那裏去了，那個人是從前在奧爾列昂大主敎處服務過的。女人們在上咖啡的時候，就抽起香菸來。震耳的歡笑聲，從窗口傳出去，一直傳到很遠。這個時候，囘家的農夫們，路過兩旁長滿了小樹的巷子，都轉過頭來，向着燈光閃閃的屋子裏望。

「後天你們就要囘去，這不是頂討厭的嗎，」娜娜說。「我們出去玩吧。」

他們決定次日星期天，去遊覽薩蒙修道院的遺址，大約有七公里的路程。這要從奧爾列昂市僱五輛馬車來，到那邊吃中飯，下午大約七點鐘再囘迷鳥臺。這會是很愉快的。

那一天晚上穆法伯爵照常走上這座小山，來到大門外按鈴。但是，那明亮的窗口，和裏邊那種高聲的大笑，使他吃了一驚。然而，等他辨別出來裏邊有米儂的聲音時，他就完全明白了，於是就走開了，心裏却對着這種情景憤怒到了極點。喬治手裏有一把旁門的鑰匙，就從那裏偷偷進來，扶着樓梯的墻邊走上樓去，一聲不響地走進了娜娜臥房。只是，他得等到了深夜。娜娜來了，喝醉了，可是比以前更富於母性之愛了。因此，她堅持要他明天陪她到薩蒙修道院去不可。他拒絕；他怕被人看見，如果有人看見他和她一道乘着馬車；可是她哭出來了，顯得像一個受冷待的女人地傷心。他祇好安慰她，答應她明天和她們一起去。

「你這才是眞的愛我呢，」她吃吃地說。「你說你很愛我。親愛的，如果我死了，你會覺得難過的是嗎？」

在豐黛特那邊，認爲這一羣來聚會的人們，顯然把娜娜四鄰都給攪亂了。每天早晨吃早點的時候，胡貢夫人這位好老太太，必要情不自禁地又說到這個問題上去，把花匠帶給她的消息，一一告訴客人們，她這種專誠的好奇心，證明那些聲名狼藉的淫婦們，居然連最高貴的老太太們也迷住了。她雖是能容忍的人，心裏也還都起了反感，一想到未來的惡劣影響，就使她不快，一到晚上，她就提心吊膽，就像是有一隻野獸從籠子裏逃出，正潛伏在她附近。

她和客人們吵架，她對每一個客人都指責，說他們不該徘徊在迷鳥臺附近。有人看見穆法伯爵在公路上和一個金黃頭髮的女人大笑；可是他對這個控訴，替自己提出申辯，說那不是娜娜，跟他在一起的，的確不是她，那是露西向他敍說如何剛剛把第三個王子打發走。蘇亞也是每天要出去的，可是，他說那是醫生的指示。胡貢夫人對於達格奈和花車利不公平，特別是達格奈，他從來就沒有離開過豐黛特，因爲他已經把和娜娜重修舊好的念頭打消，正忙着在愛絲黛爾身上下功夫。花車利也總是和穆法母女在一起的。只有一次，在一條小路上，他遇見過米儂，手裏抱着一大把花，給他的兒子們講解着植物學。這兩個男人握了握手，把露絲的近況互相通知一下。她很好；那一天早晨，他們兩個人都收到了她一封信，信裏也都請他們再住些日子，好多享受一點鄉下的新鮮空氣。所有這些客人當中，這位老太太只沒講起穆法和喬治。伯爵說他在奧爾列昂有重要的公事要辦，無法去追逐那些女孩子，至於喬治呢，這個可憐的孩子，一提到他最引起她的嚴重的焦慮來了，他每天一到黃昏就頭痛，天未亮，他就不得不上床去了。

每天下午，穆法伯爵一出去，花車利便整個下午變成了伯爵夫人的侍從。只要他們一走到花園盡頭去，他必然給她帶着摺櫈和陽傘。此外，他還告訴她不少別人的故事，鄉居中兩人忽然親密起來。她開始便投降了，因爲她一和這位年輕人在一起，她又再度恢復青春，他那吵鬧的說笑，也不會給她惹麻煩。可是，他們每次兩個人走到矮樹後邊去的時候，他們的眼睛互相注視，他們的笑聲也會停頓，而臉色會忽然嚴肅起來，彼此含情地望着，就彷彿彼此領悟到也猜到了彼此的心似的。

星期五那一天，吃中飯的時候，又得多加一個位子。臺歐菲爾·維諾先生到了，胡貢夫人記得是去多在穆法家裏邀請過他的。他顯得十分愉快，就像一個無關緊要的人的樣子。人家對他那種尊敬，他也似乎沒有注意。後來他終於使大家忘記了他的存在了；上水菓的時候，他坐在那裏，用嘴咬着小糖塊；等到達格奈把草莓遞給了愛絲黛爾，他就望着他，同時聽着花車利告訴伯爵夫人很開心的故事。無論在什麼時候，只要一人，他就靜靜地，微微一笑。客人們從飯桌站起來，他挽住伯爵的胳臂，把他拉到花園裏去。大家都知道，自從伯爵的母親死了以後，他對伯爵有很大的支配勢力。外邊已經風傳，說這位退職的律師，支配這個家庭。維諾的來臨無疑地使花車利的計劃被打擾了，他感到狼狽，他就告訴喬治和達格奈這個人的財富的來源。他的錢都是以前從耶穌會囑託他辦理的一件大案子裏弄來的。據他說，這位高貴的人物，不要只看他那個團團的和藹面孔，實在是一個可怕的人物，一直到今天，凡是教會有關的事情，他也都染指。這兩位年輕人大笑起來，因爲他們覺得這個小老紳士的臉，有點像白癡，他們想像維諾是高個子，現在這個維諾却是這麼滑稽的樣子。但是，他們停了嘴，不再說下去。穆法囘來了，依然有老頭子伴著他，只是臉色蒼白了，眼睛也紅了，好像剛剛哭過了。

「他們一定是談到地獄了，」花車利用揶揄的低聲說。

伯爵夫人把這句話無心聽了進去。她慢慢地轉過頭來，她和他的眼睛互相望了，這是他們在作最後冒險以前的一望。

中飯以後，客人們都習慣走向花園的那一頭。禮拜天的下午，天氣很好，不過早晨十點鐘左右，天空有下雨的徵兆，可是到了現在，浮雲已經化成乳一樣白的薄霧，懸在金黃的陽光下，像是一片輝煌的灰塵。胡貢夫人就建議，從陽臺下的一個旁門走出去，向着居米葉的方向，多走幾步，一直走到庶河去玩玩。她喜歡步行，以她六十歲的年紀，她倒還是很靈活的，而且，所有的客人也都說沒有乘車的必要。於是，大家就相當零亂的，一路走到庶河的那一座木橋。花車利和達格奈，帶着穆法母女，走在前面，跟着是伯爵和侯爵，陪在胡貢夫人的左右，范多夫走在最後，吸着雪茄，他這樣的人，走在公路上，就更顯得時髦了。維諾先生鬆一陣脚步又緊一陣脚步地，微笑着加入了這一組，又離開了去加入那一組，聽他們談話。

「可憐的喬治一早便出去到奧爾列昂！」胡貢夫人說。「他去找老塔維爾尼葉醫生去看頭疼，這位醫生現在是不出門看病的。是呀，他早上七點以前出去的時候，你們都還沒有起來呢。不過也好，這倒可以叫他散散心。」

她的話停住了，叫起來，

「怎麼，他們爲什麼停在橋上不走！」

事實是穆法母女，花車利，和達格奈，站在橋脚不動。他們似乎在猶疑，彷彿有一點障礙物或者什麼的使他們不知如何是好，然而，前面似乎是可以通行無阻的。

「往前走！」伯爵叫。

他們仍然不動，似乎在等待什麼來的樣子，後面的人都看不見呢。這條路有一個大轉彎，兩邊一行的白楊樹，聽見那是車輪的聲音，裏面還摻雜着大笑的喧吵聲，和馬鞭聲。隨後，忽然之間，看見有五輛馬車，一輛緊跟着一輛地趕過來。車上擠滿了人，白的、藍的，和淺紅色的衣服，非常奪目。

「這是什麼？」胡貢夫人有一點驚訝說。

隨後，她知道是怎麼一回事，她對這樣毫無顧忌地侵入她的去路的行爲生氣。

「啊，原來是那個女人！」她咕嚕着。「往前走，請往前走。只裝做沒有看見——」

可是來不及了。載着娜娜和她那一夥人到薩蒙遺址去的五輛馬車，已經到了這座狹木橋頭來了。花車利，達格奈，和穆法母女，只得往回走，於是胡貢夫人和其他的人，也只得停在那裏，站在路邊等候。這眞是很好看的行列，車上的大笑停止了，車上的人，個個帶着好奇的神情，轉過來看。車上車下，都在靜得只聽見步伐整齊的蹄聲中，你看我我看你。第一輛車上，是瑪麗雅・白龍德和妲妲・妮妮，都往後邊靠着坐得像一對公爵夫人，她們的裙子拖出來，飄搖在車輪之上，車一經過的時候，她們向着步行的這些正經女人們投過來幾下藐視的眼光。底下一輛是嘉嘉，整個座位都塡得滿滿的，把坐在她旁邊的黑多，壓住了一半，所以，除了他那焦急的小面孔以外，就看不見他什麼別的了。再以下，是卡洛琳・艾蓋和拉波得，露西・司徒阿爾和米儂帶着兩個孩子。最後一輛，是兩座的四輪篷車，娜娜和士丹拿坐在裏面，坐在她面前一個活動倒座上的，恰巧是那個可憐的親愛的喬喬，他的膝蓋緊靠在她的膝蓋當中。

「就是最後的那一個，是不是？」伯爵夫人假裝不認識娜娜，沉靜地問花車利。

篷車的輪子幾乎輕輕擦着了她，可是她並不往後退。這兩個女人交換了一個深沉而有含意的互視。說實話，這確是一種一眼就要把什麼都看得清清楚楚的注視。至於男人們呢，他們的舉止，眞是絲毫無可指摘的。花車利和達格奈誰也不認識。侯爵就比他們緊張了，他怕車上的女人忽然發神經跟他開玩笑，於是摘起一根草，在手指間轉來轉去。只有范多夫，他站得離開大家遠些，偷偷向着露西眨眼，她在經過的時候，也向着他微笑。

「要小心！」維諾先生正站在穆法伯爵的身後，小聲說着。

伯爵在痛苦中，望着娜娜過去；他的太太，慢慢地轉過頭來看他。他只有望着地下，不去望那飛跑的馬車。他看見喬治坐在娜娜的裙下，心裏就什麼都明白了，痛苦得幾乎要大聲哭出來。他不過是一個孩子，她寧願愛一個孩子，而不要他，士丹拿他倒不在乎，可是那個孩子……

胡貢夫人，沒有馬上就認出那是喬治來。他在過橋的時候，眞是情願跳進河裏去，可是娜娜的膝蓋夾住了他。於是，他臉色蒼白，周身冰冷，就僵直地坐在那裏，誰也不敢去看。也許他們沒有看到他。

「哎呀，我的老天！」那位老太太忽然叫出來，「那是喬治跟她在一起！」

這五輛車子，從這相識而故作不相識很不安的一羣人中間駛過去。時間雖然很短，而在他們，却覺得像是永遠似的。現在，坐在車上的女孩子們，她們迎着撲面的新鮮空氣，愉快地大笑，望着身後停在路邊的高貴人物。站在路邊的人猶豫一下，然後，沒有過橋，就囘去了。胡貢夫人一句話也不說，倚在穆法伯爵的手臂上，神色憂鬱，沒有人敢去安慰她。

「你看見花車利了嗎？」娜娜把身子從車裏探出來，向着前邊的露西說。「他是髒骨頭！保羅我待他那樣好！連個招呼也不打！他們眞有禮貌！」

士丹拿和她吵起來。他們連帽也不脫？那麼，隨便來個什麼下流人，都可以侮辱她們嗎？他不過是這樣的一個人而已！要知道，一個男人應該向女人鞠躬。

「那個高大女人是誰？」露西在車輪嘈雜聲中問。

「那是穆法伯爵夫人，」士丹拿囘答。

「你看是不是！我也是這樣猜的，」娜娜說。「好了，我親愛的朋友，她是一位伯爵夫人，可是她不值一文錢。你知道這種女人，我一眼就看得淸淸楚楚；現在我可認識你們的伯爵夫人了，認淸得就跟我親手把她造成的一樣！我可以跟你打賭，那個陰險的花車利是她的情夫！女人的眼，一眼就馬上可以看出來的！」

士丹拿聳聳肩。從昨天起，他的激怒就愈來愈大。他收到一些信，要他在明天早上走，他覺得爲了睡在會客室而跑到鄉下來太划不來。

「你看這個可憐的乖孩子！」娜娜一看見喬治還在僵冷而喘不出氣來地坐在她的面前，灰白的臉色，忽然心軟了，就接着這樣說。

「你想媽媽會認出我來嗎？」他終於呑呑吐吐地說了話。

「啊，那當然會的！你看，她都叫出來了！不過這是我的錯處。他本來不願意跟着我們來，是我勉强他來的。現在聽着，喬喬，我給你媽媽寫一封信？她看來是慈祥的女人！我在信裏告訴她，說我以前從來沒有見過你，是士丹拿今天頭一次把你帶到這裏來的。」

「不，不，不要寫信，」喬治說，非常不安。「我去。而且，如果他們和我囉嗦，我就不再回家了。」

但是他接着又沉溺在沉思中了，要在今晚回家以前，把謊話都想好。這五輛車子走過一片平坦的鄉間，兩邊長着高大美好的樹木。鄉間浴在一片銀灰色的空氣中。女人們在馬車伕背後喊着談話，馬車夫暗暗地發笑。他拉了這一批奇怪的客人。有時一個女人站起來，扶着鄰座的肩膀，眺望風景，車子突然一停，使她摔坐回自己的位子上。卡洛蓮·艾蓋，在這個時候，正和拉波得談一些重要的事情。他們兩個人都同意說娜娜不出三個月，必定會把這棟別墅賣掉的，卡洛蓮就要拉波得替她買下來，多少錢她都可以出。他們前邊那一輛車上，那個十分熱情的黑多，因爲嘴唇湊不到嘉嘉肥胖的頸子，就隔着她那緊得簡直要掙裂了的衣裳，在她的背脊上，印了許多熱吻，坐在倒座上的愛美利，叫他們不要再玩這愛情的遊戲了。她不要看母親被男人吻。在後邊一輛車子裏，米儂爲了使露西驚奇，就叫他的兒子背一段拉·封丹的寓言。亨利很用功，他背了一段沒有錯一個。在這一列馬車最前頭的瑪麗雅·白龍德，感到非常無聊，也厭倦了跟妲妲·妮妮開玩笑，說巴黎賣牛奶的用麵糊製造鷄蛋。這條路可太遠了，難道就永遠也走不到目的地？這個問着，就由這一輛車上問到後一輛車上，一直傳到了娜娜那裡，娜娜問車夫，就站起來，

「再走一刻鐘就到了。你們看那邊樹後的那個教堂就是。」

過一會她又接着說，

「你們知不知道，薩蒙古堡的主人，彷彿是一個拿坡崙時代的大美人？嘿，她使不少大人物爲她傾倒！約瑟這樣告訴我，他是從大主教那裏聽來的。她過的生活現在沒有人能學，現在她變得非常虔誠。」

「她叫什麼名字？」露西問。

「德·昂戈拉爾夫人。」

「伊爾瑪·德·昂戈拉爾，我認識她！」嘉嘉喊着。

讚羨的聲音，從每輛車子傳出來，在馬蹄聲中消散，人人都伸出頭來，望嘉嘉這邊。瑪麗雅·白龍德和妲妲·妮妮，轉過身來，跪在座位上，傾身向前，趴在放下去的皮車篷上；大家都發問，也有人說些自己的偏見，但都帶羨慕之意。嘉嘉居然認得她！叫她們個個心裏懷着對久遠舊事的敬意。

「那個時候，我還年輕呢，」嘉嘉接着說。「可是這個並無妨，我什麼都還記得，我親眼看見過她那時的情形。大家說她在她自己家裏，很招人討厭，可是，等到她坐在馬車裡便神采飛揚，關於她，有不少的風流韻事在流轉。她做得和撈得飛快！所以她有這麼一座古堡，我一點也不覺得奇怪。她把她認識的每個男人，都掏得光光的。原來伊爾瑪·德·昂戈拉爾還活着呀！那麼，我的朋友，那她該是將近九十歲了。」

女人們一聽見這個，臉色都嚴肅起來。九十歲了！露西說，她們這羣人裏面，就沒有一個人會活到那個歲數的。她們的身子都糟蹋了。而且娜娜說她自己也不願意變成一個老骨頭；人一老了就沒有意思了。她們快到目的地了，談話被馬鞭聲打斷，這時馬夫正用鞭子打馬，還要它們快跑。然而，在這鞭聲與蹄聲之中，露西勸娜娜明天和她們一道回巴黎去。博覽會不久就要閉幕了，女人們確是該回去了，城裏這一季的生意，一定超過她們的期望的。但是娜娜固執。她憎惡巴黎；她長久不會回去！

「喂，親親，我們留在這裡哦？」她說着擰了喬治的大腿一把，彷彿把旁邊的士丹拿絲毫沒有看在眼內似的。

車子突然停住了，大家在微微驚訝的心情下，下了車，站在一座小山底下的一片荒蕪的地上。有一個車夫，用鞭子把隱在樹間的薩蒙古修道院的遺址，指給他們看。這可受了騙了！女人們都以爲這是開玩笑。怎麼，原來僅僅是堆舊石頭，上邊生滿了荆棘，另外還有一座崩潰了一半的塔。跑兩里路來看這些實在是笑話。花園，就是緊挨着修道院，車夫建議他們走一條小路，繞着花園的圍墻去轉一個圈子。馬車在村子裏等他們。這麼倒很愉快，大家同意去試試看。

「媽的，伊爾瑪倒生活得蠻舒服的啊！」大鐵門前，嘉嘉停下了脚步說。

大家都默然站在那裏，望大門口那巨大的美麗樹木；然後，又順着這條小路，沿着花園的圍墻走去，不時地抬起頭來看旁邊那些樹木，樹枝都探出來，伸在他們頭頂之上，造成綠蔭。三分鐘左右之後，來到另一道門，望進去，可以看見裏邊一片寬濶的草地，兩株尊嚴的老橡樹，造成大塊濃蔭的影子。再過三分鐘，又有一道門，有一條長長的大道，大道被樹蔭遮蓋成黑暗的通道，另一端看見太陽，一顆星。他們站在那裏，默然地讚美，看了一會兒，驚嘆地叫出來。他們心裏嫉妒，想要說些話嘲笑一下。但這景象絕對不可測量地感動了他們，使他們嘲笑不出來。伊爾瑪是奇異的女人！像這樣一片景色，使你對這個女人產生崇高的敬佩！樹木一直往遠處又遠處伸展出去，沿着圍墻全是反覆交織得無盡休的長春藤藤蔓，從墻頭可以望見裏邊高樓的影子，和白楊的屏翳，中間點綴着密層層的榆樹和楊柳。這樹木是沒有完的嗎？女人們急於看一看裏邊的別墅大厦，然而每遇到一個出口，都是除了樹葉子的空處以外，什麼也瞧不見；她們總這樣轉來轉去的，她們手握着大門的鐵欄杆，把臉緊貼在鐵門上，往裏望。這樣一關在門外，這樣一隔開遠遠的，他們於是滿心都敬佩，都有一點累了。可是圍墻依然走不到盡頭；一轉彎在他們面前展開去的都仍舊是一排灰石頭墻。有幾個人已經懷疑是否能走到頭了，就說要囘去。可是，這長久的步行越是使他們疲乏，他們的敬仰之心也越增加，他們越往前多邁一步，這個領域之恬靜和偉壯的尊嚴，就越感動他們一分。

「這簡直是令人討厭，」卡洛琳·艾蓋咬着牙說。

娜娜聳聳肩，娜娜的臉色很蒼白，而且極端的嚴肅，一直都沒有說話。小徑到了最末一個轉彎了，那面圍墻也到了盡頭了，等到他們走出來，走到村子，原來那別墅的大厦，就在那寬大的外院裏邊，正聳立在他們的面前。大家都停住了脚步，來讚賞那些寬濶石級的高傲氣派，那一列二十個前窗和那三座石柱花磚的廂房。亨利四世曾在這大厦裏住過，他睡的那間屋子，連裏邊那張懸着意大利熱諾亞絲絨的大床，都還照原樣保留着。娜娜發了一聲兒童似的太息。

「偉大的上帝！」她很平靜地向自己私語。

但是，嘉嘉忽然宣佈說，伊爾瑪正站在那邊教堂的門前呢，她還能清清楚楚地認得她。她，這位白髮的風流女人，還是和從前一樣立得挺直的，而且，雖然那麼大的歲數了，她的眼睛還是那樣傲然，依舊閃着光輝！星期日下午祈禱剛完，她在教堂的前廊下略略站一兩秒鐘。她穿着深棕色的綢衣，很簡樸，個子很高，那個可尊敬的面孔使人聯想起，大革命前的老侯爵夫人，以為她是逃脫過那一次的恐怖而獨存的一個。她右手裏拿着一本祈禱書，書皮在太陽下閃着光；很慢很慢地走過廣場，身後隔着十五步的樣子，隨着一個穿制服的聽差。教堂裏的人慢慢走出來；所有薩蒙的居民，遇見了她，都向她鞠躬。有一個女人想向她下跪。這眞是一位有實權的王后，既享高年，又享尊榮。她走上那石級。

「一個人只要小心謹愼，自然會得到他所想的！」米儂現出深思的，對着他的兩個兒子說，給他們上一課。

各人都發表意見了。拉波得認爲她保養得非常好。瑪麗雅·白龍德吐出一句下流話，說得使露西生氣，露西說一個人對年高的人，都應當尊敬。所有這些女人，都公認她是高超過她們的。隨後大家又上了車。從薩蒙到迷鳥臺，路上，娜娜都沒有說一句話。她有兩次回過頭去，望那座古堡，後來，她就叫輪聲所催眠，忘記了士丹拿在她的旁邊，也忘記喬治在她眼前了。她眼前只有一個幻景，從黃昏中浮了出來，只看見那個偉大的婦人似乎依然在她面前蕩過，有着王后的威嚴，既享有高年，又享有尊榮。

那一天晚上，喬治回豐黛特去吃晚飯的時候，娜娜就越來越心不在焉，擧止上也越來越有點特別；她叫他回去，去求他媽媽原諒。她忽然覺得家庭責任是他的責任。她要他今天夜裏不再到她那裏去，她累了，喬治感到這一套道德的談話，很無聊；就心頭沉重，頭也低垂下來，回到母親面前。

他幸運得很，他的哥哥菲利浦，那個高大活躍的阿兵哥回到家裏來，把他擔心的一場責罵免掉了。胡貢夫人只滿眼含着眼淚，望望他；菲利浦已經曉得了這件事了，就恫嚇他說，如果他再回到那個女人那裏去，他就抓他的耳朶，把他拉回來。喬治這才放心，狡猾地盤算着明天下午兩點鐘以前，如何逃出去，好和娜娜商訂以後會面的日期。

吃晚飯的時候，豐黛特這一家裏的客人們，侷促不安，范多夫說要走了，他想把露西帶回巴黎去。這個女人，他已認識十年了，可是對她從來還沒有過慾望。所以現在一想到帶着她一塊兒走，心裏就很快活了。蘇亞侯爵埋頭在盤子裏，正默想着嘉嘉那個年輕的女兒。他記得很清楚，當年把這個麗麗抱在腿上撫慰她的情景。孩子們長得多麼快啊！這個小東西如今居然變得這樣極端的豐滿了！但是，穆法伯爵沉默在那裏。他滿面通紅，向着喬治不停地看。晚飯吃完後，他到他房裏去，在臥室裏。維諾先生却跟着上來。在他的臥房裏就爭吵起來。伯爵撲在床上，用枕頭，想把他的啜泣，抑制下去；而維諾先生，用柔和的聲音，他叫作弟兄，勸他去祈求上帝的饒恕。可是他聽不見，他的喉發着痰喘的聲音。他忽然從床上跳起來，吃吃地說，

「我要去。我可再也忍不住了。」

「很好，」那位老人說，「我跟你一同去。」

他們一走出這座房子的時候，另外有兩個人影消逝在花園裏一條走道的昏黑深處去了。每天晚上，一到這個時分，花車利和伯爵夫人出去，把達格奈一個人丟在屋子裏，幫忙愛絲黛爾準備茶點。伯爵一到公路上，就走得飛快，他的同伴好容易，才能跟得上他。那位老人，雖然已經喘得透不過氣來了，也還不停地，向他諄諄勸導，勸他不要受肉慾的引誘。可是穆法把嘴巴緊閉，在黑暗中，一直向前衝去。到了迷鳥臺，他說，

「我可再也抗拒不住了。你不要管我！」

「上帝的意思終會實現的！」維諾先生說。「上帝用各種方式來保證他最後的勝利。你的罪孽也正是他的武器。」

在迷鳥臺這邊，吃晚飯的時候，大家有許多爭論。娜娜回來之後，看見有包得拿夫寄給她的一封信，信裏勸她多休息休息，意思是他不在乎她回不回來，他信裏說，小維娥蘭每晚都被觀衆請到幕前謝幕，被歡呼出來兩次。米儂就竭力勸她明天和他們一同回去；娜娜聽了大怒，說她不接受任何人的建議。她的舉動也倨傲得可笑。朱利太太說了一點什麼尖銳之類的話，她就又大叫，她不准任何人，她的姑母也不準，在她的面前說不該說的話，她的客人聽她說如何叫小路易受宗敎敎育的計劃。他們覺得奇怪。難道有什麼人把娜娜給改變了嗎？不，這是不可能的！她坐在那裏不動，望着遠方顯示出神的樣子，掉進幻夢之境去了，她在這個幻境中，看見一個很有錢受尊敬的娜娜。

大家正要上樓去睡的時候，穆法突然進來。拉波得先是在花園看見了他的，他就幫了他一個忙，想法子先把士丹拿調開，然後拉着他的手，帶他沿着黑暗的走廊，到娜娜臥房門口。在這一類的事情上，拉波得是頂周到和聰明的。他也似乎使別人得到幸福，自己也覺得快樂。娜娜對穆法的來，並不覺得奇怪，她只是有一點厭煩他不停的追求。人生是要談生意的，戀愛呢，是傻人玩的遊戲，愛情不會給她的生活帶來什麼利益。而且，為了小喬喬那麼小小的年紀，她心裏也良心不安。事實上，是啊，她要是和一個老頭子搭上，那她可就是又採取了正當的途徑。

「蘇愛，」她一想到離開鄉下，就爲之迷惘，可是她還是對女僕說，「明天一早起，把大鐵箱收拾好，我們要回巴黎去。」

她於是和穆法上了床，並不給她任何樂趣。

7

三個月以後，在十二月的一個晚上，穆法伯爵在巴諾拉馬橫衕裏走來走去。這一天的晚上，天氣很溫和，剛剛下了一陣雨，所以橫衕裏擠滿了行人。一堆人！在兩邊舖面中間，很不容易才能通過。店舖窗子裏的燈亮，都反射出來，把窗下的行人路面，照得發光。招牌有白色燈，有紅色燈，有的是藍色透明玻璃畫，有的是一排排的瓦斯燈頭，有的是奇大的鐘錶和扇子，用火光圍着，沒有任何保護。店子裏的五色雜陳的陳列品，珠寶店裏的金黃裝飾，糖果店裏的玻璃器皿，女帽店裏的淺色絲料，都在那些一塵不染的玻璃後面，被反光燈的光亮，照得閃耀起來；同時，有一隻深紅色的大手套，在遠處望過去很像從胳臂上割下來的一隻手，緊繫在黃色的袖口上。

穆法伯爵又慢慢走來，到大馬路那邊，站在那裏的店舖窗前，慢慢又走回去。潮濕而熱的空氣，把狹狹的橫衕，充滿沿着地面上被許多雨傘滴濕了的石板，到處都是行人的脚印，只是聽不見人聲。行人在轉彎的時候，手臂碰着了他，行人用好奇的眼光看他，看他那被煤氣燈照得灰白的面孔。伯爵爲了逃避這些好奇的行人，就在一家文具店的窗前站住，看那裏面的玻璃壓紙球，裏面有風景花草。

他心裏其實是什麼也沒有看到，只在想娜娜。她爲什麼又對他撒謊呢？她早晨寫信給他，要他晚上不要來，說小路易病了，她要在姑媽家裏過夜，好照顧他。他感到可疑，就跑到她家裏去找她，門房告訴他，她剛剛出去到戲院去了。他聽了很奇怪，因爲她在這齣戲裏並沒有扮演什麼角色。那麼，她爲什麼對他說這個謊話呢，而她今天晚上跑到雜耍戲院去又是幹什麼？伯爵被一個行人一擠，就不知不覺地離開了文具店，又擠到一面滿裝着各式各樣東西的窗前來了，他看那裏的陳列書籍和雪茄盒子，所有這些東西上邊，在左角印着藍色小燕。娜娜一定變了，從鄉下回來，娜娜把他迷得發狂，用老猫撫慰小猫那樣的溫存，在他的臉上和頰鬢上，吻着，賭着咒，說他是她親愛的小鴨，說他是她所唯一寵愛的小男人。他也不再嫉妒喬治了，因爲喬治已經被他媽媽留住在豐黛特鄉下了。只有那個肥胖的士丹拿，不過，他已取代了他的位置，只是他不敢要她斷絕和士丹拿的關係。他知道士丹拿的經濟非常窘迫，因爲他在交易所裏馬上就要宣告破產，朗德斯鹽井票漲價。無論什麼時候，穆法在娜娜家裏碰見士丹拿，娜娜必然很合理地對他，說她不願意在士丹拿爲她花了那麼多的錢之後，就翻臉無情，把他像條狗似地趕出去。而且，他在最近三個月以來，一直都生活在性的刺激漩渦中，覺得佔有娜娜，有甚麼他都感覺不到。他在肉慾方面覺醒很遲，現在正像小孩子似地貪婪着享受，因此就沒有餘地去顧到虛榮和嫉妬了。現在能夠打擊他，只有一個明顯感覺，那就是娜娜的溫柔，已不像最初那麼熱情了！這使他焦急；他完全不了解女人，開始問自己可能有什麼地方冒犯了她。而且，他覺得自己也滿足過她一切肉慾的；於是就時時刻刻想到今天早晨接到的那封信，和信裏那些謊話。羣衆又把他擁擠過去，他腦子裏纏繞着這個問題，一邊又不知不覺地被人擁到對面一家飯館的前邊去了。他的眼睛就注視窗內一些拔過毛的雲雀，和一隻巨大的鮭魚。

終於，他似乎把注意力收回了。往上一看，已將近九點了。娜娜不久就會出來的，他要知道眞相。他往前走，到戲院後門來會她，曾經在此地所經過的那些夜晚的情形，一一回想起來。所有這些店舖，都是他所熟識的，在充滿瓦斯氣味的空氣裏，這些店舖的各種不同的味道，比如，俄國皮貨的香味啦，從巧克力糖店地窖裏所飛出來的香草味啦，一陣陣從香水店大開着的門裏所飄出來的麝香啦，他都能辨得清楚。可是他不敢逗留在那些臉色灰白的女店員們注視之下，她們安閑地看他，好像是熟人似的。有一陣，他好像在硏究店舖上邊那些小圓窗子的線條，彷彿他從來沒有理會過這些雜亂的招牌中間原來還有這些窗子似的。後來，他又走出去，在大馬路上呆呆地站定了。現在外邊正下着濛濛細雨，雨水落在他的手上，感覺冰冷，使他安靜下來。他想起他的太太，在瑪貢附近的鄉下，住在她的朋友撒賽夫人的家裏，自從秋天以來，就病得很厲害。大馬路上的馬車，在塵埃裏走過。他心裏想，這樣的壞天氣，住在鄉下，一定很難忍受的。他又焦灼起來，進那條又熱又狹悶的橫衖裏，行人中間，邁着大步子走過去。他心裏想：如果娜娜懷疑他，她也許從蒙瑪特爾走廊溜走。

伯爵注視着戲院後門，他不喜歡在休息室裏走來走去，怕被人認出他是誰來。那正是萬象走廊和聖馬可走廊拐角交界之處，是一個曖昧的角落，昏暗的小店舖。最末一家，是一個鞋店，樣子彷彿是從來沒有主顧進去的。旁邊還有兩三家傢具店，傢具都佈滿灰塵；還有一間燻黑的、像在昏睡的閱覽室，裏邊那盞帶燈罩的燈，整晚都發着引人入睡的綠光。在這個角落裏聚集着的，只有吃醉了酒的佈景工人，幾個衣服襤褸的合唱隊歌女，在他們中間穿得考究的紳士，在院後門所特有的破爛附近，徘徊着，此外就沒有別人了。院後門前，孤零零一盞瓦斯燈頭用一個圓玻璃罩罩着，只把門口照亮。過一會，穆法想去找勃龍太太；他又怕娜娜一知道他來找，就從大馬路走掉。因此他繼續踱步，決定在門外等，等到關鐵門的人把他趕出去，這種情形，他以前遇過兩次。回家躺在自己孤寂的床上去的念頭，只能使他的心苦悶。每逢那些化好妝的女孩子們，和穿髒衣服的男人們，走出來看他時，他就轉身走到閱覽室窗前站住，在那裏，他從玻璃上貼着的兩張廣告中間往裏邊望，每次都望見一個同樣的景象。裏邊有一個小老頭子，孤零零一個人坐在一張大桌子旁邊，就着整個綠色的燈光下，綠色的手裏拿着一份綠色的報紙。但，將近十點鐘的時候，又來了一位紳士，高大又漂亮，戴着大小合適的手套，也在戲院後門外，走來走去。因此，這一轉身的時候，都用懷疑的眼光對看。伯爵走到兩面走廊交界的盡頭就轉回來，那裏高高地裝飾着一面鏡子，他對着鏡子一照，看見鏡子裏自己的樣子，又嚴肅，又文雅，他就覺得又羞恥，又不安。

鐘響了十下。穆法的心裏，忽然想知道娜娜是否在她的化裝室裏，那是一件很容易的事情。他於是走上那三級台堦，走過那黃漆的小客廳，從活動門的門口進去。那個深井一般的狹小潮濕庭院，連同生滿疫菌的小便處，水龍頭廚房爐灶的背影，和女門房拋棄的一堆堆花草，在夜晚這個時分，都浸淹在黑騰騰的迷霧中；只有兩邊開着許多窗口的兩面高聳牆壁，有燈光，道具室和消防隊辦公室在下面，左邊是經理的辦公室，右邊樓上又是劇團的許多化妝室。這一道深井，從上到下，有許多爐灶的煙囪口，伯爵看到那間梳妝室裏有光亮，他感到安慰和快樂，在巴黎這種老朽的建築所特有的骯髒泥濘中，和輕微的霉爛味裏，一條破漏的水管，漏出大滴的水，瓦斯燈從勃龍太太的窗口射出來，照見了一小塊生滿蒼苔的路面，和被水浸爛的牆根，照見了一個角落，裏面堆着一些破爛東西，破水桶和破缸子，亂堆在小樹的周圍，他聽見開窗的聲音，把伯爵嚇得連忙逃開。

娜娜一定就要下來的。他又走囘到外邊閱覽室前的窗前去；他看見那個小老頭子，依舊在那個被一盞夜燈的閃耀所打破的沉沉欲睡的黑影中，一絲不動地坐在那裏，他的臉在報紙上清清楚楚地輪廓出一個側影來。穆法又再走來走去，不過，這次他兜了一個大圈子，他穿過了那道寬大的走廊，走到萬象走廊裏去，一直走到費多走廊。費多走廊裏，又寒又冷，又沒有一個人，全部埋在憂鬱的黑影下。他從那裏又折囘來，經過戲院後門，轉過聖馬可走廊拐角，一直遊蕩得遠到蒙瑪特爾走廊，在那裏，觀望一家雜貨店前的一架切糖機，可是，等到正在兜第三個圈子的時候，他心裏深怕娜娜從他身後走了，這使他失去了一切自尊心。他一想到這一點就停步在那個漂亮紳士的旁邊，緊守在戲院後門的門口。兩個人相互投了一道謙遜如弟兄的視線，然而，這一道視線裏，却夾雜着不信任的感觸，因爲，很可能到後來會發現對方是個敵手的。幾個換佈景的工人，在幕間走出來吸煙斗，粗魯地碰到他們兩個紳士的身上；然而他們不敢抱怨。戲院後門的台堦上，又出現了三個女孩子，穿着骯髒，披散着頭髮，嘴裏嚼着蘋果，把蘋果核往四下隨意亂吐。

這三個女孩子，推推擠擠在他兩人身邊，他們只好忍受她們的推擠和粗野的語言。

正在這個時候，娜娜走下那三級台堦來。她一看見穆法，臉色變白。

「啊，是你！」她吃吃地說。

那三個正在嘲笑的女孩子，一看是娜娜，就驚慌地站成了一行，僵直而嚴肅得宛如做了錯事的女僕被主婦撞見一樣。那個高大的漂亮紳士走去一邊站着，有點悲哀。

「牽著我的手吧，」娜娜斷然說。

他們兩個走去。伯爵的心裏，本來準備問她，却沒話可說。反而是娜娜說，她晚上八點到姑媽家裏去，看見路易的病 好得多了，這才想到戲院來一會。

「爲了什麼特別事情?」他問。

「是的。爲一個新劇本，」她略微遲疑一下才回答。「他們要徵求我的意見。」

他知道她說謊，但她的臂緊緊靠在他的手臂上，那種溫暖的感覺，使他一點力量都沒有了。他等了這麼久，憤怒或是怨恨，一見了她的面，就都煙消雲散了;他這時心裏只存着唯一的一個念頭，覺得現在既然把她抓在手裏，今天晚上就無論如何也不能再放開她。至於她爲什麼忽然跑到化妝室來，那用不着忙，到明天再想法子追究也還不遲。可是，娜娜的眼神還在遲疑，她的內心顯然有些焦急。因而在他們一轉過萬象走廊的角落後，她就在一家扇子店的玻璃窗前，停住脚步。

「看！」她說，「多麼滑稽的手鐲。」

接着，她又問，

「那麼你是要送我回家啦？」

「自然，」他說，覺得有一點奇怪，「你的孩子不是好一點了嗎？」

她後悔剛才不該告訴他孩子病好了。也許路易的病又變化成另外一種嚴重的情勢了呢！她說要回巴底紐爾去。可是，等到他請求送她去，她又不堅持着去了。有一會，她心裏忿怒，這是婦女感到陷入圈套而又不得不故作鎮靜時所特有的忿怒。但是，結果她終於沒有發作，決定拖延時間。只要在半夜之前能把伯爵擺脫，那麼一切也就依然可以照着她的意思實現了。

「你今天晚上要一個人睡了，」她接着說。「你的太太明天早晨是不是回來？」

「不，」穆法回答。他聽見娜娜用親密稱呼叫伯爵夫人，覺得有一點困擾。

她問他明天火車幾點鐘到，問他是否要到車站去接她。她慢慢向前走，好像那些店舖櫥窗使她感到興趣似的。

「你看，」她又停在一家珠寶店的窗子前說，「多麼滑稽的一副手鐲！」

她愛巴諾拉馬横街。巴黎貨品之燦爛奪目，假珠寶，鍍金的鋅質物件，硬紙造成的假皮子都是她當初年輕時候所熱愛過的。這種愛好，到現在還沒有滅失，她每走到一面窗子前邊，就流連着不肯離去。從前她還是個襤褸頹喪的小孩子時，總是站在巧克力糖店成堆的甜食展覽之前，或者站在那裏聽旁邊店舖裏的音樂匣子，或者看見了一些價廉而花樣庸俗的瑣碎物件，比如胡桃殼做成的小盒子，檢爛布籃子形的牙籤筒，路易十四戰勝紀念碑和埃及碑形的寒暑表等等，也一樣令她喜歡。她今天的情形，就和從前一樣。只是她今天晚上心神不安，眼睛雖然望着東西，却沒有看見。無形反抗力，在她的心中暴怒着，在這種暴怒中，她感到一個狂野的渴望，很想做點傻事。給有地位的男人當姘頭，是多麼好！她已經用兒童般的任性，把王子的財產完全吞蝕了，而且把士丹拿的也給吞蝕了；可是她的錢？到哪裏去了，連她自己都弄不清楚。不但如此，她在歐斯曼大街租的那一層樓，直到今天，都還沒有全部裝潢好。只有會客室是收拾好的，裏邊大紅緞子的椅套，以及過多的裝飾，過多的傢具，有相當效果。而且，她的債主們，聽到她手裏沒有錢的時候，就來逼她，比平日逼得更緊；她一向自認爲是個會節省的人，一想到何以會窮得這樣，就經常覺得驚異。一個月以前，她威脅士丹拿那個老胖子，說他如果不給她送一千法郎來，她就要把他踢出大門去，可憐這個老胖子，在那個時候就幾乎等於拿不出來。至於穆法呢，他是個傻子，他的腦子裏，就連一般應當付代價的觀念都沒有，因此，她也不能爲了他這樣吝嗇而發怒。啊，假如她平日不浪費，弄得自己每天都要把一些智慧的格言重複一二十遍的話，她會多麼情願把這一班人都趕出去呀！

蘇愛每天早晨都要勸她，說一個人應當理智。娜娜自己，也經常被她在沙蒙看見的那個皇后一般的景象所迷住。那次所看見的景象，本來已經差不多變成她的宗教似的回憶了，再加上她不停地去想它，那個影子就變得越發巍峨。爲了這些理由，娜娜心裏雖然氣得發抖，可是依然把憤怒壓下去，馴順地挽着伯爵的手，在很快就越來越減少的人羣中，走過一個又一個櫥窗。外邊的行人路面已經乾了，一道冷風吹過走廊裏，把罩住橫衖的玻璃頂下的悶熱空氣掃淨，把各種顏色的燈籠，一道一道的瓦斯燈頭，和遠處閃耀得像舞台上一組特別燈光的那個大扇子，吹得亂晃。飯館的一個茶房，把門口瓦斯熄滅，其他輝煌而無顧客的店舖裏，女店員們都一動也不動，樣子好像是睜着眼睛在那裏打瞌睡似的。

「啊，好可愛！」娜娜接着說，她退回幾步來看窗裏的一隻磁獵狗，發一陣狂歡；那隻狗站在玫瑰花遮滿了的窗前，抬起一隻前腿來。

他們終於走出橫衖，不過她不要坐馬車。她說走走很舒服；而且，他們也用不着忙呀，慢慢走回家去是非常有意思的。他們走過英國咖啡店的時候，她忽然急想吃一點生蠔。她說，小路易一病，弄得她從早晨到現在，還沒有吃過一點東西呢，穆法不敢違背她。然而，他是不敢叫人看見跟她在一起的，所以就要一個房間，沿着穿廊，匆匆忙忙向裏邊走。她在後邊跟着他，神氣上一看就知道跟這家飯店很熟。茶房拉開了房門，他們剛剛要進去的時候，隔壁房裏傳出呼喊和大笑聲，忽然冒出一個男人來。那就是達格奈。

「喂，娜娜呀！」他叫。

伯爵馬上溜進房間裏去，門還在半開着，達格奈早已一眼看到他，就用開玩笑的口氣說，「小鬼，你倒幹得妙啊！如今你跑進皇家花園裏去捉到他們啦！」

娜娜臉上露出笑容，把一隻手指放在唇上，請他不要再做聲。她看得出來他是很得意洋洋的，不過遇見他，她很高興，而且，雖然他從前當着那麼多時髦女人的面前，用那樣齷齪的方法和她斷絕了關係，可是她心裏對他還是有點留戀。

「你如今做什麼呢？」她問他。

「我開始了新的人生，我正在正經地想結婚。」

她露出一副可憐的神氣，聳聳雙肩。接着開玩笑說，在交易所裏掙那麼一點剛夠給女人們買花的錢，簡直不能叫做收入！他那三十萬法郎，只用了十八個月！他想要實際一點，所以正要和一位能帶一大筆陪嫁來的女孩子結婚，最後還想學他父親從前的榜樣，也去當一任市長！娜娜依然毫不相信地微笑着。她向隔壁房間點點頭，「跟你在那裏的是些什麼人？」

「哦！有一大羣，」他說，這個時候，一陣醉意又湧上來，把他剛才的一些計劃又都忘記。「你就想想看！萊雅正在那裏給我們講她旅行埃及的經過。哈，那簡直滑稽極啦！還有一個洗澡的故事——」

他講那個故事，娜娜逗留不走聽他講。結果兩個人就面對面靠在穿廊的牆上。瓦斯燈頭在低低的天花板下閃耀着，所有窗帘的摺縫裏，都帶着一股微微的廚房氣味。一陣一陣的，雜聲更高起來，爲了要聽見對方的說話，就不得不緊向面前靠近些。然而，每隔二十秒鐘，就有一個茶房，托着菜盤走來，他過不去，就打擾他們，請他們讓一讓路。雖然如此，他們依然談個不停，相反地，他們緊緊貼住牆站着，在吃晚飯的客人們的人聲沸騰與茶房們的擁擠之中，安閒地談話。

「看，」這位少年耳語着，用手指點穆法走進去的房間的那道門。

兩個人都在看。那扇門在微微移動，似乎是一陣微風吹動的；而最後，很慢很慢地，沒有一點聲音，門就關上了。他們兩個人相視一笑，沒有出聲。伯爵一個人孤零零坐在裏邊，倒很滑稽！

她問，「你讀過花車利談到我的那篇文章嗎？」

「讀過。那篇『金蠅』，」達格奈回答，「我沒有跟你提起，怕你難過。」

「爲什麼——我想不會，他那篇文章很長呢。」

她覺得費加洛報居然關心到她這個人，心裏倒是很高興。然而要不是她的理髮師佛蘭西斯給她帶了那份報來，向她解說，她還不會明白那裏邊所說的就是她自己呢。達格奈狡猾地看她，又向她冷笑。她自己既然覺得高興，別人自然更不會不高興了。

「請讓開，」茶房兩手捧着一桶冰香檳，在走近他們中間時叫道。

娜娜走向穆法在等待着的那房間去。

「那麼，再見了！」達格奈說。「去吧，再去找你那個王八去吧。」

她問。

「你爲什麼叫他王八？」

「因爲他本是個王八。」

她走過來靠在牆上；她對這句話極其感到興趣。

「啊！」她只簡單地發出這麼一聲。

「什麼，你的意思是說你還不知道嗎？他的太太是姘上了花車利的。他們的關係大概是在鄉下開始的。我到這裏來的時候，花車利才和我分手，我揣測他今天晚上在他家裏和她幽會。我猜，他們說她去旅行。」

娜娜驚詫得說不出話來。

「我也想到啦，」娜娜說，一邊拍着她的大腿。「那天在公路上，看見她，我就猜到了。這有可能嗎？一個體面的女人，居然會欺騙她的丈夫，而且又姘的是那個下流的花車利，他會敎她許多好事！」

「啊，這可不是她的初次，」達格奈惡意地低聲說。「這種事她也許懂得不下於他呢。」

「她們是漂亮的一對！太可怕了！」

「請讓開！」一個茶房，滿懷裏抱着幾瓶酒，擠在他們中間走過。

達格奈握住她的手，他用他聲音裏邊的那種像風琴的淸脆聲音說，他這種聲音在女人們中間，是很成功的。

「再見了，親愛的！你知道我是永遠愛你的。」

她把手從他手裏拉出來，正在這個時候，隔壁房裏的吵鬧聲如雷震，把門都震得顫動了；她就在這種聲音淹沒之下，微笑着說，

「不要像傻瓜，我們兩個人已經完了！不過這並沒有什麼關係。有空時來看我，我們可以長談。」

說完，她又莊重起來，接着用一個高貴女人暴怒的聲調說，

「原來他是一個王八，」她喊起來。「好哇，我的孩子。我一向討厭做王八的人。」

等到她終於走進那房間時，她看見穆法坐在一張狹窄的沙發上，絞着雙手，面色灰白。他沒有埋怨，她又可憐又憎厭這個可憐的男人！想想他被太太欺騙，她想雙臂去抱住他的頸子，安慰安慰他。可是，這事情對他到底也是公平的！他在女人們中間，是大傻瓜，這也給他一個教訓！雖然如此，憐憫之心克服了她，他們食過生蠔後，她沒有要他離開。他們在英國咖啡館裏，多坐了一刻鐘，然後就一齊回到歐斯曼大街的家裏去。那時是十一點鐘。半夜以前，她可以想出一個辦法來，把他愉快地趕走。

然而，她爲了提防萬一，在前面給蘇愛一道命令。

「你要注意他，他來的時候，要是他還沒有走，叫他不要弄出聲音來。」

「可是我把他放在什麼地方呢，小姐？」

「把他放在廚房裏好啦。那裏最安全。」

穆法在臥房裏，把外衣脫下。爐子裏的火很旺。這間屋子還像從前那個樣子，擺着玫瑰紅色的木器，窗帘和椅套，都是花蔴紗的灰地子，上邊襯着大藍花。娜娜曾經有過兩次想把它改做，第一次想改成黑絲絨的，第二次想改成白緞子的，帶結子；可是士丹拿才一答應，她就說出一個數目，簡直可以使士丹拿破產。而實際上，她却只添買了一張鋪在壁爐前的虎皮地毯和一盞雕花玻璃吊燈。

「我不想睡，我還不要上床去睡，」他們兩個人一起在房裏的時候，她說。伯爵這個時候也不再擔心給別人看見了，就順服地依從她。他現在所唯一擔心的，却是盡力避免招惱她。

「隨你便，」他小聲說。

她把靴子脫下來，然後坐在爐火前面。娜娜有一種樂趣，喜歡對着衣橱那面大鏡子，脫衣服。她總是把身上的東西，一樣一樣的脫下去，然後，全身赤裸裸地站在那裏，看鏡子裏面的自己，把身外的一切，全都忘記。她熱愛自己的肉體，對於自己雪白的皮膚，和玲瓏浮凸的肉體，愛得發狂，這種自憐自愛，使她出神。她那個理髮師來的時候，碰見她這個樣子，他就儘管進來，她也連頭都不回一下。穆法遇到這種情形，總是激動得很。她覺得奇怪。他這可是怎麼啦?她這樣做是爲了圖自己高興，可並不是爲了別人。

那一天晚上，她更想把自己好好地看一看，就把所有蠟燭，一齊點起來。她正要把最後一件衣服褪落的時候，却停住了。她想起了一個問題。

「你沒有看到費加洛報上那篇文章吧?報紙就在桌上。」

她想起達格奈的嘲笑，她心裏懷疑，花車利是不是誹謗她，她要報復。

「有人說是關於我的，」她裝出無所謂的樣子說。「你看是不是，喂，親愛的?」

她把內衫鬆手脫下去，赤裸裸地站在那裏，等待穆法把文章看完。穆法慢慢地看花車利的文章。這篇題爲「金蠅」的文章，裏面描寫一個女孩子，說她的四五代祖先，都是酒鬼，所以歷代窮困和酗酒的遺傳，感染了她的血統，傳到她的本身，神經上就形成性慾特別强。她在巴黎近郊大街上流浪，很快她便成爲成熟女人，高大漂亮，像糞坑裏長出來的鮮花一樣的華麗。她是乞丐和流浪者們的最後的產物，總算給他們報了仇，出了一口氣。她到了上層，腐爛了貴族。她變成大自然的一種盲目的力量，一種毁滅的力量，她不知不覺把巴黎腐化解體，把全巴黎夾在她兩條雪白的大腿中間，在文章的最後，才把這個女孩子，比作一個蒼蠅，比作一個像太陽那樣閃金光的蒼蠅，說，這個蒼蠅，從糞坑裏飛了出來，去吮吸路旁遺棄的腐屍的毒血，然後，嗡嗡着，舞弄着，像一顆寶石似地閃耀着，就從窗口飛進去，在裏邊飛着，只要隨便在裏邊男人們的身上偶然碰到，就會把他們毒死。

穆法抬起頭來；他的眼睛注視爐火。

「你看怎麼樣?」娜娜問。

可是他並不回答。彷彿他還要再看一遍的樣子。一陣冷顫顫的感覺，從他的髮根，一直爬到他的肩膀。居然有人寫這樣的一篇文章。句子都狂妄到野蠻的程度，出人意外的諷刺，和一堆一堆的離奇字句，都非常過份過度。然而，這篇文章雖是粗魯，却使他讀來受了一擊，這篇文章，很猛烈地喚醒了他，叫他心裏又想到近幾個月來一直沒有去想到的很多事情。

他抬起頭來看。娜娜已經在全神貫注欣賞她裸露的肉體。她正在彎着頸子，集中注意力，從鏡子裏看她右後臀上的一顆棕色小痣。她用手指尖去摸那顆痣，而且因爲身子往後邊彎的緣故，那顆痣就比從前更加突出而顯明。這顆痣生在那個部位，自然要使她覺得又古怪又好看了。她看完那顆痣，又去研究自己身體上其他部份，臉上透着一種開心的表情，這種心情，極近乎小孩子一種不良的好奇心。她只要一看見自己的肉體，就永遠爲之一驚，她也就必然仔細去看它，其驚訝與狂喜，宛如一個處女發現自己的春情發動。她慢慢地慢慢地把兩隻手臂放開，好把自己的體態美儘量發揮出來，她那個身段，很像一個豐滿的愛神軀幹。她的屁股左右擺動，看了前面，又看了後面，再停住了看看兩個乳房，看看兩條大腿那種勾動人心的曲線。她看得出奇地高興，就把兩條腿分開，左右搖動，搖的時候，只用她的腰部，發着連續不斷的旋轉，就像跳肚皮舞。

穆法坐在那裏看她。她簡直叫他害怕。報紙也從他的手裏掉下來。有一會兒，他看見她這個樣子，就很輕視自己。是呀，文章裏說得一點也不錯，在三個月內她確是已經把他腐化了，他已經覺得自己的骨髓，都被這一向所不曾夢想到的汚濁浸染了。現在，他的內心裏，無論什麼都注定是要腐爛了，一眨眼之間，他明白了這種罪惡會貽毒到什麼程度。他的家庭毀了，連社會都崩潰了。然而，他的眼睛仍禁不住去看，雖然他盡力想嫌惡她的裸體，不去看她。

娜娜不再搖動了，她用一隻胳臂托在頸後，一隻手緊握在另一隻手中，兩肘左右分開，把頭往後彎，這樣，他就能看見她半閉的眼睛，張開的嘴唇，和性感笑容的面孔。她那一大把黃頭髮，披散在背後，像一頭母獅子的茸毛，把整個背部遮住。

她這樣往後邊仰着，就把她健壯的腰部和結實的兩個乳房顯露出來，腰上乳上的强壯筋肉，在她那雪白的皮膚上活動着。一條美妙的曲線，她的肩部和大腿。穆法的眼睛順着這個溫柔的側影往下看，看見這個美麗的肉體，怎樣消失在金光輝煌之中，又看見這肉體的圓圓輪廓，閃耀在燭光之下。他想到他從前對於女人的舊夢，又想起聖書上所講的野獸來，一想到這裏，他心裏馬上就淫蕩而狂野起來。娜娜周身都是漂亮的汗毛，那種金黃色的毛，使得她遍體都像絲絨；同時，她的身上，到處都現出那個聖書上所說的獸性：她兩邊腰窩幾乎像馬那樣發達，她的身體上，不是豐滿的肉，便是凹陷的深穴，這都在她的性感上，添了一層隱約在影子裏邊的神秘意味和誘惑的力量。她確是聖書上那個金黃的動物，像畜生力量一樣盲目，只憑它的香味，就可以把世界毀滅。穆法像中了魔一樣，一動也不動，坐在那裏瞪着眼看了又看，最後，他閉上眼皮，想逃避這個誘惑，可是，那個獸性可又在他腦子裏的黑暗處出現了，比睜着眼的時候更大，更可怕，更富於誘惑性。現在，他才明白，這個獸性是要留在他的眼前的，要留在他自己的肉體上的，而且永遠會留着。

但是娜娜正在全身轉動，似乎有一陣溫柔的寒戰，輕輕穿過她的四肢。她的眼睛濕潤了；她盡力把自己縮小，彷彿那樣才覺得舒服一些似的。然後，她又把雙手慢慢地從兩個乳房滑下，溫柔地摩擦，她那張嘴，吻自己兩腋附近的肉，又向着鏡子裏也在吻自己的那個娜娜，發出媚笑。這時，穆法發出長長嘆息。這種單獨的自賞，加倍勾動他的心。忽然間，所有他剛才那些理智的決心，都像被一陣狂風掃走似地消失。突然一陣獸性的熱情，在他的心裏沸騰起來，他就跑過去把娜娜抱在懷裏，把她按倒在地氈上。

「放開我！」她喊起來。「你弄得我好痛！」

他知道他被打敗了，他也知道她愚蠢，卑劣，和虛僞，可是，雖然她是有毒的，他還是渴望得到她。

「啊，開玩笑！」她站起來，生氣地說。

雖然如此，她慢慢安靜下來。他現在可該走了吧。她抓起一件鑲空花邊的長睡衣，披在身上，走過去坐在火前的地氈上。那是她最喜歡坐的地方。等一會兒，她又問他花車利那篇文章，穆法含含糊糊地回答，因爲他想避免一場風波。心裏盤算着如何把伯爵打發走，她很想用客客氣氣的方法趕他，因爲她究竟還是個本性良善的女孩子，所以不願意叫別人痛苦，特別像目前這樣的一個人，可憐他是個王八，又引起她的同情心。

「那麼你是等你太太明天早晨回來的了？」她最後說。

穆法坐在安樂椅上，他的樣子很睏倦很疲乏。他點點頭。娜娜坐在那裏，瞪着他，雙手抱着雙脚，機械地轉來轉去。

「你結婚多久了？」她問。

「十九年了，」伯爵回答。

「哦，你的太太對你好嗎？你們兩個人相處得好嗎？」

他默然不語。隨後，有一點不安地說，

「你知道我請你絕對不要問這些事情的。」

「爲什麼呢？」她生氣地叫，「我談到她，我也不會吃了她的，我親愛的朋友，所有女人都是一樣的。」

她說得太過份就不再說下去。她覺得自己是和善的，這個可憐的男人，不能對他太冷淡。在仔細打量着他的時候，她不覺微微笑起來。

「我說，」她接着說，「花車利給你傳播的謠言，我還忘記告訴你呢。這個人，可以說是一條毒蛇！我對他並沒有什麼惡感，因爲，他的文章裏所講的也許是眞的，可是依然確是條毒蛇。」

她笑得更開心了，兩手把雙脚放開，順着地板爬過去，把胸部靠在他的膝蓋上。

「想想看，他發誓說，你娶你太太的時候，還不懂人事呢。眞的嗎？」

她把雙手放在他的雙肩，搖撼他，要他供出來。

「當然是眞的。」他終於嚴肅地回答。

她坐在他的脚下，不停地大笑，不住地拍他的大腿。

「你是大特別，可憐的小鴨子，你那個時候一定笨得很！一個男人居然不懂得那件事，哈，這可眞滑稽！老天爺，我眞想看看你那個時候是什麼樣子的！後來怎樣，告訴我。」

她逼他回答許多問題，連最小的情節，也都盤問到，一樣也不遺漏。她高聲大笑，在地氈上打滾，襯衣也笑得滑下去，把肉體露出來；她的皮膚，在那一爐火的照耀之下，閃閃金黃。伯爵就把新婚之夜的情形，一點一點講給她聽。他一點也不再覺得難爲情。說到後來，連自己也覺得有趣起來。只是，他仔細選擇字句，因爲他依然保持着體面。這位少婦聽得極感興趣，就問他伯爵夫人是怎樣的人。據他說，她的樣子眞少有，不過，美雖然美，却冷如冰雪。

他奇怪地說，「你沒有理由吃醋。」

娜娜不再大笑，她現在又坐回以前那個位置上去，背朝着火，兩手抱起兩腿，把下頷擱在膝蓋上說，

「親愛的朋友，新婚初夜在太太面前像個儍瓜似的，是大大的錯誤。」

「怎麼？」伯爵問。

「因爲——」她慢慢地回答。

像是在課堂上上課，她向着他搖頭，意思明明白白。

「你看，我什麼都懂，我的朋友，女人們是不喜歡一個男人不懂人事的。女人嘴裏固然什麼也不說，她要顧到體面，你知道；她們心裏是想要的，很多女人們早晚總會另外去想辦法找出路的。」

他似乎沒有聽懂。於是她就往下說得更具體。她像慈母似的，純然用一片好心，按照一個朋友所該做的，來教訓他。自從她發現他是王八以後，這個消息一直在她心上，所以她急想和他談談。

「眞的！我現在所說的，都是和我自已不相干的事。我剛才爲什麼說那些話呢，那是因爲我覺得任何人都應當幸福啊。我們不是在談天嗎，喂？那麼，我問你什麼你就要誠實回答我。」

她說到這裏，停下來，爐火太猛了，把她的背燒痛，所以又另外換一個位置。

「這可眞熱啊，喂？我的背都烤焦了。你先等一等，我得把我的胃也烤一烤。這可以治胃疼

的！」

等到她轉過身來，把胸口向着火，兩隻脚盤坐在身子底下，「告訴我，」她又說，「你現在不再和你的太太睡在一起了嗎？」

「不，我沒有和她睡在一起，」穆法說。

「你相信她是木頭嗎？」

他低頭表示是的。

「這就是爲什麼你來找我？回答我！我不會生氣的。」

他仍舊低頭。

「很好，」她說。「可是我仍舊想，可憐的朋友。你認識我的姑母萊拉，她來的時候，你叫她把她那個賣水果的故事講給你聽——媽的，這火好熱！我轉個身烤一烤左邊。」

她轉身的時候，覺得很滑稽，她看見自己在火光肥肥紅紅的樣子，心裏覺得好玩，就跟自己開起玩笑來。

「我像一隻鵝，一點也不錯！我是烤叉上的一隻鵝，轉來轉去，用我自己的汁在烤我自己，對吧？」

她大笑起來。外面有人說話，和砰然關門的聲音。穆法奇怪地望着她問她，她立刻嚴肅起來，臉上很焦急。這也許是蘇愛的那隻猫，這個該死的畜生，把什麼東西都打碎了。這時，是晚上十二點半。這個王八，究竟還要逗留多久呢？現在另外那個男人已經來了，她要把他趕快打發走。

「你剛才說的什麼？」伯爵殷勤和藹地問，他一看見她對他這樣和氣，又給媚住了。她既然渴望把他擺脫開，心情就突然變了，人也就粗暴起來，張開嘴也不管說的是些什麼。「哦，是的！說的是賣水果的和他的太太。是這樣的，親愛的朋友，他們兩個人從來連一次也沒有發生過關係！連一點都沒有過！她是祈望得到一切，可是他呢，那個不懂人事的呆子，就根本不懂得，竟以為她是硬幫幫的一根木棍，於是就到別處去找發洩，和街上的妓女們混起來，叫那些女人們用種種齷齪的手段對他；而她呢，她却另外找到比她那個無知的丈夫精得多的男人們。凡是彼此不相了解的夫婦，到頭來總會有這種結果的。這我懂得，我眞懂得！」

穆法的臉色蒼白。他終於明白她所指的是什麼，就想叫她不要再說。可是她是堅持要說下去。

「你不要說話，如果你們男人不是一羣大傻瓜，你們早跟你們的太太處得和跟我們一樣的親密了；如果你們的太太不是呆頭鵝，她們也就早會像我們那樣不怕麻煩，把你們抓住了。可是你們都假正經，我的朋友，你們正自食惡果。」

「不要談體面的女人們，」他嚴厲地說。「你不懂得她們。」

娜娜聽了，就跪起來。

「我不懂得她們！嘿，她們也不乾淨，你那些體面的女人。我不相信你能找到一個像我這樣敢把身子亮給人家看看的正經女人。哼，提起正經女人令我發笑！不要逼極了我；不要逼得我說出說過了又後悔的話。」

伯爵嘴裏咕嚕幾句骯髒的說話，作爲回答。娜娜的臉色，馬上也變白了。她看了他一會沒有說話。然後，她清清楚楚的聲音說，

「假如你的太太欺騙你，你怎麼辦呢？」

他做出一個恫嚇的姿勢來。

「哦，要是我欺騙了你的話呢？」

「啊，你呀，」他把兩肩一聳。

娜娜當然是感到，從談話一開始，娜娜不想當面告訴他是王八，她很想靜靜地向他說，可是他的態度使她困擾。

「我的孩子，」她接着說，「我可不知道你想怎樣，這兩個鐘頭以來，你把我累死了。現在請你走吧，去找你的太太去，她正在和花車利幽會，他們在泰特布路，就在蒲羅望斯路角。你看，我連地址都告訴你啦。」

說完，她看見伯爵站起來，他像一頭牛挨了錘擊似的，脚底下都不穩了，她又得意揚揚地說，

「正經的女人們，也向我們看齊，把我們的情人從手裏奪走。」

然而她沒有法子再說下去了。他把她推倒在地氈上，舉起他的脚後跟來，就要踏碎她的面似的，叫她住嘴。在這一刹那間，她非常恐懼。伯爵暴怒得發昏，就像個瘋子似的，在房裏到處打

轉。他一句話也不說，她看見他這個樣子，她很後悔，轉身烤着右半身，一面安慰他。

「親愛的，我以爲你早就知道呢，不然的話，我就絕不會說，不過這也許不是眞的。我沒有肯定。都是我聽來的，大家都這樣講；可是沒有證據，喂，你爲這個氣昏了頭，太傻了。如果我是個男人，我才不介意女人們呢！所有的女人們都一樣，你知道嗎，無論是上流的或者下流的，她們都是亂七八糟的。」

她把女人痛駡一頓，她想這樣他所受的打擊可以減輕。但是他沒有聽見她說的是什麼，他把靴子和外衣一齊穿上。他在房裏亂跑，然後，一發現自己走近門口，就衝出屋子去。娜娜覺得非常煩惱。

「好啦，好啦！祝你一路順利！」她在後面大叫。「跟他說話，他還是有禮貌的！是我要收起脾氣來，我說了多少請求原諒的話，他不該留在這裏打擾我。」

「他是烏龜，不是我的錯呀！」

她把周身面面都烤過，烤得像燒鷄一樣那麼熱之後，就走過去拉鈴，叫蘇愛把另外在廚房的那一位叫來，然後躺在床上。

穆法出來，邁着大步走去。外邊剛剛下過一陣雨，他走在油光光的路上，不斷地滑得跌交。他往天空望，看見一塊塊雲朵，正在前面。在夜晚這個時候，歐斯曼大街上，只有疏疏落落幾個人。他沿着歌劇院的四周，只找有黑影的地方走，一邊走着，嘴裏一邊咕嚕着一些不相連貫的話。那個女孩子說謊，完全是她編造出來的，剛才把她推倒在脚下的時候，早應該把她的頭踏碎，太可恥了。他從此不再見她，不再摸她。他長長吸一口氣，哼，這個裸體的，殘酷的，烤得像隻鵝似的妖怪，在她的嘴裏，把他這四十年來所尊敬的一切都譭謗。這時，烏雲已不再把月亮遮住。他覺得害怕，突然感到像墮在深不可測的空中似地那麼絕望而發狂，痛哭起來。

「我的天！什麼都完了！」

遲歸的行人，匆匆忙忙地走着。他努力鎮定，那個女孩子告訴他的這段故事，使他煩惱。伯爵夫人是明天早晨才從撒賽夫人的鄉間別墅回來。然而，事實上她會早一天晚上回到巴黎來，先和那個男人過一夜呀。他想起住在豐黛特時候的許多詳細情形，有一天晚上，他走到花園裏，把藏在樹蔭下的莎彬嚇了一大跳，她當時慌亂得連他的問話都答不出了。那個男人當時跟她在一起；那麼，她現在又爲什麼不可以也跟他在一起呢？他把這一類的事情越多想一想，就覺得娜娜所說的越可能，認爲這是很自然的事，而且也是無可避免的。自己在一個淫婦的家裏，正脫下大衣的時候，他的太太也正在她的情人屋子裏脫衣服。世上再沒有比這個更簡單或者更合邏輯的事了！他用這樣推理的方法，儘量勉强自己冷靜下去。他感覺有一股力量，把他推往肉慾方面衝去，這力量越來越大，結果把他四周的全部世界都掃除。在他的想像裏有無數的幻象追逐他。一個裸體的娜娜的幻象，忽然換成他太太，裸體的伯爵夫人的幻象。在這種影象裏，這兩個女人，和男人們發生着同樣的性關係，也受着同樣肉慾的支配，這叫他完全迷糊，差一點沒有被路上一輛馬車給軋死。從一家咖啡館裏走出來幾個女人，往他身上擠，高聲大笑。於是他又想哭，無論他怎樣努力不哭，也是按不下去，他不願意當着別人面前落淚，就趕緊鑽進一條又黑又沒有人的洛西尼街，他順着這條寂靜的街面，像個小孩子似地一路哭着走過去。

「什麼都完了，」他用空洞的聲調說。「什麼都完了！」

他哭得太厲害，結果，不得不倚在一道門上，用兩隻滿浸着淚水的濕手，捧着他的面孔。一陣脚步聲音，他趕快走開。他內心感覺又羞恥又害怕，所以一看見別人，急忙躲開。遇見過路的人，他便裝做很閒散的樣子走去，一直走到蒙瑪特爾路口，這條街上的燈光輝煌，使他退回來。他在這一帶，選着黑暗的角落走，就這樣繞來穿去，差不多繞到一個鐘頭。他的脚步，耐心地，本能地領着他拐彎抹角的，走了許多曲折的路徑，毫無疑問，是有目的地的。最後，他走到泰特布路和蒲羅望斯路的交叉轉角處。本來五分鐘便可以走到，他走了一個鐘頭。他記得，一個月以前，有一天早晨，他到這裏來過，上樓進到法車利的屋子裏去過，那是因爲這位新聞記者，在一篇介紹皇家花園大跳舞會的文章裏，提到了他，所以他特意到他家裏來謝謝他。他住的是二樓，臨街有一排小方窗子，下半截都被樓下舖面的大招牌遮住。左邊最末的一扇窗子，兩旁的窗帘沒有拉緊，從中間射出一條燈光來，把窗子恰恰分成兩半。他站在那裏，望着亮光期待着。

月亮已經消失在墨水般的天空，正在下着氷冷的細雨。三聖教堂的鐘打了兩下，蒲羅望斯路和泰特布路完全在黑暗中，只有斑斑點點的瓦斯路燈的閃閃光亮，最遠處隱沒黃黃的濃霧裏。穆法儘站着一動也不動。那房間，他現在想起來，裏面的窗帘是紅色的，一頭放着一張路易十八式的床，燈是在右邊壁爐。他們一定是已經上床睡了，因爲窗子上沒有人影。他仍然往上望，想去按門鈴，不管房門抗議，就闖上樓去，不等他們來得及鬆開擁抱的手臂，就當場捉姦。他忽然想到自己手裏沒有武器，就遲疑起來，可是，馬上他又決定把他們勒死。他把這個計劃反覆考慮，覺得先還是等一等，看有什麼形跡，有什麼證據，把這件事弄得準有把握再動手。

那個時候，只要露出一個女人的影子，他馬上去按門鈴。不過他想，也許弄錯了呢，他怎樣才能有把握呢？他的太太不會跟那個男人在一起的。那未免太怕人和不可能。然而，他還是站在那裏，等了很久，全身都感到痲痺，漸漸虛弱不支，眼睛也因爲瞪得太久，也就昏迷錯覺。

雨下得更大了，兩個警察走近，他不得不離開躲雨的那門口。等警察走進蒲羅望斯路看不見影子以後，他又回到原來的位置上，周身已經淋濕，冷得打顫。那一條明亮的光線，還從窗帘縫射出來，他正要離開的時候，有一個影子在窗後走過，他以爲是自己看錯了。然而，後來又是一個，跟着那個影子很快地過去，屋子裏面起了一陣騷動。他於是又重新在路旁站定。胳臂和大腿的輪廓從窗後掠過，一個巨大的手，端着一個水桶走過去，什麼也看不清楚，他想是個女人的頭髻。他想那很可能是他太太的頭髮，只是那個頸子比他太太粗大，他已經沒有辨認能力了，他胃痛使他把身子緊緊貼在門上，全身抖顫，他仍然注視着窗口，他看自己是個議員，在大會裏向大家演說，高聲指責荒淫，預言全國會叫荒淫毀滅。他把法車利論毒蒼蠅的那篇文章，又重複一遍，向會裏宣佈說，像只有羅馬帝國末年才能比擬的這一類的墮落。他這樣想着，心裏就舒服一點。然而，窗上那些影子，在這個時候不見了。這一定是他們又上床去了，他就仍然站在那裏等。

響了三點，四點，他還是不走開。一陣又一陣的雨落下來，他就把身子緊縮在那道門角裏，兩腿全叫雨水濺濕。現在，沒有一個行人經過，他的眼睛，看得太久了，就閉起來一會。後來窗上的影子又出現兩次，同樣是那個大水罐子的側影，跟着又沉靜下來，燈也還是照樣亮着。這些影子，他想他只要等到明天早晨那個女人出門，就很容易認出是不是他太太，辦法再沒有比這簡單的了，而且不會鬧笑話。只要站在那裏不走就成了。他昏亂的心情中，知道清楚，他就計算還要再等多久避免睡着。他太太要在九點鐘左右到火車站，他還得再等四五小時以上。他很有耐性，他動也不想再動了，他幻想着自己這種守夜，也許會繼續到永遠也覺得相當有趣。

忽然，窗口暗了，這個平凡簡單的事情，在他看來，都是一件預料不到的大危機，使他討厭，煩惱。這顯然是他們剛熄燈，要睡覺，這是很自然的事，這可把他弄乏了，因爲那黑暗窗戶，他不再感興趣了。他又看了一刻鐘，感覺疲乏，離開那門口，在人行道上兜一個圈子。他走來走去，時時抬起頭來往上望，一直走到五點鐘。那窗口還是黑黑的，他不時地問自己是否也夢想到，那窗面後，也許又有影子在動呢。覺得疲乏，他連究竟在這個街角上是等什麼都忘記了。他繼續在路旁蹣跚着，有時，自己竟不知自己是在什麼地方，就爲之一驚，這樣打一個冷戰，就把他驚醒。他們既然都睡了，又有什麼好等的呢？天色黑得很；沒有一個人知道今天的經過，想到這裏，他心裏的一切情感，就連好奇心在內，都沒有了，他想到別的地方去找安慰去。天氣越來越冷，冷得叫人忍不住，兩次，他走開了又慢慢走回來。什麼都完了，現在他什麼也不想了，於是他就沿街走去，沒有再回來。

他穿過小巷，慢慢地走，沒有變換他的步伐，緊貼着牆邊走。

他的靴後跟在人行路上回響，他所看見的，他自己的影子在身旁移動，他每走近街上次一個路燈的瓦斯光下，影子就伸長一點，一走過去，影子便又逐漸縮短。這影子的一伸一縮，他覺得很有趣，並且機械地佔據他的思想，他不知道走過那裏，彷彿他拖着自己，在兜圈子。他來到巴諾拉馬橫街口，把臉緊貼在街口的鐵門上，兩隻手抓着鐵欄杆，怎麼會來到這裏的呢。他也弄不清楚。這一條過道，空無一人，整個都淹沒在黑影中，他什麼也看不清楚，一股風從聖馬可路吹下來，把像地窖裏發出來的濕氣，吹到他的臉上。一股奇怪的吸力使他停在那裏，欄杆就在他的臉上印上一條條的痕跡。後來，他從夢想裏醒過來，不覺驚詫，他的心裏無限悲哀，因爲，在這一片黑影中他孤獨地向前走。

終於，天亮了。這是冬夜的一個陰暗的黎明，從汚濁的巴黎路面上看去，天色就更凄慘。穆法已經轉回到寬濶的街道上來，這是新歌劇院左右正在修築中的幾條街。街上滲了白石灰的土，被雨一浸，再被卡車輪子一軋，就變成了一片稀泥塘。他不管自己的脚踏在哪裏，只顧往前邊走，一邊滑跌着，又一邊再用力走穩。巴黎的清晨，那些成堆的清道夫，和一大早就結着隊到各處上工去的工人們，戴着一頂濕帽子，穿着滿身泥濘的衣服，一走過去，人們詫異地看他。他想躲到柵欄後邊去，他的腦子裏，覺得自己是很悲慘的。

他想到上帝。這種忽然湧上來的求神幫忙，求超凡人的安慰的念頭，竟彷彿是以前沒有想到過的，而且是很特別的，他大大一驚。因此，維諾先生的容貌又湧上，他又看見他那肥臉，和兩排壞牙。幾個月以來，他一直避免見維諾先生，如果他去敲他的門倒在他的懷裏放聲一哭，維諾先生必然會很高興。往日，上帝對他一直都是很慈悲的。從前，只要有小小一點悲哀，在人生的路途上只要遇到一點點挫折，他總是到教堂裏邊，跪下去，使渺小的自己，低首下心在萬能的上帝面前祈禱。這樣祈禱之後，他又堅强起來，完全準備丢開塵世上的一切慾念，一心一意渴望得到靈魂的永生。可是現在呢，教堂他只在下地獄的恐怖降臨在他的身上的時候，才偶然去一去。各種墮落的傾向，已經把他克服，對於娜娜的念念不忘，也擾斷他皈依宗教的虔誠。所以現在一想到上帝，自己反而覺得出乎意外似的一驚。在他那脆弱的時候，爲什麼早不想到上帝呢？

他就提起微弱的脚步，去尋找教堂。然而他什麼都不知道，清晨已經叫街道的面目變了樣子。不過，沒有好久，在他轉過昂丹石路轉角的時候，望見三聖教堂一座鐘樓，隱約在霧裏。一座座的白石像，看起來像是多少寒冷的愛神站在枯黃的樹葉間。他登上那寬大的高石堦，累得發喘，就站在門廊下喘息了一下，然後才走進去。教堂裏邊很冷，爐火昨天晚上就已經熄了，那極高的拱頂，滿窗縫滲透進來的薄霧。教堂裏的大廳昏黑，一個人也沒有，穆法撞倒了好幾把椅子。他匍匐在小神龕前面，重複地說，「我的上帝，啊，我的上帝，不要遺棄我這個罪人，啊，我敬愛你，你不會讓我在我仇人的打擊之下消滅吧！」沒有回答；只有黑暗和寒冷重重壓在他的身上，還有那些走路的聲音，繼續在遠處響着，妨礙他的祈禱。在這個空曠的教堂裏，沒有人打掃，早上彌撒還沒有開始，他扶着椅子站起來，站起的時候，兩條膝蓋發抖。上帝還沒有來，他何苦跑到維諾先生的懷裏哭呢？他也是一點辦法都沒有的。

然後，他機械地走回娜娜家裏去。走到門外，他滑了一交，他眼淚湧出來，然而他並不對他的命運生氣，他只是不舒服。他是太疲倦了，雨水寒氣把他凍壞了，可是，只要想到米羅眉斯尼勒街那座大房子，就不想回去。娜娜家的大門還沒有開，他只好站在那裏等，門房出現，他走上樓梯，就微笑起來，因爲這是個叫他可以伸開四肢去睡一覺的溫柔鄉。

蘇愛開門一看是他，就極不安地吃一驚。小姐生病，她頭疼得極厲害，這一夜她都沒有睡。她去看小姐是不是睡着。他在客廳裏，沉在一張安樂椅中，在那同時，娜娜走出來。她剛剛從床上跳下來，連件襯裙都沒有來得及穿，就跑出來。脚赤着，頭髮亂蓬蓬着，睡衣周身都是摺綯，那是一夜風流的痕跡。

「你又來啦！」她喊着，雙頰漲得緋紅。

她大怒，想親自把他趕出去。可是，看見他悲慘的樣子，又覺得他可憐。

「你的樣子可眞好看，可憐的朋友！」她愉快地說。「究竟是怎麽啦？是去監視他們了，那可夠你受的。」

他沒有說話，他的樣子像一個受傷的公牛。她認爲他一定還沒有找到證據，爲要使他恢復自信，說，

「你看是我弄錯，我擔保你的太太是正經女人，我的小朋友，現在你可要回家去，需要睡覺的。」

他一動也不動。

「快走！我不能把你留在這裏。你總不能在這個時候在我這裏吧？」

「是的，讓我們一塊兒睡吧。」他期期艾艾地說。

她又忍不住了，可是勉强把火氣壓下去。難道瘋了嗎？

「去，出去！」她第二次說。

「我不。」

她發起火來。

「這眞叫人没有辦法，你明白嗎？去，去找你那位叫你王八的太太去。她是叫你王八。這是我告訴你的，你已得到你想要的，你走不走？」

穆法的眼裏滿是眼淚。他緊緊握着兩隻手。

「啊，讓我們一塊去睡！」

娜娜聽了，於是神經地大哭起來。這些事和她有什麼關係呢？她不想傷他的心，而很巧妙的告訴他，要她代價了！不行吧！她固然心地良善，可是還到不了這種程度！

「媽的！我已受夠了！」她用拳頭在傢具上捶着發誓。「我很想對你忠實，也盡力去做，如果我想要的話，明天我便可以有大把錢，我親愛的朋友！」

他抬起頭來一驚，他以前從來没有想到過錢的問題。她要是早說，他的全部財產都給她。

「不，現在太晚了，」她憤怒地回答。「我喜歡不用開口就給錢的男人。現在可不行了，即使你給我一百萬，只求抱我一下，我也要拒絕！我們兩人完了，我這裏有更好的東西，另外有人。請走吧，不然，後果我不負責。我可會做出可怕的事情來。」

她向他威脅地走過去，正門忽然打開，士丹拿走進來，這倒是最後的救星，她大聲吼起來。

「又來了一個！」

士丹拿叫她那刺耳的呼吼，弄得莫名其妙，站住。他沒有想到穆法也在，因爲他怕解釋，所以這三個月以來，一直儘量避開。他裝作沒有看見伯爵，避免伯爵的眼光。他喘不出氣來，好像跑遍了全巴黎城，特意來報告喜訊，可是撞上了一場災難，臉上弄得通紅，心裏彆扭。

「你要什麼？」娜娜親熱地問，不理會伯爵在那裏。

「我做什——什麼——？」他結結巴巴地說。「我已經給你弄到了——你知道是什麼。」

「什麼？一千法郎。」

他猶疑起來。前天她告訴他，如果他弄不到一千法郎替她還帳，就不要來見她。兩天以來，他到處去找這筆錢，今天早晨，把這個數目湊足了。

「那一千法郎呀！」他說，一邊從口袋裏掏出一個信封來。

娜娜却把這件事給忘了。

「一千法郎！」她喊着。「你以爲我是乞討的嗎？看我把這一千法郎拿來做什麼。」

她接過信封，向他臉上拋去。他却像個節儉的猶太人似的，彎下腰把那錢慢慢費力氣撿起來，然後臉上帶着一副木然的表情，望着娜娜。穆法和他交換了失望的一瞥。這時，娜娜把手指放在嘴唇上大聲說。

「你侮辱我夠了嗎？親愛的孩子，你也來了，我倒也高興，因爲這樣我可以把你們一齊趕出去！」

他們兩人動也不動，站在那裏，於是她又喊，

「你們以爲我是大傻瓜，你們使我困擾，這種時髦的生活我受夠了。我不再要，活該，那我甘心情願！」

「一次，二次，三次，你們不走？很好！我的朋友在這裏。」

她突然把臥室的門打開。這兩個人看見豐丹正睡在床上。他沒有料到會給人看到，不過，他並不覺得有什麼了不起，這種突然的意外，他在舞台上習慣了。實際上，他一驚之後，就做出一個鬼臉來，皺起鼻子來，把下半個臉整個變了樣子。原來一個星期以前，娜娜每天都到雜耍劇院去找他。

「看見了吧！」她用一個悲劇演員的姿勢指着穆法說。

「淫婦！」他吃吃地說。

娜娜本來已經走進臥室去了，到這個時候，又走出來，想最後算一次帳。

「我是淫婦？那麼你的太太是什麼呢？」

她說完就進去，把門砰的一聲關上，門閂一扭。兩個人，丢在門外，你看着我，我望着你，沒有說話。蘇愛走進來，可是她並不急於趕他們出去。她好好地對他們說，她的小姐專門做些傻事，不過她却站在她一邊，說她和這個戲子的關係不會長久，她的瘋狂過去，她便會把他拋棄。他們不說話，就退出去。他們在人行道上，兩人像兄弟一般，握手道別，背轉過去，向着相反的方向走。

穆法最終走到了米羅眉斯尼爾街他那大房子裏，他的太太也剛剛到家。兩人在那寬濶的大樓梯上相遇，樓梯的兩面牆揚起一片氷似的寒冷。他們抬起頭互相看看。伯爵還穿着他那一身泥濘的衣服，他那灰白而迷亂的面孔，像遊蕩回來。伯爵夫人的樣子，很像是坐了一夜的火車，坐得疲乏極了，頭髮亂蓬蓬的，很想睡覺。

8

在蒙瑪特爾區，維龍路三樓的小小兩個房間裏。娜娜和豐丹請了幾個朋友，和他們一起吃主顯節前夜的聖餅。他們雖然只搬來三天，就在請暖居的酒了。

他們沒有打算住在一起，不過蜜月來得太火熱，就決定住在一起。她那天大大發脾氣，把伯爵和銀行家趕出門去之後，就知道她是一團糟。她看清楚她的處境；債主們會擁進她的前室來，打擾她的戀愛事件。經過無數的爭吵，她寧願把一切東西都賣掉。何況她非常討厭歐斯曼大街那房子，住在那幾間漆着金的大屋子裏，實在難受，她對豐丹熱戀到了極點，那小女孩的夢想又回到生活中來，當她還是紙花學徒的時候，兩個人最好是住在一間光亮的寢室，要一座帶玻璃門的玫瑰紅木碗橱，和掛着藍布料的一張床而已。兩天內她把首飾，和一些零碎的東西賣掉，得了一萬法郎，一去不返，連房東也不通知。不留一點追尋的痕跡，也使那些臭男人沒法找到她。豐丹對她很好，他從不說不字，隨便她怎麼辦都好。他對她表現伙伴的精神，有差不多七千法郎，他是出名的小氣鬼，他同意把他七千元給娜娜用。他們覺得是一筆穩固的基金，開始家庭生活，兩間屋子隨各人喜歡陳設起來，共同享受。最初，日子過得確是很甜美。

主顯節的前夕，勒拉太太帶着小路易，是頭一個到的。她看見她的姪女拋去發財的機會，難過得發抖，趁着豐丹還沒有回來，哭着說出她的意見。

「啊，姑媽，我多麼愛他呀！」娜娜用最漂亮的姿勢，把手放在乳房上，叫着說。

這句話對於勒拉太太發生效力使她哭起來，

「你說的對，」她帶着一副深信不疑的神氣說。「愛情高於一切！」

她稱讚這兩間房間裝修得很漂亮。娜娜帶她去看臥室，看客廳，和廚房。這地方不大，不過是重新油漆和貼上新壁紙。而且，陽光充足。

小路易正在廚房裏，站在一個打雜的女僕身後，看着她烤一隻鷄。勒拉太太就趁着這個時候把娜娜攔在臥室裏。勒拉太太說，她覺得非把心裏的話說出來不可，因爲蘇愛剛剛到她家裏去過。蘇愛爲了忠心於她的小姐，所以還留在那邊，勇敢地支撐着難關。工錢麼，那小姐可以到以後再付：請她不必爲這個擔心！在歐斯曼大街那座住宅裏，是她在整天的紛擾裏，向債主們交涉的；也是她把娜娜的逃避保持名譽，她儘量保存留下來的東西，對任何人都說她的小姐是出門旅行去了。她對他們沒有說出她的住址，她怕被人跟上，就連小姐這裏都不敢來。不過，那天早晨，她到勒拉太太家裏去，那些債主們，有傢具店，賣煤，洗衣服，都來了，都願意給一個時期的寬限。不但如此，而且他們說，如果小姐聰明的話，他們願意借給她相當數目。姑母重複着蘇愛的話，這件事情的背後，一定是有一位追求的紳士。

「永不！」娜娜忿怒地說，「哈，這些做生意的人全不懷好意！他們以爲可以把我賣了去還賬嗎？嘿，你聽着，我情願餓死，也不欺騙豐丹。」

「我是這樣對她說，」勒拉太太肯定地說。「你是依照你的心意行事。」

娜娜聽說迷鳥台賣了，而且是拉波得出了一個低得荒唐的價錢，買去送給卡洛琳·艾蓋的，非常生氣。這叫她對那一羣敗類很生氣，看他們那麼神氣，那麼體面。她是賣淫婦，她比他們全體都值錢得多！

「他們會笑我，」她作結論說，但是金錢永遠也不會給他們眞正幸福！而且「姑媽，你知道，我現在連他們這一輩人死活都不管；我太快活了。」

就在那個時候，馬羅阿太太走進來，戴着只有她自己才知道怎麼做的帽子。又見面了，眞高興。馬羅阿太太解釋說，這裏華麗得叫她吃驚，好啦，從今以後，她可要常常來玩紙牌了。大家又重新把這層住宅的各間屋子參觀一遍，娜娜在廚房裏，當着烤鷄的那個打雜女僕的面，說她是怎樣節省，不用女僕人，她很想自己照料家裏的事。

外邊忽然有人聲。豐丹帶着包斯克和普魯里葉爾同來，馬上開飯。在娜娜第三次帶人看她的房間時，第一道湯已經端上來。

「啊，孩子們，你們這裏多麼舒服呀！」包斯克說，其實這只是爲了喜歡。他的心裏，對於這個他所稱之爲「愛窠」的地方，一點也不感到興趣。

到了臥室裏，他似乎找不到足夠的讚美詞句。他平日把女人當作禽獸，他一想到一個男人爲着這麼一個骯髒的禽獸去弄得自己一身痲煩，心裏就暗暗激起憤怒的感覺來。他對於宇宙有一種廣泛而醉醺醺的藐視。

「啊，哈！這兩個幸運的人！」他一眨眼，接着說，「他們偷偷地就這麼幹了。喂，你們當然做得對。這實在舒服，而且，當然嘍，我們是要常來看你們的！」

等到小路易跨着一把掃帚跑進來，普魯里葉爾懷着惡意地哈哈笑着說，

「什麼！你們已經有那麼大的孩子？」

大家都覺得非常詼諧，勒拉太太和馬羅阿太太大笑得渾身發抖。娜娜絕沒有生氣，大笑，說，事實並非如此。她倒很願意生一個，爲了這個小東西和她自己，都是有好處的，不過也說不定馬上就會生。豐丹裝作好心男，把小路易抱起來，逗着他玩。

「反正都一樣，你愛你的爸爸！叫我一聲爸爸，叫一聲！」

「爸爸，爸爸！」小孩子結結巴巴地說。

大家都對孩子撫摸，這可把包斯克弄得全無興趣，要求馬上開飯。那是人生唯一值得的事。娜娜請客人們允許把小路易坐在她旁邊。晚飯吃得很開心，只有包斯克，坐在那個小孩子附近，非常苦惱，他得時時提防盤子被他打翻。勒拉太太使他不舒服。她在他旁邊小聲告訴他關於那些還在追求她的有錢紳士。她把大腿弄到他的身上來，使得他兩次不得不把她的膝蓋推開。普魯里葉爾對待馬羅阿太太的擧止，也極其沒有禮貌，連一次也沒有幫她。他被娜娜吸引住，看見娜娜和豐丹在一起，神氣就很不舒服。這一對愛人，不斷接吻，直叫人討厭。因爲，他們違反了衆所周知的請客規矩，竟是並肩一起坐的。

「你們怎麼不吃飯哪?要接吻還有的是時候!」包斯克嘴裏滿是食物，說了又說。「等我們走了以後再吻不好嗎!」

可是娜娜總是約束不住自己。她熱戀得全然發狂了。她的臉上通紅得活像一個天眞的少女，她的眼神裏笑聲裏，也都盈溢着溫楚。她一邊注視着豐丹，用親暱名稱叫他——「我的小鴨!小貓!」——而且，每次他一遞給她水或者鹽，她必要彎過身去，吻他頭上她能接觸到的地方，眼睛，鼻子，或者耳朶。如果別人指責，她就退回坐下來，應付攻擊，又用無限的柔順，和一隻被打的貓那樣，握住他的手，去親一親。她非得摸他的不可。至於豐丹呢，他裝腔作勢，擺出一副極尊嚴的神氣，由着娜娜去寵愛他，他那隻大鼻子，呼息的全是肉慾:他那個羊臉，和那種醜得像妖怪那麼古怪的樣子，坐在這麼美這麼豐滿的女人旁邊，只偶然間回答她一個吻。

「你們兩個簡直令人不能忍受!」普魯里葉爾喊起來。「你們走開去!」

他把豐丹趕開，盤叉也換過來，代替他坐在娜娜的旁邊。大家鼓掌叫好，還說些黃色的話。豐丹假裝失望的樣子，又做出舞臺上火神哭着要愛神的那副古怪的表情。普魯里葉爾馬上就對娜娜殷勤起來，偷偷伸手到桌子底下去摸她的大腿;娜娜踢了他一脚，她當然不會去理他。一個月以前，她因爲他的像貌漂亮，被他吸引，可是她現在討厭他了。假如他藉着拾餐巾爲名再擰她一把的話，她可要把玻璃杯摔到他的臉上去!

一切過得總算很暢快。大家自然把話頭談到雜耍戲院上去。說，包得拿夫那個傢伙永不會死?他那個髒病又發了没有人敢碰他。前天，在排演的時候，他給西蒙吃排頭。人不會爲他掉眼淚。娜娜說，如果他請她換一個角色演，她決定斷然拒絕。此外，她要脫離舞臺生活，守在家庭裏。豐丹在目前所演的戲裏沒有份量，就是正在排演的那齣戲裏，也沒有他的份。娜娜大談脫離劇場，完全自由，好陪着他的小愛人在家裏。其餘的人，聽見他們這一套話，就歡呼起來，說他們確是幸運的人，他們假裝嫉妬他們福氣的樣子。

主顯節前夜的聖餅切開，一個個傳過去。有聖豆的那一塊，正到勒拉太太，她馬上把它放在包斯克的酒杯裏去。大家一齊喊「國王喝！國王喝！」娜娜趁着大家開心鼓噪的時候，把手臂圈住豐丹的頸子，吻他，在他耳邊細聲說。普魯里葉爾像一個好人似地怒笑這可不公平。他們把小路易放在兩張椅子上睡。等到大家分手的時候，已凌晨一點了，他們一邊下樓梯，一邊說再見。

這三個星期來他們過得很快活，娜娜感到最初演戲，第一次穿到一件緞子衣服時那種無限快活。她很少出門，喜愛孤獨而簡單的生活。有一天，一大清早，她去到拉·洛什福溝菜市去買魚，很驚奇碰見她從前的理髮師佛蘭西斯。他的穿着和從前一樣整齊：最好的呢料，大禮服也是最新款的；娜娜穿着一件晨褸，蓬鬆着頭髮，拖着一雙舊鞋在街上。她想，他看見她一定覺得很窘。但是，他對她依然禮貌週到，說小姐這次出國旅行使許多人心都碎了。娜娜想問他，把剛才狼狽的感覺全忘掉，就問他許多問題。因爲菜市上的人羣擁擠，她就把他推到一道門前，一隻手裏還提着那個小籃子，站在他的面前說話。她這次開了這麼大的一個玩笑，外邊都怎樣說她呢？哎呀！他去替她們理髮的那些太太們說這，說那，她確實引起大騷動。士丹拿，士丹拿先生的情形很壞——如果他的投機不好轉的話，恐怕落到不好收場。還有達格奈呢？嗦，他可過得順利極啦。娜娜的心裏，想起各種往事，她剛張開嘴想往下再仔細問穆法伯爵，可是又覺得不便把他的名字說出來。佛蘭西斯早已猜中她的心思，一笑就替她說了。至於那位伯爵先生，可眞是太可憐了，自從小姐離開他以後，他一直受着痛苦，實在太慘！

他一直像一個痛苦的靈魂似的，到處漂泊着去找你，凡是小姐你可能出現的地方，到處都見到他。後來，還是米儂先生撞見了他，把他接到米儂自己家裏去的。這段新聞，叫娜娜笑了好久。

「啊，這麼說，他現在又和露絲弄到一起啦，」她說。「喂，佛蘭西斯，你要知道，我已經和他斷了！這個虛僞的東西！這個東西，如今倒染上好習慣啦——現在他連吃一個禮拜的素都熬不住啦！想想他當初總向我發誓，說他在我以後絕對不再和任何女人睡呢！」

她聽了大怒。

「這是我吃賸下的！」她接着說。「露絲是古怪的人，我什麼都明白；我曉得她要報復我，因爲是我把她那個畜牲士丹拿搶了過來的。把我趕走的男人，抓在屋裏，這夠聰明呀？」

「米儂可不是這樣講，」理髮師說。「據他說，是伯爵把你趕走的。是呀，而且趕走的情形也是一脚就把你踢開的！」

娜娜的臉色變得慘白。

「什麼？」她叫起來，「一脚就把我踢開？他這個謠言未免造得太過份啦。他！是我把他丟到樓梯下邊去的，這個王八。告訴你，他那位伯爵夫人，有不知多少姘頭。那個米儂，他的太太長得太乾瘦了，他就為了這個醜娼婦，成天在街上去拉客；多麼髒的人呀！」

她氣得哽住，停下話頭來喘氣。

「哼，他們這麼說，好，我的小佛蘭西斯，我要找他們去，我要去的。我們馬上就去，我們倒要看看，他們還厚着臉皮說把我踢走的話。踢！誰也不敢踢我！我永遠不會被打，誰要是敢用手指頭碰我一碰，我就會把他殺死！」

她慢慢平靜下來。說到終結，他們本來是很可以想說什麼就隨便說什麼的呀！她不再想起他們，把他們都不當作一回事。她自己有自己的良心，那就夠了。佛蘭西斯看見她穿着舊而隨便的衣服，就對她漸漸隨便起來，在臨分手的時候，給她一些忠告。他說，為了熱戀一個戲子而犧牲，是很傻的；這種的熱戀會把生活毀掉的。她低着頭聽他的話。他很悲痛地說，像一位鑑賞家不忍看見這麼好的一位小姐把自己毀掉的。

「嗯，那是我自己的事，」她最後這樣說。「不過我還是要謝謝你，」

她握握他那油膩的手，然後走開買魚去了。這一整天，徹底把她踢開的這個謠言，一直盤旋在她的腦子裏。她甚至把這件事對豐丹講，然後又裝作堅强的樣子，任何人對她的侮辱都絕不容忍的。豐丹像是高人一等，說那些上等人都是禽獸，我們要藐視他們。從那個時候起，娜娜眞的瞧不起那些人。

那天晚上，他們到巴黎滑稽歌劇院去看豐丹認識的一個小女人，她初次登臺表演一個只有十段左右臺詞的角色。等到他們慢慢走回蒙瑪特爾山坡來的時候，已經將近一點了。他們在當丹石路買了一塊咖啡蛋糕；因為很冷，又不值得再生火，就坐在床上吃。把被拉起來墊背後，一邊吃着，一邊談着那個小女人。娜娜覺得她生得醜，又沒有風度。就在床頭小桌子上的蠟燭和火柴中間，兩個人吵起嘴來。

「啊，這樣談她是可能的嗎？」娜娜叫起來。「她那兩隻眼睛活像一對螺錐的窟窿，頭髮又是麻屑的顏色。」

「閉嘴，」豐丹說。「她那一頭頭髮有多麼美，她的眼睛多麼光亮！你們女人們，是彼此批評得一個錢不值的！」

他的樣子很不高興。

「夠了，不要再說。」他最後用野蠻的聲調說。「你知道我是不喜歡跟人爭論的。讓我們睡吧，不然就要吵架。」

他把蠟燭吹熄，娜娜可大大發起脾氣來，接着往下說。她是不能忍受別人用那種調子對她說話的，她慣於受人尊敬！然而他一句也不回答，她也就不再做聲，只是睡不着，躺在床上，翻來滾去。

「媽的！不要再動好嗎？」他突然坐起來大叫。

「這床上有點心渣子呀，這可不是我的錯，」她冷冷地說。

事實上，床上也確有點心渣子。她半個身子和大腿下面都覺到了，弄得她發癢，她就用手去搔，一直搔到出血。而且，平常人們吃完了糕餅都要把被單子抖一抖乾淨。豐丹怒得火都要冒出來，把蠟燭又點起來，於是兩個人都下了床，赤着脚，穿着睡衣，把被單撤開，用手把蛋糕渣子掃淨。他凍得發抖地又上了床，她勸他好好把脚後跟擦擦乾淨，他就叫她滾開。後來她又躺同原處，兩腿又開始跳舞，床上又有了渣子！

「我的天，我早就知道必會這樣的！」她喊。「你脚底下又把渣子帶上來了。這樣下去我可受不了，我告訴你，照這樣下去我可不行！」

她正要跨過他的身，下床去，豐丹極想睡，不能再忍受，伸手打了一巴掌。這一巴掌打得很響，娜娜倒下去。

她半昏在床上。

「哦！」她嘆了一聲。

他威脅她，如果再動，就再打她一巴掌，他把蠟燭吹熄，全身仰臥着，不久就打起鼾。她把臉埋在枕頭裏，悄悄地啜泣。他欺負人，弱小女人眞是個弱者！她覺得害怕，豐丹那個古怪的面孔多可怕。她的氣慢慢消失，好像這一打反而把她打得鎭靜了似的。把自己的身子儘量往牆邊縮，給他讓出空地方來。她滿眼是淚，她覺得悲鬱疲倦，却又覺着屈服得很有味道，睡着了。早晨，她醒來，用手臂把豐丹緊緊抱在自己的懷裏。他不能再打了，她太愛他了。挨打倒也是很舒服的！

經過那一夜之後，他們的生活完全改變了。無論什麼事，豐丹總要打她一巴掌。她對挨打也習慣了，有時候，她用流淚威脅他，可是他把她逼到牆邊，說要勒死她，這樣她就順從起來。在一把椅子裏，哭五分鐘就完了，就把這件事全忘記，又快活起來，又唱又笑，在屋子裏到處走。豐丹整天不見人，到了夜晚半夜才回來，到咖啡館裏去閒坐，去會老朋友們。娜娜忍受一切。她膽怯，她對他溫存，她唯恐一指責他，她從此再也見不到他。但是，有些日子，只要一遇到馬羅阿太太不來，她的姑媽和小路易也沒有來的時候，她就極端的陰鬱。因此，星期日那一天，她正在洛什福溝菜市買鴿子的時候，遇見莎丹，她心裏十分快樂。莎丹也正在忙着買一束小紅蘿蔔。自從那天晚上王子喝了豐丹的香檳酒以後，她們兩個人就沒有再見過面。

「怎麼？是你呀！你也住在我們這一帶呀？」莎丹看見她也趿着拖鞋，那麼早就跑到街上來，就很驚詫地說。「啊，可憐的女孩子，你是完了！」

娜娜把眉頭一皺，這表示叫她住嘴，因爲她們周圍都是披着睡衣的女人，裏面沒有穿內衣，蓬鬆的髮髻，毫毛散亂着閃得發白。這一區裏住的這些妓女們，每天早晨，一把隔夜兜攬到的男人打發走之後，就都到這個菜市來買東西，她們沒精打采，脚上趿着破了後跟的鞋子，經過一夜風流之後，全身疲倦，心情惡劣。她們從那四條集中來的街上走來，聚攏在菜場上，有些人還很年輕，臉色很蒼白，她們毫無拘束的動作，也還媚人；有些人就又老又醜，肥得膨脹，皮膚像脫了皮似的。這些人的這種樣子，在工作時間以外，卽或被人看見她們也是一點也不在意的；過路的人在邊道上轉過頭來看她們，她們連一笑都不笑。她們爲了生意，忙得很，臉上掛着那副瞧不起人的神氣，活像眼裏沒有男人的正經家庭主婦。比如，莎丹剛剛付過那一束小紅蘿蔔的價錢，就有一個少年，大概是一個誤了上班時間的小店員，正走過去，一邊匆匆地走着，一邊向她打招

呼，

「早晨好哇，甜心。」

她立刻直起身子來，擺出尊嚴的態度來說，

「那邊那個豬怎麼啦？」

她想，她認識他。三天以前，將近午夜的時候，她正從大馬路上一個人走同來，遇到他，在拉貝呂葉爾路轉角，和他談了近半個鐘頭，她想起這個，就更煩惱。

「男人是大傻瓜，在大白天向女人亂叫！」她接着說。「女人家出來辦私事，要對她尊重。」

娜娜懷疑那些鴿子有點不新鮮，結果也還是買了。莎丹帶她到她的住所，她們兩個人單獨在一起時，娜娜把自己對豐丹怎樣熱戀的情形告訴她。莎丹走到自己的門前就站住脚步，腋下夾着那一束小紅蘿蔔，急切地聽着娜娜說的詳情。娜娜接着說，是她把伯爵踢出門外去的。

「哦，多麼爽快！」莎丹又說，「踢出去，眞痛快！他難道就一句話也沒有說嗎，他？男人都是膽小如鼠！我倒眞想當時在那裏親眼看看他那種醜臉呢！親愛的，你做得十分對。我要是眞的熱愛上一個人，爲他餓死我都願意！你有空來看我嗎，喂？就是左邊這個門。敲三下，因爲很多無聊的人來打擾。」

從那天以後，娜娜一無聊，就走過來看莎丹。她永遠知道可以找得着她，因爲莎丹非到晚上六點鐘，從來不出門。莎丹兩個房間，一個藥劑師給她買的傢具，免得她被警察抓去。可是不到十二個月，她已經把傢具弄破，椅子也斷了，窗帘也髒了，滿屋子汚濁零亂得不成樣子，簡直像一羣野猫住的地方。有些天早晨，她厭惡自己這個樣子，就想把房間稍稍清理一下，可是她一用力掃除傢具上的汚穢，那些椅子上的小柱和一條條的窗帘，就會順着她的手掉下來。她哪一天整理屋子，屋子裏哪一天就更加髒亂，而且東西都亂丢，堵住門口，連人都進不去。結果，她只好不去收拾。到了晚上，燈一亮起來，帶玻璃門的碗櫥，掛鐘，沒有拉掉的窗帘，外表依然還能迷得住男人們。而且，六個月以前，房東又一直在威脅着她，要她搬出去。那麽，請問她要是把這些傢具弄得乾乾淨淨，可又爲誰呢？爲那個藥劑師，然而也不過比爲別的男人稍微多一點點而已！因此，她每天在起床的時候，只要是心情高興，就大聲喊「來呀！」於是就朝着碗櫥旁邊和抽屜正面猛烈地大踢，踢得它們裂開。

娜娜幾乎每次來，她都在床上。即使她出去買東西，囘來照樣倒在床上再睡。白天，她也是懶洋洋地在屋裏走來走去，隨便坐在哪張椅子上就睡，不到天色將晚，外邊瓦斯燈都亮起來，她就擺脫不掉那種無精打采的情形。娜娜在莎丹家裏覺得很舒服，坐在零亂的床邊，毫無所事地看着臉盆水盆都在脚底下亂放着，隔夜泥汚了的裙子，也搭在臂椅背上，把椅子都弄髒。她們在一起一談就談到很久，把什麽心腹話都說出來；莎丹穿着睡衣，仰臥在床上把大腿伸出來，頭頂上搖來搖去，在聽娜娜說話的時候，抽香菸。有的時候，她們在下午談論困難的情形，就喝艾酒，用她們所用的名詞說，這是爲了「忘記」。莎丹也不下樓，也不穿上裙子，就走出去倚在欄杆上，向樓下女門房的一個小女孩子，叫她送上酒來。那個小女孩子只有十歲，她每次端着一玻璃杯艾酒上來，就必然偷偷看這個女人一絲不掛的大腿。她們的一切談話，都歸結到一個主題上——

男人的獸性。娜娜簡直叫豐丹的魔力給服住了。她每說上十來句話，就必然把話題屢屢跳到豐丹，不是講他說過什麼話，就是講他做過什麼事。莎丹的性情很溫和，就毫無倦容地聽着娜娜那一套沒有完結的敍述，比如她怎樣守在窗口等他啦，怎樣爲着一盤燒焦了的肉餅吵嘴啦，怎樣氣得幾個鐘頭都不做聲，可是後來又在床上和好啦。娜娜因爲渴想永遠談他們的戀愛生活，就把他每次打她巴掌的情形，也都一一講出來。上個星期，他把她的眼打腫；那天晚上他又一巴掌把她打倒在床頭上，原因呢，却只是爲了找不到他的拖鞋。莎丹一點也不表示驚訝，噴煙，說要是她，她就讓那位先生打個空，一下子栽倒過去。她們兩個人，都對挨打的故事很有興趣，談起來都極端快活而興奮，覺得挨打以後所必然感到的疲倦，味道又輕鬆又舒服。一遍又一遍的討論豐丹的打人，解釋他的工作和他的生活方式，連他怎樣脫靴子都談，確是很快樂的；因此，這種快活，就把娜娜每天都引到莎丹這裏來。何況，莎丹總是對她表同情的。然而，不論怎麼樣，她還是愛他！後來有幾次，娜娜哭了，說，像他們如今這種情形，不能再忍受。莎丹總是把她護送回到家門口，自己在門外逗留一個鐘頭，生怕豐丹會不會把她謀害。到了第二天，這兩個女人可又爲他們的和解，下午都很開心。

她們兩個人分不開了。然而，莎丹從來沒有到娜娜家裏去過，豐丹說過，他家裏絕不許賣淫婦進去。她們總是一起出去，有一天莎丹把娜娜帶了去看一位太太。這位太太就是洛貝爾夫人，自從她拒絕赴娜娜的晚宴，娜娜就對她感到興趣，覺得她十分高貴。洛貝爾夫人住在莫斯尼埃路，那是歐洲區裏的一條清靜的新街，沒有店舖，都是一些漂亮的住宅，裏面的小住房，住的全限於女太太。那天，正是下午五點鐘，沿着兩邊寂靜的人行道，在許多高大白房子的寂靜遮蔭下，往來着證券交易所的人們和商人們的馬車，人到處匆忙地走過，抬着頭看望窗口，窗口的女人們穿着梳妝外衣，似乎在那裏等他們似的。娜娜起初不肯上樓，有點拘束地說她並不認識這位太太。莎丹要她上去。她只爲着禮貌去拜訪，因爲洛貝爾夫人是她那一天在一個飯店裏遇見的，爲人極其可愛，一定要她答應來看她。娜娜終於答應了。走到樓梯頂上，有一個睡眼惺忪的女僕，通知她們說夫人還沒有回家，不過她仍然把她們招待到客廳裏邊去。

「天哪！這裏好漂亮。」莎丹小聲說。那是一間中產階級的舊式屋子，顯出是巴黎發財的店舖老闆在退休時具有的那種趣味。莎丹說，洛貝爾夫人是貞潔的。她的伴侶，都是些道貌岸然的老頭子，她總是挽着這類人出現於交際場合。目前，她正跟一個退休的巧克力商人，一個嚴肅的人。他每次來看她，都要僕人宣告他的來到，稱她爲「他的孩子」。

「看，這就是她！」莎丹指着鐘前的一張相片說。娜娜看相片有一會。相片裏的人，生着深棕色頭髮，一副長臉，謹愼的笑容。「是一位時髦的太太……只是稍爲含蓄。」

「眞滑稽，」娜娜終於說，「這張臉我一定在什麼地方見過。眞想不起來了。反正不是個上等地方。」

她轉過臉來向她的朋友說，「她叫你來看她嗎？她要你來幹什麼？」

「她要我來幹什麼？我想是聊天，跟我稍微談談。這是她的客氣。」

娜娜直望着莎丹。這和她毫無關係。然而，因爲這位夫人叫她們久等不同，她說不再等下去了，兩個人就都走了。

第二天，豐丹告訴娜娜，說他不回來吃晚飯，她很早就走過來看莎丹，想請她到飯店去吃飯。選擇飯館，是件大事。莎丹提議好幾間，娜娜都覺得不好，最後，到羅爾飯店去吃。這是在殉道者路的飯館，一頓飯只賣三個法郎。

她們兩人，等到晚飯的時間，不知道在街上幹些什麼才好，早二十分鐘就進了羅爾飯店。那裏的三間餐廳都還空着，她們就在有老闆娘羅爾・皮愛黛菲的櫃臺的那一間裏找了一張桌子坐下。老闆娘安然坐在櫃臺後面一張高櫈子上。這個羅爾，是一個大約五十歲的婦人，周身那個肥肥的輪廓，都用皮帶和胸帶緊緊地綳起來。女人們不斷地成隊匆匆湧進來，都伸起頸子來隔着上邊擺着的白糖，很溫柔地去吻吻羅爾的嘴，而這個怪物似的人物，眼裏含着淚，努力表示對他們都很關心，不叫她們有一個人生嫉妒心。另一方面，伺候這些女客的茶房，是一個又高又瘦的女人。她似乎叫病魔給毀了，兩隻眼睛發着朦朧的光亮，四圍都是黑紋。這三間餐廳，一下子就都坐滿了人。這裏大約有好幾百人，她們只要找得着一個空位子，就坐下去。大多數的客人，都在四十左右，她們的肉都是肥鬆鬆的，都因爲性慾的放縱而臃腫得連鬆弛的嘴部輪廓都遮去。但是，在這些肥胖的乳部和身材之間，也看得見一些瘦削美麗的女孩子。這些女孩子們，雖然姿勢輕佻，臉上却還帶着一副天眞的表情，因爲她們究竟是幹這一行的新手，她們才開始幹貧民窟裏的跳舞廳的生意，她們都是羅爾的老顧客們一個一個把她們帶了來的。那些肥胖的婦人們，受了年輕女孩子們甜美香味的刺激，互相擁擠着，在給她們講說美妙故事的時候，很像一個多情的單身漢，吸引人們在四周都圍起來。男客並沒有多少。大約十來個，有四個在那裏開玩笑，是來看熱鬧的。

「我說，這裏的雜碎做得很好，不是嗎？」莎丹說。

娜娜很滿意的樣子點點頭。這裏的菜，還像鄉下旅館的菜那麼充實，有一道費朗西式的肉心餅，鷄飯，靑豌豆加一條臘腸，冰香草奶酪上邊洒着炒糖。女客們對於鷄飯，特別喜歡，吃得胸脯都好像就要爆裂似的，用緩慢而豪放的動作，在擦抹她們的嘴唇。娜娜起先還怕碰見舊朋友，他們會問她許多無意識的問題的；可是，後來，她看見這一羣雜色的人裏，沒有一個她認識的，也就放心了。這一堆人裏，褪了顏色的衣服，舊得可憐的帽子，和一些新服裝交映着；穿漂亮衣服的人，和旁邊全身襤褸的人，在淫慾的行爲上，都像手足那樣的親睦。有一陣，她看見一個少年人，很覺得有趣。那個人生得一頭鬈曲的頭髮，一張傲慢的面孔。他帶來滿滿一桌子都是極其肥胖的女人，女人們對他最小的願望，都滿足他。這位少年大笑的時候，他的胸脯就脹起來了。

「什麼，這是個女人！」

她說話的時候，隨便輕輕叫了一聲。一心在往嘴裏塞靑鷄子的莎丹，抬起頭小聲說，

「呵，是呀！我認識她。好漂亮？她們都追求她。」

娜娜厭惡地撅一撅嘴。她對這種事情還不能了解。不過，她很理智地說，在口味和顏色上是不必爭論的，因爲你絕不知道哪一天你也會變成那個樣子。所以，她雖然極清楚地看見莎丹那對

處女似的大藍眼，使得鄰近桌邊的人們，都極其感到興趣，自己依然帶着一副哲學家的神氣，吃她的冰淇淋。其中特別有一個婦人，生得一頭美髮，像是一個有權勢的人，坐在她的近處，樣子很討人喜歡，就往莎丹這邊擠過來，娜娜正想干涉。

但是也正在這個時候，從外邊又走進一位女人，娜娜大吃一驚。原來，這正是洛貝爾夫人。進來的這個人的樣子，和往常一樣，看上去像一隻棕色的漂亮的小老鼠，她對那個又高又瘦的女客房，很熟悉地點點頭，就走過去倚在羅爾的櫃臺邊。於是她們兩個人吻了很久。娜娜覺得這樣一個神氣高貴的女人很有趣，特別是洛貝爾夫人把她平日那種貞潔的表情去掉的時候。相反地，她在和羅爾小聲談話的時候，眼睛向餐廳裏滴溜溜地四下瞟。羅爾又坐下去，又擺出那副淫慾的偶像之威嚴來，她的臉龐，都叫崇拜偶像者的吻給親得又稀爛，又油光光的了。在一排重疊的菜盤子後邊，她高高地安然坐在那裏，享受着她幹四十年飯店老闆所掙到的餘裕，她坐在那裏，支配着那些肥肥侍從的大女人們。比起她們中間最肥大的幾個人來，她反而顯得特別瘦小了。

洛貝爾夫人看見莎丹，就離開羅爾，跑過來，做出可愛的擧止，向莎丹解釋，說她那天沒有在家，很抱歉。莎丹受寵若驚，就一定要在這張桌子上給騰出個地方來，她說她早已吃過了。她到這裏來，只是找她的。她認識娜娜，就站在她這位新朋友的椅子後邊，輕輕倚在她的肩上，用微笑而甜蜜的態度說，

「那麼，我什麼時候可以再見你呢？如果你有閒空——」

不幸底下的話娜娜再也沒有聽見。這談話使她不舒服，她想給這位正經太太一點忠告。又到

了一隊女客，沒有力氣開口了。進來的都是衣服時髦的漂亮的女人，戴着鑽石。成羣到羅爾這裏來吃三個法郎的晚飯。她們和羅爾都很熟，在這些窮苦襤褸的妓女們眼前，閃耀着價錢極貴的寶石，叫她們看得又驚詫又嫉妬。

她們一進來，便大聲談話，彷彿把外面的陽光都給帶進來了。娜娜看見她們進來，就把頭垂下。最叫她討厭的，是她看見露西・司徒阿爾和瑪麗雅・白龍德也在裏面。從這羣女人和羅爾談天，到她們走到外邊那間餐廳，這五分鐘，她都一直把頭低下去，把麵包屑在面前桌布上弄成小丸子。到她四面一望，看見她身旁的椅子空了，她吃一驚！莎丹已經不見了。

「她會怎樣了？」她不禁叫出來。

那位狂熱地注意着莎丹的肥壯而漂亮的女人，乖戾地大笑起來，這一笑可把娜娜激怒了，那個女人一看見她透出威脅的神色，就帶着沒精打采的樣子輕輕說，

「不是我把她弄走的！」

娜娜明白她們很可能會戲弄她的，於是就沒有再說。她甚至爲了不願意表示不痛快，就又再多坐一會。她聽見露西・司徒阿爾在外邊那間餐廳裏大笑。露西正在那邊招待滿滿一桌子剛從蒙瑪特爾和拉・沙培爾跳舞廳出來的女人。天氣很熱；茶房把高高的一堆一堆的髒盤子收走，滿屋子都叫這些盤子弄得是煑鷄飯的味道；那四位男人，也已經把那差不多有六對男女，款待了上等的葡萄酒，想把他們灌醉，聽他們說一些難堪好玩的話。目前最激怒娜娜的，是她得替莎丹付飯錢。她眞是個淫婦，自己開心，連一個謝字都不說，隨便碰上一個女人就跟着走了！固然這只是

三個法郎的問題，可是她覺得這究竟也還是件討厭的事，莎丹這種做法未免太叫人噁心了。雖然如此，她還是付了，把六個法郎向羅爾一丟。目前羅爾在她的眼裏，看得連街上的泥都不如。娜娜走到殉道者路上，覺得心裏難受有加無已。她自然不要去抓莎丹！干涉別人的事情是頂無聊！不過她這一晚上的時間可完全浪費了，她慢慢又走回蒙瑪特爾那個方向去，心裏特別氣惱洛貝爾夫人。莎丹這個女人的臉皮眞厚，又要那位夫人，其實，這也不過是垃圾箱裏邊的一位夫人！娜娜現在想了想，覺得一定在蝴蝶跳舞場裏見過她，那是魚市路一家下等酒館的跳舞場，男人們只要花上十五個生丁，她就賣了。長得又不漂亮，居然也能抓住一些政府官吏！請她吃晚飯，她居然假裝起正經來，加以拒絕！她是想叫人認爲她是正經人呢！在人不知不覺的角落裏，無所不爲的，才都是這一類冒充貞潔的女人們。

娜娜回維隆街的時候，一路上翻來覆去地想着這些話，不覺就已經到了自己家門口。她看見窗子裏透出燈光來，突然吃了一驚。原來豐丹吃過飯，早就生着悶氣回家來。她對他解釋，他冷冷地聽着；她却打着抖索，生怕他會打她。她原以爲他在一點以前是不會回來的，所以一看見他早已經在家裏等着，就很害怕，她對他撒謊，承認自己用六個法郎，不過說是和馬羅阿太太一道花了的。他聽完倒沒有發怒。他遞給她一封信，信封上雖然寫着她的名字，可是給他拆開了。那是喬治寫來的；他依舊被家裏軟禁在豐黛特，所以只好每星期寫上幾頁火熱的情書，來自尋安慰。娜娜最喜歡收到別人寄來的信，尤其喜歡信裏滿篇都是情人嘴裏那些甜蜜的字句，中間還零星攙雜些山盟海誓。她一收到這一類的信，便逢人讀出來。豐丹因此早已把喬治的文體聽熟，也覺得蠻欣賞它。可是，今天晚上，她眞怕爲了這封信再弄出一場是非來，於是裝做毫無所謂的樣子，擺出討厭的神氣，草草讀了一下，就把它丢在一邊。豐丹走到窗口，站在那裏，用手指敲打玻璃窗，無聊得很，他不願這麼早就上床睡，可是又不知道做什麼好。他轉過身子來，

「我們現在給那小子寫回信好不好，」他說。

她的回信一向都由他代筆。他的文筆很好。而且，娜娜很讚賞他代寫的信。他高聲朗誦一遍之後，娜娜就抱着他狂吻，說只有他才能寫得這麼好。

「隨你喜歡，」她回答。「我去泡茶，然後我們上床。」

於是豐丹就舒服地坐在桌前，把筆，墨水，信紙，拿出來。他把手臂一彎，擺起姿態來，一副嚴肅的面孔。

「我的甜心，」他大聲念出這開頭的一句。

他寫了一個鐘頭以上才寫好，抱着腦袋在想，每逢偶然想到一句特別溫柔的句子，便哈哈大笑。娜娜等到他寫好，早已喝完兩杯茶了。他像在舞臺上念臺詞，念這封信給她聽，有五頁那麼多。他在信裏談到「當初在迷鳥臺所過的那種甜美的時光，那些時光，使回憶像精細的香水一般，在心裏，纏綿着不忘。」他發誓「永遠忠於愛情的春潮」，末尾又聲明，他唯一的願望，只是想「重溫一次那種快活的舊夢，如果人間可也眞能重溫幸福的話。」

「你知道，我這是爲了客氣才這麼說，」他解釋一下。「只是爲了開玩笑，我想這沒關係！」

他覺得很高興。只是娜娜太傻，她還擔心怕又吵架，不該用臂抱住他的頸子，去吻他。可惜

她只說信寫得很好就沒有其他表示，這使他很掃興。她如果覺得他的信寫得不好，她自己再寫一封！他們沒有熱吻，却在桌子前邊，你對着我，我對着你，冷冷地坐着。可是，她給他斟了一杯茶。

「什麼東西，」他喊起來。「你這裏邊放了鹽！」

娜娜不高興地聳聳肩膀，這一下他可就勃然大怒。

「今晚上什麼都不對勁！」

跟着，兩人吵起來了。那時才只有十點鐘，所以吵一場架倒也是消磨時間的方法。他用一串侮辱的話來駡，叫娜娜連回駡都來不及。她髒，她笨，她從前在什麼下等的地方都混過！他駡完這個，又談到錢。他在外邊吃飯的時候，可曾用過六個法郎嗎？總是別人請他。要是沒有人請，他就寧願回家來吃。她居然把六個法郎花在馬羅阿那個老鴇的身上！這個騷婆子，要是她再來，把她扔到門外！眞是的！如果他和她每天都拿六個法郎往窗外扔，那他們的日子可就有得瞧啦！

「別的先不提，把你的賬拿給我看。」他說。「讓我看看我們還有多少錢。」

他吝嗇的本性，完全現出原形來。娜娜被他給嚇壞，趕快把他們餘下的現款，從書桌的抽屜拿出來，交到他的面前。直到這個時候爲止，鑰匙放在鎖匙上面，誰想用時就去拿。

「什麼？」他把錢數過之後說，「我們才一塊兒過了三個月，現在一萬七千法郎中連七千都不到了。這是不可能的。」

他站起來走過去，拉出抽屜來，想藉着燈光把裏邊仔細搜索一番。可是裏邊確實只有六千八百零幾個法郎。於是，兩人又吵起來。

「三個月用去一萬法郎！」他叫。「媽的！這些錢你怎麼用的？都跑到你姑媽那個騷婆子手裏去啦，是不是？回答我？」

「你發脾氣又有什麼用呢！」娜娜說。「這都很容易算得出來的！買傢具，衣服料子等東西去了，錢總是花得很快的。」

他要她解釋，可是等她解釋，他又不聽。

「是，花得未免太快了！」他平靜下來說，「看，小姐，這種合夥的辦法，我受夠了。你知道，這七千法郎本是我的。不錯，這錢既是我賺來的，還該由我保管！你既然這麼浪費，我不能被你毀了。還是各人的歸個人的好了。」

他於是把那筆錢放在自己的口袋裏；娜娜驚奇地望着他。他很得意地說下去，

「你要明白，我不能養你的姑媽，和不是我生的孩子，你要花你的錢，那是你的事，和我不相干！你每燒一隻羊腿，我出一半錢。我們每天晚上結帳！」

娜娜立刻反抗。她禁不住哭起來，

「是你把我那一萬法郎花光了。」

他不要把問題討論下去，他隔着桌子向她面上打了一巴掌。

「你再說！」

她已挨了他一巴掌了，可是他再撲到她的身上，拳打脚踢一番。她又像往常一樣，脫了衣服

，哭着上床去。

他正要上床時候，忽然看見他給喬治寫的那封信，還放在桌子上。他於是走過去，把它小心折好，然後，轉身向着床走去，用恫嚇的語氣說，

「這封信寫得很好，等我自己去寄，因爲我不喜歡女人們的只會空想。現在不許再哭哭啼啼的來煩我。」

正在哭着的娜娜，聽他這幾句話，就把聲音壓下去。等到他上了床，她就傷心得喘不出氣，把身子投到他的懷裏來哭。他們的打架，一向是這樣結束的，因爲她怕失去他，她要他整個屬於她，只要能這樣，就再受什麼苦楚也都情願。他兩次把她一把推開，可是，這個女人，睜着一對垂淚的大眼睛，像個起着獸慾的動物，她那種暖和的擁抱，就把他的性慾挑逗起來。就像個王子那樣去垂顧她，可是，他並沒有主動再進一步。他是在那裏享受着她的愛撫，怕這是娜娜的手段，把那些錢再拿回去。他把蠟燭吹熄再說一遍。

「你知道，我的女孩，我說錢可由我保管。」

娜娜用手臂，抱着他的頸子，聽他這句話，便說，

「是的，你不必怕！我會工作！」

但是，從那天晚上以後，他們的共同生活，就越來越不美好了。從一個週末到下一個週末，打人的聲音，像時鐘滴答滴答響那麼定期地。娜娜雖然挨打，就像一塊布料那樣柔軟，她的皮膚，反倒因此越來越滑膩白柔，更美麗動人。豐丹一不在家，普魯里葉爾就來逼她到牆角强吻她。

她掙扎抗拒，大怒，羞得臉紅。他居然來調戲朋友之妻，眞是下流。普魯里葉爾嘲笑她太蠢了！怎麼竟會愛上這樣一個猴子呢？豐丹確是一個猴子，看他那吊下來的大鼻子。

「他可能是，我愛的就是他那個樣子，」有一天她冷冷地回答，承認這是她的嗜好。

包斯克呢，只要能到他們家裏來喫飯，就很知足了，他常常在普魯里葉爾的背後聳肩說，他這個人漂亮，可惜就是輕浮！包斯克時常勸解他們的吵架，比如，每逢豐丹打娜娜，包斯克就照樣吃他的水果。在他看來，吵架是很平常的事情。他讚美他們的恩愛幸福。他自稱是哲學家，把世上的一切，都看成過眼雲煙。吃過飯，普魯里葉爾和豐丹，身子往後一靠，用舞臺姿勢和發音，談他們當年的成功，談到深夜兩點。包斯克總是坐在一旁，沉思着，把那瓶白蘭地喝光，一句話也不插嘴，只偶爾從鼻孔裏輕輕發出一兩聲嗤笑。當年大演員塔爾瑪的傳統呢？他們最好閉嘴不要做傻瓜！

有一天晚上，他碰見娜娜一個人在家裏流淚。她把上身脫去，讓他看看她的背和手臂，打得全是青一塊紫一塊的。他看了，可並沒有利用這個機會摸她一下；這要是普魯里葉爾的話，一定會。他說，

「我的孩子，凡是女人，都會被男人打，這是拿破崙所說的話。用鹽水去洗一洗吧。鹽水治這類小傷最有效。聽我說你永遠會被打，只要骨頭沒有斷，就不必抱怨啦。你知道我是不請自來吃晚飯的，我看見一條羊腿。」

不過，勒拉太太可沒有同樣的哲學。每次娜娜把身上的一塊新傷給她一看，她就大叫起來，

他們要把她的姪女害死！不可以這樣下去。事實上呢，豐丹早已把勒拉太太趕出去，以後再不許她再進他的家門，所以，自從那一天起，每逢她去看娜娜，只要豐丹一同來，她就從廚房溜走，這，在她說是極大的羞辱。她罵他野蠻東西。她特別指責他沒有教養。

「你一下子就可以看得出來，」她告訴娜娜，「就連頂少的一點點禮貌他都沒有。他的母親是個下等人！用不着否認，這不是明白的事嗎！像我這個歲數的人，有權利要人家客客氣氣的待我，你可怎麼能夠將就他這種沒有禮貌的態度呢？我可不是存心恭維我自己，我對你的舉動，可一向總是教導的，在我們家裏，我儘給你最好的忠告。」

娜娜沒有抗議，只低頭聽。

「而且呢，」姑母接着說，「你所認識的男人，也都是紳士們。昨天晚上在我那裏還跟蘇愛談到。她跟我一樣，也是不明白你究竟是怎麼啦。『這是怎麼回事呢，』她說，『小姐一向對那位紳士伯爵先生，不是總要他百依百順嗎？』我跟你說，我覺得你把豐丹可寵壞啦。『可是如今小姐爲什麼肯給醜陋的小丑揉爛？』他這樣打你，你容忍，他要對我尊敬，可不能隨便。我連他的照片都不肯掛在我的房子裏！你可是被這麼一個東西把自己毀啦；你會什麼都沒有，我親愛的小姐，男人到處都有，而且更有錢做官的。我不應該跟你說這些！不過，不論怎麼樣，下次他要是再想玩他那套髒手腕，我要當面跟他說，『先生，你拿我當什麼人哪？』使他不要再把你當作傻瓜。」

娜娜哭着說，

「啊，姑媽，我愛他呀！」

事實上，勒拉太太開始感到焦急的是，爲小路易付寄養膳宿費的款子現在她的姪女已經拿不出，就連偶爾擠出幾個小錢來，也都很費力氣了。她自然情願自己犧牲一點，無論有什麼困難，也由她自己想法子來撫養這個孩子，慢慢等着娜娜的時來運轉，所以她憤怒，認爲天下沒有眞正的愛情存在。因此她說出這種苛刻的話來，

「現在你聽我說，以後無論哪一天，他要剝你的皮，你就到我那兒去叫門好了，我隨時都預備留你住在我那兒。」

沒有錢使娜娜整天不樂。豐丹把那七千法郎不知藏在那裡。她絕不敢問他錢放在那兒，因爲她對勒拉太太所稱爲鳥的這個男人，向來是害怕。他答應做家用，由他每天早上給她三個法郎。不過，他要求，什麼都要有——黃酒，肉，水果和蔬菜，如果她敢於發表意見，或者說三個法郎不能把菜市上的一切都買到，他馬上就會發怒起來，說她是沒用的東西，只會浪費的女人，被賣菜的把錢都騙走了的傻瓜，不但如此，他恫嚇她，說他要到別的地方去吃。一個月以後，有幾天早晨，他忘記把那三個法郎留在衣櫃上，她怯怯問他。這一要，他們又吵起來。他不但使她的生活艱苦，她覺得最好是不再指望他了。他每當沒有留下三個法郎而依然有現成飯吃的時候，就開心得擁抱着她，抱着椅子跳舞。她也快樂。她雖然受着入不敷出的艱苦，反倒不希望每天衣櫃上有錢留下來了。有一天，她甚至把他留下的三個法郎還給他，對他說昨天的錢還有賸，他想，昨天他並沒有給錢啊，就遲疑了一會兒，生怕受她一場教訓。然而，他抱着她吻他。他就把錢又放

進口袋去。像是一個吝嗇鬼把丟了的東西又得到的那種樣子。從那天以後，他可再也不爲錢的問題操心了，他也不問錢是從哪裏來的。桌子上只要有馬鈴薯，他就歡喜；要是有火鷄和羊腿，他就更開心。

娜娜找到了足以供給一切需要的方法，一個月裏，總有幾天，家裏的飯桌上堆滿許多好吃的東西。包斯克在他們家裏，每星期兩次。有一天晚上，勒拉太太眼看着娜娜預備好一頓豐盛的晚餐，可是沒有自己的份兒，就怒氣冲冲地準備當場退出，臨要走的時候，她實在忍不住了，就粗野地問這都是誰出的錢。娜娜經她這麼出其不意的一問，吃了一驚，她這是做糊塗事賺來的錢，於是就哭起來。

「嘿，這倒幹得漂亮。」姑媽說，她已經曉得娜娜的心事了。

娜娜爲什麼甘心幹這種漂亮的事，只是爲了能在家裏享些太平罷了。那麼，是什麼事呢，這可又得問那位特里貢的老闆娘了。原來，有一天，豐丹爲了要吃魚，發一陣大脾氣走出門去；弄得娜娜不得不到拉代爾街去把特里貢找到。特里貢恰巧也正在爲難，娜娜於是當時就答應特里貢。豐丹每天是六點以前不會回家的，她就把她賣笑的時間，規定在下午，因此，她每天總可以帶回四十個法郎，或者六十個法郎，有時還可以帶得多一點回家。假如她仍然保持着從前那種地位的話，本來很可以要兩百到三百法郎的，不過，目前的情況既然如此，她只求能餬口，所以雖然只賺這一點，也就很知足了。一到晚上，她就把一天的憂愁全忘了。吃完飯，包斯克腸子飽得要爆裂，坐在那裏，而豐丹支起兩隻手臂，倚在飯桌上，一副很自得的表情，由娜娜去吻他的眼睛。

娜娜對於她的愛人，熱戀得越來越癡心，因爲她供應兩人生活上的一切，她又同到以前幹的營生，在大街上溜達，像少女問人要五個法朗一樣。在星期天她在洛什芙溝市場遇到莎丹，對她把洛貝爾夫人氣罵了一頓，莎丹只同答說，一個人自己不願意的，可沒有理由討厭別人。娜娜現在比以前寬大了，就接受了她這個哲學的觀點，覺得一個人確也無法知道自己的口味會領他往哪一面變，於是就原諒了莎丹。她好奇，向莎丹問關於街頭曖昧行爲的問題，聽完莎丹的解說，爲之驚愕，因爲她雖然到了這個年紀還學到了些新事情。她高聲大笑，覺得一切都很滑稽，她到羅爾飯館去吃飯。聽那些女顧客們，講到許多故事，戀愛，以及爭風吃醋的事情，她們一面吃一面講，她却不加入她們，只很有興趣地聽。那位羅爾太太，時常邀她到她那阿斯尼埃瑞別墅去住幾天，可以住七位女客，她却總是婉謝。因爲她害怕。莎丹對她說她拒絕是不對的，那裏有從巴黎來的紳士，可以陪着她遢鞦韆，玩自動車；勸娜娜答應將來能走開時到那裏去。

那個時候，娜娜很多憂慮，不想去找歡樂。她需要的是錢；特里貢有時不需要她，那個時候，她不知道去找誰。她和莎丹在巴黎到處跑，找低級客人。娜娜重到跳舞場像從前一樣，穿着髒裙子跳着。在僻靜的大街上，像從前她十五歲的時候，許多男人吻她。她父親從前常到那兒去找她，把她藏起來。娜娜和莎丹兩個人，走到跳舞場和咖啡館，爬上痰唾和啤酒濺濕的樓梯，慢慢過幾條街巷，站在門口。莎丹當年是在拉丁區出身，帶娜娜到聖米塞爾大街的布利葉和其他的咖啡館去。可惜目前正是假期，這一區裏有點蕭條。她們於是同到幾條主要的大馬路上，只在那裏碰到最好運氣才可以把她們所需要的得到。她們從蒙瑪特爾區高處一直到天文台街的平地，全市都走遍。下雨的晚上，她們也照舊出來，靴都濕透；炎熱的晚上，也照舊出來，弄得衣服都叫汗給貼到肉皮上。到處都要等很長的時間，每晚都要走上無盡的道路；到處遇着男人推撞和爭吵，要不然就是把浪蕩的過路人，領到陳設簡陋得可憐的小屋子裏去，受他們一切說不出名堂的野蠻溫存，然後，聽他們駡着走下油膩的樓梯去。

夏天快要結束，天氣時常陰雨，夜裏多半炎熱。這兩個女人總是在晚飯後九點鐘出去。在德·拉·勞瑞特聖母路的人行道上，有一兩行女人，撩起裙子，匆匆向着大馬路走去，緊緊貼着店舖窗子，頭望着地面，像有要事趕着去辦。娜娜和莎丹走過敎堂，向白勒節路去。等到她們走到離着富麗咖啡店百碼遠近，就把一直撩起的裙子，放了下去，任由裙尾拖着路面的塵土。她們擺動起屁股，走過去，每走過一家大咖啡店，就抬起頭慢下來的大笑，向轉過身來望她們的男人們拋丟媚眼；她們那塗滿臙脂的紅唇，和她們那眼圈在夜間陰影之下，看起來宛如東方贋品陳列所賣假貨的老闆所派到街上來的，居然也能迷人。到夜裏十二點，偶然有一些襤褸的男人們，靴跟把她們裙子踏住，她們就向他們的背後，叫一聲「蠢材」。走過咖啡店的前面，和茶房們打一個招呼，有時也還停留在一張小桌子面前，和他們聊天，或者受他們一點飲料的招待，她們喝得很從容，却又好像在等待戲院散場。等到夜深人靜，如果她們向洛什芙溝街的方向走一兩次，她們一個錢也沒有撈到，她們獵取男人更急切，也更加野蠻起來。在樹木的底下，可以聽見粗野地講價錢的聲音，夾雜着駡街和巴掌的聲音。父親，母親，帶着女兒們——都默然走過去，他們對於這個都看慣了，所以並不加快他們的脚步。這以後，等到她們從歌劇院廣場，到體育場，來回再走上十次左右，男人們可就都在深夜急急忙忙趕回家去了。這時，娜娜和莎丹還停留在蒙瑪特爾近郊路的路上。在那條街上，飯館，酒館，和火腿牛肉舖子，一直到半夜兩點鐘還是燈光照耀得明亮，嘈嘈嚷嚷的一大羣女人們，依然亂哄哄地站在各咖啡館的門口守着。整個夜巴黎仍在通亮，仍在活躍的，也只賸這一個近郊了，慾肉交易的夜市場，也只有這一個角落了。從大街的這一頭，一直到另一頭，在一堆一堆女人們的中間，到處有這種交易，公開討價還價，公開成交，這條大街簡直變成了一個大妓館裏的寬大露天走廊。每遇到這樣的夜晚，這兩個女人只要是一點成就也沒有，走回家去的時候，彼此一定要吵架。德·拉·勞瑞特聖母路，展在她們面前，漆黑一片，寂無一人。只看見一處處時而出現一個女人的身影，在蠕動。這正是本區的女人們回家的時候，而且回得很晚。這些可憐蟲們，徘徊了一夜晚，毫無所獲，心裏非常忿怒，絕不甘心停止她們的狩獵，所以還想站在那裏，希望能從布勒姐路或者泉源路的街角上，碰巧抓住一個尋花的浪子，用沙啞的聲音和他爭價錢。

然而，出其不意的收穫，也眞的會叫她們碰上的，而這些意外之財，又都是優雅社會層中紳士們手裏的金法郎，這些上等人物，跟着她們上樓的時候，都把領章勳章扯下來，藏在口袋裏去。莎丹有一種特別敏銳的嗅覺，專心會追捉這一類人物。到下雨的晚上，這個滴水的全城，就蒸發出一種不整潔的床舖味道，聞起來很不舒服。莎丹知道這種潮濕的天氣，和這全城深處的腐臭蒸氣，準會把男人們逼得發瘋，跑出門來。所以她就在雨天出來，在他們中間，選擇一個穿得最講究的，因爲她可以從他們的眼神上，斷定得出他們的身份和生活情形。只要一碰到這樣的晚上，巴黎全城，就好像都在犯着一種肉慾的瘋狂病。最時髦的紳士們，永遠是最淫猥的，這當然叫莎丹這個女孩子有點覺得愕然不解。一到那種時候，男人所粉飾的外表，便全破碎，蠻野的獸性就表現出來，淫慾的要求，極苛而可怖，敗德的老練家的原形，也就跟着顯現。這不但叫莎丹這個賣淫婦驚詫，而且叫她對他們失去尊敬心。她會在坐馬車的尊貴紳士們面前，率然說出不體面的難聽話來，對他們說他們的馬車夫都比他們有敎養得多，說馬車夫們對女人們的行動反倒都很體面，絕不會用他們那種下流的惡作劇挑逗她們。這些體面紳士叫娜娜吃驚，莎丹雖然把娜娜腦子裏的成見粉碎，可是她多少還保持着一點有敎養人的成見。

「你明白啦，」她談到這個問題，總是對娜娜說，「世上就沒有美德這樣東西。」

從社會梯形的最下端，一直到最上端，沒有一個人不是在縱情享樂的！老天啊！每天晚上從九點鐘起，直到半夜三點鐘止，巴黎全城的行爲，都夠乾淨體面哪！說到這裏，她總是開心嘲笑，並且宣稱，如果有人只要往每間屋子裏去望一望，一定會看見不少有趣的情景。那些寶貝男人們都在玩着性的遊戲，還有許多上流人物，也比平常人放縱得更厲害。啊，娜娜現在完成她的敎育！

一天晚上，她去找莎丹，遇見蘇亞侯爵。從樓梯走下來，兩腿沒有力氣，扶着欄干一步一步下來。他的臉色灰白。她假裝用手帕揩鼻子，在樓上看見莎丹四周都是髒亂，一個星期都沒有整理房間了，床上髒得叫人噁心，臉盆到處零亂地擺着。娜娜很奇怪莎丹認識侯爵。啊，莎丹本來早就認識他！他從前和她在一起的時候，有一次把她所服務的糖果店老闆，和她，都大大弄惱了，所以鬧翻。目前呢，他偶然來一兩次。她討厭他，他每次一來，什麼髒地方都要拿鼻子去聞一聞，連她的拖鞋，他都要拿鼻子聞聞！

「是的，親愛的，我的拖鞋他都要聞一聞！啊，他是個髒禽獸，總要我玩花樣！」

這些賣淫婦們的坦白陳述，使娜娜特別感到不自在。她看着周圍的娼婦們因爲放縱，而毀滅，想起自己當年全盛時代，想到親身所參加過的人生歡樂的喜劇，不勝感慨。此外，莎丹和她極怕被警察捉去。莎丹講過很多警察們的故事。從前，莎丹當過一個便衣警察的姘頭，她所以肯這樣做，純是爲了安全，有兩次，都是虧了他，沒有把她「列上名單」。不過，目前呢，她可怕極了，現在她要是突然被捕的話，那可沒有人救她出來，警察們爲要搜查私娼，總是儘量把女人捕得越多越好。他們見了女人就抓，如果你喊叫，他們一巴掌就把你打得不敢出聲，他們知道政府給他們作主的，而且還可以得獎金，就是在一羣妓女裏誤捉一個良家姑娘，也滿不在乎。一到夏天，他們就會在大街上十個二十個的，突然捕人，把整整一條街道都圍起來，一晚上就能捕到三十個。不過莎丹曉得哪些地方可能被捕，只要她遠遠望見一個便衣在那裏走來走去她拔起脚就跑，這時，遠遠逃跑道上的女人們四散逃跑。警察們正在另一條街還沒有來到，就有些女人已經嚇得站在咖啡店的門口，像是癱瘓了一般，動都不能動——你看這些私娼對法律和長官怕到什麼程度！可是莎丹所最擔憂的，是怕人告發；因爲她所姘的那個糖果店的麵包師傅，是個惡棍，他常說，如果她把他拋棄，他就出賣她。一點也不錯，這正是靠着姘頭過活的男人們所有的手段！而且呢，還有一些下流的女人們，只要你比她們長得稍微漂亮一點，她們會單憑吃醋的心理，就會不講義氣起來，把你打小報告！娜娜聽了這些話非常恐懼。她一向聽見法律就不安，覺得法律是一種叫不出名字的勢力，是男人們報復的工具，在她失掉一切保護人的時候，凡是能運用而又想運用這個工具的，都可以把她粉碎。在她的心目中，聖拉札爾監獄，簡直是一座墳墓，是一個黑暗的窟窿，她認爲男人們要在那裏把女人的頭髮剪掉，然後再活活的埋死。她想唯有離開豐丹去另外尋找一個有權勢的保護者，才是辦法。然而，縱令莎丹告訴她，說警察廳裏有若干女人的名單，由便衣們參考，名單上又附有照片，原照片是絕對無法竊取得出的，可是事實上她既然離不開豐丹，她心裏極力想靜下來可一點也禁不住發抖，一點也禁不住她在想像被人拉走，最後又怎樣送到官家醫師那裏去驗查。他一想到站在審判官的椅子面前的情景，滿心就全是羞愧和煩惱，她不是對這種審判早就罵過多少遍的嗎？

好了，有一次，竟出了這麼一回事：在將近九月底的一個晚上，她正和莎丹在魚市場大街上走着，莎丹忽然拔起脚就跑，娜娜問她什麼事。

「那邊都是些便衣警察！」莎丹細聲說，「快跑開！趕快跑開！」

那邊那一堆如波濤洶湧的人羣中，起了一陣狂亂的鳥獸散。裙子都踐踏撕破，從背後飄落下來。打巴掌的聲音，伴着尖叫的聲音。還有一個女人摔倒。一羣看熱鬧的人，站在那裏，觀看警察這種粗野的搜捕；便衣很快地把他們的包圍圈縮小。這個時候，娜娜早已經找不着莎丹了。她的兩條腿，也不給她自已作主了；要不是有一個男人一把抓住她的胳膊，把她從怒氣冲冲的警察面前領開，她一定會被捉去無疑。救他的這個人，原來就是普魯里葉爾，他剛巧走過這裏，認出她是娜娜來。他一句話也不說，把她一直領到魯智蒙路。這條街，在這個時分，正好是寂無行人，可以叫她在那裏休息一會，不過，她疲乏得太厲害，弄得普魯里葉爾不得不扶着她。她甚至連謝都沒有謝謝他。

「聽我說，」他說，「你應當休息一下。到我的屋子裏去吧。」

他住在附近的牧童女路。可是，她一聽，馬上把身子挺直，「不，我不願意。」

他心裏大大不高興，接着說，

「你爲什麼不願意，喂？可是，別人都肯到我屋子裏去的呀。」

「我就是不願意去。」

她的意思，不願意這一句話就足以解釋一切。她太喜歡豐丹了，所以不能和豐丹的朋友去幹對不起他的事。對別的男人，她是不得已才出來做這件事的，她做的時候，也絲毫不感到興趣。普魯里葉爾看她既然固執不去，而自己這個漂亮人物的榮譽心，既然又覺得受了傷害，也不勉强她。

「好，隨你高興！」他說。「只是我可不再陪着你走啦，親愛的。麻煩是你自己找來的，那也只好由你自己去想辦法。」

他說完這話，就丢開她走了。她又害怕起來，匆忙走開，只要一看見有男人走近，立刻臉上就嚇得灰白。她繞了許多的小路，才算走到蒙瑪爾特區。

第二天早晨，娜娜還在害怕就出去找她的姑母，正走到巴底紐爾區的一條曠無行人的小街上，遇到拉波得。他們兩個人最初都顯得有點兒窘，因爲拉波得雖然還是從前那樣殷勤，可是爲了正要去幹一件秘密的事，行色很是匆忙。不過倒還是他首先安靜的，向她表示很不高興遇到她，可不是嗎，人都在奇怪娜娜何以會完全消聲匿跡呢。人們到處打聽她的下落，老朋友們也都在掛念。他說完這話，就像慈父般教訓她。

「坦白地說吧，親愛的，這裏沒有旁人我才這麼說呀，你太傻，找情人，這是誰都可以原諒的，不過要是太過份的話，像你這麼叫男人瞧不起地踐踏，除了挨打以外什麼也得不到，那可就未免不值得！你是想得『貞潔獎牌』嗎？」

她默默聽着他的話，臉上顯出難以爲情的神氣。可是，等到他告訴她，說露絲征服了穆法伯爵，她的兩隻眼睛裏就冒出一道妬嫉的火來。

「嘿，假如我當初想要——」她喃喃着。

他自告奮勇去替她和解。可是她拒絕他的幫忙。

他告訴娜娜，說包得拿夫正忙着上演花車利寫的一齣戲，裏邊有一個了不起的角色正適合她演。

「什麼！有個好角色的劇本！」她高興得叫起來。「不過這齣戲裏也有他呀，他爲什麼一句也沒有告訴過我呢！」

她所指的是豐丹，不過沒有把他的名字說出。然而，她馬上又靜下來，說以後永遠不演戲。

拉波得不相信，否則他怎麼會帶着微笑堅持呢。

「你知道，你別不放心我。我去把你的穆法找回來，你儘管再上舞台去演戲，我會把他像個小狗兒似的帶到你面前來！」

「不！」她堅決地叫。

她離開了他。她的行爲，使她感到痛苦。沒有一個下流的男人，能夠像她肯犧牲自己而不把事實向別人說。不過，有一件事情使她動心：拉波得告訴她的話，和佛蘭西斯說的相同。晚上，豐丹回來後，她問他花車利劇本的事。這兩個月來豐丹都在雜要劇院演戲。那麼戲裏既有這麼一個角色，他爲什麼沒有向她提過呢？

「什麼角色？」他煩躁地說。「是一個偉大夫人的角色吧，也許？見鬼，這麼說，你還以爲你有天才呢！那麼，這種角色當然是對你頂合適，我的小姐！可是別人覺得你也不過只能演暴露的戲！」

他的話傷了她的自尊心。那一天晚上，他就不住地嘲笑她，稱她爲火星小姐。不過，他越打得重，她就越忍受，因爲她這種虔誠熱戀使她心上得到一種苦味的滿足，在她的心目中看來，她這種始終不渝的愛情，使她很偉大，很可愛。自從她出去賣淫以供給他的生活以來，她對他的愛情，反而更有加無已，她在外面所感到的厭惡和疲乏，適足以助長他對豐丹的愛。豐丹很快就變成了她付出代價所得到的壞蛋；也正因爲他的拳打脚踢反而更能刺激起她的愛慾，所以他的劣行更成爲她生存中不可缺少的必需品。豐丹看見她既然已經變成一個十分馴服的人，就更加過份利用他的特權。他對她感到不快和極端的厭惡，甚至他從她那裏得的好處，也都忘記，絕不去想。每逢包斯克再跟他提起娜娜多麼好，他就憤怒地叫起來，說他對娜娜所供給的飯食已經討厭了，又說他什麼時候只要想把他那七千法郎再送給別的女人的話，馬上就要把她趕出門。實際上，他們的關係，也正是這個樣子斷的。

一天晚上，將近十一點的樣子，娜娜回到家裏來，看見房門從裏邊閂住了。她敲了一次裏邊沒有人答應；又敲一次依然不答應。可是，她却看見門縫底下有燈光露出來，豐丹確是在裏邊，只不肯動一動。她毫不厭倦地再大力打，她叫他的名字，沒有答，心裏有點惱了。最後，豐丹的聲音響了；他的答話，與其說是慢，不如說是狡猾，而且永遠只是一個字：

「囟！」

她用兩隻拳頭推門。

「囟！」

她拚命死捶。

「囟！」

她拍門拍到一刻鐘以上，裏面永遠用這同樣一句髒話來回答她，她每打一下門，髒話就跟着回答一下，活像回聲。最後，豐丹看她一點也不灰心，就猛地把門一開，站在門限，兩條脚一挺，兩隻手臂一抱，依然用剛才那種又冷又殘暴的聲音說，

「老天爺！你還有個完沒有？你這是要幹什麼？你讓我們安安靜靜的睡一覺？你早應該看出

來啦，我今天晚上已經有人陪伴我了！」

他當然不是一個人睡的，因爲娜娜往裏邊望，已經看見滑稽戲院那個女人了，一頭廠屑一般的頭髮零亂着，睜着兩隻手鑽窟窿似的小眼睛，穿着下衣，站在娜娜所花錢買的傢具當中，正在那裏顧影自憐。這時豐丹往前走一步，站在門前樓梯的平台上。他擺出一副可怕的神氣，伸出手指頭來，把那幾根手指頭鉤曲着，彎成鉗子的樣子。

「快滾蛋，不然我就揑死你！」

娜娜一聽，神經錯亂地哭泣。她怕極了，就走開。這一次，哈，被人趕出門的，可輪到是她自己了！她在憤怒之中，腦子裏突然又想起穆法來。說眞的，什麼男人都可以這樣待她，只是豐丹可絕不應當這樣呀！

她出來走到街上，便想先去找莎丹借宿，不過，這個女人可能有男人陪她。她在莎丹的家門前遇到她，恰巧莎丹也是被她的房東趕了出來。那個房東，只因爲她屋子裏邊的傢具全是她自己買的，就用一把鎖，把她的門鎖起來，這是不合法的，她說要把他送到警察局去。那時已很晚，她們得先想法子找地方睡覺。莎丹怕便衣警察認出，就帶娜娜去找一個女人，那個女人，在拉伐爾路開一家旅館。到了那裏，在二樓上租到一間小房間，窗子開向天井。莎丹說，

「如果只我一個人，我到洛貝爾太太那裏去啦。她那裏隨時都有我住的地方。不過現在有你在一起，她就不歡迎，她吃醋吃得荒唐，那天晚上，她還打我呢。」

等到她們把房門關好，娜娜的痛苦還沒有消除，就哭起來訴說豐丹的下流行爲。莎丹聽着，

安慰她，比娜娜更憤怒。

「嘿，這些豬！你聽我說，從今以後，我再不理他們了！」

她幫着娜娜脫衣服，沒有一個小地方不照應得周到而匆忙。她撫慰她說，

「我們趕快上床，乖乖，躺下去就舒服多了！咳，你太認眞啦，這多麼傻！我告訴你，男人們個個都是下流的野獸。我愛你，不要哭啦，聽我的話吧。」

上了床，她就把娜娜抱在懷裏，撫弄她，安慰她。莎丹說她不願意聽娜娜再提豐丹的名字，她向娜娜撒嬌，努起嘴唇，她的頭髮在身邊散開，她的臉上閃耀着溫柔的美麗。她那種溫存的擁抱，把娜娜弄動了心，於是她回抱莎丹的溫存。等到鐘已過兩點，她們的蠟燭還在點着，這時，屋子裏只聽見她們的小聲談話聲。

樓下忽然發出很高的人聲，莎丹一絲不掛，趕緊起來去聽。

「警察來了！」她說着，臉色蒼白。

「哎呀，我們這個該死的倒楣運！我們這一下子可完了！」

她以前時常向娜娜講便衣警察搜查旅館的故事。可是那天晚上，她們到拉伐爾路來住宿的時候，誰也沒有提防到這種事情。所以娜娜一聽到「警察」當時頭發昏了。她從床上跳下來，臉上的神色就像個瘋女人似的，一直跑過去，跑到窗口，要往窗子外邊跳。幸而那個小庭院有一道玻璃頂子，頂上又罩了一道鐵絲網，正和她們屋子裏的地板一樣高。她看見就再也不遲疑，一步邁過窗戶，跳到外邊，在半夜的露天下，襯衣飄蕩着，光着兩條大腿，一下子就鑽進黑暗中去。

「停下來！」莎丹說，她替她擔心死了。「這你可會摔死的。」

接着，警察在猛烈地敲門，莎丹這個女孩子，眞是天性忠厚，先去把窗子關好，又把她朋友的衣服塞進櫥裏。她自己却聽天由命，如果她被列入娼妓名單內的話，那倒也可以不再像以前那樣常常「怕得像個畜生」了。所以她假裝睡得很熟。接着，又假裝打呵欠，說了些空話，然後，才把門打開。門開時，對面站着一個高大的魯莽漢子，嘴上長着散亂不加梳理的長髯，向她說，

「伸出手來看！你手上就沒有拿過針的痕跡，你是不工作的。穿上衣服走吧！」

「我又不是成衣匠啊，我是個磨銅器的，」莎丹厚着臉皮說。

她明知道辯駁是沒有用的，所以照樣很馴艮地把衣服穿上。哭喊的聲音充滿了全旅館，有一個女孩子緊抱着門框不放，連一步也不肯走。又有一個女人，正和一個情人在床上睡覺，她的情人向警察證明她的身份合法，她於是裝做一個正經婦女受到最大侮辱的模樣，說要到法院去控告警察廳。警察突然把大家喊醒，把一羣女人在驚怖中捉走，於是上下樓梯的沉重皮鞋聲音，拳頭拚命在敲各房門的聲音，尖銳的爭辯繼之以啜泣的聲音，裙子磨擦着墻邊的聲音，此外還有種種的聲音，足足亂到將近一個鐘頭的樣子。便衣們把每三個女人粗魯地湊在一堆帶走，前邊領路的是個滿頭漂亮頭髮的小子，油頭滑腦的警官。他們走了之後，全旅館又靜下來。

沒有人把娜娜告密，所以她總算是逃脫了。她嚇得半死，全身亂抖，在暗中摸索着，回到屋子裏來。她兩隻赤脚，也叫鐵絲網刺破，直在流血。她坐在床沿，仔細聽着外邊，聽了又聽，聽到好久好久。等到天已快亮，這才敢上床去睡，早晨八點鐘，她一睜開眼，馬上就離開旅館，往

她姑母家裏跑。勒拉太太正巧在家裏和蘇愛喝咖啡，看見她這種狼狽的情形，和枯槁的臉色，再想一想時間又這麼早，心裏馬上就明白是怎麼一回事了。

「到底是這麼回事了？」她喊起來。「我不是跟你說過嗎，他總有一天會剝你的皮的。好啦，好啦，進來吧；我這裏隨時都歡迎你的。」

蘇愛從椅子上站起來，用恭敬又親切的口氣說，

「小姐到底回來啦，我一直在等着呢。」

不過勒拉太太要娜娜先去看看小路易，因爲，據她說，孩子的媽媽要是這樣做會叫孩子快活的。小路易這個貧血多病的孩子，還在睡着，等到娜娜彎下腰去，剛一湊近他那副白臉，這幾個月以來她所經過的一切，就都湧進她的回憶裏，像個瘤子似地塞在她的喉頭。

「哎！我可憐的孩子，我可憐的孩子！」她喘息着說，最後，大哭起來。

9

「小公爵夫人」這齣戲，正在雜耍戲院裏排演。第一幕剛剛排過，第二幕接着就要開排。花車利和包得拿夫，兩個人都坐在臺口爭論。那位有點駝背的提示員老高沙爾，坐在一張草墊子的椅上，嘴唇上啣着一支鉛筆，在那裏把劇本原稿，一頁又一頁的翻看。

「怎麼，你們等什麼？」包得拿夫叫起來，用他那根沉重的手杖，向地板上打。「巴里由，為什麼還不開始？」

「因為包斯克先生不見了，」巴里由說，他是副經理。

包得拿夫咒罵起來，每個人都高聲叫包斯克。

「老是這個毛病，我的老天！搖鈴集合他們，他們老是跑到沒有他們的事兒的地方去。可是戲一排過了四點鐘，他們又抱怨。」

包斯克在這個時候安靜地走進來。

「喂？什麼事？叫我什麼事？噢，輪到我啦！你應該早點說呀。好啦！西蒙一說到末尾一句臺詞：『客人們來了，』我就上場，可是，我應當從哪裏上去呢？」

「自然是從門口上去啦，」花車利怒氣沖沖叫起來。

「不錯，可是門又在哪兒了呢？」

這一問，巴里由可又倒了楣，包得拿夫又把他駡一頓，又用手杖在地板上亂打一陣。

「老天！我說過，要在那裏放一把椅子代替門，可是每天都得現擺，每排到這裏就得重排一次。巴里由呢？巴里由又到哪裏去啦？又是一個不見了啊！好哇，都走啦！」

可是，巴里由親手搬着一把椅子來了，把椅子放在那裏，排演重新開始。西蒙戴着帽子，穿着皮衣，開始走動着，做出一個女僕在忙着佈置傢具的樣子。她停住了，說，

「我有點冷，你們知道，所以我要把手放在口袋裏。」

然後，她這才把聲音變成演戲的腔調，問包斯克：

「哈，原來是 Monsieur le Comte（伯爵先生）。你最先到，Monsieur le Comte，我們 Madame（夫人）一定很高興的。」

包斯克穿的是一條滿染泥汚的褲子，和一件肥大的黃外衣，外衣領子上，圍着一條極大的頸帶。頭上戴着一頂舊帽子，兩隻手揷在口袋裏。他也不做戲，只懶洋洋地拖來拖去，發着沙啞的聲音說，

「不必驚動你的女主人，伊沙白爾；我想叫她出其不意的看見我。」

排演往下進行着。包得拿夫皺着眉頭。他早已把身子往下縮在椅子上，很疲倦的樣子，坐在那裏聽着。花車利却有點心不在焉，在座位上動來動去。每隔幾分鐘，他想排下去。後面有點耳

語的聲音。

「她來了嗎？」他問包得拿夫。

包得拿夫點點頭。他們派娜娜演這齣戲裏的蕊拉兒丁，不過娜娜對於再度扮演一個蕩婦的角色，有一點猶疑，所以在接受這個角色以前，要把整齣戲從頭到尾看一遍。她心裏實在渴望着演正經的女人。因此，拉波得就陪着她坐在包廂裏，拉波得在爲她和包得拿夫談這件事。花車利向她望了一眼，隨後又轉過身去看臺上的排演了。

只有臺口點着燈。由脚燈那裏，用一根管子把煤氣接過來，通到一根支柱上，柱上點着火，是後面裝一個反光鏡，把臺口照得光亮。這盞燈恍恍惚惚的燃着，高沙爾湊近這個臨時裝設的細長燈桿，看他的抄本，在瓦斯燈的光流照耀之下，他那個駝背的輪廓顯得極其顯明。包得拿夫和花車利兩個人却都在黑暗中。這麼大的舞臺，只中央有一道微弱的光線把臺面照亮。這一道光線，把演員都照成畸形的幽靈，舞臺上，除了中央這塊地方以外，全是昏暗。臺上零亂地擺着許多梯子，成套的佈景片子，和漆彩褪色得像一大堆垃圾的各種佈景。吊在空中的佈景，樣子也像是賣舊布的店，在椽子上掛着的一大堆爛布。這些佈景的上端，一道明亮亮的太陽光從一扇窗口射進來。

等着接詞上場的演員們，都站在臺後，

「混帳的東西們！你們小聲一點，好不好？」包得拿夫叫起來，「我一個字也聽不見。誰說話，就滾出去，我們可是正在排演哩。巴里由，再有人說話，都得受罰！」

大家安靜下來。當晚演戲用的一幕外景，是一座花園，已經佈置好，這花園佈景的一個角落上，有一張長椅，和幾張椅子，大家就坐在上面，豐丹和普魯里葉爾也在這些人裏面，聽露絲．米儂說滑稽戲院的經理，出着高價錢來請她去演戲。一聲大叫，

「公爵夫人呢！聖．斐爾曼！戲裏要公爵夫人和聖．斐爾曼出場啦！」

叫了好幾遍，普魯里葉爾這才想起，原來自己就是聖．斐爾曼！露絲是扮演公爵夫人的，早就在那裏等他出場。這時，老包斯克正拖着脚步，在那臺板上，慢慢走回他的座位。克拉蕊絲往旁邊挪，在長椅上給他讓出地方來坐。

「他這麼大吵大鬧的是幹什麼呀？」她說，指包得拿夫。「戲要慢慢的來，總會弄得好的！如今哪一齣戲不是先把他攪得頭昏才能演成的。」

包斯克聳聳肩，他不屑理這種風暴似的吵鬧。豐丹小聲說，

「他怕慘敗。我看，這齣戲簡直是胡鬧。」

他轉身向克拉蕊絲，重新提起剛才露絲告訴他們的事情：

「喂，你相信滑稽戲院給她的價錢嗎？三百法郎一晚，連演一百晚！人家假如眞給露絲出三百法郎的話，她的丈夫米儂還不早把我的朋友包得拿夫一脚踢開了。」

克拉蕊絲相信這三百法郎的話。豐丹這人總是在他朋友的成功裏找錯處的！正說到這裏，西蒙把她的話打斷。西蒙冷得直在發抖。其實，她們還都是把衣服扣到耳邊，而且還帶着圍巾呢；她們都仰頭去望頂上那道陽光，陽光在她們頭頂上照得通亮，可就是沒有射到劇場裏來。在十一

月的天氣裏，外邊的街上已經結霜。

「後臺連個火都沒有！」西蒙說。「眞討厭，他簡直是個吝嗇鬼！我要走，我可不願意把臉上凍得不成人樣。」

「不要說話，聽見了沒有！」包得拿夫又大叫。

大家靜下來，在這種沉靜中，只聽見排戲的演員們說臺詞的聲音。演員們幾乎一點表情都沒有，說話的調子，又是平平的，不肯費一點力氣。不過，每逢他們非得强調某一句話裏的特別涵義不可的時候，就往前面像張着大嘴在打呵欠的劇場望去。劇場裏空洞洞的，這座沒有觀衆的劇場，唯一的照明，只有從臺上射出來的光亮，所以整個劇場就彷彿睡着了一般。靠近天花板的地方，沉重的夜色把壁畫掩住；舞臺兩邊，一層一層的包廂，也都蒙上很寬的灰帆布，保護邊上的漆飾。實際上，到處都蒙蓋着；一長條一長條的帆布，罩着各層樓座前邊扶手上所裹着的厚紅絲絨。這些帆布的色調，把周圍的陰影，更加上一道昏灰渲染，於是整個劇場的裝飾，一概都看不見，所能看見的，只有一座座包廂的黑窟窿。每一層樓上，雖然有那麼多的紅絲絨斑點，可是都一體變成昏黑，所以每一層樓的界限，只有憑着這些包廂的黑窟窿，才能大體分得清楚。中央的大水晶掛燈，已經放下，它上邊所垂掛着的裝飾，幾乎把池座的地方都佔滿，這種樣子，會叫人聯想到觀衆都跑了，而且是一去不再回頭。

正排到這個時候，露絲所演的小公爵夫人，剛剛被人誤引入娼妓羣裏，她就走到脚燈附近，舉起她的兩隻手來，向着那宛如靈堂一般凄慘的空劇場努起嘴來。

的。「我的天哪，這些人多麼奇怪呀！」她把這一句臺詞强調着念，心裏相信這準會收到效果

娜娜坐在劇場後邊的一個包廂裏，身上裹着一條大披肩。她耳朵聽着這齣戲的臺詞，眼睛却望着露絲。她轉過身小聲向拉波得說，

「你說他一定來嗎？」

「一定來。毫無疑問，他會跟米儂一起來的，只能跟米儂來才能有藉口。只要看見他一到，我們就到上邊瑪蒂爾德的化粧室裏去，然後，我就把他帶到你那裏。」

他們談的，就是穆法伯爵。拉波得替他安排這次和娜娜的相會。他和包得拿夫談過，恰巧包得拿夫接連着遭遇兩次失敗，經濟上的損失很嚴重。因此，爲了討伯爵的歡心，以便能從他手裏借貸一筆款子，他就急忙把劇場借給他幽會，並且派給娜娜一個角色。

「再說這個蕊拉爾丁的角色，你覺得怎麼樣？」拉波得說。

娜娜坐在那裏動也不動，不答覆。她看見作者在第一幕裏所寫的，是一個鮑立瓦日公爵如何不忠於他的太太，偷偷鍾情了一個演喜歌劇的明星，一位金黃頭髮女人，名叫蕊拉爾丁。到了第二幕，就看見公爵夫人海倫到這位女伶的家裡，去參加大化裝舞會。公爵夫人到這裏來的目的，是要看這女人有什麼魔力，征服她的丈夫，而又抓住他的感情。介紹她來的，是她一位表兄，就是那個漂亮的奧斯卡爾・德・聖・斐爾曼，他帶她來的目的，却是想藉此來誘姦她。她所受的第一課，就使她大大吃驚，因爲她聽見蕊拉爾丁活像一個泥瓦匠那樣，向公爵咒罵，而公爵竟歡喜

若狂得屈服忍受。這小小的一段插曲，叫她不禁叫出來，「哎呀，原來就應當對男人這樣說話嗎！」在這一整齣戲裏，除開這一場以外，幾乎就再沒有蕊拉爾丁的戲。公爵夫人的戲却很多，鮑立瓦日緊靠在她旁邊，坐在椅上用熱吻和溫柔，向蕊拉爾丁求和解；這時候，一位老浪子達爾底沃男爵，以爲公爵夫人也是蕩婦，就向她調情。排演的時候，蕊拉爾丁這個角色，還沒有派定演員，就由高沙爾老伯伯代讀臺詞，他現在正在包斯克的懷裏作姿態。花車利突然從座位上跳起來。

「不對！」他叫。

演員於是都停住，豐丹冷笑，用他傲慢的聲音問，

「什麼不對？是誰沒有演對呢？」

「沒有一個人演得對！你們都演得不對！」花車利說，同時比手劃脚，走到舞臺上，自己去表演那一場，做給大家看。

「請你注意，豐丹，你千萬得了解達爾底沃離開的情形，是怎樣的匆忙。你必須像這樣向前傾，身子好夠着公爵夫人。那麼，你呢，露絲，你必須像這樣把身子一躲，可是別太早了，要在聽見接吻聲音的時候再躲。」

他做到這裏就停住，向高沙爾大叫着說，

「蕊拉爾丁，把吻送上去！聲音大一點，要叫人聽得見！」

高沙爾老伯伯轉過身子來，湊近包斯克的臉，把嘴唇用力一啜。

「這樣的吻才對，」花車利說。「再來一次。現在看明白啦，露絲，我不是有時間可以動作嗎？然後，我才叫一聲——這樣，『噢，她給了他一個吻。』不過，在我說這句話之前，達爾底沃已經出場。你聽見了沒有，豐丹，你出場來，讓我們再試一次，大家一齊來。」

演員們又接着排這一場，不過豐丹對他那個角色，不大高興演，結果是一點進步也沒有。弄得花車利不得不再把他的解釋重說了兩次，每次都是自己做出個樣子來，而且一次比一次熱心。演員們都擺出一副憂鬱的嘴臉聽他，時而彼此望一望，眼神裏彷彿說他這是成心叫他們做不可能做的事，隨後，大家就笨手笨脚的再試演那一段，個個心裏只想趕快接着排下去就算了，所以都僵硬得像個剛剛斷了線的木偶似的。

「不行，這我受不了，我不明白為什麼要這樣，」豐丹說話的時候，很傲慢。

包得拿夫一直就沒有開口。他差不多完全縮到那椅子裏去，從背後望去，只看見他的帽子，由椅背上露出來，他的手杖早就斜落在他旁邊，像是睡着了。不過他突然一跳就把身子坐直起來。

「這太混蛋，我的夥計。」他向花車利說。

「你是什麼意思？」他叫起來，臉色發白。「你才混蛋，我親愛的夥計。」

包得拿夫大怒。他把「混蛋」這個字說好幾遍，要是這樣演，觀衆一定會喝倒彩，照這樣演下去，這幕戲還能演得完嗎！是每一遇到排演新戲就聽得見的，花車利已聽慣了，他也照樣野蠻罵他是畜生。包得拿夫氣得像牛吼似的叫起來，

「媽的，你有完沒有？你這個混蛋主意已經叫我們白白躭誤一刻鐘啦。不錯，混蛋主意！其

實這麼簡單！你，豐丹，不要動。露絲，你略微動一動；這不就夠了嗎，還用得着再幹什麼呢，你下來吧。現在就讓我們照這樣做。高沙爾把吻送過去。」

於是，接着又是一陣混亂。這場戲排得一點也沒有進步。於是包得拿夫也親自做給他們看，在臺上轉來轉去，活像一頭象的樣子。花車利看着冷笑，聳聳肩膀，豐丹也說話，就連包斯克也都有意見。露絲弄得疲倦了，結果就坐在椅子上。誰也不知道戲究竟排到什麼地方，又加上西蒙來了一個冒場：她誤以為她該接詞上場，就衝進去，攙在一場混亂之中，包得拿夫大怒，用手杖往四處揮，把西蒙一推，就推到後面去。每次排戲，他總是打他舊日的情婦。西蒙跑開就狂叫，

「要當心，我指天發誓！下次要是再這麼招惱我，我馬上就不幹！」

花車利把他的帽子往前推，使帽沿壓到前額，打算離開劇場。不過他剛走到舞臺後面，看見包得拿夫一身大汗，走回座位去坐下，他就停住，往前邊走過來。他又走到老地方，坐在另外一把椅上，動也不動，劇場都靜下來。

「好啦，我們接着排下去，」包得拿夫叫。他這時也安靜下來。

「我們接着排下去，」花車利重複說一遍。

演員們就又接着懶洋洋地拖下去，那種無精打采和漠不關心，正和以前一樣。在剛才經理和作家爭辯的時候，豐丹和其餘的人，很自在地坐在舞臺後方那張長椅和櫈子上，一直在冷笑，抱怨，並且說些刻薄的話。等到西蒙為着挨推了一下而傷心哭着回來，大家就有說有笑起來，向她說，如果他們處在她的地位，就非把那頭豬捏死不可。她一邊擦着眼淚，一邊點頭，她說如今她

和他是完了。士丹拿在昨天，還答應她供給她的生活呢，她更可以丟開他。克拉蕊絲十分驚愕，這位財政家不是破產了嗎？不過普魯里葉爾大笑起來，提醒大家說，這個無恥的以色列人，跟露絲在一起的時候，不也是裝得很漂亮，好叫他朗得鹽廠的股票，能在交易所裏漲價，目前他還向人吹牛，說他有一個新計劃，要在君士坦丁海峽開一條地道呢。西蒙對這段新聞很關心。

克拉蕊絲，她這一星期以來，早已氣得冒火了，剛把黑多這個畜生讓給嘉嘉，他就承繼富有的叔叔的產業！她的運氣總是這樣壞，把什麼都預備得舒舒服服之後，就讓別人去享受。而且演戲又給她一個只有三五句話的角色，只有五十句不重要的臺詞，好像她不能演蕊拉爾丁似的！她渴望着演那個角色，所以希望娜娜拒絕不演。

「可是，你看我呢？」普魯里葉爾氣狠狠的說。「我臺詞也不超過兩百句。我早就想放棄這個角色。叫我來演聖・斐爾曼這個傢伙，可太倒楣啦：這個角色本身就寫得不好，嘿，看看寫的算是什麼文體啊，親愛的朋友們，像這種寫法，演出來，無聊得很。」

這個時候，和巴里由老伯伯在閒談着的西蒙，又跑過來，向大家說。

「娜娜就在這個劇場裏啦。」

「在那裡？」克拉蕊絲站起來，向周圍找娜娜。

這消息馬上傳遍，個個都四處望。這樣一來，排演停了下來。包得拿夫跳起來大叫。

「怎麼啦，喂？把這幕戲演完，聽見了沒有。」

娜娜還坐在包廂裏，看這齣戲。拉波得想跟她閒談，她都不耐煩，叫他不要開口。第二幕快排完的時候，有兩個人影，出現在劇場的那邊，偷偷到前面去。娜娜一看，就認得是米儂和穆法伯爵。他們兩個人走到前面，和包得拿夫握手。

露絲把這一幕最後的一段話說完。包得拿夫說，在排第三幕以前，需要把第二幕再重排一遍。說完和伯爵周旋起來。這時，花車利却假裝把心思完全放在他四周的演員們身上。米儂站在旁邊，吹着口哨，把眼睛望着他太太，他太太倒是有點不安。

「我們上樓吧？」拉波得問娜娜。「我先把你放在化妝室裏，然後再下來帶他。」

娜娜離開那包廂。包得拿夫知道她到什麼地方，在後臺把她截住，逼着她馬上講交易，談起蕩婦這個角色的問題。

「這是很好的一個角色？就是爲你寫的。明天來排戲吧。」

娜娜冷冷的，她想知道第三幕是什麼樣子。

「第三幕可是妙極啦！公爵夫人在自己家裏扮蕩婦，弄得她的丈夫飽立瓦日噁心，等到達爾底沃來，還以爲到了歌劇的舞女家裏。」

「那麼蕊拉爾丁在整齣戲裏有些什麼戲呢？」娜娜問。

「蕊拉爾丁嗎？」包得拿夫有點窘又說了一遍。「她只有一場戲，不是爲你寫的，你簽字好不好？」

她望着他一會，才回答，

「我們等等再看吧，等到什麼時候合適什麼時候再說。」

她去找到拉波得，他正在樓梯上等她。劇場裏邊排戲的人，都看到她，大家都在說她，特別是普魯里葉爾，因爲她回來而起反感，還有克拉蕊絲，因爲急於想演娜娜的那個角色。至於豐丹，他却冷冷淡淡，毫不關心，他認爲說一個曾經愛過的女人的壞話是不對的。想起從前娜娜對他那樣始終不渝，娜娜的美貌，和他們的共同生活，他那種乖僻的口胃就越覺得厭倦。

同時，在樓下，因娜娜來到起疑心的露絲看見拉波得走到伯爵面前，她明白這是怎麼一回事了。目前她固然討厭穆法，想把他擺脫，可是這個樣子被他拋棄，就生氣。在她丈夫的交際場合裏她對這一類的事情，一向保持沉默，這一次却禁不住開口了，就率直的說，

「你明白這是怎麼回事了吧？如果她再玩士丹拿那一次的把戲，我就把她的眼睛挖出來。我說得到就做得到！」

米儂鎭定而又傲慢地聳聳肩，彷彿什麼事也瞞不過他的樣子。

「鎭靜一點，」他小聲說。

他曉得現在必須靠什麼辦法才能有利。他已經把穆法擠乾了，他也知道只要娜娜一招手，穆法立刻就會躺在她脚底下，給她當地氈去踩的。像這類的癡情，是沒有法子爭奪的。所以他也不再想挽回敗局，只想怎樣把局勢轉得使自己有利。

這需要等看事情如何變化。

「露絲，輪到你啦！」包得拿夫大叫。「第二幕開排了。」

「你去吧，」米儂說，「這件事由我來處理。」

別看他滿肚子煩惱，他表面却說說笑笑，高高興興地走過去，給花車利道賀他的劇本。眞是個最棒的劇本！只是爲什麼把那個夫人寫得那麼貞潔呢？這可不自然！問飽立瓦日是根據什麼人寫的，還有蕊拉爾丁這個蕩婦，寫得也有點爛。花車利微笑着，他沒有覺得不高興。不過包得拿夫向着伯爵望，神色上有點煩躁，這很令米儂注意。

「讓我們開始排戲吧！」他大叫，「怎麼啦，巴里由？嗯？什麼？包斯克又不見啦？」

然而，包斯克極其安靜地出了場，於是排演開始。在這個時候，拉波得把伯爵帶走。伯爵心裏想快要見到娜娜，就發抖起來。自從他們兩個人分手之後，他的生活裏，一直感覺非常空虛。他閒散無聊，任由着別人把他帶去找露絲，使他設法把一切往事忘掉，抑制自己不再去尋找娜娜的下落，同時也可以避免向伯爵夫人解釋。在他心靈裏，娜娜的影子，時常出現，他對她起了肉慾的渴望。

他們分手那一次，可憎的印象，都在他的心裏消失。豐丹的影子，和娜娜趕他出去時說他太太與人通姦的那些刺心的話，也再不出現在他的回憶了。這些往事都被忘掉。幼稚的想法，覺得當初自己沒有眞正愛她，否則她絕不會對他不忠。他這樣一想，便就責備自己不應該。他的煩惱越來越忍受不住；他確是可憐。他的心惟有渴望得到娜娜，惟有想到娜娜的頭髮，娜娜的嘴，娜娜的肉體。他一回想娜娜的肉體，全身就發抖，一個慳吝之人渴望金錢，拉波得告訴他可以見到娜娜時，他聽了就衝動得無法自制，等到他下了樓梯，辭別伯爵的時候，他只輕輕地說了簡單的話，

「三樓右手的通道，門開着。」

在全劇場那個冷落沉靜的角落裏，只有穆法一個人。他走過演員休息室的前面時，隔着敞開的門口，向裏邊望了一眼，看見這一間大屋子裏面，太陽光把那種絕對荒蕪的情形照得更加汚穢破爛。可是，他從舞臺上那種黑暗與紊亂中走出來後，使他最驚奇的現象，却是後臺高處那些欄杆，從前某夜他所看見的，是到處充滿瓦斯氣，各層樓上都是女人們脚步踐踏的喧囂聲，而如今竟是靜悄悄的浸潤在明朗的光亮中。他看到所有的化裝室都是空的，走廊上一個人也沒有；陽光從樓梯旁邊那些窗口，射進來。

他喜歡這種安靜。他慢慢走上去，他的心在跳，怕自已會做出幼稚的舉動。他走完二樓的那段樓梯，倚在一面墻上用手帕揩汗，陽光淡淡的下午，所有蕩婦們在家裡睡覺的時候，他走到三樓的時候，有一隻大黃猫盤臥在梯上，他非得大步子跨過去不可。整座劇場裏，只有這一隻猫，半合着眼睛在守衞着。這裏面，每天晚上女人們所遺留下來的味道，沒有消散，使他昏昏欲睡。

右手那條走廊裏的化妝室，門沒有關。娜娜在裡面等。那個小瑪蒂爾德，是一個不愛乾淨的年輕娼婦，把她自已的這間化妝室弄得亂糟糟。破碎的瓶子罐子，到處東倒西歪的放着；化妝桌上全是油膩；唯一的一把椅子上，也佈滿紅色的斑點，看上去彷彿有人流過血，把血滴到草墊上似的。天花板墻上的壁紙，從上到下，滿濺肥皂水的點子；屋子裏那種肥皂薄荷味道變成酸味，聞着非常不舒服，於是娜娜就把窗子打開，在窗臺上，呼吸新鮮空氣，又伸出頸子去望下面的勃龍太太。她可以聽見勃龍太太的掃箒，正在埋在黑影中的窄小院子裏，亂掃着磚瓦的聲音。一扇百葉窗上，懸着個鳥籠，裏邊的金絲雀，正在囀唱。大街和鄰巷上的馬車聲，在這裏一點也聽不見，這裏只有寂靜，令人感覺是在鄉下。她往遠處望，就看見橫街的玻璃頂子，和周圍許多小房屋；再往更遠處，維也納路上的一些高大樓房聳起，遮住她的視線。附近，連續不斷的，都是帶洋臺的房頂，有一家照相館，在洋臺房頂上，裝置了一個像籠子樣的玻璃小屋子。這些景象，看上去很開心；娜娜正看得出神，聽見有人敲門。

她轉過身來說，

「進來！」

她一看見伯爵進來，就把窗子關上，天氣固然不暖，而且也無需叫愛偷聽的勃龍太太聽到。他們彼此互望了一會。隨後，她看見伯爵依然僵直地站在面前，幾乎就要因爲情緒激盪而哭起來，大笑說，

「好哇！倒底你又回來啦，你這個大混蛋！」

他心裏亂得太厲害了。他稱呼娜娜爲「夫人」，說他這次重新見到她，很爲欣幸。她却很親熱，爲要單刀直入來談正題。

「你不是要見我嗎，我們站在這裏，彼此望着吧。以前我們兩個人各有錯處——啊，我當然是原諒你的！」

說到這裏，他們同意不再提以往的事；娜娜說話的當中，穆法不停的點頭認可。現在他靜下來，千言萬語，說不出來。娜娜一看見他外表這麼冷淡，有些吃驚。

「喂，」她臉上笑着說，「你這個人本來是很敏感的啊！我們現在既然言歸於好，就該握手，讓我們做好朋友吧。」

「什麼？好朋友？」他急起來。

「是的，這也許是傻話，不過我可希望你不要以爲我有什麼壞意思。我們解釋過以後要是再見面的時候，無論如何可再也不能像陌生人了。」

他伸出一隻手想攔住她的話。

「讓我說完了！你要明白，世上沒有一個男人能害我，說我對他不起，可是呢，你却是頭一個，我沒有想到，眞可怕。你要知道我們都有自尊心，親愛的孩子。」

「不過我可不是那個意思！」他叫起來。「坐下——聽我說！」

他怕她離去，就把她推着坐在唯一的椅子上。他在情緒激動的心情下走來走去。這間小化妝室，滿是陽光，毫不通氣，外面的世界，沒有一點聲音進來擾亂這裡面的安靜，和平。在他們談話偶然中斷的時候，可以聽見金絲雀的歌唱。

「聽着，」他兩脚直立在她的面前說，「我是要再得到你而來的。我打算重新再來一次。你很明白，可是爲什麼又這個樣子對我說話呢？告訴我，你同意。」

她低着頭，在弄身底下的血紅色草墊。她看見他這樣焦急，就更不忙於回答。她抬起頭來。臉上嚴肅，眼睛裏也是一片憂愁。

「不可能啦，小男子。我絕不再和你一起生活了。」

「為什麼？」他嚇得張口結舌，臉上的皮肉收縮，似乎有說不出的痛苦。

「為什麼？你這個該死的，因為，不可能呀，我不願意啊。」

他熱情如火地望着她，接着，他的兩條腿彎下去，跪在地板上。她惱怒地叫道，

「不要像小孩子一樣！」

可是，他早已是個小孩子了。他低頭跪在她的脚下，兩隻手臂抱住她的腰，把她抱得緊緊的，把自己的臉壓在她的膝上。他一接觸到她的肉體渾身就起痙攣，像發寒熱似的發抖。他就瘋狂地更把自己的臉往她膝上壓得緊，好似要鑽到她的肉裏去，那把舊椅子，壓得喀喀響；而那片天花板下香粉味道刺鼻的空氣裏，就聽見肉慾的渴望。

「你這樣會得到什麼呀？」娜娜嘴裏雖然這麼說，可是依舊任由着他隨便怎麼動。「你這一切可都一點也沒有用，因為事情是不可能的。我的老天爺，看你變成怎麼樣的一個孩子了！」

他的精力消退，仍然跪在地下，也不鬆手，只斷斷續續的說，

「至少你得聽我說說我原來想送給你的東西。我已經在蒙梭公園附近看好了一座別墅，我很願意連你最小的願望都給你，為了佔有整個的你，我可以把全部財產都拿出來。眞的，我要自己一個人整個佔有你！你明白嗎？假如你答應只屬於我一個人，啊，那麼，我會叫你成為世上最叫人羨慕的女人。我會供給你許多馬車、鑽石和衣服！」

他這些貢獻，每說出一樣，娜娜就搖一次頭。後來，看見他還要往下說，而且再也想不出什麼可以給她的，竟至談到給她現錢了，她就再也忍耐不住。

「好了，好了，你跟我講價，還有個完沒有?我是個好心的人，看見你這樣痛苦，所以讓你說一兩分鐘;可是現在我可聽夠啦?讓我起來吧。你把我累死了。」

她掙脫出來，她站起來，

「不，」她說，「我不願意!」

他聽了這個話，掙扎着起來，衰弱地跌在那張椅子上，兩手捧着臉，往後一靠。現在，輪到娜娜踱來踱去了。她看看那斑汚的壁紙，油膩的梳妝檯，和這整個照在淡淡陽光裏邊的骯髒小屋子，看了一兩秒的功夫。然後，停步在伯爵的面前，直截了當地說，

「眞奇怪，爲什麼有錢人總以爲他們的錢就可以把什麼都買得到呢。可是，我若是不願意答應的話又該怎樣?你的那些禮物，連一根針尖我都不放在心上!就是你把全巴黎都給了我，可我還是要說不!永遠不!你看看這裏，這間屋子簡直沒有法子說是乾淨，可是假如我情願跟你一塊兒住在這裏邊的話，我也會覺得它很漂亮。可是一個人如果不愛你，就是住在你的宮殿裏，也不快樂。至於錢呢，我可憐的寶貝，假如我情願，我自然會接受，不過我告訴你，你的錢，我不要!」

她說話的時候，臉上露出厭惡的表情。

「我知道世界上有比金錢還更好的東西。我只求能有一個人把我早就渴望的東西給我!」

他抬起頭來，眼睛裏閃着充滿希望的光彩。

「那可不是你所能給我的，」她說，「這東西可是由不得你作主的，不然我也就不會跟你提

它了。是呀，我們不是在談天嗎，既是在談天，那我也就不妨也跟你提一提，我很想演他們那齣戲裏那個高貴婦人的角色。」

「什麼高貴婦人？」他愕然喃喃着。

「喂，就是他們那個海倫公爵夫人呀！他們以爲我會演蕊拉爾丁嗎，那個角色裏邊什麼都沒有，只有一場戲，這麼一點東西的一個角色他們以爲我會演，那才怪呢！再說，這也還不是眞正的原因。事實上，蕩婦的角色，我可演夠了。爲什麼總演蕩婦沒有個完呢？他們以爲我只能演蕩婦呢，再說，我老是演蕩婦，別人以爲我本人根本就是蕩婦呢，哈，我的孩子，他們什麼也不懂得我呢，我告訴你。如果我演一個正經夫人的話，嘿，那我準做得像個眞正正經夫人。」

她說完，就到窗口，然後，走着婀娜的步法，和瞻前顧後的神氣，像隻肥鷄怕把它的鷄爪踩髒了的樣子。穆法，眼裏的淚還沒有乾，望着她的表演。這種由悲痛突然轉變爲喜劇，弄得他昏迷恍惚。她又來回地走了一會兒，一邊走，一邊微笑，端端莊莊合上兩隻眼睛，右手很敏捷地撩起裙子。然後，她又站到他的面前。

「我表演得不錯吧！」

「好極了！」他吃吃地說。

「我告訴你，正經女人的一舉一動，我都學會了！裝個什麼男人都不理睬的公爵夫人，有什麼了不起。從前我走過你面前的時候，你看到這一點沒有？嘿，這原本就是我天生帶來的！再說，我本來就很想演正經女人的角色。我一定要演那個角色，你聽見了沒有！」

她態度認眞，聲音也嚴肅，大大的激動。她這個願望不能得到，使她很痛苦。穆法因爲遭受到她的拒絕，坐在那裏發呆，好像一點也不懂她的意思。

「你聽我說，」她又說，「我要你去叫他們把那個角色讓給我。」

這弄得他愕然無語，隨後，他表示無可奈何，

「這可不行！你這可不行！你自己剛才不是說過嗎，這事不由我作主。」

她聳聳肩膀，

「你下樓去告訴包得拿夫，說你要把這個角色給我。包得拿夫要的是錢，那麼，你可以借給他一點呀，這一點錢你是出得起的。」

他還想拒絕她，她生氣了。

「好極啦，我全明白啦；你怕露絲生氣是不是！剛才你跪在地下哭，我可沒有提出那個女人來，我要是想說的話，那就太多啦。當然嘍，一個男人要是剛剛對一個女人發過誓說永遠愛她，就不會碰上另外一個女人時就陪她睡覺。我知道，你左右爲難啦！我親愛的孩子，你去吃米儂家的那些刷鍋水，有什麼滋味！在你未和她斷絕之前就不應該在我面前下跪？」

他含含糊糊地抗議，最後說，

「我一點也不把露絲放在心上；我馬上就去告訴她。」

娜娜似乎很滿意。她說，

「那麼說，你還有什麼爲難的呢？包得拿夫是戲院主人。你也許會說包得拿夫以外還有花車

利——」

她說到這裏，把聲音放低。穆法坐在那裏，一聲不響，眼睛望着地板。他對花車利對伯爵夫人打主意，先裝作不知道；等到時間一久，他的疑心就慢慢平息下去，希望上次在泰布路門口所過的那可怕的晚上完全是自己的疑心。然而，他對於花車利，心裏究竟還存着憤怒的敵意。

「這又算得什麼呢？花車利不是個魔鬼！」娜娜說，想先弄清楚他們丈夫與太太、情人之間的情形如何。「我們可以使他的天良發現的。他究竟不是個壞人！喂，你以爲他會提出什麼條件嗎？你可以告訴他，這完全是爲了我？」

這個事情，可令伯爵嫌惡。

「不，不能！」他大聲說。

她停住，有一句話本來已經到了她的嘴邊，

「花車利什麼也不會拒絕你的。」

她覺得要是拿這句話作理由來催他，那就未免太過份，而且會把事情弄僵的。因此，她只微笑，這個笑容和言語所能表達的意思相同。穆法抬起頭來看她，滿臉蒼白。

「你這個人不厚道，」她說。

「我做不到，」他痛苦地說，「你叫我做什麼都可以，惟有這件事不行，親愛的！啊，我求你別堅持要我這樣做吧！」

她於是就不再說話，用雙手抱住他的腦袋，把他的頭往後推，自己彎下身子去，把嘴貼着他的嘴，給他一個很長很長的吻。他渾身發抖得很猛烈；她的接觸，他的眼睛閉上，魂都不知到那裏去了。她扶他站起來。

「去，」她只說了一個字。

他就邁步向門口走去。他剛一走過去，她又把他抱住，把自己的臉抬起來，貼在他的臉上，又用嘴巴擦他的背心，像一隻小貓那樣溫柔，

「你說的那座漂亮房子，在什麼地方？」她就像個小女孩，剛剛拒絕過滿意的東西，如今又願意接收一樣，問他。

「在維里葉大馬路。」

「那裏有好多馬車麼？」

「有。」

「還有挑花料子？金鋼石？」

「都有。」

「你多麼好啊，我的老寶貝！你知道剛才那都是我的嫉妬！現在我可規規矩矩答應你，如今你既然懂得應該供給一個女人些什麼，這一次我可就絕不會像上一次那樣了。你什麼都供給，是不是？那麼，好啦，我除了你以外，誰也不要了！去，我們現在就去！」

她在他的手上和臉上，像雨點似的連連吻着，把他的慾火挑起，就把他推出門去。他去後，她喘息了一會兒。老天爺！這個骯髒的瑪蒂爾德的化妝室裏，味道多麼難聞！這間屋子裏陽光滿

佈，非常溫暖，只是，陳腐的薄荷水味道，叫人受不住，更不要提其他不乾淨的東西了！她把窗子打開，又倚在窗臺上，望着底下橫街的玻璃頂子，來消磨時間。

穆法蹣跚着走下樓。他的頭腦暈眩。這件事本來與他無關，他怎樣去開口呢？他走近舞臺的時候，就聽見那裏有吵架的聲音。第二幕剛剛排完，普魯里葉爾大發雷霆，因爲花車利想把他的臺詞截短一點。

「那麼把我的臺詞完全刪去不就得了嗎，」他大叫。「那我倒情願！你們就想想看，我本來只有兩百句，可是還要給我刪。我不答應，我不演啦。」

他從口袋裏拿出一個滿是皺摺的小抄本，用手指頭激昂地捏着抄本的篇頁，彷彿要往高沙爾的懷裏拋去。他因爲自尊心受了傷害，那副蒼白的面孔縮皺起來；他的嘴唇緊閉，眼裏發着怒火；普魯里葉爾是觀衆的偶像，怎麼能演一個只有兩百句臺詞的角色呢！

「爲什麼不叫我演端着盤送信上場的聽差呢？」他恨恨地接着說。

「好！普魯里葉爾，客氣一點，」包得拿夫說，他急於想和和氣氣對待普魯里葉爾，因爲他對包廂裏的觀衆有很大的號召力。「不要小題大做。喂，花車利，你可以在臺詞裏再加長？我覺得第三幕還可以拉長加多一場來。」

「那麼，好啦，我也只特別要保留最後那一段臺詞，」那演員說。「我當然配演那一段的。」

花車利不再說話，就等於同意；可是普魯里葉爾還不滿意，只把他的脚本放回口袋裏去。在這次吵架裏，包斯克和豐丹，一直保持極端無所謂的態度。他們心裏想，最好是各人爭各人的；目前的爭吵，既然和他們本身利害毫不相干，所以毫不感興趣！所有的演員，都聚攏到花車利的周圍來，問他們排得怎樣，結果，個個都得到稱讚！這時，米儂的耳朵雖一直聽着普魯里葉爾的怨言，眼睛却望着穆法伯爵，他早已看見伯爵回來了。

伯爵走進這半亮的臺上，就在後方停住，看見他們在吵架，遲疑着，不知道是否該去說話。可是包得拿夫看見了他，就跑向前去。

「你看這羣人多麼可惡？」他叫。「伯爵先生，我對付這班人多受罪，是你想都想不到的。個個都自大，自以爲了不起，其實個個都是可憐的戲子，永遠幹着不乾淨的勾當的！哼，非得把我弄得破產，他們才高興。不過，我請你原諒我簡直氣昏了。」

他的話停住，這時候，伯爵正在想着怎樣把他的意思說出來。

「娜娜要演公爵夫人的角色。」

包得德夫吃了一驚，叫起來，

「她，這簡直是發瘋！」

他再一看伯爵的臉色那樣蒼白，就立刻靜下來。

「見鬼！」他又說了這麼一句。

他說完，兩人沒有再說話。其實包得拿夫心裏是無所謂。娜娜這個美麗的動物，要是演起公爵夫人來，可以吸引更多觀衆，如果眞的，他又可以把穆法控制，由他擺佈？因此，他就想趁早

決定，於是轉過身去叫，

「花車利！」

伯爵本想阻止他。可是花車利沒有聽見叫他。他正被豐丹絆在幕下，在那裏聽豐丹念達爾底沃的臺詞。豐丹認爲達爾底沃是馬賽人，說話帶土音，所以就摹倣馬賽話，把整個臺詞都重唸過一遍。這個對嗎？那個是不是？他表面上像有許多主意，要請花車利決定的樣子，可是，劇作者的神氣冷淡，提出各種反對意見時，他又不高興。

「花車利！」包得拿夫再叫一次。

那位演員突然提出辭職，好在包得拿夫一叫，年輕的劇作家就藉口跑開。

「我們不要站在這裏，」包得拿夫說。「先生們請到這邊來。」

他怕別人聽見，就把他們帶到後臺的道具室來；米儂眼睛跟着他們，看見他們失去踪影，就有些驚訝。他們走下幾步臺階，進到一間小屋子裏。這間屋子有兩道窗子開向天井；從汚穢的窗玻璃上，透進一道微弱的光線，整個屋子全是架子和鴿子籠格子，裏面裝得滿滿的，全是蒐集得最齊全的各樣古董。這間屋子，實在可以令人聯想是拉波路上的一家舊傢具店，正在擧行拍賣。裏邊那些碟子，盤子，漆金的紙製杯碗，紅色的舊陽傘，意大利瓶子罐子，各種式樣的時鐘，木托盤和墨水壺，各類火槍和水槍，有的破了裂了，有的一堆一堆的亂堆着，上邊都蒙着大約有一寸厚的灰塵，辨認不出是什麼來。五十年以來，每次演戲所蒐集的東西，都成堆的堆在那些早就被人遺忘的遺物，都發着舊鐵，爛布，和潮濕的硬紙板的味道，叫人難以忍受。

「請進來，」包得拿夫說。「不能給別人知道。」

伯爵很不安，花車利聽了經理的提議爲之一驚。

「什麼？」花車利問。

「是這樣，」包得拿夫說，「我們有一個新的想法。你聽完之後，千萬不要跳起來！這也不是在開玩笑。我們想請娜娜演公爵夫人這個角色，你覺得怎樣？」

作者聽見，頭就大了；他說，

「不行，不行！你們這是在開玩笑，那可叫觀衆發笑了。」

「是呀，如果觀衆眞能發笑的話，那就是大大的成功！請你好好想一下，我親愛的夥計。這個主意是伯爵先生高興的。」

穆法爲了避免嫌疑，早就從鄰近架子上，順手撿起一件東西，好像並不認識它似的，在那裏看。那是一個裝煑鷄蛋的小杯子，杯梗破了，用漆補上的。他一直在毫無意識地拿着它，聽到包得拿夫的話，就走過來，說，

「是的，是的，要是這樣辦一定妙極了。」

花車利轉身向他做出一個輕快而不耐煩的姿勢。他這齣戲和伯爵是毫無關係的呀，所以他說：

「絕對不行！只能叫娜娜演蕩婦，她愛演就演，要演夫人的話不行，絕對不行！」

「這你可沒有弄清楚，我敢對你說，」伯爵現在勇敢得多了，就挿進嘴去。「就在目前，她

還剛剛給我表演過一回正經婦人的角色呢。」

「在什麼地方？」花車利問，心裏更加覺得詫異。

「在樓上一間化妝室裏。眞的，她眞表演過，而且，演得非常出色了！她走過你面前的時候，拿眼瞟你有點像這個樣子，你知道！」

他手裏還拿着那隻鷄蛋杯，情不自禁地努力摹倣娜娜，他只顧狂亂地渴望說服對方，可就把自己的身份全都忘了。花車利看着他，現在他明白了，他就安靜下來。

「這也很可能！」劇作者小聲說。「也許她會演得很好，只是這個角色早已派給別人了。我們可不能從露絲手裏再搶過來。」

「哦，如果問題只在這一點上的話，」包得拿夫說，「我負責去解決。」

這位青年看見他們兩個人都在反對他，而且猜出來包得拿夫跟伯爵一定有利害關係，所以聽了這話，便加倍堅持反對，不對他們屈服。商談正臨破裂的時候他說，

「不行，絕對不行！卽使這個角色沒有派定，我也絕不會請她演！千萬不要逼我！」

他說完，包得拿夫就走開；伯爵却低着頭站在那裏，動也不動。他把頭一抬，堅決的說，

「親愛的朋友，假定這就算是我請你給我面子行嗎？」

「我辦不到，」花車利說，轉身想走。

穆法的聲音可比以前强硬了。

「我要求你！一定要你做到！」

他說完了這句話，直望他的臉上。這個青年看見伯爵的陰森目光裏全是威脅，就忽然說，

「你愛怎麼辦就怎麼辦吧，我一點也不在乎。你簡直是越權，你等着瞧吧。」

這樣一來，雙方就更加狼狽。花車利倚在一組架子上，用脚踏着地。穆法好像在忙於研究他手裏那隻鷄蛋杯似的，不住地翻過來翻過去。

「這是一隻裝鷄蛋的杯子，」包得拿夫走過來打岔。

「是的，不錯！這是一隻裝鷄蛋的杯子，」伯爵把話重說一遍。

「對不起，這東西把你弄得滿身都是灰塵！」經理把那件東西拿過來，放回到架子上，接着說。「卽或叫人每天都在這裏打掃灰塵，那也不能打掃得乾淨，不過，這些垃圾是一大堆錢，我這話隨你信不信。現在請來看一看，把這整個的屋子看一看！」

他帶着伯爵沿着架子和鴿子籠格子，在從天井滲進來的光線之下，走上一圈，把各種道具的名稱，一一告訴伯爵。他詼諧地稱這一切爲船用舊器具，他想引起伯爵對於這全部的東西發生興趣。

他們回到花車利附近時，他馬上相當魯莽地說，

「聽我說，我們的想法旣然都一致，爲什麼不馬上就把這件事解決呢。米儂來了，我們正需要他。」

米儂早就偷偷來到附近偷聽他們的爭論了，一聽見包得拿夫開口談到想修改他們的契約，就勃然提出憤怒的抗議。這太不守信用，他們這簡直是想破壞他太太的前程，他控告他們違約！包

得拿夫却是一大堆理由。他說露絲演這個角色太不適合，所以他把她保留到下一齣輕歌劇裏去。可是露絲的丈夫反對。他於是突然提出要取消他們的契約，理由是露絲現在正和滑稽劇院接洽。米儂一聽這話，跟着就激怒起來，他也不否認另有接洽的事實，只聲明一大堆瞧不起金錢的話。他說，他的太太既然已經簽約要演海倫公爵夫人，那麼，卽或他米儂因此而破產，她也非演這個角色不可。這是關係他的身份，他的榮譽之存亡！可是，經理總是說：既然滑稽劇院給露絲三百法郎一晚演一百場，而她在這裏只得一百五十法郎一場，那麼，他若是只要一讓她離開，她不是就多收入一萬五千法郎嗎？那位作丈夫的，却不放棄藝術家的立場。外人若是看見他太太的角色被人奪走，會怎樣說呢？那一定說她的本領不夠啦，一定說劇院認爲非找一個人來頂替她不可啦！這當然對於露絲作爲一個藝術家的前途，大有影響；豈止如此，這一定大大降低她的名聲和對觀衆的吸引力。哼，不行，不行！榮譽高過收入！接着，提出一個可能接受的解決方策來：根據露絲所簽的契約條款，如果是她自動放棄這個角色不演，她得付出一萬法郎的罰款。那麼，他們只要也賠她一萬法郎，她就到滑稽劇院去演，這弄得包得拿夫啞口無言；而米儂，望望伯爵，等着他的反應。

「既然這樣，一切就都可以解決，」穆法如釋重負的說，「我們現在就簽協議。」

「不行！那我們可太吃虧！」包得拿夫大叫起來。「出一萬法郎叫露絲走！嘿，這是拿我開玩笑啊！」

可是伯爵連連點頭，請他接受。他遲疑一陣，又說出很多抱怨和可惜這一萬法郎的話。然而

，話又說回來了，這筆錢旣然是穆法拿出來，他說，

「我答應就是了。你們要怎麼辦都好，反正與我無關。」

豐丹在天井裏已經聽到一切。他是因爲好奇，走到院子裏，站在那兒聽；等到他明白事情的眞象，就上樓去告訴露絲他們正在爲她爭價錢！他向她耳朵裏說個不停；她一聽，就跑到道具室來。她進來的時候，大家都不說話。她望着這四個人。穆法低着頭；花車利聳聳肩膀，表示不關他的事，來回答她疑問的目光；而米儂呢，却正在忙於和包得拿夫談條件。

「怎麼一回事？」她問。

「沒有什麼，」她的丈夫說。「包得拿夫現在給你一萬法郎，叫你放棄演夫人的角色。」

她氣得臉色蒼白，兩隻拳頭握得緊緊的，渾身發抖。她望着她丈夫一會兒；她要反抗以往關於生意買賣的事，她總是聽她丈夫去處理，隨他去和經理們和情夫們怎樣去簽約都好，不加過問。可是，現在她却忍不住叫起來。

「嘿，得啦，你也未免太下賤了！」

這句話像一條皮鞭子打下來。露絲說完就跑，米儂十分驚愕就追過去。怎麼啦？她發瘋了嗎？他小聲向她解釋，說這一邊得一萬法郎，那一邊又得一萬五千，加起來就有兩萬五千。這不是一筆小數目！無論從哪方面看，穆法決定放棄她了；那麼，這不正好是個頂好的機會來最後拔他一根毛嗎！可是露絲正在氣頭上，一句也不答。於是米儂離開她，由着她去發那種女人的怨恨。包得拿夫這時陪着花車利和穆法回到舞臺上；米儂找到了包得拿夫說，

「我們明天早晨簽約好了。明天可要把錢預備好。」

拉波得把消息告訴娜娜，這時，她得意洋洋地走下來，走到舞臺上。現在她完全擺出一副正經女人的樣子，一副最高貴的神氣來，藉此要迷醉她的朋友們，並且向一般傻瓜們證明，只要她想做，就能樣樣都做得到。露絲一看見她來到，就衝上去說，

「我會報復！你當心？」

這出其不意的襲擊，叫娜娜在倉卒之間，不知所措，幾乎要向她讓步。可是，她馬上鎮定下來，擺出一副像侯爵夫人生怕踩着一塊橙子皮的姿勢，發着比銀笛還更清脆的聲音。

「什麼事？」她說。「誰得罪了你？」

說完，她接着做她剛才那種高雅舉動。這時，露絲氣得走開，米儂也假裝不認識她，隨着露絲走了。克拉蕊絲却喜歡得發狂，因為她剛剛向包得拿夫討到了蕊拉爾丁那個角色。另一面，花車利却悶得很。他站在那裏，不知道是離開劇場好，還是暫且不走的好。他的劇本算是給糟蹋了，他心裏正在想用什麼最好的法子可以挽救這個劇本。可是娜娜走過來，雙手拉住他，向她懷前一拉，問他究竟是否認為她那麼可怕。她可並不會吃他的劇本呀！隨後，她引他發笑，跟他解說，叫他明白：他既然姘上穆法的太太，那麼，要是和她鬧彆扭，可就太傻啦。她的臺詞萬一有記不清的地方，那不是還有提示員嗎。而且，劇場也一定會擠得滿滿的，保證滿堂。此外，他對她也不十分了解，不過不久他就可以看見她會怎樣一口氣把全部臺詞背熟的。剛才講定了由作家把公爵夫人的角色略加修正，好把普魯里葉爾的臺詞拉長嗎？因此，普魯里葉爾也大大歡喜起來。

實際上，在娜娜皆大歡喜的局面下，只有豐丹一個人，無動於衷。他站在燈光正中央，炫示出他的體格來，燈光把他那副羊臉的側影，極明顯地照得清清楚楚。娜娜靜悄悄走過去和他握手。

「你好?」

「好得很。你好嗎?」

「很好，謝謝你。」

再也沒有別的話了。他們就好像昨天才在戲院門口分手的。這時，演員們還在等着呢，可是包得拿夫說第三幕不排了。正巧老包斯克在這個時候走了，因爲平日總是把大家毫無必要地留在那裏，結果白費了一整下午的時間。個個人都走了。他們一走到便道上來，外邊無限的日光，刺得他們的眼睛張不開，伯爵拖着兩條無力的腿，帶着一個茫然的頭腦，和娜娜一齊坐上馬車，而這時，拉包波得把花車利拉走，去安慰他。

一個月以後，小公爵夫人第一天晚上演，娜娜演得太壞；因爲太想往高級喜劇方向誇張的緣故，結果使觀衆覺得可笑。觀衆倒沒有開汽水——他們太開心了。露絲坐在臺口包廂裏，只要她的敵手一出場，她必然大笑，笑聲震動整個劇場。這是她報復的開始。娜娜極其煩悶，因此，到了家裏，她和穆法單獨在一起的時候，就狂怒着說，

「多麼大的一個陰謀，你說?這完全是因爲吃醋。哼!他們要知道我多麼瞧不起他們就好了!我今天還用得着他們幹什麼?聽我說!今天晚上笑我的人，我都要他們跪在我脚下舐地板!你等着看，我要當個漂亮高貴夫人，給你爭氣，我一定要這麼辦!」

10

從此，娜娜變成一個時髦的女人，變成她自己一流人物當中的侯爵夫人。她開始了一種豪華的生活，從貧苦的日子，猛然一躍而過起豪華的生活來，儀態萬方，婀娜多姿，是巴黎最出風頭的女人，同時又瘋狂花費，和所有女人一樣，不愛惜地花錢揮霍。巴黎商店的橱窗裏，都掛有她的照片；報紙上，經常提到她的名字。每逢她坐着馬車走過大馬路，行人個個轉過身來看她，並且互相告訴她是誰，大家一看見他們所崇拜的偶象，穿着透明的衣裳，自在地凭倚着座位，滿臉愉快的笑容，頭上一堆雨點似的金黃小髮鬈，垂下來，襯出她一雙化粧的藍眼睛，和紅嘴唇，就好像對於國王一樣尊敬。最奇怪的是，這個美麗的動物，在舞台上演一個貞潔女人的時候雖然那麼拙笨得可笑，那麼不像樣，可是，等到她一下了舞台，走到這世界裏，却絲毫不費力就能迷人魂魄的。她的舉動，柔軟彎曲得像一條蛇；她的打扮，雖然經過仔細研究，可是看上去又像隨意穿戴一般自然，實在是優雅得完美無缺。所有她的一舉一動，非常瀟洒，她是蕩婦中的貴族，衣服的流行花樣都是由她倡導，高貴的婦女們都爭着摹仿她。

娜娜那所漂亮房子，坐落在維里葉大街，正把着卡爾底奈路角。這一帶，原名蒙梭平原，從前是很冷落的，後來才發展成爲當時最富麗的一區；這條大街，正是這區裏的一部份。建這座房子的，原是一位青年畫家，他因爲首次得到成功，就在狂歡之中蓋起房子來，可是，等到房子差不多可以住人的時候，又窮得把它賣了。房子是文藝復興式的，內部的佈置很奇妙，把現代的設備，溶化在具有人工特色的骨格裏。伯爵買這座房子的時候，裏面早已佈置完善，如可愛的東方帷幔，古老的祭器櫃，寬大的路易十三時期的椅子等等。所以娜娜搬進來所住的是一個藝術的環境，周圍全是各種不同時代最好的東西。不過，佔據着房子中部的畫室，對於她是一點也沒有用處的，她於是把房子裏原有的佈置，大大變動：在二樓上，緊靠着她的臥室和梳妝室，另外又闢了一間小會客室；把樓下的一間暖房，一間大會客室，和一間飯廳，空起來不用。她的主意，叫建築師吃驚，因爲，她雖然是一個巴黎女工出身，可是能夠本能地懂得生活上的優雅，因而在各種奢侈的考究場面上，她都能突然表現出一種很高的口味來。實際上，她在陳設上還添了些富麗的佈置呢！只有在各種小地方，才零零碎碎的看得出一點她當年是一直徘徊在拱路兩邊的店窗面前幻夢着的一個賣花女郎，看得出一點她那種優雅得荒唐，莊麗得庸俗的口味來。

一頂大遮簷，罩着通到庭院去的前門，前門以內，樓梯上鋪着地氈。你一進前廳，就有一陣紫羅蘭的香味，迎接你。有窗子，上裝着黃色與玫瑰色的玻璃；這些顏色，使人聯想到溫暖的女人肉體；從窗口透進的光線，照在寬闊的樓梯上；樓梯脚下，立着一個木雕的黑人，手裏托着一隻銀盤，盤上擺滿訪客的名片；此外，還有四個雪白大理石的女人，袒露着雙乳，手擧着燈。陳設在這座前廳，裝潢着二樓樓梯頂的，是滿蓄鮮花的銅瓶磁罐，鋪着波斯氈子的坐榻，蒙着古老織錦的臂椅，把二樓前面，佈置成一個會客室。這裏最觸目的是永遠有男人們的外衣和帽子，四下裏垂掛的都是厚厚的帷幔，把什麼聲音都隔斷。外界完全隔絕；你一進去，就覺得彷彿在禮拜堂裏，整個靜寂景象，充滿了宗教的感覺。

那間寬大而又有點過於華麗的路易十六式客廳，娜娜只在舉行宴會來接待皇室或者顯要的外賓的時候，才用。平日，她在吃飯時候才下樓；她每逢坐在那間高大的飯廳裏，看看四周儘是高比林花氈，上邊陳飾着舊磁器和許多珍貴古盤子的高大食橱，自己就總覺得太渺小，渺小得等於消失在裏面了。她總是一吃完就趕快上樓去，她覺得二樓才是自己的家，只有那三個房間，臥房、梳妝室、和會客室，才是她自己的。她把臥房重新佈置過兩次：第一次完全用紅紫色的緞子；第二次改用藍綢子。上邊印着桃花。可是她還不滿意；她覺得這看起來不舒服，想另外換個新奇的顏色和花樣，可是還沒有想出來。那張床，低得像一張沙發，裝飾之精細，眞是煞費苦心，單是床上所鋪的那一條威尼斯針織的桃花床單，就值兩萬法郎。傢具都漆藍白色，上邊嵌着銀線花紋。無數的白熊皮，到處鋪着，把地氈都完全掩住。這可算是娜娜的豪華佈置，因爲她有打赤脚的習慣。靠着臥室的那間小沙龍裏，有極精緻的藝術品，這些東西的後面，掛着淡玫瑰色的絲幔——一種褪色的土耳其玫瑰紅，上邊繡着金線——把這一堆古董，襯得淸淸楚楚。這些東西，來自各國，式樣格調，應有盡有。有意大利的衣橱，有西班牙和葡萄牙的錢櫃，有中國寶塔的模型，有一扇手工精巧的日本屏風，此外，還有磁器、銅器、繡花綢緞，和繡得極細的帷幔。臂椅都寬得像一張床，沙發都深得像一座神龕，給人一種懶散欲睡，後宮淫逸生活的感覺。這裏最强的色調是金黃，攙雜着一點綠與紅。除了座位的奢麗以外，屋子裏却沒有一點東西指明這是個蕩婦居住的地方。只有兩座素磁的人像，其嶄新的格調，玷污了這間客室的高雅：一座是個女人，穿着短襯衣，在那裏捉跳蚤；另一座是個一絲不掛的女人，兩手趴在地上，翻着頂，脚在空中搖晃。

從一道差不多永遠開着的門望去，可以看見梳妝室。滿屋子全是大理石和鏡子，有一隻白澡盆，幾隻銀水壺和銀臉盆，還有各種水晶的和象牙的設備。窗口的一條帷幕拉起，使清朗的微光，照滿全室。娜娜個人所特有的那種紫羅蘭香味，在整座樓房裏播散着，上自屋頂，下及庭院，她的味道無孔不入，隨處皆是；就連這道微光，彷彿也沉睡在她的暖香裏。

佈置陳設是一件最重要的事。娜娜把蘇愛帶過來。她一向相信娜娜有一天會發跡的，而且對於自己這種先見之明，覺得十分有把握，所以才平心靜氣，等了好幾個月，果然等到了，她現在是遂了心願；她是這座房子裏的女管家，忠心她的小姐，零星積蓄起一大筆存款。不過如今不比從前，光光用一個女僕是不夠的，另外還需要一個伺候開飯的聽差，一個車夫，一個門房，和一個廚子。此外也還得把馬廐充實起來。在這一方面，拉波得可就有了用處。他擔任一切伯爵所不肯親自去幹的差使；他覺得去買馬是件很舒服的工作，他又去找造車匠，又領着娜娜去挑選東西。隨時都看見娜娜挽着他的手臂，出入於各店舖。連僕人們都是拉波得找來的——那個又高又大的查理當車夫，他從前在德·戈爾勃洛茲公爵府上當過；于里安是個小個子，一臉的笑容，滿頭都是小鬈毛，由他伺候開飯；另外還有一對夫婦，女的名叫維克托蓮，當廚子，男的名叫法郎索瓦，看門兼打雜。女的穿着娜娜的制服，是一件天藍色的衣服，上邊裝飾着銀桃花；男的在大廳裏接待訪客。一切派頭，都佈置得像王侯府邸。

兩個月以後，家裏的一切，已經按部就緒。一切花費，超過了三十一萬法郎。馬廐裏有八匹馬；車房裏有五部車，其中有一部銀漆裝飾的活篷四輪馬車；這輛車目前全巴黎都知道是娜娜的。在這種豪華的享受下，才算是安了身，她演完小公爵夫人之後，也顧不得包得拿夫的抗議，就離開了戲院不再演戲。包得拿夫雖然得過伯爵不少錢，可是依然要破產。雖然，她對於自己演戲的失敗，依然放在心上。有她豐丹那裏所得的教訓，也叫她覺得羞恥，她現在有把握，絕不致像從前那麼傻了。那個輕浮善變的腦子裏，却沒有存着絲毫報復的念頭。等到她的憤怒消除以後，她整個善變的腦子裏，所裝的完全是永遠不倦的揮霍慾望，和對於供她予取予求的伯爵的滿意。

娜娜就把伯爵對她具有怎樣一個身份，認得很清楚，她也把他們這種關係，在條件上預先講得很明白。伯爵答應每個月供給她一萬二千法郎，禮物在外，對她一無要求，只要她絕對忠實。伯爵必須對她尊重，得讓她在這個家裏享有主婦的一切自由，得讓她的任何願望都受重視。比如，她可以每天接待自己的朋友，而他也只能在約定的日期時間以內才能來。簡而言之，這就是要他對她的一切予信任。每逢他心裏妒嫉，或者每逢對她的要求稍一猶疑，她就擺出架子，威脅說要把他所供給的一切退還他，或者甚至指着小路易發誓，說她確在實行她的諾言。假定兩個人中間失去相互尊重，那還會有什麼愛情呢。所以，一直過到第一個月末，穆法都尊重她。

可是她所渴求的和所收穫的，還不止於此。她用心腸善良的蕩婦手腕去控制他。他每次來的時候，假如心情不好，她一定把他哄得高興起來，叫他把心裏的話說出，然後給他好好出主意。

伯爵家裏那邊的煩惱，他太太和他女兒的問題，以及他的戀愛事件與財政上的困難，娜娜都參加意見。她很敏感，很漂亮，心地又直爽。伯爵告訴她，說達格奈請求娶他的女兒愛絲黛爾。在伯爵和娜娜弄得聲名狼藉的時候，達格奈認爲最聰明的辦法，只有和娜娜斷絕關係。他把她看成下流的女人，而且發誓要把他未來的岳父，從娜娜的手上搶走。娜娜爲了報復，把她的舊情人罵了一頓。她說他是個忘恩負義的無賴，跟下流女人們混得連產業都混光了；他不道德。他固然不叫女人們給他錢，可是他利用別人的錢，把別人的錢拿來之後，不給女人們，自己花用，只間或送給她們一把花，或者請吃一頓飯。她看伯爵似乎想藉口掩護達格奈的短處，就告訴他，說達格奈當初也得過她的愛，而且還添了些話，把細節也說出來，穆法聽了臉色蒼白。現在，這個青年求婚，就不再考慮了。這是給他忘恩負義的教訓！

同時，這座房裏，現在還缺少着一件裝飾品，所以，有一天晚上，娜娜給穆法濫說許多最有力的忠心之後，當夜就把范多夫伯爵留下，和她同睡。半個月以來，范多夫就孜孜不倦地向她追求，拜訪她，送給她鮮花。她現在之所以開門容納他，不完全出於突然鍾情，最主要的原因，却是要證明她還是個自由之身。再次一步的目的，就是爲錢。所以一到次日，范多夫就替她付一筆她不願意向別的男人開口的債。她從范多夫手裏，每月可以得到八千至一萬法郎，拿這筆錢來當作零用。在那個時候，范多夫因爲在如火如荼的邪遊裏，沉迷得過度，已經把最後的一點產業也都快花光了。光是他養的那些馬，和姘的一個露西，就已花掉他三處田產去，現在娜娜這一來，就把他在阿米安附近所僅餘的那座別莊賣掉。他彷彿是急於把什麼都打掃乾淨似的，就連他祖上在非力浦·奥古士丁時代所建的一座古堡的殘垣敗瓦，也想弄光的樣子。他像發了瘋似的自找破產，彷彿連他勳章上最後的一塊金牌，也都要交給這個巴黎出名的蕩婦的手裏。他接受娜娜的條件，答應娜娜有行動上絕對的自由，並且也按着一定的日期，來享受她的溫存。不過他不像穆法那樣天眞，這件事穆法當然一點不知道。范多夫知道事情有一天總會揭穿的，可是存心裝作不曉得，也絕不去想它，隨遇而安，只要自己能享樂，除非到了巴黎都知道的那一天，他就絕不去想它。

從那個時候起，娜娜的房子裏，才眞正樣樣俱全。不但是馬廐裏，廚房裏，就連小姐的寢室裏，一個奴僕也不缺。一切由蘇愛來管理，而且她很成功解決一些事先沒有料到的困難。家庭生活，轉換得像舞台上的佈景，蘇愛以極大的注意力，拿它當作重要的行政要務那樣調度着。實際上，調度得很好，所以在最初的三個月裏邊，沒有發生紊亂。可是小姐時常有些忽然不聰明的做法，和發狂的誇口，這些不謹愼的擧動，常叫蘇愛爲難。不過，小姐每逢做出一件儍事而又必須設法補救的時候，就給蘇愛錢，因此，小姐的糊塗反而給她增加不少的好處，她每想到這一層，心裏也就安靜下來。她在這種渾水裏摸到不少魚。

有一天早上，穆法還沒有走出臥房，蘇愛就把一位紳士招待到梳妝室裏去；娜娜正在那裏換內衣。那個人渾身發抖。

「哎呀！原來是喬喬！」她大大吃驚地說。

那確是小喬治。他一見她只穿着短衣，金黃的頭髮，又披散在她赤裸的兩肩上，就伸過手去，抱住她的腰和頸子，把她渾身上下都吻遍。她怕鬧出事來，就掙扎着想脫開。

「快躲開！他在屋子裏呢！嘿，看你多麼糊塗！蘇愛，你，你怎麼也瘋了嗎？快把他帶走，叫他到樓下去，我想法子下樓。」

蘇愛把他推下去。等到娜娜脫開身，來到樓下見他們，就把他們兩個人都罵一頓。蘇愛撅起嘴唇，說她本來是急於想叫小姐高興，就滿臉怒容地走開。喬治這次重新見到娜娜，非常快活，高興得滿眼都是淚水。現在他的苦日子算是過去了；他的母親相信他如今已有理智，許他離開豐黛特。因此，他一到，馬上就坐上一部馬車，趕快來吻他甜蜜的愛人。他說，以後要住在她身邊，就像從前在迷鳥台鄉下那個樣子，每天在臥室裏等她光着脚回來。他向她述說這些話的時候，不知不覺之間，手指頭就慢慢伸出去，他經過一年的別離，實在渴望想摸她一摸。他在摸她的手以後，又伸進她那件睡衣的寬大袖子裏，摸她的乳房。

「你仍然愛你的貝貝嗎？」他發着那種小孩子的聲音問。

「我當然還愛他！」娜娜回答，說着把他的手拉出來，「你怎麼把手揷進來啦。你要知道，我的小貝貝，你得規矩點！」

喬治剛才下馬車的時候，以爲自己的慾火，可以立即得到發洩。這種感覺，使他頭暈，就沒有注意看他所進來的這座房子，是什麼地方。到現在，他才覺得他周圍的情形不對了。他這才研究那間富麗的飯廳，裏邊那頂高高的彩飾天花板，那些戈比林帷幔，和閃亮着銀碟盤的碗櫥。

「好，好，我聽話！」他憂鬱地說。

她於是向他解說，以後不要早上來，如果他樂意來的話，最好是在下午四點到六點之間。那是她自己的會客時間。他儘用請求而問詢的眼光望着她，於是她，現在可又輪到她了，就用最友誼的態度，吻了他的額頭。

「要乖乖的，」她小聲說。「我會安排好的。」

可是事實上她這句話並沒什麼特別的意思。她覺得喬治很可愛，很願意拿他當一個伴侶那樣喜歡他，不過，他每天下午四點鐘必到，一到就很苦痛，她於是也就時時甘心像以前那樣柔情待他了，把他藏在碗櫥裏，時常讓他嘗一點美人筵前的刷鍋水。他現在就像那隻小狗碧玉一樣，儼然成了這座房子的居住者之一，不離開了。人和狗一齊臥於女主人的裙下，雖然她有別的男人同睡，不過每當她寂寞與煩惱的時光，也不斷給他點甜頭，他們每次也還能享受她一點點的賞賜。

胡貢夫人自然又發現了這個孩子重新回到這個壞女人懷裏的這回事，於是急忙趕到巴黎，找到她另外一個兒子，就是目前駐紮在萬森營房裏的菲力浦中尉，叫他幫忙。喬治這方面，自從來到巴黎，就藏在這裏，一直沒有去見過他的哥哥。他害怕他會把他抓回去。他對娜娜的柔情捨不得離開，什麼事情也不能瞞她，因此，他不久就和她不談別的，只談他那個哥哥，他說他是個强壯的大個子，什麼事都做得出來。

「你知道，」他解釋說，「媽媽派哥哥來，她自己就不會找你。她一定會派哥哥來抓我。」

他頭一次說這個話的時候，娜娜的高傲心靈上，深深感受傷害。她冷冷地說，

「好哇，我倒願意看他來呢！看他不過是個中尉，法郎索瓦都還能把他踢出去。」

因爲這個孩子總說到他哥哥的身上，她就對於那個非力浦反而感到興趣，不過一個星期的樣子，她把他從頭到脚都淸楚了——曉得他是很高很强健的，又曉得他有說有笑又有點粗魯。她又聽到些親近人所知道的細節，發覺他的胳膊上有毛，他的一隻肩上有個胎痣。結果，有一天，在她正是滿腦子都是這個非趕出門去不可的人影的時候，她就喊出來，

「聽我說，喬喬，你的哥哥不會來。他是個逃兵！」

第二天，喬治正和娜娜兩個人在一起，法郎索瓦上樓來，問太太是否要見非力浦·胡貢中尉。喬治的臉色蒼白說，

「我早就擔心他會來的；媽媽今天早晨還這麼說呢。」

他要求娜娜，說她不能接見客人，可是她早已站起來，好似渾身都冒火似的說，

「我爲什麼不該見他？不見他，他反以爲我怕他呢。哼，我們相見不過好好一笑就罷了！法郎索瓦，你把這位先生請到客廳裏，一刻鐘後，帶他上樓來見我。」

她在壁爐與櫃上懸着的一面威尼斯玻璃鏡子之間，與奮地走來走去。她每次一走到櫃子前邊，就向鏡子裏望一望，試試自己的微笑有多大力量；這時，喬治坐在一把沙發上驚惶失措，想着卽將發生的一場風波，在她走來走去的中間，她斷斷續續地隨意說出這些個斷句，

「叫他先等一刻鐘，可以把這個人的火氣壓下去。而且，如果他拿他所拜訪的人，當作一個小孩子看的話，也可以先叫我的客廳駭嚇他！對啦，對啦，我的漂亮朋友，先把一切東西都好好看看！這都不是假的，這要教導教導你，對這些東西的女主人，必須尊敬。尊敬是男人們所需要

懂得的！一刻鐘過去了沒有？還沒有？只有十分鐘嗎？哈！時間還長得很呢。」

然而，她坐立不安了。到了一刻鐘，她就把喬治打發開，叫喬治鄭重地答應她，絕不在門縫偷聽。偷聽這種行動，要是被僕人們撞見，可是太不合適。喬喬一邊往她的臥房走去，一邊說，

「這可是我的哥哥，你知道——」

「不要怕，」她擺起尊嚴說，「如果他有禮貌，我也會客氣的！」

法郎索瓦把非力浦·胡貢帶進來。他穿着晨禮服。喬治遵從娜娜的吩咐靜靜地走過去。可是這邊的人聲，使他停住脚步，他在非常苦楚的心情下，遲疑着。他再也抵抗不住走回去的誘惑力了，就過去把耳朵貼在門上聽。那扇厚門，把什麼聲音都擋住，他簡直聽不到什麼；他只聽到非力浦嚴厲地說什麼「只是個孩子」、「家庭」、「名譽」等等。他急切知道他的愛人可能回答些什麼話，他什麼也沒有聽見。過了一會兒，他哥哥的聲音變得柔和多了，他一點也聽不出說的都是什麼了，到後來，忽然間，一種奇怪而低沉的聲音，使他一愣。娜娜哭了！蘇愛忽然進來，他趕快離開那扇門，覺得這樣被她撞見，很難以爲情。

她絲毫不動聲色，把台布鋪在碗櫥上；他站在窗前，前額貼在一塊玻璃上，一聲也不響，一動也不動。他茫然不明白娜娜那邊的究竟，蘇愛問，

「跟小姐說話的，是你的哥哥嗎？」

「是的，」這個孩子回答。

「你很焦急，是不是，喬治先生？」

「是的，」他說。

蘇愛不慌不忙。她摺起一件桃花床單，慢騰騰地說，

「不要着急，小姐一切都會安排好的。」

他們沒有再說什麼。可是她還不出去。喬治因爲不知道事情的究竟，而且又被蘇愛這樣拘束着，臉上發白了。很長的一刻鐘過去，她這才轉過身子來，可是好像並沒有理會這孩子臉上所顯示的惱怒神色。他不斷往客廳那邊望。

也許娜娜還在哭呢。他哥哥是很野蠻，也許打了她好幾拳。他心裏這樣想，等蘇愛走出去，就趕緊跑到門邊，把耳朵貼上去。這一聽，他可就像挨了一下雷劈一樣，把頭可就都給劈昏了，原來他聽見那邊並沒有哭聲，却是開心的大笑，溫柔的耳語，還有女人被人抓搔得喘不出氣的咯咯笑聲。在這個以後，娜娜就把菲力浦送到樓梯，可是他們彼此的語氣，和稱呼，不但誠懇，而且是很親密了。

等到喬治衝進小會客室，娜娜正站在鏡子面前，顧盼着自己的影子。

「怎麼樣？」他問。

「什麼怎麼樣？」她說，並沒有轉過身來。接着，又毫不在意地說，

「你是指什麼？他這個人很可愛，你這個哥哥。」

「那麼沒有問題啦，是不是？」

「啊，當然沒有問題啦！哎呀，你是怎麼啦？要是叫別人看見，還以爲我們吵了架呢！」

喬治沒有聽懂。

「我剛才彷彿聽見——就是說，你沒有哭嗎？」他結結巴巴的說出來。

「我，哭！」她拿眼瞪着他叫起來。「嘿，你簡直是在做夢！你怎麼會以爲我哭了的？」於是這個孩子爲了剛才不聽話在門後偸聽而被她大駡。

「那麼，我的哥哥呢？」

「你的哥哥馬上明白他來的是什麼地方了。你知道，我要眞是個小孩子的話，他倒是可以用你的年齡啊，你們的家庭名譽啊一類的話，來干涉的！可是，哼，這些我都懂得！不過我只輕輕的看他一眼就夠了，他馬上就規矩起來了。所以不要再擔心啦，沒有事啦——他回去會告訴你的媽媽你在這裏很好啦！」

她大笑着往下說，

「正因爲如此，所以你一會就可以在這裏見到你的哥哥了。我已經約好他，他就回來。」

「啊，他要再來呀，」這個孩子臉色又變白了。她沒有再說一字，他們就不再談菲力浦了。

她開始穿衣裳，準備出去，他那隻憂愁的大眼睛望着她。他寧願死也不願意把他們的關係拆散，所以聽見事情得到解決，心裏自然很歡喜；不過，在他的心之深處，依然有一種苦楚，這是他從前所沒有經驗過的，然而他不敢說出來。菲力浦用什麼方法去安慰他母親的憂心，他不知道，但是，三天以後，他母親果然就又回到豐黛特去，那顯然是她已經滿意了。在她回去的那天晚上，喬治一聽見法郎索瓦報告中尉來了，就發抖，可是他哥哥快活着向他開玩笑，拿他當一個小孩子似的，對他說他不反對他這樣胡鬧，因爲這樣玩玩，也不至於招致什麼嚴重的結果。這個孩子的心，在暗自傷痛，他幾乎連動都不敢動；他很少和菲力浦的社交圈子接觸，他比他小十歲，他怕他像怕父親似的，關於女人的事情，都得隱瞞起來。因此，當他看見他哥哥在娜娜面前這樣隨便，又聽見他像個因身體特別健康而津津沉溺於享樂生活的人那樣大笑，心裏就不舒服，他哥哥每天必來，娜娜却是容光煥發。

她這最後的一次設備，可以說是把風流生活裏所有淫逸多餘的侍從們，完全包羅淨盡了；現在她這座宮邸之內，充溢着男性和傢具，正可以目空一切地來慶賀新居了。

有一天下午，胡貢弟兄正在那兒，穆法突然不按着約定的時間來到。不過，他聽蘇愛說太太正有朋友，就沒有進來，像個大方的紳士一樣走了。等到他晚上再來的時候，娜娜就表示受了侮辱的態度，來接待他。

「先生，」她說，「我可沒有給你侮辱的事實。我在家裏招待朋友的時候，我只求你既來了就要跟別的客人一樣，請進來。」

伯爵驚愕地說，「怎麼啦，親愛的——？」他想解釋。

「也許就因爲我有客人，所以你才不進來！不錯，這裏確是有男人，可是你以爲我和這些男人們在幹什麼呢？你裝作一個大方的愛人，是想把一個女人所做的事給誇大，可是你得知道，我不能叫你侮辱我！」

他費了很大力氣，才得到她的寬恕，可是實際上他很覺得銷魂。她經常運用這一類的小風波，來使伯爵屈服。她哄騙他說，喬治是一個無家可歸的流浪兒，說她很喜歡他。又叫伯爵陪着非力浦吃飯，他們吃完飯，殷殷問他母親的近況。從那個時候起，胡貢家裏這兩個青年、范多夫、和穆法，就在這個家裏握手談笑，宛如知己的朋友。娜娜現在這個辦法，可比以前的更方便多了。只有穆法依然在小心謹慎，拘守着禮貌，避免多來。每到晚上，娜娜一坐在熊皮上脫襪子，穆法又總是很親睦地談到其他三位紳士，特別稱讚非力浦。

「你說得對；他們確是可愛，」娜娜在地板上更換睡衣時，說，「你知道，他們知道我的脾氣。他們只要敢透出一個歪字來，我就會爲你把他們都趕出門去。」

娜娜雖然過着這麼奢侈的生活，又有這麼多求愛者，却依然煩惱得幾乎要死。她隨時每夜都有男人，她的錢多得連梳妝枱的抽屜裏雜塞在刷子與梳子之間的，都是滿滿的。但是這一切已經不能使她滿足了；她總覺得缺少了些什麼，她的生活，永遠是無所事事，一天又一天的過去，永遠是同樣單調的日子。沒有一個明天的期望；她過得像一隻小鳥：食物準知道無缺，又隨便願意到任何一條樹枝上停棲和睡眠都可以。她除去坐車兜風外，就從來不出去，因此把步行的能力也都喪失。她又把兒童時代的低級興趣，恢復起來，成天到晚，不是吻這隻小狗碧玉，便是用許多愚蠢的開心玩意兒，消磨時光，來等男人的愛撫。在這種自暴自棄的生活下，她的腦子裏，就一無所有，她唯一的操心事，只是如何照料自己，如何沐浴梳洗，如何往四肢上洒香水，彷彿隨時隨地都可以當着任何人面前，把衣服脫下來，而身上絕不會有一點不美的地方可以叫自己臉紅，她就以此自傲。

娜娜每天早晨十點鐘才起床。總是由碧玉，那個蘇格蘭小獅子狗舐她的臉，把她吵醒。她一醒來，就和碧玉遊戲五分鐘左右，小狗在她的腿上，胳臂上亂舐，弄得穆法睡不安寧。碧玉是穆法第一個嫉妒的男性。他認爲，叫一個動物像這個樣子鑽到被窩裏去，是不合適的！娜娜跟狗玩完，才起來，到化粧室去洗澡。將近十一點的樣子，佛蘭西斯就來給她梳頭。

吃早點的時候，總是由馬羅阿太太陪她。這位太太，總是每天早晨，戴着她那非常古怪的帽子，從地點不明的所在趕來，一到晚上，就又回到她那神秘而又沒有人知道的住處去。但是，娜娜最難度過的却是午飯和化粧之間的這兩三小時。照着普通的情形講，她總是提議和她這位老朋友玩紙牌，有的時候，她也看看費加洛報，那裏面的舞臺消息，和新聞，她感到興趣。她甚至偶然也打開一本書看，因爲她自認是愛好文學一類的東西的。她每一化粧，就一直弄到將近五點，只有到了這個時辰，她才算是從整天的昏睡中醒過來，於是，或者就坐馬車出去，或者就在自己家裏招待成羣的男人們。她也常常在外邊吃晚飯。上床一向是很遲的。到了第二天早晨，又依舊是那樣無精打采起來，接着再過一整天和昨天絲毫沒有區別的生活。

她最大的消遣，便是去巴底紐爾，到她姑母家裏，看看小路易。她每次把他一忘就是半個月，可是說不定哪一陣母愛忽然激盪得着發狂，便步行去，把一個良母所有的溫柔，都放在孩子身上。每逢在這樣心情下趕去的時候，她必然給她姑母帶些鼻煙和橙子，給孩子帶些餅乾，其實這些東西都是到醫院去看病人才帶的禮物。另外的消遣，便是穿上漂亮的衣裳，坐着她那輛四輪馬車，去到波妻湼樹林繞一趟，每逢她這樣一出遊，她的打扮，就必然把同程上那條寂靜街裏的行人，大大驚動。勒拉太太，自從她的外甥女發跡以來，就驕傲得很是自負。她很少到維里葉路這邊來，因為她很高興地發表意見說，憑她的身份，是不該到那邊去的，不過，她在自己這條街上，却享受到大大的勝利。每逢娜娜穿着價值四五千法郞的衣服一到，她就十分歡喜，而且次日也還得忙一整天，把娜娜所送的禮物，到處送給鄰人去看，娜娜也還時常把星期天空出來，和她「自己的家庭」團聚；一遇到這種時候，卽或是穆法約她出去吃飯，她也必然用一個和藹小女店員那樣的笑容，拒絕了他。她回答說那是不可能的；她要去看孩子，順便在姑母家裏吃飯。不但如此，路易那個孩子，一年到頭，總在生病。他差不多有三歲，可是長得很像個大孩子！不過，他的頸背上生了一塊頑癬，如今耳朶上邊又對生了兩個筋疙瘩，恐怕將來會潰爛得把頭骨都要腐蝕的。他的臉色蒼白，上邊又浮出一塊一塊敗血和衰弱的肉色；她每一看見他這個氣色，就很着急，不過她主要的感覺，還是驚愕的成份居多。她這個小寶貝，長得這麽衰弱，究竟是什麽緣故呢？你看她，孩子的母親，不是很健康很好的嗎！

娜娜不想孩子的日子裏，就照樣過那種熱鬧而單調的生活，又到樹林裏去騎馬，又到劇院去看初次上演的戲，又到金屋飯店或者英國咖啡館去吃中飯晚飯，至於其他一切公共集會的場所，羣衆都湧着去看的瑪碧葉劇場裏的表演，各種大腿戲，和賽馬等等就更不用提了。但是她無論幹些什麽，總還是感覺到那種懶散若失的空虛，這種空虛感，使她很痛苦。沉溺淫逸的愛好佔據她的心思，固然有加無已；可是每當她只賸下自己一個人的時候，總會伸出手臂打呵欠。寂寞之感使她面對了內心的空虛和煩惱，她的本性本來是快活的，她的行業，也叫她高興，只是等到一個人感到寂寞的時候，心情就憂鬱起來，就不斷在厭倦之中，時時不知不覺間就失聲嘆息出一句足以總結她生活的話來：

「咳，男人們把我煩死了！」

有一天下午，她在聽完一個音樂會回家，看見一個女人，穿着後跟破爛的靴子，骯髒的裙子，戴着一頂全被雨水淋壞的帽子，在蒙瑪特爾路的便道上，踽踽地走着。她忽然認出她是誰來。

「停住，查理！」她叫車夫，就叫道，「莎丹，莎丹！」

過路的人們都轉過頭來看，整個一條街上的人，都呆視着。莎丹已經走近前來，正在繼續往前走，要把身子貼到車輪的塵土上。

「進來吧，我親愛的女孩子，」娜娜安詳地說，對於四周的旁觀者，一點也不介意。

她於是把她帶到車上。雖然莎丹的樣子，和娜娜的淡藍色四輪馬車和她那鑲尙底葉花邊的眞珠灰緞子衣服，對照起來，更顯得叫人欲嘔，她終於把她帶走了。這個時候，街上的人們，向着車夫那種高貴尊嚴的舉止，個個在微笑。

從那天起，娜娜算是有一種熱情可以佔據她的思想了。莎丹變成了她所癖愛的人物。莎丹梳洗乾淨，穿戴整齊之後就在維里葉路的房子裏，安頓住下來。她一連三天的功夫，都在談聖·拉札爾獄裏的情形，和同行姊妹們所給她的煩擾，又談到那些骯髒的警察，怎樣把她列在正式娼妓名單裏去。娜娜聽來很生氣，安慰她，並且立誓要替她把名字從名單裏除掉，即或必須她親自去找內政部長，也在所不惜。不過，目前也不必忙，沒有人會到娜娜家裏來抓她，兩人互相訴說無數親密的話，在大笑之中接吻。當日在拉伐爾路的旅館裏，被密探攪得中斷的那套小玩意兒，又在一種戲謔的心情下，繼續着開始了。然而，有一個晴和的早晨，可出了一件嚴重的事情。娜娜當初本是十分厭惡羅爾飯館的，現在特別是因爲莎丹在第四天早晨不見了，對那個飯館更加厭惡，而且憤怒。沒有一個人看見莎丹是什麼時候出去的。實際上，莎丹心裏太渴望戶外的空氣，而且對於自己以往那種街頭生活，有無限留戀，覺得失去怪傷感的，於是就穿着新衣服，偷偷溜走。

這一天，這座房子裏起了一陣大風波，弄得所有的僕人的頭都大了，個個像綿羊一般，不敢出聲。法朗索瓦因爲沒有用身子把莎丹所逃出去的那扇門堵住，幾乎挨娜娜的打。然而，娜娜抑制自己，駡莎丹沒有出息，這可是一場教訓，她以後可再也不從臭溝裏去拾髒東西來撫養了！下午，小姐自己一個人在房裏，蘇愛聽見她在哭。晚上，她忽然叫預備馬車，到羅爾飯館去。她心裏忽然興起一個念頭，想到殉道者路的飯館菜桌上，親自去把莎丹找到。她到那裏去，目的並非再和莎丹見一面，只是爲了要當面抓住她！實際上，莎丹確是正和洛貝爾夫人坐在一起吃飯呢。她一看見娜娜找到，就大笑起來；娜娜雖然痛心，却沒有吵鬧。她反而做出很甜蜜很柔和的樣子。她付錢吃了一點香檳酒，靠着桌邊，五六次做出微醉的神氣，然後，趁着洛貝爾太太上厠所，就把莎丹帶走。還沒有等到進車門，她已經向她狠狠的攻擊，威脅着說，如果她再這樣幹，一定要殺死她的。

從那天以後，同樣的事，發生了二十次上下。每一次，娜娜都像個被所歡背棄的女人那樣悲劇般的憤怒，總是跑出去追尋這個髒東西，而這個髒東西，每次逃跑，也沒有別的原因，總是因為她這個新家裏的一切，舒服得叫她煩厭叫她痛苦而已。娜娜氣得說要打洛貝爾夫人的耳光；有一天，她竟想要去決鬪。

娜娜每次一想和洛貝爾夫人決一勝負，就把許多大鑽石戴上，到羅爾飯館去吃飯，有時還帶着露薏絲，瑪麗雅和妲妲·妮妮；四個人都盛裝得像貴婦人；每當大家在那三間飯廳裏的黃色瓦斯燈的閃耀下，正吃着下等筵席的時候，這四位衣飾耀眼的小姐，必然屈尊降臨。她們要叫這一區裏的小蕩婦們，看得個眼花目眩，叫她們看到吃完飯後，就心悅誠服。每遇到這種場合，衣服綳得緊緊的却又很靈巧的羅爾，必然特別透出慈母的神氣，來吻每一個人。然而，情勢無論怎樣緊張，莎丹那一對藍眼睛，和她那一副純潔得如處女的面孔，依然和以前一樣的冷靜；但她煩惱到極點，這種事情未免太可笑，她們還是趕快和解。打她也是沒有用的呀；無論怎樣，她也是想要待哪一方面都好，娜娜不停送禮物給她，獲得了她。洛貝爾夫人為要報仇，就寫了許多匿名信，寄到她情敵的情人手裏。

在這不久以前，穆法伯爵本來早就懷疑的。有一天早晨，他把一封匿名信，往娜娜面前一放，她打開一讀，信裏頭第一句，就說她不忠於伯爵，私通范多夫，和胡貢家兩個青年弟兄。

「這是說謊！這是說謊！」她大叫。

「你敢發誓嗎？」穆法問。

「你叫我發什麼誓都可以。」

那封信很長。以下便說到她和莎丹的關係。而且描寫得非常詳細下流。她看完之後，就大笑。

「現在我可知道這是誰寫的啦，」她說。

穆法要她回覆這封信，她說，

「這是一件和你沒有關係的事，親愛的老寶貝。」

她什麼也沒有否認。他擺出些可怕的臉色。她對這個也只聳聳肩。那他爲什麼不時常陪伴着她呢？交個女情人，這件事是到處都有人做的呀！她舉出幾個女朋友們來當例子，說，凡是時髦的女人，都是喜歡這一套的。聽她所說的話，彷彿交個女情人是再也沒有更平常，更自然的事。信上說范多夫和胡貢弟兄們的事他看見她很生氣。如果信裏的話是眞的，他一定要捏死她！但是，交個女情人是一件無關重要的事，又何必向他說謊呢？

「算了吧，不要理他。」

接着，她看他還是板起面孔。

「而且，親愛的孩子，如果這件事情叫你覺得不舒服，這理由也很簡單，大門是開着的呀！那麼，你早就該娶我！」

他低下頭去，因爲這個淫婦的矢言忠心，使他很快樂。娜娜一看自己已經把他克服，就不再把他放在心上了。從那個時候起，莎丹就公然住在這裏，和其他的男人們，佔有同等的地位。范多夫用不着接到匿名信就已看出這個情勢來，因此他就時常開玩笑，向莎丹吃起醋來。至於非力浦和喬治，却把莎丹看成一個非常有趣的好人，和她握手，向她說些最淫猥的玩笑。

娜娜有一天晚上遇見一件偶然的事。那一天那個小淫婦莎丹，又跑到殉道者路去吃飯，可是把她躱過，沒有叫她抓着。娜娜正一個人坐在那裏吃飯，忽然達格奈出現。這個人雖然說是已經改過自新，究竟往日淫邪的習性未泯，所以也還偶然到這種地方來玩一下。他到城裏最低的墮落場所裏來，自然是以為在這種偷偷摸摸的地方，是不會碰到人的。所以，就連娜娜會在這裏，他也沒有想到，一看見她，就吃了一驚。馬上堆起笑容，走過來。他請問她是否可以允許他坐在她這張桌子上吃飯。娜娜聽見他用這種開玩笑的調子，就擺出一副高貴無情的態度來，冷冰冰地回答說，

「隨便你愛坐在哪裏就坐在哪裏，先生。這是個公共場所。」

起頭既然如此，下面的談話，當然很有意思。不過，在吃水果的時候，娜娜可厭煩了，就把手往桌子上一放，問，

「我說，你的結婚問題怎麼樣啦，我的孩子？進行得順利嗎？」

「不太順利，」達格奈說。

事實上是這樣：他正在冒險向穆法家裏去求婚的時候，伯爵冷淡接見他，他只好不提。他認為這件事是失敗了。娜娜用兩隻明亮亮的眼睛，望着他看；他坐在那裏，把下巴支在手上嘲笑。

「不錯！我是個私娼，」她慢慢地說。「你未來的老丈人是必須從我的爪裏拉出去的呀！在我們這樣一個人的眼睛裏看來，像你這樣的人，簡直是個大混蛋！什麼！你居然想在愛我而且把什麼話都會告訴我的人的面前說我壞話嗎！現在你聽着：除非我答應，你才娶得到。」

他想了一會兒，覺得這也是實情，於是就盤算着如何說服她。他既然不願意把這件事弄成僵局，就依然用開玩笑的態度，跟她說話；就用禮貌的態度，向她請求准許與愛絲黛爾小姐結婚。娜娜結果就好像被人搔了癢似的大笑起來。哦，這個小寶貝！對他懷恨，又怎麼可能呢！達格奈在她這一些女人們中間，所以能討她們喜歡，完全因爲他的聲音甜蜜，他的聲音極富於音樂性，所以在蕩婦羣裏，他得到一個綽號，叫做「絲絨嘴」。任何女人，只要經他用他的溫柔聲音催眠，便會情不自禁起來，由他去擺佈。他也知道自己有這種魔力，所以就用說不完的話，來搖她入睡，絮絮地講說許多無意識的故事。等到他們離開那公共食堂時，她的臉上已經飛起玫瑰紅色了；她挽着他的手臂。因爲天氣晴朗，她就把馬車打發走，和他一同步行到他住的地方去，走到門口，她又和他一同上了樓，這豈不是很自然的道理嗎？兩個小時以後，她一邊穿着衣服，一邊說，

「你一定要娶穆法的女兒嗎？」

「呵！」他小聲說，「說實話，要是可能做得到，這是再好也沒有的！你知道我窮得連一個錢都借不到啦。」

她叫他替她扣上靴釦，一會之後說，

「我可不反對。我會幫你達到目的的！那個小東西，乾得像根火柴，不過這件事既然對你有好處！我答應把這件事辦到。」

她兩個乳房還在外面，她就大笑着說：

「只是，你拿什麼來謝我呢？」

他一把把她摟到懷裏來，吻她的乳頭；她被刺激得全身毛孔都開了，開心地在掙扎，把身子往後想脫開。

「我知道了，」她被這繼續不斷的性慾的挑逗，刺激得叫起來。「可是聽我說，我所要的酬勞，不是這個，是錢。你結婚的那一天，得送給我謝媒禮。要當着你太太的面前送，你明白嗎？」

「好的！好的！」他說，

他們談得很開心——他們覺得這件事會結果完滿。

恰好在第二天，娜娜家裏有晚宴。這照例是在星期四舉行的晚宴，穆法，范多夫，胡貢兄弟和莎丹都在座。伯爵老早就到了。他正需要八萬法郎來還娜娜兩三筆欠債，並且給她買她想得到的首飾。他的資財已經花去不少，所以到處想找個放款的人，不想再賣產業了。他聽從娜娜建議，就去跟拉波得商量，可是拉波得認爲這不容易，就叫理髮師佛蘭西斯去辦，佛蘭西斯爲要討女主人的歡心，是情願爲這一類的事情去奔走的。伯爵於是把事情完全交由這幾位先生一手去包辦，不過表示在形式上他本人不肯出面；這兩個人都答應負責去辦，等到弄好一張十萬法郎的借據時，再送來由他簽字，同時就藉口加上兩萬法郎利息，並且高聲痛罵那些高利貸的人下流；不過據他們說，這些人雖然可惡，有的時候也實在不得不去向他們求援。今天佛蘭西斯正在給娜娜的頭作最後的修整，聽差就通報說穆法來到。拉波得也像個無關重要的朋友似地，坐在梳妝室裏。

他一看見伯爵進來，就把十萬法郎鈔票放在香粉與髮油之間；那張借據，就在大理石面的梳粧枱上由穆法簽了字。娜娜想留拉波得吃晚飯，可是他辭謝，說他得去陪一位有錢的外國人，在巴黎各處觀光。穆法於是把他領到一旁，請他順便到珠寶商貝克爾那裏去一下，替他把那套青玉的首飾買來，他要當晚就把這東西送給娜娜，好叫她出其不意的高興。拉波得答應擔負這個差遣，半點鐘以後，于里安神秘地把寶石匣子遞給了伯爵。

吃晚飯的時候，娜娜有點心神不寧。十萬法郎，使她很興奮。這麼大的一筆款子，全部都得送到商人們手裏去！這叫人討厭。喝過湯後，她的心情傷感起來，於是在杯盤閃耀的輝煌大飯廳裏，她竟談起窮人的福氣來。那些男人們都穿着晚禮服，娜娜穿着一件繡花的白緞子長衫，莎丹的打扮比較簡樸，穿的是一件黑綢袍，喉下扣着一單隻心形金卡，那是她好朋友送給她的一件禮物。于里安和法郎索瓦站在客人們背後伺候，蘇愛也在旁邊幫忙。

「我從前連一分錢也沒有，可是比現在的樂處大得多！」娜娜說。

她叫穆法坐在她的右手，范多夫在左手。她很少看他們，只跟莎丹談情話。莎丹在她對面，坐在菲力浦和喬治之間。

「喂，是不是，小鴨子？」她每講完一套話，就這麼問莎丹一聲。「我們從前到波隆叟路若絲神母的學校去上學的時候，不總是大笑嗎！」

等到烤鴨一上，這兩個女人就掉到回憶的世界裏去了。平日，她們每逢忽然想起兒童時代的往事，就談了好久。越是有男人們在座，她們對這類談話的興致，就越大；胡貢兄弟聽了大笑；

范多夫心不在焉；穆法態度嚴肅。

「你還記得維克多爾嗎？」娜娜說。「他眞是個壞東西！嘿，他總把小女孩子們騙到地窖裏去！」

「他我記得很清楚，」莎丹同答。「我還記得你們家裏那個大院子呢。那裏還有一個看門的女人，拿着一把掃箒！」

「那是包式媽媽，她已經死啦。」

「我腦子裏還能想得出你們的舖子是什麼樣子。你的母親是個高大的胖子。有一天晚上，我們正在遊戲，你的父親喝得醉醺醺地同來。」

范多夫聽到這裏，就想截斷這兩個女人的談話。

「我說，我親愛的，我很想再多來一點麥菌。這個東西很好吃。昨天我在德・戈爾勃洛兹公爵家裏吃過，可是比不上這裏的。」

「麥菌，于里安！」娜娜叫。

「哎呀，眞是，爸爸可眞糊塗！後來你看舖子倒閉得多麼可憐！我們永遠在挨餓。我可以告訴你，那時我是無論什麼責任都得負，居然沒有把我像爸爸媽媽那樣折磨死，倒是個奇蹟。」

穆法一直懷着無限憤怒的心情在玩弄他的刀子，等到這個時候他已忍不住。

「你們所講給我們聽的，我們完全沒有興趣。」

「什麼？沒有興趣！」她叫，「我相信你的話，這是沒有什麼興趣的！那個時候，必須有個人賺錢來養活我們一家，我的親愛的孩子。哎，一點也不錯，我就是這個賺錢去養家的人；我絕不裝腔把眞事瞞着不說。媽媽是個洗衣婆，爸爸喝醉酒，他的死也是因爲酗酒。」

他們都說沒有她這話可是什麼意思呢？他們對於她的家庭很尊敬，她接着說下去，「你們如果覺得我的家世可恥，就請離開我，我可不是那些不承認自己父母的女人。你們要認我，就得我的父母一塊兒認，你們明白嗎？」

他們遵命承認；他們又承認了她的爸爸，媽媽，和她以往的歷史，總之，隨便她願意怎麼樣，都承認。現在，那四個男人，沒精打采的坐在那裏，眼睛望着桌布，任由娜娜說她的，她談了這麼多，也還不肯停止。她如今發了財，住大房子，這固然很好，可是她還不能不追戀以往嚼着爛蘋果的時代！哼，錢這樣東西，都是空的！這一頓發洩結束。她只希望過一個簡單率直的生活，死後也願意到另外一個沒有貧窮的世界去。

她說到這一層的時候，于里安在一旁懶洋洋地伺候着。

「喂，怎麼啦？拿過香檳來！」她說。「你爲什麼站在那裏像個笨鵝似的望着我？」

在這頓飯中，僕人們連一次都沒有笑過。他們裝做什麼都沒有聽見，她們的女主人越把自己的身世說得那麼賤，他們就越來得高貴。于里安開始給大家斟香檳酒，法郞索瓦在傳送水果的時候，却不幸把水果盤子傾得太低了，蘋果，梨，和葡萄，都滾到桌子上。

「你這個笨東西！」娜娜叫。

這個雜差可太糊塗了，他解釋說這是因爲盤子裏的水果沒有擺好。說這是蘇愛拿出了幾個橙子以後，又重新擺過的。

「那麼說，蘇愛是個笨鵝了。」娜娜說。

「小姐，」太太的女僕發着大受委曲的調子，低聲說。

小姐馬上站起來，擺出主人權威的姿勢，發出尖銳的聲音，

「這我們可受不了，難道還不夠嗎？你們都給我出去！我們再也用不着你們了！」

經過這樣當機立斷的處置之後，她的脾氣就靜下去，水果非常好吃，紳士們伺候各人，覺得滿開心的。莎丹剝了一個梨，走到她的愛人身後來吃，吃的時候，倚在娜娜的肩上，向她耳朵裏小聲說話，每說一句，就引得兩個人都大笑。而且，她又要把最後一口梨，分給娜娜吃，用自己的牙齒噙着，送到她的嘴裏。兩個人的嘴唇，都在輕輕互相的咬，一邊吻着，一邊就把那口梨吃完。紳士們對於她們這種舉動，提出抗議，喧囂成了一片。非力浦叫大家不要理會；范多夫却問男人們是否應當走出屋子去。這時，喬治走過來，伸出一隻手，抱住莎丹的腰，把她拉囘座位上。

「你們多麼糊塗！」娜娜說，「你們這簡直叫我這個可憐的寶貝小鴨子臉紅啊。別在乎，親愛的女孩子，儘管讓他們開玩笑。這反正是咱們兩個人的私事。」

說完，她就轉過身來，向着正擺出嚴肅臉色在望着她們的伯爵，

「難道我說得不對嗎，我的朋友？」

「對，當然對，」他小聲說。

他現在可不再抗議了。就這樣，這兩個女人，面對面坐在一羣門第姓名高貴，家教傳統古老的正經紳士們當中，任意傳送秋波，公然蔑視社會上男性部份，征服着，駕御着這幾個男人。這些紳士們，竟看得忍不住喝彩。

大家上樓，到那間小會客室裏去喝咖啡。那裏兩盞燈射出柔和的光亮。照着玫瑰色的帷幔，漆器，和舊金色的瑣碎物件。在晚間那個時分，光線精細地閃灼在錢櫃子，銅器，和磁器上，把上邊嵌着的銀質或象牙的裝飾，統統照亮；連一根雕花的手杖，都照出它那漆光閃閃的輪廓來；連一塊玻璃，都照出它那澤潤如絲的反光來，從下午就燃着的火，將要熄滅了。屋子裏很暖。這間屋子裏，滿是娜娜本身的東西，比如東一雙手套啊，西一條掉在地上的手帕，還有一本打開的書，都到處散放着，而且娜娜那種著名的紫蘿蘭味道，濃郁得如同這些東西的主人坐在屋子裏，沒有把衣服扣好一般；還有娜娜那種艮善性格所造成的零亂景象，使這個富麗的環境，更增加一種醉人的魔力。就僅僅那些寬得像床的椅子，和深得像神龕的沙發，就已經足夠引人沉入忘記光陰飛逝的睡眠之中。

莎丹走過去坐到壁爐旁邊的一張沙發裏，在沙發的深處，往後一倚。她點起一支香菸，范多夫假裝吃醋得發狂的樣子，來尋開心。威脅她說，如果她還堅持着不叫娜娜盡女人的職責，他可要派決鬪的助手來見她了。非力浦和喬治也加入他一起，毫不留情地捉弄她，戲謔她，把她弄得最後叫起來——

「親愛的！親愛的！千萬叫他們安靜一點！他們釘着我不放鬆呢！」

「得啦，別逗她啦，」娜娜板着面孔說。「我可不願意她被人作弄，這是你們知道的。我說你呀，我的寶貝，他們發瘋，你就不要理他們好了。」

莎丹滿臉通紅，吐着舌頭就溜進梳粧室裏去。從她進去的那道大開着的門，你可以瞥見毛玻璃圓球罩子裏邊的瓦斯燈光，射出乳色的光線，把灰色的大理石具，照得發亮。娜娜和四位男人談起話來，柔媚得恰如一位女主人。那天白天，她讀過一本小說。這本小說，是當時的名著，寫的是一個蕩婦的歷史；娜娜很生氣，對大家說這本小說裏的故事都不是事實，並且表示，她對於這一類自命爲描繪現實的文學作品，非常厭惡。「就好像非得把什麼都描寫出來才算好似的，」她說。就好像一篇小說裏邊什麼也應當寫，就可以叫讀者高高興興地消遣！在書籍和劇本這一類問題上，娜娜有些獨特的意見：她只需要溫柔與高貴的作品，只需要能夠使她做夢的東西。大家在談到這類的題目，話題又引到激動全巴黎的各種糾紛事件上，又扯到各家報紙上的一些煽動性的文章，又提起每天晚上的公共集會，都有人號召以武力鬪爭，因而民間已經發生初步騷動的現象等等。談到這裏，娜娜大怒，憤憤指責這些共和黨人。這些從來不洗澡的髒東西們，究竟想要點什麼呢？難道人民還不夠幸福的嗎？難道皇帝沒有給人民什麼都做到嗎？這眞是一羣下流的賤民！她對這些人民知道得很清楚，這些人民的情形，她也都可以說得出來，她只把吃飯時候堅持別人對她從前住在一滴金路的那個小小貧賤階層必須尊敬，她竟對自己的階層，也不惜採用懼怕的心理和厭惡的態度來謾罵，忘記自己就是從那個階層裏幸而爬上來的。就在當天下午，她在費加洛報上，讀到一個集會的消息，說開會的時候，情形近似滑稽。她因爲那個會裏用的全是俚語，而且有一個醉漢，直在喀喀的打噎，那種擧止活像一條豬，所以直到吃過晚飯以後，還在嘲笑那種開會的情形。

「嘿，這些醉鬼們！」她帶着厭惡的神氣說。「那怎麼行呢，你們聽我說，他們嘴巴所說的共和國，一定對任何人都是不幸！哎，希望上帝給我們保留住皇帝，保留得越久越好啊！」

「上帝會接受你這個祈求的，我親愛的，」穆法莊嚴地囘答。「皇帝一定能站得牢牢的，絕不成問題。」

他聽見她發表這些非凡的意見，覺得高興。范多夫和胡貢中尉，用說不完的笑話，譏刺這些「賤民們」，這些好多事好爭吵的東西們，一見着刺刀，馬上就會蒙上眼睛飛跑的。不過，喬治那天晚上的臉色，一直是蒼白憂鬱的。

「這個孩子是怎麼啦？」娜娜注意到他煩惱的臉色來，就問。

「我嗎？沒有什麼呀？我在這兒聽你們說話。」他小聲說。

但是他心裏實在不舒服。剛才從飯桌上一站起來，聽見和娜娜開玩笑的，是菲力浦，而現在坐在娜娜旁邊的，又是菲力浦，都不是他自己。他也不知道是什麼原因，只覺得心裏脹得要爆炸。他看見菲力浦和娜娜坐得這麼近，簡直忍受不住；一種煩悶又攙雜着恥辱的心情壓在他的心頭。他本來是瞧不起莎丹的，因爲她同時接收士丹拿，穆法，和其他任何人的愛情，所以，他一想到菲力浦也許有一天會攬上娜娜，心裏就不禁感到狂怒，怒得想要殺人。

「來，把碧玉抱過去，」她說，為了安慰他，就把已經睡在她懷裏的那隻小狗，遞給他。這樣一來，喬治又高興了，因為小狗身上還有她懷裏的熱氣，把這小狗抱在自己的懷裏，不就等於抱住她的一部份嗎？

大家的話頭，又扯到范多夫的身上，談他昨晚在皇家俱樂部裏輸的大筆款子。從來不賭錢的穆法，聽來大大吃驚。巴黎已經到處在談論范多夫馬上就要破產的事；他自己提起這件事來，卻只微笑。他說，他想要怎樣死法，並不重要，最要緊的，卻是死得必須漂亮。不久以前，娜娜就已經注意到他有一點神經錯亂了，嘴角上的紋理也忽然往下垂得很顯明，他那一對清亮眼睛的深處，也添了一道黯淡的神采。可是他依然維持着平日那種貴族的態度，他的門第雖然已衰落，可還始終保持優雅的派頭。不過，他的腦子早被嫖賭耗乾，有一天晚上，他睡在娜娜的身旁說出一段可怕的話來，把她駭壞了。他告訴她說，到他把所有財產蕩光的那一天，他想把自己關在馬廐裏，放起一把火來，連自己帶馬都燒死。他當時唯一的希望，整個寄託在他一匹名叫呂西釀的馬的身上，他正在訓練這匹馬，準備參加賽馬會，去得「巴黎大獎」。他現在專門靠着這匹馬生活，他的信用已經動搖，唯一能夠支持他的信用的，只有這一匹馬了；同時，娜娜每次一逼着要他指定給錢的日子，他一定把日期推到六月，把金錢推到呂西釀可能得到的獎金上去。

「得啦吧！牠也許很可能輸了呢，」她開玩笑說，「你不是完全為了賽馬，才輸得把馬都賣光的嗎。」

他只神秘笑笑說，

「有一件事我忘記告訴你了，我有一匹候補競賽的小母馬，我給她起了你的名字。娜娜，娜娜這個名字，叫起來多麼響亮。你不生氣吧？」

「生氣，爲什麼？」她嘴裏這麼說，心裏却很高興。

談天接着扯下去，又有人把話題扯到巴黎不久就要處決人犯。娜娜說她想去看看，就看見莎丹出現在梳粧室的門口，向她用請她去的口氣叫她。她立刻站起來，走進去，把這些紳士們留下，他們就靠在椅子上懶洋洋坐着，吸雪茄，談謀殺犯的行爲何以是受了週期酗酒中毒影響問題。梳粧室那邊究竟是什麼事呢，原來蘇愛坐在椅子上大哭，莎丹盡力安慰她也無效。

「怎麼回事？」娜娜莫名其妙地問。

「喂，親愛的，你來勸勸她吧！」莎丹說。「我勸她不要理會你說什麼，你罵她是隻笨鵝。」

「是的，小姐，這種話我不能忍受，」蘇愛說。

娜娜一看見她這種悲哀的樣子，立刻就心軟了，安慰她，蘇愛還是不肯停止，她就蹲下來，摟着她的腰，親密地說：

「你這個儍瓜，我說的『笨鵝』，就跟我要說別的話，一樣沒有什麼意義。只是因爲我正在氣頭——我錯啦：現在你可不要哭了。」

「我這樣愛小姐，」蘇愛結結巴巴說，「究竟我什麼事都是爲小姐辛苦的啊。」

娜娜吻她的手，而且爲要表示自己沒有生她的氣，又把自己才穿過三次的一件衣服送給她。

她們爭吵，都是以送禮來結束！蘇愛用手帕塞在眼睛上擦淚，然後把那件衣服搭在手臂上。她在走之前，又說聽差們在廚房裏也個個愁眉不展，把于里安和法郎索瓦氣得都吃不下飯去，請看看，小姐你這一發脾氣不要緊，可把他們的胃口弄壞了。小姐聽完這話，又賞給他們二十個法郎。如果她周圍的人憂愁，她心裏就難過。

娜娜把這次爭執解決，覺得不用為明天再會出什麼事擔憂，心裏很高興。她轉身走同來，剛要進小會客室，莎丹就趕過來，急切地在她的耳邊小聲說。莎丹抱怨，威脅着說，如果那些男人再捉弄她，她可要走了，而且始終堅持，要她把他們都趕走，今天夜晚誰也不留在這裏住。惟有這麼辦才能給他們一點敎訓，而且臜下她們兩個，沒有別人打攪，多麼舒服呀！娜娜同答，說這不可能。於是莎丹就像個野孩子似的大叫，

「我要你這樣做，你明白不？不把他們都打發走，不然我就走！」

她說完就走同會客室，在後邊靠窗子的一張坐榻上，四脚朝天，往凹處一躺，像個死人似的，一聲不響，只用兩隻大眼睛，望着娜娜。

那些紳士們，正把問題談到一個結論，他們不贊成犯罪學上的新理論。要是按照這種新學說來講，既然有些犯罪的案情，可以不負法律上的責任，那麼世上可就沒有犯人，只有病人了。娜娜偶然點點頭，表示同意；心裏却一直在打算着如何可以很巧妙的把伯爵先打發走。別人不久都會走的，只有伯爵死賴着不走。實際上也確是如此，菲力浦站起來要走，喬治馬上就跟着他走，他頂怕把哥哥留在後邊。范多夫留戀片刻，來觀察風色，等着看看是否碰巧伯爵會有件重要的公

事去辦，把臥榻讓給他。然而，他不久就看出來伯爵是在存心捱時候，要留下過夜，自己希望既絕，就裝個識相的人，道聲再見。但是，他往門口走的時候，注意莎丹還像剛才那樣望着娜娜。他自然明白這是什麼意思，於是心裏一高興，就走過去和她握手。

「我們沒有招你生氣吧，」他問。「請原諒我。說句良心話，你和他比起來，當然是你的吸引力大得多！」

莎丹不回答。她的眼睛，仍然望着娜娜和伯爵。穆法這時就過來坐在娜娜身邊，他拉她的手指來吻。娜娜想轉移他的念頭，就問他的女兒愛絲黛爾是否好一些。前一夜他還在抱怨，說他這個孩子很憂鬱——他說他在家裏簡直享不到一點快樂的日子，他的太太總不在家，而他的女兒又沉默得像塊冰。

關於他這一類的家庭問題，娜娜總是貢獻好些好意見。所以，現在穆法既然心身鬆弛，把一切平日的拘謹完全拋開，向娜娜訴苦，她就忽然想起她答應過達格奈的話來。

「你把她嫁出去不好嗎？」她說。談到這裏，她就大膽把達格奈介紹。她剛一提達格奈的名字，伯爵就滿肚子厭惡。「不行，」他說，這是他聽過她上次所說的話的關係！

她假裝大大一驚，接着哈哈大笑，用手臂抱住他的頸子。

「嘿，你這個吃醋的男人！看看你喲！也總得把事情弄清楚。告訴你，上次是因爲他們在你面前說我的壞話，所以我才生氣，上次是我的氣話呀。現在我可眞有點後悔，假如……」

可是，他隔着伯爵的肩頭，眼睛又碰上莎丹的目光。她於是急忙把他鬆開，用莊重的聲音接

着說，

「這門親事，可是非成全不可，我的朋友；我不願意破壞你女兒的幸福。這個青年可是頂好的；你恐怕再也找不出比他更好的女婿來啦。」

她於是說了些達格奈的好話。伯爵又摸她的手；他就不再拒絕了；他說他斟酌斟酌；這件事留到以後再談。說來說去，他就說到要上床去睡覺。她說請他原諒。今天不成；她不大舒服。假如他是眞心愛她，就不必勉强她！然而，他固執得很；不肯走。她這時本來想讓步，可是眼睛又碰到莎丹的注視，於是就又固執起來。不行，不必再談！伯爵心裏很難過，臉上露出一副痛苦的神色，就站起來去找他的帽子。可是他剛一走到門口，手正觸到口袋裏的匣子，就忽然想起那一套青玉的首飾來。他本來想把它藏在被子底下，叫娜娜先上床去，好叫她一伸腿就撞着。從吃晚飯的時候，他就在暗地裏打算着這個辦法；可是現在呢，他旣然被她這樣打發走，心裏苦悶，於是什麼辦法也不想再用，就直接把那個匣子遞給她。

「這是什麼？」她問。「青玉嗎？哎喲！嘿，對極啦，正是我要的那一套。你可多體貼呀！」

他所得的答謝，不過如此而已，她依然趕他走。他看到莎丹仰着四肢躺在那裏，一聲不響的期待着，於是看看娜娜，又看看莎丹，便不再堅持，只得接受自己的命運，走下樓去。沒有等樓下大廳的門關上，莎丹就已經摟過娜娜的腰來，又跳又唱。然後，她又跑到窗口。

「喂，快來看看，他走在街上這個縮成一團的姿勢！」兩個女人都倚在窗幔鐵欄杆上。鐘打了一下。維里葉路，寂無行人，路旁兩排瓦斯燈，一直延展到遠處，消滅在濕冷的三月夜半的黑暗中，帶着細雨的寒風，又從黑暗中，一陣一陣吹過來。大街的兩邊，都有一片一片模糊的空地，看上去很像黑暗的深淵；正在建築中的大厦，周圍綁着好些架子，在昏黑的天色下，朦朧地聳立着。穆法俯着的背和發着亮的人影，沿着街道，慢慢消失在巴黎這段新市區的荒涼如冰的平原裏，她們看着大笑。娜娜忽然叫莎丹靜下來。

「小心，警察來了！」

於是她們把笑停住，隱隱懷着怖懼，瞪着那邁着整齊步伐，從大街迎面走過來的兩個黑人影。別看娜娜現在住的是奢麗的環境，過的是誰都得聽命的皇家一般顯赫的生活，可是照舊懼怕警察，也不願意聽見別人提到警察，正如怕聽人提到死一樣。這時，那兩個警察，有一個抬起頭來望望她的房子；她感覺得特別不自在。誰敢說這種人會幹出什麼事來呢！倘若他們聽見她們在這麼夜深還在大笑，很容易以爲她們是淫蕩的女人呢。莎丹在發抖，把身子緊緊擠在娜娜的身子。雖然如此，她們並沒有離開窗口，不久，就看見遠遠來了一盞燈籠，燈光在路頭泥濘上邊跳動着，引得兩個人很注意。原來那是一個拾破布的老太婆，正在流水溝裏，忙着搜索東西。莎丹一看，就認出她來。

「哎呀，」莎丹叫起來，「那是波瑪蕊王后，扛着她的柳條肩巾！」

一陣寒風，把細雨吹到她們臉上，她把波瑪蕊王后的故事，講給她聽。嘿！她從前一度是個風流女郎，全巴黎都談她多麼美。她玩弄過多少男人，她把男人們擺佈得簡直像小狗，多少大人物都站在她的樓梯上，等她出現，可是現在呢，她永遠喝得醉醺醺的，成了習慣；而她周圍的女人們，也總是勉强她喝頂兇的艾酒，喝醉了大家好開心一笑，然後，街上的野孩子就追逐她，用石頭投她，把她追得跌倒！娜娜聽得周身冰涼。

「你看看，」莎丹補上一句。

她於是學着男人發出一聲口哨。那個拾破布的老太婆，正走在窗子底下，就抬起頭來望。她的容貌，於是藉她那盞燈籠的光照出來。她周身的衣服，活像一捆爛布，一條稀爛的手帕底下，露出一張臉來——一張滿織着皺紋的臉，沒有牙齒的嘴；應該是眼睛的地方，只是兩塊火一樣的傷痕。娜娜一看見這個可怕的老婦人，這個淹溺在酒醉中的蕩婦，就忽然把薩蒙別墅的景色回想起來，在她下意識的陰影當中，遠遠地回顧到那次所看見的景象——想起伊爾瑪·德·昂戈拉爾，那個享有高年與殊榮的淫婦，想起她在宮邸前邊下着台堦，周圍一羣村民恭謹敬禮的情形來。隨後，窗子底下那個醜老太婆，抬起頭來，沒有看見什麼；莎丹就又吹了一次口哨，來捉弄她。娜娜說，

「千萬走開吧，警察又來了！」她說，「我們進去，快點，我的寶貝！」

那整齊的步伐又走回來，她們趕緊把窗子關上。娜娜怕得發抖，滿頭髮都是深夜的濕冷，在轉過身來的那一瞬間，乍一看見她的會客室，頓覺得有點驚詫。好像她把這間屋子已經忘懷，進到一個陌生的房間裏來似的。裏面空氣太溫暖了，太充滿香味了，所以引起一陣又驚又喜的感覺。這個地方，堆積纍纍的，都是値錢的東西，都是古老的傢具，綢緞和繡金花的料子，象牙，銅

器等等，這些物件，都昏昏睡在玫瑰色的燈光下。而那樓上下兩間會客室的莊穆，那間寬敞的飯廳之舒適，那道幽靜的樓梯座之廣闊，和到處鋪設着的地氈和座位之柔軟，又都使這座寂靜的大房子，整個籠罩在一種豪華的感覺下。她欲主宰一切享受一切的念頭，和渴望佔有一切以便摧毀一切的慾望，又忽然加强。她如今特別感覺出她的性別有偉大的力量，以前從來沒有感覺得這麼深刻過。她慢慢向四面注視，用一種哲學家的口氣，表示她的意見說，

「哎，說到歸結，一個人趁着年輕多多享受一點，究竟是對的！」

可是，現在莎丹正躺在臥室裏的熊皮上，叫她，

「喂，快來！快來！」

娜娜在梳粧室裏脫去衣服，爲要趁快到莎丹的懷裏去，就把解散開的一把厚厚的金黃髮，用兩手托着，湊近一隻洗手的銀盆，在上邊抖動，於是，許多長髮夾，像一陣冰雹似的落下來，落在那個閃光的金屬上，像鐘聲一樣叮叮噹噹地響。

11

星期天，在六月初暑的悶熱天氣下，布婁涅樹林裏，正舉行着「巴黎大獎」的賽馬。那天早晨，太陽從暗褐色雲霧中昇起，不過，到十一點，車馬剛剛都來到龍商跑馬場，就起了一陣南風，把雲霾吹散，灰色的蒸煙，像一條條的長流，飛過去消逝在天邊以外；雲邊那些碧藍的裂隙，也逐漸展開，轉眼便露出一望無際的蒼天。流雲一陣一陣飄過去，錚亮的陽光便一陣一陣射出來，把整個場所照得明亮，從慢慢填滿了一羣馬車，馬夫，和步行者的草地上，一直照到仍然空着的跑馬場，照到場上爲評判員所搭的廂座一根一根的柱子，和豎立着的標傳號碼的桅桿，再照到秤稱重量的圍墻外正中間用磚和木料所搭的五座對稱的看臺，以及臺上一層又一層的走廊。此外，旁邊一片廣大的平地，也浴在正午的日光之中。平原的四周，遠遠都是些小樹，西邊被聖・克魯和敍瑞斯訥兩區高地上的叢樹所遮斷，而那片高地，後面就是聳然凌駕着的瓦萊里山。

娜娜興奮得好像自己馬上就能得到這個「大獎」似的，急想在緊挨着得獎柱子的旁邊，靠着欄杆的地方，先佔一個位子。所以她，她那輛多蒙式的四輪馬車，閃着銀線裝飾，套着四匹漂亮的白馬，來得很早。實際上，她是到得最早的一個。這輛車是穆法伯爵送的禮物。她一出現在草地入口，那兩個御者快活地輕拍着身邊的白馬，又有兩個跟班，直立在車後，動也不動；於是大家都擁過來看，彷彿是來看一位王后走過似的。她渾身的裝飾，都是范多夫馬廐裏的藍白兩種顏色，她的衣服顯著奪目，藍綢子小緊上身和腰束，上部綳得緊緊的，腰以下膨脹得極其寬大，使下肢顯得非常凸起，就是在當時最流行的寬大裙子中間，招人觸目。緊身上又穿着一件白緞子上衣，袖子也是白緞子的，肩上交叉地披着一條肩帶，整個鑲着銀色花邊，那花邊在日光中閃耀着。除此之外，她爲了打扮得更像個女騎士，就在頭髻上矯揉地戴着一頂藍色的狹邊小圓帽，上邊帶着一隻雪白的翎毛。從髮髻垂下無數美麗的小辮子，像許多細流一般，搭在兩肩上，看上去很像一堆黃葉色的豬尾巴。

鐘打十二下。羣衆還得再等上三小時，「大獎」才開始比賽。娜娜的四輪馬車，趕到柵欄旁邊。她很舒舒服服地坐在車裏，像是坐在自己家裏一樣。她因爲忽然起了一陣念頭，就把碧玉和小路易都帶了來，那條狗蹲伏在她的裙子底下，雖然白日的天氣很熱，牠還是冷得發顫，而那個孩子，渾身絲帶花邊穿得俗豔，却遲鈍得默默無言，那副可憐的小臉，在露天之下，顯得更蒼白。這時，娜娜對於附近的人，毫不介意，就扯着喉嚨和喬治與菲力浦談話。那兩個人坐在前座，正和她對面，車裏滿是白玫瑰和藍相思草的花球，堆積如山，把他們幾個人埋起來，一直埋到肩膀上。

「那麼，好啦，」她正說着，「他既然把我弄得煩死，我當然就趕他出去啦。到現在已經兩天啦，他還在生悶氣呢。」

她所談的是穆法，不過，沒有把這第一次和穆法吵嘴的原因，講出來；其實，他們吵嘴，是因爲有一天晚上，穆法在她臥室裏，發現了一頂男人的帽子。她確是因爲春情發作，就把一個過路男人帶回家來的，這不過是一時春情蕩漾得使她做了儍事。

「你們想不到他多麼可笑，」她接着說，越說到特殊的地方，就越覺得開心。「他徹底是個老頑固，所以每天晚上一定祈禱。眞的，他眞是每天晚上禱告。我總是先上床，他以爲我都不知道，可是我早就看見他在祈禱啦。你看他，饒了半天舌頭，然後又劃個十字，這才轉過身走上床。」

「喂，你這話太滑稽，」非力浦說。「你說的全是前半截的事，上床以後做什麼呢？」

她大笑起來。

「就只是這樣了，上半截下半截都一樣！我要睡的時候，聽見他又在嚼舌頭啦。不過最叫人受不了的，是我們無論討論點什麼事情，他總是越擺出他那信上帝的面孔。我是信教的。這不是說笑，隨便你們怎樣笑我都可以，我相信自己確是信教！不過，他可過份得叫人討厭，他一來就痛哭，一來就談到懺悔。前天，我們照例吵架之後，他又發作啦，弄得我就連事情完全過去之後，心神還不得安定呢。」

說到這裏，她忽然把話停住叫道。

「快看，米儂全家都來了。他們連孩子都帶來啦！你們看那些小子們，穿得成個什麼樣子！」

米儂一家坐着一輛四輪馬車，他們成羣出來，外表做出豪華的派頭，像是退休的富商。露絲穿着一件灰綢子長衫，鑲着紅結子，下部帶着寬鬆的縐褶；她看見亨利和查理兩個孩子那種快活的樣子，愉快得微笑。那兩個孩子坐在前座，穿着不相稱的大學制服，神氣很笨。四輪馬車拉到欄杆邊上，她看見娜娜趾高氣揚地坐在花叢中，看見她那四匹白馬，和一切僕從儀仗，不覺撅起嘴來，把身子坐得筆直，頭臉往旁邊一轉。米儂却一邊望着清新與快樂的景致，一邊搖搖手向娜娜招呼。他永遠拿定一個原則：絕對避免和女人們衝突。

「話說回來，」娜娜又說，「有一個小老頭子，人很乾淨，只是牙齒長得太壞，這個人叫維諾先生，你們認識嗎？他今天早晨來看我了。」

「維諾先生，」喬治說，他大大覺得詫異，「這不可能啊！怎麼會呢，這個人是耶穌會的天主教徒啊！」

「一點也不錯；這我可並沒有忘記。嘿，你們可想不到我們談些什麼話！那簡直可笑！他向我談起伯爵，談起他家庭分裂的情形，請我幫忙他這個家庭恢復幸福。他談到這件事的時候，倒是很客氣的，滿臉笑容。我回答他說，那是我求之不得的，我負責去給伯爵和他的太太調解。你們知道我這可不是罵人的話。這一對可憐蟲，他們兩個人要是都能重新幸福，我是再高與也沒有的！而且，那也可以叫我鬆一口氣，因爲有些時候眞的，有些時候他簡直叫我厭煩得要死。」

她這樣出於肺腑的發過一頓牢騷，就把幾個月以來的厭倦，從心上驅除了。再說，如今伯爵好像也正陷在極大的經濟困難中；他很焦急，很像是拉波得叫他簽字的那張借據，已經沒有法子付帳了。

「哎呀，伯爵夫人在那邊啦，」喬治說，他的眼睛還在詫驚地向看臺那邊呆瞪着。

「在哪兒，哪兒。」娜娜喊着。「這個孩子怎麼長得這麼好的眼睛！替我拿陽傘，菲力浦。」可是喬治連忙往前一跳，就搶先他哥哥，把那柄綢白穗的陽傘拿去，替娜娜打着。娜娜用大望遠鏡，往喬治所指的地方看。

「看見她啦，」她說。「在右手那座看臺上，靠近一根柱子，對吧？她穿着紫紅色的衣服，她的女兒坐在她旁邊，穿着白的。哎喲，達格奈也來了，正走過去向她們鞠躬呢。」

於是菲力浦就談起達格奈，說到他和愛絲黛爾那梱乾柴不久就要結婚的事。這門親事，現在算是決定了，在禮拜堂結婚的預告已經宣佈了。最初，伯爵夫人反對這門親事，不過據說伯爵堅持。娜娜聽來不覺微微發笑。

「我都知道，這我都知道，」他咕嚕着。「這對保羅可算是萬幸。保羅是個好孩子，他應當享受這點福氣。」

說着，彎下身去向小路易說，

「你覺得好玩嗎?」

那個孩子一直就沒有笑過。他瞪着眼睛看那些人羣，臉上掛着一副老頭子的表情，彷彿看見那些人就引起滿心憂鬱的感想似的。碧玉呢，却因爲娜娜一直在動得很厲害，就把牠趕出裙下，現在靠緊這小孩子去了。

這時，那片草地上塡滿着車馬人羣。鴉鴉叉叉的馬車，排成斷不開的一條條的長線，從小瀑布那個方向，還有陸續來的。另外還有寶蓮式的大型公共馬車，載着五十個客人，從意大利路開來，正開到看臺的右手邊。還有單馬二輪車，兩座四輪篷車，四輪活篷車，都一輛賽過一輛的漂亮，一一趕到，中間還攙雜着些窮相的散僱馬車，由賃來的幾匹憂鬱老馬拉着，一路顛簸走來；還有些一人駕御的駟馬車，由四匹馬送了來；還有些郵車，主人們坐在高處座位上，叫僕人們在車裏去照管大籃子的香檳酒；還有些輕巧馬車，車輪很大，亮鋼閃着光芒；還有些縱駕着幾匹馬的輕便馬車，其構造的細巧，活像鐘錶的手工，掛着一串小鈴，一溜煙跑過來。每隔幾秒鐘就有些人騎着馬跑來，同時也有一堆步行的人，在車輛中間穿過。草原上可以聽見那些遠遠林內大道上所傳來的馬車聲，忽然消失在模糊的沙沙聲音裏，而現在，除去露天不斷增加着的羣衆，呼喊聲，叫人聲，和馬鞭的嘎嘎聲以外，就什麼也聽不見了。每當一陣陣急風一吹，太陽就又出現在一朶雲邊，於是一道金黃的光線，就從上邊一直射到草原，把馬匹的裝飾和上漆的車門窗玻璃一齊照亮，把女人們的衣服一齊點染得火紅，而那些高高坐在御者的座位上，旁邊豎着馬鞭的車夫們，也都在這塵土飛揚的光線下，全身發着火焰。

拉波得從一輛馬車裏下來，車裏坐着嘉嘉，柯蕊絲，和白蘭。他正匆匆忙忙跑過馬場，想要進到稱重量的小圍墻裏去，娜娜叫喬治把他喊住。等他走過來，她大笑問，

「我會贏多少？」

她所指的是那匹也叫做娜娜的小母馬，那個娜娜在上次賽「女獵神大獎」的時候，失敗得奇

慘，而在過去四月和五月裏，兩次參加競賽飛車獎和生產大香檳獎時，這兩個獎又都給范多夫馬廐裏另外那匹呂西得了去，這匹小母馬連名字都沒有能列上。所以從那個時候起，呂西馬上變成第一等的紅馬；從昨天起，買馬票的人們，都在牠身上賭一贏二。

「照舊是一贏五十了，」拉波得回答。

「哎呀，那可糟了！那我不是沒有多大價值了嗎，」娜娜回答，覺得這個自居爲母馬的玩笑很有趣。「那麼我可不支持我自己了；我絕不支持，我連一個錢也不賭在我自己身上。」

拉波得在匆忙中跑開，可是她又把他叫回來。她要他出點主意。他一向和調馬師、騎馬師的圈子有接觸，他對於各家的馬匹總有些特別的消息。以前，他的推測已有二十次都靈驗了，所以大家都稱呼他是個「賽馬機密之王」。

「我們商量商量，應該選哪一匹馬來賭？」娜娜說。「那匹英國人的贏數是多少？」

「你是說那匹司匹利特嗎？一贏三。瓦萊里歐第二，相同。至於其他的馬呢，大家都在高西女斯身上押一贏二十五，在哈札爾身上押一贏四十，布姆是一贏三十，畢什柰特一贏三十五，佛朗日班一贏十。」

「那麼說，我就不買那匹英國人啦，我這個人可愛國。喂，瓦萊里歐第二也許行吧？高爾白洛玆公爵剛才還在爲他這匹馬微笑呢。嗯，那麼，說到歸結，還是不行吧！拿一千法郎買呂西，你覺得怎麼樣？」

拉波得不高興看着她。她身子向前倚着，低聲問他很多問題，因爲她心裏知道范多夫準是派他和登記人暗中商量，把賭注怎樣安排得最穩當的。假定他知道點什麼消息呢，他不就很可以告訴她的嗎？可是拉波得也不解釋，只勸她相信他，由他隨機應變好了。他說，臨時認爲哪一匹馬最有希望，就替她去押一千法郎，可是他這樣做了之後，她可不能後悔。

「隨便你押哪一匹吧！」她叫，「可是絕不買『娜娜』。」

車裏突然起了一片喧囂的大笑。胡貢弟兄覺得她這句話幽默得很有趣；小路易却莫名其妙，抬起他那兩隻蒼白的眼睛，去看他母親的臉，只覺得她那樣大聲叫喊有些奇怪。然而，拉波得在這個時候還沒有能夠走開。露絲又已經向他打手勢，把他招呼過去，告訴他，他在一個記事本裏記數目。接着，柯拉蕊絲和嘉嘉把他叫去，想把賭的馬改換改換；因爲她們聽見人羣裏邊說了些話，所以就一個錢也不想再押瓦萊里歐第二，而改押呂西了。他帶着木然的神氣，把她們的改變寫下來，最後，他這才總算跑開去。大家看見他在馬場對面的兩座看臺之間一溜就不見了。

馬車還是不斷的來。這個時候，車子已經排到五層，沿着柵欄，散佈成密密重重的一大堆；車輛中間，間隔着白馬身上的淡顏色馬衣。這一大堆身子的外邊，到處也都是車子，比較孤零地放着，遠遠看來，很像緊緊插在草裏邊似的。這兒，那兒，所看見的，到處都是車子和馬匹，各自照着它們自己停放的位置，東西橫陳，有的並排，有的互相形成斜角，有的背對背，有的頭對頭。那些尙未被車子佔據的一塊塊空草地上，又有騎馬的人們，不斷奔馳而過，還有一羣一羣步行者，這個景象，很像是一塊草地上正在舉行市集；在混亂雜色的人羣當中，草地上到處是賣飲料的棚子，高高張起它們灰帆布的頂子，這些灰頂子叫太陽一照，便閃成白色。但是圍着那幾個登記人的地方，那才眞是混亂呢，那裏擠着一羣亂糟糟的羣衆，他們頭上的帽子像浪濤一樣。登記人都站在車上，比手劃脚，他們身旁豎着長長的木板，上邊貼着各馬匹的贏數。

「無論怎麼說，連自己都不知道自己買的是哪一匹馬，究竟有點迷糊，」娜娜說。「我要親自去賭幾個法郎。」

她滿臉神氣正經的站起來選擇一個登記人，可是一看見外邊都是她的熟人，就把自己想要幹的是什麼都忘記了。如今一看，包圍着她那輛四輪馬車的一大堆車子，前後左右和當中，除了米儂一家外，除了嘉嘉，柯拉蕊絲，和白蘭之外，到場的還有這些女人們：妲妲・妮妮和瑪麗雅坐在一輛兩座四輪篷車裏；卡洛蓮，跟她的母親，和兩位紳士坐在一輛敞篷車裏；露薏絲孤單單的一個人趕着一輛柳條遊覽四輪車，車上裝飾着橙色與綠色的緞條，那是麥善家馬匹的裝飾顏色；還有，萊雅坐在一輛郵車的高座位上，四周是一隊青年，正在吵鬧。再往遠處望，還有露西，穿着一件很簡單的黑綢衣，裝出貴族的樣子，坐在一個穿海軍學生制服的高個子青年旁邊。但是，最叫娜娜驚奇的，是西蒙也坐着縱駕的馬車到了，車子由士丹拿趕着，他們身後，坐着一個聽差，抱着手，動也不動。她穿着鑲黃邊的白緞子衣服，看起來耀眼，從腰間到帽子上，滿是金鋼石。那位銀行家手裏拿着一條巨大的馬鞭，往前趕着他那一前一後的兩匹馬，領頭的一匹小馬的赤栗子色，邁着像小老鼠般的疾步，主要的那一匹，是棕栗色的毛，善於行走，舉動很輕快。

「哎呀，糟糕！」娜娜說。「這麼說，士丹拿這個老傢伙，又在交易所裏賺了錢啦，你們看，他如今把西蒙打扮得多麼漂亮！」

雖然如此，她却老遠的向大家打招呼。她不住的搖手，微笑，身子往四下裏望，一個也不忘了去招呼，好叫任何熟人都看見她。

「露西牽着的那個是她的兒子。他穿起制服來可眞漂亮。所以她才擺出這麼高貴的神色來，這自然啦！你們知道，她怕她兒子，她自己冒充女演員，怕給她那個年輕的兒子知道，他似乎一點也沒有懷疑！」

「吥，」菲力浦笑着說。「只要她要，她隨時都可以從鄉間給他找出一個女孩來的。」

娜娜忽然不做聲了，因爲她剛剛注意到特里貢的老闆娘，正夾在擁擠的馬車中間坐着。特里貢本是坐着一輛散僱的馬車來的，可是坐在車裏什麼也看不見，她就悄悄地爬到趕車的座位上去坐下。她坐在高處，把她的長身材伸直，把她那一堆長髮圈底下的面孔，擺出高貴的神氣，凌駕着人羣俯視，宛如在她的女孩子當中，登上寶座。所有受過她照顧的女孩子，都向她微笑，而她呢，却假裝不認識她們。她今天不是爲幹生意來的，却以一個熱心的賭徒的身份，是專爲了愛看賽馬才來的。

「哎喲，黑多那個混蛋也來了！」喬治忽然說。

大家都覺得出乎意外。娜娜連她的黑多都認不出來了，因爲他自從得到遺產以後，穿着得很特別。一條低白領，瘦瘦的兩肩上，穿着一身色頭精緻的衣服，剪裁得很好。頭髮用小細帶子繫着；他裝作時髦人物那種疲倦的樣子，發着輕柔的聲調，嘴裏說着斷續的字句，不把整句說完。

「他可眞像那麼一回事啦！」娜娜說，她看得着了迷。

這時，嘉嘉和柯拉蕊絲已經把黑多叫過去，正在把整個人都撲在他身上想盡力重新抓到，可是黑多馬上就離開她們，帶着藐視的態度，轉身走開。娜娜使他眼花撩亂。他急忙跑過來，站在她的車蹬上；等到娜娜因爲嘉嘉而駡他的時候，他小聲說，

「啊，千萬不要再說了！我已經和那個老傢伏斷絕關係了！不應該再爲她跟我吵啦。那麼，你知道，現在是你了，你是我的朱麗葉！」

他說着就把手放在胸口。娜娜看他在野外這樣極其突然的表示愛情起來。她說，

「聽我說，今天我可不是爲愛情來的。這弄得我都忘記自己站起來是爲要下賭注的了。喬治，你看那邊那個登記人，一個生着鬈頭髮的大紅臉。他那種下流的髒相，我倒很喜歡。你去到他那裏，給我挑選！這個，可是選什麼馬才好呢？」

「我可不是愛國份子，嘿，絕不是！」黑多說。「我買的全都是英國人那匹馬。如果是英國人跑贏了，那可眞痛快呢！那麼法國人就完蛋！」

娜娜大起反感。她告訴他這幾匹馬的優點；黑多想叫她相信自己是通曉當時的內幕的，就說這幾匹馬都不會跑第一。至於維爾底葉男爵的那匹佛朗日班，倒確是雷諾爾種。這是一匹栗毛的馬，只可惜，當初訓練的時候把牠的脚弄跛，這次一定不會有希望。高爾白洛玆的那匹瓦萊里歐第二呢，它不幸在四月就得了疝氣病，現在還不能跑。這些內幕，別人一點都不知道，他勸娜娜選哈札爾，說這匹馬是大家認爲最有缺點的，沒有一個會去在牠身上下注。可是，哈札爾這匹馬

動作敏捷！這匹馬一定會跑得令人吃驚。

「不，」娜娜說，「我要在呂西身上買二百法郎，在布姆身上買一百。」

黑多說，

「不過，親愛的女孩子，布姆整個都完了！不要選牠吧！連嘉斯克都不肯在他自己這匹馬的身上下注。至於你所喜歡的那匹呂西也不要買！那簡直是騙人的！你想想！這匹馬的腿那麼短怎會跑得快？」

菲力浦聽完他這一大套話，却提醒他，說呂西是得過飛車大獎和生產大香檳的。可是黑多說，那一點也保證不了什麼。相反，我們倒是不應當相信這匹馬的好。而且這次是格雷汕姆騎呂西；格雷汕姆正交着壞運。

從娜娜馬車裏，聽見整個草地上討論的聲音，越來越大了。整個馬場裏都充塞着賭博的氣氛，這種氣氛，使每個人都激動手臂與奮地搖動，這時，那些登記人都站在車子上叫着勝負的數目，然而，這些都不過是押賭世界裏的小輩；押大賭注的都在稱重量的圍墻裏面。所以，這裏所激盪着的，都是口袋沒有多少錢的人，這些都是只能拿五法郎來冒險的人，他們的能力有限，可是慾望無窮，都想這五個法郎可能贏到幾十法郎。簡單地說，未來的一場惡戰，全看司匹利特和呂西了。一看上去就認得出的英國人，在人羣中間，到處走。他們的態度十分安閑，瑞士爵士的一匹伯拉瑪，去年就得過大獎，法國馬的慘敗，使許多法國人的心上，到現在還記得。所以今年如果法國再敗，那可就太慘了。因此，所有女人們都被愛國所激動。范多夫的馬是法國榮耀的代表，因此大家對呂西就很擁護。嘉嘉，白蘭，卡洛蓮，以及其他的女人，都押呂西。露西因爲她兒子的緣故沒有下賭；但是大家說露絲委託拉波得替她下了四千法郞。特里貢老闆娘，孤零零坐在車夫的旁邊，依然在觀望，她要等到最後才決定。她在所有這些爭辯中間，保持很冷靜的態度，高高地坐在那裏，靜聽各匹馬的名字，在輕快的巴黎話裏邊，又夾雜着有發喉音的英國驚嘆詞。她一邊聽，一邊用筆記着。

「那麼娜娜呢？」喬治說。「就沒有一個人要牠嗎？」

實際上也眞是沒有一個人在這匹小母馬身上下注；甚至連牠的名字大家都沒有提起過。范多夫馬羣裏的這一匹額外的小馬，被呂西打沉下去。但是黑多一聽，就把手臂揮起來，叫着，

「我得了靈感。我要在娜娜身上下注二十法郞。」

「好哇！我也押二十，」喬治說。

「那麼我買六十，」非力浦插進一句。

他們加了又加，爲了好玩，就互相競爭起來，好像在拍賣場裏給「娜娜」叫價錢似的，把錢數一直往上加。而且，黑多說一定要用金錢在這匹馬的身上堆滿，並且還要叫每一個人都在牠身上去下注；所以他們最好到各處去找下牠賭注的人去。但是，在這三個青年要去爲牠宣傳的時候，娜娜在他們身後說，

「你們可要知道，我可是一個錢也不要花在這匹馬上；不！喬治，替我買兩百法郞的呂西，一百的瓦萊里歐第二。」

這個時候，他們已走得很遠；她高高興興，眼看着他們時而側着身子從車輛之間溜過去，時而彎下身子從馬頭下邊鑽過去，繞大彎，等於把整片草地都走過，才得通過。他們一邊這樣迂迴走着，一邊却還只要遇見車裏有熟人，就必去勸他下「娜娜」的注。每逢他們遊說成功，就轉過身子遠遠向娜娜用手指比着數目，娜娜也就站在車上搖動陽傘，於是人羣裏也就發出一陣大笑。可是，他們的努力，相當的失敗。有些無所謂的人自然聽從他們的話；比如士丹拿就是一個例子，他因爲看出娜娜心裏有點緊張，就拿出六十個法郎去冒險一下。可是女人們都直截了當的拒絕。「謝謝了，」她們說，「明知道準輸，誰還要做這傻瓜！」而且，那麼一個淫婦竟拿她那四匹白馬，那些隨從，和那種的傲慢態度來炫耀，她們可絕不肯替她宣傳。嘉嘉和柯拉蕊絲，問黑多是不是很想拿她們的錢開玩笑。喬治跑到米儂夫婦車子的前面，他一來到，露絲就把頭，背過去，一句話也不同答。一個人把自己的名字取在一匹馬的身上，這個人一定是個不要臉的東西！米儂却看着這少年的舉動，覺得好玩，說女人總是能叫人交好運的。

「怎麼樣？」這三個青年，就延了好多時間，才去找着登記人，下完賭注以後，同來，娜娜就問。

「你的贏數是一比四十，」黑多說。

「那是怎麼一同事呀？一比四十！」她驚奇得叫起來。「他們原來說我的贏數是一比五十呀。這是什麼緣故哇？」

拉波得剛巧來了。馬場上正在趕走閒人，一陣鐘聲，宣佈頭一道競賽。她問拉波得，爲什麼娜娜這匹馬的價值忽然提高。他回答說，大家對這匹馬的要求旣然增加，提高價值當然是毫無問題的。她對這個解釋也只好滿意。而且，拉波得對她說，范多夫如果能脫身的話，他就要到這裏來。

這頭一道競賽，一直到結束也並沒有惹人注意，人們都在等待着大獎的競賽，那時跑馬場上爆發着一片暴風雨似的歡呼聲。幾分鐘以前，太陽已經被烏雲遮住，一片黯淡半明半亮的光線，逐漸暗下來。接着，風又吹起，緊跟着就是一陣大雨。馬場上的人們大起騷動，有的喊叫，有的開玩笑，有的駡，步行的人和站着的人都急忙找地方避雨，跑到賣飲料的帆布棚頂子底下去躲避。馬車裏的女人們，個個用兩隻手撐陽傘，雜役聽差們，都向着車篷底下跑去。不久，這一道陣雨就過去了，太陽又從毛毛雨中間，照下來。滿天暴風雨的厚雲，裂開一道藍縫，烏雲吹過樹林，天空似乎又在微笑了，一道金黃光照亮草地，馬匹發着長嘶，淋得渾身濕透的羣衆，想把衣服吹乾，就脫了衣服，搖提着。

「可憐的小路易！」娜娜說。「你全都淋濕了呀，我的寶貝？」那個小東西一聲也不響，由着母親給他擦手。娜娜掏出手帕來，給小路易擦完之後，看見碧玉冷得比以前更發抖，就又在牠的身上輕拍。她自己衣服的白緞子上，有些雨點，不過她一點也不在乎；花球被雨一澆，變成一堆白雪，她一看見就喜歡得發狂，用鼻子去嗅，又用嘴唇去吮花朶裏邊的雨水。

這一陣驟雨，趕得人們把看臺上都擠滿。她用望遠鏡看那些人。這麼遠的距離，所能看見的，也不過是密密層層的一大堆混亂的人，一層一層的重叠在一排一排昇上去的臺堦上，看起來只是一片黑壓壓的背景，上邊浮出許多人臉。陽光從看臺兩邊靠臺頂處的開口照着坐着的羣衆，這些羣衆裏邊，婦女們的衣服，看上去也失去原來顯著的顏色。娜娜覺得很開心的，却是看臺底下，那些女人們，她們坐在沙土上的一排一排椅子上，看她們被這雨趕得東逃西散的情形，確是好玩。蕩婦們原是絕對禁止進稱重量的圍牆裏去的，所以她就對着聚在圍牆裏面的那些時髦婦女們，刻薄批評地。她認爲她們打扮得頂可怕。

大家傳說皇后進了正中那個小看臺。那座看臺，是個小亭子式，蓋得像個牧人小舍上邊一道很寬的洋臺，擺着紅臂椅。

「喂，他來了！」喬治說。「我可沒有想到這個禮拜是他値差。」穆法伯爵僵直而莊嚴的形影，出現在皇后的身後。於是這幾個青年就開起玩笑來，說可惜莎丹沒有來，否則她一定會去搔一搔他的腋下，叫他發笑的。可是娜娜把望遠鏡，向在皇家看臺裏的蘇格蘭王子望去。

「哎呀，這是查理呀！」她叫起來。

她覺得他比以前健壯得多了。十八個月沒有見面，他的身材已經長高大，說完，她就談起特別詳細的事情來。啊，眞的，他是個又高大又結實的傢伙！

她周圍那些女人，都坐在馬車裏邊，耳語着談論伯爵已經把她丢了。這種傳言，很長，有頭有尾。說，自從他引起大家注意之後，皇室就對這位御前大臣的行爲，發生反感。因此，最近，他爲要保持自己的職位，不得不和娜娜斷絕關係。黑多把這種傳言告訴娜娜，並且稱她爲他的朱麗葉，又來獻身給她。可是她大笑，說，

「這才都是呆話呢！你可不明白他是怎樣的一個人；我只要說一句『來』，就可以叫他犧牲一切來到我膝下。」

剛才她仔細看伯爵夫人和愛絲黛爾。達格奈仍然在她們身邊。花車利剛到，正在向她們鞠躬。娜娜看了他這個樣子，就用一種藐視的手勢指點那座看臺，說，

「這你可明白啦，那些人現在可都到我這裏來了！我了解他們。你們看看他們的私生活，都不是見得人的。這正是我不高興邀請他們來的原因！」

她一邊說着，一邊做出一個姿勢來，叫人一看就明白她是把什麼人都說在內的，下自牽着馬到馬場上去的馬夫們，上而至於那位忙着和王子查理在談天的至尊夫人。

「好哇，娜娜！你太聰明啦，娜娜！」黑多叫道。

一陣鈴聲消失在風裏，接着又是第三道賽馬。「伊斯巴昂獎」剛剛跑完，麥善的一匹叫柏林高的馬贏了。娜娜把拉波得叫過來，問她那兩千法郎的結果，可是他只哈哈大笑，不告訴她替她下注的是哪幾匹馬，據他說，說了會倒楣的。反正她的錢用得很得當；等到適當的時候，她自然會一切都明白的。告訴他如何買了二百法郎的呂西，一百的瓦萊里歐第二，他一聽，就聳聳肩膀，女人總是會做笨事情的。他這個舉動，叫她大大吃驚，像是掉進了霧裏。

在這時候，草地上比以前更熱鬧了。競賽大獎以前，照例休息一會，於是大家就乘着這個時候，在露天之下吃飯。無論是草地上，是駟馬車和郵車的高座位上，是遊覽馬車裏，是轎車裏，是四輪活頂馬車裏，四面八方到處都大吃大喝。到處都擺着氷肉盤，雜差們從馬車行李間裏，不

斷卸下來的香檳酒籃子，在各處散亂的放着，相當好看。軟木塞隨着微弱的砰然一聲從酒瓶飛出來，到處交換着笑話，在這一片歡樂中，又有些玻璃杯破碎的聲音。嘉嘉，柯拉蕊絲，和白蘭正吃着點心，她們坐在車毯上吃三明治，還用毯子把膝頭都蓋上。露薏絲已經從她那輛柳條馬車上下來，同着卡洛蓮一起吃。在她們脚下，有些紳士在草地上擺設了一個酒巴櫃臺；姐姐，瑪麗雅，西蒙，還有其他的女人們，都擁到那裏去飲食；這個時候，緊靠在她們旁邊，萊雅的郵車上，正在高高的空中，把一瓶一瓶的美酒喝乾，喝得那一羣年輕人，個個有點微醉，於是就在羣衆的頭頂上，不停的叫好，不停的比手劃脚。不久娜娜的車旁就聚起一堆人。她已經站起來，在那裏接受那些向她致敬的男人們一杯又一杯的斟香檳酒。跟着她來的聽差裏邊，有一個是法郎索瓦，由他遞上酒瓶來；這時黑多模仿一個沿街叫賣蘋果小販的腔調，用快拍子說：

「你們想要的好東西來啦，等於白送，等於白送！什麼人都有份！」

「安靜一點好不好，親愛的孩子，」娜娜說，「這弄得我們活像一堆要把戲的啦。」

她覺得他很滑稽，大爲開心。她派喬治送一杯香檳酒去給露絲，因爲露絲當時正假裝戒酒。這可把亨利和查理饞得要發狂了；這兩個可憐的小東西，心裏本來是很想喝點香檳的。可是喬治把娜娜交給他的那杯酒，自己一口喝下，他怕把酒眞送過去會鬧出一場爭吵來。接着，娜娜又想起小路易來，他一直坐在她身旁，她却把他給忘了。也許他渴了呢？於是她勉强灌了他一兩滴酒，灌得他咳嗽起來。

「你們要的好東西來啦，來啦，先生們！」黑多不停地說。「這十個生丁買不到，這五個生丁買不到。我們等於白送啊。」

娜娜忽然叫起來，打斷他的話，

「天呀，包得拿夫在那邊！喂，跑去叫他。」

包得拿夫背着手在四處閒蕩，他戴的那頂帽子，經太陽一照，顏色活像是生了銹，他穿的那件油膩外套，縫線的地方，都起了光澤。這正是經過破產而敗落的包得拿夫，固然遭到一切逆轉，却仍在隨時準備突然轉好運，所以把自己落魄的樣子，在一羣漂亮人物面前來炫示。

「魔鬼，我們太聰明了！」娜娜把手伸給他的時候說。

他喝乾一杯香檳酒，馬上就深爲惋惜的說，

「咳，我只要是個女人可就好了！你願不願意再演戲呢？我有一個主意，我想去租娛樂戲院。」

他雖說他又見到她很高興，却又對她抱怨；因爲，據他說，這個討厭的娜娜，倒能使他的情感得些安慰。

圍着的人圈又擴大了，因爲現在黑多一邊斟着一杯一杯的酒，而喬治和菲力浦也拉來些朋友。這整片草地上的男人，都逐漸聚攏了來。娜娜向每個男人微笑，或者說高興的話。一羣愛喝酒的人，都在向着她走來，草地上各處分散着香檳，也都送來。不久，草地的人羣，就是圍在娜娜馬車四周的人了。她站在許多舉起的杯子當中，好像一個女王，她的金黃頭髮隨着微風飄曳，她雪白的臉，全部浸浴在陽光之中。眼看着她不高興的女人，高高舉起滿滿一杯酒來，裝出她演愛神的那種姿態。

這時，忽然有人拍拍她的肩膀，她轉過身來一看，大大出乎意外，原來是米儂，也正坐在那裏。她坐下去，他是來告訴她一件重要的事情。米儂無論在什麼地方，都說他的太太懷恨娜娜原是不對；他覺得他太太的態度，愚蠢，而且無用。

「注意，親愛的，」他小聲說。「小心；不要把露絲刺激得太厲害。我最好還是先警告，你要明白。是的，她手裏有一件武器正等着用呢，而且，她為了『小公爵夫人』那件事絕不原諒你——」

「一件武器，」娜娜說，「這和我可又有什麼關係呢？」

「你聽，是一封信，那是她從花車利的衣袋裏拿到的，這封信是伯爵夫人寫給那個貪得無厭的花車利的。全部的秘密，都在這封信裏！現在，露絲要把這封信送給伯爵看，好向你報仇。」

「喲，這跟我有什麼關係？」娜娜又說。「這是一件可笑的事。花車利的整個秘密居然都在這封信裏！很好，那個女人本來一直就使我煩惱！這我們可以大大笑一下了！」

「不，我不願意這樣，」米儂回答。「那樣子可會把醜事大大宣揚出去！而且，我們也得不到什麼好處。」

他把話停住，她大聲說，她絕不會把一個貞潔的女人拖進困難裏去的。

他再堅持他的反對意見時，她就望他看。毫無疑問，他當然是怕花車利因此和伯爵夫人一斷絕，又會走進他的家裏來的。而露絲呢，為了報復自己所做的錯事，倒希望能夠如此，因為她對於這位新聞記者，心裏仍舊懷着一片柔情。這時，娜娜正在沉思，想到維諾先生那一天來看她的事情，想到了一個辦法。米儂還在想勸服她。

「假定露絲把這封信送去的話，那麼，又會怎樣呢？那不是叫別人恰好找到傳揚醜事的資料嗎？你一定也攪在這件事裏頭的，伯爵當然會跟他太太分開。」

「分開有什麼好處？」她說。

她停住不說下去。她不想把心裏的話都說出來。所以，要免得米儂再死纏她，她就同意米儂的見解，他勸她向露絲表示屈服的，向她打招呼，叫大家都可以看見，她回答說，讓她考慮一下，看看情勢如何。

一陣騷動，又使她站起來。原來許多匹馬正在進場。現在「巴黎市獎」剛剛賽完，是高爾諾莫斯那匹馬贏。巴黎大獎馬上就要開賽，羣衆的狂熱增加，個個焦急的等結果，有的頓脚，有的搖動身子，想叫每一分鐘都快一點飛過去。在這最後的刹那裏，范多夫那匹額外的馬，娜娜，比數繼續不斷地往下降，使所有下注的人出乎意料之外。男人們每幾分鐘去回來一次，每次就帶回一個新比數來；娜娜的比數現在降成一比三十了；娜娜是一比二十五了，接着，又是一比二十，一比十五。沒有一個人能明白這是什麼原因。這匹母馬，本是在任何跑馬場上都敗陣的呀！這匹母馬，就在當天早晨，連一比五十也還沒有人願意下注！大家忽然對牠狂熱起來，這是什麼預兆呢？有些人，說這是一個圈套，只有傻瓜才會相信。有些人却把這件事看得很認眞，大家預言娜娜必然跑最後一名，於是個個都懷疑，不知道究竟是怎麼一回事。

「誰是娜娜的騎師？」黑多問。

正在這個時候，眞娜娜正又出現，黑多這句問話本也確實含有下流的暗示，就大笑起來。娜娜鞠躬表示謝意。

「是蒲萊士騎在我身上，」她回答。

她說完，大家開始討論起來。蒲萊士是英國名騎師。騎娜娜的往常既都是葛雷汕姆，這次范多夫爲什麼又換這位騎師來騎牠呢？不但如此，大家覺得范多夫把呂西交給葛雷汕姆這個人騎，也很奇怪，這個人，據黑多說，他從來没有跑勝過的。但是，所有這些意見，都被人譏笑，大家紛紛發表意見。一堆人，爲要消磨時間，就又只有喝香檳酒。很多各式各樣的謠言傳出來，范多夫來了。娜娜假裝生氣。

「哎喲，你今天到這個時候才來，可眞是個忙人！我想到騎師休息處去看看。」

「跟着我來吧，」他說，「現在還來得及。我可以帶着你到裏邊去走一圈。碰巧我剛剛得到携帶一位婦女的許可證。」

她就挽着他的手臂走去，露西，卡洛蓮，和其他女人們，都用嫉妬的眼光望着她；她很得意。胡貢弟兄和黑多，仍舊坐在馬車裏，看她越走越遠，就喝她的香檳。她遠遠向他們叫，說她馬上就回來。

范多夫忽然望見拉波得，就把他叫過來，兩個人說了幾句話。

「你都湊夠了嗎？」

「是的。」

「湊多少？」

「三萬法郎。」

他們看見娜娜在聽他們的話，而且很好奇的樣子，兩人就都不說下去。范多夫的心神很亂，就和那天夜間向她談到要把自己和馬一起燒死的時候，同樣的使她吃驚。他們穿過馬場的時候，她用親暱的稱呼小聲跟他說話。

「聽我說，你務必把這件事告訴我。你那匹母馬的比數爲什麼一直在變動？」

他一聽就發抖，

「啊，大家都在談論這個，是不是？這羣下注的人們多麼討厭！我手裏只有那麼一匹最紅的公馬，可是他們都釘上來，弄得我自己一點機會也沒有了。隨後呢，等到有人注意到一匹額外的母馬，他們又叫起來。」

「你應該告訴我，結果會怎麼樣。我下注了，」她又問。「娜娜有機會贏嗎？」

「你別再問我這些我好不好？無論哪一匹馬都有機會贏。娜娜比數下降，是因爲，老實說，因爲大家都買這一匹呀。誰贏，我不知道。如果你一定非拿你這些糊塗的問題來問我不可，那我可寧願離開你。」

像這樣的口氣，既不合他本來的脾氣，也不是他歷來的習慣，因此娜娜也不覺得失望，反而覺得十分奇怪。何況，他的脾氣剛一發作完就感到慚愧，所以她請他不要失禮，他就向她道歉了。巴黎的娛樂界和社交界，沒有一個人不曉得他今天是在作最後孤注一擲。如果他的馬跑不到第一，如果他下的賭注再輸，就完蛋了，娜娜是吃他財產的妖婦，她把他的財產都弄光，大家對他們說着很多的故事，對他們的揮金如土，說他們有一次到德國巴登去玩，她叫他付一切旅館的開銷，並且在晚上，喝醉了，抓一把金鋼石，投到火裏去，要看看這些鑽石是不是也像煤那樣燃燒。她那雪白的肉體，很快就把這墮落的貴族子弟，征服了。在那個時候，他太喜歡玩女人了，他的一切都作孤注。一個星期以前，娜娜還在設法叫他答應給她在阿夫爾和特魯維爾之間的諾曼第海岸上買一座古堡呢，所以，現在他正用他全部資金作賭注。

守門人不敢攔住挽着伯爵手臂的這個女人，就放他們進到騎師休息的圍牆裏去。娜娜想到自己終於踏進這塊禁地，不覺很得意，從看臺脚下坐着的那些婦女們面前，慢慢走過。那些女人，都穿着大禮服，把前一排椅子，坐滿，她們那些衣服的鮮明顏色，在露天空氣裏，十分和諧。這圍牆裏邊有椅子可坐，裏邊的人們因爲都各自遇見些朋友，就自然坐成一堆，宛如在公園裏大家坐在樹下談天一般。孩子們隨便走動，從大人們中間來回跑，而往上一看，頭頂上的看臺，坐得滿滿的，娜娜望着這些婦女們，她特別看伯爵夫人。她走過皇家看臺前面，看見穆法站在皇后旁邊，完全僵直的樣子，很好笑。

「你看他那個神氣多麼獃！」她向范多夫說。

她把什麼地方都看過。這塊公園式的地區，有一塊塊綠草地，一堆堆的樹木，很蔭凉。一個賣氷的人，在進門的附近，搭起一間點心店，在那種鄉村式的草屋頂子下邊，一些人，正在比手劃脚的叫。附近有幾間空的馬棚，娜娜發現裏邊只有一個憲兵的一匹馬，覺得很失望。再過去便是一片放馬場，這是一個小馬場，周圍約有一百米突大小，一個馬夫正在場子上牽着瓦萊里歐第二，來回蹓。再走過去看，沿着那鋪着沙子的便道旁邊，很多人在排隊，他們把入場劵揷在胸前，那幾座大看臺的露天走廊上，又是多少蜿蜒不絕的隊伍！這種場面，倒也叫她覺得有趣。

達格奈和花車利正走過，向她行禮。她向他們招手，他們只好走過來。她說，

「哎喲，蘇亞侯爵也來啦！他老多了！這個老頭子可眞是不愛惜自己！他還像從前那樣瘋似的喜歡那一套？」

達格奈於是就把這個老人最近一次輝煌的擧動，大大描寫一番。事情是從前天才開始的，所以外邊還沒有一個人知道。據說，他追纏嘉嘉好幾個月之後，終於把她的女兒用三萬法郎買到手。

「我的老天！這個辦法倒做得漂亮啊！」娜娜叫起來。「這倒是專心在幹他那照例的正事呀，你們可得注意！那邊草地上和一個婦人一起坐在一輛兩座馬車裏的，一定是麗麗了。我認得出她那臉孔。那個老孩子一會兒就會把她拉出來的。」

這些話，范多夫一句也沒有聽，他不耐煩，恨不得趕快走開。可惜，花車利在臨走的時候說，假如她不去看馬票登記人那個地方的情形，就等於白來一趟。因此，范多夫不情願，也只得帶她去找登記人。她一到那裏，立刻就快活起來；那裏的情景可眞稀奇，據她說！

周圍種着馬棕色的小樹，中間是綠草地，草地當中，有一道露天的圍牆裏面，在樹葉蔭涼下

，登記人，一排一排的形成一個大圓圈，在等候下注的人，宛如市集裏叫賣小販一樣。他們爲了能控制包圍着他們的人羣起見，都站在木椅子上，把馬票的價錢公佈在旁邊的樹幹上。他們的目光，永遠在警覺着，他們登記賭注，只憑一個簡單的手勢，或者只憑一眨眼，而且，快得叫許多旁觀的人們，驚奇得張着嘴儘望着他們，一點也不明白那是怎麼一回事。這裏邊一片混亂；叫着各種價錢，每逢一匹馬的比數突然變動，大家就報之以近乎騷動的反應。不時地，報告消息的人，跑着來到這個地方，他們每次在這圓場的門口停下脚步，一報告馬開跑的結果，場子裏的喧囂，就必然更加高漲。這裏是賭博狂熱可以在光天化日之下澎湃的地方，所以諸如此類的宣佈，當然會引起很久不停的聲音。

「這些人眞有趣！」娜娜看得很開心，小聲說。

「他們這些人的相貌，都好像完全生錯了似的。你就先看看那邊那個大胖子。」

可是范多夫指給她看一個登記人，那個人從前是一家日用品雜貨店的店主，他在兩年的時間，賺到三百萬法郎。他的頭臉很清瘦，人很細巧，漂亮，圍着他的人們，對他都很客氣。大家帶笑容對他說話，還有許多人站在附近的高處，都想看他一眼。

他們最後正要離開賭賽場的時候，范多夫向另外一個登記人點頭，那個人招呼他。這是他從前的一個車夫，個子非常高大，兩肩生得像一頭牛，面色紅潤。他現在既然藉着一些很神秘得來的資本，跑到賽馬的場合上來試運氣，范多夫就每次都慫恿他，並且把自己的賭注告訴他，在任何機會之下，都拿他當作一個可以推心置腹的僕人看待。伯爵雖然這樣愛護他，這個人却接二連三地輸了很多錢，今天，他和伯爵一樣，也在做最後的孤注一擲。他的兩隻眼睛通紅，看上去是隨時可以中風的樣子。

「怎樣，馬瑞沙爾，」伯爵小聲問，「你的賭注賣多少。」

「賣了十萬法郎了，伯爵先生，」他也小聲回答。「還不錯吧？我告訴你，我已經把比數加上去，我把它加成了一比三。」

范多夫很生氣說。

「不行，我不願意這樣辦，趕快再把它改成一比二。其餘的我也不必和你多說，馬瑞沙爾。」

「啊，伯爵先生，像如今這個時候，你還是不相信我嗎？」馬瑞沙爾說，「我必須多吸收下注的人，好把你那兩萬法郎的數目湊足。」

范多夫叫他不要說。等到伯爵走開，馬瑞沙爾又想起一件事來，後悔沒有問明白他是否那匹母馬也要縮小比數。他自己剛剛以一比五十下注那匹母馬兩百法郎，假如這匹母馬果然跑贏的話，對他自己倒也不壞。

娜娜對伯爵的話，雖然一個字也不懂，可是不敢要他解釋。他們走到騎師稱重量室的前面，遇見拉波得，他就把她交給了他。

「你把她帶回去，」他說。「我有點事。再見！」

他說完就走進屋裏去；那間屋子又狹又傾斜，屋頂很低，一對大大的磅秤，已經把它佔滿一半。這裏很像郊外的小火車站，娜娜一看，在她想像中，原以爲磅秤一定大得出奇，來稱馬匹的。哎呀，原來他們只稱騎師！非要來看他們稱重量做什麼！正有一個騎師站在磅秤上，等着，滿臉蠢氣，膝上裝着騎馬的裝備，等着一個身體很結實的穿大衣的人，走過來看過他的重量。門口有一個馬夫牽着一匹馬，那匹馬是高西女斯，馬的周圍，聚攏着一羣感興趣的人在看。

馬場上快要清除看客。拉波得催娜娜快走，可是忽然又退後幾步，指給娜娜看，在離着旁人有相當距離的地方，有一個小個子，正和范多夫談話。

「哎呀，那是蒲萊士！」他說。

「啊，是呀！這就是騎在我身上的那個人啊，」她大笑說。

她說這個人醜得無以復加。她認爲所有的騎師都是蠢像，據她說，這當然是他們因爲要防止長胖才弄成。這位蒲萊士騎師，是個四十歲的人，臉生得又長又瘦，皺紋又深，神氣生硬死板，看起來活像一個又老又萎縮了的小孩子。他的身體堅如木頮，而且很小，弄得穿的那件白袖子藍夾克，簡直像是披在一個傀儡身上似的。

「不行，」她一邊走開一邊接着說，「像他這樣的人，一輩子也不會叫我很高興的。」

一大堆雜亂的人羣，仍然擁擠在馬場上，馬道被泥脚踐踏潮濕，連草土都踏得發黑了。兩個電氣報告機高高懸在生鐵柱子上，從稱重量室那邊，接過一根電線來，發表着各匹馬的號數；羣衆擁擠在報告機前邊，個個仰着臉看；每個號數一出現，大家就喝彩。紳士們都指着程序表看畢什奈特已經被牠的主人撤回了，這件事引起人們奇怪。然而，娜娜並沒有停留觀看，只挽着拉波得的手臂，橫穿馬場走過來。旗竿上所掛着的電鈴，正在不停地響着，催促大家離開馬場。

「啊，我的小親人們，」她重新進入她那輛四輪馬車的時候說，「原來他們那過秤圍牆，整個是個騙人的把戲！」

大家歡迎她；周圍的人們都拍手，

「好哇，娜娜！娜娜又是我們的了！」

這些人可眞都是傻瓜！他們眞以爲她會是斷絕老朋友的那種人嗎？她回來得正巧，正是好時候。現在注意啦！賽馬正開始！香檳酒自然也就被大家忘掉，個個都不再喝酒了。

但是娜娜忽然發現嘉嘉坐在她的車裏，腿上還抱着碧玉和小路易，這不免叫她大大驚奇。嘉嘉決定採取這種行動的動機，是想接近黑多，不過她嘴裏却告訴娜娜，說她是急於想吻吻小路易寶寶才過來的。她很喜歡小孩子。

「我想起來啦，麗麗怎麼樣了？」娜娜問。「那邊，在那個老頭子的兩座位轎車裏的，那一定是她。我剛剛聽見人家告訴我她的故事！」

嘉嘉採用了一副流淚的表情。

「親愛的，這件事叫我傷心，」她說。「昨天我還在床上躺着起不來呢，我哭得好厲害，我以爲今天來不了。你知道原本我是抱着什麼意見的，你難道不知道嗎？我一點也沒有希望這麼辦。我當初把她送到修道院去，原想給她弄一門好親事。而且，再想想她受過我多麼嚴厲的教訓，可是，親愛的，她自己情願這麼辦，可又有什麼法子。我們大大的吵過一場！甚至於鬧到叫我打她一記耳光。她自己說她太厭煩目前的生活，她要擺脫這種生活。她對我說，『說到究竟，你可沒有權利阻止我，』我一聽她這句話，就對她說，『你眞是個下賤的東西，你簡直給我們丟臉，滾出去！』事情就是這樣解決了。我答應給她安排一切。不過，我最後一點希望的花朶，可就從此完全凋謝了，哎，我一向是多麼喜歡夢想美麗的事情！」

旁邊一陣吵架的聲音，引得她們站起來。原來是喬治聽見人堆裏流傳着謠言，在替范多夫辯護。

「你憑着什麼說他要放棄他自己的馬呢？」這位少年叫道。「昨天他還在賽馬沙龍裏，爲他的呂西下注兩萬法郎呢。」

「是的，昨天我也在那裏的，」菲力浦說，他想從旁證實這件事，「他在娜娜那匹馬上，可連一個路易也沒有下注。卽或娜娜的比數是一比十的話，他也是一個錢也不下注的。想想人們都這麼說，可眞荒謬，他的好處可又在什麼地方呢？」

拉波得聳着肩說。

「咳，管他們去呢；隨他們怎麼說好了。伯爵至少在呂西身上又下注兩萬法郎；至於他在娜娜身上之所以下兩千法郎的，那也不過是因爲作馬主人的總得表示自己信任自己的馬匹而已。」

「嘿，這都是廢話！這件事和我們又有什麼關係？」黑多叫。「一定是司匹利特贏的！打倒法蘭西——英格蘭萬歲！」

鈴聲重新響起來，宣佈馬匹來到跑馬場上。娜娜一聽見這個，爲了想看個淸楚，就站起來。

站在馬車座位上，這樣一來，可把脚下的相思草和玫瑰一齊踐踏了。她用眼光，望到寬廣的天邊。在這緊張熱烈的最後一刹那，馬場上完全空無一人，四周圍起灰色的障礙柵欄，柵欄的間隔空間，站着一排警察。娜娜面前那一狹長條草地，叫人們給踏得泥濘不堪，可是越到遠處，就越發綠油油，極遠處，就變成一片柔綠的地毯。她看中間的風景，只見田野上蜂擁着無數的人們，有的蹺着脚尖，有的棲立在車上，個個挺起胸來看。

許多馬匹正從遠處走來，帳篷的帆布，在四下飄揚着，騎馬的人們正催着坐騎。一羣行人湧向柵欄邊緣去。娜娜往另一邊望，只看上邊的人臉，彷彿都已縮小，密密層層的一大堆人頭，都變成五色雜陳的混亂景色，把看臺的入口，臺堦，和平臺，塞得滿滿的，一排人頭。她從看臺往外望，又望見圍繞着馬場的平原。右邊，長滿常春藤的磨房風車後面，是一片伸展到遠遠的草地，上面斑斑點點的綴着高大的樹木；從娜娜的正對面，一直通到流過一座山脚下的塞納河邊，全是公園裏互相交錯着的馬路，各自伸展出去，這時，所有路上都停放着在等待着的馬車，左邊，布棲涅樹林那個方向，眼界就又闊朗起來，一條大路，兩邊種着桐樹，玫瑰色沒有生葉的樹頂上，從這條大路望出去，一直可以望到遠遠通到繆東去的藍天。還有人不斷往馬場這邊走來，沿着遠處的一條狹路上，行人如蟻，列成長行，蜿蜒着走來；而在靠近巴黎市區的那一邊，極遠的地方，那些沒有買入場劵的羣衆，在樹林中間，像羊羣一般遊蕩，在布棲涅樹林的樹下，變成一個個小黑點，看過去隱約像一道動盪的長線條。

廣大的蒼穹下，千千萬萬的靈魂，像甲蟲一般，蜂擁在這塊平原上，忽然一陣鼓舞興奮的力量，把個個的心靈都溫暖。隱沒的太陽，又出現了，整個在像一片日光海波的當中閃耀着。於是，每樣東西都重新閃起光來：女人們的陽傘，在羣衆的頭頂上，變成無數小小的圓箭靶。大家向太陽喝彩，向它致敬。大家都把手臂伸出去，彷彿要撥開烏雲似的。

這個時候，有一位警官，孤零零一個人走到空無一人的跑馬場中心；同時，靠左邊較遠處，又有一個人出現，手裏拿着一面紅旗。

「這是發號令的旗手，莫里亞克男爵，」拉波得說，圍在這位少婦身邊的男人們，有許多已經擠到她的車踏板上來，發出驚歎的喊聲。他們天南地北地談個不停，非力浦和喬治，包得拿夫和黑多，確都是一刻也安靜不下來的。

「不要亂擠！讓我看看！裁判員已經坐到他的廂座裏去啦。你們沒有看出來那是德・蘇維涅先生嗎？你們的眼力一定很好？總能夠看得出他那頭髮有一半是假的吧！請你們不要說話好不好，旗子就要揚起來啦。看，馬都來啦，注意！頭一個出來的是高西女斯！」

桅桿頂上懸着紅黃旗子，在半空中飄揚着。馬匹由馬僮牽着，一個接着一個走到馬場上，騎師們兩手懶洋洋地騎在馬鞍上，跟在高西女斯後邊出現的，是哈札爾和布姆。接着是司匹利特。這是一匹偉麗的棕色馬，牠那種粗澀的深檸檬顏色，和騎師所穿的黑色衣服，純係大不列顛風味。瓦萊里歐第二剛一出場，就獲歡迎；牠的身材很小，可是很有精神，馬衣是柔綠顏色，鑲着淡色的邊。范多夫的兩匹馬，遲遲尚未出現，直到最後，才跟在佛朗日班後邊，穿着藍與白的馬衣出現。但是，那匹重深栗色的呂西，外形上雖然絲毫無可疵議，而那匹母馬娜娜叫人太驚奇了，人們從來沒有看見過娜娜像今天那樣的神氣，今天忽然出現的陽光，把這匹栗子色的小母馬，周身渲染得像一個少女的紅金頭髮那種光澤。牠的胸膛深陷，她的頭與頸順着長背上那一條精美而興奮的直線，越往前越逐漸細下來。

「哎呀，牠的毛也和我的頭髮一樣！」娜娜狂喜得叫起來。「我多麼驕傲！」

男人們都攀登到她的四輪馬車上來，包得拿夫差一點踩到被母親忘掉的小路易身上。他發出慈父似的怨聲，把他抱起來，把他舉在自己的肩上，

「這個可憐的小孩子，也得讓他看一看！等一等，我來指給你媽媽看。看見了吧？看那邊那個媽媽。」

碧玉在舐他的腿，於是他也來照管牠，這個時候，娜娜因爲欣賞和她同名字的那匹母馬，就往四下去看別的女人，看她們覺得如何。正在這個時候，特里貢的老闆娘，高高坐在她的散僱馬車的車頂上，開始搖手招呼一個登記馬票人，隔着羣衆的頭頂，下注。她終於受了本能的指示，決定支持娜娜這匹馬。

這時，黑多叫出聲音。他對佛朗日班那匹馬，簡直發了狂。

「我得了個靈感了，」他叫。「你們看看佛朗日班。牠的動作多麼好，喂？我以一比八來支持佛朗日班。有誰跟我跑？」

「安靜一點好不好，」拉波得說。

「佛朗日班這匹馬是個廢物，」菲力浦說。「牠顯然早就精疲力竭了。不信你就等到跑的時

候看。」

那些馬走到右邊去，開始作預跑，毫無固定秩序地從看臺前邊跑去。於是觀衆中間又發出一片熱切的談話聲，所有的人們一起同時談起來。

「呂西的背太長了，不過牠很合適。我告訴你，在瓦萊里歐第二身上，連一分錢也不要下注；牠神經錯亂的時候總仰着頭，這是個壞兆頭。原來是勃爾恩騎司匹利特。我告訴你，這個人沒有肩膀。肩膀生得好是騎師的唯一秘訣。司匹利特一定不行，牠太安詳了。聽我說，娜娜，我親眼見過，牠跑完『生產大獎』的時候，渾身滴汗，四脚拖曳，兩肋發抖。牠準不能上名！喂，不要說好不好！他這樣一個勁兒的誇佛朗日班，簡直叫人冒火。現在再想下注也來不及啦；你看，馬上就要開賽了！」

黑多拚命找登記人，始終沒有找到。個個都向前伸出頸子去看，只是這第一次預跑的經過，並沒有什麼好看的；遠遠望見旗手像一個很小的黑點，他還沒有降旗子呢。那一羣馬小跑了一兩分鐘，就各歸原位。接着又跑了兩次演習賽。最後，旗手才把那一羣馬聚在一起，然後一發號令，叫牠們開跑。號令發得十分嫻熟，博得全場高聲叫好。

每人心裏焦急，眼睛跟着馬跑。現在下注已經停止，或贏或輸，全要靠這片廣大跑馬場上的結果來決定了。馬賽一開始，全場一片寂靜，四面八方，都是伸出來的頸子。最初，跑在最前頭的，是高西女斯和哈札爾；瓦萊里歐第二緊緊跟在牠們後邊，其餘與賽的馬匹，都在更後邊，亂成一堆。等到前邊這幾匹，像一陣突然暴風似的，把地面震得雷響，跑過看臺去的時候，後邊那一堆，已經拉成十四匹馬身那麼長短了。佛朗日班跑在最後，娜娜比呂西和司匹利特略微靠後一點。

「妙啊！」拉波得小聲說，「那個英國人是怎樣想從後邊掙到前邊去！」

全馬車上的人們，都呼叫起來。個個站高，緊瞪着遠處那些五顏六色的亮斑點；那些斑點，都是騎師們從陽光下衝過去時所閃出的。

跑到高潮的時候，瓦萊里歐第二躥到頭一個去，而高西女斯和哈札爾都落了伍，呂西和司匹利特並轡齊驅，娜娜依然緊緊跟在牠們後邊。

「一定是那個英國人贏的了！這很顯然！」包得拿夫說。「呂西已經跑得有些吃力的樣子，瓦萊里歐第二也不能支持多久。」

「哼，如果英國人贏得，那可眞奇怪呢！」菲力浦說，他的愛國心使他憂慮。

所有擁擠着的羣衆，心裏都窒息着一種焦慮的感覺。難道法國又要失敗嗎！因此，個個人心裏，都爲呂西祈禱，對於司匹利特和那個陰鬱寡言的騎師，說上一堆咒駡的話。在草地上散佈着的羣衆中間，也都受了一陣刺激，像狂風似地驚動得跑近前來，靴跟在空中閃耀得極其迅速。騎馬的也猛烈地飛跑過綠草地來，娜娜慢慢轉動着看，看見下邊圍着馬場，全是一片波濤洶湧的人，賽馬的旋風，把萬頭吹掃激動得宛如一片人海，那些馬匹已經跑到遠處去，遠遠只能看見騎師們變成明亮發光的小斑點，點破天邊的整線。她的眼睛緊緊望着遠處馬的動作，望牠們的臀部和尾巴，只見牠們一跑起來，那四條腿就彷彿長了好多，隨後，再跑得遠一點，馬身就逐漸縮小下去，一直縮得看起來有如一縷頭髮那樣細。現在馬正跑到馬場的另一端，背後是布婁湼樹林，在這片綠油油的遠背景上，那些馬變成很小而精緻的輪廓，娜娜正看到一個側影。隨後，牠們忽然被場子中間叢生的一大堆樹木掩住，看不見踪影了。

「先不要說這個話！」喬治喊道，他滿心還在懷着布望。「馬還沒有賽完呢。那英國人已經被別的馬追上了。」

可是黑多對本國的藐視心又發作了，於是就給司匹利特喝彩。好哇！這才對！法蘭西應該失敗！第一個是司匹利特，第二個才是佛朗日班。這對牠的祖國該是一件討厭的事吧！他這麼一叫，可把拉波得招惱了，他威脅他，說要把他推下馬車去。

「我們來看看他們要跑多少分鐘，」包得拿夫平心靜氣說，他雖然手裏舉着小路易，也還把錶掏出來看。

馬又從那叢樹木後邊一匹一匹的出現了。全場爲之一驚，羣衆中間揚起很長一陣低語之聲。瓦萊里歐第二依然領頭，不過司匹利特已經趕上了牠，呂西却在司匹利特後面慢下來，替代牠的地位的是另外一匹馬。大家都不能馬上就看清楚那是哪一匹馬；馬衣的混亂，使他們無法從遠處辨認。隨後，大家就爆發出一陣驚歎的喊叫。

「原來是娜娜！娜娜嗎？追上去！我告訴你，呂西連動都沒有動。哎呀，不錯，是娜娜。你一看她那金黃毛的顏色，當然就認得出來是牠。你現在看出是牠來了吧？牠現在正一股勁兒往前趕。好哇娜娜！這是多麼了不起的一匹馬呀！呀，這一點也沒有關係；牠是幫着呂西跑的！」

幾秒鐘以後，任何人都是這樣的意見了。可是，一點一點地，這匹母馬一直不斷地賣盡全力，竟越來越跑得往前。於是羣衆的感情上，浮起一個巨大的波動，跑在後邊的那幾匹馬，再也沒有人去注意了。如今，只在司匹利特，娜娜，呂西，和瓦萊里歐第二幾匹馬之間，開始作最高度的競爭。這時，娜娜，已經爬到趕車的座位上去，站在上邊，臉色蒼白，四肢發抖，心裏深深感動得連話都說不出來了。拉波得在她旁邊照舊微笑着。

「英國人發生困難了吧，喂！」菲力浦開心地說。「牠跑得很壞。」

「無論如何，呂西可總算是完了啦，」黑多叫起來。「瓦萊里歐第二正衝到前邊去呢。看哪，四匹馬跑在一塊了。」

現在這隊馬像一道閃電，正衝過他們面前。牠們的來臨是可以覺察得出來的。牠們的喘息，最初只像一陣低語之聲，一秒鐘比一秒鐘逐漸加大。全體羣衆都急着性子把身子倚到柵欄上，在馬還沒有來到以前，無數人的胸中都發出深長的叫吼，活像潮水一般。幾十萬觀衆，全被同一熱情所支配，被同一賭博者的慾望所燃燒，他們瞪着那些馬，眼見牠們飛跑的蹄子，席捲去他們成千百萬的金錢。羣衆推推擠擠，捏着拳頭，張着嘴巴，瞪着眼睛；每個人都爲自己搏鬪，每個人都用聲音和姿勢發瘋似地催着他們所賭的那匹馬快跑。這一大羣人們的喊叫，這種獸性的叫喊，越來越大。

「馬來了！馬來了！馬來了！」

但是娜娜依然往前竄，現在瓦萊里歐第二給落在後面，領頭的是娜娜，連司匹利特都落在牠後邊有兩三馬頸遠。像滾雷似的人聲更高了。快要跑到終點了；四輪馬車上發出暴風似的誓咒，來歡迎牠們。

「往前跑呀，呂西，你這個膽小的大混蛋！英國人發昏了，把本領再拿出一次來，老伙計，把本領再拿出一次來！嘿，瞧瞧那個瓦萊里歐，簡直叫人噁心！哼，我那兩百法郎媽的是輸定了！只有娜娜要得！好哇，娜娜！好哇！」

娜娜在她的座位上，不知不覺的把自己的屁股和腰部，也抖動起來，彷彿她自己也在競賽似的。她不住地打她自己的旁邊。她認爲這是對那匹母馬的一個助力。

「加油，加油，加油！」

接着，大家親眼見到了一個精彩的景象。蒲萊士蹺起脚蹬一刺，揮起鞭子，用一隻鐵臂鞭打娜娜。那個皺縮的老小孩，掛着一副又長又嚴厲的臉，樣子好像在冒火。他在那一刹那，膽大與勝利的意志，大大發作，於是全心貫注在這匹馬身上，把牠往上一提，往前騰空一送，弄得牠滿嘴水沫，兩眼血紅。全體馬匹往前衝過去，發出雷霆一樣的狂吼聲，把空氣掃蕩，使人們都喘不出氣息來；裁判員僵直地坐在那裏等着，眼睛緊緊對準着它的任務。接着便爆發出極大一陣反覆回響着的歡呼。這是因爲蒲萊士用一個極大的努力，叫娜娜剛剛衝過標桿，因此以超過一頭的優勢而打敗了司匹利特。

馬場上的鼎沸，有如潮漲。「娜娜！娜娜！娜娜！」喊聲隆隆，像暴風雨那樣猛烈，越來越高大，這喊聲逐漸把遼遠的地方也充滿，充滿布婁涅樹林的深處，一直傳到瓦萊里安山那麼遠，充滿龍尙左近的草野，充滿布婁湼平原。田野的任何一部份，都發着這狂呼聲。「娜娜萬歲！法蘭西萬歲！打倒英格蘭！」女人們搖撓着陽傘；男人們有的一邊跳着打着旋轉，一邊喧嚷着，有的發出神經質的大笑，喊着把帽子拋到半空。馬場的對面，稱重量圍墻那邊，也響應，看臺上的人們也都激動起來，什麼也看不清楚，只看見空中一陣顫巍巍的動蕩，彷彿是一片看不見的火焰，在一堆指劃着的手臂的活動體上的火盆裏燃燒着，而那些又小又動得激烈的面孔，上邊的眼睛和張着的嘴，望去只像許多小黑點。人聲不但沒有止息，反而膨脹起來，在極遠處大路的深處，和停駐在樹下的人們中間，聲音又重新響起來，散佈出去，一直散佈到皇家看臺上，歡呼算是達於極點，連皇后也都在喝彩。「娜娜！娜娜！娜娜！」喊聲在輝煌的陽光下，向天上衝去，陽光强烈地射打在羣衆頭上。

於是，突然出現在她那輛四輪馬車座位上的娜娜，幻想着人們這些喝彩都是向她叫出的。她驚呆了，站在那裏，兩隻眼睛只直望着馬場，場上的綠草，在如海的黑帽子底下，就連一點也看不見了。不久，這一大堆人逐漸沒有以前那麼紊亂了，於是人羣中間形成一道巷子，一直通到馬場的出口，娜娜那匹馬，背上馱着無精打采而又茫然的蒲萊士，走出去。娜娜失掉一切鎭定，使着力量打自己的大腿，用粗話誇耀自己的勝利，

「哎呀，天哪，這是我，這是我！哎呀，天哪，多麼好的運氣！」

她幾乎不知道怎樣表示自己的高興，就抱起如今才發現正坐在包得拿夫的肩上的小路易來吻。

「三分十四秒，」包得拿夫把錶放進口袋裏說。

娜娜不斷聽見人們喊她的名字；她在陽光下聳然立在人們上邊，閃耀着她的星光的頭髮，和白與天藍色的衣服，大家都向她喝彩。拉波得要走的時候，告訴她說她贏了四萬法郎，因爲他把她交給他的一千法郎全買了娜娜那匹母馬，比數是一比四十。不過，這筆款對她並不如這次意料外的勝利激動得大，這次勝利的名譽，使她成了巴黎王后。所有其餘的女人們，都是遭受損失者。露絲憤怒，把陽傘咔啦一收；卡洛蓮和柯拉蕊絲，還有西蒙——不光是她們，而且還有露西也顧不得自己的兒子是不是在面前，都在盛怒之下，低聲咒駡，駡這個娼婦的運氣；特里貢的老闆娘呢，却在跑馬開始和結束的時候，都劃過十字，她坐在這些女人的頭頂上，把她的高個子伸直，覺得自己的直覺得了勝利，不禁欣喜發狂，讚歎着娜娜。

這時候，擁擠在四輪馬車周圍的男人們越來越多了。娜娜的信徒們，叫得像個樂隊，剛剛一陣猛烈的狂吼。喬治感情衝動得連氣都透不出，却還接着用斷斷續續的聲音，一個人在叫。香檳酒已經喝完了，菲力浦帶着雜差，跑到賣酒的地方去。朝拜娜娜的臣子們，越來越多，她目前的勝利，招得懶散徘徊的人們，也都湊到她跟前來，使她的馬車，變成中心，這位愛神王后，在一羣發狂的子民中間，登上寶座。包得拿夫在娜娜的身後，他一直對娜娜就像個父親那樣喜愛。士丹拿又被征服了，他早已拋棄了西蒙，高高站在娜娜馬車的脚踏板上。等到香檳酒送到，等到她把盈滿的玻璃杯子一舉，大家一齊喝彩，「娜娜！娜娜！娜娜！」叫得那麼高，使得羣衆驚訝着往四下裏望，去找那匹母馬，也沒有一個人能說得清楚，估據着大家心思的，究竟是那匹馬呢，還是這個女人。

這裏正在這樣熱鬧的時候，那邊的米儂，也不顧露絲皺着眉頭不高興便匆匆忙忙走過來；這個討厭的女人簡直使他發瘋，他想吻一吻她。於是，他在她兩邊頰上都印上慈父般的親吻說。

「使我不安的，」他說，「是露絲一定會把那封信寄出去。她實在很生氣。」

「那更好！那倒也正替我幫個忙！」娜娜說。

不過，她看見他很驚奇的表情來，就趕快接着說。

「不，不，我說的是什麼話呀？眞的，我說的是些什麼話，我眞的連自己也弄不清楚了！我喝醉了。」

醉，她確是醉了，不過是快樂得醉了，是陽光把她晒醉了，她依然高高擧着杯子，替自己慶賀。

「給娜娜喝這杯！給娜娜喝這杯！」她說着，四周全是大笑與喝彩的狂囂，聲音越來越大，而且逐漸把整個跑馬場都罩住。

賽馬正在結束，現在又正賽「浮勃朗獎」。馬車一輛接着一輛地開始趕走。同時，在許多爭論的當中，范多夫的名字，又重新被人提起。現在情況十分淸楚：兩年以來，范多夫一直都在爲這最後的一注準備，因此他叫格雷汕姆把娜娜那匹母馬帶去賭的，而他自己却只把呂西提出，好把那匹馬帶得跑的快些。賭輸了的人們都在生氣，贏的人們却聳聳肩膀。難道這辦法是犯法的嗎？馬主隨意用什麼方法去賽他所豢養的馬匹，有絕對的自由。許多人也都像他這樣做過呢！事實上，大多數的人們，都認爲范多夫一定是費盡全力運用他的伎倆，在娜娜身上刮錢的，這種暗中的佈置，可以從娜娜的比數突然下降的事實上，解釋得出來。人們都談他在娜娜這匹馬上賭了四萬法郎，根據這個數目計算，假定是一比三十的話，他就足足贏了一百二十萬法郎，這個數目，大得足以引人尊敬，被人原諒一切。

但是另外還有一些謠言，正在傳播着；這些謠傳，最初是從稱重量圍墻裏發出來的，凡是從那裏走回來的男人，都能把詳細情形，說得個確確實實。這些話在外邊公開大聲談論起來。范多夫這個可憐的人現在可完了；他這一次平凡的愚蠢方法，可就把他自己灼耀的成功完全毀滅了，原來他暗中叫一個登記人馬瑞沙爾，爲他在呂西押輸的四萬法郎，好藉此把他公開賭跑的兩三萬法郎弄回來。這是一種卑劣的手段，這證明他全部財產整個的崩潰，已經露出最後的徵兆。他原是這樣警告那個登記人的，說這匹走紅運的馬不會贏，所以登記人可以在這匹馬上實賺六萬法郎。只因爲拉波得並沒有得到詳細的訓示，恰巧在那個時候跑到馬瑞沙爾那裏買去四千法郎的娜娜，那個登記人並不曉得是一種手段，所以依舊按一比五十賣給他。結果，馬瑞沙爾雖然在呂西身上贏了六萬，可是在那匹母馬身上又交出去十萬，結果反賠了四萬法郎。賽馬剛一完結，他看見伯爵和拉波得在圍墻前邊密談。他本是伯爵從前的一個車夫，不覺暴怒，而且一個人一經受騙，也就直爽得無情，於是在公衆面前，大鬧一場，把內幕整個暴露出來，每個人都發怒。傳言說，管理帳目的人們，馬上就要開會。

非力浦和喬治把事實全告訴了娜娜，只是並沒有停止大笑和喝酒。這件事是十分可能的；她想以前也有過這樣的事情，而且再看馬瑞沙爾那副神氣，下賤陰險。然而，一直到拉波得來到，她的心裏却還在懷疑。拉波得一出現，臉色蒼白。

「怎麼樣？」她小聲問。

「糟了！」他回答。

他聳聳肩膀。范多夫這個人，簡直是個小孩子！她做出不高興的面色。

當天晚上，娜娜在瑪碧葉跳舞會裏，非常成功。將近十點鐘的樣子，她一進門，人們就高呼。狂歡之夜，把一切年輕的和好玩的人，都吸引到來。這本是一個僕人們集會的大廳，設備粗劣，可是這羣上流社會的人們，竟肯在這種環境中跳舞。在交錯懸掛着的瓦斯燈下，大家擁擠作一堆，男人都穿着晚禮服，女人們穿的是低胸的舊式晚裝，男男女女都有醉意，來來去去。吵鬧一片，弄得樂隊裏的聲音都聽不到。所謂跳舞只是男女互相抱着在人堆中扭動。個個都想說些詼諧話，可是没有一個人說得眞正滑稽可笑。有七個女人，被人開玩笑關在衣物室裏，喊着要人放她們出去。有個人拾到一根多葱，就舉起來拍賣，結果以四十法郎賣出去。娜娜恰巧是這個時候到的。她還穿着她在跑馬場穿的那一身藍白服裝，於是拍買到那根多葱的人，就在喝彩聲中，把多葱獻給了她。大家也不管她願意不願意，一下子就都把她抓牢，結果還是三位紳士，把她帶走，穿過踏碎的綠草地，和綠樹，帶到花園裏去。經過音樂臺面前，音樂臺阻住她的去路，大家就把這堆阻礙物移開，造成一片混亂。

直到星期二，娜娜才平靜，恢復了日常生活。那天早晨，她正和勒拉太太談天。這位老太婆是來向她報告小路易的消息，說小路易叫那天的露天空氣給弄病了。目前有一些謠言，全巴黎人都在注意，她對於這謠言非常感到興趣。是說范多夫得到警告，永遠不准他再進馬場，而且在鬧這場亂子的當晚，就在皇家賽馬俱樂部公開佈告了；所以范多夫第二天早晨，就在馬廐裏放火，把自己連馬，全都燒死了。

「他早就告訴過我，說他要這樣做的，」娜娜說。「這個人是個瘋子！昨天晚上，他們把這個消息告訴我，可眞把我駭壞了！你總看得出來，他要是不死，總有一天晚上會把我謀害的。而且，他不把他哪匹馬能跑贏暗示我？他要是早透給我一點消息，我無論如何也可以發一筆財的呀！他跟拉波得說，如果讓我知道內情，我會馬上就通知我的理髮師，和所有別的男人。你看他多麼有禮貌，你說？我當然不能爲他的死太悲傷的。」

她想了一會，越想就越生氣。正在這個時候，拉波得走進來；他原是負責替她去下注，所以現在把贏的那四萬法郞也送過來。這一下她更火大，因爲她認爲她本來可以贏一百萬的。拉波得一直假裝絕對不知內幕。據他的意見，那些古老的家庭，本來早已崩潰，所以隨時都很容易一下子就完了。

「可不能這樣說！」娜娜說，「像他這樣把自己燒死在自己的馬廐裏，可不能說是傻。依我看，我倒覺得他這種收場很勇敢；不過，你要知道，我這話可不是替他和馬瑞沙爾那些謠言作辯護。你想白蘭居然厚着臉皮想把這事的錯處，全都放在我的身上！我就跟她說：『難道是我叫他去騙錢的嗎？』你難道以爲一個女人向一個男人要錢，就非得逼着他去犯罪不可嗎？如果他早對我說，『我一個錢也沒有了。』那我也早就會對他說，『好吧，咱們就分手。』那麼，事情也就不至於那麼糟。」

「這話一點也不錯，」姑媽說。「男人們既然在一件事情上非如此不可，那麼，無論有什麼結果，自然也都是活該的啦！」

「不過說到他這種悲慘的結局，他做得倒也漂亮得很！」娜娜說。「眞可怕，使人發抖！他把佣人都打發開，然後在馬廄裏用許多煤油把自己圍起來。冒起多大的火焰呀！你一定是看見了的！馬廄全是用木頭做的，裏面又全是芻草和麥稈！火一燃燒便透頂，那些馬却倒了楣。外邊都聽得見牠們在衝撞，身子往門上闖，大聲嘶叫。眞悲慘！」

拉波得吹着口哨，他不相信范多夫是死了。有些人看見他從窗口逃出去了。他把馬廄放起火來，那倒是確實的。這樣躭溺於女色，而且又是這樣窮極無聊的男人，不可能這樣英勇的死去。

娜娜，她想不出別的話來，就說，

「啊！這個可憐的壞蛋。」

12

娜娜和穆法伯爵躺在那張掛着鑲威尼斯花邊蚊帳的大床上，直躺到半夜一點鐘，還睜着眼睡不着。伯爵發了三天脾氣，終於在那天晚上又跑到娜娜那裏去。這間屋子裏，只有一盞昏昏的燈，全部彷彿都睡在愛情溫暖而潮濕的氣氛中，那些鑲銀飾的白漆傢具，也都朦朧隱約，消溶在昏茫裏。床上的帷幔已經拉攏，所以床整個在黑影中。過一會，聽見一聲嘆息；接着又是接吻聲打破了沉默，娜娜從被子裏溜出來，坐在床沿上，光着腿，坐了一會。伯爵的頭仰在枕頭上，呆在黑暗裏。

「親愛的，你相信慈祥的上帝，是不是？」她想了一會才問這句話。她的臉色嚴肅；她一離開她愛人的手臂，心裏就恐懼神。

事實是這樣：她從早晨就抱怨說自己覺着有點不舒服，她想到死與地獄，這些幻想雖然她自稱很傻，却使她痛苦。她有些晚上，和今天一樣，她時常因爲心裏恐懼和可怕的幻想，做出許多使她害怕的夢魘。她說，

「聽我說，你想我死後會下地獄嗎？」

她說完這句話，渾身打戰；伯爵聽她在這個時間問這些古怪的話，很是奇怪，自己也感到往日宗教的追悔，又回到心頭。隨後，她穿着那件溜到肩的內衣，披頭髮，把身子一撲，就又投到他的胸上，緊緊抱着他哭。

「我怕死！我怕死！」

他費很大力氣，才推開她。她本是因爲懼怕冥冥中的神才抓住他，所以他自己也害怕起來，這種恐懼是能傳染的，他對她說，她平日行爲完善所以不必害怕，只須好好珍重，將來能配受神的寬宥。可是她搖頭。她對誰也沒有損害過什麼的呀，這還用多說嗎；豈但如此，而且她還有一個永遠不變的習慣，總是把聖母的像章掛在胸前呢；她於是把雙乳之間一條紅帶子繫着的聖母，舉給他看。只是，不是有人說嗎，說凡是結婚的女人和男人通姦，就會下地獄的。她小的時候所讀的敎義問答書，片段的回到她的記憶裏來。咳！要是一個人準知道死後怎樣，多麼好；也從來沒有一個死人帶點消息回來；假定神父們整天所談的都是廢話，那麼又何苦拿種種事情來苦惱自己呢，那豈不是傻嗎。她依然很虔誠的吻吻那顆在身上貼得溫暖的聖母章，彷彿只有這樣才能驅邪，才可以避過她一想起就害怕的死亡。她到化粧室去，非要伯爵陪着她不可，因爲她一想自己一個人在那房間裏，就害怕，縱然把門開着，也會打戰。等到他躺下床去，她還在房間裏走來走去，把幾個角落都走去看一遍，只要有一點極輕微的聲音，她都會駭一跳，一面大鏡子使她停住脚步，於是她又像從前一樣，對她的裸體出神默想，忘了一切。不過，她一看見自己的乳房，自己的腰，和自己的大腿，恐怖却更增加起來，結果她用兩手，很慢地摸她的臉。

「死了後，可就醜啦，」她慢慢地對自己說。

她用手把自己的雙頰按下去，把眼睛睜得大大的，把下巴拉下去，想看看自己死後會變成什麼樣子。她就帶着這個醜臉，轉身向伯爵走去說，

「看一看！我死後頭會變得很小！」

他一聽這話，不高興起來。

「你瘋啦，快上床吧！」

他的幻想裏，宛如看見她躺在墳墓裏，經過百年的長眠，完全乾枯了一般，於是就合起手來，念了一段祈禱文。宗教的意識又把他征服了，所以這種宗教的力量，如今每天發作，一發作就弄得他神魂顛倒。他手指的骨節總是嗄嗄的響，同時也必然不停地說這幾個字，「我的上帝，我的上帝，我的上帝！」這是他的萎弱所發出的聲音，這是他準知道神一定會判罪，但又自覺無力去掙扎，所以才面對着自己的罪過所發的聲音。娜娜走回到床邊，發現他已經藏在被單底下；他的面色憔悴，指甲抓進胸口裏，兩眼向上瞪着，好像在尋找天堂似的。她一看見他這種樣子，就哭起來。隨後，兩人互相擁抱，兩個人的牙齒都抖得發響，他們自己也不知道為了什麼，他們曾經有過一次同樣的情形，不過今夜的情形可有點荒唐，等到娜娜不再害怕的時候，她自己也這樣說。她對這個心裏有點懷疑，於是問伯爵。是不是露絲已經把那封堂堂的情書寄給他了！他是否是王八，連自己也不知道。

穆法剛剛離去兩天，忽然在一天早上來了，他可從來不在這個時候來的。他的面色發青，眼

睛通紅，不過蘇愛沒有注意到他這種難看的情況。她跑過來叫道，

「哎喲，先生，趕快進來！太太昨天晚上差一點沒有死！」

她說，

「一件不能叫人相信的事，居然眞會有啦——是小產，先生。」

娜娜已經懷孕三個月，好久她總以爲自己是心情不佳，而布達萊爾醫生却有點懷疑。到後來，他才對她斷然說是有喜，她一聽就覺得很煩惱，極想把眞相隱瞞起來。她那些神經質的害怕，那些壞脾氣，她很怕羞，把這件事一直守着秘密，一個蕩婦做了母親是非瞞起來不可的。這件突然來臨的意外，叫她覺得荒唐，在她自己，覺得年輕了，這件事倘若傳出去，一定會引得大家笑她。

「這簡直是開玩笑？」她說。

她一想到她的末日來到，就要自己不貪圖肉慾。然而節慾的結果，使她驚奇；竟反而在不要孩子的時候，弄出一個孩子來。在賣笑生涯中竟要做個嚴肅的母親；在她把周圍男人們都個個收拾的中間，上天竟送給她一條性命——這使她生氣。人爲什麼不能由着自己的幻想來處理自己的事情不受這些麻煩呢？這個小生命是從哪裏來的呢？她連誰是父親都不知道。神呵！孩子的爸爸，如果把孩子領到自己手裏，一定會有個漂亮的想法的，因爲，沒有人會要這個孩子，誰都會覺得他礙眼，他這一輩子一定也一定不會幸福的！

蘇愛告訴穆法她的小產。

「將近四點鐘的樣子，小姐肚子疼，我就進去了，看見她暈倒在地上躺着，臥在一堆血泊裏，好像被人謀殺了的樣子。我就明白了。我很生氣；小姐早該把她這件事告訴我的呀。事情發生的時候，喬治先生正在這裏，他幫着我把她抬起來，說這是小產。」

這屋子裏，所有僕人，在樓上樓下，這間那間屋子裏亂跑。喬治在會客室的一把椅子上睡了一晚。在娜娜小姐下午照例接見朋友的時間，來看她的朋友，全是由喬治把這個消息告訴他們。他的臉色還蒼白得很，他把自己看見的經過，向大家敍說了一遍，士丹拿，黑多，菲力浦，還有別的男人都來了，聽完這孩子最後的一句話，都不禁叫出聲來。這件事不會可能吧！這一定是開玩笑！可是，他們隨後就都嚴肅起來，望着娜娜的臥房門。他們都搖搖頭：這可不是件可笑的事。

到半夜，還有一打紳士們站在壁爐前面，低聲在談。這些人都是朋友，所以個個都具有可能是這小孩的爸爸，很關心她的身體。他們似乎在互相原諒。然而，他們對於這件事，終於擺出厚臉皮來。這件事和他們是毫不相干的啊：這本來是她自己的過錯！這個娜娜可算是多麼了不起的一個女人，誰也絕想不到她居然會假裝小產！他們想到這裏，就一個接着一個地往外溜，都躡着脚尖走出去，彷彿這是一間死人的臥房，要大笑不好意思笑，所以不如走開。

「不要緊，你還是上樓去，先生，」蘇愛對穆法說。「小姐好得多了，她願意見你。我們正在等候醫生，他答應今天早晨來的。」

小姐的女僕早已勸喬治回家睡覺去了，所以樓上的小會客室裏，只賸下莎丹一個人。她伸脚躺在一張坐榻上，吸着香菸，眼睛望着天花板。她處在這場意外所引起的家人驚亂當中，氣得臉色蒼白，蘇愛走過她面前，告訴伯爵說可憐又可愛的小姐怎樣吃大苦頭的時候，莎丹却冷冷地說，

「好極啦；這可以給他一個教訓！」

他們兩個人轉過身子來，可是莎丹身上一動都沒有動；她的眼睛照舊望着天花板，那枝香菸啣在兩片紅唇當中。

「哎喲，你可眞有趣，你！」蘇愛說。

可是莎丹坐起來，望着伯爵，把她原來那句話，又向伯爵吼了一次。

「好極啦；這可以給他一個教訓！」

她說完又躺下去，嘴裏吹出薄薄一股煙，彷彿對於目前這些事情絲毫不感興趣，而且決心一點也不攪擾進去似的。這些事都太荒謬，眞的！

蘇愛把穆法帶進臥房去，裏邊伊太的氣味盪漾着，只有維里葉大街上偶然經過的車輛，才打破室內的寂靜。娜娜的臉色蒼白，躺在枕頭上醒着，出神的眼睛睜得大大的。她一看見伯爵，臉上就露出笑容，不過沒有動。

「啊，親愛的寶貝！」她慢慢地小聲說，「我眞以爲我永遠再也見不着你了。」

他彎下身去吻她的頭髮，她就對他溫柔起來，跟他坦白地談論這個孩子，彷彿他就是孩子的父親似的。

「我一直不敢告訴你，我一懷孕，就非常高興！啊，我本來總想生個孩子的啊；我很想能夠對得起你！可是現在什麼都丟了。不過，也好，這也許是更好些。我也不願意給你一輩子留下個絆脚石。」

他一聽見自己是個父親這些話，吃了一驚，就吃吃地說些含糊不清的話。他搬過一張椅子來，坐在床邊，一隻手靠在床上。這位少婦看出他的神情狂亂，血液把兩眼充得通紅，熱度使他的雙唇打戰。

「怎麼啦，這是？」她問。「你也病啦。」

「沒有，」他回答。

她看他。然後，看見蘇愛藉着收拾藥瓶子，一直流連未去，就向她作個手勢，叫她出去。蘇愛一出去，她就把他拉倒在自己的身上，問他，

「你是怎麼啦，親愛的？你淚眼汪汪的，這我可看得很清楚。好啦，現在說出來吧，你一定是要來告訴我一些事情的。」

「沒有什麼，沒有什麼，」他說。不過他痛苦得把話停住，他意料不到突然進來的這間病房，對他的感情會發生很大的作用，他突然發聲哭泣，把臉埋在床單裏，想把痛苦壓下去。娜娜明白了，一定是露絲把那封信寄給他了。她由他哭了一些時候。他渾身痙攣，抽動得很厲害，連床都震動起來。她問他，

「你家裏發生了困難吧？」

他點點頭。她又問，

「那麼你是什麼都知道了。」

他又點點頭。昨天夜裏，他從皇后的茶會回家，就收到他太太寫給她情人的那封信。他左思右想，想報仇的方法，痛苦了一夜，沒有睡着，所以一大清早就出來，想藉此壓下去殺他太太的念頭。他一走到外面，被六月的晴朗清晨裏的一陣軟風，驟然一吹，於是一夜的思路完全打斷。他向來一遇到痛苦，總是跑到娜娜這裏來；所以今天又到她這裏來了。他只有到這裏來才能把痛苦擺脫，他每次只要一想起她會安慰他，便感到一種怯懦的愉快。

「聽我的話，安靜下來！」娜娜說，同時，態度也很和藹。「這件事我老早就知道了，可是當然不能由我揭穿。你還記得，去年你疑心，那個時候，所以沒有出什麼事，全是因為我謹慎小心啊。事實上，你也沒有抓到什麼證據。今天你既然得到了證據，我知道這對你確是件痛苦的事。不過你可得平心靜氣來想想，你並不會為這件事就失去尊榮的。」

他不哭了。他雖然老早就把家庭中任何事情，向娜娜說，今天却被一陣恥辱的感覺，束縛得不能把要說的話說出來。弄得她不得不鼓起他的勇氣。哎喲，可別忘記她是個女人哪；女人能了解一切的。

「你在生病。叫你疲乏有什麼好處呢！我今天不該來。我要去——」

「不要，」她命令他。「留下！也許我可以給你出個主意。只不要叫我說太多話就好了；醫生禁止我說話。」

他本來已經站起來，於是在屋子裏走來走去。她又接着問他，

「你現在想怎麼辦？」

「我要去打那個男人耳光，我一定這樣辦！」

她撅起嘴唇來不贊成。

「那可不聰明。你的太太，你可又怎麼辦呢？」

「我去訴諸法律，我有眞憑實據。」

「一點也不聰明，親愛的孩子。這甚至於可以說是愚蠢。你知道我絕不能讓你這樣做的！」

她於是用虛弱的聲音，向他解說去決鬪去訴訟多麼無用，只會宣揚出去，弄到全巴黎都知道他是個王八。他的平靜生活，他在宮廷裏的崇高地位，和他姓氏門第的榮譽，都會損害，可是這一切又爲的是什麼呢？那也只能叫旁邊看的人笑話。

「那又有什麼關係？」他叫。「我非得報仇不可。」

「我的寶貝，」她說，「像這類的事情，除非當場捉住是永遠也報不了仇的。」

他的話停住，張口結舌。他當然不是個膽小鬼，不過覺得她的話很對。他心裏不安的感覺，一陣比一陣加强，這一種羞恥之感，把他目前的熊火，竟和緩下去。不但如此，她直率得想把一切都告訴他。

「你想不想知道叫你這麼苦惱的原因是什麼呢，親愛的？那就是你自己也對不起你的太太呀。你總不是無緣無故不在家裏睡覺吧，喂？你的太太自然會起疑心的。好啦，那麼，你又怎麼能

責備她呢？她會對你說這都是照着你的榜樣做的，這不就把你弄得啞口無言嗎？所以，聽我說，你所以跑到我這裏四下亂蹤脚，而不在家裏把他們兩個人都殺死，也就是這個緣故了。」

穆法又坐到椅子上；他被這些家務問題打擊得心神昏亂。她停住話，喘喘氣，又接着小聲說，

「哎喲，我一點力氣都沒有啦！趕快扶我坐起來一點。我一直往下溜，我的頭太低了。」

他幫她坐高一點之後，她嘆了一口氣，覺得舒服多了。然後，離婚案子是多麼好看的一場熱鬧啊！他難道想像不出伯爵夫人的律師會用有關娜娜的辯詞來引起全巴黎人的興趣嗎？那樣一來，什麼事都會揭穿的，她在萬象戲院的慘敗，她的房子，她的生活方式，全會宣揚出去的。啊，那可千萬不能夠！那麼些宣傳，她一點也願意。她却只希望他幸福，她把他拉倒在自己身上，伸出一隻手臂去，抱住他的頸子，然後，在枕頭邊上，把他的臉緊緊貼在自己的臉上。她這樣輕輕細語說，

「聽着，寶貝，你得跟你太太和好。」

可是他對這個主意表示反對。這絕對辦不到！光是這種想法，就叫他受不了的：這太可恥了。然而，她一直堅持着。

「你得去跟你太太和好。聽見沒有，你總不願意聽見全世界都說是我把你從家裏勾引出來的吧？那我的名聲可就太下賤了！人們會怎樣想我呢？我只要你發誓永遠愛我就夠了，因爲你當初和別的女人在一道的時候——」

眼淚窒息了她的發音，他連連用柔吻攔住她的話，說，

「你錯亂啦，這不可能！」

「一定要這樣辦，」她回答，「你必須這樣辦。我是明白事理的。說來說去，她總是你的太太，那總不會像你隨便碰上個什麼女人就騙我的。」

她又接着說下去，給他聰明的建議。她談到上帝，說得伯爵覺得是在靜聽維諾那位老先生在訓誡他逃不出罪過的掌握。不過娜娜可沒有說要和他完全斷絕關係：她只勸他要像個受人尊敬的老頭子保留寬恕本性；她又對他建議，叫他把愛平分給太太和情婦，好叫大家都能享受平靜幸福的生活，沒有煩惱，纔能實際上在一生不可避免的痛苦中，得到一點幸福。他們的生活也絕不會因此而有什麼改變，他依然是她心上的情人。他只不要時常來和她睡，讓些晚上給伯爵夫人就夠了。」

「你如果這樣做，我會覺着自己做了一件好事，你也會因此而更愛我。」

沒有人說話。她把眼睛閉上，躺在枕頭上，臉色蒼白。伯爵耐心等著，爲了聽從她的話，不願意叫她說話太多而疲倦。整整一分鐘以後，她才又睜開眼睛說，

「還有呢，錢又怎麼辦呢？如果你一發脾氣就去起訴，你從哪裏去弄這筆錢呢？昨天拉包爾波特還來催那筆借款呢。至於我呢，我已經什麼都沒啦，現在就沒有一件衣服可穿啦。」

說完，她又把眼睛閉上，樣子像個死人。目前這個打擊，使他把正不知道如何解決的金錢困難忘記。那十萬法郎的期票，他雖則正式答應過幾次照還，可是延期一次之後，又過了許久，拉

波得假裝叫這件事弄得很可憐的樣子，埋怨佛蘭西斯，說從今以後可再也不爲借款的事情和一個沒有受過教育的人打交道了。這筆款子是非還不可的，伯爵不能叫人家拿着他的簽字向他討債。

這時，除了娜娜各種過多的需求以外，伯爵家庭中的開支，也使得他不能應付。他們從豐黛特囘來以後，伯爵夫人忽然喜好豪華的享受，把他們的家產都給花掉。她這種任性揮霍的情形，大家談論批評。他們家庭佈置，全部修改過，米羅眉斯尼勒街上那座舊宅，大大改造，就花去五十萬法郎。此外，做華麗的新衣服，所以許多錢，都浪費掉，或者是送給別人了，她連計算一下都沒有。關於這一點，穆法兩次向她問，他急想知道這些錢都是怎樣花出去的；可是他每次問，她總是笑容滿面看他，使他不敢問下去，他之所以聽從娜娜的話，答應達格奈作他的女壻，也是因爲希望可以把嫁粧減到二十萬法郎，又可以和達格奈訂立其他條件；達格奈能得到這門出乎意外的親事，已經滿心喜歡，所以不再多計較什麼；這也等於娜娜送給伯爵一份禮物。

然而上星期，伯爵爲了必須給拉波得去籌那十萬法郎，偶然想到只有一個辦法才可渡過難關，不過這個方法，他不敢實行。辦法是：伯爵夫人的伯伯，最近遺給她一座偉麗的房產，地點在飽爾德，價值五百萬。不過，根據遺囑上的條件，伯爵要想出賣，必須有她的親筆簽字，如果她本人要出賣的話，不得到伯爵的許可也是不能轉讓的。前幾天，他迫不得已，就決定向他太太提出要她簽字的話。現在什麼都完了；到了這種地步，要他這樣和她去妥協，他本來忍受不了。他這樣一想，心裏那種妻子與人通姦的可恥之上，更增添一層痛苦。他充分明白娜娜所要的是什麼，因爲，自從他開始把秘密都告訴娜娜以後，他在想要求伯爵夫人簽字所遭遇的困難，也全部向娜娜說。

可是娜娜似乎並不堅持。她沒有再睜開眼睛；伯爵看見她臉色這麼蒼白，駭了一跳，趕快拿伊太叫她嗅一點。她嘆了一口氣，就又問他幾個問題，可是並沒有說出達格奈的名字。

「什麼時候舉行婚禮？」

「我們在五天以後的星期二簽字，」他回答。

她依然閉着眼睛彷彿是從她腦海的黑暗處與寂靜處在說話一樣，又說，

「那麼，好啦，寶貝，好好的辦你應辦的事去吧。至於我呢，我是希望所有朋友都幸福的。」

他拉過她的手來撫慰她。對的，他應當好好去辦這件事；現在對她最重要的是休息。這間溫暖得令人欲睡的病房，再加上伊太味道，把他催眠得竟只渴望幸福與和平了，所以他剛才內心那種反抗想法，全沒有了。他靠在溫暖的床邊，偎在病婦的身旁，受了她發燒的熱度影響，又再回憶以往的快活時光，就把以前因爲遭受不如意而發狂的男子氣概，全部丟棄。他彎腰伏在她的身上，緊緊抱着她吻；她的神色上雖則一點也沒有變，可是唇上已經露出勝利的微笑。布達萊爾醫生忽然走進來。

「怎樣，可愛的孩子好一點嗎？」醫生用親切的口氣對穆法說，拿他當她的丈夫。「見鬼的，怎麼竟叫她說話啦！」

醫生年紀還輕，長得很好看，他在女人裏的生意極好，他的性情又溫柔，和「交際花」們總

是以最友誼的態度笑笑鬧鬧的，可是對這些人也止於說說笑話，他診費很公平只要她們準期付款，常常去拜望她們。因為怕死總在發抖的娜娜，一個星期總要派人去請他來兩三次，連幼兒似的一點小病，也都焦急着告訴他。他一邊看着，一邊說些開心的閒話，和頭腦簡單的故事。女人們都很喜歡他。不過這一次的毛病可不小。

穆法退出去。他看見他可憐的娜娜如此虛弱，現在對她只存着一個溫存的感情。他剛要走出去，她用手勢把他叫回來，把上額送給他吻。她開玩笑，小聲說，

「記住我叫你去做的事。回到你太太那裏去，不然我要生氣，咱們就完啦！」

伯爵夫人一直急於在星期二給女兒簽訂婚約，好把這座剛剛重新改過，連油漆幾乎都還未乾的房子，重新開放，舉行一個盛大的宴會。各方面的親朋，一共發出五百份請柬。吉期那天早上，室內裝飾商們還在趕着釘帷幔，直到晚間九點左右，水晶掛燈就要點起的時分，建築師，由急切的伯爵夫人陪着，到處查看。

這是巴黎最盛大的夏季宴會。六月的夜晚，天氣暖和，所以大客廳那兩道門都打開，把室內跳舞的地方，擴展到花園裏的路上。最先到的客人，由站在門口的伯爵和伯爵夫人迎接之後，一進門便眼花撩亂。只要回想一下從前這座客廳是什麼樣子；從前伯爵夫人那種冰冷的樣子，也會從你心頭晃掠過；那間古老的屋子裏，擺着第一帝國花樣的笨重桃花心木傢具，懸着黃絲絨的帷幔，生霉的屋頂上，天花板也浸透了潮氣，充滿了宗教肅穆的空氣。而現在呢，從前廳一進門處，金飾的油彩細工，就在高高七星燈臺的光明下，閃耀得光亮，大理石的樓梯上，展開一道雕鏤

精細的欄杆。客廳內部也極其華麗，掛的是意大利熱諾亞絲絨幔，天花板上蒙着大畫家布置的一幅裝飾壁畫，這是建築師花十萬法郎從當披葉爾古堡買到的。水晶掛燈和厚玻璃裝飾品，把各面鏡子和珍貴的傢具，照成一片豪華的景象。夫人的那把長椅子，就是那把孤零零的紅絲綢椅子，當初它那柔柔的輪廓，在古老的傢具中，對照得那麼清楚，而如今却彷彿把它的柔靡範圍擴大，伸展出去把整個這座大房子都改了舊觀，使滿房子裏都充滿着肉慾的安逸與極度享樂的意味。

大家已經在跳舞。音樂隊在花園裏，在一道打開的窗子前邊，正奏着一段華爾玆圓舞曲，那種輕鬆柔膩的節奏，藉着陣陣吹入的夜風，輕輕送進屋子裏來。花園點着紗燈，好像通到很遠很遠，一直浸沐到透明的黑影地裏去；綠草地的邊緣上，紮着一座紫色帳篷，底下擺着一張點心飲料的桌子。這段華爾玆音樂，不是別的，正是「金髮愛神」戲裏那段風行得出奇的調子，調子裏帶着調笑，帶着下流的活潑輕快。調子的響亮音樂，穿透這所古老的房子，沿着牆壁送出。這宛如一道肉慾之風，從外邊街上吹過來，把消逝了的時代的殘餘，從這座古老驕傲的住宅裏，掃蕩出去，把穆法家庭的以往生活，和高高天花板下所長久睡眠着的尊榮與宗教信仰的時代，一齊吹走了。

這同時，伯爵母親的一般老朋友們，依然坐在她們的老地方，坐在火爐附近。她們都覺得不舒服。她們都頭暈目眩，她們在慢慢侵襲過來的人羣中，自己形成一個小組。杜．雍古娃夫人是從飯廳裏進來的，進來一看，無論哪一間屋子，她都不認得了。尙特羅夫人滿臉發傻的神氣，直望着花園，漂亮得叫她吃驚。這個角落裏，馬上就浮起一片低語之聲，幾個老太婆發出各種刻薄的反響論調。

「聽我說，」尙特羅夫人低聲說，「就請揣測一下，這位伯爵夫人是否又還了俗啦。嘿，你們看她雜在這麼一大堆人裏進來的神氣！這裏又到處都是輝煌的裝飾，到處都是高聲喧嘷！這簡直敗壞名聲呀！」

「她眞是瘋啦，」杜·雍古娃夫人回答。「你剛才看見她在門口那種樣子嗎？再看看，就從此地也還望得到她一眼；她把所有的鑽石都戴上啦。」

她們站起來，想遠遠望望伯爵夫人。夫人穿着一件白長衫，鑲着極漂亮的英國花邊。她洋洋自得於自己的美麗，她看起來比以前年輕得多，也快活得多了，在她不停的笑容裏，還渲染着一點點輕微的醉意。穆法站在她的旁邊，相形之下顯着更加老了，也更蒼白了，不過他也照着他那種安詳而高貴的態度，在微笑着。

「請想一想，當初他是多麼嚴厲的一家之主，」尙特羅夫人接着說，「從前，要是他不准許，就連一個敗壞的種子也進不來的！可是，咳，如今叫她全給改變啦；現在這成了她的家啦。你們還記得她從前死不願意修理這間客廳嗎？如今她却把整座房子都修改了。」

這兩位夫人忽然不說下去，因爲撒賽夫人正進來，後邊跟着一大隊青年男人。她歡喜得發狂，一連串發着小驚嘆在讚美這次的修裝。

「嘿，妙極啦，完美極啦！多麼高的口味！」她向着身後的追隨者們叫。

「你們看，不是嗎？這個老地方，只要着手一修理，就沒有地方能比得上的了。這些屋子變得叫人眼都發花啦！這簡直是富麗的十七世紀式樣呀。喂，這樣嚟，她倒是可以招待招待朋友了。」

這位老太太坐下去，開始談起這門親事；這是叫很多人都吃驚的事。愛絲黛爾正走過她們身旁。她穿着一件品紅色的綢衫，和從前一樣的蒼白，平板，沉默，依然是她那副處女的神氣。她對達格奈這門婚姻，一句話也沒有說；現在既不顯得喜歡，也沒有露出悲哀，就和以往每次冬天夜晚向火爐裏加木柴的時候一樣，依然是那麼冷冰冰的，依然是那麼蒼白。今天的宴會，全是爲她，可是這些燭光，這些鮮花，這些音樂，就一點也不曾打動她。

「這個浪子眞僥倖，什麼出身！」杜・雍古娃夫人說，「就說我個人吧，我可從來沒有看見過這個人。」

「看，他來啦，」尙特羅夫人耳語。

達格奈一眼望見胡貢夫人和她的兩個兒子進來，急於想去扶她。他對她笑着，出自肺腑的情意深重，彷彿他這次突然的交好運，都虧她幫助似的。

「謝謝，」她說着坐在壁爐附近。「你看這還是我的好地方。」

「你認識他嗎？」達格奈走後，杜・雍古娃夫人問。

「我當然認識，這是個可愛的青年。喬治很喜歡他。他出身貴族。」

這位好好老太太看大家雖然不說話，可是無言中明明是不贊成她的意見，於是又替他辯護。說他父親當年很受路易・菲力浦王的重視，當過市長，死在任上。他這個兒子也許有一點放蕩亂花錢；大家都說他敗了家；不過無論如何，他妹妹裏邊有一個是個大地主，一定會把財產都留給他的。其餘的老太太聽了都搖頭，胡貢夫人自已也覺得有點窘，又談囘到他那高貴的家庭。她非常疲乏，抱怨她那兩隻脚。她在利什留街上那座房子裏住了幾個月，據她說，要親自料理許多事情，忙得不得了。她慈母笑容的臉上，罩着一道憂愁的神氣。

一陣華麗的音樂。四組跳舞將要開始，客人都湧到會客廳的牆邊，好給當中空出地方來。許多漂亮的女人，混在男人黑色晚禮服中間，倏忽掠過，極亮的燈光把珠寶照得閃亮，白色的翎毛在顫動，閃耀着，盛開着百合和玫瑰。天氣已經很暖了，在樂隊奏着輕快調子的時候，女人們露出雪白手臂，從摺縐了的綢緞衣服和輕紗網裏面放出一股沁入人心的香味來。從一道道敞開的門口望過去，坐在鄰室的背景上，坐着一排一排女人，她們臉上都露着笑容，眼睛都發着光亮，輕輕搖着扇子。客人們依然繼續到來，有一個聽差站在門口宣佈着他們的姓名；紳士們一進門都向前走上幾步，走到周圍一堆一堆的客人裏邊，努力去爲女人們找地方；女人挽着男人手臂，把身子伸向前面，去尋找哪裏有空座位。房子裏人越來越多，帶鋼圈的寬裙子都擠塞在一起，輕輕發着玎璫聲音。有些角落上，結子，花球，和帶子，混成一堆，完全把路堵住，其餘的女人們，就站在那裏等候，很客氣地在禮讓着，不慌不忙，照樣端莊大方，彷彿她們生來就是慣於參加這種令人擁擠的目眩的舞會似的。同時，花園裏，喜歡逃出這間大客廳裏閉塞空氣的一對對男女，沿着綠草地邊緣，在威尼斯紗燈的玫瑰色光線下，走來走去，隨着四組舞曲的節奏在擺動。舞曲從樹後邊發出來，聽上去又甜蜜，又像很遼遠。

福卡蒙和黑多，正在小帳篷前喝香檳酒，士丹拿剛剛遇到他們。

「這簡直漂亮得討厭，」黑多把這座鍍金槍柄支着的紫帳篷端詳一陣說。「這叫你覺得是在一個豔麗得俗氣的市集裏。」

這些日子以來，他一直用嘲弄一切的腔調，瞧不起一切人，所以如今發覺沒有一件可以叫他認爲有價值的東西。

「可憐的范多夫，要是他活着的話，叫他來看看，他一定會吃一驚的，」福卡蒙低聲說。「你們還記得吧，他在那個馬廐裏，對着那把火，不說別的，光是寂寞也足夠把他寂寞死的。哎，這可不是開玩笑。」

「范多夫，不要再談他了。他是個窮途末路的人！」黑多帶着瞧不起的心情回答。「他實在是騙了他自己，如果他以爲說自己幸福的假話，就能叫我們相信，那才是騙他自己呢！這件事沒有人再提起啦。一筆勾銷，完了，這就是范多夫的情形！這杯酒祝下一個人的康健吧！」

然後，在士丹拿遇見他和他握手的時候，他說，

「娜娜剛到，你知道。她這一進門可眞大方！比什麼都堂皇！最先，她吻了伯爵夫人。然後，等到小孩子們走過來，她向他們祝福，又對達格奈說，『聽着，保羅，假如你今後再去追逐別的女孩子們，你可得小心，我要叫你受到應得的處罰的。』什麼，你們的意思是說沒有看見？嘿，才眞是漂亮呢！也可以說，很成功！」

那兩個人在聽他講，最後忍不住大笑出來。

「你們懷疑，以爲這不是眞的嗎，喂？混蛋，這門親事是娜娜一手造成的呀，無論如何，她總算是穆法家的人呀。」

胡貢兄弟正經過，菲力浦叫他別再說下去。他們於是就站在男人的立場上閒談起這門親事來。喬治生氣黑多，認爲他不該編造一段故事來。當然，娜娜確是把一個舊情人，送給穆法作了女婿；只是，要說她到昨天還和達格奈同床睡，那可不是眞事。福卡蒙聳聳肩，有誰能知道，娜娜準在什麼時候跟什麼人睡呢？這一句話可把喬治激惱，答了一句「我可以，先生，」弄得大家都哈哈大笑。總而言之，正像士丹拿所說的，這件事簡直是亂七八糟！

飲食帳篷裏，逐漸來了許多客人，他們給新進來的人讓出地方，可是自己幾個還聚在一起。黑多厚着臉皮盯着女人們看，彷彿他自信準能引起女人的注意。他們圍着花園繞過一圈，出其不意地發現維諾先生在和達格奈密談，他們一看，馬上就講起玩笑來，講得很開心。他一定是在教導達格奈他怎樣過新婚之夜的！他們馬上走到會客廳的一道門前。一段波爾卡舞曲，叫門裏的男女，來來去去地旋轉着；跳得使他們身後四處仍在站着的男人，都興奮起來。從外邊吹來的微風，吹得小燈火閃耀跳動着。在跳舞的歡樂中，衣服隨着鼓聲鼕鼕的節奏飄蕩着，每次一飄過，就起一陣小風，把水晶燈所流下來的燦爛熱氣，吹下去。

「他們在那裏不覺得冷啊！」黑多說。

他們從花園那些神秘的黑影子裏冒出來，向室內望了一眼。隨後，他們相互指着蘇亞侯爵，看見他站在一邊，高高身材，聳立在周圍那些女人赤裸肩膀之上。他的臉色蒼白嚴肅，他那滿頭像王冕的白髮下，擺出一副卓越尊貴的表情。他怕穆法伯爵的行爲玷汚他的名聲，早就和他公開斷絕一切來往，永遠不到這座房子裏來。這天晚上，他所以光臨，還是因爲他外孫女的請求。不過他不贊成愛絲黛爾這門親事，他一直反對這件事，認爲統治階級不該這樣屈就現代的墮落作風，對下層階級作可恥的讓步，而叫自己的階級解體。

「咳，這是一切的末路了，」杜·雍古娃夫人向坐在壁爐旁的尙特羅夫人耳邊小聲說。「都是那個壞女人把這個不幸的男人魔住的緣故。想一想，這個心靈高貴的紳士，我們當初都曉得他是多麼信仰上帝的！」

「看來他是把自己的家財全敗光了，」尙特羅夫人接着說。「我丈夫手裏有他一張借據。目前他就住在那邊維里葉路上；全巴黎都在談論這件事。我的天哪！我倒不是替他太太說話，不過你也得承認這是他給她造成那些無窮的抱怨的原因，而且，哎喲，如果說她也這麼把錢往窗子外面扔的話，那——」

「她不但是扔錢哪，」杜·雍古娃夫人插嘴。「實際上，我就不知道他們兩個人要鬧到什麼地步才算；他們一定會弄到不可收拾的，親愛的。」

正在這個時候，一個柔軟的聲音打斷她們的話。這原來是維諾先生，他早已走過來坐在她們身後，好像急於躲開大家，不讓人看見似的。他彎下身來小聲說

「爲什麼失望呢？到一切都似乎無望的時候，上帝自然會安排的。」

這個家庭是他曾經支配過的，如今的敗落，也是他的這種心平氣和的態度所助長成的。他自

從住在豐黛特以來，就一直任由着伯爵這種瘋病發展下去，因爲他自己知道得很清楚，他是無能爲力的。實際上，他也就不得不默許一切發展下來的局勢——伯爵對娜娜的狂熱，花車利的闖入，甚至愛絲黛爾和達格奈的婚姻。可是這些事又有什麼關係呢？他說一切得聽天由命，因爲他心裏懷着一種希望，希望能像支配這對分裂的夫婦一樣，再去支配年輕的達格奈，他知道一個人在胡鬧以後，會轉變的。上天總會勝利的。

「我們這個朋友，」他小聲說，「總是受最富宗教信仰的情感激動着的。關於這點，他給我一些最可愛的證明。」

「那麼，」杜・雍古娃夫人說，「他第一就應該跟他太太和好。」

「毫無疑問。言歸於好，很快就會實現，目前我覺得很有希望。」

這兩位老太太，就又他問。

可是他越說越謙虛。「這，」他說，「得由神去安排。」他所以急於想把伯爵和伯爵夫人重新拉在一起，完全是爲避免公開鬧笑話，因爲，「人們只要儘量尊重並維持現有社會制度，宗教方面是可以默許許多過錯的。」

「說實話，」杜・雍古娃夫人又說，「你早應當阻止他和這個流浪人結婚的。」

這位短小的老紳士，臉上浮出一道深爲奇怪的表情。

「你弄錯了。達格奈是個有優點的青年。我清楚他的思想；他急於改過自新，把他青年所犯的錯處止住，愛絲黛爾會把他重新領回到美德的路子上的，這一點請你們放心好了。」

「哦，憑愛絲黛爾嗎！」尙特羅夫人藐視地小聲說，「我只相信這個可愛的小東西，是什麼意志都沒有的；她太不足道啦！」

這個意見使得維諾先生微笑。然而，他並不進一步去解釋這個年輕的新娘子是怎樣的人，只閉上眼睛，彷彿避免顯出他對這件事再進一步關心似的。他坐在那些女人後面，在自己的角落上，重新又落在夢裏邊去。胡貢夫人雖然疲乏，他們的談話她都聽到了，蘇亞侯爵正向她鞠躬，她就說，照她的想法，向他發表意見，

「這些夫人們太嚴厲。我們每個人的生活都太苦了！我的朋友，我們如果想叫自己配受別人原諒，就應該多多原諒別人。」

侯爵最怕諷示，聽了這話，顯得很窘了。不過一看這位太太的笑容不太好看，就趕快立刻恢復常態，說，

「不然；有些過錯，我們是絕不能原諒的。社會之所以敗落，全是這種原諒精神所造成的。」

跳舞跳得更起勁。另外一支四組舞曲，給會客廳的地板上送來一片輕輕蕩漾的轉動，好像這座古老的住宅，被跳舞的衝動所震撼了一般。在模模糊糊的人頭混亂裏，時時閃出一個女人的面孔，她每次隨着舞曲轉旋轉過去，水晶燈一射在她雪白皮膚上的時候，就把這張閃亮眼睛張着嘴唇的白臉，照得特別顯眼。杜·雍古娃夫人說這種訂婚方法完全是胡鬧。把四百個人擠在連兩百個都裝不下的一間屋子裏，簡直是發瘋。與其這樣，爲什麼不到卡魯塞爾廣場上去訂婚呢？這都

是新風氣的結果，據尙特羅夫人說，在從前像這樣莊重的儀式，都是在家庭近親之間擧行，不請外人的；可是如今總要請亂哄哄的一大堆人，連街上過路的人們，也可以隨便進來，而且必須要擠得水洩不通，不然就認爲這一晚太冷清！如今的人們總要誇揚自己的豪華，像他們所正談到的這種不合法的辦法，日後把家庭生活玷汚，豈不是自然的結果？這些夫人們抱怨說，到場的客人們，她們所能認識的，連五十個都不到。這羣人都是哪裏走出來的呢？短頸子的年輕小姐，都坦露出大部份來。還有一個人，在髮髻上揷着一把金匕首，身上又穿着一件繡着很厚珠子的緊上衣，看上去活像一件盔甲。大家的眼睛接着又微笑着去看另外一個女人，她那件緊小的裙子太特別了。去年冬天所有盛行的豪華派頭人物，全在這裏出現，只要是享樂圈子裏的人，就毫不選擇，無論什麼人，只要經過一次介紹，女主人就把他們請到這裏，客人於是便成了烏合之衆。而實際上，在這種場合裏，無論是姓氏偉大的人物，無論是聲名狼藉的人物，都被同一享樂慾望所驅使，擠在一起。熱氣增加，每間屋子裏，都擁塞得過份，四組舞曲一起，大家依然跳着，這叫屋子裏的人們，顯得多麼有涵養，跳得多麼有韻律。

「很漂亮——這位伯爵夫人！」黑多站在花園門口，接着說。「她比她女兒還顯得小十歲。我想起來啦，福卡蒙，有一個問題，得請你回答。范多夫說她屁股上沒有肉。」

這種開玩笑的話，把福卡蒙這位紳士招惱了，他只說，

「去問你的表兄去，親愛的孩子。他來了。」

「他這個想法很對！」黑多叫起來。「我打二百法郎的，賭她的屁股上確實是沒有肉。」

花車利確正走過來。他是時常到這裏來往的人，所以繞彎從飯廳進來，免得在堵塞住的那些門口擁擠。去年初冬，露絲又把他釣上手，如今他周旋在女戲子與伯爵夫人之間，把他周旋得精疲力竭，不知道怎樣才可以擺脫開一個。夫人是滿足他的虛榮心的，不過露絲比伯爵夫人更有味道。露絲的熱情是眞的：她對他的恩情，竟像夫妻那樣忠實，弄得連米儂都絕望了。

「我們要知道的事情，」黑多抓住他表兄的手臂說。「你看見那個穿白綢子的小姐了嗎？」他自從得到那筆遺產，態度就傲慢不遜起來，尤其喜歡嘲弄花車利，因爲他心裏懷着舊怨，當年他剛從鄉下出來，受過他一頓奚落，總在想報復。

「是的，就是那個穿帶花邊衣裳的女人。」

新聞記者伸長頸子來看，他還沒有明白他是什麼意思。

「是伯爵夫人嗎？」他說。

「一點也不錯，我的好朋友。現在請告訴我們她屁股上有肉嗎？」

他說完大笑，覺得他當年問他伯爵夫人是否同什麼男人睡過，被他罵了一頓，如今居然能當面回報他心裏十分高興。可是花車利一點也不奇怪。

「滾開，你這混蛋！」他聳聳肩說。

他隨後和其他紳士們一一握手；黑多很是沒趣。這些男人們閒談着。自從上次賽馬以來，那位銀行家和福卡蒙也都成了維里葉路的座上客。娜娜的病好了，伯爵每晚都去問問她怎樣。花車利雖然聽着他們談話，心裏却想着別的；因爲露絲在那天早晨和他吵架，承認把他那封情書寄了出去。他很可以到他那個偉大的夫人家裏去呵：他會好好受一頓招待的！他經過很久的遲疑，終於來了，這只是出於一點勇氣。可是黑多那愚蠢的玩笑，把他弄得心慌意亂。

「怎麼啦？」菲力浦問。「你好像有心事。」

「一點也沒有。我剛剛在工作，所以來遲了。」

他冷冷地說，

「雖然來晚，可我還沒有去向我們的主人問好呢。」

他轉身向黑多說，

「是不是，你這混蛋？」

說完，他就在人羣中擠過去。僕人不再宣佈來客的姓名了，可是伯爵和伯爵夫人，被剛剛進來的太太們絆住，依然在靠近門口處談話。他走到他們的面前。這邊這幾位紳士仍舊站在花園裏，想看看這場熱鬧。他們一定會談到娜娜的。

「伯爵沒有看見他，」喬治偷偷說。「他轉過身來啦。」

樂隊又奏起「金髮愛神」裏的華爾玆曲。花車利先向伯爵夫人鞠躬，她依然保持着狂喜的微笑。他動也不動地站了一會兒，很鎮靜地站在伯爵的背後，等着他轉過身來。那天晚上，伯爵的舉止很大方：他把頭抬得高高的，擺出貴官大人的派頭。等到最後他把視線向着新聞記者，兩人彼此望了幾秒鐘。花車利先伸出手去，穆法也伸出手。他們兩隻手握在一起，握住不放，伯爵夫人站在他們面前，在微笑，這時，華爾玆舞在奏。

「這件事倒很順利呀！」士丹拿說。

「他們的手難道膠住了嗎？」福卡蒙問，覺得他們握得這麼久。花車利想起那天的事，使他蒼白的頰上，微微緋紅，他心靈的眼睛，還看得見當日在那間浸在淡綠黃昏光線中充滿灰塵古董的道具室裏的情形，穆法在那間屋子裏，手裏拿着一只鷄蛋杯子，很聰明地閃避他的嫌疑。可是目前穆法不再避諱嫌疑了，花車利的恐懼減輕，他看見伯爵夫人那種坦白的愉快神情，心裏很想笑出來。他覺得這局面很滑稽。

「啊哈，她終於也來啦！」黑多叫起來。「你們看見娜娜從那邊進來嗎？」

「不要說話，你這混蛋！」非力浦說。

「不過我告訴你，那確是娜娜！這段華爾玆是爲她來到才奏的，她正進門。她幫忙他們夫婦言歸於好，這個魔鬼，她居然眞這樣幹！什麼？你們沒有看見她！她把這三個人都抓在自己心上，我的表哥花車利，我的表姊夫人，還有她的丈夫；她還把他們個個叫作她的親愛的小貓呢。」

愛絲黛爾走過去，花車利向她恭喜。她穿着一件玫瑰色的衣服，僵直地站在那裏，露着孩子般的驚奇神氣，望着他看，時時去看她父母一會。達格奈也和新聞記者握手。他們形成笑容滿面的一小組，維諾先生走到他們身後。他看着他們，心中覺得很高興。

華爾玆曲依舊奏着搖蕩、大笑、和淫慾的拍子；很像享樂生活連續發出的一種尖聲，有如高潮在敲打着這座古老的房子。樂隊裏的小笛子，吹出更高的聲音；小提琴送出更徐緩的音調。在那些熱諾亞絲絨帷幔，那些金飾，和那些油彩的當中，水晶吊燈射出一道陽光似的火光。人羣，被四周的鏡子一照，更顯得加多，人聲越來越高，就彷彿又增加不少人的樣子。在會客廳內舞着的一對對男女，臂環着腰，依然在許多坐着的太太們微笑中間，更使地板震動。花園裏，威尼斯紗燈射下一片火紅的光亮，火焰的反光，投到遠遠路上，把那些在尋求呼吸新鮮空氣的人們，照亮。燈光的紅火，似乎預兆着一道最後的大火，會把古老尊榮的纖維，四面八方燒起，燒碎。從前在一個四月的晚上，花車利從玻璃破碎聲音裏所聽到的那個愉快的聲音，它那個早期開頭，一點一點地發展起來，發展得越來越狂野，一直竟發展成爲今天這個盛大宴會。陋巷裏，醉鬼們的墮落家庭，是被凄慘的窮苦和沒有飯吃才滅絕的。而這裏呢，使一個古老的門第，連同積蓄下來的財富，都忽然燃燒成爲餘燼的，却是華爾兹調子在響着喪鐘，而，雖然看不見，娜娜却把她柔軟的四肢，伸在跳舞者們的頭頂上，把敗壞的種子送進他們的階級裏去，用她呼出的酵母，和這音樂調子，浸透這空間。

在慶祝結婚的第二天晚上穆法進他太太的房裏。他過去兩年都沒有進來過。最初伯爵夫人極其驚異，她往後邊退縮，躲開他。不過她還是露着笑容。他開始吃吃說不出話來；她藉此給他一段道德上的敎訓。然而他們誰也不冒險去作一個決定性的解釋。他們都假裝認爲宗敎是需要這種互相原諒的。他們互相默契，同意彼此保持自由。他們在上床以前，因爲伯爵夫人依然顯着猶疑，就作公開的談話，伯爵先開口談到出賣波爾德產業的事。她立刻就答應。他們兩個人都在等錢用，賣出去他們平分。夫妻和解總算完成，穆法覺得心上輕鬆下來。

就在那同一天，在下午兩點鐘的樣子，娜娜正睡午覺，蘇愛大着胆子敲她臥房的門。窗帘都

已放下，這些天她已經能坐起來到四下裏走動，只是還有點虛弱。她睜開眼睛，問，

「誰？」

蘇愛剛要回答，達格奈就把她推開，親自回答。娜娜坐起來，打發開女僕說，

「什麼！是你嗎？你竟在結婚的這一天來了嗎？你有什麼事？」

他站在屋子中間，裏邊昏黑，他看不清楚，就走到她身邊。他穿着晚禮服，打着白領結，戴着白手套。

「是的，沒有錯，是我！」他說。

「來接收吧，我來送報酬來啦。我把我的童貞的禮物送來啦！」

他現在正站在床邊，她一聽這個話，就把他抱在赤裸的懷中，大笑，快活得幾乎要叫出來，她覺得他太可愛了。

「嘿，你這個小貓，多麼可笑！你居然到底還能想到這個！你看連我自己都不記得了！這麼說，你是溜出來的吧，你是剛剛從教室裏出來的。是的，一點也不錯，你渾身上下還有一股教室香味。不過，吻我，吻得緊一點呀，我的小貓！這也許是最後一次啦。」

這間依然留戀着伊太模糊味道的昏室裏，他們柔媚的笑聲忽然停住。那道沉重溫暖的微風，捲起窗帘來，可以聽見外邊小孩子們的聲音。他們又開始說起笑來。達格奈是從剛一吃完早點就離開了他的太太的。

13

將近九月底，穆法伯爵有一天晚上，本來是要到娜娜那裏去吃飯的，臨時因爲皇宮召喚，就在夕陽下山的時候，又通知她。房子裏沒有點燈，僕人們在廚房談笑，他就輕走上樓，裏邊是一片昏黑，只有高大的窗口，有光線透進來。他推開樓上會客室的門，一道微弱淡紅的陽光，正在逐漸消逝，那些紅帷幔，深坐榻，和漆傢具，雜色織物，還有銅器和磁器，在黑影裏，他看見娜娜伸着四肢，躺在喬治的懷裏。任何否認，都不中用。他小聲呼喊，站在那裏，看他們。

娜娜跳起來，把他推進臥房去，好讓喬治那個孩子逃走。

「進來，」她懷着不安之感，小聲說，「我來解釋給你聽。」

像這樣被人突然撞上，她很生氣。在她自己家裏，在她自己會客室裏，而且門開着。這是因爲喬治和她吵架：喬治對菲力浦嫉妒得發瘋，他扶在她懷裏，哭得太傷心，她也不知道還有別的什麼方法可以安慰他，而且心裏也可憐他，他母親不給他錢用，如今他連紫蘭花球都買不起來送給她，哪知只這麼一次，就叫伯爵走上來給撞着。天哪，她的運氣眞壞！這都是好心腸得的結果啊！

她把伯爵推進臥房，裏面完全黑了。她摸索一陣，拉鈴叫人送一盞燈。這也全是于里安的錯處！如果會客室裏早點盞燈，一切事情豈不是都不會發生了。這全是討厭的黃昏逗得她春心漾蕩的。

「我求你明白，我的寶貝，」她等到蘇愛把燈送來以後說。

伯爵兩隻手擱在膝蓋上，眼睛望着地板。他剛剛所看見的情形，把他弄傻。他沒有氣得喊出來。他彷彿被一陣冷水澆頭的恐怖所襲擊似的只在那裏發抖。他這種無言的可憐相，打動了娜娜的心，她盡力安慰他。

「得啦，我認錯，我是做錯啦。你看我不是後悔我做錯事了嗎。這件事最叫我難過的，是因爲它使你不高興。算了吧，大方些，原諒我吧。」

她早已蹲在他的脚下，用一副柔媚屈服的臉色，去望他。她極想知道他是否很生她的氣。等一會兒，他嘆了一口氣，似乎心情好了一點，她馬上就更加溫存起來。

「你要明白，親親，我可不能拒絕我可憐的朋友們呀。」

伯爵答應既往不究，只是堅持要把喬治趕走不可。不准他再上門來。可是所有他的幻想消失了，他不再相信她忠心不二的誓言了。將來娜娜還會騙他的。然而，他自已既有性慾的需要，想到沒有她怎能活下去，不得將就，只好仍舊作她的可憐的佔有者了。

這是娜娜一生裏在巴黎輝煌炫耀的時代，比以前出現得更超然，她揮霍豪華的生活掃蕩着全巴黎。她的家變成一座灼熱的熔爐，她不斷的慾望便是爐中的火焰，只要從她嘴裏輕輕呼出一點氣息，就能把金子化成細灰，隨時順風吹散。沒有人的眼睛看見過這種驚人的花費。這座大房子，彷彿建築在一片深淵上，一切男人，連同他們塵世間的所有物，他們的財產，和他們自己的姓名，都一齊被這深淵吞下，連一把塵土都不給留下。這個蕩婦，有鸚鵡的嗜好，貪吞蘿蔔和炒杏仁，喜好用嘴在盤子裏去啄肉，只是飯菜賬一項，每月就要五千法郎之多。廚房裏最浪費；那個地方，可以說是一條大河，湧進一桶又一桶的酒，冲走大量的鈔票。維克托蓮和法郎索瓦在廚房裏有絕對的統治權，他們隨意請朋友。不但如此，還有他們的家人親戚，都在這裏任意吃喝。于里安向賣貨的人們要佣金，玻璃匠要不送給他一個法郎的紅包，就連一個半法郎一塊玻璃的生意也做不成。查理呑馬匹的雀麥，把它們的草秣份量加倍報上去，然後把馬廐前門進來的東西，從後門再賣出去；蘇愛憑着自己的聰明，藉着積蓄，也弄到不少錢，並且任何人的盜竊，她都掩護，藉以瞞哄主人，自己好從中漁利。然而，這個家庭裏，上上下下的詐騙，還遠不如浪費之甚。昨天的飯菜，都抛到水溝裏去，家裏食品堆積之多，叫僕人們看見都生厭。瓦斯爐子一直點着不息，無論什麼事情上，都還時時有不小心的闖禍，災害和輕微的意外，樓上，在小姐住的那個地方，東西毀壞得更加猛烈。值一萬法郎的衣服，只穿過兩次，就叫蘇愛拿去賣了；珠寶放在抽屜裏，無緣無故就不見了，彷彿都漏到抽屜深底裏似的；東西隨便亂買；只要是時髦的都買，買來之後，隨便丢在一個角落，第二天早晨就把它忘記，從此再不去管它，或者竟掃出去任憑街上拾破布的人們去撿。她只要看見一件很貴的東西，沒有不想把它買到手的，因此，她的身邊，經常總有一堆殘碎的花球，頂貴的瑣碎物品，她只憑着一轉眼的幻想，花的錢越多，她就越快活。她手裏沒有一件完整的東西，什麼都叫她弄碎；凡是握在她潔白纖柔手指裏的，不是這個凋蔽，就是那個弄髒。凡是她經過的地方，身後都是整整一堆叫不出名字的碎石頭，曲曲彎彎的碎片，和污穢的破布，一看就知道是她走過。那麼，在這揮霍零用錢的當中，大筆債款如何解決的問題，時常出現。欠帽子店的兩萬法郎，布店的三萬法郎，鞋店的一萬二千法郎，又都到期；她的馬房，就吞下她五萬法郎去，六個月的功夫，她就欠了女裁縫十二萬。拉波得替她算一下，她平均每年要用四十萬佛郎。她雖然沒有擴大她的支出，但那一年她也花了一百萬。她自己看見這個數目也嚇了一跳，也說不出這些錢都跑到什麼地方去了。整車的金子，都沒有辦法能堵住這個無底洞。在她這種敗家豪華的生活下，這個洞口，繼續裂開，越裂越大。

娜娜很任性。她覺得屋子需要重新修飾，這個念頭一動，就忽然想出一個好主意。這間屋子應該用茶玫瑰色的絲絨，加銀扣子，加金線流蘇，床幔要像帳篷似的撩到天花板上去。她想，這樣佈置，一定是又富麗又優雅，而且還能給她那雪白的肉體，作成極好看的背景。不過，臥房原本是用來作床鋪的背景的，要是把床改換，一定妙得很。娜娜於是心裏盤算，想造一張從來沒見過的床；那得是一架寶座，一個神壇，叫全巴黎都向這裏跑來崇拜她的裸體。這張床必須是完全用金銀鍛成的，上邊必須浮起一大塊寶石，金玫瑰花朵，盤在一個細工的銀格子上。頭頂豎板上，必須有一隊愛神，笑着由花叢裏探出頭來，彷彿在床帷的黑影裏，偷看她行淫取樂的樣子。娜娜請拉波得，找兩個金匠來見她。他們繪畫圖樣。這張床要五萬法郎，這可得要穆法送給她，作為新年的禮物。

娜娜身處黃金的河流裏，金河的高潮，幾乎都把她吞沒，可是最令她奇怪的，是她依然永遠缺少錢用。有些日子她竟爲了缺少數目小得可笑的一筆錢，其實只爲了幾十個法郎啊，就弄得簡直走頭無路。她迫不得已，只好向蘇愛去借，或者自己想法子到外邊作幾次生意去找些零用的小錢。不過，在她實在絕望而採取極端手段之前，她總要先在朋友身上借，用開玩笑的態度，叫男人們把身上所帶的零錢完全交給她，就連幾個小銅板，她也要。最近三個月以來，她特別把非力浦口袋裏的錢掏得精光，如今他正和她打得火熱，所以沒有一次不把錢包留下才走。不久，她的膽子就更大了，問他借兩百法郎，三百法郎，不過從來沒有借得再多過，拿這些錢去還欠款的利息，或者應付急迫的債務。非力浦在七月間被委爲本隊上的出納主任，每到發餉的第二天，就必把錢送來，並且還要向她道歉，說他的媽媽胡貢夫人現在對兒子們的經濟，控制很緊，他也常常沒有錢，很對不起她。三個月之前，她這些屢屢借用的債款，積累到一萬法郎。中尉雖然微笑，可是眼見得消瘦下去，整天沒有精神。可是只要娜娜的眼睛向他一望，又能叫他感到肉體的狂歡。她對他極其柔媚，時常偷吻他，使他迷醉，又時常一陣忘形，把全身獻給他；這樣一來，就把他牢牢繫在她的裙帶上，他只要能逃脫軍隊裏的職務，就必然跑到這裏來。

娜娜，說她的教名叫黛麗絲，十月十五日是她的生日。所以前天晚上，所有紳士們都送來禮物。中尉把禮物親自送到，送的是一份古老德國磁的蜜餞缸子，帶金架子。他進來看見她獨自一個人在梳粧室裏。她剛剛洗完澡，身上一絲不掛，只披着一條白法蘭絨浴巾，正看大家送來的那些禮物。禮物堆在一張桌子上。她因爲要拔一個水晶瓶的塞子，就把那個瓶子弄破了。

「啊，你太好了！」她說。「你送來的是什麼？讓我看！看你花錢去買這種小假古董，多麼孩子氣！」

她指責他，說他沒有錢，何必買這些東西；可是她看見他把全部財產都爲她花光，心裏倒也十分高興。說實話，也只有花錢才能打動她，才能叫她覺得是愛的證明。她一邊說着，一邊看那個磁缸子，開了又關，關了又開，很想看看那是怎麼做的。

「小心，」他低聲說，「這東西很容易碎。」

她聳聳肩。忽然，蓋子從她的手指頭溜出來，掉到地上摔破了。她怔住，瞪着碎蓋子，一動也不動，喊着，

「嘿，粉碎了！」

接着就大聲笑出來。地上的碎磁，撩起她的興趣。她這種高興是神經質，就和小孩子高興毀壞東西的大笑。菲力浦有點覺得討厭，因爲，這個女人，實在不知道他爲買這件古董吃過多少苦頭呢。她一看他整個迷亂，就儘量抑制自己。

「哎喲喲，這可不是我的錯呀！本來就是裂的；這些舊東西就很少有完整的。而且，這不過是個蓋子！」

她說着又笑出來。

不過，這位青年，雖然儘力在忍着，眼淚却流出來。她一看，馬上伸出手臂去，一下子把他的頸子溫存地抱住。

「你多麼傻！你知道我還是愛你的。我們要是永遠不弄破東西，那麼商人豈不是永遠沒有生意做了嗎？所有這些東西，做來就爲了要打破的。現在，看看這把扇子；這只不過是用膠黏的！」

她說着早已順手拿起一把摺扇來，把兩股一拉，扇子的綢面就撕成兩半。這樣一來，似乎刺激起她的衝動來，爲了表示她對其他禮物都一律瞧不起，就在毀了他的禮物之後，對自己的東西，來一個全部打破。她的眼睛裏發亮，不久，什麼東西都成了碎塊，她頰上泛着緋紅，用手心拍着桌面，像個淘氣的小女孩似的，說：

「全完了！什麼也沒有了！」

非力浦於是也被這同樣的瘋狂刺激所支配，就把她拉倒，吻她的雙乳。她把自己整個身子都交給他，用力緊緊貼在他的肩上，那種興高采烈，她想不出以往的歲月裏是否有這麼快樂過，溫柔地對他說：

「親愛的，請你明天帶兩百法郎給我。欠麵包房的錢一定要付了。」

他一聽，臉色變得蒼白。隨後，他又在她的眉頭吻了一下，說了，

「我試試吧。」

兩人都沒有說話。她在穿衣服，他站在那裏，把前額頂在窗子玻璃上。過了一分鐘，他走回她身邊說，

「娜娜，我要你嫁給我。」

這個想法，開門見山的求婚，使得她發笑。

「我可憐的寶貝，是不是我向你要兩百法郎，你就向我求婚呀？不行，我太喜歡你啦。你是太傻了！」

蘇愛進來替她穿靴子，於是他們兩個人就不再談這件事。女僕進來，看見桌上的禮物全都粉碎。她問是不是要收拾走；小姐吩咐她都打掃開，她就用衣服底襟把全部東西兜走。到了廚房，大家挑各人喜歡的留下，於是，小姐的破古董，都被僕人們均分了。

那天，喬治違犯伯爵不准他再上門的命令，又偷偷溜進來。法郎索瓦看見他進來的，不過聽差們都想看看小姐處於窘境的笑話。喬治剛剛溜到小會客室的門前，聽見他哥哥的聲音，就停住，他沒有法子離開那扇門，就把門裏的一切，如同接吻啦，求婚啦，都偷聽到。一陣恐怖的感覺，使他周身冰冷，他在近乎呆住的心情下離開，回到利什留街，進他母親的房子，跑到自己房裏，他的心碎了。這一次，可把一切眞象完全明白，再沒有一點可懷疑的了；他幻想非力浦擁抱娜娜的影子他認爲這是亂倫的行爲。於是妬火就又重新狂發，他沒有法子，只有把身子倒在床上，咬着床單，咒罵，越罵就越發瘋。他就這樣度過一整天，他爲着要一個人安安靜靜關在屋子裏，就假稱頭痛。可是一到夜晚，那就更難過得可怕；他心裏不斷起着夢幻，謀殺的念頭，火一樣的炙熱。假使他哥哥也住在這座房裏，他早就會走去用刀子一戳，把他殺死的。等到天亮，他用理智把這件事情考慮，覺得應該死的不是他哥哥，却是他自己，於是決定等着街上有公共馬車經過的時候，就從窗口往下一跳。然而，將近十點鐘的樣子，他走出門，走遍全巴黎，在一道一道橋上遊蕩着，最後，覺得心裏有一個無法克服的熱望，非再去看娜娜一次不可。也許她一句話就可以救了他。他走進維里葉路娜娜房子的時候，鐘打着三點。

將近中午，胡貢夫人得到一個驚人的消息。昨天晚上，菲力浦被捕下獄，罪名是擅用聯隊公款一萬二千法郎。過去三個月裏面，他陸續挪用許多筆公款，把缺少的數目，用僞幣充數，希望不久就可以彌補上。多謝行政委員會的疏忽，這種舞弊，一直都沒有被人發覺。這位老太太，因爲兒子犯了罪，固然不得不小心，可是一聽見犯罪的內容，馬上就憤怒着叫出來大駡娜娜。她知道菲力浦和娜娜有來往，她一直就焦急，生怕這不幸的情形，不會有好結果，所以才老住巴黎，時時怕最後會鬧出禍來。不過她可從來沒有想到會鬧出這麼可恥的事，如今很抱怨自己，覺得不應該不給兒子錢用，彷彿兒子的行爲，都是她不給錢所造成的。她坐在椅中，她的腿癱軟得不能動，覺得自己完全無用，不能行動，註定要坐在那裏坐到死。可是她忽然想到喬治，心裏稍稍安慰一點。她還有個喬治呢；也許他會救救他們母子，想到這裏，於是也不去找另外的人來幫忙，因爲她不願意把這件事叫外人知道，她就自己拖着脚步，走到樓上去，滿心覺得她終於還有一個人會孝順她的。可是她一上樓，發現屋子是空的。門房告訴她說，喬治先生一大早就出去了。這間屋子裏現出另一災禍的鬼影；床單上滿是牙咬的印跡，證明這個人多麼痛苦，地上亂堆着衣服，中間一把椅子，樣子好像什麼東西死了似的。喬治一定在那個女人的家裏；於是，胡貢夫人帶着枯乾無淚的眼睛，重新走下樓。她需要她的兒子們；她去喚回他們。

娜娜從早晨心裏就極煩躁。第一，是那個麵包商人，九點鐘就拿着賬單來了。欠賬到一百三十三法郎。娜娜的家庭生活雖然像皇宮一樣，可是竟連一點錢也付不出。推延多少次，麵包商可發火了，他親自來討過二三十次，如今連僕人們都覺得他有理，在袒護他。法郎索瓦對他說，他如果不好好大吵一場，小姐是不會付錢的，查理也給他出主意，叫他上樓去，好叫她把舊賬還清，維克托蓮勸他等一等，等到有位紳士和她一起，他們正在談話的時候，突然衝進去，就可以把錢弄到手。小商人們都一直站在正忙亂着的路口，閒談着，一口氣就談上三四個鐘頭，凡是懶惰而又發財的僕人，都把小姐說得很不好。只有于理安這位大管家假裝替他的女主人辯護。無論別人說什麼，她確是很漂亮的人物！別人駡他，說他和女主人睡，他就哈哈大笑，這樣一來，可把廚子弄得生氣，她很想變成一個男人，好公然「往厭惡她的女人們屁股打兩下」。法郎索瓦，沒有通報，就把賣麵的帶來站在大會客室裏。等到娜娜下樓吃中飯，正和他碰個面對面。她接過賬單，叫他下午三點鐘左右再來，他亂駡一通就走了。

這一場討債，使她很煩惱，娜娜這頓中飯，吃得很不舒服。以後不買他的東西了。其實，她把這筆款子，早就預備好十幾次了，只是，總是沒有等到他來討，又把它花光，有的時候拿這筆錢買了花，有的時候却是捐給一個老憲兵。她本指望菲力浦會送那兩百法郎來，可是她十分驚奇，他連影子都不見。眞是運氣不好，前天她又給莎丹買了一筆必需品呢，這次給她買的東西更多，簡直等於一份嫁粧，衣服和料子一共用去一千二百法郎，如今她手裏連一個小錢也不賸了。

快到兩點鐘，娜娜開始着急，拉波得來到。他把床的圖樣帶來。這倒給她解悶，像一隻插曲，使她忘掉一切煩惱。她拍着手跳。研究那個圖樣，拉波得一點一點解釋給她聽。

「你看，」他說，「這是床單。這中間，有一束盛開着的玫瑰花，還有花蕾和花朵交織的花環。葉子將來用黃色，玫瑰用紅金。這幅是床頭的偉大設計；銀格子上，小愛神們在一個圓輪上跳舞。」

娜娜很喜歡這設計。

「那個小把戲多麼滑稽，角上的那一個，屁股聳在半空！是不是！看他們笑得多麼傻！個個的眼睛都這麼不正經！你知道，親愛的孩子，我睡在他們面前，可絕不敢玩什麼風流把戲啦！」

她得意得很。金匠說世上無論什麼地方也沒有一個王后睡過這樣的床。然而這裏遇到一個難題。拉波得給她看了兩張床板的圖樣：一張是兩沿的花樣；一張是單獨一個主題的花樣，是蒙着面幕的夜神，被半羊神揭開她的裸體。他說，如果她採用第二個花樣，金匠想把夜神鑄成她本人的樣子。她喜歡得想像自己是一座銀雕像，象徵黑暗中的溫暖而淫慾的愉快。

「自然你只須坐下來不動，叫他們把你的頭與肩畫進去就好了，」拉波得說。

「爲什麼一定要這樣呢？雕刻家是否把它弄得和我絲毫不差，我可不在乎！」

這意思當然是說，她採納這個花樣了。可是他正在這個時候揷進話來。

「等一等，這得另加六千法郎。」

「這與我並沒有什麼關係，老實說！」她哈哈大笑着喊。「難道我那男人沒有現鈔嗎？」

如今她在親近的人們中間，總是這樣稱呼穆法伯爵，而紳士們向她問起他來，也不作別樣稱呼。

「你昨天晚上看見你的男人嗎?」他們總是這樣問她。

「哎呀，我昨天還等他到這裏來呢!」

拉波得一邊作最後的講解，一邊把圖樣捲起。他說，金匠答應兩個月內交貨，大約在十二月二十五日左右，下禮拜雕刻師就來給夜神製造一個模型。娜娜送他到門口的時候，忽然想起麵包店的人來，突然問他，

「想起來了，你身上有沒有兩百法郎?」

拉波得給自己立下一個極有好處的嚴格戒條，永遠不借錢給女人。每逢女人向他借款，他總是用同樣一句話回絕。

「不行，我的女孩子，我正沒有錢。不過我好不好到你的男人那裏去給你要?」

她拒絕；那沒有用處。兩天以前，她已經從伯爵手裏弄到五千法郎了。然而，她馬上後悔不該不小心自己的行蹤，因為拉波得剛一出去，賣麵包的又來。可是時間連兩點還不到，他就高聲大罵，坐在大廳的櫈上。娜娜從二樓上聽見是他的聲音，她的臉色蒼白；特別叫她苦惱的，是僕人們偷偷都在聽着開心，那些開心的話越說越大得後來甚至叫她句句都聽到了。

他們在廚房裏大笑。車夫從院子旁邊走過，張大眼睛望；法郎索瓦走過大廳去，故意向賣麵包的冷笑就趕快跑開，他們對小姐一點也不介意：他們的笑聲傳到她耳朶。她覺得自己被所有人們拋棄，就連僕人都瞧不起她。於是把想向蘇愛去借一百三十三法郎的想法打消；她本來就欠蘇愛錢，她的自尊心使她不敢去碰她的釘子。她大聲對自己說，

「算啦，算啦，娜娜，你這個孩子，除了你自己以外，誰也不要指望，惟有你自己的身體才是你自己的財產，最好用你自己這個本錢，那比受侮辱好得多。」

她連蘇愛都沒有通知，就極匆忙穿上衣服，到特里貢那裏去跑一圈。她每逢遇到難關，這總是她最後的一個財源。特里貢那個老太婆，找過她很多次，經常來求過她，她每次拒絕或者接受，都要看臨時是否需要錢；像目前這種與日俱增的困難情形，每逢她皇宮般的家裏開支一不夠，她就跑到特里貢的家裏，總一定能拿到五百法郎。她每次到特里貢那裏去，都無所謂，就好像窮人進當舖一樣。

不過她剛一出房門，猛不防撞在喬治的身上，原來他正站在小會客室的中央。她沒有注意到他蒼白的臉色；她嘆了一口氣。

「是不是你哥哥叫你來的？」

「不是，」這小孩說。

她一聽就失望得聳聳肩。那麼他幹什麼來的呢？他爲什麼攔住她的去路呢？她忙得很。然後，她又走回幾步，走到他站着的地方，說，

「你身上有沒有錢？」

「沒有。」

「這倒是眞的。我多麼傻！他是什麼時候都不會有錢的。他媽媽不會給他錢用！」

她要跑開。可是他把她拉回來，他要跟她說幾句話。她正要出門，告訴他沒有時間，可是他

用一句話把她止住。

「我知道你就要嫁給我哥哥的。」

喲！這可太滑稽了！她坐在一把椅子上，大笑。

「是的，」那個小孩子接着說，「那我不願意。你應該嫁給我。我就是爲這個來的。」

「喂，什麼？你也來這一套嗎？」她叫起來。「這是你們家傳的毛病吧，是不是？不行，不要妄想，你們弟兄兩個哪一個都沒有資格娶我！」

小孩子臉上露出喜色。也許是他弄錯了！他說，

「那麼，你向我發誓，說你不再和我哥哥睡覺。」

「你嘮叨得叫我生氣！」娜娜耐不住站起來說。「我告訴你：我忙着要出去！我什麼時候高興同你哥哥睡覺就什麼時候。這是我的自由，不關你的事，你又不是出錢的主人？」

他聽了，一把抓住她的手臂，用力捏住，結結巴巴的說，

「不要說這種話！不要說這種話！」

她從他的手中掙脫。

「他現在居然虐待我啦！眞是個暴徒！我的小鷄，你給我滾蛋。我一向留你在這裏，全是出於好心，你要睜開眼睛好好看一看！你難道以爲我一直到死都得當你的媽媽嗎？我沒有那麼多的時間，去撫養一個吃奶的孩子，我正經事還多得很呢。」

他聽了她的話，氣得渾身僵硬，可是顯然在屈服。她每個字都傷了他的心。她不理會她的話

刺傷了他。

「你簡直像你哥哥；你哥哥是一個沒有信用的東西！他答應送我兩百法郞來。人都沒有看見，我倒不在乎他那一點錢！他所給我的還不夠買頭油用的呢。可不是嗎，他離開我的時候，答應得蠻爽快，你聽我說，你想知道我到那裏嗎？全都是因爲你的哥哥，才逼得我馬上出去，找個別的男人賺五百法郞去。」

他一聽這些話，把她的出路攔住。他叫起來，求她不要走，

「不要走呀！」

「我要去，我是要去的，」她說。「你有錢嗎？」

沒有，他沒有弄到錢。只要能弄到錢的方法，他連性命都可以去犧牲的！他以前從來沒有像今天覺得這麼可憐，這麼無用。他哭得整個身子都在抖，她明白了。她輕輕把他推開。

「我的寶貝，讓我過去；我非出去不可。要理智一點。你眞是個孩子，我現在只好自己去想辦法了。你哥哥是個男人，我現在所說的話不要叫他知道，今天這些話告訴他可沒有什麼好處。不需要叫他知道我今天到什麼地方去。」

她大笑，隨後把他抱在懷中，吻他，

「再見吧，貝貝，」她說，「從此完啦，你明白嗎？現在我可得走了！」

她丟下他走出去，他呆立在小會客室的中央。她最後這幾個字，在他的耳朵裏聽來，宛如警鐘的震響，

「從此完啦，完全完啦！」他的腦子一片空茫，陪伴着娜娜的伯爵，却已經在他的腦子裏消失，只有非力浦抱在她赤裸裸懷裏的影子，永遠永遠消滅不掉。她也不否認這件事：她愛他，而她對他又不能專一，所以要解除他的苦痛。從此完了，完全完了。他看看室內四周在一種足以摧碎心靈的壓力下窒息着。往事一件接一件地湧上他的心頭，回想到迷鳥臺那些風流愉快的夜晚，回憶到從前自己覺得是她的孩子的那些柔情歲月，回憶到他在這同一間屋子裏屢次偸情的快樂。而現在呢，這些事恐怕永遠永遠不會再有了！他太小，他沒有很快地長大；非力浦之所以代替了他，純粹因爲他是個長了鬍子的人。這麼說，現在是末路了；他不能再活下去。他染成淫慾的習癖，這習癖如今變成漫無止境的柔情，變成一種性的崇拜，把他整個身心都浸沒。而且還有，他的哥哥，他的親哥哥，他的骨肉，他的手足，依然和娜娜來往，他的享樂使他嫉妬得發瘋；他又如何能把這一切忘掉呢？現在是一切末路了；他想死。

僕人們看見小姐步行出去，就在房子裏到處亂叫，所有的門都開着。樓下，賣麵包的人坐在大廳裏一張椅子上，正和查理與法郎索瓦大笑着談話。當蘇愛走過這小會客室，看見喬治，很是奇怪，問他是不是在等小姐。是的，他是在等候她；她剛才問他一句話，他忘記給她回答，所以等她回來告訴她。蘇愛走過，他就開始工作，開始找點東西。他找了半天，也找不到適於達到他自殺的工具，只好在梳粧室裏拿起一把極其尖銳的剪子，那是娜娜極喜歡用來修飾用的，不是用它修剪肉皮，便是用它剪去短毛。他的手揷在口袋裏，手指頭緊緊握着那把剪刀，耐着性子等了有一個小時。

「小姐回來啦，」蘇愛進來說。她一定是隔着臥室的窗口望見她的。房子裏一陣人們亂跑的聲音，笑聲消沉下去，所有的門又全關上。喬治聽見娜娜用最簡短粗俗的話，付過賣麵包的錢。然後，走上樓來。

「怎麼，你還在這裏！」她一看見他就說，「啊哈！我的好先生，這我要生氣啦！」

她走向臥室，他跟在後邊。

「娜娜，你嫁給我？」

她聳聳肩膀。這可太混蛋了：她不願再答覆，心裏打算，把他關在外邊。

「娜娜，你嫁給我？」

她砰的一聲把門關上。他用一隻手把門推開，另一隻手把剪刀從口袋裏掏出來。然後猛力一刺，就把那把剪刀刺進自己胸膛裏去。

這個時候，娜娜本來早已預感到會發生點什麼可怕的事情的，於是急忙把身子往後看。她看見他刺了自己，不由得大怒起來。

「嘿，這可是多麼混蛋的一個人！多麼混蛋！而且用的是我的剪刀！你這個淘氣的小孩子，你給我滾開好不好？哎呀，我的天！哎呀，我的天！」

她嚇怕了。這個孩子又刺了一下，兩腿一軟，就歪倒在地氈上。他正堵住臥室的門口。娜娜尖聲叫起來，她也不敢跨過他的身子走出去，他把她堵在屋子裏，叫她沒有法子跑出去求救。

「蘇愛！蘇愛！趕快來。趕他走。這簡直越來越不像話了，像這樣一個孩子！他在自殺啦！

而且是在我的地方！你看見過這樣的事情沒有！」

他把她嚇壞了，他閉着眼睛，滿臉蒼白。傷口上幾乎連一點血都沒有冒出，只有一點點血，滴到他的背心上。她正想跨過他的身子，一個人忽然出現，又把她駭得倒退幾步。對面小會客室的門本來大開着，一位老太太正從那裏進來，往前走。她認出那是胡貢夫人，可是她爲什麼會到這裏來。娜娜這時連帽子和手套都還沒有脫呢，她怕得厲害，直想法子自衞，叫着，

「夫人，這可不是我，我跟你發誓，這不是我。他要娶我，我說不行，他就自殺了！」

胡貢夫人慢慢走近——她穿着黑喪服，白髮之下，臉色很蒼白。她坐在馬車裏往這裏來的時候，對於喬治的惦念本來已經消下去，全心只掛着菲力浦做的錯事。她想：娜娜這個女人也許肯向法官去作些解釋，可以把法官他們感動的，所以一路上她只在想着怎樣求娜娜去作對她兒子有利的見證。她走到樓下，房子裏邊的門都開着；等到她走到樓上，她的病脚走不動了，正在猶疑，不知道應當進哪一個門才好，忽然聽見娜娜的叫聲，她就順着那個聲音走去。於是，她就在樓上發現一個男人，襯衫上染着血跡，躺在地板上。這就是喬治——她第二個兒子。

娜娜連連說着，

「他要娶我，我說不行，他就自殺了。」

胡貢夫人一聲也沒有哭，就蹲下去。一點也不錯，這正是她第二個兒子，這正是喬治。第一個被逼得盜用公款，第二個被害死！這並沒有叫她吃驚，因爲她的整個生命全毀了。她跪在地毯上，完全忘記自已是在什麼地方，也沒有理會身邊有任何人，只目不轉睛地死瞪着她兒子的臉，

用手去摸他的胸口，聽聽是否還在跳。然後，她聽見心還在跳，就發出一聲微弱的太息。她於是抬起頭來，仔細看這間屋子和娜娜，好像到這時才回憶起一切。她空洞洞的眼睛裏，閃出一團怒火，一聲也不響，把眼睛睜得大大的，望着娜娜駭得渾身發抖，隔着喬治的身子，站在那裏接着給自己辯護。

「這我可以發誓，夫人！如果他的哥哥在這裏的話，他一定會向你解釋得明白的。」

「他的哥哥偷用公款現在下了獄，」那位母親說，聲音很冷酷。

娜娜聽了，感覺要窒息。怎麼一回事，這都是什麼緣故呢?那個如今也變成賊了!他們這一家子怎麼全瘋了!她不再掙扎着爲自己辯護了；她似乎不再是這座房子的女主人，竟允許胡貢夫人隨便發什麼命令都可以。僕人們終於都跑上來，老太太要他們把暈過去的喬治抬到她的馬車裏去。她寧願殺死他，也不願意叫他停留在這座房子裏。娜娜呆了，看着僕人把她那可憐的喬喬，抬着腿抬着肩膀，慢慢地抬下去。母親走在僕人們的後邊，整個人都癱軟下來，只好扶着傢具走；她覺得她的一切親愛的人，完全消滅在空虛之中了。走到樓梯口，她禁不住低泣出來：她轉回身子，兩次失聲嘆息着說，

「咳，你給我們的禍害，可眞夠大!」

好啦。娜娜坐下去；她還戴着帽子和手套。這座房子又回到靜寂中；馬車已經走了，她坐在那裏一動也不動，也不知道做什麼，腦子裏游蕩着一切她所經過的事情。一刻鐘以後，穆法伯爵來了，看見她還保持着這個樣子；不過她一看見他，感覺就大大放鬆，把這段悲慘的事故告訴他

。他拾起染着血跡的剪刀來，摹仿着喬喬自刺的姿勢。

「你想想看，親愛的，這是我的錯嗎？你如果是法官，你會判我的罪嗎？我當然是旣沒有叫非力浦去偸錢，也沒有逼着這個可惡的孩子自殺的呀。我在這一切事情裏邊，眞是不幸極了。他們來到我的地方，做出很多傻事，他們使我可憐，他們把我當輕佻女人看待。」

她突然哭起來，顯然是她心裏有絕大的痛苦，這才哭出來的。

「你的樣子好像沒有明白似的。那麼你就去問蘇愛，我和這些事可有一點關係？蘇愛，跟先生解釋解釋。」

女僕早從梳粧室裏帶出來一條毛巾和一盆水來，正在那裏趁着血跡未乾在擦地毯。

「啊，先生，」她聲明，「小姐完全是無辜的！」

穆法還在發呆；這段悲劇使他周身冰凉，他的想像裏，全是母親在哭兒子的影子。他懂得她的心靈有多麼悲慘，他想像到她穿着寡婦的喪服，孤零零一個人凋萎在豐黛特的情況。可是娜娜更加沮喪，因爲她現在回想起喬喬躺在地上，襯衫上一個紅窟窿的情形，幾乎使她失去知覺。

「他一向是多麼可憐的寶貝，多麼甜蜜，多麼溫柔。啊，你知道，我的寶貝——如果我的話叫你生氣，我可得抱歉——不過我可眞愛這個貝貝！我這話可禁不住要這麼說，這句話非說出來不可。而且，到現在這個地步，說句話總一點也不該傷你的心了吧。他完了。你的希望達到了目的了；你可以十分放心，從此再也不會撞見我們抱在一起了。」

她末尾這幾句話，使自己悔恨，結果他反而變成了安慰者。得啦，得啦，他說，勸她應當提起勇氣來；她的話很對的，這不是她的錯！

「聽我說，你應當出去到處走走一下，給我打聽他的消息。立刻去！我要你去！」

他拿起帽子，就去打聽喬治的消息去了。大約有三刻鐘的樣子，他回來了，看見娜娜把身子倚到窗口外盼望；他在路上仰頭向她叫，那個孩子沒有死，而且有希望能把他治好。她一聽見這話，馬上開心起來又唱起來。這時，蘇愛洗了半天地毯，還是洗不乾淨。

「你看還是沒有全洗掉，小姐。」

事實上，那個淡淡的紅污痕，在地毯花紋的一朵白玫瑰上，還在顯現。正在屋子的門檻上。

「活該啦！」心情愉快的娜娜說，「以後人們走來走去，自然會踩消的。」

第二天穆法伯爵也把這件事情忘了。他坐在馬車裏，同利什留街去的時候，心裏決定不再回到娜娜的房子裏來。上天正在警告他；他認爲，菲力浦和喬治的不幸，是他自身毀滅的預示。然而，胡貢夫人泣不成聲的慘狀，和喬治熱戀如焚的情景，力量都不夠叫他堅持的，這次事變的恐怖，在他的心裏却只留下一種暗自歡喜的感覺，他覺得喬治的青年魔力，一向使他嫉妒，如今這個情敵可算除掉了。他的熱情，想獨佔娜娜，這實在是沒有享受過青春的男人們所具有的一種熱情。他是怎樣愛娜娜呢？他只希望單獨佔有她，一個人摸她，現在的柔情是超肉慾的，近乎純潔的感情，珍惜以往，夢想將來，想有一天他能和娜娜一同跪在天父面前，會得到上天的饒恕。宗教每天都不斷在他心裏使他又變成一個虔誠的基督徒；他每逢心裏泛起不停的苦悶，就去懺悔，經過悔罪之後，就感到輕鬆。他的指導者維諾先生雖然任由他去浪費熱情，可是後來他自己每天在沉淪的時候，心裏必然同時浮起虔誠的宗教信仰，這樣已成了他的習慣。他懷着這種贖罪的追悔心地把自己的痛苦，坦白地向上天供認。他的感情雖然浸在娜娜這淫婦的肉體裏，却又盡力用信仰上帝的虔誠，去爬上十字架，他痛苦的是娜娜對他不忠實。他絕不能和旁的男人共同分享她，他也不能明白她何以這樣善變，他所要的是天長地久海枯石爛的愛情。當初是她發過誓說不變心，他也認爲她確是如此才給她錢用的。只是他看她不能保持一般人的忠心不二，很容易和男人們做愛，像個天性良善的動物一樣，隨便和任何偶然過路的人睡覺，她天生來就是要脫去內衣才快活的。

有一天早晨，他看見福卡蒙從娜娜臥室走出來，他爲這個大大鬧一場。她對他的嫉妬早已倦厭，於是也大怒。在這次以前，有好多次，她的舉動都很和藹。比如他撞見她和喬治那天晚上，是她先自己認錯的。她在他身上用盡溫存，在他耳朵裏澆滿柔媚的言語，叫他把那件事忘掉。不過他一直固執，不肯去了解女人的本性，使她生氣，所以她如今便兇野起來。

「是的！我是和福卡蒙睡了。怎樣？我的男人？」

這是她第一次當面稱呼他「我的男人」。她這樣坦白了當的一承認，使他的呼吸都停止；他舉起拳頭，她就走到他的面前，對他看。

「我們鬧夠了吧，喂？如果你覺得這對你不合適，就請你給我出去。我不能叫你在我的地方大叫。你可別糊塗，我是自由的。我只要看上哪個男人，我就跟他睡。這是我的習慣！你願意不願意，隨你便，你可以滾蛋！」

她走過去把門拉開，可是他沒有走。這是她把他抓得更緊一步的辦法。她只要覺得要吵架，不講理，只要他住口或者走開，她說她隨時都可以找到比他强的男人；她的男人太多了，街上走的男人，無論是什麼身份的，都可以由她順手撿一個，而且這些男人也都比他漂亮得多，他一聽這些話，就必然低下頭去，耐心等她需要錢用的時候，自會心情柔和下去。到了那個時候，她自然會柔媚起來，而他也自然會忘記一切，一夜的纏綿尋歡，會彌補起他整整一個星期的痛苦。他自從跟他太太和解以來，家裏的情形反更難於忍受。花車利重新掉進露絲的懷裏，伯爵夫人瘋狂似地去追求別的情夫。她已經是四十上下的人，這正是女人虎狼之年慾火如焚的時候，所以她現在把這座大公館，裝滿瘋狂旋風一般的淫慾生活。愛絲黛爾自從結婚以後，什麼也不理會她的父親：這個毫不出色的女孩子，忽然變成一個意志堅强的婦人，同時專橫得使達格奈在她面前發抖。他結婚以後，總陪着她去做彌撒：他也皈依了宗教，他憤恨他的岳丈不該爲一個娼婦毀了他們。只有維諾先生一個人，仍然對伯爵和藹可親，因爲他正在等機會。他甚至居然混進娜娜最接近的圈子裏去。事實上，他兩處都常常來，兩處你都可以看見他坐在屋子裏，一直露着笑容。所以，穆法在家裏感覺苦惱，厭倦和恥辱，逼得他依然寧願到娜娜那邊去住，隨便娜娜怎樣侮辱他。

不久，娜娜對伯爵的關係，只有一種了，那就是，「錢」。有一天，答應她在那天帶一萬法郎來的，可是空着手到了。他今天如此失信，她氣得臉上蒼白。

「原來你沒有把錢帶來，你聽着，你從哪裏來的，還是給我回到哪裏去！你是個大混蛋！你還想再吻我嗎！聽清楚我的話——沒有錢，什麼我都不給你！」

他解釋他的困難情形；他說後天一定把錢帶來。

「那麼我的欠賬怎麼辦呢！先生，他們可要把我賣了。你得認淸楚點。你以爲我愛你的臉子漂亮嗎？像你這種怪相的男人，也只有花錢，女人們才肯跟你睡。如果你今天晚上不把那一萬法郎送來，你就連我的手指尖也不會吮得到。我要把你送回你太太那裏去的！」

到了夜間，他把那一萬法郎送來。娜娜送上嘴唇，他吻她長久長久，把一整天的煩惱，都忘了。娜娜覺得最煩心的是，擺脫不掉他。她向維諾先生訴苦，請他幫忙把她的男人送回給伯爵夫人。難道他們夫婦和解就沒有下文了嗎？她後悔不該自己攬在裏邊；可是，無論怎麼辦，他總是跟住她，在她發怒的時候，她就忘記自己的利害，要用下流手段擺佈他，叫他永遠不再到她的家裏來。可是她每次向他吼叫，有時甚至唾口水到他臉上：他却依然不走，甚至謝謝她。於是爲了錢不斷地發生爭吵。她要錢；她對他連每一分鐘都吝惜；她告訴他，說她完全是爲了錢才和他睡的，又說她和他睡的時候連一點興趣都沒有，一點也不覺得快活；又說，事實上，她心裏愛的是另外一個男人，又非靠着像他這種混蛋來供給金錢不可！現在皇宮裏也不需要他了，外邊已經傳說要强迫他辭職。皇后說，「他太叫人討厭。」這倒是事實。所以娜娜每次在吵架的時候，也總說這句話。

「我討厭你！」

如今娜娜絕不再顧忌她的胡說八道；她運用她的充分自由。

她每天繞着湖邊去散步，從認識的地方走起，一直走到不認識的地方。這是一個極好的獵人場所，所有第一流暗娼，都在這裏在光天化日之下公然勾搭男人。公爵夫人們，指着她；闊綽店子老闆的太太們，仿效她每頂帽子的式樣。有的時候，她那輛四輪馬車在疾馳而過，引得有權勢的人的馬車，停蹄觀望，列成長行，車裏坐的都是有錢足以購買整個歐洲的富豪，或者是肥手指緊緊按住法蘭西喉嚨的內閣大臣。她屬於這個布婁涅樹林區的豪華社會，在這個社會裏，也佔着一個卓越的地位。而且她在各國首都裏很出名，每個外國的遊客，一到巴黎也都先要問起她。這羣人裏的顯赫人物，都被她發狂似的放縱淫慾迷住；彷彿她的放縱才是法國的眞正王冠，才是眞正可愛的熱情。此外，她更有許多一夜恩情；不斷的尋歡，使她不計次日早晨如何。因此她便時常巡迴在豪華的大飯店裏。晴朗的日子，也總是常到馬德里飯店去。所有各大使館的職員都拜訪她；她，露西·卡洛蓮和瑪麗雅總是夾在說着難聽得要死的法國話的紳士們中間吃飯，他們付了錢還要受人嘲笑，約她們的晚上，所預備的節目也都可笑。然而一玩就玩得極疲倦，結果，連摸都沒有摸到她們。這些女人們都稱這種約會爲「去開開心」，等到她們被他們厭棄後回家，心裏總是很高興，就必然倒在她們的情人懷裏好好度過春宵。

她既然實際沒有表示要嫁那些男人，穆法伯爵就假裝對一切都不曉得。然而他們日常生活裏，她侮辱他就連最輕微的侮辱，他都感到痛苦。維里葉路上這所大住宅，變成了地獄，房子裏滿是瘋人，每天都有是非糾紛吵架。有一陣，她會對車夫查理很和藹。她每次停在飯店裏吃飯，總會叫茶房送啤酒出來給查理喝。遇到在十字路口不能通過，查理和別的車夫們打着黑話閒談的時候，她覺得他很滑稽，一高興也會坐在車子裏和他談起天來。可是，又會有一陣，她毫無理由地罵他混蛋。她總是爲了秣草，扶糠，和雀麥吵鬧；她雖然愛動物，却也總覺得自己的馬吃得太多。因此，有一天，她正在清算付賬的時候，責備車夫吞她的錢。查理聽了大怒，就罵她是個婊子；他說他的馬匹分明比她要好得多，因爲連馬都不隨便和誰都睡。她同樣回罵他，伯爵勸開他們，把車夫辭退。這是僕人們叛變的開始。後來她的許多鑽石被偷，維克托蓮和法郎索瓦也離開了。于里安是偷偷跑掉的；外邊謠傳說是主人因爲他和女主人睡覺，給他筆錢，請他走路的。聽差的房裏，每個星期是新來的。這裏以前從來沒有像這樣混亂過；這座房子，活像一個過道，由介紹所介紹來的人做不久又走。蘇愛仍然保持着她的原狀；她永遠是乾乾淨淨，她唯一希望，就是如何弄錢，每弄到一筆數目，就存起來。

這些也只是伯爵所能承認的焦慮。他遷就馬羅阿太太的愚蠢，雖然她滿身是灰塵的味道，也還和她玩牌。他又遷就勒拉太太和小路易。這個孩子，從來不知是哪個父親所遺傳下來的血，他對這個也遷就。不過他的痛苦，遠不止此。有一天晚上，他聽見娜娜告訴女僕，說有一個假充富有的男人欺騙了她——一個漂亮的男人，自稱是美國人，說自己在美國有好幾處金礦，這個畜牲，就在她還熟睡的時候，偷偷溜走，不但連一個銅板也未付，而且還帶走她一些香煙紙。伯爵一聽，臉色馬上變白，他不願再多聽，走下樓去。可是後來他又不得不原諒一切。原來娜娜在一家音樂廳，遇到一個唱男中音的，一見鍾情；後來被他拋棄，她憂鬱症發作，想自殺。她把一盒火柴泡在一杯水裏吞下去。吞下去難受得厲害，可是並沒有死。伯爵看護她，聽她敍說熱情的故事，發誓以後再也不去姘任何男人；她說這些男人都是猪，她瞧不起他們，可是心上對他們又不能忘情，而她那個身體永遠向着不可理解的幻想。蘇愛不再賣力氣爲她做事，家裏的管理亂到極點，穆法不敢推開一扇門，拉一道窗帘，或者去關一個櫃橱。叫人的鈴也拉不響了，男僕們閒蕩着，他現在每進一間屋子，必得先咳嗽一聲，因爲，有一天晚上，娜娜的理髮師剛剛給她梳完頭，他走出梳粧室兩分鐘，去吩咐車夫套馬，等他一轉身回來，她就抱住佛蘭西斯的頸子。她一離開他，隨時都會跟任何一個男人，尋歡作樂。她是否是穿着睡衣或是全裝，她都不在乎。她看見滿面通紅的伯爵，居然又回到她的懷抱裏來，心裏爲着欺騙了他而快樂，他却煩惱得要死。

這個不幸的人，每次離開娜娜的時候，看見她只有莎丹在身邊，他那種嫉妬的痛苦，就會比較小一點。他倒很情願鼓勵她做這種同性戀的事，好把男人們拒絕開。可是這個方法也不完全成功。娜娜和欺騙伯爵一樣的對莎丹不忠，隨便從街頭上帶回些女孩子來。她常常在人行道上忽然遇見一個小髒丫頭，就帶她坐着馬車回來；她的意識迷惑；她的幻想興奮。她會把這個髒丫頭帶進來，給她錢，再把她打發走。她有時還會扮成一個男人，跑到暗娼的家裏，去看看那些淫亂的景象，來消磨時光。莎丹因爲她永遠拋棄她很生氣，就和她吵架，把家裏鬧得天翻地覆。她終於在娜娜身上得到完全的優勢，娜娜如今尊重她了。穆法想在她倆中間聯盟。莎丹强迫她的愛人與他和好；他表示感謝，可是這種諒解，馬上又消滅，因爲莎丹也有一點沮喪。有些時候，她差不多等於發瘋，摔毀一切東西，爲了愛與怒，弄得周身疲倦，可是臉色一直都不好看。一定蘇愛刺激她的。

然而，穆法伯爵有時也反抗。他縱容了莎丹幾個月，他對娜娜臥室裏穿換如梭的那些不知那裏跑來的男人，閉上了眼睛，可是他最後發現欺騙他的是個熟人，就發怒。等到她供認和福卡蒙有關係，他的痛苦更加刺心，他覺得這個青年對不起他，太下流，就想和他決鬪。他又不知道到哪裏去找決鬪的副手，就去找拉波得。拉波得聽了，禁不住大笑起來。

「爲娜娜決鬪嗎？哎呀，我的高貴的大人，全巴黎都會笑你的呀。男人們不會爲娜娜動武的；那會鬧成笑話的。」

伯爵的臉色變得極其蒼白，

「那麼我要在大街上打他耳光。」

拉波得和他談了一個鐘頭。打他一耳光是討厭的；當天晚上什麼人也就都會知道的；所有報紙也都會登載出來。拉波得說，

「那會鬧笑話的。」

穆法聽見這句話，就覺得這話不能忍受。他連爲了自己心愛的女人都不能去動武嗎；他以前從來沒有感覺到愛情的痛苦會有這麼深，也從來不知道使他心碎的享樂生活有這麼荒謬。可是到底還是聽拉波得的話，所以，後來他的朋友們雖然到娜娜那裏去，像自己家庭似地住在那裏，他也不再介意，照樣又去看娜娜了。

幾個月以後，娜娜把這些人都打發走。

她的生活豪華，所以需要就越來越多，這些有加無已的需要，在她的慾望上，更等於火上添油，因此，她總是一口就把一個男人吃完。最初她弄上福卡蒙，他沒有支持到半個月。他在海軍

裏服務十年，才積蓄下三萬法郎，本想退伍，拿這筆錢到美國去作生意。他一向是謹愼吝嗇，然而這次也被征服了；他供給她一切，甚至簽過影響他前途的期票。等到娜娜和他分手的時候，他連一個小錢也沒有了。可是到了那個時候，她反而很慈善，勸他再回到船上去。發怒又有什麼用呢？他既然沒有錢，他們中間的關係，當然也就無法再繼續啦。他應該明白，也應該通達情理。一個傾家蕩產的男人從她的手裏掉出來，就和一顆熟果子掉下去爛在地上沒有人理會一樣。

娜娜接着又搭上士丹拿，也不討厭他，也不愛他。她稱他爲一個髒猶太；她似乎是在報復一椿舊恨。他肥胖，他愚蠢，他已經把西蒙拋棄。他的偉大經營的計劃開始在動搖，娜娜用瘋狂的浪費來加速他的破產。他在財政上要着各式各樣的奇蹟，掙扎到一個月。他把他偉大堂皇的計劃，印成海報，登起廣告，做成說明書，向全歐洲散發，從最高峯的人們中間去弄錢到手。所有男人們的積蓄，投機家們的金鎊，窮人們的小錢，都被維里葉路吞下去。他在阿爾薩斯一家煉鐵廠裏是個合夥的股東；那裏是一個小鄉縣，工人們滿身都是煤灰，浸着臭汗，日以繼夜地工作，這些窮苦和勞碌，是爲了誰呢？都是爲着滿足娜娜的享樂啊。她好比一把大火，把交易所裏騙子們的收穫，和勞工的利潤，一起吞燒淨盡。這次她可把士丹拿弄光了；他連再去重新創造一切騙人伎倆的本錢都沒有。他的銀行一失敗，他一想到要被控就駭得發抖說不出話來。他的破產剛剛公佈出去，只要有人一提起錢這個字，他就會倉皇狼狽。這就是曾經玩弄過成百萬金錢的他。有一天晚上，他在娜娜家裏，哭着請她借一百法郎去付女僕的工錢。娜娜看見這個搜刮了巴黎有二十年的可怕的老頭子，居然落到這種下場，心裏又是感動，又是覺得好玩，就把錢拿給他，說，

「我給你這些錢，因爲我覺得這太滑稽！不過，好好聽我說，我的孩子，你太老啦，沒有法子留你。你要找點正經事去做。」

於是娜娜馬上又在黑多身上開刀。他本來醉心虛榮，早就渴望去受被娜娜毀掉的光榮了。他需要一個把他拖下水去的女人，兩個月以後，全巴黎不就都在談他嗎，連報紙上都登着他的名字嗎？他所接受的遺產，全是地皮，房子，田地，樹林和草地。他只好儘可能地把一切都趕快賣光。樹葉的綠蔭，熟黃穀子的寬廣田野，九月裏閃着金黃的葡萄園，長到耕牛膝部的草，從娜娜的手裏消耗出去。就連他的釣魚權利，還有一座石山，和三處磨房，也都完了。娜娜像一大羣蝗虫，一下子就把一切都吃得精光。凡是她的脚踏過的地方，那片土地便立刻燒燬。她把他的遺產，一塊農田接着一塊農田，一片野地接着一片野地，都吃了，恰如在兩餐之間，人家扔到她懷裏的一盒糖菓，她吃得又好玩，又毫不在意。但是，最後，到了一天晚上，吃得只賸光光的一棵小樹了。這其實眞不值得叫人勞駕去張張嘴的，可是她也不顧吞了下去。黑多蠢蠢大笑，用嘴吮他的手杖頂頭。他的債務把他壓碎，他一年連一百法郎的收入都沒有了，他看得清楚，他是非回到鄉下去靠他那個叔叔去過活不可了。不過那也沒有關係，他總算做到漂亮的地步了，費加洛報上已經有兩次印過他的名字。他的瘦頸子從向下翻着的尖硬領中間突出來，身子擠在太短的一件上衣裏，大模大樣地到處走着，發出鸚鵡似的驚歎，假裝一副莊嚴的淡漠態度，使人一望就會想到一個毫無情感的傀儡人。他叫娜娜討厭得伸手打他。

同時花車利回來了；是他表弟把他帶來的。可憐的花車利如今竟開始管家了。他離開伯爵夫人以後，就落在露絲的手裏，她拿合法太太的態度對他。米儂僅變成她這位太太的管家。這位新聞記者，像個家主似地住在露絲家裏，可是也時常對她說謊，每次在外邊胡鬧欺騙她，他和一般好丈夫一樣的小心，因爲他也確實想在最後能有個歸宿。娜娜在他身上的勝利是什麽呢？是把他用朋友的資本所創辦的一份報紙，據有而又毀掉。她並不揚言自己的勝利，却暗中歡喜；她每一談到露絲，總說她是個「可憐的露絲」。那份報紙使她如花盛開到兩個月。她把所有外省的訂報費完全拿去；其實她什麽也都拿去，上自新聞與瑣聞欄，下至戲劇消息，都一把抓在手裏。於是編輯部的同仁被她攪得頭昏腦脹，經理部也弄得解體。她在她的房子角上，建起一座多天花園；這總算把所有格調都具備了。不過說到究竟，這可並不是開玩笑！米儂看見這情形，十分高興，就來找她，問她他是否可以把花車利轉讓給她，她却回問他是否拿她當混蛋。一個靠寫文章寫劇本爲生的窮小子——當然不會要他！這種混蛋只有像他那可憐露絲才會要呢！她心裏懷疑起來，她怕米儂心裏有什麽奸計。

不過她總是很善意地囘想起來。他們兩個都曾經用着黑多那個混蛋的錢共同享樂過！當初假如不是心裏生了愚弄那個混蛋的興趣，他們也絕不會想到再聚首的，在黑多的面前接吻，他們用他的錢大大出過一陣風頭；他們時常打發他跑開去，好不礙他們兩個人的眼，等到他囘來的時候，他們就大講笑話。有一天，她受了新聞記者的慫恿，打賭要打黑多的耳光，當天晚上，她果然就打了，而且進而用拳頭打得更兇，她覺得這是開玩笑，而且證明男人們多麽儒弱，也覺得高興。她管他叫作她的「挨打的膿包」，叫他再來，好來挨打！她打得手都紅了，却還覺得不夠過癮。黑多眼眶裏雖然充滿了眼淚，却照舊大笑。他覺得這是親暱的表示，心裏很高興。

一天夜裏，他挨過各式各樣的打，大大興奮起來。

「你知道，」他說，「現在你應當嫁給我啦。我們倆應當快活得像一對蟋蟀似地生活在一起，好嗎？」

他這個提議倒不是一句空話。他滿心渴望使巴黎爲之一驚，所以心裏早就狡猾地暗自計劃和她結婚。「娜娜的丈夫！這聽起來難道不漂亮嗎？」那是多麼令人吃驚的新聞！娜娜把他罵了一頓。

「我嫁你？好漂亮啊！如果我心裏早有這種念頭，我老早就找到個丈夫了！那個人一定比你强二十倍，我的小蘋果呀！跟我求婚的人，早有一大堆啦。喂，好好聽着，你跟我一起算算看：非力浦，喬治，福卡蒙，士丹拿——這已經就是四個，還不必去算那些你不認識的。湊起來可以成一個合唱團。我可沒有法子叫他們滿意，他們都叫起來，『你願不願意嫁給我？你願不願意嫁給我？』

「哼，絕對辦不到！我不願意！你以爲我一定要嫁人的嗎？你來好好把我看清楚一點！哼，我若是在屁股後面綁上一個男人，那我又怎麼會成爲娜娜呢！」

從那天晚上起，黑多不見了。一個星期後，大家才知道他已經回到鄉下，找他那個對植物學着迷的叔叔去了。他給他貼標本，有娶到一位極平庸信神的表妹的希望。娜娜只對伯爵說，

「喂，你又少了一個情敵！你今天在大笑。可是他的確是認眞的！他想娶我。」

他的臉色蒼白；她揮出手臂去抱住他的頸子大笑，對他溫柔。

「誰叫你不能娶娜娜呀！他們每個人都向我求婚。現在不可能；你應當等着，等到你的太太死了才行呢。如果她眞的死了，看你一定會跑來的！看你一定馬上跪倒在地上向我求婚。」

她的聲音細下來，她在愚弄他。他心裏深深感動，在他吻她的時候，臉上緋紅。她於是叫起來，

「天哪！怎麼，這我可是沒有猜到的！他居然這麼想過；他在等他太太死！好哇，好哇，這個人倒都做全啦！嘿，他簡直比別的流氓還下流！」

穆法已經向「別的流氓」退讓了。如今他唯一的寄託，也只有維持自己最後一點殘餘的尊嚴，好在這裏的僕人與朋友中間，保持主人的地位。事實上，他這個主人，也只是因爲出錢最多，所以還算是個正式的愛人。他的熱情却越來越猛烈。他之所以能保持原有的地位，完全因爲是他出了錢的；就連微微一笑，也都要付很大的代價。無論什麼時候，他只要一進娜娜的臥室，總要把窗子打開，把別人留下來的味道放出去，才覺得舒服，這裏主要的全是渾身生毛的人和黑人的味道，還有雪茄的煙氣，强烈得叫他窒息。門口那塊血跡還沒有消滅。蘇愛心裏還惦念着這塊血污，她是個喜愛乾淨的女人，看見那塊污痕永遠存留在那裏，很不舒服。無論屋子裏有什麼事情，她的眼睛也總往血痕那裏看去；現在她每次到小姐的房間裏來，沒有一次不說，

「總消不掉，眞奇怪。有多少人從那裏走出走入呀，還是那個樣子。」

娜娜不斷得到喬治的好消息，他那個時候已經由他母親看護，在豐黛特逐漸痊癒。所以娜娜

每次總對蘇愛作同樣的回答。

「咳，活該。脚步踏來踏去，很快就會淡的。」

事實上，每個紳士，無論是福卡蒙也好，士丹拿也好，黑多也好，或者是花車利也好，每個人的鞋後跟，都帶了一點血跡走了。穆法對於這塊血跡，和蘇愛一樣的掛念着，總是不由自主地去看它，彷彿從它那淡紅顏色的逐漸消退上，可以看出有多少男人進來過。他心裏對它害怕，每次都是小心跨過去。

可是他一進到臥室裏，頭就暈了，人也醉了，把什麼全都忘了。人羣一齊全忘了他。他一出門，走到露天的街上，就時或覺得可恥與噁心而哭出來，於是必然發誓以後再也不進那間屋子。等到門房把大門在他背後關上，他就又受到以前的感應，覺得整個都溶化在這個地方的濕冷空氣裏，覺得他的肉體被香粉香水所刺穿，覺得自己被性慾的饑渴所引誘，渴得直想毀滅自己。他進了敎堂，很是虔誠，在他跪在窗口前，他就又遇見從前那種神秘的感覺，被大風琴的樂聲和聖香陶醉了。女人只給他一刹那像痙攣的歡快，可是這已經足夠彌補他長日幻想到地獄的驚怖與痛苦。他在娜娜面前，就和在敎堂裏一樣，說話是同樣的口吃的，同樣做着祈禱，同樣感到絕望，受到天譴的人類，剛從泥濘中掙扎着爬出來，又被壓碎下去的，都有這種病症。他的肉的慾望，他的靈的需要，全都混攪在一起，也全都似乎從他身心的模糊深處爆發出來，在他的生命樹上，混合開成一朵鮮花。愛與信是一對孿生的姊妹，他在這兩種力量面前，失去自主。無論他的理智怎樣掙扎，娜娜這間臥室，永遠能叫他幸福，他總會在性慾的大海中沉下去，正如他會在天堂前面暈倒一樣。

他感到自己多麼渺小，娜娜生性是要糟蹋一切的。她把一切東西毀壞還不能滿足，更要玷污它們。她的纖手，到處留下可怕的痕跡，凡是這雙手所打碎的，也由這雙手再把它還原。他的模糊記憶中，有好多宗敎上聖賢們的故事，說他們如何被惡蟲所吞，同樣也吞了惡蟲的排洩物。他滿心都是這種故事，所以在狼狽的處境下，就拿自己供她去作這種毀滅的遊戲。有一次，她把他留在她的室內，把門關上之後，就拿話來侮辱他，痛痛快快地取樂。最先，他們在一起開玩笑，後來她就輕輕打他，隨後，又命令他做些古怪的動作，要他學小孩子咿呀着說不清楚的話。

「照着我的樣子說——佛（活）該！嘸（不）管誰怎樣，我臺（才）嘸（不）在乎呢！」

他很聽話照樣說一遍。

「佛該！嘸管誰怎樣，我臺嘸在乎呢！」

她有時還穿着睡衣裝一頭熊，在地氈上用四隻脚爬走，轉過頭來咆哮，做成要吃他的樣子。她甚至還裝作輕輕咬他熊鼻的模樣，來開玩笑。然後，站起來說，

「現在輪到你做了，試試看。你裝得一定不如我像。」

這是很迷人的。她裝熊的時候，露出雪白的皮膚，垂下的紅頭髮，都叫他看着有趣。他總是大笑着也四脚爬下去，咆哮着咬她的熊鼻，她裝作恐懼的樣子，躲着逃避。

「我們是禽獸了?」她說。「你一點也不知道你多麼醜，我的寶貝！你就想一想，假如他們在皇宮裏看見你這個樣子，會怎麼樣！」

不過，這類的小遊戲他們玩得久了就失去趣味了。這倒不是她殘酷，因爲她依然是個好心腸的女人，這種瘋狂，實在是一陣淫慾的暴風雨，使他們頭腦昏脹，把他們浸進肉的錯亂幻想中。他們往日因爲虔信上帝而恐怖到睡不着的晚上，如今却變形成爲肉慾的飢渴，所以才瘋癲似的想四脚爬着走，想咆哮，想咬。有一天，他正在裝熊的時候，她把他粗魯地推倒，撞在一件傢具上，她一看見他額上撞起一個腫包，就不由得哈哈大笑。此後，她對黑多的試驗，更刺激起她的口胃，她拿伯爵當畜生，她在他後邊打他，一邊踢着一邊驅逐他。

「向前走！向前走！你是一匹馬。喔，向前走！你快點走，你這個骯髒的老馬。」

有的時候他變成一隻狗。她會把加了香水的手帕，往屋子另一頭遠遠一拋，他就得拖着兩手兩膝，跑過去用牙拾起。

「拾過來，凱撒！聽着，你如果不趕快，我可要罰你的！幹得很好，凱撒！好狗！可愛的老東西，現在可乖乖的！」

他喜歡自己這麼降低人格，很高興變成一個畜生。

「打得重一點。打呀，打呀，我是畜生！一直打下去！」

她滿心全是幻想，堅持要他在一天晚上穿上那身堂皇的大臣朝服來見她。他於是把全副尊榮的服裝穿來，佩着劍，戴着羽毛帽，穿着白褲，紅上身繡着金花，滿滿扣着紐子，左襟上懸着象徵的鑰匙。你看她大笑得多麼開心，拿他取笑。這把鑰匙特別叫她覺得好玩，引她發野。她對盛裝的儀表表示毫無敬意，叫他穿起尊貴的官服，來戲弄他降低了身份，感到十分愉快，於是大笑不止，搖撼他，喊着，「喂，大臣，給我滾蛋！」說着就在他身後連連地踢着。啊，這些脚踢，有多少意義啊！她從心窩裏想把這些脚踢像雨點似地踢到皇宮，這是她對於社會的看法！這是她的報復！這是出於她不自覺的藐視皇室貴族的遺傳心理；這種心理，在她自己血裏，天生就有的。隨後，等到大臣把朝服脫下來，散落在地上，她就叫，「跳！」於是他就跳；她說「吐！」於是他就吐口水。她又叫，命令他在那些金繡，鷹徽，勳章上踐踏，於是他就去踐踏。唏哩嘩啦！一切都踏碎了。她把一位大臣打得粉碎，正像隨便打碎一個玻璃瓶子或是一個蜜餞盒子一樣，她把他變成垃圾，變成街角上的一堆泥土。

同時，金匠沒有按照定期交貨，直到將近正月中旬的一天，才把那張床送來。穆法那時正到諾曼地賣他最後僅餘的一點財產，還沒有回來，可是娜娜馬上就等着四千法郎用。他本來定在後天才回巴黎的，可是他的交易一辦妥，就卽刻提前趕回，連米羅眉斯尼勒街的家裏都沒有去探頭，一直跑到維里葉路這邊來，鐘正打着十點。他有一把鑰匙，可以開那道卡爾底奈街的小門，他誰也沒有碰見。就一直走上樓來。蘇愛正在樓上小會客室裏打磨銅器，一看見他上來，便駭得目瞪口呆。她也不知道怎樣攔住他才好，就繞着彎說了許多廢話，說維諾先生昨天來找他，又說他已經來過兩次，說如果先生沒有回家就先來到小姐這裏的話，就請她把先生打發回家去。穆法聽了她的話，對於她的敍說，也不明白是怎麼回事；接着他就看出她的驚慌來，心裏湧起了早以爲不會再起的妬火。他聽見臥室裏邊有笑聲，就把身子衝到門上。臥室的兩扇門一撞就撞開了，蘇愛聳着肩走開。這是小姐活該！旣然不再聽她的話，那就只好由她自己去處理吧。

穆法站在門口，一眼望見裏邊的情景，大聲叫。

「我的上帝呀！我的上帝呀！」

這間臥室，經過重新陳設之後，一切皇宮般的奢侈，使它格外輝煌起來。茶玫瑰色的絲絨帷幔上銀扣子像明亮亮的星光在閃着。帷幔的顏色，宛如晴和的黃昏時節，愛神在漸暗的暮靄之清楚的背景中，用火把天邊照亮的那種淡淡紅肉似的天空色。懸在角落的金黃繩子和流蘇，圍着床邊格板的透空花邊，都像小火焰，又像蓬鬆頭髮的一縷縷赤金色辮子，把這間臥室裏的全部赤裸現相，遮起一半，却也把淫慾情調，加强一倍。此外，正對着他的，是那架金銀鑄成的臥床，整個閃爍着雕刻細工的新鮮光彩，這是一座寶座，其寬大足以供娜娜把赤裸裸的四肢伸開，展覽她的雪白的肉體；這是一座古羅馬豪華的祭壇，恰足以配得上娜娜的性之無上權能，她的性之權能，在這時正以宗教般的荒淫，赤裸着展列在床上，足以作男人們膜拜的偶像。在她反光如雪的兩乳之下，在她這個女神的勝利懷抱中，緊緊躭溺地躺着一個可恥的老東西，一個滑稽而又可憐的廢物。那原來就是蘇亞侯爵，穿着睡衣。

伯爵合起雙手來，叫

「我的上帝呀！我的上帝呀！」

這樣說來，臥床邊板上所閃耀着的金玫瑰，金葉子中間那些一束束盛開着的金黃玫瑰，全是爲蘇亞侯爵雕的了；在銀製的細工方格子上，從滾圓的圈子裏，帶着淫慾笑容往床上窺探的小愛神們，也是爲他鑄的了。半羊的牧神，發現他脚下的山林女神，正尋歡之後，倦得酣睡；夜神把娜娜的裸體，完全模仿下來，就連誇張的大腿，也都學得很像，因此叫人一看就能懂得一切，那麼說，這也都是爲蘇亞侯爵塑的了。他這六十年來的荒淫所毀壞所瓦解的身體活像拋在那裏的一堆殘骨，叫人一望就會聯想到娜娜那個光輝奪目的輪廓中間，是一個收屍所。他一看見門推開，就坐起來，像個病弱的老頭子那樣遭到突然恐怖的打擊。昨晚一夜纏綿，把他早已弄得虛弱無力，他又重新回到兒童時代那樣呆笨，一句話也說不出來，張口結舌，發抖，想走又不能動，他的睡衣一半穿在骷髏似的身上，一隻腿慌張得穿在衣裳外邊去，腿皮發着鉛色，滿生着灰毛。娜娜雖然憤怒，却仍禁不住哈哈大笑。

「躺下！鑽進床裏去，」她說着就把他拉回，用被子把他蓋起，彷彿他是件髒東西，她不能給任何人看似的。

她然後跳下床來，把門關上。她眞是運氣不好，在不要他來的時候，他偏偏又來到。其實這怪他呀，誰叫他到諾曼第找錢去？這個老頭子既然給她送來四千法郎，她當然跟他睡了。她叫，「這你活該！這是你的錯。你這是走進房間來的禮貌嗎？我頂討厭這樣沒有禮貌的了。謝謝！」

穆法呆立在那道關閉的門前，他剛剛看見的事情，像雷一般打擊得他不能動彈。他發抖的痙攣更增加了。這個抽動，從脚部一直到心，到頭上。隨後，他宛如狂風所吹打的一棵小樹，全部筋肉都癱軟下來。他失望地伸出兩手，吃吃地說，

「我的上帝，這太過份了，我可再也受不住了呀！我可再也受不住了呀！」

他曾經忍受過一切，但是如今再也忍受不下去了。他已經精疲力竭，整個掉在黑茫茫一片空虛之中，連人帶理智一齊掉了下去。他發着宗敎信仰的狂熱，擧起手來，請求神幫助。

「來救救我呀，我的上帝！援助我；不，叫我趕快死吧！啊，不，不能是這樣的人啊，我的上帝！完啦；把我帶走吧，好叫我什麼都看不見，好叫我什麼也感覺不到！啊，我是屬於你的，我的上帝！」

他心裏燃燒着信仰，繼續在祈求，懇切的祈禱。可是忽然有一個人拍拍他的肩膀。他抬起眼皮來；一看，那却是維諾先生。維諾先生看見他站在一道緊閉的門口祈禱，覺得很詫異。於是，伯爵彷彿覺得是上帝本身回答了他的申請似的，就伸開手臂，抱住這位老紳士的瘦小頸子，哭出來。說了又說，

「我的哥哥啊，我的哥哥啊。」

他這一哭，全身的痛苦，都得到安慰。他的眼淚，把維諾先生的面孔弄濕，

「啊，我的哥哥啊，我多麼痛苦啊。現在我只賸下你一個人啦，我的哥哥。把我永遠帶回去吧——啊，可憐可憐我，把我帶走吧！」

維諾先生於是把他緊緊抱在自己的懷裏，稱他做「弟弟」。不過他也有一個新打擊，準備告訴他。從昨天他就四下裏找他，爲要通知他，說伯爵夫人，在極度墮落的迷戀中，和一個百貨市場裏的經理私奔了。這眞是一件可怕的醜事，全巴黎都正在談着呢。維諾先生看見他正被宗敎尊嚴的力量支配着，覺得這正是個好機會，就馬上把他家裏敗壞得成爲悲劇的情形，告訴了他。伯

爵聽了，並不覺得刺激。他的太太和人私奔了嗎？這對於他不算什麼；大家再等着看以後還有什麼事發生吧。他心裏的怒火又重新燃起，帶着可怕的神色，瞪着那扇門，

「把我帶走吧！我可再也忍受不下去了呀！把我帶走吧！」

維諾先生把他當個小孩子似的帶走。從那天起，穆法終於算是屬於他的了；穆法重新對宗敎的責任，注意得極其嚴格：他的生活，全部凋萎。他爲維持皇室的尊嚴，免得因他而受玷辱，就把大臣的職位辭掉，不久，他的女兒愛絲黛爾又控告他，說她有一位姑母給她遺留下六萬法郎的遺產，她本來應當在結婚的時候就該繼承的，現在要他付還。伯爵早已傾家蕩產，只靠他那筆大財產的一點點賸餘過活，過得極其窘迫，而娜娜所唾棄的這一點殘餘，也又被伯爵夫人拿走。他太太因爲她丈夫和娜娜睡覺，受這個淫亂例子的影響，把自己毁了。她只要一起淫亂的衝動，一定不能自制，所以把伯爵的家庭，弄得整個敗壞。她在外邊經過形形色色的艷遇之後，又回到家裏，他也就用一種基督徒的退讓與原諒精神，又把她收容。可是他越來越覺得無所謂，最後，竟對這些事情不再感覺痛苦了。上天已經從他太太手裏把他帶走，把他交到上帝的懷抱裏，因此，他在娜娜身上所享受到的肉慾歡快，便延長成爲宗敎的狂熱，這種狂熱之中，夾雜着他舊日吃吃的語調，舊日的祈禱與失望，舊日一陣陣發作的悔恨，這都是可憐的剛跳出泥濘而又被壓在泥濘的人們所特有的心情。在敎堂的深處，他的膝蓋被地面冰冷打震，他又重新經驗到往日的快樂，他的筋肉抽縮，他的腦子微妙地旋轉，而對於自己生命中那些模糊的需要，也和往日一樣的感到滿足。

米儂在伯爵和娜娜分手的晚上，來到維里葉路那座房子裏。他逐漸習慣，能容忍花車利了，最後，竟覺得他太太的這個丈夫，對他反而有無限好處。他可以把家裏一切瑣碎的雜事，都交給新聞記者去管，委託他去監督一切家務。他專心去管理演戲的收入，拿來供日用的開支。花車利的舉動也很聰明，儘量避免無謂的爭風吃醋，無論露絲在什麼時候發脾氣，他也儘量忍受服從因此，這兩個男人相互之間很了解；所以過得很愉快，家庭間採取妥協。一切都按規矩辦；彼此都爲共同的幸福努力。那天晚上，花車利叫米儂到娜娜這裏來，看看是否可以把她的女僕挖過去；他認爲這個女僕很聰明。露絲正在失望，一個月以來，她所僱的女佣人，都是毫無經驗的，把她弄得很操心。蘇愛給米儂開門，他馬上把她推進餐廳裏。他一提出，她就笑了。這不可能，她說，因爲她正想離開她的小姐，要自己去做生意。說每天都有人請她去，說太太們都爭着搶她，又說白蘭太太肯出高薪請她回去。

蘇愛要經營的是特里貢那類的生意。這本是一個舊計劃，老早就考慮成熟了的。她的野心，是要從這個經營上撈到一大筆財產，因此所有的積蓄都投資在裏面。她滿腦子都是了不起的主意，暗地想着如何把營業擴大，如何租一幢房子，如何在這幢房子裏面把所有娛樂都設備齊全。她也是因爲心裏抱着這個念頭，才盡力去誘惑拉攏莎丹的。莎丹這個小豬，這時候正住在醫院裏，快要死了，窮得可怕，簡直要完結了。

米儂依然堅持着要請她去幫忙，說做生意是很冒險的。可是蘇愛沒有告訴他要做什麼生意，只是笑。

「做有錢人的生意不會賠本的。你知道我替別人做事情太久了，現在我可想叫別人幫幫我啦。」

她的嘴唇翹起來，表現出藐視的心情。她最後是自己也要做位「太太」的，而且爲了掙幾個錢用，她這十五年來喝盡了她們稀粥的女人們，也得給她賣點力氣啦。

米儂要她去告訴娜娜說他來了，他以前只來過一次，裏面的樣子，一點也不知道。這間舖着戈比林花地毯的餐廳，和裏面的橱子盤子等等，叫他大吃一驚。他毫不客氣地把門都推開，去會客室和溫室花園，從那裏又走回到大廳上。這種豪華氣派，這些鍍金的傢具，這些綢緞與絲絨，逐漸使他羨慕起來。蘇愛下樓來帶他的時候，說再帶他去看看其他的房間，那就是說，再看看梳粧室和臥室。米儂在娜娜的臥室裏，感情都失了控制，看得心神迷惑，像喝醉了一樣。

這個該死的娜娜，簡直叫他羨慕呆了，然而他自認却是個有經驗的人。這座房子雖然正在傾敗，僕人們雖然作瘋狂的浪費，可是堆積如山的珍品，還能把每一道裂紋堵住，把頹倒的牆壁蓋住。米儂一看見這座宛如王宮的建築，心裏就想起他所看見過的各種偉大的成就。有人曾經指給他看過馬賽附近的一座水路橋，橋的拱孔，跨過一道深淵，這個獨眼巨人似的建築，費去千百萬的金錢，和十年的勞力。他在塞爾堡也看見過一座新港口，港口上正起蓋着各種巨大的建築，許多起重機懸起極大的方塊石頭往海裏塡，成千的工人在太陽光下流着汗，來建起一道大牆，時常有工人被壓成血漿。可是要拿他以前所看見的，和這裏的情形一比，便一點也算不了什麼。娜娜叫他興奮。他看見娜娜這座王宮，使他起了崇拜的感覺，正和當年在一座煉糖的別莊裏，某次晚宴所迷醉了的感覺一樣。那座別莊是爲煉糖的主人蓋的，別莊的建築式樣，完全像宮殿，其豪華也像皇宮，一切開支，却都只是用一種東西付的代價——糖。而娜娜呢，她所付的代價，却有點不同，她所付的，是她美麗的肉體——她只用這麼一樣小東西，而這點東西却有翻天覆地的力量；她不用工人，不用工程師，只用這點東西，就能把巴黎連根基都搖動了，建立起自己的事業來。

「啊，我的上帝，這是多麼厲害！」

米儂在狂熱的心情下，感到一種感謝的心情，這句話於是脫口而出。

娜娜慢慢落到極可悲的景況上。先說，侯爵被伯爵撞見，使她嚴重神經錯亂，有時大笑。再說，侯爵這個老頭子，被她弄得精疲力竭，走的時候人已經半死；她從此再也看不見的男人，如今也被她逼得瘋狂，她一想到這些，心裏便憂鬱煩悶。最後，她聽見莎丹的病，就大發脾氣。莎丹是在半個月左右以前失蹤的，現在正住在拉利波娃西葉爾醫院裏，快要死了，這都是洛貝爾夫人把她弄成這個樣子的。她吩咐套馬車，想去最後和這個下流的小娼婦見一面，蘇愛一聲不響地把一週前預先通知她的辭職條子交給她。這個通知逼得她不顧死活的拚命！這簡直等於失掉自己家裏一個親人啊。偉大的老天爺啊！蘇愛一走，她會變成什麼樣子！她求蘇愛別走，蘇愛看她這種絕望的情形，心裏很得意，結果就吻吻她，表示她不是爲了生氣才走的。留下辦不到，她非走不可：公事公辦，公事裏是不能攙雜絲毫情感的。

那天，這只不過是許多煩惱之一。娜娜心裏厭煩已極，就放棄了出門的念頭。她懶洋洋拖着身子，在這間小會客室裏盤旋，正在這個時候，拉波得走上樓來，告訴她說，有一個非常巧妙的機會，可以買到華麗的桃花，在他談話當中，無意間透出一個消息來，原來喬治死了。這個消息，叫她渾身冰涼。

「喬治死啦！」她叫起來。

她的眼睛不由自主地就向地毯上去找那塊淡紅的血痕，可是，那塊血痕早就消滅了；來來往往的脚底，早把它擦掉。這時，拉波得就把詳細情形講出來。他是怎麼死的，並不確實知道。有人說是傷口裂開，有人說是自殺的。據說，他是投入豐黛特的一座大池子裏死的。娜娜不停地說，

「死啦！死啦！」

她從早晨就被悲哀窒息着，如今就爆發出來，哭了，這樣倒可以叫心裏舒服一點。她的悲哀，是無限的悲哀：拉波得本想提起喬治的事來安慰她，可是她說，

「不光是他，一切都使我難受，一切。我可憐極了。啊，是的，我知道！大家又要說我是個下賤女人了。想想那位母親跪在這裏哭兒子的情形，想想今天早晨那個人在我們門前咆哮着的情形，再想想所有其餘那些爲了追逐我而花光一切，如今都傾家蕩產的人們！好啦，罰娜娜吧；罰這個禽獸一般的東西吧！我聽見大家會說些什麼，就彷彿我眞在他們面前聽到的那麼清楚！『那個髒淫婦，跟什麼人都睡，把這幾個撈光，把那幾個逼死，還叫成堆的男人痛苦！』」

她的淚塞住喉嚨，不得不把話停頓一下，她撲倒在坐榻上，把臉埋在一個坐墊裏。這些悲慘

的事情，全是她造成的，她覺得悲慘的事情緊緊圍繞着她，淚流得像一條不斷的小河。

「啊，我好可憐啊！啊，我好可憐啊！我可不能照着這樣活下去，叫人家誤解；看着人們都聯合起來攻擊你，可眞受不住啊。然而，只要你自己問心無愧，自己沒有什麼可被人指責的，那麼，我就得說，『我不接受！我不接受！』」

她憤怒起來，開始向環境反抗，站起來，擦乾眼淚，激動地走來走去。

「我可不能接受這個！大家隨便怎麼說都可以，只是那不是我的錯！難道我是個壞東西嗎，喂？我把我所得的全拿出去啦；我連一個蒼蠅都不肯打死！壞人是他們！是的，是他們！我從來沒有想叫他們覺得我可怕。是他們找上我來，追在我後面求愛的，如今他們死了，討飯，傾家蕩產，那都是他們自己討的呀。」

她站在拉波得面前，拍拍他的肩。

「聽我說，」她說，「這一切經過，你都是親眼看見的，現在請你說一句公道話：是我逼他們走上這條路的嗎？不是這一羣人們，自動到我這裏來的嗎？這些人一向叫我噁心，我總是儘量避免他們，我眞怕他們。我只向你說一句話：他們都想娶我！這種想法可漂亮，啊？是的，親愛的孩子，如果我答應，我老早就可以當十二回伯爵夫人或者什麼夫人了，不過，我都拒絕啦，因爲我頭腦清楚。我救了他們，他們可以去謀害人，去殺父母的。只要我說一句話，他們便會去做，可是我始終沒有說。然而，你看我今天所落得的結果是什麼。就拿達格奈當個例子說吧。我叫這個窮小子結婚，我把他留在我身邊，那麼久，分文不取，然後給他這個討飯的造成了身份地位！你們這些豬，都給我滾開！」

說到這裏，她捏起拳頭，向一張圓桌上猛烈一打。

「我指天發誓，這不公平！社會全都是不合理的。男人們要女人們做這個做那個，可是做了就全來駡女人。是的。我現在可以告訴你這句話：我以前每次跟他們睡覺，我一點興趣都沒有。我憑良心說，那實在叫我討厭。我問你，這與我有什麼關係呢！一點也不錯，他們叫我討厭得要死！如果不是爲他們，如果不是他們硬要我那麼幹，親愛的孩子啊，我早就到一個修道院去向慈悲的上帝做禱告啦，我一直是信教的。如果他們爲了跟我睡覺而把錢弄光，把命弄掉，那是他們的錯。與我完全無關！」

「當然無關，」拉波得說。

蘇愛把米儂帶進來，娜娜微笑着歡迎他。米儂心裏的激動還未消除，恭維她家的佈置；不過她讓他明白她已經討厭這個大房子了，說她現在另有計劃，要在最近選定一天，把一切都賣掉。接着，他就道歉，說今天到這裏，是爲救濟老包斯克舉行一次表演，特來賣票的，包斯克如今得上半身不遂病，困在椅子裏，走不下來；她表示極端的同情，就買了兩張包廂票。這時，蘇愛進來，說馬車已經預備好；她就拿起她的帽子，一邊繫着帽帶，一邊把莎丹的不幸消息告訴他們，又說，

「我就要到醫院去。從來沒有一個人像她這樣愛過我。啊，難怪大家都說男人沒有良心，這句話是不錯的！誰知道呢；也許她死以前見不到她呢。沒有關係，我無論如何要見一見她，我要

吻她一次。」

拉波得和米儂都笑了，娜娜現在不再憂鬱，所以也笑起來。這兩個人不算；這兩個人可以被她認作是朋友。看着他們都站在那裏，一聲不響，出着神在讚美她，她一路扣好手套，在這座大厦裏面，孤零零站在成堆的珍貴物件當中，多少男人都被她擊倒在面前。古代的怪物，是用人骨蓋滿它們可怕的領域的；她却脚站在人頭骷髏上，圍着她的，有范多夫的殉馬；有福卡蒙凄涼的結局，淹没在遼遠神秘的中國海上；有士丹拿的破產，他如今不得不過清貧的日子；有黑多的妄求虛榮的滿足；有穆法全家的悲慘的敗落。最後，還有喬治灰白的屍首，非力浦從昨天才出獄，現在正在守靈。她已經把她那毁滅與死亡的工作完成。從垃圾的骯髒裏所飛起來的這隻蒼蠅，帶着腐爛社會的酵母，只輕輕落在這些人的身上，便都把他們毒害。她出身於乞丐與流浪人的階級，她總算替他們報復了。她的性感，昇華成爲一道光榮的圈，把光線射到匍匐着的犧牲者身上，宛如上昇的太陽，光亮地照耀着一片屠殺原野；可是這個執行屠殺的女人，却像個極美的禽獸一樣，對這種屠殺，自己毫不覺得，她是一個艮心徹底慈善的娼妓，對於自己的使命，竟毫無所知。她依然肥胖，依然豐滿，她的身體極其康健，她的精神極其壯旺。但是，這都没有用了，因爲她現在覺得這座房子不値得再重視了。房子太小了；裏面又滿是她所不想要的傢具。這是一件討厭的事，總之，她無論如何必須重新開始。事實上，她也確在籌劃着一種更好的事情，所以才去看莎丹，作最後一次的吻別。因爲她以前從來没有探望過病人。

14

娜娜忽然失踪。這是一次新鮮的投水遊戲，一種胡鬧的逃逸，她逃到野蠻的地方去了。在她離開以前，她舉行一次拍賣，把一切東西全都賣個乾乾淨淨——房子，傢具，珠寶，不但這些，就連衣服和料子都賣光。五天的拍賣，收到六十多萬法郎。巴黎看到她最後演了一齣仙女劇。戲名叫「梅侶新」，是在娛樂戲院演出，這也是手無分文的包得拿夫大着膽子公演的。她在這齣戲裏，和普魯里葉爾和豐丹一同演出。她所扮演的只是一個看看樣子的角色，然而也是全戲最吸引人注意的一個角色，戲裏只有三種姿勢，每種姿勢都代表那同一啞默而性感的仙女，包得拿夫大做廣告，天天派人貼出許多大幅的海報，刺激巴黎人的想像，正在這個時候，才知道她昨天已經離開巴黎，大概是到開羅去了。她事前只跟經理提過。經理說了些使她不高興的話；她的不告而別，完全是一個有錢的女人，不願意被人招惱，所以就隨時變卦。此外，也還因爲她早就想要去看土耳其人，所以心思一直就迷戀在這個舊有的嚮往中。

幾個月過去了，她已經被人遺忘。在我們所知道的這些太太紳士們中間，每一提到她的名字，就有人說出最奇異的故事，每個人都有她的消息，可是消息又互相矛盾，同時也奇怪得不可思議。有人說她征服了土耳其總督，住在宮殿裏，有兩百個奴隸，她時常割下奴隸們的頭來取樂。有人說，不，一點也不對！她跟一個高大的黑奴把自己毀了！她這種熱戀，使她在開羅狂歡縱淫了。兩個星期以後，又有人說在俄國遇見過她，這話可更叫人奇怪。講她作了一位王子的情婦，連她有多少鑽石都說出來。不久，所有的女人們，從這些傳言的描寫裏，把這些鑽石的樣子都知道得淸淸楚楚，可是沒有一個人能說出這些消息的確實來源。據說她有許多戒指，耳環，項練，大大的珍珠，還有一頂皇后似的王冠，中間鑲着的那一顆鑽石，有拇指那麼大。她隱退到這些遼遠的國度去，在那裏像一個滿嵌着珍寶的偶像那樣神秘地射着光芒。現在人們一提起她來，可再也不笑了，他們因爲她在那些野蠻人當中交了這麼大的好運，滿心裏都羨慕她。

七月裏，某天晚上，將近八點鐘的樣子，露西在聖歐諾萊近郊街上，正要從馬車上走出來，看見卡洛蓮·艾蓋步行出來在鄰近商店裏買東西。露西把她叫過來，問道，

「你吃過晚飯了嗎？你沒有約會了嗎？啊，那麼跟我來吧，我的親愛的。娜娜同來啦。」

艾蓋上了車，露西接着說，

「你知道，親愛的，說不定正在我們現在閒談的時候，她就已經死了呢。」

「死！這是什麼意思！」卡洛蓮驚叫着。「她在哪兒啦？是什麼病？」

「在貴賓旅館，出天花。」

露西吩咐車夫趕馬快跑，在馬西沿着皇家街和各條大街飛跑的時候，她把娜娜的經過，告訴她。

「你簡直想像不到。娜娜一下子忽然從俄國回來。我不知道爲什麼，一定是和王子吵了嘴。她把行李留在火車站上，先到她姑母家裏。你還記得那個老東西吧。好啦，一到那裏，就知道她的孩了正出天花，快死啦。第二天，那個孩子就死了，她和她姑母大吵，她大概是寄過一筆錢來，可是她姑母從來連一個小錢也沒有收到過。好像那個孩子就因爲沒有錢治病才死的：其實那不是不用心照顧的緣故。那麼，娜娜突然走開啦，她出去住在旅館，正要去取她的行李，就遇見米儂。她感覺身上不舒服，全身發抖，好像生病的樣子；米儂就把她送回她住的地方去，答應替她去取那些行李。這很奇怪，你說是不是？這豈不是湊巧，什麼都給碰着了嗎？露絲聽說娜娜病了，想到娜娜孤零零一個人，住在什麼陳設都沒有的旅館裏，就大大生氣。她於是跑去照料她。你還記得從前她們兩人互相討厭吧，親愛的，露絲把娜娜移到貴賓旅館裏，好叫她死也至少死在一個漂亮的地方。如今她已經在那裏住了三晚，以後可以放心的死了。這都是拉波得告訴我的。因此，我要去看看。」

「是的，」卡洛蓮說，「我們去看她。」

她們到了目的地。大街上壅塞着一大堆車輛，車夫只好把馬勒住，讓車裏的人下來步行幾步。今天白天，國會剛剛通過對德宣戰；現在羣衆正像流水一樣湧滿了各條街道，沿着人行道上，擠的全是人，一直擠到馬路的中央來。瑪德蘭教堂背後，太陽正在一片血紅的雲後降落，紅雲投下一片反光，像一團烈火，把高處的窗戶，都照得像在冒着火焰。這正是憂鬱的時辰，所有街道都引伸到遼遠中去，逐漸昏暗，可是還沒有被瓦斯燈的明亮火光一點一點地點綴起來。羣衆往前進行着，遠遠人聲沸騰，越來越響亮。人們蒼白的面孔上，都閃着亮晶晶的眼睛。一道傳播得極廣的慘痛與痲木之風，使每個人的頭都昏眩着。

「米儂在那裏啦，」露西說。「他可以告訴我們點消息。」

米儂正站在貴賓旅館那道寬大的門前。他的神色很是不安，望着羣衆。露西剛才問了他幾句話，他就不耐煩起來，叫道。

「我怎麼會知道呢！最近這兩天，我都沒有能夠把露絲從她房裡叫出來。她僅這樣拿自己生命去冒險，才是糊塗呢。如果她也傳染上，那才好看呢，滿臉是痲坑，多好看！」

他一想到露絲會失去她的美貌，就生氣。他已把娜娜丢在一邊了，可是他一點也不明白這些糊塗的女人，究竟怎麼會那麼忠心。花車利走過大馬路，他也是焦急着來打聽消息的。這兩個男人，你勸我上樓，我推你上樓，去拉露絲下來。他們這些日子來，彼此都你你我我的稱呼。

「她還是這麼幹，我的孩子，」米儂說。「你應當上樓去，你强迫她跟你下來。」

「你說得倒好聽，你呀！」新聞記者說。「你爲什麼不自己上樓去呢？」

露西問他們娜娜住在幾號房間，他們就順便請她叫露絲下來。

然而，露西和卡洛蓮並沒有馬上去。她們看見豐丹，他手放在口袋裏，在走來走去，望着羣衆，那種古怪的表情，叫人覺得很有趣。他聽說娜娜病倒在樓上，他假裝很關心的樣子，說，

「這個可憐的女孩子！我得去握握她的手。她是什麼病呀，喂？」

「天花，」米儂回答。

這位演員本來已經向前走，可是一聽見這句話，便又轉回來，說，

「啊，這該死的病！」

天花可不是鬧着玩的。豐丹五歲的時候，差一點傳染上；米儂也對他們講了一段他一個姪女的故事，他這個姪女，也是得天花死的。至於花車利呢，他憑自己的經驗知道，天花很可怕，他到現在還有點痕跡呢，鼻子上邊有三塊疤，他指給他們看。米儂說他是不會再被傳染上的，又勸他上去。他不相信，罵醫生們胡說。卡洛蓮和露西打斷他們的話，因爲人們都聚集愈來愈多，她們大大吃驚。

「快看！快看，好多人啊！」夜色漸深，頃刻之間，瓦斯燈一盞接着一盞的點起來。這時趴在窗口在看熱鬧的人們，也都照見了，路旁的樹下，人流一分鐘比一分鐘加密，從瑪德蘭到巴斯底一直蜿蜒成爲一條巨流。馬車只能慢慢往前走。從這一大堆無秩序的人羣中，發出狂吼的聲音。羣衆裏，每一個人都是被急想參加這個羣衆行列的熱衷所催迫着出門來，可是，忽然一陣激動，使得羣衆分散開。夾在一堆一堆擁擠而分散着的小組當中的，有戴着工人帽子穿着工裝的一隊人，從遠處走來，喊着一個有韻律的口號，

「打到柏——林去！打到柏——林去！打到柏——林去！」羣衆在糊塗的懷疑心情下看，可是他們彷彿在參加軍隊閱兵一樣，自己已經被一種英勇的想像所感動所征服了。

「啊，到戰場上去死吧！」米儂小聲說。

豐丹却覺得這確是很好的死法，跟着就說要去入伍。敵人既然侵到邊境，所有國民都應當起

來保衛祖國啊！他說這些話時的姿勢，叫人聯想到拿破崙在奥斯特爾立玆的樣子。

「聽我說，你跟我們一同上樓嗎？」露西問他。

「哎呀，不！上去爲着要傳染上一點可怕的病嗎？」他說。

在貴賓旅館的前面，有一個人坐在一條長椅子上，用手帕掩着臉。花車利來的時候，就叫米儂看這個人。如今他還坐在那裏；不錯，他是一直在那裏的。新聞記者把露西和卡洛蓮叫住，指給她們看。這個人一抬頭，他們都認出他來，嘴裏都不由自主地叫出來。原來是穆法伯爵，他正仰頭向一扇窗子望。

「你們知道，他從今天早晨就在這裏等，」米儂告訴大家。「我在六點鐘就看見他坐在這裏，直到現在，一動也沒有動。拉波得剛剛還提呢，說他來的時候就用手帕掩着臉。他每隔半點鐘就走到我們現在所站的地方來，打聽樓上那個病人好一點沒有，然後再走回去，又坐下。眞該死，那房間可不衞生！它怎樣能引人進去。」

伯爵坐在那裏，抬起頭來，不過，他好像對他四周所發生的事情，一點也沒有感覺到。他毫無疑問地是不知道宣戰這回事，他既沒有感到四周有這麼一大羣人，也沒有看見這一大羣人。

「看，他走過來了！」花車利說。「現在可以證明我剛才說的話了。」

伯爵離開椅子正走進那道高高的大門，看門的人認識他就尖刻地說，

「她死了，先生，就剛剛是這時候死的。」

娜娜死了！他們大家都驚呆了。穆法一句話也沒有說，回到椅子上去，依然用手帕掩着臉。

其他的人們，都爆發出驚歎的呼聲，有一隊人走過，大叫，「打到柏林去！打到柏林去！打到柏林去！」娜娜死了！死的又是這麼好的一個女孩子！米儂嘆了口氣，彷彿心裏輕鬆了一點，因爲她這一死，露絲便可以下來了。淒涼沮喪籠罩着這一堆人。豐丹想着一個悲劇的「角色」，滿臉是悲哀的神色，花車利不安地吸他的雪茄，他雖然一向滿肚子笑話，現在也悲傷到笑不出來了。然而，女人們却不停談話，她們認爲這是意想不到的事。露西最後一次看見她，是在娛樂劇院；白蘭也是最後一次在梅侶新戲裏看見她的。啊，親愛的，她在那齣戲裏，出現在一個水晶的山洞裏，多麼叫人吃驚啊！那幾個黑人們也清清楚楚記得當時的情景。豐丹演的是戈戈里戈王子。於是大家就談那齣戲的情形，談個不完。她坐在那個水晶洞裏，她那雪白的肉體就像仙女嗎？作者一句臺詞都沒有給她，覺得說了反倒多餘。一句臺詞也沒有，這樣反倒吸引人，她只把本人的漂亮肉體給觀衆看，就足夠把觀衆迷瘋了。你到哪裏也再找不出像她這樣的肉體來了！看她那兩個雪白的乳房和鮮紅的兩粒小乳蒂，那兩條腿，看看她那豐滿的屁股！眞奇怪，像她這樣的人，竟會死了！她全身上，什麼都沒有，只圍條圓腰帶，前後都是光光的。圍着她四周的，全是整個用玻璃做的山洞，把她照得像白晝。圓鋼石的小瀑布，從上邊流下來，頭頂上，垂着鐘乳石，石裏一串一串閃耀的眞珠，直在發光，噴湧的泉水，被寬寬一道電光斜照着。她在這當中，加上她那雪白的皮膚和紅頭髮，就更亮得像太陽。巴黎願意看見她美麗的肉體那樣照在水晶玻璃當中的。她生這種病死去，眞是太悲傷啦！她如今躺在上邊那房間裏，這個時候的樣子，一定還是漂亮得很呢！

「這令人多麼悲痛呀！」米儂用悲哀的腔調說。

他問露西和卡洛蓮，還上不上樓去。她們當然要上去的；這時候，白蘭也到了。羣衆堵塞了人行道，她非常吃力地擠進來，她聽見娜娜的消息，大吃一驚。這些女人向樓梯走去，米儂跟在她們後面叫，

「告訴露絲，說我在等她。叫她馬上下來！」

「她們不知道病初起和完結的時候，是最容易傳染的，」豐丹向花車利說。「我認識一個醫生，他向我說在人死時候最危險。這個時候細菌都向外發出，我本來很想和她握握手告別的。」

「到了現在，說這個有什麼用呢？」新聞記者說。

「是啊，又有什麼用呢？」其餘兩個人也重複一句。

人羣繼續在增加。店舖橱窗所射出的燈光，把人流照得分明，無數的帽子在這兩道人流上邊移動着。到了這個時候，民衆的熱情增加，人們都擠着加入穿工人服的一隊裏去，向前進行，喊聲不住地此起彼伏，從千萬個唇嚨裏，尖銳地叫。

「打到柏林去！打到柏林去！打到柏林去！」

五樓上的那間房間，每天要十二個法郎；露絲當初開這樣一間房間，原求它旣適合身份可又奢侈，因爲一個人生了病，就不必要排場。這間屋子裏所掛的帷幔，都是印着大花朵的路易十三式的布料子，擺的是一般旅館所用的桃花心木。地上鋪着一張紅地氈，綴飾着黑葉蔟。房間裡一片靜寂，從外邊走廊裏傳來一點人聲，像輕輕的耳語似的，打擾了一下。

「我說你走錯了。茶房告訴我們往右轉。」

「等一會兒，讓我想一想。第四〇一號，是第四〇一號啊！」

「啊，是這邊。四〇五，四〇三。我們快到了。啊，四〇一！在這裡！現在可別出聲啦，別出聲！」

有一點咳嗽的聲音，門慢慢打開，進來的是露西，後面跟着卡洛蓮和白蘭。她們一進門，就停住；屋裏早已有五個女人；嘉嘉在那把孤零零的服爾德式紅絲絨臂椅上往後仰靠。西蒙和柯蕊絲站在壁爐前邊，正和坐着的萊雅談話。在門的左邊，靠近床邊的地方，露絲坐在一張小桌子的邊上，目不轉睛地看着床上的死屍。所有其他的女人，都還戴着帽子和手套，像在拜訪客人似的，惟有露絲一個人手上沒有手套，頭髮也是蓬鬆的，三夜守着沒有睡覺，使她的面上蒼白了。她面臨着這突然的死亡，人都呆了，兩隻眼睛哭得腫起來。在衣櫃的角上立着一盞燈，一道明亮亮的光線，照在嘉嘉的身上。

「多麼悲慘？」露西和露絲握手時說。「我們本想趕着她死前和她告別的。」

她轉過身來，想望她一眼，可是燈放得太遠，她又不敢把燈移近。只見床上躺着灰灰的一堆東西，看得清清楚楚的，只有那個紅色的髮髻，還有灰森的一團大膿疱，大概那就是臉了。露西加上一句，

「自從那次在娛樂劇院看她坐在山洞裏以後，我就沒有再見過她。」

露絲聽了這話，從瞌睡裏醒過來，微笑着說，

「啊，她現在樣子變了，」她說完又打瞌睡，不再說話，也不再動。她們可以看一看她吧！這三個女人走過去，在壁爐前人們的中間。西蒙和柯拉蕊絲正低聲在討論死人的鑽石。是啊，她眞有這些東西嗎，這麼些鑽石；可是沒有人看見過；那一定是騙人的話。可是萊雅認識一個人，那個人說是看見過這些東西的。嘿，都是些頂大顆的！而且，她不但有這些鑽石；還從俄國帶回來許多別的珍貴財產呢，比如，繡花的料子啊，傢具啊。「是的，親愛的，整整五十二隻箱子，有的是極大的板箱，滿滿裝了三拖車！」東西全正堆在火車站裏。「這不是一件難過的事嗎，喂？連自己的行李都沒有功夫去拿，就死了！」而且，她還有許多錢呢，好像是一百萬！露西問是誰來接受這一切遺產。啊，遠房的親屬姑媽，那還有問題嗎！這一定會叫那個老太婆大吃一驚的。她還一點也不知道她病了呢，病人當初執意不肯讓人去通知她，她因爲自己小孩子的病，心裏還在懷恨她。說到這裏，她們大家都傷心可惜那個小孩子，想起當初在賽馬的時候看見過他。那時他就是個病得可憐的小孩，樣子多麼老，神氣多麼憂鬱。事實上，他確是一個可憐的小孩，從來也沒有誰願意叫他生下來的！

「他在地下快活得多了，」白蘭說。

「咳，她自己也還不是一樣啊！」卡洛蓮加上一句。「活着並不一定快樂！」

在那房間裏，她們覺得害怕。站在這裏談這麼久，可是她們很想看一看她，所以又留住，站着不走。天氣很熱，燈上的玻璃罩，在天花板上射出像月亮那樣圓的一塊光亮。床底下放着一個盤子，裏面滿裝着石炭酸液，放出一股淡淡的味道來。風從窗口吹進來。窗子臨着大街，從大街上傳來人們的叫聲。

「她死時痛苦嗎？」露西問。

嘉嘉好像醒了，

「一點也不錯，是的！她死的時候，我正在這裏。我告訴你們，看她死的樣子，可一點也不好受。哎，她忽然一陣渾身發抖。」

可是她沒有法子說下去，外邊又起了一陣高呼。

「打到柏林去！打到柏林去！打到柏林去！」

露西感覺着窒息，把窗子打開，倚在窗臺上。從佈滿羣星的天上，吹來新鮮空氣。外邊對面的窗口，燈光亮亮的，反照在店舖招牌的金字上。

從窗口可以看見如流的人們，沿着人行道，沿着混雜着長行的馬車大路上，像水一般流去。到處都是動盪的人影，手提燈籠和街燈，閃耀像小火花。可是現在走來的這一隊人，都擧着火把，一片紅火光從瑪德蘭那個方向過來，穿過雜亂的羣衆，像一條火路。火光在遠遠處散放在人們頭頂下，反光跳躍着，活像一座房子着了火。露西大聲叫，叫白蘭和卡洛蓮來看，

「快來！從這窗口可以看見很好看的景致！」

她們三個人都走過去，大大感到興趣。樹擱住她們的視線。她們想望樓下自己那幾個朋友，可是陽臺，正把旅館大門遮住，她們只看到穆法伯爵來，他還坐在那裏，依然低頭用手帕掩着臉

。一輛馬車停在旅館前面，又有一個女人跳下來，匆匆走進，露西認出來那是瑪麗雅，她不是一個人，還有一個肥壯的男人，跟在她後邊下了車。

「那是江丹拿，」卡洛蓮說。「怎麼他們還沒有把他送回戈羅涅去啊?等他進來，我倒要看看他現在是什麼神氣。」

她轉過身去，等到十分鐘以後，瑪麗雅才進來，她却是一個人。她兩次走錯了樓梯。露西有點奇怪，問她，她說，

「他是什麼人!親愛的，你不要以爲他會上樓來!他把我陪到門口，已經是不錯了。他們在樓下抽雪茄。」

他們到這裏來，目的都是望一望大馬路上的情形，他們爲這個可憐的女人的死，高聲慶賀，然後就討論起政治與軍略來。包得拿夫，拉波得，普魯里葉爾，還有其他人，也都加入了這一組織裏，現在他們都在聽着豐丹講解他七天打下柏林的計劃。

這時，瑪麗雅站在床旁，心裏很難過，

「可憐的寶貝!我最後一次看見她，還是在娛樂劇院舞臺上的山洞裏呢。」

「啊，她現在的樣子變了!」露絲帶着笑容又把這句話說了一遍。

又有兩個女人來到。是妲妲和露薏絲。她們兩個人把整個旅館到處都走了有二十分鐘，才找到這房間。她們一進門，就坐在椅子上，她們太疲倦了，來不及想到死人。在這個時候，鄰室傳來很大的聲音，那邊房間，正有人在推着鐵衣箱，撞着傢具，同時說的話裏還有粗糙的外國字音

。那是一對年輕的奧國夫婦。嘉嘉於是告訴大家，說在娜娜嘔氣的時候，這兩位鄰居，正玩捉迷藏的遊戲，又說，因爲這兩間屋只隔着一道門，所以聽見他們有一個被捉着的時候，就一齊大笑，接吻。

「走吧，我們該走啦，」柯拉蕊絲說。「反正我們是無法把她弄活的了。你跟我走嗎，西蒙？」

她們望着死屍，她們都在準備，各自輕拍她們的裙子。露西又倚在窗口去望。她現在是一個人在那裏感到很悲痛。火把的行列，還在不斷走過，搖挩成爲火花的雲朵。各個行列伸展到遠處，澎湃着前後動盪，像一羣牛在黑夜被趕到屠場去的樣子。人流把這些雜亂的牛羣往前推進的時候，一種恐怖的意識，和像屠殺卽將臨頭的感覺。人們都瘋狂了，他們的聲音沙啞，興奮，使他們沉醉，趕着他們往前湧。

「打到柏林去！打到柏林去！打到柏林去！」

露西轉過身來，臉色很蒼白。

「上帝啊！我們會變成怎樣呢？」

女人們都搖搖頭，很焦急擔心，不知道時局會如何變化。

卡洛蓮說，「我後天就到倫敦去。媽媽早已到了那裏，給我預備好一座房子了。」

她的母親是個小心謹愼的女人，早已把她女兒所有的金錢，都投資在外國。誰不知道戰爭的結果會怎麼樣！可是瑪麗雅對這個辦法很生氣。她是個愛國份子，說她要跟着軍隊走。

「你眞是個膽小鬼！是的，如果他們要我，我一定要穿上男人的衣服，好好去開槍打這些普魯士的豬！我們以後還不是都要死的？我們這些臭皮囊，不値一個錢！」

這話把白蘭大大激怒。

「請你不要駡普魯士人！他們正和別國的人們一樣，而且他們並不像你們法國男人那樣永遠在追求女人。跟我在一起的那個小普魯士人，剛剛被驅逐出境。他是一個很有錢的人，任何人的心靈他都不會傷害。你不能說德國人一個壞字，我會到德國找他去！」

這兩個人正在爭吵，嘉嘉用悲愴的調子小聲說，

「我是什麼都完了；我的運氣永遠是壞的。我在于維西買的那座小房子，款子才剛剛付清。啊，只有老天爺知道，我爲這座房子遭到多少痲煩！弄得我不得不找麗麗求救！現在又宣戰了，普魯士人會來的，他們一來，會把一切都燒光的。我這一輩子裏，還怎麼能再從頭幹起呢？」

「算了吧！」柯拉蕊絲說，「我才一點也不管戰爭不戰爭呢。卽使戰爭，我依舊可以找到我所需要的東西。」

「你當然會啦，」西蒙加進話去。「戰爭是很好玩的。」

她的微笑，暗示着她這句話的本意。妲妲和露薏絲都和她的意見一致。妲妲告訴她們，說她和兵士們一齊過過好玩的日子。啊，當兵的是些好人，他們會替女孩子去作一切拚命的事。仍然坐在床旁小桌上的露絲輕輕發出一個低低的「噓！」叫她們安靜。隨着是一片肅靜，使她們又意識到身邊有一具死屍，躺在那裏。這時，羣衆的呼聲又爆發出，

「打到柏林去！打到柏林去！打到柏林去！」

但是不久她們又把死屍忘了，萊雅本來組織了一個政治沙龍，路易·菲力浦王時代的大臣們，總是在她的沙龍裏說些巧妙的話。所以她聳聳肩說，

「這次打仗是錯誤的！戰爭是殘酷的愚蠢的行爲！」

露西一聽這話，馬上就替帝國辯護。她作過皇室某王子的姘婦，所以替皇室辯護，也就等於維持她自己家庭的尊榮。

「隨他們去做吧，親愛的。我們不能被普魯士人侮辱！哼，這次戰爭關係法蘭西的尊榮。你知道，我可不是因爲我從前的那個王子才這麼說。他是個下流東西！你想一想，一到夜裏，他上床的時候，就把錢藏在靴筒裏；我們玩牌的時候，他因爲我有一次鬧着玩，把下的賭注全抓過來，他以後就總用豆子來替代錢了。可是我禁不住要說句公道話：皇帝做得對。」

萊雅帶着超越的神氣搖頭。隨後，她又提高了聲音說，

「這是現在一切制度的末路了。他們只住在皇宮裏，什麼事也不會做，誰還理會他們。法蘭西早就應該把他們趕出去。你們難道不明白嗎？」

她這是怎麼啦？她瘋了嗎？難道人民不幸福嗎？一切國事難道辦得還不好嗎？若是趕走皇帝，巴黎可再也不能這麼徹底的享福啦。

嘉嘉抑制不住了；她醒過來，聽見萊雅的話便很生氣。

「住嘴！這是混話！你簡直胡說八道。我——我是趕上過路易·菲力浦統治的時代的；那時

全國都是乞丐和可憐蟲，親愛的。接着，就來了個『四十八年』！好哇，他們那個共和國可真是個叫人噁心得要死的把戲！『二月革命』以後，我簡直差一點餓死，是我嘉嘉親身嘗過滋味的。咳，如果你們個個都經過那個時期，你們一定都會去跪在皇帝的面前的，因爲只有他才是我們的慈父啊；是的，他是我們一切人的慈父。」

接着說，

「上帝啊，盡你的力量叫我們打勝吧。給我們保留這個皇帝吧！」

她們個個把這個希望重說一遍，白蘭還說她替皇帝點過蠟燭。卡洛蓮也迷戀過皇帝，有兩個月的時間，她天天在皇帝可能走過的地方徘徊，只是始終沒有引起他的注意。說完這些，其餘的女人們就都對共和黨人發出憤怒的指責，說最好把他們都在前線上殲滅了，才能叫拿破崙三世打敗了敵人然後再平安地統治全國，使每人都好享受幸福。

「那個髒俾斯麥也是一個下流東西！」瑪麗雅說。

「想想我早認識他，可眞算是白認識啦！」西蒙喊着。「假如我早知道有今天，我一定要在他的玻璃杯裏下毒藥。」

可是白蘭呢，她那個普魯士情人被驅逐那件事，到如今還在她的心上，所以替俾斯麥辯護。

「也許他不是那麼壞。他有他各人的責任！」

「你們知道，」她說，「他是喜歡女人的啊。」

「那和我們又有什麼關係？」柯拉蕊絲說。「我們並不想跟他睡覺？」

「像他這一類的男人太多啦！」露薏絲說。「與其和這類怪物睡在一起，倒不如絕對不理他們要好得多！」

她們把俾斯麥整個剝了皮，每個人都捧起她的拿破崙，都在重重地踢着俾斯麥；妲妲也說，「俾斯麥！人們一提起這個怪物來，就使我發瘋！我恨他！我以前可並不知道這個俾斯麥是怎麼一個怪物。」

「那沒有關係，」萊雅說，「這個俾斯麥會把我們打個粉碎的。」可是她說不下去了。女人們都立刻向她攻擊。喂，什麼？把我們打得粉碎？被毛瑟槍托子打着捉回法國來的，當然是俾斯麥呀。你這個壞法國女人，還有好聽的話沒有！

「噓，」露絲又發出聲音。死屍的冷森森感覺，又降到她們身上，她們都一齊停住嘴。她們覺得那個死女人在面前了，卽將臨頭的災難的沉重思路，又佔住她們的心。大街上的呼喊，正經過，又粗啞，又狂野，「打到柏林去！打到柏林去！打到柏林去！」

她們剛決心要走，就聽見門外有人在叫，

「露絲！露絲！」

嘉嘉奇怪地打開門，走出去看。

「親愛的，」她說，「這是花車利。他在走廊那邊。他不肯走過來，爲了你還守在這死人旁邊，把他急壞了。」

米儂終於把新聞記者催上樓來。露西還在窗邊，就探頭出去望，望見那幾位紳士都站在人行道上。他們正仰頭往上看，向她作手勢。米儂氣得直搖拳頭，豐丹，包得拿夫，和其餘的男人，都伸出兩隻手臂，臉上帶着焦急譴責的神氣。達格奈却只在一旁站着，啣着雪茄，兩隻手叉在背後。

「親愛的，」露西說，但她並沒有關上窗子，「我本來答應他們勸你下去的。現在他們都在叫我們了。」

露絲慢慢地痛苦地，離開那個小桌子。

「我就下去，我就下去，」她說。「她不再需要我。叫他們派一個女修士進來吧。」

她轉過身來找她的帽子和肩巾。她木然地在梳粧枱上倒滿一臉盆水，一邊洗一邊說，

「我也不知道是怎麼一回事！這對我是大大的一個打擊。其實我們兩人一向彼此都不和睦。啊，可是！你們看，我如今竟癡心起來了。啊！我腦子裏滿是離奇古怪的想法——我眞願意自己替她死，我覺得世界末日快到了。是的，我需要出去呼吸點新鮮空氣。」

「我們走吧，我們走吧，我的小寶寶們！」嘉嘉不住嘴地說。

她們走出去，經過床邊的時候，都向床上的死人望最後一眼。在露西，白蘭和卡洛蓮還留在後邊的時候，露絲想把這間屋子收拾整齊再走。她拉起一道窗帘來，隨後她又覺得點着燈不合適，應當用蠟燭來代替。她在銅燭臺上點起一支蠟燭，放在屍首旁邊桌上。一道輝煌的光線，把這個死女人的臉上照亮。這幾個女人，一看都大大嚇了一跳。她們發抖跑出去。

「啊，她的樣子變了，她的樣子變了！」露絲咕嚕着，只有她一個人還留在房間裏。她出去時，把門關上。只有娜娜丟在裏邊，仰面浸沐在蠟燭射下來的光亮中。小膿泡侵蝕了整個面孔，密得一個膿泡挨近一個膿泡。這些膿泡已經變了顏色，陷下去，變成了爛泥似的灰色。在那面目已經無法辨認的爛漿上，左眼早已完全陷入發泡的毒汁裏去；另外一隻還在半睜着，看上去很像一個敗壞了的黑色深窟窿。鼻子還在化着膿。嘴巴的一邊，有一塊極紅的痂皮往下脫落，正落在嘴角上，把嘴扭歪，歪成可怕的嗤笑樣子。在「死亡」這個奇形的面具上，那美麗的頭髮，却還像陽光那麼眩目，隨着金黃的波紋，一直流下來。愛神正腐爛。

屋子裏空空沒有一個人。風從大街上吹上來，把窗帘吹開了。

「打到柏林去！打到柏林去！打到柏林去！」

左拉年表

林春明

一八四〇年：四月二日生於巴黎，父親佛郎索阿—左拉一七九五年生於威尼斯，義大利人，是位工程師，母親愛蜜利・娥爾麗，生於一八二〇年。

一八四三——一八五七年：左拉家庭定居法國南部埃克斯（Aix-en-Provence），一八四七年父親去世。家境困苦。從一八五二年起，左拉在埃克斯中學念書。

一八五八年：回巴黎，進入聖路易中學。

一八六二——一八六五年：在阿歇特書局（Hachette）充當職員，一八六四年出版《給妮儂的故事》（*Le Contes à Ninon*）。

一八六六——一八六八年：開始專心寫作《死者的誓言》，《馬賽的神秘》都是早期的作品。

一八六九年：左拉魯瓦（Lacroix）出版社接受出版左拉的長篇小說：《第二帝政時代一個家族的自然史和社會史》。

一八七一年：《魯剛・馬卡爾》家族傳的第一部小說《魯剛家族的命運》出版。至一八九三年（*La Fortune des Rougon*）至一八九三年以差不多每年一卷出版；第二部：《獵物》（*La Curée*）；第三部：《巴黎之胃》（*Le Ventre de Paris*）。

一八七四年：第四部：《普拉松的征服》（*La Conquête de Plassans*）。

一八七五年：第五部：《姆累司鐸之過》（*La Faute de l'Abbé Mouret*）。

一八七六年：第六部：《歐仁魯剛閣下》（*Son Excellence Eugène Rougon*）。

一八七七年：第七部：《酒店》（*L'assommoir*）。

一八七八年：第八部：《戀愛的一頁》（*Une Page d'amour*）。

一八八〇年：第九部：《那那》（*Nana*）。

一八八二年：第十部：《家常菜》（*Pot-Bouille*）。

一八八三年：第十一部：《婦人的幸福》（*Au Bonheur des Dames*）。

一八八四年：第十二部：《生的愉悅》（*La Joie de Vivre*）。

一八八五年：第十三部：《萌芽》（*Germinal*）。

一八八六年：第十四部：《工作》（*L'oeuvre*）。

一八八七年：第十五部：《大地》（*La Terre*）。

一八八八年：第十六部：《夢》（*Le Rêve*）。

一八九〇年：第十七部：《衣冠禽獸》（*La Bête*）。

一八九一年：第十八部：《金錢》（*L'argent*）。

一八九二年：第十九部：《崩潰》（*La Débâcle*）。

一八九三年：第二十部：《巴斯卡醫生》（*Le Docteur Pascal*）。

一八九八年：七月十八日爲德雷菲斯事件（l'affaire Dreyfus）逃往英國。

一八九九年：六月由英返國，德雷菲斯被判無罪。

一九〇二年：在巴黎其屋內煤氣中毒而死，是荒唐的意外或是被謀殺？

桂冠世界文學名著
新文學主義蔓延中

①羅蘭之歌
楊憲益／譯
蘇其康／導讀
300元

耳熟能詳的中古史詩，膾炙人口的英豪事蹟。即使是驚心動魄的戰爭場面，也掩不住羅蘭不爲所動的尊貴。請珍視這麼一個典範。

②熙德之歌
趙金平／譯
蘇其康／導讀
300元

與法國歷險史詩系統（Chanson de Geste）同屬一型，但卻是較新和先進的一型。熙德在行爲上的表現，可說是對歐洲建制革命性的詮釋。值得一讀再讀。

③坎特伯利故事集
400元

喬叟／著・方重／譯・蘇其康／導讀

遊藝性的故事集，喬叟高超的幽默筆法使故事在遊戲中充滿了反諷。這裡頭只記載一種東西——即是最有內涵又最具趣致的故事。

④魯濱遜飄流記
狄福／著
戴維揚／導讀
150元

⑤莫里哀喜劇六種
400元

莫里哀／著・李健吾／譯・阮若缺／導讀

莫里哀是位獨來獨往的人，他的戰鬥風格和鮮明意圖常受到統治集團知識分子的曲解，但是請注意，莫里哀比任何一位作家都要更靠近法國的普遍大衆。

⑥天路歷程

約翰・班揚／著
西海／譯・蘇其康／導讀

300元

夢者從意識層面的剪接敘述，將廣義的基督教民間傳統以及聖經上宗教想像加以統合，使意識世界與潛意識世界渾然結合在一部獨特的小說鋪陳當中。

⑦憨第德

伏爾泰／著
孟祥森／譯

150元

⑧少年維特的煩惱

150元

歌德／著・侯浚吉／譯・鄭芳雄／導讀

⑨達達蘭三部曲

400元

都德／著・成鈺亭／李孟安・譯／導讀

達達蘭，他幾乎是上帝在法國南方所造就的一個經典：他們即便沒撒過謊，卻從來也沒說過一句實話。「我只要一張嘴，南方的力量就到我身上來了」。——達達蘭即使一點都不「巴黎」，卻仍舊是道地「法國」的。

⑩紅與黑

斯湯達爾／著
黎烈文／譯・邱貴芬／導讀

300元

⑪普希金詩選

普希金／著
馮春／等譯・呂正惠／導讀

450元

「他像一部辭典一樣，包含著俄羅斯語言的全部寶藏、力量和靈活性。……在他身上，俄羅斯的大自然、俄羅斯的靈魂、俄羅斯的語言及性格都反映得那樣純淨、那樣美。」

⑫黛絲姑娘

哈代／著
宋碧雲／譯・劉紀蕙／導讀

200元

總策劃／吳潛誠
桂冠世界文學名著
17

娜娜
NANA

原著>左拉
(Emile Zola)
譯者>鍾文
導讀>彭小妍
總策劃>吳潛誠
執行編輯>湯皓全
〈出版〉書華出版事業有限公司
台北縣中和市中正路800號
電話：2231327・局版台業字第2146號
行銷>桂冠圖書股份有限公司
地址>台北市新生南路三段96之4號
電話>(02)3681118・3631407
電傳>886－2－3681119
郵撥帳號>0104579－2
登記證>局版台業字第1166號
印刷>海王印刷廠
初版一刷>1994年1月

ISBN 957-551-608-7
定價>新台幣 250 元

國立中央圖書館出版品預行編目資料

娜娜／左拉 (Emile Zola) 原著；鍾文譯；彭小妍導讀. --初版. --臺北市：桂冠, 1993〔民82〕

面；　公分. --(桂冠世界文學名著；17)

譯自：Nana

ISBN 957-551-608-7(平裝)

876.57　　　82001034